Je construirai une force où
je me réfugierai à jamais.

Simone de Beauvoir
Cahiers de jeunesse

Portrait de Simone de Beauvoir en « Castor de guerre »

En 1939, au début de la « drôle de guerre », Simone de Beauvoir envoie à Jacques-Laurent Bost alors mobilisé une petite photo d'elle, au dos de laquelle elle a écrit : « Castor de guerre ». Cela convient parfaitement à l'air terriblement farouche qu'elle a sur cette photo : pas le plus petit sourire, les mâchoires serrées, le front haut, bien dégagé sous un bandeau étroit. Surtout, cela sonne comme une anticipation du « Castor » encore à venir, qui alors n'a pas beaucoup plus de trente ans. Nous y entendons tous ses combats futurs, dans son œuvre comme dans sa vie, Le Deuxième Sexe *et les luttes des femmes, son ralliement à toutes les formes extrêmes de l'émancipation radicale, de la Chine à Cuba, son opposition militante, résolue à la guerre d'Algérie, ce grand essai qu'est* La Vieillesse, *le massif énorme de ses Mémoires*[1]*... Mais nous savons aussi qu'il y va de beaucoup plus : que c'est la vie, l'amour, le bonheur, l'œuvre, que Simone de Beauvoir aborde en Castor de guerre, affronte comme on entre en lice.*

1. C'est-à-dire *Mémoires d'une jeune fille rangée, La Force de l'âge, La Force des choses, Tout compte fait,* à quoi on peut ajouter *Une mort très douce et La Cérémonie des adieux.*

Tout ce qu'elle fait, tout ce qu'elle vit, c'est dans un combat permanent. Contre le temps, contre la contingence, contre soi. Afin que rien ne soit perdu de cette vie unique que je dois arracher au néant qui la guette et qui la conclura, et qu'il faut vivre avec ardeur, avidité, voracité. Femme d'appétit, et même d'appétits au pluriel, et femme de devoir, telle nous apparaît Simone de Beauvoir; mais ses appétits sont aussi impérieux qu'une mission. Le bonheur lui-même, comme tout le reste, ne s'obtient ni ne se maintient sans lutte; il est à la fois une grâce, une surprise et un devoir : être malheureux, c'est vouloir l'être ou du moins y consentir. Si « doué » soit-on pour le bonheur, et elle l'était, il ne s'obtient pas sans lutte — le bonheur se construit. Elle en est si tôt persuadée que relisant, en 1929, ses Cahiers *de 1927, elle se corrige avec vigueur. Elle avait écrit (le 9 mai : « Les hommes sont obligés de s'attacher au bonheur qui les empêche de penser à la mort; mais le bonheur ne sera jamais qu'une diversion. » En face, on peut lire :* « Mai 1929 — Non, *de toutes mes forces, non. Il n'y a que la vie de réelle puisque la mort ne se pense pas. » La plus haute des tâches, celle à laquelle on ne peut se soustraire, c'est vivre et être soi. Vivre n'est pas une passion simple, c'est un devoir, un travail, une épreuve, une œuvre. Vivre, c'est frapper droit et fort, détacher des blocs, sculpter. « Tailler » sa vie dans le roc des jours, des amours, des livres, des êtres — des mots. Dans une matière sans mollesse et sans douceur.*

L'œuvre entière de Simone de Beauvoir, romans compris, porte ce sceau guerrier, jusque dans son style, la coupe de ses phrases, leur rythme, jusque dans la présence d'une voix qui ne laisse jamais le lecteur en repos. Toute son œuvre résonne de vigilance ardente, d'inquiétude et de combativité. Sans doute l'époque y est-elle pour quelque chose, ce moment d'antagonismes puissants qu'on appelle la « guerre froide », où Sartre et elle, ralliés mais critiques, critiques mais ralliés (même si, finalement, la désillusion l'a emporté), sont toujours restés dans le « camp » du communisme et de la révolution, tant est profond et définitif leur rejet de la « bourgeoisie », du colonialisme, de l'ordre établi, de l'« impérialisme » américain, d'un monde en qui se conjuguent pour eux toutes les formes de l'injustice et de l'oppression... C'est pour cela qu'en lisant l'œuvre de Simone de Beauvoir, et pas seulement ses Mémoires, on a l'impression d'être en tous domaines (intellectuel, politique, littéraire, amical, amoureux) devant un monde à polarité forte, devant ces piles de Volta des romans de Jules Verne dont les pôles quand on les rapproche laissent jaillir de vifs éclairs, qui illuminent la profondeur des océans, blessent et peuvent même tuer. On est en temps de guerre. Et forcément, en temps de guerre, on n'a pas de temps pour les nuances, on risquerait gros à s'y attarder. Les adversaires sont vite des ennemis, et les ennemis vite néantisés : quant aux amis, même s'ils font partie de la « famille », ils ne sont pas laissés en repos. « Il faut penser comme vous, disait Bost, mais surtout, en même temps que vous. »

Est-ce que la guerre a la paix pour finalité secrète ? On peut en débattre : en tout cas, point de paix, tant qu'on ne sera pas au bout de la besogne. Mais on n'y sera jamais ; la mort met un terme à toutes les tâches, elle ne signe point leur achèvement. On n'en a jamais fini avec rien : ni avec les luttes historiques, ni avec le combat pour l'émancipation (des femmes, des peuples), ni avec soi-même ; être soi est en soi une tâche, et forcément interminable. Si l'urgence lui commande de ne laisser personne en paix, il n'y a point non plus de paix pour elle, juste des moments d'accalmie ; quelques

« fiestas » arrosées dans le Paris de l'après-guerre ou ces havres de repos que Sartre appelle leurs querencias *: notons que la querencia est tout sauf une villégiature, c'est, dans le vocabulaire de la tauromachie, l'endroit où le taureau se sent le plus à l'aise. Avant de reprendre le combat — avant la mise à mort... Les seuls moments de grâce sont ceux où le temps se suspend — dans une soudaine épiphanie du monde sensible, au-dessus d'un calme golfe, au sommet d'une montagne, dans un moment de pure joie après l'effort physique — ou encore dans le retour à la vie après une grave maladie. La paix cependant n'est jamais qu'une pause — entre deux combats, on ne saurait mieux l'utiliser que pour préparer le prochain, et s'y préparer.*

Toute son œuvre est marquée du sceau de ce grand combat : conquérir la nécessité sur la contingence ; et justifier son existence en la jetant tout entière dans l'œuvre. Mais les Mémoires y occupent nécessairement une place à la fois centrale et décalée : décalée parce qu'ils prennent sur l'ensemble de la vie et de l'œuvre un regard de surplomb ; centrale, parce que Simone de Beauvoir peut s'y donner à plein au mouvement qui la structure depuis ses Cahiers de jeunesse[1] *: faire passer la vie vécue à la vie réfléchie. Elle « attaque » ses Mémoires (c'est son mot) un peu avant sa cinquantième année, mais c'est un projet très ancien, aux motivations multiples et complexes. « Renouveler la jouissance », comme dit Rousseau, des moments passés en se les remémorant, sauver de l'oubli celle qu'elle a été, procéder à des bilans de vie, vérifier constamment si elle a bien tenu les promesses que sa jeunesse lançait vers sa maturité. Dans ses Mémoires, comme déjà dans*

1. Éditions Gallimard, 2008.

ses Cahiers de jeunesse, *le Castor fait le point comme les marins le font, chaque matin, pour s'assurer qu'ils n'ont point dévié de leur route. Elle écrit sur elle-même afin de se comprendre et de se constituer, et les deux sont en réciprocité : il faut se comprendre pour se constituer, mais il faut aussi se constituer pour se comprendre. Et cela est un travail — mieux : une guerre. Guerre contre les temps morts, la mauvaise foi, les importuns, les « traverses » que connaît la vie affective, la complexité de situations amoureuses qui, si on ne les contrôle pas, risquent de tomber dans le « passionnel » où l'on ne peut plus répondre de rien — et y tombent parfois. Et c'est cela que les Mémoires vont dire, parce que seuls des Mémoires peuvent dire pleinement non pas seulement ce qu'on est mais ce qu'on a voulu être. En faisant son propre portrait et l'histoire du long combat par où on devient soi, elle montre avec éclat comment, de cette existence contingente où elle avait été « jetée », elle a fait une entreprise et une nécessité.*

Il y a plus. En reprenant sa vie dans ses tout premiers débuts, lorsqu'elle ouvrit les yeux au monde dans une chambre « aux murs laqués de blanc », en retraçant dans le détail l'histoire de son adolescence et le combat qui lui a permis d'échapper au « destin fangeux » qui la menaçait, en poursuivant enfin son récit à travers ses années d'accomplissement, Simone de Beauvoir conjure sa hantise secrète de voir des mains étrangères s'aventurer dans sa vie et dans son œuvre. Car tout biographe est un ennemi, un voyeur et un traître ; toute biographie un mensonge doublé d'une falsification. Que sait-il en effet de celui, de celle dont il s'empare ? Que sait-il de ce « goût unique » qu'avait sa vie ? Comment pourrait-il le faire comprendre, le faire entendre, le faire partager ? « J'aime mieux fureter dans mon passé que de laisser ce soin à d'autres », écrit-elle. C'est pour y répondre donc qu'elle se lance en 1956 dans cette « imprudente entreprise » de parler de soi. Elle a déjà derrière elle une œuvre considérable, des essais, dont Le Deuxième Sexe *(1949), des romans, dont* Les Mandarins *(1954), elle jouit d'une notoriété incontestée, Sartre et elle sont des figures de référence, de grands intellectuels « progressistes ». Les Mémoires vont être écrits dans un laps de temps relativement court, tout sera terminé en 1974*[1]. La Cérémonie des adieux, *en 1981, est un livre à part : livre « de trop » qui n'aurait jamais dû voir le jour puisqu'il rapporte ce que le Castor aurait voulu ne pas vivre, la mort de Sartre. De là cette impression de concentration et d'unité extraordinaires que donnent les Mémoires, ce grand récit mené sans hésitation ni rature.*

Dans son œuvre romanesque et philosophique, dans des nouvelles ou des essais, même si elle a conscience et volonté de s'y engager pleinement, toute vive, l'image qu'elle donne d'elle est toujours en dernière analyse au pouvoir du lecteur et entre ses mains. C'est lui qui la constitue au fur et à mesure de sa lecture, à son gré, à sa façon, à son rythme et selon ses propres grilles d'interprétation : aucun auteur n'est maître des effets que l'œuvre produit, si rigoureux soit-il dans la construction qu'il lui donne ou dans la direction qu'il lui imprime. Le Castor en est plus que personne consciente. Une reprise en main lui est nécessaire. Dans son œuvre, elle s'expose. Dans les Mémoires, elle

1. De 1956 à 1963, la trilogie — *Mémoires d'une jeune fille rangée, La Force de l'âge* et *La Force des choses* ; puis, deux ans plus tard, *Une mort très douce*, récit de la mort de sa mère qui prolonge la réflexion autobiographique. En 1974, enfin, comme un long post-scriptum : *Tout compte fait.*

se reprend. Un peu à la manière de Stravinsky dirigeant lui-même, avant de mourir, l'intégralité de son œuvre, pour prévenir toute distorsion ou erreur dans son interprétation, ou comme Pierre Jean Jouve récrivant à la fin de sa vie tous ses manuscrits afin d'en faire disparaître les ratures et les repentirs, les Mémoires de Simone de Beauvoir sont le résultat d'une entreprise concertée, et accomplie sans faiblesse. Dans cet ensemble ordonné, parfaitement structuré et construit, elle va pouvoir exposer sous l'apparence d'un pur déroulement chronologique une version claire, déterminée, contrôlée, de sa vie, de son œuvre, de ses rencontres, de ses amitiés, de ses amours, de ses engagements, de son entente avec Sartre. Les Mémoires sont une architecture concertée, pensée, orientée, où le Castor raconte l'exécution de son « projet originel », celui de « faire de sa vie une expérience exemplaire où se refléterait le monde tout entier ». Les Mémoires sont un combat, aussi, auquel le Castor consacre une énergie sans failles.

Un « je » omniprésent y fait le récit d'une vie dans le siècle, y tient la chronique des événements qui l'ont marqué du début des années vingt à la fin des années soixante-dix. Y tient la chronique des enchantements et des déboires vécus par les intellectuels progressistes, d'une histoire à laquelle ils ont été intimement mêlés, dont ils ont été à la fois les témoins et les acteurs. Et aussi la chronique de ses lectures, de ses voyages, de ses amitiés, de ses amours, et celle des rapports exceptionnels, par leur nature, leur qualité, leur sens, leur durée, entre deux grands intellectuels, deux grands écrivains de ce temps : elle et Jean-Paul Sartre.

D'où la question : comment lire ces Mémoires ? En général : comment lire des Mémoires ? Comme on lit un récit historique, ou comme on lit un roman ? À vrai dire, les deux à la fois, bien qu'ils n'aient pas l'un et l'autre le même rapport à la vérité; l'histoire, dit Ricœur, a un devoir envers ce qui s'est passé, une « dette envers les morts » ; le récit n'a d'autre devoir que sa rigueur, sa vraisemblance, son organisation, sa force de séduction : là réside sa « vérité ». Et il n'est pas de mémorialiste qui ne sache jouer habilement de cette ambiguïté : la logique du récit passe toujours des arrangements avec la vérité, sans qu'il s'agisse forcément de la déguiser. « Je ne dirai pas tout », prévient le Castor. Sans doute. Mais des silences ne s'entendent ni ne se voient : l'image que dans les Mémoires le Castor de guerre donne de sa vie, de son œuvre, de ses engagements et d'elle-même est une image claire, lisible, sans détours comme sans ombres; sans ruptures ni coutures. Cependant aucun lecteur ne peut en rester là : sinon, ce qu'il fait ne s'appelle pas lire, mais adhérer sans distance à un déroulement d'images et de mots auquel il reste étranger. Lire, c'est se détacher, lire, c'est introduire sous la surface lisse du texte, afin de la décoller, la fine lame de l'examen, de la lucidité, de la critique, de l'esprit d'examen. Non pas pour exercer par système cette passion moderne, la plus triste des passions tristes, la défiance ; ou pour essayer de percer des secrets qui lui échapperont toujours; ou pour chercher avec une curiosité maniaque et malsaine ce qui se cache « derrière » ce qui se dit : mais pour accomplir pleinement sa tâche de lecteur, sans laquelle un texte reste lettre morte. Un texte ne vit que par la lecture qu'on en fait; la lecture est quelque chose d'actif, d'agissant, d'entreprenant ; elle mobilise dans le lecteur des forces, des ressources, afin d'affronter un texte et, l'affrontant, de le rendre à la vie.

Mais lire les Mémoires de Simone de Beauvoir est un

exercice redoutablement difficile tant sa prose impérieuse, directe, tenue, serrée, exerce sur le lecteur une espèce d'autorité intimidante, mêlée d'une séduction à laquelle il est difficile de se soustraire. Le lecteur fasciné est entraîné par leur vivacité, leur allure soutenue. L'humour parfois féroce des portraits. L'alternance de moments poétiques et songeurs, comme l'évocation des châtaigniers en fleur ou du hêtre pourpre de Meyrignac, et des moments mélancoliques où le retour sur soi se teinte des couleurs du « jamais plus ». Séduit, capté, conduit, tenu et retenu d'une main ferme, convié à marcher lui aussi du même pas, le lecteur se sent mis au défi ; et ne peut y répondre que par un défi comparable : à Castor, Castor et demi. De cette voix qui ne le laisse jamais en repos, explique et décrit, expose, apprécie et règle, commente, interprète, il lui faut impérativement rompre l'enchantement voulu. Il lui faut se soustraire à cette emprise, et rompre ainsi la fascination qu'elle exerce sur lui ; il doit apprendre à se déprendre, s'arracher à la puissance de conviction qui traverse les Mémoires pour pouvoir les soumettre à un examen, attentif, fidèle et sans concession, afin de forcer le texte à se déplier, à se déployer. Dans cette étrange aventure, difficile et risquée, le lecteur doit se montrer aussi vif et résolu que le Castor l'est elle-même. Aussi combatif. Et lire ces Mémoires comme ils ont été écrits, sur le même rythme de vigilance ardente, et ne pas se contenter de la vue frontale que les Mémoires lui imposent. Au prix de quelques audaces.

Et d'un coup de force nécessaire : pour tenter de saisir le Castor dans les détours d'une pensée en alerte et d'une prose impérieuse, il lui faut réintégrer les Mémoires dans l'ensemble de l'œuvre, leur retirer cette place privilégiée que le Castor elle-même a voulu leur donner. D'abord en greffant autour de cet axe solide, comme des branches sur un tronc ramifié, les autres œuvres autobiographiques du Castor, ses lettres, ses journaux, ses Cahiers de jeunesse, *tous publiés après sa mort. Mais aussi en y articulant ses essais et ses romans, à leur place, dans leur moment, et selon leur propre orientation, qui tous portent témoignage de son projet originel, qui tous tressent et tissent autour de sa vie les formes rêvées, anticipées, réfléchies, méditées, des événements réels et des sentiments vécus. Et enfin, en replongeant l'œuvre entière, romans, essais, Mémoires confondus, dans l'époque qui l'a vue naître, qu'elle reflète et qu'elle infléchit. Le monde où Sartre comme elle-même écrivent leurs livres, vivent leurs amitiés et leurs amours, projettent leur action, où ils se rendent en visite, en voyage, est aussi leur monde à eux,* un monde vu par leurs yeux, *dont ils créent ou recréent une figure plus conforme parfois à leurs vœux qu'à la réalité des choses. Quelle est exactement cette Chine où, en 1955, ils font un voyage « officiel », d'où elle rapportera ses carnets,* La Longue Marche*? Quelle est exactement cette Union soviétique où elle accompagnera Sartre pendant de nombreuses années ? Leur façon de voir, de comprendre, d'analyser l'Histoire, avec un grand H, dessine aussi leur figure à tous les deux : lire en même temps qu'eux l'histoire qu'ils ont vécue, ce n'est pas toujours lire exactement la même histoire, ni mettre l'accent sur les mêmes événements.*

Envisagée sous tous ces angles, la figure du Castor perd cette unité un peu factice, volontariste que les Mémoires lui avaient donnée ; elle prend un relief nouveau, inattendu. C'est une surprenante figure du Castor qui apparaît ; se diffractant et se réfractant, se décomposant et se recomposant selon les œuvres, selon les points de vue, selon les moments : moments de tension et moments de détente, moments de joie conqué-

rante et de désespoir avoué. De guerre ouverte (avec l'époque, avec l'erreur, avec la mauvaise foi, avec le temps) et de pauses méditatives ou carrément mélancoliques. Le Castor y perd ses contours parfois presque trop nets, des ombres s'y déplacent, un nuage y court. On dirait ces silhouettes dites en « anamorphose », qu'on ne voit bien qu'en inclinant le tableau selon un angle précis. C'est exactement ce que fait la lecture : varier infiniment les angles — littéralement et dans tous les sens. Tout est dans l'œuvre : il n'y a rien en deçà ni au-delà. Pas d'arrière-monde : tout y est exposé, mais crypté, en pleine lumière et parfois invisible comme La Lettre volée *d'Edgar Poe. La vie d'un écrivain est un immense édifice dont seule l'œuvre a les clefs ; quand il meurt, il se retire tout entier dans les textes qu'il a laissés. Il est vivant dans chaque mot qu'il a écrit, mais jamais de manière directe ou transparente, et il est « vrai » toujours, même lorsqu'il énonce des vérités successives, et il ne l'est pas moins quand il crée et fait parler des personnages de fiction que quand il dit « je ». Qui est plus « vrai » dans l'examen de ses sentiments envers Olga ? Simone de Beauvoir qui, après la longue crise de leurs rapports à trois des années 1935 à 1937, noue avec elle une relation apaisée ? Ou Françoise, son double de* L'Invitée *qui, en 1943, assassine Xavière, double d'Olga, parce que « chaque conscience poursuit la mort de l'autre*[1] *» ?*

C'est ainsi que j'ai procédé. J'ai suivi le déroulement des Mémoires sans m'y soumettre ; lui imposant des pauses à ma convenance, rompant son rythme implacable pour prendre le temps d'aller vers d'autres œuvres du Castor, lettres, romans ou essais qui, à ce

1. Citation de Hegel placée en exergue du roman.

moment-là, donnaient à son portrait un relief nouveau ; je me suis arrêtée là où il m'était dit de passer vite ; j'ai pris le temps de circuler librement dans telle partie ou telle autre partie de son œuvre, la voyant surgir où je ne l'attendais pas, où elle ne s'attendait pas à être découverte. Lui faisant toujours crédit mais ne prenant jamais rien pour argent comptant ; résolue, selon la maxime de Descartes, à « révoquer en doute » ce que je n'aurais pas soigneusement examiné, et même deux fois plutôt qu'une ; examinant les traits dans leur épaisseur, leur tremblé, découvrant des ratures secrètes, des marques presque invisibles de choix, de repentirs, comme on lit à l'envers, sur un buvard, les jambages d'une écriture déjà sèche. Attentive, inlassablement, aux contradictions, aux reprises, aux silences, aux aveux, volontaires ou non, aux omissions, aux arrangements même que l'auteur ne craint pas d'apporter par son œuvre à sa vie. Confrontant le Castor tantôt avec elle-même et le reste de son œuvre, tantôt avec l'histoire de son temps, dont elle donne sa vision et son interprétation. L'écoutant toujours et aussi faisant la sourde oreille, me fiant à ce qu'elle disait et parfois m'en éloignant, portant la lumière là où elle laissait de l'ombre, mettant des ombres là où elle voulait que règne une lumière éclatante, ouvrant des portes qu'elle tenait à laisser closes, faisant entendre d'autres versions de certains épisodes de sa vie, d'autres détails d'une histoire dont elle avait donné une version, sa version...

Comme le dit si bien Baudelaire, dans un portrait, le modèle fait la « moitié du chemin » ; l'autre moitié, c'est le peintre qui la fait. Ce Castor de guerre *est le livre de quelqu'un qui est né avec la guerre, qui a fait ses premières expériences politiques dans les manifestations qui scandèrent la fin de la guerre d'Algérie, qui a lu avec passion à vingt ans les* Mémoires d'une jeune fille rangée. *Et dont la vie a été éclairée très tôt et pour toujours par la lecture de ce livre immense,* Le Deuxième Sexe. *Lectrice dès ma première jeunesse d'une œuvre que je n'ai cessé de relire, j'ai aussi fait d'autres expériences, rencontré, fréquenté, aimé d'autres univers, d'autres auteurs, d'autres œuvres. À plus de trente ans de distance, et sans prétendre aucunement à leur intensité, à leur notoriété ou à leur l'éclat, j'ai mené des combats qui m'ont rapprochée d'elle, et d'autres qui m'en ont éloignée. Ma génération a vécu dans un autre monde que le sien : elle a connu l'ultime sursaut des révolutions, le désenchantement postcolonial, elle a appris à reconnaître les ressources inouïes que recelait la vitalité désespérée d'un tiers-monde en proie à la rareté, elle a découvert en URSS et dans les pays de l'Est la réalité vraie, la réalité vécue, d'une utopie à laquelle on s'était quelque temps laissé prendre ; elle a compris qu'il fallait définitivement substituer à l'idéal d'un progrès continu de l'histoire la réalité d'un monde chaotique et changeant. Mais si dans ce livre je me suis sentie autorisée à faire entendre vivement parfois ma distance et mes réserves devant certains des engagements du Castor et de Sartre, que j'ai autrefois partagés, c'est qu'en y renonçant je n'ai jamais renié cette « splendide promesse faite au tiers état » dont parle Ossip Mandelstam, disparu dans les camps de Staline...*

En lisant comme je l'ai fait son œuvre, j'ai mené avec Simone de Beauvoir, sans plus de concessions ou de ménagement qu'elle n'en aurait elle-même demandé, le dialogue engagé et parfois houleux que toute grande œuvre réclame. C'est la façon que j'ai choisie pour rendre hommage à une œuvre exceptionnelle et à son auteur, cette femme en proie à un immense inapaisement. L'a-t-elle finalement édifiée, cette « force » où sa jeunesse se promettait de se réfugier à jamais ? Ou seulement rencontré « la tristesse / que même sans regret et sans déboire laisse / la cueillaison d'un rêve au cœur qui l'a cueilli » ? Je ne sais pas. Le lecteur jugera, comme elle le dit elle-même à la fin de Tout compte fait. *En attendant, la voici : montant droit de la masse des pages qu'elle a laissées, dans la variété mouvante, souvent paradoxale de ses combats, tournée ardemment vers l'avenir, se projetant tout entière dans chaque nouveau livre, secouée par la hantise du néant et l'angoisse de la mort, sensible jusqu'à l'extase à la splendeur du monde — entière, dépourvue d'indulgence, généreuse et parfois injuste, habitée par la rigueur des mots et par l'honnêteté de la pensée.*

Courageuse, concentrée, résolue, intrépide : telle dans son œuvre, telle dans sa vie.

Les titres des chapitres qui vont suivre sont des citations tirées de l'œuvre de Simone de Beauvoir.

1

Je promène un dieu en moi...

Son portrait, c'est Simone de Beauvoir elle-même qui le fait. Qui décide de le faire : écrire sur soi, sur sa vie, sur son parcours, son projet, son combat, est une tâche trop importante, les enjeux en sont trop graves pour qu'on puisse en laisser le soin à autrui. Et donc quand elle va s'y mettre, ce sera comme tout ce qu'elle fait : une décision claire, un nouvel engagement, une nouvelle forme de combat. « Mon essai sur la Chine achevé, j'attaquai en octobre 1956 le récit de mon enfance. C'était un vieux projet [1]. » Et par où commence-t-on ? Par le commencement. Mots décisifs, souverains : « Je suis née le 9 janvier 1908, à quatre heures du matin, dans une chambre aux murs laqués de blanc. » Splendide incipit ! Un « je » que rien ne précède trace ses premières apparitions entre les murs d'une chambre laquée — comme le poète sur ce « vide papier que la blancheur défend [2] ». Pureté, décision, pas de fioritures.

1. *La Force des choses* (*FdC*), t. II, p. 128. Les citations de Simone de Beauvoir renvoient à la collection « Folio » (sauf pour *Les Bouches inutiles, La Longue Marche, La Vieillesse* et *Les Cahiers de jeunesse*).

2. Mallarmé, *Brise marine*.

Début du jour, début du mois, début de l'année, début du siècle : commencement pur.

En 1956, au faîte de son âge, de son œuvre, de sa réussite publique, de sa renommée, le Castor est en plein au cœur de sa vie, de son œuvre. Et le contraste est saisissant entre l'intensité, privée ou publique, de ses engagements et cette soudaine évocation de l'enfance, déroulant ses phases dans ce temps merveilleux de la mémoire, sans commencement ni fin... Le moment où elle écrit s'efface ; les objets, les soucis, les êtres, les préoccupations reculent dans la pénombre. Et les choses d'avant jaillissent du gouffre du temps, toutes ruisselantes de la lumière dont elles étaient parées : « Les soirs où mes parents recevaient, les glaces du salon multipliaient les feux d'un lustre de cristal[1]. » Son livre sur la Chine ? La guerre d'Algérie ? Oubliés. Tout cela, pour un moment, disparaît. Revient la petite fille à qui sa mère « inspirait des sentiments amoureux », qui se blottissait dans ses bras pour couvrir de baisers « sa peau de jeune femme ». Le Castor a souffert, dès ses premiers succès publics, des images sensationnalistes ou farfelues qu'on a données d'elle, surtout, de sa réputation de « froideur » intellectuelle. C'est aussi pour cela qu'elle nous convie à revisiter avec elle un monde enchanté où ses parents, jeunes, heureux et gais, ne cessent de s'embrasser et de rire ; où elle-même se jetait sur le monde sensible avec une convoitise sans recul.

En fait, quand en 1956 elle « s'y met », le Castor a déjà beaucoup écrit sur elle-même, ou à partir d'elle-même ; son œuvre est, au sens large, très autobiographique : dès le milieu des années trente, avec

1. *Mémoires d'une jeune fille rangée* (*MJFR*), p. 12.

des récits non publiés, pendant la guerre avec *L'Invitée* où elle met en scène les rapports compliqués que Sartre et elle ont noués avec une jeune fille qui les fascinait tous deux ; puis en 1954 avec *Les Mandarins*, où elle raconte l'histoire d'intellectuels lancés comme eux dans l'ivresse de la Libération. Même *Le Deuxième Sexe*, essai théorique et philosophique sur la condition des femmes, prend appui sur des expériences, des récits qu'on lui a faits, il se réfère même dans l'Introduction à son propre parcours : « J'ai longtemps hésité, écrit-elle, à écrire un livre sur la femme. » Lorsqu'elle se met au *Deuxième Sexe*, c'est explicitement parce qu'elle avait envie de parler d'elle. « J'aimais *L'Âge d'homme* de Leiris ; j'avais du goût pour les essais-martyrs où on s'explique sans prétexte. Je commençai à y rêver, à prendre quelques notes et j'en parlai à Sartre [1]. » Et il la détourne vers une question qu'elle ne s'était jamais posée : qu'est-ce que cela signifie pour vous, d'être femme ? Mais ce qu'il faut maintenant, en cet automne 1956, c'est franchir le pas : « Je souhaitais à quinze ans que des gens, un jour, lisent ma biographie avec une curiosité émue ; si je voulais devenir un auteur connu, c'est dans cet espoir. Depuis j'ai souvent songé à l'écrire moi-même », a-t-elle écrit dans des notes inédites qu'elle cite dans la même page de *La Force des choses*. C'est aussi que le temps passe. Quand elle aura terminé le livre, début 1958, elle aura tout juste cinquante ans ; ce n'est pas vraiment vieux mais, un peu plus tard, Lanzmann et elle se séparent et, toute prévue que soit cette séparation du fait de la différence de leurs âges, tout avertie que le Castor en ait été, c'est une douleur, dont *La Force*

1. *FdC*, t. I, p. 135.

des choses se fera l'écho, et c'est un signe. Depuis toujours, elle est hantée par le temps qui passe, même dans les *Cahiers* qu'elle tient aux alentours de sa dix-huitième année. Quand elle a eu quarante ans, elle s'est effrayée : elle a vu sa vieillesse « au fond d'un miroir[1] ». Aujourd'hui, c'est net : elle ne peut plus s'y dérober : « J'ai presque cinquante ans, c'est trop tard pour tricher : bientôt tout va sombrer » (notes inédites citées dans la même page) : l'urgence intérieure est rejointe par l'urgence extérieure, le passage du temps. Le « grand ruban » sur lequel elle a toujours imaginé que sa vie s'enregistrait, il faut enfin qu'elle le dévide. (En 1951, l'arrivée d'un magnétophone chez Sartre avait déclenché en elle une curiosité si fascinée qu'elle le rapporte avec enjouement dans plusieurs lettres à Nelson Algren.)

Cette angoisse n'est pas neuve, on en a la trace dans ses premiers *Cahiers* : « Angoisse de savoir que la minute vécue allait disparaître pour jamais » (7 août 1926). 1er novembre 1926 : « Un être meurt, et c'est seulement un être de moins sur terre ; moi, le monde disparaît. » Et ce qui disparaît, c'est le « goût unique » de « ma vie », dont nul ne peut connaître ni restituer la qualité particulière. Ni la dette que j'ai contractée envers l'enfant que j'étais et qui, dans sa faiblesse, m'a confié le soin de tenir les promesses qu'elle se faisait, et demandait passionnément à l'adulte de réaliser. « Comment la tirer du néant ? » cette petite morte dont il ne reste même pas un « pâle squelette ». Les *Mémoires d'une jeune fille rangée* sont à la fois un hommage à l'enfant, à l'adolescente qu'elle a été, mais aussi une manière de

1. *FdC*, t. I, p. 233.

vérifier qu'on leur a été fidèle, à ces promesses dont « elle affolait son cœur crédule sous la haie de noisetiers [1] ». Tout se met en place toujours, de façon si vive, si nette, avec des contrastes si marqués, chez le Castor ! Elle s'était lancée dans les voyages politiques, ces voyages officiels des « compagnons de route » qui servent à vérifier le bien-fondé des engagements, à donner des « clefs » à la lecture du monde, le « moi » avait pour un temps remisé sa fragilité, elle était en charge, en fonction, c'est une figure, sociale, publique qui voyage, et qui est reçue comme telle. Et puis à un moment, elle dit : pouce. Elle s'installe devant son papier réglé, et de son écriture si bien formée et si difficile à lire elle trace ces mots : « Je suis née le 9 janvier... »

Mais est-ce par hasard si elle se lance dans ce projet en 1956, année à tous égards « climatérique » ? En 1956, le Castor a déjà une œuvre considérable, elle a conquis en dix ans, avec Sartre, une notoriété qui ne cesse de s'élargir. Dans les années de l'après-guerre, la vogue des premiers écrits de Sartre et le succès des siens ont fait de tous les deux les héros d'une saga à laquelle ils ne sont pas si contents que ça d'appartenir : l'« existentialisme », phénomène de mode dont certains traits ont fait le tour du monde, musique de jazz et vie nocturne dans les caves de Saint-Germain-des-Prés, récits plus ou moins vérifiables de fêtes, de scandales, de désordres moraux et affectifs qui choquent les bien-pensants et ravissent échotiers et gazettes à scandale. En 1956, le « couple mythique » (pour parler comme *Paris-Soir*) qu'elle forme avec Sartre est connu de tous, y compris par les écarts que tous les deux se sont

1. *MJFR*, p. 205.

autorisés. Ou qu'on leur prête. Elle vit depuis quelques années avec un jeune journaliste, Claude Lanzmann, et depuis novembre de l'année passée, elle s'est installée dans un bel atelier, rue Schœlcher, qu'elle a pu acheter avec les droits d'auteur des *Mandarins*, prix Goncourt 1954. Sartre, pour sa part, est retourné une dizaine d'années plus tôt vivre avec sa mère, devenue veuve de son deuxième mari, dans un appartement bourgeois de la rue Bonaparte, où il travaille, reçoit, fait du piano, tout en passant ses soirées en compagnie du Castor. Leur vie est réglée, ils ont leurs habitudes dans ce quartier dont ils ne se sont jamais éloignés, le quartier de Montparnasse, ils y déjeunent tous les jours, au Dôme, à La Coupole et, à plusieurs reprises chaque année, partent en voyage ensemble ou séparément, elle avec Lanzmann, lui avec l'une ou l'autre de ses femmes qu'il n'abandonne jamais quand leur liaison est terminée. On les voit dans les journaux, on les photographie tout le temps. Sartre s'est rapproché en 1950 des communistes français, qu'il ne rejoindra vraiment qu'en 1952, sans jamais s'inscrire au Parti communiste. Et avant de se séparer d'eux, justement, en 1956.

L'année passée, en juin, elle a accompagné Sartre au congrès de la paix d'Helsinki ; en été, elle est allée en Espagne avec Lanzmann et, de septembre à novembre, Sartre et elle ont été les invités officiels de la République populaire de Chine qui fêtait, le 1er octobre, l'anniversaire de la révolution. À leur retour de Chine, ils s'engagent résolument dans *Les Temps modernes* contre le « mythe » de l'intégration algérienne (rappelons que la guerre d'Algérie, qui ne porte pas encore ce nom, a commencé à l'automne de 1954). On les attaque vivement, on les traite « d'anti-Français » : pour eux, l'indépendance s'impose, et toute prolongation des hostilités (appelée « pacification ») leur paraît « imbécile et cruelle ». « Pourquoi aurions-nous été animés, Sartre et moi, écrit-elle dans *La Force de l'âge*, d'une rage anti-française ? Enfance, jeunesse, langage, culture, intérêts, tout nous rattachait à la France[1]. » Avec le temps, et dans les derniers moments les plus atroces de la guerre d'Algérie, c'est avec une immense douleur qu'elle se sentira devenue étrangère à son propre pays, à une population qu'elle juge veule, indifférente et complice, à ceux qui le dirigent, à ceux qui exercent la torture. En décembre 1955, dans son nouveau studio qu'elle a peuplé d'objets et de tissus rapportés de ses voyages, elle travaille au récit de son voyage en Chine ; ce sera, en juin 1957, *La Longue Marche*, récit de ce chemin aventureux et « pacifique » (mot peut-être un peu risqué) qui est en train de mener la Chine, dit-elle, de « la révolution démocratique à la révolution socialiste[2] ». En janvier 1956 elle fait du ski avec Lanzmann, séjourne au printemps avec lui à Londres. Au début de l'été, un décret de la Congrégation du Saint-Office met à l'index « les œuvres de Mme de Beauvoir, *Le Deuxième Sexe* et *Les Mandarins* ». Pour « immoralité existentialiste », commente l'*Osservatore romano* : en considérant le mariage comme une « mystification », elle « foule au pied les bonnes mœurs et la sainteté de la famille[3] ». L'été venu, elle est en Italie, puis en Grèce et en Yougoslavie avec Lanzmann et Sartre accompagné de Michelle Vian. Et en octobre, elle commence les *Mémoires d'une jeune fille rangée*.

1. *La Force de l'âge* (*FdÂ*), t. II, p. 89.
2. Quatrième de couverture de l'édition Gallimard.
3. Claude Francis et Fernande Gontier, *Les Écrits de Simone de Beauvoir*, Gallimard, 1979, p. 64.

1956 est l'année de graves événements, aux retentissements incalculables. Naturellement, il serait très aventureux d'y chercher ceux dont l'impact est le plus grand sur le Castor et surtout sur la rédaction de ses Mémoires. Il y en a probablement plusieurs : l'aggravation de la guerre d'Algérie, l'affaire du canal de Suez et, à l'automne, le soulèvement des « démocraties populaires » contre un stalinisme dénoncé par Khrouchtchev lui-même, le 24 février, dans le retentissant discours d'ouverture du XXe Congrès du Parti communiste d'Union soviétique. Khrouchtchev y a parlé du « culte de la personnalité », rangeant sous cette explication commode et insuffisante la nature et le nombre des crimes commis durant cette période. C'est dire que cette dénonciation demeure prudente : les fondements du régime ne sont pas ébranlés. En Europe de l'Est, on l'a cependant immédiatement interprété comme une occasion à saisir. Elles sont rares, depuis la répression en 1953 de la révolte de Berlin intervenue juste après la mort de Staline. La Hongrie et la Pologne s'y jettent. Sans trop croire à la réussite. Le soulèvement que les Hongrois nomment « révolution » — immédiatement rebaptisé en « contre-révolution » par le pouvoir soviétique pour le déconsidérer — sera écrasé en novembre dans le sang. Ce mois-là, Sartre décide de rompre avec le Parti communiste. Dans « Le fantôme de Staline », il écrit : « Le socialisme au nom duquel les soldats soviétiques ont tiré sur les masses en Hongrie, je ne le connais pas [...] c'est un nom qu'on donne à une nouvelle forme d'aliénation[1]. »

C'est un coup très dur porté aux espérances révolutionnaires de l'intelligentsia procommuniste à

1. Sartre, *Situations VII*, Gallimard, p. 276.

l'ouest de l'Europe ; beaucoup quitteront les rangs du Parti, mais chez certains, en revanche, cela ne fera que renforcer le désir de voir ailleurs une révolution en acte. Fin 1956, des amitiés ont été ébranlées : la première fois, c'était au début de la guerre de Corée où les choses s'étaient gâtées avec Merleau-Ponty et Camus, que préoccupaient les manifestations de plus en plus évidentes de l'impérialisme soviétique. Cette fois, c'est dans l'autre sens : ils se brouilllent quelque temps avec Francis Jeanson parce qu'il a refusé de condamner l'entrée des chars soviétiques à Budapest. 1956 ouvre une ère d'incertitude où les contradictions de la guerre froide vont se trouver aggravées : la mort de Staline ne libère pas les pays de l'Est, dont l'émancipation est remise *sine die*, quand elle n'est pas écrasée sous les chenilles des chars. Mais dans le reste du monde, l'image d'une révolution radicale continue de drainer vers elle les espoirs des défavorisés, à qui le sort de Budapest importe peu. Sur ce fond, les deux grandes puissances peuvent tranquillement continuer le jeu de leurs rivalités, ouvertes ou masquées. Sartre et le Castor n'avaient cependant pas deviné, en Chine, la rupture qui couvait entre Mao et l'Union soviétique, ni ce qu'elle signifiait ; les fêtes du 1er octobre à Pékin les avaient rassurés sur l'adhésion des « masses » à ces grands bouleversements historiques qu'on mène prétendument en leur faveur. À condition d'y mettre beaucoup de soi, et de résister, comme dit Arendt, à l'« impact des faits [1] », la Chine, avec son territoire immense et sa population gigantesque, leur a donné le sentiment qu'en prenant

1. Hannah Arendt, *Le Système totalitaire*, t. 3, des *Origines du totalitarisme*, Seuil, 1972. Cité par Jean-Pierre Le Goff, *La Démocratie post-totalitaire*, La Découverte, 2002.

le relais d'une Union soviétique en perte de vitesse, elle ouvrait en grand l'âge de la révolution planétaire. Le Castor le soutient avec force dans son livre, *La Longue Marche* : elle a trouvé dans la Chine révolutionnaire la preuve vivante que les hommes peuvent secouer la fatalité d'un destin d'oppression millénaire. L'espoir demeure, plus ardent que jamais. Et quelques années plus tard, le Castor et Sartre s'enchanteront d'être invités à Cuba qui fête, en 1960, l'an I de la révolution... Année après année, y compris dans la révolte du peuple algérien, ils continueront de voir, et beaucoup feront comme eux, le monde comme un gigantesque théâtre où s'avancent, les uns après les autres, les peuples prenant conscience de leur oppression et décidés à s'en libérer.

Année paradoxale, 1956 n'est pas une année entièrement noire ; partout, dans le monde, un certain ordre, l'ordre colonial, est ébranlé : au Maghreb, le 2 mars voit la fin du protectorat français au Maroc ; le 20 mars, l'indépendance de la Tunisie. Mais la sympathie de Sartre et du Castor ne les porte pas naturellement vers ce type de changement pacifique, où la violence des masses n'a pas sa part, et qui leur paraît suspect de réformisme ou même pire. N'y a-t-il pas un risque de voir une bourgeoisie nationale, éclairée, prendre le pouvoir et reproduire le même type d'oppression que l'ancien pouvoir colonial ? C'est un grand succès pour les femmes pourtant, lorsque, dans les mois qui suivent l'indépendance, Bourguiba prend les premiers décrets abolissant la polygamie et modifiant le statut personnel dans le sens d'une plus grande égalité des sexes. À gauche, et à l'extrême gauche, quel sens cependant est-on capable de donner à l'arrivée au pouvoir de Nasser, le 23 juin, surtout lorsque, le 26, il nationalise le canal de Suez, provoquant une crise internationale ? Comment ne pas être partagés ? Nasser se répand en propos incendiaires contre le « sionisme » et, d'un autre côté, Guy Mollet, alors président du Conseil, veut abattre la puissance égyptienne qu'il soupçonne d'aider la « rébellion » algérienne. C'est Israël qui va prendre l'initiative d'attaquer l'Égypte le 29 octobre, rejoint par la France et le Royaume-Uni. Nasser en sort vainqueur, doté d'un grand prestige dans le Moyen-Orient, et ce pendant dix ans. Mais Sartre et le Castor continueront longtemps de se méfier de lui qui mène une action très dure contre les communistes égyptiens et syriens de la nouvelle République arabe unie.

Personne encore à cette époque ne semble remarquer que le régime autoritaire mais laïque de Nasser (comme le sera plus tard celui de Saddam Hussein en Irak) tient en respect le mouvement des « Frères musulmans » né en Égypte dans les années trente, et la montée d'un islamisme dont on a mal mesuré la progression. Signe des temps, en effet : au printemps de 1956, à peine dix ans après la « partition de l'Inde », le Pakistan fait une proclamation d'identité musulmane. Un monde dangereux est en train de se dessiner, fait d'affrontements coloniaux et post-coloniaux, progressivement dominés par la question du pétrole, et le retour du religieux dans ces zones troublées. Pour le Castor et pour Sartre, 1956 est finalement surtout l'entrée dans ce qui est « leur combat » : la guerre d'Algérie, guerre qui va peser lourdement sur leurs vies, sur leur travail durant six longues années. Et où leur action, avec d'autres intellectuels parfois au demeurant rivaux ou adversaires déclarés, contribuera à sauver ce qui peut l'être de l'honneur de la France. Quand enfin la paix sera signée en 1962, c'est trop tard, dira le Castor, le mal est fait, les horreurs de cette guerre ont laissé des traces ineffaçables.

Toutes ces années ont été une période d'adhésions fortes et de rejets violents, les débuts de la déstalinisation ont secoué le Castor tout autant que Sartre, la guerre d'Algérie la bouleverse, il ne lui suffit plus d'avoir derrière elle cette grande œuvre, *Le Deuxième Sexe*, et de recevoir tous les jours des lettres de femmes dont elle a changé l'existence. L'idée d'émancipation lui semble plus que jamais nécessaire ; jamais il ne lui a paru plus nécessaire de la soutenir, partout où elle se rencontre. Mais il est clair aussi qu'elle est très décidée à ne pas lui sacrifier son œuvre ; la preuve, c'est que, dans le fond, elle ne se sent pas très à l'aise dans ce genre, elle l'écrit à Algren : ce livre sur la Chine n'est « pas trop bon » (lettre à Algren de novembre 1956). C'était un sujet « trop difficile ». Et les aléas douloureux de sa vie privée la confirment dans cette volonté de reprendre pied sur un terrain solide, où elle va pouvoir déployer dans toute son ampleur sa force de création et de réflexion. Tout cela donne beaucoup de sens au retour de ce vieux projet : écrire sur soi.

*

De même que, selon le vœu de Claudel, l'orchestre au début de *Partage de midi* « établit l'horizon en quelques mesures », la naissance étant posée, le Castor ne s'attarde pas sur ces moments vaseux où on n'est guère plus qu'un tube digestif : la première année est esquivée, sans même une esquisse, déjà Simone est attestée par une existence dont d'autres peuvent se faire les témoins, et dont on a gardé trace. Ce à quoi sourient de « jeunes dames en robes longues » et des messieurs coiffés de panamas, ce n'est un « bébé » que le temps d'une photo : c'est « moi », le premier enfant d'un couple récemment constitué. L'aînée. Quand arrivera la petite sœur, venue avant, je passe devant. « J'avais une petite sœur; ce poupon ne m'avait pas[1]. » L'absence de réciprocité est totale : pendant longtemps, mon drame, dira le Castor, c'était de ne pas supporter d'exister dans d'autres consciences. La conscience d'un « poupon » n'est pas un danger. *Tout compte fait* complétera et corrigera cette partie du récit des Mémoires, ne serait-ce qu'en ancrant sa naissance dans le corps des parents : si elle est née, c'est de la « pénétration de cet ovule par ce spermatozoïde[2] ».

Et même, les porteurs de ces gamètes ont un nom : « Je suis née de Georges et Françoise de Beauvoir le 9 janvier 1908[3]. » Dans le récit de 1956, elle ne naît de personne : la chambre est vide, l'accouchée disparue, pas une trace, pas une salissure, même les meubles sont de laque vernie. Dans les années soixante-dix, le Castor prendra l'habitude d'évoquer de façon récurrente, et parfois un peu rituelle, le rôle des « années d'enfance » et même de la toute petite enfance. C'est ainsi qu'elle tentera de comprendre les délires et la déchéance de « Camille » ou celle de son cousin Jacques : « Seule l'enfance pouvait en rendre compte[4]. » Dans les *Mémoires d'une jeune fille rangée*, rien de tel. Sur ces temps des tout premiers débuts, elle file; parce qu'elle n'en a, comme tout le monde, pas gardé la mémoire; parce qu'ils

1. *MJFR*, p. 9.
2. *Tout compte fait* (*TCF*), p. 11.
3. *Ibid.*, p. 13
4. *Ibid.*, p. 108.

présentent peu d'intérêt. Le Castor en poupon, cela ne convient guère. Lorsqu'elle examine, dans *La Force de l'âge*, les raisons de leur refus commun du mariage et de la maternité, pas plus que Sartre, dit-elle, elle n'avait envie de se « prolonger » dans une autre existence ; du reste, si les enfants l'intéressent, elle n'a jamais fait attention aux « poupons » qui lui paraissent faits d'une chair molle, dépourvue d'âme et de personnalité.

Vite écartée, une impression « confuse » lui reste de ces premières années : « Quelque chose de rouge, et de noir, et de chaud[1]. » De matriciel et de dangereux ? Dont le « noir » enveloppe les années de la toute petite enfance de ses reflets de sang, rouge et chaud : mais c'est aussi la couleur de la moquette, ne nous égarons pas. Et celle du « chaperon » dont elle s'est revêtue pour porter dans son panier un petit pot de beurre et de la galette. On n'est pas à l'abri du danger, le loup, et ses dents brillent dans l'ombre, sous le bonnet de dentelles de la mère-grand[2]. Très vite, du reste, dans les *Mémoires d'une jeune fille rangée*, la toute petite fille a des intuitions métaphysiques qui se mêlent à ses premières sensations : assise sur les genoux de sa mère, regardant les « meubles laqués de blanc » et le soleil qui caresse le parquet ciré, elle songe : « Je ne pourrais plus m'asseoir sur ses genoux. Soudain l'avenir existait, il me changerait en une autre qui dirait moi et ne

1. *MJFR*, p. 9.

2. Bruno Bettelheim trouve *Le Petit Chaperon rouge* extrêmement décevant ; rien n'y est laissé à l'imagination du lecteur : « Comme la fillette, en réponse à cette tentative de séduction directe et évidente, n'esquisse pas le moindre mouvement de fuite ou de résistance, on peut croire qu'elle est idiote ou qu'elle désire être séduite. » Elle a, conclut-il, plutôt « l'apparence d'une femme déchue » (*Psychanalyse des contes de fées*, Laffont, 1976).

serait plus moi. J'ai pressenti tous les sevrages, les reniements, les abandons et la succession de mes morts[1]. » À peine est-elle née qu'elle est embarquée par la mélancolie du « jamais plus » et la hantise du néant. Sa conscience s'est éveillée dans cette double expérience. Elle va en suivre pas à pas le développement. Ce « moi » en effet, comment s'est-il constitué ? Cette question lancinante hantera le Castor jusqu'à la fin, jusqu'au moment où, l'œuvre étant faite, elle revient sur ses débuts, ses premiers apprentissages. Ce n'est plus une guerrière qui parle dans *Tout compte fait*, c'est une philosophe presque retirée du monde qui se livre à une méditation : « Il m'arrive d'éprouver au réveil une stupeur puérile : pourquoi suis-je moi[2] ? »

Mais si, en 1970, elle y répond en invoquant les « chances » qui ont présidé à son destin, en 1956, dans les *Mémoires d'une jeune fillle rangée*, elle oriente bien davantage la réflexion vers l'âpreté des combats que mène, en ces premiers commencements, une conscience qui s'éveille. Il faut donc revenir aux tout débuts de ses Mémoires et chercher avec elle, dans les replis du temps, les images, les souvenirs qui y sont enfouis. Qu'est-ce qu'une conscience qui s'ouvre au monde ? N'est-ce pas, en même temps, un corps qui se forge ? Une vie qui entrevoit déjà des promesses ? Tout cela à la fois : la conscience émerge déjà dans la voracité d'une bouche absorbant le monde pour le dominer. Elle est déjà, comme dans la philosophie que plus tard Sartre et elle-même développeront, *tout entière hors de soi*. Et dans ce vide qui se creuse entre le désir et l'objet, le Castor qui

1. *MJFR*, p. 13.
2. *TCF*, p. 11.

« devine », « pressent » « tous les sevrages, les reniements, les abandons, et la succession de [s]es morts[1] ». Une alternance de fusion tranquille et de rejet violent caractérise ses premiers éveils : « Je continuais à grandir et je me savais condamnée à l'exil. » Ce savoir est celui que la femme de cinquante ans projette sur l'enfant « au visage encadré d'anglaises » : c'est une sorte de déduction à rebours.

La conscience du monde est conscience de soi dans le même mouvement qui happe goulûment les choses et refuse violemment ce qui pourrait le borner. « Au début » — de la vie, de la pensée, de l'œuvre — il y a ceci : la colère, la violence, le rejet qui viennent trouer l'apprentissage heureux d'un monde « à l'abri »... Simone de Beauvoir s'est forgé, de ses premières années, une représentation si parfaitement claire, si parfaitement à la mesure de ses engagements postérieurs. Ses traits d'enfance sont marqués, cohérents et si singuliers qu'ils expliquent la force, la cohérence et la singularité de ses engagements. Des Mémoires ne sont pas une chronique ou une archive : c'est un récit orienté. Qui répond à l'intention, visible ou cachée, de dégager une nécessité derrière la série des événements soumis à l'arbitraire de la naissance, des rencontres, des amours. Tout se déploie, dans les Mémoires, sous une lumière forte, maniée d'une main qui ne tremble pas. Le monde entre à flots par les yeux, par les mains, par la bouche du nourrisson; mais il ne l'accepte pas « tout entier ». Des révoltes le secouent, des répugnances le jettent dans des sanglots, des cris, des vomissements : « On renonça à les combattre. » Choyée, amusée, protégée « par l'inces-

1. *MJFR*, p. 13.

sante nouveauté des choses », elle est une petite fille très gaie : mais cette idylle du moi et du monde est sans cesse rompue par des « crises furieuses » qui la jettent au sol « violette et convulsée[1] ». Le moindre refus qu'on lui oppose en est le prétexte. « Non », dit sa mère quand elle commence à peler une prune : elle tombe « en hurlant sur le ciment ». Une fois, c'est parce que Louise, sa bonne, l'a arrachée aux pâtés de sable du square Boucicaut ; une autre fois, au Luxembourg, elle hurle si fort qu'une dame s'exclame « pauvre petite ! » en lui tendant un bonbon : elle la remercie d'un coup de pied.

Où gît la cause des colères, des rages de l'enfant ? Dans son impuissance. Il y a là une thèse sur l'enfance, et plus généralement sur la famille, que le Castor a déjà abordée dans *Le Deuxième Sexe*, quelques années auparavant. Pour la mère, l'enfant est une conscience rebelle, qu'elle veut dominer ; et l'enfant, dans sa fragilité et sa dépendance, s'offre « comme un petit esclave » qui doit obéir « aveuglément ». Le rapport des mères aux enfants est souvent ainsi un mélange « d'entêtement éducateur et de sadisme capricieux[2] ». Les colères du garçon sont mieux comprises et mieux vécues par la mère qui y voit les signes de sa mâlitude ; chez la mère, partagée « comme toutes les femmes » entre « la revendication et la haine de leur condition de femmes », les colères de la fille et plus tard ses révoltes exaspèrent le dégoût « qu'il lui arrive d'éprouver pour son sexe ». Plus tard l'enfant n'éprouve plus la nécessité de passer par la colère pour s'affirmer : c'est alors que, si elle est fille, elle se heurte véritablement à une mère forcément et doublement « jalouse » : « du monde

1. *Ibid.*, p. 17.
2. *Le Deuxième Sexe* (*DS*), t. II, « Situation : La mère », p. 375.

qui lui prend sa fille » et de sa fille qui « en conquérant sa part du monde la lui vole »; on en aura la preuve quand surviendra la grande crise où le Castor à la fin de son adolescence se détournera violemment de sa mère qui ne la « comprend » plus, pour qui elle est devenue « un monstre ».

Sur cette période des colères, on sent que Simone de Beauvoir s'attarde avec plaisir : elle y voit un effet de sa « vitalité fougueuse », point de départ d'un « extrémisme » auquel elle n'a jamais « tout à fait renoncé ». Cette disposition n'est donc pas une étape dans son développement, elle est un trait de son caractère qu'elle gardera toute sa vie, c'est à cette source qu'elle puisera, à tout moment, sa radicalité face à tout ce qui menace sa liberté — ou lui paraît menacer celle des autres. Lorsque la guerre d'Algérie transforme à ses yeux la France en une abjecte réserve de bourreaux et de complices, tout devient « noir » dans son cœur.

S'il cède, l'enfant est perdu; s'il résiste, et découvre qu'on finit par lui céder, il n'a pas forcément gagné : pour toujours peut s'inscrire en lui l'idée qu'il n'est pas d'autorité légitime, et il en payera toute sa vie le prix. Dans cette difficile question, les *Mémoires d'une jeune fille rangée* ont tranché; la réussite de sa vie, l'optimisme et le courage qui la marquent résultent de l'équilibre, très tôt deviné, entre un juste recul devant les exigences de l'adulte et l'acceptation des « valeurs » qui lui étaient proposées : « Jamais je ne mis sérieusement en question l'autorité[1]. » Jamais non plus elle ne s'est

1. *MJFR*, p. 22.

« emportée contre un objet » ; en revanche, ce qui déchaîne une rage voisine du désespoir, c'est la tyrannie des mots, l'arbitraire des ordres, des contraintes où on ne peut lire « nulle nécessité ». Sa vie durant, elle ne l'acceptera jamais et chaque heure, chaque tâche (y compris celle du bonheur) sera mesurée à cette aune : ne céder en rien à l'exigence d'échapper au hasard, à la contingence. Deux choses seulement peuvent la faire sombrer, une atteinte à l'équilibre du monde, une atteinte à l'existence précoce, en elle, d'une « personne ». Un soir, la remarque sarcastique d'une bonne : « Monsieur et Madame se bagarrent », lui donne l'impression que « la terre avait basculé sous ses pieds ». Qui pourrait en effet supporter longtemps, surtout un petit enfant, « que les ténèbres se confondent avec la lumière » ? Mais ce qui heurte peut-être plus violemment encore la petite fille, c'est qu'on attente à quelque chose qu'elle ne sait pas encore nommer son « moi », cette « conscience » qu'un instant elle a vue reflétée dans le regard d'autrui comme un objet, sur le point d'y être englouti. Dès la plus petite enfance, elle s'est sentie une « personne » et, cette personne, fût-elle âgée de trois ans, il lui est intolérable qu'on ose lui palper les mollets. Il ne lui reste qu'à protester à sa manière habituelle, se « jeter en glapissant sur le trottoir ». Peu de temps suffit pour que cette découverte se fortifie : « Je me promis, lorsque je serais grande, de ne pas oublier qu'on est à cinq ans un individu complet. » Le monde reprend sa forme et ses couleurs, il retrouve le reposant manichéisme dont l'enfant a besoin : « Le monde se disposait harmonieusement autour de coordonnées fixes et des catégories essentielles, qu'"une épée de feu sépare" » : le Bien et le Mal, avec des majuscules. Les notions neutres en sont « bannies » : « Pas de milieu entre le traître et le héros, le renégat et le martyr[1]. »

Une lutte sans merci s'est ouverte, au cœur de l'enfant toute petite, entre l'arbitraire de l'autorité et la nécessité de la loi ; plus tard, elle prendra l'aspect d'un conflit entre toutes les formes de la contingence et la nécessité impérieuse de donner sens à sa vie. Mais le puissant appétit de savoir qui se révèle chez l'enfant n'en est pas épargné ; c'est le moment où il lui faut accéder à la « convention », à ce que la science moderne du langage a désigné comme l'arbitraire du signe, signe écrit ou note de musique. Un cratylisme spontané bloque ses apprentissages : tout enfant souhaite, comme le dit Claudel, retrouver dans les mots des ressemblances avec les choses, voir la colonne de fumée monter du « i » de la locomotive, et ses grosses roues rondes se répartir tout le long de son nom... D'où sa frustration : quel rapport y a-t-il entre ce mot et les signes sur la page qui le représentent ? Entre ces insectes noirs ou blancs pourvus d'élytres en plus ou moins grand nombre, et les sons dont il s'enchante ?

Les *Mémoires d'une jeune fille rangée* ne sont pas seulement le « roman d'une enfance bourgeoise », comme l'ont cru certaines lectrices émerveillées d'y reconnaître la leur. Lorsque Sartre, à propos de Jean Genet, dit qu'il veut « rendre compte d'une personne en sa totalité, faire voir cette liberté aux prises avec le destin, d'abord écrasée par ses fatalités puis se retournant sur elles pour les digérer peu à peu[2] », c'est une de ces « fatalités » dont Simone de Beauvoir décrit l'apparition dans son univers de petit enfant. En décrivant sa révolte, elle a des mots très

1. *Ibid.*, p. 26.
2. *Saint Genet, comédien et martyr*, Gallimard, 1952, p. 645.

forts : « Je ne voulais céder qu'à la nécessité ; je récusais les vérités qui ne reflétaient pas un absolu[1]. » Cette passion de l'absolu, peu la connaissent à un degré aussi fort. La plupart de ceux, et surtout de celles qu'elle rencontrera, lui sembleront toujours prêts à sombrer dans le relativisme, la mollesse, le compromis. Sauf une catégorie de femmes, auxquelles elle rend hommage dans l'un des derniers chapitres du *Deuxième Sexe*, juste avant le fameux « Vers la libération » qui conclut l'ouvrage. Ce sont les grandes mystiques, en qui elle retrouve proche de la sienne mais sous une forme « mystifiée » cette quête d'une « source suprême des valeurs[2] ». Proche de Jean de la Croix, sainte Thérèse d'Ávila est la plus audacieuse, et c'est avec la plus extrême rigueur qu'elle pose le problème du rapport de toute existence avec la transcendance. Les autres, « ses sœurs mineures », ne visent pas un transcendant mais la « rédemption de leur féminité[3] ». Toutes se dérobent, sans doute, à l'appel d'une liberté qui ne peut s'accomplir « authentiquement » qu'« en la projetant par une action positive dans le monde ». Mais les grandes mystiques sont les seules femmes mystifiées pour lesquelles le Castor aura une vraie indulgence, car elle se reconnaît leur parente.

« Seul un être éphémère est capable de trouver l'absolu dans le temps[4]. » La passion de l'absolu est dans toute l'œuvre de Simone de Beauvoir. Elle en trouvera un équivalent, voire une expression, ou seulement un substitut, dans son engagement politique aux côtés de Sartre, dans cet « extrémisme »

1. *MJFR*, p. 31.
2. *DS*, t. II, « Justifications, La mystique », p. 585.
3. *Ibid.*, p. 587.
4. *FdC*, t. I, p. 96.

dont à juste titre elle a observé en elle l'apparition et noté la constance. Dans cette volonté de retrouver l'univers rassurant de la petite enfance, quand une épée de feu séparait le Bien du Mal. Durant un demi-siècle, en effet, la guerre froide donnera forme et contenu — justification, aussi — à cette vision polarisée du monde, sans demi-teinte : l'affrontement en deux « blocs » renforçant chacun des deux dans son rejet de l'autre. Dans son livre *Destra e sinistra*[1], Norberto Bobbio, penseur de la gauche italienne non communiste, a montré comment l'opposition ami/ennemi, venue d'un ennemi radical de la démocratie, Carl Schmitt[2], a été reprise par la gauche, formant une idée de la politique comme lieu des antagonismes. L'ami est l'ami de mon ami; mais aussi l'ennemi de mon ennemi : c'est ainsi que le « communisme » de Sartre sera peut-être d'abord un « antianticommunisme ». Dans ce combat, note aussi Bobbio, la gauche usera de systèmes d'oppositions dont elle captera entièrement à son profit les connotations positives : lumière/ténèbres, bien/mal. Dont l'origine est religieuse, orientale, biblique et prébiblique; c'est déjà le conflit d'Ormuzd et d'Ahriman chez les Mazdéens.

Six ans. Une petite conscience s'est allumée, qui brille calmement dans le regard droit, sérieux, que montrent les photographies. C'est un âge, six ans.

1. *Destra e sinistra Ragioni e significati di una distinzione politica* (« Gauche et droite; raisons et significations d'une distinction politique »), Donzelli Editore, Roma, 1994, pp. 31 sq.

2. Né en 1888, mort en 1985, Carl Schmitt, intellectuel catholique pratiquant, est un penseur allemand de la contre-révolution, antilibéral et anticommuniste. Pour Schmitt, la politique est le lieu de la distinction ami/ennemi. Il adhère au parti nazi en 1933, en sera le conseiller juridique.

Juste avant la déclaration de la guerre, en août 1914, la petite fille a découvert à la fois le monde du « savoir » — qui est l'image d'une « vie à soi » qu'elle se donnera pour toujours — et, en même temps, à Meyrignac, la splendeur du monde visible, et « les innombrables replis de la nature ». Dans le monde du savoir, un enfant pressent dès qu'il entre à l'école que son avenir, « au lieu de le séparer » de lui-même, se déposera dans sa mémoire. Profonde intuition, profonde définition de l'étude : en s'ouvrant à l'univers des livres, au trésor qui s'y est déposé, on se construit et on devient autre tout en demeurant fidèle à soi. Toute sa vie, Simone de Beauvoir restera attachée à cette intuition d'enfant; sa mémoire, sa capacité de travail se sont forgées dans ces années-là. Passer des journées en bibliothèque, « tout lire » sur un sujet, traverser des continents de la pensée, son « avidité » ne sera jamais comblée. « J'aimais apprendre », dit-elle, en 1956, et cet aveu a quelque chose d'extraordinairement émouvant : on ne dira jamais assez combien il y a de la simplicité honnête, directe, chez Simone de Beauvoir. La figure du monde dans les planches de l'atlas, telle est l'image principielle de ces premiers savoirs et de leur beauté, qu'on a renoncé aujourd'hui à offrir aux enfants avec le sérieux et la gravité qui leur sont dus et qui les honorent. Pour un enfant précoce — et il est hors de doute qu'elle l'était —, le monde du savoir est infiniment plus riche que celui de sa vie quotidienne, d'abord parce qu'il est plus ordonné. La vie confortable d'un enfant de famille aisée lui masque la fragilité des choses, la dureté du monde et ses cruelles nécessités : manger, jouer, se divertir, regarder des images dans le « kinétoscope », devenir soi-même aussi sage que ces images, cela ne divertit pas longtemps, elle pressent bien vite un autre monde, surtout quand elle croise, barbouillé de poussier, le marchand de charbon « Juglar » dans cet entrepôt sur lequel après guerre sera construit le restaurant La Coupole en pur style Art déco. Mais il y a dans les livres quelque chose d'autre : c'est que leur nécessité s'offre dès que la page, en pleine lumière, se déploie.

*

Si, dans *Tout compte fait,* le Castor laisse une place récurrente aux « chances » dont son enfance « bourgeoise » a pu bénéficier, c'est aussi qu'aux alentours de 1968 le discours s'est durci autour de la question des privilèges. Mais pour saisir jusqu'à quel point et de quelle manière le Castor en a été favorisée, il faut bien imaginer ce que c'est que la « bourgeoisie » dans les années du début du XXe siècle où naissent le Castor et Sartre, lui trois ans plus tôt, le 21 juin 1905. C'est une France extraordinairement éloignée de la nôtre, à qui la Première Guerre mondiale portera un coup fatal. France rurale, France coloniale, France marquée par de profondes inégalités vécues comme des données de nature entre les classes, entre les sexes. La famille à laquelle appartient le Castor est très représentative de la « bourgeoisie » de l'époque : son père, Georges Bertrand de Beauvoir, avocat sans causes qui avait rêvé d'être acteur, né en 1878 et qui mourra au début de l'Occupation, a ses attaches en Limousin ; sa mère, Françoise Brasseur, née en 1885, a été l'élève à Verdun du couvent des Oiseaux. Dans *Une mort très douce,* en 1964, Simone de Beauvoir dira combien sa mère était « fière » jusque sur son lit d'hôpital d'avoir suscité l'« estime de la mère supérieure[1] ». Mais elle souligne que, sur la photo de sa classe, les yeux des jeunes filles « n'expriment rien ». « Ma mère, dit le Castor, est entrée dans la vie corsetée des principes les plus rigides : bienséances provinciales et morale de conventine. » Georges de Beauvoir est un « brillant causeur », un mondain, un dandy. Lecteur passionné, ardent à se grimer, il fait jouer aussi sa femme, « dont la beauté compensait l'inexpérience ». L'été, à Divonne-les-Bains, ils participaient « à des spectacles donnés par des amateurs » (c'était aussi, à l'époque, une manière d'acquitter les frais de son séjour). Classiquement, avec sa culture et ses manières autoritaires, il prend en charge la « formation morale » du Castor, sa mère se voyant réserver « le soin de veiller sur [s]a vie organique ». De l'éducation de sa mère, le Castor retient surtout les formes de coercition qu'elle a subies : elle s'y est habituée à « réprimer ses élans et à enfouir dans le silence d'amers secrets ». Son mariage l'a révélée à la vie physique, que le Castor dit avoir été heureuse et même passionnée, durant quelques années. Mais elle y a développé aussi un esprit de soumission à un mari dont elle redoute les critiques et l'esprit caustique. Le Castor de 1956 a alors cette phrase terrible : « Je n'ai jamais vu ma mère s'étonner de rien. » On ne peut dire davantage les effets de l'« oppression conjugale » : elle ferme aux femmes des voies de la pensée, de la réflexion, de l'interrogation. Dans *Une mort très douce*, le portrait de la mère prendra d'autres couleurs ; apparaîtront dans toute leur dureté les épreuves que lui fait subir la vie conjugale, avec un époux qui la trompe

1. *Une mort très douce* (*MTD*), p. 46.

et, après l'avoir adorée, choyée, rentre parfois le matin sentant l'alcool et le tabac et « garde dans son bureau la photographie de sa dernière maîtresse, brillante et jolie[1] ». La famille de Sartre, bourgeoise elle aussi, est plus atypique. Mais sa propre mère n'en subira pas moins une forme classique de la domination qui s'exerce sur les femmes : veuve très jeune, Anne-Marie retournera vivre chez ses parents avec son petit garçon, le petit « Poulou ». Charles Schweitzer, le grand-père de Sartre, usera toujours pour nommer sa fille et son petit-fils d'un terme générique, « les enfants ». Jusqu'au moment où la jeune femme se remariera, et connaîtra une autre forme de domination : jamais lors de leurs disputes violentes elle n'osera prendre devant son mari le parti de son fils qu'elle adore. Sartre — comme Baudelaire et, un peu après lui, Roland Barthes — n'appréciait en effet guère son beau-père[2].

La séparation des classes est peut-être de nos jours toujours aussi violente, mais elle se cache derrière des formes d'égalité, notamment juridiques, une amélioration générale du niveau de vie et une certaine unification des pratiques « culturelles ». À la veille de la Première Guerre, les classes sont des mondes antagoniques, qui ne se connaissent ni ne se fréquentent — sauf à travers une institution aujourd'hui bien transformée, la domesticité. De cette France qui travaille et qui souffre, et qui commence à bouger, l'enfance du Castor est totalement tenue à l'écart. Les ouvriers sont les habitants

1. *MTD*, p. 49.

2. « La mort de Jean-Baptiste [son père] fut la grande affaire de ma vie : elle rendit à ma mère ses chaînes et me donna la liberté. » Et, plus loin, « je n'ai pas de Sur-moi » (*Les Mots*, Gallimard, « Folio », p. 19).

d'une autre planète. On l'assure que « les temps ont changé », que les ouvriers ne souffrent pas « de la dureté de leur métier ou de l'inconfort de leurs logis » parce qu'ils en ont l'habitude; et que, s'ils « haïssent la bourgeoisie », c'est parce qu'ils sont « conscients de sa supériorité [1] ». Dans la bourgeoisie, le souvenir est encore très présent des premières années du siècle, où la question sociale s'était posée et même imposée avec violence. Surtout lorsque les socialistes, rassemblés en un « parti socialiste unifié [2] », se retirent du gouvernement pour obéir aux directives du congrès d'Amsterdam (1904) : lutte des classes, non-collaboration avec les partis « bourgeois ». Ce sont des années de luttes sociales intenses, scandées de quelques résultats : en 1898 sont votées en France des lois sur les accidents du travail, posant le principe de la responsabilité de l'employeur [3]. En 1901, une loi sur les « associations », et une autre portant sur la création d'une Direction du travail. L'Église même cède du terrain. Dans l'encyclique *Rerum novarum*, en 1891, Léon XIII avait rappelé la nécessité d'instaurer « plus de justice dans les rapports entre employeurs et employés [4] » : ce début de politique sociale du Vatican aura des conséquences dans l'engagement des catholiques après 1918. Un trait est tiré sur la condamnation par l'encyclique *Quanta cura* de Pie

1. *MJFR*, p. 182.
2. La SFIO, Section française de l'Internationale ouvrière.
3. Employé à Prague par différentes compagnies d'assurances, Kafka a tenu registre des situations dramatiques où se trouvaient, au tournant du siècle, des ouvriers renvoyés chez eux sans aucune pension. L'un d'eux, amputé des deux jambes, se voit seulement offrir le prix du retour dans son village natal.
4. Relire sur ces points les excellentes synthèses des anciens manuels scolaires de Malet-Isaac.

IX et son annexe, *Le Syllabus* (1864), d'une série d'« erreurs modernes », le principe de l'État laïque, la liberté de conscience, la souveraineté du peuple, à quelque chose près les conquêtes et l'héritage de 1789... Des grèves retentissantes se déclenchent, que Clemenceau puis Aristide Briand répriment durement. En 1906, la loi sur le repos hebdomadaire des salariés est cependant votée et, en 1910, une autre loi institue les retraites ouvrières. Le 1er mai de 1906 est resté célèbre : Clemenceau, alors ministre de l'Intérieur, fait évacuer par la force la Bourse du travail et les leaders de la CGT. Sur une photo de l'époque, on peut voir la banderole qui court sur toute la façade de l'édifice, avec ces mots : « À partir du 1er mai 1906, nous ne travaillerons que huit heures par jour. » (Mais six jours sur sept. D'où l'importance des « 40 heures » réclamées et obtenues par le Front populaire : trente ans plus tard.)

Une seule fois, cependant, le Castor « pressent » le dénuement. C'est lors d'une visite avec sa mère à leur ancienne bonne, Louise, qui l'a élevée et les a quittés lorsque, par suite de leur changement de fortune, les Bertrand de Beauvoir ont déménagé. « Je n'avais jamais mis les pieds dans un sixième [1] », dit le Castor. La structure de l'habitat parisien est encore partiellement une structure verticale ; les « classes pauvres » habitent les étages supérieurs. Même si, de plus en plus, la ségrégation sociale prend une forme horizontale — l'Est, quartier pauvre ; l'Ouest, quartier riche [2]. Le sixième est alors

1. *MJFR*, p. 182.

2. Dès le second Empire, c'est le cas, au point que Napoléon III, partisan de l'« extinction du paupérisme », fait aménager le bois de Vincennes comme pendant populaire au bois de Boulogne des familles et des équipages riches et élégants.

l'étage des « chambres de bonne ». La famille du Castor d'ailleurs, en s'appauvrissant, se déclasse en passant à un « cinquième sans ascenseur », rue de Rennes. La chambre où Louise vit avec son mari et leur enfant est située rue Madame, dans le quartier de Saint-Sulpice ; elle donne avec une douzaine d'autres sur un « triste boyau ». Un lit, un berceau, une table avec un réchaud. « Déjà la promiscuité où je vivais [l'appartement de la rue de Rennes est moins vaste et moins confortable que celui du boulevard Montparnasse] et la monotonie des journées bourgeoises m'oppressaient. » Mais elle entrevoit un univers où l'air a un « goût de suie », où « nulle lumière ne perçait jamais la crasse » ; où l'existence n'est qu'une « longue agonie [1] ». Tel, dans le quartier des Gobelins, le taudis où vivent les Thénardier, séparés par une mince cloison de la chambre de Marius, qu'Éponine, la fille aînée, sauvera sur les barricades... Cette vision des « classes pauvres » et de la vie en clair-obscur qu'elles mènent, le Castor n'y renoncera pas : plus tard, évoquant la situation des peuples de ce qu'on appelle encore le tiers-monde, elle parle de ces « larves » trop faibles pour la révolte, « traînant de la naissance à la mort un désespoir crépusculaire ». Autant elle sera, et de plus en plus, engagée du côté des « opprimés », autant elle demeurera profondément étrangère à ce qui fait aussi la force, la résolution et même la gaieté des vies en proie à la nécessité et à la rareté. Pour elle, les « opprimés » forment une classe unique, et quelque peu indifférenciée, dont Louise dans son « sixième » est la figure emblématique, objet d'une prise de conscience fugace ; quand son enfant meurt,

1. *MJFR*, p. 183.

le Castor pense : C'est trop injuste ! Et sèche ses larmes « sans avoir remis en question la société ».

Cette « bourgeoisie » à laquelle Sartre comme elle voueront une « haine tenace » n'a encore rien vu : après la Première Guerre mondiale, la rente s'effondrera, les « dots » promises ne seront jamais versées (d'où la gêne où vivra la famille du Castor), et l'homme au couteau entre les dents, le « bolchevique », fera son apparition en affiches sur les murs. Des fortunes suspectes s'édifieront pour crouler en un jour : jamais la mère du Castor ne regardera d'un bon œil ces « métèques » aux terrasses des cafés (voir dans les *Cahiers de jeunesse* combien ce mot fait bondir le Castor).

Le « peuple » n'est présent dans les vies bourgeoises du début du siècle ou des années de l'après-guerre que sous la forme des paysans, parce que cette bourgeoisie est encore une bourgeoisie rentière, ce qui disparaîtra en partie avec la guerre. C'est le cas des grands-parents paternels du Castor, famille de propriétaires terriens en Limousin. (Sa mère, Françoise, est issue d'une famille de fonctionnaires et de banquiers.) Mais alors, c'est la beauté de la campagne qui fait écran : « J'aimais tant la campagne que la vie des paysans me semblait heureuse[1]. » Ces « racines » terriennes sont cependant un héritage incomparable : le Castor y puise un sens du monde concret, des choses vues, de la beauté du monde qui fera toujours défaut à Sartre. La beauté de Meyrignac, de son « hêtre pourpre », l'été qui enflamme la terre rude et voluptueuse du Limousin lui seront toujours étrangers ; observant, tandis qu'il médite *La Nausée*, le tronc d'un arbre, il en dessine

1. *Ibid.*, p. 181.

les feuilles d'un trait maladroit dans une lettre au Castor, qui commente, d'une note laconique et royale : « C'était un marronnier. »

Au sein de cette famille désargentée, mais assez classiquement bourgeoise, ou assez bourgeoisement classique, le Castor enfant est le témoin d'une stricte répartition des rôles sexuels, jusque dans l'éducation qu'elle reçoit : le père est celui qui le premier reconnaît en elle une « personne achevée » quand sa mère la traite encore en enfant ; il lui fait ainsi gagner un temps précieux. La complémentarité de leur rôle que les Mémoires repèrent dans la petite enfance du Castor, elle en a quelques années plus tôt, en 1949, dans *Le Deuxième Sexe*, examiné les conséquences : la soumission des femmes à un ordre qui les opprime, soumission dont elles se vengent, du reste, en reportant sur leurs enfants (sur leurs filles en particulier) la sévérité d'un ordre qui leur est imposé et qu'elles leur imposent à leur tour. Le Castor l'a observé dans son enfance : le ressentiment de sa mère éclatait en formes détournées, comme c'est toujours le cas avec les faibles ; elle prenait « son air noir ». La mère du Castor ne s'enfonce pas dans ces délires de femmes que Simone de Beauvoir décrit à maintes reprises dans son œuvre ; elle est toutefois la première, et en date, et par son importance dans la vie de sa fille, d'une longue galerie de femmes dépendantes, et jugées avec sévérité par le Castor.

Sa mère revendique son appartenance à un monde de conventions — elle a « son jour », et ses habitudes de piété : père sceptique, mère très pieuse, là encore, le schéma est classique. Jugeant avec sévérité la « caste » où elle est née, le Castor n'en subit pas moins, enfant, les préjugés et reconnaît qu'elle les partage : quand elle assiste au catéchisme de son « cours », elle ne se mêle pas aux autres enfants de la paroisse, elle a le sentiment d'« appartenir à une élite[1] ». Oui, c'est la « bourgeoisie » dans toute sa splendeur, même dédorée, même si l'appartement n'a pas de salle de bains et s'il faut, en sortant le soir, descendre la boîte à ordures. Aucune révolte quand le père dit s'adressant à ses deux filles : « Vous mes petites, vous ne vous marierez pas, répétait-il souvent. Vous n'avez pas de dot, il faudra travailler. » « Je préférais infiniment la perspective d'un métier à celle du mariage; elle autorisait des espoirs[2] », commente férocement le Castor de 1956 : dans ses premiers *Cahiers* (août 1926) elle a du mariage une vue plus classique[3]. Au bout du compte, c'est une grande chance pour une jeune fille aussi douée intellectuellement que le Castor; elle aura la permission de faire des études. Ce qui ne fut pas le cas de son amie Élisabeth Lacoin dont la famille était riche.

*

Toujours revenir à ceci : des Mémoires sont une construction forte, orientée, soumise à la vigilance d'un propos constant. La montée des souvenirs s'y organise autour d'une série de figures antithétiques et de contrastes fortement marqués. L'un d'eux est la divergence de destins entre deux petites filles que

1. *Ibid.*, p. 66.
2. *Ibid.*, p. 145.
3. 26 août 1926 : « Et le mariage. Peut-être qu'un jour je me marierai; si ce n'est pas probable, c'est du moins possible. En tout cas, c'est le plus grand bonheur que je puisse rencontrer dans cette vie; c'est le plus grand bonheur je pense que toute femme, tout homme puisse attendre de la vie. »

tout rapproche et que tout va séparer : le Castor, et Zaza — Élisabeth Lacoin — qu'elle rencontre au « cours Désir[1] » l'année de leurs dix ans. Là les Mémoires deviennent le chapitre d'une geste héroïque : comment « deux jeunes filles rangées » finissent par s'engager dans des voies opposées. Et connaître l'une, une mort précoce, l'autre une réussite éclatante. Ce sont des figures possibles du destin pour des jeunes filles issues du même milieu, jumelles par l'âge, le milieu familial, l'éducation. La rencontre de « Zaza », Élisabeth Lacoin, marque la fin de la première partie, le temps de l'enfance. Elle se place à un moment où la vie de la famille du Castor est entrée dans une phase difficile, dont elle ne sortira pas. Nous sommes à la fin de 1917, année extrêmement dure pour tout le monde, où on a le sentiment que la guerre ne finira jamais. Le père est rentré en 1915, il est ruiné, la dot promise n'arrivera jamais et, dès le début de l'année suivante, ils doivent déménager, quitter le boulevard Montparnasse pour un cinquième étage au 71 rue de Rennes, sans ascenseur, dépeint par Simone de Beauvoir en couleurs très sombres : mal éclairé, trop petit. Mais quelques mois plus tôt, à la rentrée d'octobre 1917, « le tabouret voisin du mien était occupé par une nouvelle : une petite noiraude aux cheveux coupés court[2] ». C'était Élizabeth[3] « Mabille » — Élisabeth Lacoin, dite Zaza.

Non seulement Zaza va devenir la « meilleure amie » de la petite fille, mais elle va figurer dans la

1. Dommage : il n'y a en réalité pas d'accent sur le nom de la fondatrice du cours, Adeline Desir, « une bossue qu'en haut lieu on s'occupait à faire béatifier ».

2. *MJFR*, p. 125.

3. Anglomanie de l'époque ? Le Castor écrira toujours Élizabeth, avec un « z ».

grande épopée beauvoirienne en y tenant un rôle majeur, du fait aussi de sa mort prématurée ; elle sera ainsi l'objet de ses premières tentatives littéraires : de la plus achevée, refusée en 1938, *Quand prime le spirituel*. Le fil qui court à travers les *Mémoires d'une jeune fille rangée*, c'est aussi celui d'une dette secrète, que le Castor tentera toute sa vie d'acquitter : la dette envers Zaza. Leurs vies et leurs destins sont tellement mêlés, ils se croisent d'une manière tellement exemplaire que le Castor peut terminer ce premier volume de Mémoires par ces mots : « Ensemble, nous avions lutté contre le destin fangeux qui nous guettait, et j'ai pensé longtemps que j'avais payé ma liberté de sa mort. » Étrange « pensée », même si on ne le pense plus[1] ! Ce sacrifice qu'elle n'a pas demandé, elle mettra à son tour toute sa vie pour s'en acquitter. D'où la récurrence, dans l'œuvre du Castor, des récits qui n'aboutissent pas, ou qui « échouent » à rendre justice à Zaza. Quand dans les années trente, sous le titre *Quand prime le spirituel*, le Castor rapporte en cinq récits subtilement agencés la mort de Zaza et ce qui l'a entourée, et qu'elle essuie le refus successif de deux éditeurs, elle l'accepte sans murmurer, range le manuscrit dans un tiroir, et ne l'en ressort qu'en 1979, sur l'insistance de deux universitaires qui ont entrepris de publier tous ses inédits.

La rencontre de Zaza en 1917 change radicalement le rapport que la jeune Simone de Beauvoir entretient avec le monde. Zaza a huit frères et sœurs, et elle fait preuve d'une indépendance, d'une liberté de ton, voire d'un « cynisme » qui la laissent pan-

1. *MJFR*, p. 503.

toise. C'est aussi une excellente élève, et il se crée entre elles des relations non de rivalité mais d'émulation ; dès le premier Noël elles jouent ensemble une saynète où elles apparaissent en couple : Zaza, « en costume garçonnier », incarne le jeune cousin turbulent de Mme de Sévigné enfant, jouée, elle, par le Castor en robe rose. La famille Lacoin (appelée « Mabille » dans les Mémoires, et « Vignon » dans *Quand prime le spirituel*) a tout pour impressionner le Castor : le père est ingénieur des chemins de fer, ils habitent rue de Varenne, et la mère, le cou entouré d'un ruban de velours noir où pend un bijou ancien, « tempère par une songeuse amabilité son aisance de souveraine ». Ce sont des catholiques militants, toujours entourés de leur ribambelle d'enfants doublée de cousins et cousines bruyants. Zaza émerveille le Castor par l'étendue de ses capacités : elle rédige une chronique familiale, sait confectionner des « fruits déguisés », grimpe aux arbres et se suspend aux branches par les pieds ; elle joue du piano et ose, ayant réussi une audition, tirer en public la langue à sa mère ! Tout ce tableau fait ressortir par contraste la timidité, les « manières guindées », le manque d'aisance de son amie Simone, mais rend aussi plus douloureuse, rétrospectivement, la tragédie qu'est la mort prématurée de la jeune fille, à vingt et un ans. « Soumise aux lois, aux poncifs, aux préjugés, j'aimais néanmoins ce qui était neuf, sincère, spontané. La vivacité et l'indépendance de Zaza me subjuguèrent[1]. »

Cette amitié immédiate dans son évidence et son intensité ouvre à la petite fille un univers insoupçonné : le monde « perd toutes ses couleurs » quand

1. *MJFR*, p. 129.

l'être aimé est absent. Ce sentiment, cette détresse, elle « ne sait pas la nommer », mais elle est là. C'était la première expérience du passage abrupt de la déréliction à l'« éblouissement radieux » lorsque Zaza revient en classe. Et Zaza pourrait mourir ? « Je glisserais de mon tabouret, expirante. » Rien de pire que de survivre. Pour l'instant, il lui suffit d'être « sa camarade préférée » ; rien n'oblige à la réciprocité parfaite, du moment, dit-elle, où « je ne concevais rien de mieux au monde que d'être moi-même et d'aimer Zaza[1] ». Il n'y a en effet rien d'inconciliable entre ces deux postulations. L'avenir le montrera.

C'est au « cours Desir » que Zaza et elle se sont rencontrées. Ce qui demeure frappant pour la formation du Castor, et là que se creuse une profonde différence avec celle de Sartre, c'est qu'elle a su trouver son chemin sans passer par les filières, déjà accessibles aux filles, d'un enseignement dispensé par l'État. Le Castor fait toutes ses études secondaires et une partie de ses études supérieures dans ces institutions d'inspiration et d'essence bourgeoises (et religieuses) où les familles comme il faut confinaient leurs filles ; elle ne fréquentera ni l'école publique — les filles de son milieu n'y allaient pas — ni le lycée. Quand elle est nommée en 1939 au lycée Camille-Sée, le Castor n'a jamais profité du décret du 21 décembre 1880 qui porte son nom. Député de gauche, ami de Jules Ferry, Camille Sée avait déclaré : « Les filles sont aussi aptes que les garçons à recevoir l'éducation secondaire. » Sous son impulsion, l'instruction des filles échappera aux écoles privées ou religieuses qui seules, jusque-là, en avaient

1. *Ibid.*, p. 131.

la charge. Ce n'est qu'en 1925, cependant, que les programmes enseignés aux filles seront les mêmes que ceux destinés aux garçons. L'adoption de la loi Sée a provoqué de vifs débats dans les deux Assemblées, et l'Église est intervenue, redoutant qu'on forme dans les lycées de filles « des femmes libres-penseurs ». Quelle différence une fois encore avec le parcours de Sartre ! Si le Castor peut dire dans *Tout compte fait* qu'à sa naissance, elle « était sur des rails[1] », combien Sartre l'était davantage ! Famille bourgeoise, aussi, mais le grand-père est un universitaire, germaniste connu, professeur et auteur de manuels appréciés. Et puis c'est un garçon : il va suivre le trajet exemplaire de l'« élite », une élite essentiellement pour ne pas dire uniquement masculine. Après le séjour à La Rochelle, ce sont les grands lycées de la capitale, Henri-IV ou Louis-le-Grand, leurs classes supérieures, et enfin la rue d'Ulm, berceau à l'époque des hommes politiques, des maîtres de l'Université, et de quelques « grands écrivains ». Le Castor n'a jamais dit cette « chance » que Sartre a connue : elle n'a cependant jamais regretté le lycée, où son père voulait la faire entrer vers sa douzième année. Sa mère s'y refusa. Que se serait-il passé ? se demande-t-elle. Et elle répond tout uniment : « Je me serais retrouvée dans un bon rang[2]. »

Elle moque un peu la figure de la fondatrice, Adeline, « une bossue qu'en haut lieu on s'occupait de faire béatifier », mais les « éducatrices » du cours (car ce ne sont pas des « institutrices[3] ») ont droit à

1. *Ibid.*, p. 24.
2. *Ibid.*, p. 23.
3. *MJFR*, p. 31.

son indulgence amusée ; il y a même là un pittoresque tout particulier : les mères assistent aux leçons, « installées sur des canapés de moleskine noire », brodant ou tricotant[1]. Le Castor y est à l'aise, parce qu'elle prend tout simplement plaisir à l'« étude », la vie quotidienne lui paraît ne plus suffire à ses appétits. Elle y reste jusqu'à ses deux baccalauréats, passant le premier en juillet 1924, avec la mention bien ; le second l'année suivante, de mathématiques élémentaires et de philosophie. Après son second bac, ses parents ne souhaitent pas qu'elle prépare l'École normale de Sèvres : elle non plus. D'anciennes « sévriennes » lui ont décrit le jardin où « de belles jeunes filles, avides de savoir, se promenaient au clair de lune ». Cela ne lui fait guère envie ; pas plus que d'aller s'enfermer, hors de Paris, « avec des femmes[2] » ; elle ne songe pas non plus qu'elle aurait pu, comme Simone Weil, intégrer la rue d'Ulm. Elle prépare un certificat de mathématiques générales à l'Institut catholique, et une licence ès lettres à Sainte-Marie de Neuilly que dirige alors Madeleine Daniélou, mère du musicologue Alain Daniélou et du futur cardinal Jean Daniélou[3]. La grande décision, ce sera de faire de la philosophie : parce qu'elle va « droit à l'essentiel[4] ».

1. *Ibid.*, p. 32.

2. L'École normale de jeunes filles avait été créée le 26 juillet 1881 en même temps que l'agrégation féminine. La fusion avec la rue d'Ulm aura lieu en 1985.

3. Une des premières femmes agrégées de France. Elle considérait que l'éducation des filles était une chose essentielle au sein d'une société « qui appelle les femmes à de grandes responsabilités dans la vie familiale et professionnelle, dans le monde politique et social, dans l'Église ».

4. *MJFR*, p. 220.

*

L'éducation religieuse de la petite fille est celle que donne, conventionnellement, le milieu de la moyenne bourgeoisie parisienne où elle est née ; conventionnellement, aussi, s'opposent la piété de la mère, poussée presque au bigotisme, et l'esprit frondeur du père. Si fortement consciente qu'elle soit d'être une « personne » qui revendique des instants de solitude pour échapper à la sollicitude étouffante du cocon familial, elle n'en est pas moins, classiquement, très pieuse : les Évangiles lui parlent, plus encore le « visage tendre et triste » de Jésus. Elle s'absorbe dans la prière, entre les classes, se glisse dans la chapelle, étreint les genoux du Christ et pleure sur son corps sanglant, avant de le laisser « remonter au ciel » et de se fondre « avec l'être plus mystérieux » à qui elle doit la vie, et dont la « splendeur » un jour la ravirait. Ce mot n'est pas rien : elle en use également pour désigner cette puissance vitale, énigmatique, qui se donne à voir dans la nature. Son monde a en effet plusieurs pôles : s'il est entièrement animé par la présence divine, il s'organise cependant selon une logique d'oppositions claires, entre le temps de la ville et celui de l'échappée à Meyrignac. D'un côté, une vie d'enfant et d'écolière, la vie avec ses parents, dans un appartement bourgeois, au cœur d'une ville dont elle brûle de percer les secrets (que font ces passants qui se hâtent sur le trottoir juste en dessous de ses fenêtres et qu'elle ne pourra plus suivre quand ils se seront établis rue de Rennes dans un cinquième ?). Et de l'autre, tous les ans, Meyrignac. « Nous passions l'été en Limousin, dans la famille de papa. » (Noter l'enfantin « papa » qui restitue dans son langage d'adulte la vision de l'enfant qu'elle était [1].)

« Tout changeait lorsque je quittais la ville et que j'étais transportée parmi les bêtes et les plantes dans la nature aux innombrables replis [2]. » Cette épithète digne d'Homère ouvre à des pages magnifiques, où l'enfant éperdue s'enchante des choses et de leurs noms. Chaque année la magie se reproduit, l'odeur « pathétique » des magnolias la fait presque défaillir : car, dans leur présence et le ravissement qu'elle produit, il y a déjà l'anticipation du néant. *O rose, thou art sick!* s'écrie Blake. « Ô rose, tu es malade ! » La rose porte le ver en son cœur — la mort. Et quand, au sein de la nature, la terre fait écho à cette voix qui sans répit chuchotait : « Je suis là » et que le cœur martèle le temps comme les oscillations d'un pendule, n'est-ce pas une réponse « sous l'infini du ciel » au « silence infini » ? Il s'en faut pourtant de peu que l'angoisse de la déréliction ne l'emporte, mais Dieu est là, « et il me regardait ; caressée par la brise, grisée de parfums », et cette « fête » lui donnait l'« éternité [3] ».

Avec le temps, cependant, cette sécurité s'effrite ; la haute spiritualité qu'elle attend de l'Église tarde à se manifester, parents et curés sont complices dans de petites admonestations triviales — « ma petite

1. Cette différence a malheureusement disparu dans la langue d'aujourd'hui où on peut entendre un rocker quinquagénaire saluer « sa maman » venue l'entendre au concert ou tel sportif, hâlé par les épreuves, « son papa » qui l'accueille à l'arrivée d'une course transatlantique. Ainsi se perd une possibilité stylistique dont Simone de Beauvoir use avec science : le « discours indirect libre », cette présence dans la phrase d'une autre voix, d'un autre sujet, d'une autre époque.

2. *MJFR*, p. 34.

3. *Ibid.*, p. 112.

Simone a changé ». Sous la robe du prêtre se montrent « des jupons de bigote » : il n'est qu'une commère avide de ragots, son sacerdoce est une imposture. Dieu s'en sort « de justesse[1] », mais ses jours sont comptés. « J'avais rafistolé le ciel » : le rafistolage ne durera pas. Un soir, à Meyrignac, c'est fini. Le conflit est posé entre la « terre » et le « ciel » : « Une chaude odeur d'étable montait vers les glacis du ciel[2]. » Chaque mot compte, y compris par les échos qu'il suggère au-delà de son sens exact : dans le « glacis », ce vernis pâle et transparent qu'on dépose sur une peinture sèche pour lui donner de l'éclat, il y a toute la froideur inhumaine, réfrigérante des espaces intersidéraux. Et « en bas », c'est l'étable, avec ses chauds remugles de vie organique. La splendeur du monde l'entoure, la fraîcheur des lauriers-roses où elle plonge ses mains, le gouglou de l'eau, loin des « planètes tragiques », dont parle le poète : « Le monde / le monde est fait avec des astres et des hommes / là-haut / depuis quels temps à tout jamais silencieux / là-haut / en quels jardins profonds et violents des cieux / là-haut / autour de quels soleils / pareils / à des ruches de feux / tourne, dans la splendeur de l'espace énergique / l'essaim myriadaire et merveilleux / des planètes tragiques[3] ? »

Quand la nuit sera complètement venue, l'adolescente poursuivra dans son lit des rêveries inspirées par ses lectures, qui la mettront « dans de drôles d'états ». Fin de l'innocence, et surtout de l'hypocrisie. Impossible de tricher : « Je compris que rien ne me ferait renoncer aux joies terrestres. "Je ne

1. *Ibid.*, p. 186.
2. *Ibid.*, p. 190. Notons aussi que le « glacis » est cette zone arasée qui précède des fortifications.
3. Émile Verhaeren, *La Multiple Splendeur*, 1906.

crois plus en Dieu", me dis-je. C'était une évidence : si j'avais cru en lui, je n'aurais pas consenti de gaieté de cœur à l'offenser. » Dieu disparaît en quelque sorte par sa propre faute; parce qu'il a donné à l'adolescente un goût d'absolu qu'il ne parvient plus à satisfaire. « J'étais trop extrémiste pour vivre sous l'œil de Dieu en disant au siècle à la fois oui et non. » C'est lui ou moi : s'il existe, je ne suis pas. « Je ne concevais pas d'accommodements avec le ciel. Si peu qu'on lui refusât, c'était trop si Dieu existait; si peu qu'on lui accordât, c'était trop s'il n'existait pas. » L'abandon de Dieu est plus qu'un refus : c'est une conséquence logique. « Je tranchai net[1]. » On l'a vu cependant : il y a dans l'élan des mystiques quelque chose à quoi le Castor ne sera jamais insensible. Et dont elle aura une sorte de nostalgie, comme si rien d'autre ne pouvait atteindre la profondeur et l'incandescence de ces arrachements « hors de soi » qu'elles rencontrent ou subissent dans le moment des grandes visions[2].

Libérée de la présence inutile de Dieu, le Castor est fière de se retrouver, par-delà les contraintes de l'âge et du sexe, en compagnie des « libres esprits qu'elle admirait » et en accord avec eux. Telle est l'armure, et l'armature du Castor de guerre : elle sort, comme Minerve, tout armée de ce néant qu'est l'absence de Dieu. Son père pour qui « Renan est un grand esprit » a en horreur l'anticléricalisme et les lois Combes[3] mais il lui a montré la voie par son « scepticisme ». Cesser de croire en Dieu, c'est entreprendre une « aventure hasardeuse » : ce qui va en

1. *MJFR*, pp. 190-191.
2. Cf. notre ouvrage, *L'Amazone du grand Dieu*, Bayard, 1997.
3. *MFJR*, p. 50.

revanche la secouer gravement, ce ne sont pas les conséquences logiques et spéculatives de l'absence de Dieu ; car il est plus facile « de penser un monde sans créateur qu'un créateur chargé de toutes les contradictions du monde ». C'est le retour d'une angoisse native, qui fait rage : « la face de l'univers » a changé. « Soudain tout se taisait : quel silence ! » Il y a un vide, là où il y avait Dieu, et dans ce vide, « soudain, j'étais seule [...] Sans témoins, sans interlocuteur, sans recours ». Je n'existe plus pour personne, et je suis condamnée à mourir. De nouveau : les cris, l'excès nerveux, « je griffai la moquette rouge ». Plus difficile encore, se sentir séparée des « autres », comme sa mère, et devoir le cacher. Comment se voir, se juger ? Selon le regard des autres, elle vit dans l'hypocrisie et le mensonge ; selon son propre regard, il en va tout autrement. « Je vis dans mon isolement non une marque d'infamie, mais un signe d'élection. » De cette angoisse ne surgissent ni la tentation de l'absurde — sans Dieu le monde serait dépourvu de sens ; ni celle du désespoir — sans Dieu qui me consolera quand tous m'auront abandonnée ? Sa conduite ne change pas, « la loi morale est trop profondément gravée » en elle pour qu'elle l'abandonne avec Dieu. Et cette loi n'en est que plus rigoureuse : elle exige et attend tout du monde humain, s'il n'y a plus, dirait Nietzsche, d'« arrière-monde ». Si Dieu n'existe pas, tout impose à l'athée rigueur et inflexibilité. Si Dieu n'existe pas, alors rien ne peut être racheté ni pardonné : il y a de l'inexpiable. Telle est la « libre fin » qu'elle s'est choisie, dans sa quinzième année.

Au fond, Dieu a peut-être été dans cette affaire moins présent qu'on ne pense : il est la figure réifiée, mystifiante, de tous les faux absolus auxquels on se soumet, ou se sacrifie en vain. La lutte à l'issue de quoi elle découvre que le ciel est « vide » conforte en elle cette profonde intuition que le monde a besoin de moi et de mon action. Ses « ambitions terrestres » sont là, depuis toujours, peut-être seulement déguisées dans sa période mystique sous les oripeaux de la foi. Dès qu'elle a commencé de penser, elle s'est vue marquée du signe de la singularité, et de l'exception. Le mariage, la maternité ? Non : ennuyeuse ritournelle, répétitions monotones, rabâchage. Le « Castor de guerre » a fait sa toute première apparition lorsque, à l'arbitraire des volontés adultes, elle oppose dans le jardin du Luxembourg une colère d'enfant ; et elle fait ses premières armes en liquidant, un soir d'été, en 1922, tout ce en quoi se résumaient l'appareil et la justification des volontés extérieures. À cette perspective de soumission, elle a opposé la sienne : j'émergerai, et de la façon que j'aurai librement choisie, je deviendrai un écrivain. Indifférent aux douces résidences des hommes, et à leur « odeur d'étable », le ciel étoilé a révélé de quel vide sans recours il était peuplé. Au-dessus du champ où la jeune fille est étendue, et des milliards de brins d'herbe qui le composent, un chêne plane majestueusement. « Je serai pareille à lui[1] », pense-t-elle. Par l'ampleur du projet qu'elle se donne, et non par l'exceptionnelle qualité de son « être » : elle a « choisi d'écrire ». Seule l'écriture lui permettra en effet d'être sa « propre cause » et sa « propre fin[2] ».

Sur cette précoce et inaltérable décision d'« écrire », Simone de Beauvoir s'est souvent expliquée, et dans le plus grand détail. Quand, à quinze

1. *Ibid.*, p. 196.
2. *Ibid.*

ans, elle doit inscrire sur l'album d'une amie les prédilections, les projets censés définir sa personnalité, elle n'hésite pas un instant, elle écrit : « Être un auteur célèbre. » « Je convoitais cet avenir, à l'exclusion de tout autre.[1] » Si « écrire » signifie « être un écrivain célèbre », ce n'est pas pourtant la vanité qui dicte ce choix, ni le souci de l'image sociale : c'est qu'en étant « célèbre », l'auteur touche le plus grand nombre ; et ses livres valent « à leur auteur la gloire la plus universelle et la plus intime ». Goût de la communication : déjà dans les pages précédentes, instruisant poupées et Poupette (sa sœur), elle montre un appétit de « transmettre » qui découle immmédiatement de cet appétit de connaître, proprement vorace, qu'elle ressent comme un appel, une mission, une tâche : « Tant de choses m'exigeaient ! Il fallait réveiller le passé, éclairer les cinq continents, descendre au centre de la terre et tourner autour de la lune[2]. » C'est l'œuvre de Jules Verne, plus encore qu'un programme d'études : connaître le monde, c'est inventer des moyens (des machines) pour le découvrir et le penser. Et c'est aussi le rêver. Car tout se passe pour l'enfant comme si le monde avait besoin de lui pour être : « Quand je dormais, le monde disparaissait ; il avait besoin de moi pour être vu, connu, compris[3]. »

Plus encore : il aura besoin que je l'écrive.

Dans les mêmes temps, Sartre enfant poursuivait les mêmes rêveries : il s'en expliquera longuement dans *Les Mots*, il racontera comment il a fini par abandonner le monde éternel des génies et des grands écrivains et l'idée d'un salut par les Lettres,

1. *Ibid.*
2. *Ibid.*, p. 95.
3. *Ibid.*

au profit d'un engagement liant son sort étroitement à ses contemporains. Mais le choix d'écrire ne peut à l'évidence être le même pour une femme et pour un homme. Le combat que le « Castor de guerre » mène pour « être soi », et le confirmer avec éclat dans l'« écriture », prend tout son sens par rapport à sa « situation » de femme : elle le note du reste dans la même page : « Les plus célèbres de mes sœurs s'étaient illustrées dans la littérature. » Le mène-t-elle, ce combat, « en tant que femme » ? À aucun moment : elle dira même à la fin des années quarante que le fait d'être une femme ne l'avait jamais « gênée », n'avait même jamais compté. Et pourtant, rien de ce qu'elle a fait, voulu faire, réussi à faire, ne s'est fait de la même manière et aux mêmes conditions qu'un homme. Sartre, dans sa jeunesse, et peut-être même tout au long de sa vie, est pénétré de l'idée qu'il a un destin : Sartre se sent prédestiné. Héritage indirect du protestantisme ? Lorsque le Castor sent qu'elle a une « vocation » qui lui promet peut-être un « destin d'écrivain », c'est d'abord une tâche qui lui est imposée, et qui découle de « la conscience précoce de ma présence au monde [et du] scandale de [mon] futur anéantissement[1] ». Dans la prédestination, ce thème qui a creusé un fossé profond d'abord entre les catholiques et les protestants, plus tard, au sein du catholicisme, c'est comme si l'issue du combat était donnée avant même qu'il ait commencé. Rien de tel chez le Castor, tout sera là, à son heure, elle en a la certitude, mais il faudra s'être battue, avec acharnement. Le prédestiné n'a qu'à laisser venir les choses. Elle, elle a foi, non dans son destin, mais dans ses forces : elle se

1. *TCF*, p. 633.

sait courageuse, « bosseuse » même, rien ne lui fait peur, sauf la mort et plus tard la crainte de survivre à Sartre. Tu le peux, si tu le veux, telle est sa maxime, et qu'elle finit par appliquer à tous les autres, à toutes les autres surtout. Cette façon de voir dénote un sentiment de supériorité, et elle l'avoue à plus d'une reprise dans ses *Cahiers*, mais c'est aussi — elle le dira en 1976 à John Gerassi — par l'effet d'un sentiment tout à fait opposé : puisque je le peux, pourquoi les autres ne le pourraient-ils pas ? Son orgueil est toujours compensé par un profond sentiment (chrétien, encore) de l'égalité des âmes devant Dieu : c'est elle-même qui le dit, à plusieurs reprises.

*

Cette foi en son destin, en ses forces, on n'en avait peut-être pas pris l'exacte mesure, jusqu'au jour où on a pu lire les *Cahiers* que le Castor avait tenus durant les années de sa formation, du début de 1926 (le premier a été perdu) jusqu'en octobre 1930 : années qui ont suivi, comme elle le dit elle-même, « sa nouvelle naissance » au cours de l'automne 1925. Leur lecture est un choc. En les parcourant, on croirait assister à l'ouverture d'un hypogée où des corps, des objets, des peintures, miraculeusement sauvés des atteintes du temps, révèlent dans sa fraîcheur et son exactitude un monde qu'on croyait disparu. Si vifs, si colorés, si convaincants que soient les *Mémoires d'une jeune fille rangée*, les *Cahiers* sont autre chose : ils sont cette résurrection de la « petite morte » dont les Mémoires quêtent en vain la trace ; et avec elle, celle du Paris de l'époque, son atmosphère intellectuelle, ses boulevards, ses grands cafés disparus, ses plaisirs, le canotage au Bois, sa beauté. C'est un Castor d'avant le Castor, c'est sa naissance intellectuelle, philosophique, existentielle, bien avant cette relecture, cette revisitation, cette reconstruction de soi à laquelle l'adulte se voue au sommet de son œuvre.

Naturellement, c'est aussi l'ampleur des *Cahiers* qui est stupéfiante (près de cinq cents pages), leur ton, d'une extrême précocité intellectuelle, et surtout la sûreté avec laquelle une jeune fille qui a tout juste dix-huit ans quand elle commence à les tenir se voit, se juge, et devine son futur destin. Les *Mémoires d'une jeune fille rangée* s'en sont inspirés pour retracer le chemin par lequel elle s'est progressivement dégagée de la gangue étouffante de la famille, de la religion, à travers les mouvements contrastés de ce qu'elle appelle encore une « vie spirituelle ». Dans les *Cahiers*, on la voit « en temps réel ». Elle se juge, s'observe, se livre à des « bilans » réguliers de ses « progrès », se pliant à un surgissement intérieur dont elle n'est ni entièrement maîtresse ni entièrement responsable : elle est le lieu d'une métamorphose incessante, dont elle constate la forme et les effets. « Moi en octobre 26, 18 ans, 9 mois : Ce que je découvre en moi, d'abord, c'est un sérieux, austère, implacable, dont je ne comprends pas la raison, mais auquel je me soumets comme à une mystérieuse et écrasante nécessité. »

L'été 1926, le Castor, qui ne porte pas encore ce nom, a derrière elle sa première année d'études supérieures, mais elle sent que, depuis une certaine « épreuve[1] » dont il nous manque le récit, elle est devenue autre — c'est-à-dire elle-même : un voile

1. 31 octobre 1926 : « J'ai péniblement l'année dernière découvert et conquis mon moi ; ç'a été un grand et magnifique travail. »

s'est déchiré qui l'enveloppait des dernières brumes de l'adolescence. Elle le dit clairement dans ce « résumé de sa vie » d'octobre 1928 : « C'est de la rentrée 1925, soit il y a trois ans, que je date ma naissance. [...] Sagesse — études appliquées, lecture de livres sérieux qui ne parlaient pas de la vie — idées arrêtées, ignorance de moi — depuis 1922 environ la piété ardente de mon enfance est tout à fait morte — après une crise un peu douloureuse, l'affranchissement est consommé. Le bonheur tient dans le bleu de ce ciel. Donc beaucoup de choses se referment : la routine des cours et des amies insignifiantes — ma grande passion pour Zaza au cours de l'année de philo s'est dénouée — les dernières attaches à la religion sont coupées. » À partir de là — et c'est comme la synthèse de son projet à venir — *elle se vit, elle se voit, elle se veut.* Il n'y a pas de temps à perdre. Car la mort est là : ni lointaine ni immédiate, mais comme la condition même de notre être au monde. 6 avril 1928 : « L'horreur de la mort, la grande horreur, le sentiment aigu de la fuite de chaque minute posée devant moi [...] de nouveau, physiquement, je tremble. » Et ce sera un des thèmes qui la rapprochent alors de son cher « Lama » au début de 1929 — surnom donné par les « petits camarades » à René Maheu, « Herbaud » dans les *Mémoires d'une jeune fille rangée* — « malgré ses côtés blagueur à froid » (21 mars 1929). Il craint la mort « autant que moi-même : ne plus voir l'herbe, oh ! les arbres... ». Sa voie est tracée : et son but. « Je construirai une force où je me réfugierai à jamais » (6 février 1928). Elle a tout juste vingt ans. C'est un péan, une hymne guerrière ; on y entend un écho, quelque chose d'ancien et de tragique, comme dans le psaume de Luther, *Ein' feste Burg ist unser Gott*,

« Notre Dieu est une solide forteresse ». Il y a là, chez une jeune fille de vingt ans, une ambition, une démesure, une « hubris » qui colore toute sa vie à venir. Le jeune Castor, ce Castor d'avant la lettre, va donc se forger à travers une série d'exigences requises pour que la vie soit pleinement accomplie et non pas seulement « vécue ».

Depuis que, le 18 décembre 1926, elle a noté : « Je me suis trouvée; je suis moi, et je sais que je suis moi. Je suis en pleine maturité et pleine possession de moi », elle vit dans une sorte d'extase, qui lui donne le remords de devoir quitter définitivement ceux qu'elle aime encore d'un attachement d'adolescente, d'enfant. Ses parents, avec qui elle entretient des rapports classiquement ambivalents, tantôt heureuse de les voir encore jeunes et gais ; tantôt détestant l'esprit étroit de surveillance tatillonne de sa mère, sa sœur, pour qui dans ces années d'avant l'agrégation (1929) elle a des moments de pure adoration : « Ô ma sœur, ma Poupe chérie qui sais si bien sans attendrissements rendre à ta Mone ta tendresse toujours présente, sûr et doux refuge, chère complice, chère moi-même. Sois heureuse, ma tant aimée, ma sœur. » Plus tard, les choses changeront et Poupette heureusement ne lira pas tout de suite la lettre du 10 octobre 1950 à Nelson Algren : « Ma pauvre sœur s'est rendue dans trois ou quatre galeries de peinture, exhibant ses tableaux : aucune n'a été intéressée [...] et une femme lui a montré des œuvres exposées dans sa galerie en les comparant avec celles de ma pauvre sœur : Vous voyez ? Ça c'est de la peinture, ça, c'est de la merde... » Et la guerre d'Algérie les séparera profondément.

Cette extase, cette effervescence se nourrissent du spectacle de la rue, des arbres au printemps, de la couleur des ciels d'automne, et de toute la gamme des anticipations de l'avenir, dont l'« œuvre » qu'elle est sûre de laisser. 25 juin 1929 : « Étrange certitude que cette richesse sera reçue, que des mots seront dits et entendus, que cette vie sera source où beaucoup d'autres puiseront. » Elle sent naître en elle une force immense — intellectuelle, philosophique, vitale, morale — et l'observe avec un mélange de curiosité, d'inquiétude et de joie. Elle a foi en elle, non seulement au vu de ce dont elle est capable — puissance intellectuelle, précocité, fidélité — mais au nom de ce qu'elle est sûre d'être un jour. Et cette foi exaltée dans ses forces prend un tour presque inquiétant : « Ah ! moi-même, mon enfant, contre mon cœur, pour moi-même redevenir un dieu dans cet après-midi d'extase... » (vendredi 19 avril 1929). Car ces moments sont souvent suivis d'un retour sur soi sévère, dépressif. Le Castor laisse entrevoir ici l'un des traits qui vont marquer toute sa vie et son œuvre : « Quand je pense à moi, je vois avec tant d'angoisse cette vie inutile qu'il faudra remplir, moi qui n'ai pas de valeur, pas de force et qui sais pourtant que tout le reste n'a pas de prix. J'ai peur et je suis seule » (25 décembre). Ces dispositions alternées, fortement contrastées, rien ne lui permettra jamais de les surmonter entièrement, et la peur d'y succomber, de s'y perdre, donne une explication possible des vigoureux antagonismes où parfois se jette le Castor de la maturité, sur un ton exagérément tranchant qui cache peut-être de secrètes angoisses.

Car il ne s'agit pas d'un destin, mais d'une vocation. Non pas seulement l'assurance qu'elle sera quelqu'un, mais l'appel à le devenir, le désir d'y engager toute son énergie, toute sa puissance, toute sa vigueur. Nous sommes jetés au monde, rien ne nous est promis, nulle voix ne s'adresse à nous pour nous dicter notre chemin sous le « glacis du ciel » : avec son extrême radicalité, il ne lui a pas fallu longtemps pour en tirer la conséquence. Elle se sent puissamment aidée par ce qu'elle découvre en elle : « une fidélité de toutes les minutes. Rien ne dort en moi ; rien n'a besoin de se réveiller ; tout garde une vie d'une extraordinaire intensité ; tout me reste présent ». Extase, exaltation, brusques retours du découragement. C'est comme si deux parts d'elle-même se faisaient face : l'une, plus fragile et plus faible, qui trouve un recours dans l'autre, dans sa force, son courage. Elle rêve aux histoires qu'elle aimerait écrire, des destins de jeunes filles, ou encore « la lutte entre une âme qui voudrait *être* et devrait se résigner à paraître, et les autres, la victoire des Barbares sur une âme trop faible pour leur tenir tête ».

Ces « Barbares » sortent tout droit de Barrès, la grande lecture de ses jeunes années, avec Gide, Alain-Fournier, Jacques Rivière. Parus en 1888 (Barrès a tout juste vingt-six ans), *Sous l'œil des Barbares* est à la fois un roman d'apprentissage et le manifeste d'un « culte du moi », dont il est la première partie. Ce serait une « grande erreur », écrit Barrès, de « prêter à ce mot de Barbares la signification de Philistins ou de bourgeois ». « Par quelle grossière obsession professionnelle séparerais-je l'humanité en artistes et non-artistes ? » Les « Barbares » sont ceux qui vivent selon un « rêve » opposé à celui de son jeune héros (très autobiographique), Philippe. Les Barbares, c'est « tout ce qui n'est pas moi », comme pour les Grecs ils étaient « tout ce qui n'est pas eux[1] ». Notre moi, c'est « la manière dont notre

1. Éditions en ligne « In libro veritas », p. 9.

organisme réagit aux excitations du milieu et sous la contradiction des Barbares ». Le culte du Moi ne consiste pas à s'accepter tel qu'on est, mais à se faire, et réclame donc un constant effort. Au volume suivant, *Le Jardin de Bérénice*, Philippe, double du jeune Barrès, comprendra que « c'est nous qui créons l'univers ». « Histoire des années d'apprentissage d'un moi », *Sous l'œil des Barbares* est bien le livre qui convient au Castor de ces années-là qui écrit le 5 octobre 1926 : « Je n'ai besoin d'introduire personne dans ce jardin secret d'où je nargue les "Barbares". » Et le 5 novembre, sous la rubrique « ce que je pense » : « Il faut vivre tout à fait en dehors des Barbares. Pour ma vie, l'expérience d'autrui ne peut rien m'apporter. » On mesure tout le chemin qui lui restera à parcourir avant de découvrir, sous la poussée de l'histoire, la puissance de ces foules que gouvernent des forces irrationnelles et, après la Libération, la solidarité et la « responsabilité » qui en découlent. Petit à petit, dans les *Cahiers*, la référence aux Barbares disparaîtra : il n'est pas dit que la catégorie en ait entièrement disparu. Pour l'instant, ils ne la menacent plus. Mais ils reviendront peut-être sous d'autres formes.

Et Barrès ne sera pas oublié : « Aime ton Moi, dompte-le mais aussi nourris-le, s'il le faut auprès des "plus humbles", qui "font effort pour croître" », disait-il. Le Castor en fait le vœu fervent. Ces « humbles » qui font « un effort pour croître », le Castor a justement tenté de les rencontrer. Les *Cahiers de jeunesse* restituent admirablement ce moment difficile, délicat, où elle va vouloir sortir de son aristocratisme intellectuel et social, pour fréquenter des jeunes gens, garçons ou filles, dont tout la sépare. « Résumé de sa vie » (octobre 1928) : « C'est de la rentrée 1925, soit il y a trois ans, que je date ma naissance. En 1925 je passe mes dernières vacances d'enfant. [...] Octobre arrive. Pour ma licence de lettres, Neuilly se propose — nouveauté. Éperdue d'admiration, je regarde Garric m'ouvrir un monde nouveau... » Robert Garric a été son professeur à Neuilly : elle s'enthousiasme pour lui, et décide de rejoindre les Équipes sociales, qu'il a fondées au lendemain de la Grande Guerre.

Robert Garric était né en 1896 à Aurillac et il est mort en 1967 ; c'est en 1919 qu'il fonde les Équipes sociales auxquelles ont appartenu, ou rendent hommage, Edmond Michelet, Louis Leprince-Ringuet, François Bloch-Lainé, et tant d'autres. Compagnon de Lyautey « sous l'œil de qui » il a fondé ce mouvement, Garric est la référence absolue de ce nouveau christianisme social né en France de l'expérience des tranchées. Dans le premier des cinq récits de *Quand prime le spirituel* Simone de Beauvoir en fera ressortir avec vigueur l'atmosphère d'époque : un retour général au catholicisme, l'ébranlement de la guerre, la peur des basses classes, et l'idéalisme des bourgeois qui veulent les « élever ». C'est un peu de son portrait qu'elle fait dans la personne de Marcelle dans l'alternance de ses moments d'exaltation et de rejet : « Des étudiants apportaient aux jeunes ouvriers l'aliment spirituel qui seul confère à l'homme une dignité intérieure ; en retour, ils étaient vivifiés par cette flamme de générosité, de bonne humeur et de courage dont l'âme populaire est la dépositaire. » Marcelle s'effraie aussi de ne pas découvrir la plus petite « lueur d'idéal » dans le regard « des hommes aux mains calleuses, des femmes aux visages terreux [1] ». Il y avait nettement

1. *Anne, ou quand prime le spirituel*, p. 62.

dans ce désir de « réconcilier les classes » un désir de faire écran au bolchevisme, qui avait récemment (1917) triomphé en Union soviétique. Et le Secours national, qui prendra le relais sous l'Occupation, répondait certainement, aux yeux de Pétain, à ce vœu : mais d'anciens membres des Équipes comme Edmond Michelet furent de grands résistants[1].

L'expérience des Équipes a aidé le Castor dans sa première jeunesse à sortir d'elle-même et de sa quête d'un « moi » orgueilleusement distinct de la foule des Barbares. Au début, c'est net : échec. 10 octobre 1926 : « Vague contact avec les Équipes qui ne m'apporte rien. » Puis elle se fait à l'idée qu'un effort est peut-être nécessaire de sa part, mais c'est pour en constater aussitôt, avec un peu de condescendance, l'inutilité. 10 février 1927 : « De même aux Équipes. Je suis lasse d'essayer de leur parler littérature ou morale, lasse de cet effort pour les élever. Qu'ont-elles besoin de s'élever, à supposer qu'elles le puissent ? » Petit à petit, cependant, elle s'attache à ce travail, et elle y prend goût. 18 avril 1927 : « Mes petites des Équipes : gaîté, vie, intelligence et cordialité, image des plus simples où il y a du vrai, et j'en suis heureuse ; il me plaît, si renfermée sur moi-même, de savoir si bien sortir de moi quand il s'agit de qualités peu profondes, il me plaît d'attirer spontanément la sympathie. » 9 mai de la même année : elle trouve un équilibre entre le « charme des Équipes, du bien qu'on fait et des camaraderies faciles, charme de la Sorbonne et des amitiés sérieuses ». Et pour finir, dans un style qui est bien celui de la « jeune fille rangée » venant des beaux quartiers : « Il y a dans le peuple quelque chose de

1. Garric fut décoré de la Légion d'honneur en 1943.

jeune, de direct, d'attachant qui m'unit à mes jeunes filles bien plus fort que d'abord je ne l'avais cru » (16 décembre 1927). Mais dans les derniers *Cahiers*, il n'en est plus question. Plus tard, son rejet sans concession du christianisme, social ou non, son adhésion au principe de la « lutte des classes » pousseront le Castor à juger sévèrement la naïveté de ces premiers engagements. Les Équipes relèveront pour elle d'une forme d'idéalisme politiquement dangereux, masquant la réalité de l'exploitation derrière l'idée fallacieuse d'une réconciliation.

Marquées du sceau du christianisme social et de ses contradictions, les Équipes sociales étaient cependant l'écho, affaibli et réinterprété sans doute par une société avide d'ordre, d'une des expériences les plus radicales du XXe siècle, l'expérience du « front ». Des auteurs aussi différents que Teilhard de Chardin et Ernst Jünger ont essayé d'en faire comprendre la nature. Dans la menace et le spectacle constant de la mort, devant la puissance sans limites de la technique qui fait rage, des solidarités nouvelles naissaient, entre les combattants d'un même front mais parfois jusqu'à la fraternisation au-delà des lignes, vite réprimée dans le sang. Dans ses *Essais hérétiques sur le sens de l'histoire*, le philosophe tchèque Jan Patočka développera ce qu'il nomme « la positivité du front ». Expérience limite où l'homme découvre la nature profonde de notre condition, masquée la plupart du temps par « l'asservissement à la vie », dans le travail, la régularité des jours, la reproduction de la force vitale, la consommation. Le front — moment fulgurant juste avant le noir éclatement de l'obus et la mort : « libération infinie et affranchissement de cette servitude ». Patočka y constituera dans les années soixante-dix ce thème puissant de la « solidarité des ébranlés », efficace contrepoids et contre-pouvoir aux sociétés issues de révolutions réifiées. Tel est le parcours d'un siècle, le XXe, issu de la Grande Guerre, mais qui n'en a probablement pas saisi la leçon : elle fait retour cependant, lorsque les utopies issues du siècle précédent ont atteint le point extrême de leur réalisation, et de leur échec. Il est bon de le faire entendre au moment où le jeune Castor dans ces années de l'entre-deux-guerres tente une forme d'engagement politique qui ne lui convient pas.

*

5 novembre 1926 : « Ma pensée est toute tendue vers ce triple problème qui à l'âge que j'ai n'a pas seulement un intérêt théorique ou un intérêt pratique, mais un intérêt si essentiel que la question de ce qui est et de ce qui doit être ne font qu'un : la vie-l'amour-le bonheur. »

Dans les *Cahiers* des années 1926 à 1928, comme dans la logique rigoureuse des Mémoires, l'éducation sentimentale vient à son heure. Sous la forme d'un dispositif étroitement articulé, qui unit et sépare les deux grandes formes d'amour que le Castor d'avant le Castor a connues, et sur lesquelles elle va exercer le rude travail de la construction de soi : son amitié passionnée pour Zaza, son amour pour son cousin Jacques. Deux histoires qui se déroulent parallèlement, et se terminent toutes deux la même année, du moins dans les Mémoires : les *Cahiers* attestent de plus longues oscillations, et du retour de sentiments que les Mémoires disent avoir été balayés d'un coup par la rencontre de Sartre en 1929.

L'histoire du « cousin Jacques » est tout à fait emblématique de la jeunesse du Castor. Jacques est le type même du jeune homme de bonne famille des années vingt. Issu d'une dynastie de maîtres verriers installés en Lorraine, les Champigneulle (Laiguillon dans les Mémoires), il est fin, cultivé, assez veule, et incapable de répondre aux exigences très hautes qu'elle a fixées, pour lui, pour elle, pour l'avenir de leur union. Sur lui se sont portées toutes ses rêveries de jeune fille nées de la lecture du *Grand Meaulnes*. L'amour de Jacques, parce qu'il l'initie à la littérature moderne, parce qu'il la traite en jeune fille et l'emmène dans des bars, éclipse la « passion » que Zaza lui avait inspirée dans les premières années de leur amitié. Mais il n'est pas seulement l'image idéalisée, prolongée dans l'adolescence, d'un amour d'enfant : cet amour fait accéder le jeune Castor à ce qui sera la question de toute sa vie, comment concilier l'amour et l'indépendance ? Comment faire pour ne pas perdre sa liberté dans la dépendance amoureuse, et dans le mariage ? Elle y réfléchit très tôt, les *Cahiers* l'attestent, avec une étonnante lucidité. À ce moment de sa vie, le mariage lui semble la conséquence logique, inévitable, et peut-être souhaitable de l'amour partagé : mais elle n'en devine pas moins qu'il s'y cache un écueil « redoutable », c'est son mot. 21 août 1926 : « Et le mariage. Peut-être qu'un jour je me marierai ; si ce n'est pas probable, c'est du moins possible. En tout cas, c'est le plus grand bonheur que je puisse rencontrer dans cette vie ; c'est le plus grand bonheur je pense que toute femme, tout homme puisse attendre de la vie. Épouser celui, celle qu'il aime. Qu'est-ce que c'est que ce bonheur-là ? Quand on réfléchit sans passion, cela semble si redoutable. »

Dans ses *Cahiers* le Castor pointe sans trembler la contradiction essentielle du mariage : c'est qu'il oblige chacun des deux à renoncer pour l'autre à ce qui lui est « le plus personnel et le plus précieux ». Et précisément, dans leur cas : un mariage serait une dangereuse union des contraires. 9 décembre 1926 : « Il ne faut pas ne vivre qu'en fonction de lui. C'est cela qui menace toute femme dans l'amour : elle délaissera d'elle-même tout ce qui n'est pas immédiatement nécessaire à l'autre, elle se contentera d'être pareille à son désir. En moi, justement, il y a beaucoup de choses qui ne servent en rien à Jacques ; je ne *dois* pas les sacrifier. » Ce qui va se jouer avec et autour de Jacques, même si elle a de vifs retours d'amour pour lui [1], c'est qu'elle ne parvient pas à l'estimer : « Il aime le bonheur ; il accepte le luxe et une vie facile ; moi, il me faut une vie dévorante ! [...] J'ai besoin d'agir, de me dépenser, de me réaliser, je suis habituée à une forte discipline de travail, il me faut un but à atteindre, une œuvre à remplir, jamais je ne pourrai me satisfaire de ce qui le satisfait » (23 octobre 1926). « Je veux tant ! » s'écrie-t-elle. Et lui, il veut si peu. Les fluctuations de son amour pour lui s'ancrent dans une angoisse récurrente : et si elle allait, dans l'amour et le bonheur, se perdre soi-même et voir disparaître ses résolutions les plus hautes ? Elle essaie de se rassurer, de se ramener elle-même vers des images de vie plus modestes, leur couple, le « chaud foyer » et même un enfant. 19 janvier 1927 : « Et je rêvais

1. « Oh ! Jacques de douze ans qui ne renaîtra plus jamais ! J'aurais voulu, à tes côtés, recommencer mon enfance. Nos dix-neuf ans sont si vieux déjà ! je songeais à notre grande amitié de gosses : "Nous sommes mariés d'amour" » (10 novembre 1926).

l'après-midi, devant ce petit garçon joufflu et sage qui mit un sou dans la main d'une mendiante, à notre foyer heureux de plus tard où j'apprendrai à nos fils à te ressembler : nous aurons des soirs paisibles où se transfigureront nos inquiétudes passées, riches de souvenirs, des ardeurs de notre jeunesse, si pleine et si voulue que les années ne l'épuiseront pas. » Mais elle n'y croit pas.

C'est Jacques qui va l'aider en se révélant dans toute sa nature un peu fade de jeune bourgeois sans grande ambition de vie. Le Castor ne parvient pas à s'y résoudre et, même lorsqu'elle apprend qu'il a une liaison avec une certaine Magda, elle hésite entre des restes d'espoir et des abîmes de méditation douloureuse. De Jacques, elle se déprendra difficilement : plus difficilement qu'elle ne le dit dans les *Mémoires d'une jeune fille rangée* où tout est plus net, plus tranché. Condamné par la rencontre de Sartre, Jacques ne peut que s'enfoncer dans la déchéance et l'oubli. C'est une « histoire finie », qui se clôt dans des termes et pour des raisons typiquement beauvoiriens : Jacques a regagné la rassurante contrée de l'ordre bourgeois, un ordre qu'elle honnit, qu'elle s'apprête à fuir avec Sartre, épaulée par lui et l'épaulant ; un ordre qui se prépare à exécuter Zaza. Jacques se perd dans l'alcool, la procréation, les affaires malheureuses. Point de trace dans les Mémoires de la superbe pièce de verre que, dans les ateliers Champigneulle, il réalise pour le paquebot *Normandie* en 1935. Tout au contraire, les Mémoires soulignent lourdement son échec : incapable de se mettre concrètement à l'œuvre dans les Arts décoratifs dont il s'est engoué au moment de leur essor, « prodigue, coureur, ivrogne, menteur, et j'en passe, Jacques était sans doute un détestable mari ».

Sa femme le chasse. Vingt ans plus tard, quand le Castor le revoit, c'est un quasi-clochard à demi aveugle, qui végète en faisant des écritures : il meurt « à quarante-six ans de misère physiologique ». Tel est l'homme qu'elle aurait souhaité épouser. La seule oraison funèbre digne de lui (et d'elle, puisqu'elle avait cru l'aimer), c'est qu'il ne s'était pas contenté d'un ratage « médiocre » et ne fut jamais « mesquin ». Son lot est celui de tant d'enfants de la bourgeoisie, mais juste un peu plus lucide que les autres : incapable à la fois « de se couler dans la peau d'un bourgeois » et de « s'en évader », il se fuit, prisonnier de ses contradictions. C'est une fois encore « dans l'enfance » que tout s'est joué, thème récurrent jusque dans le dernier volume des Mémoires, et toujours d'une manière qui laisse un peu le lecteur sur sa faim.

Son portrait s'achève alors sur ces mots sévères : « Quelle importance réelle Jacques a eue dans ma vie? Bien moindre que celle de Zaza[1]. » Et si elle l'avait épousé? « Aurait-il moins bu? » Non, pense-t-elle, « le vide qu'il y avait en lui je ne pense pas que je l'aurais comblé ». Jacques est une de ces figures de destins manqués qui abondent dans l'œuvre du Castor.

*

En revanche, le destin de Zaza est, lui, un destin brisé. Symétrie et renversement : la liberté du Castor s'édifie sur ces oppositions.

Ses rapports avec Zaza se sont modifiés avec la fin de l'adolescence. Durant cette période d'éclosion et

1. *TCF*, p. 31.

d'effervescence que relatent les *Cahiers*, Zaza n'est plus au centre du monde que le jeune Castor est en train de se forger. Les Mémoires le confirment. Elle qui « vénérait » Zaza, l'admirait de ne pas avoir enlaidi avec l'âge ingrat, de rédiger ses lettres avec une aisance qui étonnait Georges de Beauvoir, elle reprend petit à petit sur Zaza les avantages qu'elle lui avait de bon cœur concédés. Le Castor sait qu'elle n'est pas bien vue de la mère de son amie, ce qui ne la trouble pas exagérément. Ses études la passionnent, elle y excelle et son visage « s'arrange ». Surtout, Zaza ne la suit plus dans sa nouvelle « radicalité ». Sans doute Zaza hait-elle le « pharisaïsme » de son milieu, mais elle n'est plus à l'unisson de l'ironie dévastatrice qui les réunissait. Zaza devient rêveuse ; elle aussi s'éloigne. Ce que n'avait pas fait l'amour pour le cousin Jacques, les études vont le faire : le Castor passe un bac puis deux, Zaza aussi est reçue. Mais « je me souciai beaucoup moins d'elle que de moi ». Et l'éloignement s'accentuera : l'année après le bac, elle choisit la philosophie, parce qu'elle va « à l'essentiel » ; tel n'est pas le chemin de Zaza.

À partir de là, dans les Mémoires, Zaza devient à son tour une figure emblématique : celle des destins « fangeux » auxquels les « jeunes filles rangées » sont exposées, surtout si, comme Zaza, elles continuent d'aimer la mère qui les opprime. Pour le Castor la cause est entendue : elle a percé à jour l'ambivalence de Zaza qui rejette et approuve souvent en même temps les consignes et la sévérité d'une mère que le Castor hait et méprise. Aux yeux de Mme Mabille, elle est en effet une « intellectuelle », et « je hais les intellectuels[1] ! ». Du coup, la

1. *MJFR*, p. 399.

soumission de Zaza indispose de plus en plus le Castor. De cette soumission, on a le témoignage dans la correspondance et le journal que Zaza tient à Berlin, fin 1928, durant le séjour de quelques mois que sa mère lui a imposé. Mais ce qui ressort des Lettres de Zaza, c'est qu'elle aussi n'approuve plus entièrement sa « Simone ». La petite fille « révoltée » qui tirait la langue à sa mère après une audition est-elle morte ? Zaza était une figure en miroir, ce dont témoigneront à la fois les Mémoires et les récits où le Castor tentera de s'acquitter de la dette envers elle contractée. Elle n'est cependant plus tout à fait une figure de la vie du Castor. Et Zaza le sent bien : il y a plus de facilité et de confiance dans ses lettres à leur amie commune, Geneviève de Neuville, que dans ses dernières lettres au Castor.

Le Castor s'est fait d'autres amies, plus désinvoltes, et qui l'orientent bien davantage vers la vie physique, la vie sensuelle, la vie amoureuse. Il y a Stepha, une jeune Polonaise, belle, vive et extrêmement délurée ; quand Mme Lacoin rend visite à Mme de Beauvoir : « Je ne connais pas Stépha, dit-elle, je connais Mlle Avdicovitch qui a été gouvernante de mes enfants (pan) » (16 décembre 1928). Le Castor se sent de plus en plus proche d'elle, la trouve « charmante sous sa délicate toque turquoise » (5 octobre 1928), elle a envie de l'embrasser, « exactement comme un homme ». Stepha, qui se moque un peu, la regarde avec amusement comme une « oie blanche » et ne comprend pas bien la grande question du Castor de ces années-là : comment concevoir, avec un homme, une relation dans laquelle « la sensualité ne tient qu'une place très strictement contrôlée ? ». « Mais si chérie, objecte Stepha, l'amour physique a de l'importance, surtout chez l'homme » (5 octobre 1928). En un sens, le Castor est profondément d'accord avec elle ; elle aime que Claudel ait écrit : « C'est pour cela que je suis femme, pour être tenue dans les bras d'un homme », et elle déteste le sens du péché de Mauriac. Du reste, Zaza ne pense pas autrement : ses méditations religieuses ne l'ont pas coupée des réalités physiques ; et lorsque « Clairaut » (Maurice de Gandillac) s'interroge gravement sur ce que peuvent se permettre « des fiancés chrétiens », Zaza se fâche : « Ce sont des problèmes de vieilles filles et de curés ! » dit-elle. Finalement le Castor, qui avance dans ses études à pas de géant, conclut qu'elle en a assez d'« être un pur esprit ». Mais, ajoute-t-elle, les tabous sexuels étaient encore en moi si puissants « que je prétendais pouvoir devenir morphinomane ou alcoolique, mais que je ne songeais même pas au libertinage[1] ».

Le portrait qu'elle fait de Zaza est cependant très énigmatique ; comme souvent dans l'œuvre du Castor, Zaza se plie aux nécessités d'une « leçon » qui, sans la défigurer, la configure ou la refigure selon une logique qui est d'abord, et peut-être surtout, celle du Castor en ce moment où leurs deux destins vont se jouer. L'étau se resserre sur Zaza ; c'est un drame qui se déroule, implacable, avec des événements qui le ponctuent comme ces « péripéties » soigneusement ménagées qu'Aristote exige d'une tragédie réussie. Zaza est amoureuse de Pradelle (Merleau-Ponty, pendant quelque temps cher au cœur du jeune Castor) et il lui semble que cet amour est partagé ; elle essaie d'échapper à un mariage arrangé par sa famille. *Cahiers*, 28 juin 1929 : « Zaza me parle [...] de l'absurde mariage que sa mère veut

1. *MJFR*, p. 431.

la forcer à faire à force d'arguments vraiment admirables : "que la femme est aimée et n'aime pas, que Marie-Thérèse[1] a bien épousé quelqu'un de moins intelligent". » L'histoire de Zaza est une suite de déceptions amoureuses et de séparations où sa famille (sa mère) a joué un rôle déterminant. On l'avait une première fois séparée d'un jeune homme qu'elle aimait et, cette fois, sa mère ne lui fera pas de cadeau. À un moment, le verdict tombe : « Maman exige que, jusqu'à nouvel ordre, je ne le revoie plus. » C'est atroce, dit-elle, « c'est dur », mais c'est pour lui surtout qu'elle se désole : « La souffrance, écrit-elle, j'y suis depuis longtemps habituée. » Elle se fait des illusions sur « Pradelle », qui en fait manque singulièrement de courage. Si Zaza est faible devant sa mère, Pradelle est encore pire, il se dérobe devant les décisions à prendre pour sauver le prétendu amour qu'il lui porte. Le Castor s'indigne, son indignation n'a pas faibli avec le temps. Et elle cite le passage d'une lettre de Pradelle où Zaza a trouvé des motifs de se rassurer. Comment Zaza peut-elle accepter ce langage, ses stéréotypes, son exaltation d'une vie « réconciliée avec toute la douceur des choses terrestres » ? Pendant ce temps, dans sa famille, on use la jeune fille, on tente de venir à bout de sa résistance par ces procédés insidieux qui visent à « briser la volonté » des rebelles dans les pensions et les couvents : on ne la laisse pas un moment seule, on la force à recevoir, à sourire. Ces alternances d'espoir et de douleur épuisent la jeune fille qui décide de s'en remettre aux secours de la religion. Le Castor est plus concrète, et infiniment plus radicale, il n'y a qu'une solution à ce conflit sans issue : qu'il

1. Sœur aînée de Zaza.

franchisse donc le pas, qu'il demande sa main à Mme « Mabille » (Lacoin).

Pradelle ne fera pas cette démarche, pour des raisons qu'une lettre de Zaza juge « valables » — on n'en saura pas plus. Zaza n'est plus l'adolescente capable de se donner un coup au pied avec une hache pour échapper à une corvée ; elle cède. Cette dérobade indispose encore davantage le Castor contre Pradelle : « Je lui écrivis. » Il lui répond : sa sœur s'est mariée, son frère part pour le Maroc, il ne peut quitter sa mère et lui porter ainsi un « coup fatal ». Toutes ces excuses sonnent faux, même Mme Mabille n'y croit pas. Quel contraste entre la faiblesse de son caractère et le « cœur violent de Zaza ». Une sorte de noire moralité se dégage de ce drame : dans la relation amoureuse, les femmes sont presque toujours perdantes. Plus encore si elles ont un « cœur violent », que seule la contrainte peut briser. Elles peuvent alors en mourir. Ou sombrer dans le délire, la folie, la complaisance et la mauvaise foi. Ce qui aurait pu sauver Zaza, qui réunit en elle la mystique et l'amoureuse, ç'aurait été la lucidité : premiers pas, cruels souvent et douloureux, vers l'émancipation et la liberté. Zaza ne les fait pas ; trop de liens l'unissent au monde que sa mère représente et qu'elle approuve tout en lui résistant.

On saura beaucoup plus tard que les scrupules de Merleau-Ponty avaient leur source dans une relation infiniment plus complexe et douloureuse avec sa mère que ces « tourments » exagérés de « bon fils » : pour l'heure, il est l'homme des « délicatesses abusives » et Zaza languit après une lettre qui ne viendra que tardivement, lorsqu'un pneu du Castor l'aura exigé de lui. Il doit « se consacrer toute la semaine à sa mère », et ne se rend pas à un dernier rendez-vous demandé. Ultime dérobade. Zaza décide donc de partir à nouveau pour Berlin ; soudain rien ne l'effraie plus et les signes s'accumulent d'une exaltation inquiétante : tout s'arrangera. « Il y avait quelque chose de forcené dans son attitude. » Elle est à ce moment-là prise de fièvre et de maux de tête, on la place dans une clinique. Peu de temps auparavant, elle s'était rendue chez la mère de Pradelle et lui avait tenu des propos de folle : « Jean n'est pas là ? Est-il déjà au ciel ? » qui l'avaient effrayée. Lorsque le jeune homme arrive, il est surpris de lui trouver le front et les mains brûlants ; le lendemain, elle délire. Quatre jours plus tard elle meurt sur ces mots : « N'ayez pas de chagrin, maman chérie, dans toutes les familles, il y a du déchet : c'est moi, le déchet. »

Le Castor laisse à dessein planer beaucoup de mystère autour des circonstances de sa mort, on dirait qu'elle est emportée par la « fièvre chaude » dont souffrent et meurent les personnages des romans du XIXe siècle. Jamais Simone de Beauvoir ne s'accommodera de l'hypothèse purement médicale : pour elle, Zaza est morte d'autre chose. De quoi ? De cette contrainte qu'on a exercée sur elle et qu'elle a acceptée pour obéir à la volonté de sa mère, en qui s'incarnent toute l'hypocrisie chrétienne et la morale bourgeoise. En 1979, préfaçant la première édition de *Quand prime le spirituel*, Simone de Beauvoir écrit : « La mort de Zaza est le grand crime spiritualiste. » Et dans le même livre, elle tire de Mme Lacoin une vengeance éclatante. La prière de Mme Vignon (Mme Lacoin) qui ouvre le quatrième récit, « Anne », procure au lecteur un pur moment de jubilation. Toute la puissance sarcastique de l'auteur se déchaîne dans la peinture cocasse, si elle n'était aussi révoltante, d'élans mystiques coupés de police domestique : « Seigneur, je Vous rends grâce d'être descendu en moi. [...] Vous m'avez donné la charge de ces âmes, un jour Vous m'en demanderez compte, aidez-moi, protégez- moi [...] Il n'y a pas de doute, c'est une écriture d'homme, un de ces garçons de la Sorbonne, aucun jeune homme de notre milieu ne se permettrait d'écrire à une de mes filles. » Et plus cruelle encore est la fin du récit. À peine Anne est-elle morte que sa mère fait entendre une action de grâces : « Le malheur qui l'atteignait n'était pas une malédiction divine, mais un signe d'élection. » Anne peut bien pourrir dans sa tombe, sa mère est rachetée. Dans les *Cahiers*, où la mort de Zaza n'est signalée que d'une notation brève, « 25 novembre, mort de Zaza », la douleur glisse entre les pages, reflue et fait violemment surface quelque temps après. 13 décembre : « C'était le service funèbre de Zaza — avec tous ces gens, dans cette église, juste comme pour son mariage. Et le pauvre Nard [un des frères de Zaza] et tout — atroce. Si atroce que lentement tout autre chagrin s'est atténué, que l'idée de n'importe quelle douleur est devenue supportable. » La douleur continue de circuler comme un remords. Et longtemps après, il lui arrivera de la revoir en rêve, « toute jaune sous une capeline rose » — image terrible — et la regardant « avec reproche ».

Mais dans la fiction, la vie l'emporte, comme une poussée de sève dans un jeune arbre. Ainsi qu'elle le fera souvent par la suite, le Castor se dédouble et se projette dans plusieurs personnages de ses fictions : dans *Quand prime le spirituel*, elle est à la fois Chantal, la « meilleure amie » d'Anne, qui n'a pas su la sauver et qui, après sa mort, se sent tout éclairée de lumière par le souvenir des « cheveux dorés » de son amie. Mais elle est aussi Marguerite, la jeune sœur de Pascal, lasse comme le Castor d'être un pur esprit, qui traîne le soir dans des rues louches, s'enchante de voir la lumière rouge autour des petits orchestres, et de grosses femmes peintes, la main sur la hanche, qui font la retape. Comme Simone de Beauvoir le fit elle-même au même âge, Marguerite se libère avec une audace inconsciente. Elle se risque à provoquer des inconnus dans des bars, se retrouve dans le lit d'une lesbienne opiomane, découvre « qu'il est terrible d'exister ». Et un soir, lasse de pleurer un homme qui ne veut pas d'elle (comme le Castor pleure l'amour perdu de Jacques), elle a une sorte de révélation : « Le monde brillait comme un sou neuf », elle y entend résonner comme un appel mystérieux et sauvage.

Elle est sauvée. Le Castor aussi.

*

Elle est sauvée, elle a rencontré Sartre. De cette rencontre elle dira dans ses Mémoires : « Sartre répondait exactement au vœu de mes quinze ans : il était le double en qui je retrouvais, portées à l'incandescence, toutes mes manies. Quand je le quittai au début d'août, je savais que plus jamais il ne sortirait de ma vie. » Son destin est scellé : toute sa vie doit en porter la marque. La liquidation de son amour pour Jacques et la mort de Zaza sont les symboles forts de son entrée dans une nouvelle vie. Au retour des vacances, elle sonne à la porte de la maison Laiguillon (Champigneulle), Jacques est là, hésitant, passant sa main dans ses cheveux, geste propre à ceux qui ne font pas face, trop faibles, menteurs : « Je ne l'aime plus ! » écrit-elle le soir dans son journal. À l'aune de ses nouveaux sentiments, à l'orée de sa nouvelle vie, il ne fait plus le poids, il fait partie des dépouilles qu'on laisse sur le chemin. À présent, « mes mains étaient vides », dit-elle. Ne reste qu'une phrase mélancolique et rythmée, dont le rythme même tient lieu d'une explication impossible : « Sans aucun doute, ce destin s'est noué au cœur du petit garçon délaissé, effrayé, parmi les gloires et les poussières de la maison Laiguillon. » Dans la grande saga de son destin, le cousin Jacques prend rang, lui aussi, en *exemplum* des tragédies minuscules ou grandioses de la bourgeoisie dévorant ses enfants.

Deux mois plus tard, la mort de Zaza fait ressortir avec des accents dramatiques toute l'horreur du « destin fangeux » où le Castor aurait pu s'enliser. Mais elle est sauvée.

2

Ce signe jumeau sur nos fronts

Petit retour en arrière. Automne 1928-printemps 1929 : le Castor prépare en même temps son diplôme d'études supérieures et l'agrégation. L'agrégation est une étape importante, elle ira s'installer à l'automne dans l'appartement de sa grand-mère à Denfert-Rochereau. C'est un plaisir de la voir aller et venir de la Sorbonne au Luxembourg et du Luxembourg à la rue d'Ulm, vive, heureuse, active, animée, brillante, entourée de ces garçons d'une vingtaine d'années dont les noms sur des livres, ou dans des livres, sont tout autour de nous, ou sur les rayons des bibliothèques : Merleau-Ponty, Lévi-Strauss (qu'elle écrit toujours avec un « y » sans doute à cause de Lévy-Bruhl), Nizan, Gandillac, Pontremoli, Maheu, Maurice Savin, élève et futur commentateur d'Alain. Ils la charment, elle est au bord de s'éprendre de chacun d'eux, elle les charme aussi, ils l'admirent, ils n'ont pas vu beaucoup de jeunes filles comme elle, il n'y a pas de rivalité avec eux. C'est un ton d'époque, des vouvoiements, les garçons portent des vêtements sages, pardessus d'été et costumes beiges, elle, sa petite robe noire, ils sont pleins d'un humour qui est nouveau pour elle. Ils se disputent sur Spinoza, lisent *Le Potomak* et en tirent des épopées fabuleuses : « [Maheu] commence à me raconter la cosmologie eugénique : le monde se divise en Eugènes — Marrhanes — Mortimers — Grands-Ducs, ceux-ci, associés aux “femmes humeuses”, sont les plus terribles ennemis des Eugènes. [...] Maheu ! son air pince-sans-rire et son grand sourire pendant qu'il me fait ces révélations » (31 mai 1929). Plus tard, le Castor n'éprouvera plus pour eux qu'un sentiment d'éloignement mêlé de dédain : divergences politiques, ou manque d'estime pour leur carrière de professeurs de philosophie. Ce sera le cas de Gandillac (« Clairaut » dans les *Mémoires d'une jeune fille rangée*) qui, aimable et gai dans les *Cahiers*, très admiratif de la vigueur philosophique du jeune Castor, se verra par la suite tourné en dérision, et par elle et par Sartre. Jusque dans son extrême vieillesse, cependant, à des colloques, des rencontres internationales, Gandillac continuera de parler d'elle avec une admiration inchangée : c'est elle qui aurait dû être première à l'agrégation. Dans la vie du Castor et de Sartre, les séparations sont vives, tranchantes, sans recours. En attendant, comme elle les admire, ces jeunes hommes, pour leur allure, pour leur souplesse de jeunes mâles quand ils l'entraînent sur les toits de l'école (26 janvier) : « Parfois un si beau soleil sur des cheveux blonds et bruns, tant de gaieté complice et de joyeux chahuts sur les bancs, de malice aimable chez le jeune et charmant Samuel aux yeux noirs, élégant et léger avec grâce. Quelques après-midi parfaitement belles. »

Nizan fait un portrait de Leibniz en curé « portant au derrière la marque du pied de Spinoza », et Sartre, qu'elle connaîtra en dernier, chante de sa belle voix de basse un motet de sa composition sur le titre de la Ve Méditation de Descartes, « De Dieu, derechef qu'il existe ». À l'intelligence extrême de ces garçons, elle peut tenir tête et elle le fait — mais eux ont le droit d'y ajouter l'humour et la désinvolture ; ils sont en effet les détenteurs « légitimes » du savoir, pour parler comme Pierre Bourdieu, en tant que garçons, en tant qu'élèves de l'école alors la plus prestigieuse. En 1976, dans un entretien avec John Gerassi, elle dira simplement qu'elle avait accepté les « valeurs masculines », parce qu'elle a eu la chance « de venir d'un secteur de la société, la bourgeoisie, qui [...] pouvait me permettre de jouer avec les idées [1] » mais elle ne voit pas que leur humour décalé est l'une de ces prérogatives masculines qui demeurent longtemps invisibles, jusqu'au jour où elles vous sautent aux yeux. Leur insolence, leur manière de tourner en dérision « tous les idéalismes » vont cependant lui être bénéfiques : elle comprend à leur contact « que les hommes ne sont pas des esprits, mais des corps en proie au besoin, et jetés dans une aventure brutale », elle est d'abord effrayée, puis elle saute le pas [2].

Les autres filles, c'est à peine si elle les voit. Car elle est du côté des garçons [3]. Elle ne remarque pas que cette complicité entre elle et eux exclut les « rivales » de ces normaliens qui (27 décembre 1928) font des « plaisanteries sur les khâgneuses dans l'escalier ».

« Que je vous aime, hommes ! » note-t-elle le 17 avril.

1. Entretien avec John Gerassi, *in* Francis et Gontier, *Les Écrits de Simone de Beauvoir*, *op. cit.*, p. 548.

2. *MJFR*, p. 470.

3. À John Gerassi, in *Les Écrits de S. de Beauvoir*, *op. cit* : « Sans le réaliser, je profitais d'une société bâtie pour les hommes. »

Mais le préféré, c'est René Maheu, « Herbaud » dans les Mémoires. Est-ce sous l'effet de ce pseudonyme que ses cheveux qui, dans les *Cahiers*, étaient « blonds comme les barbes du blé » (31 mai) deviennent dans les Mémoires « drus et vivants comme de l'herbe[1] » ? Elle l'a remarqué « au début de janvier », disent les Mémoires[2], et en effet les *Cahiers* notent : « 3 janvier. Maheu fait chez Brunschvicg une explication très drôle et Brunschvicg répond encore plus drôlement. » Puis elle corrige cette notation, le 3 juin, quand elle constate le progrès qu'a fait son affection pour lui : « J'ai dû faire sa connaissance *vers le quinze février*, juste au moment où je n'ai pas écrit sur ce cahier, puisque c'était un peu avant de remettre ma dissertation à Brunschvicg le vingt et un février. Nous avons déjeuné par hasard à la Nationale ensemble ; je ne lui avais jamais adressé la parole : nous avons parlé de Kant, Hume, la liberté, et il a fait profession d'individualisme. Cela va donc faire quatre mois ! Tout n'est que plaisir du cœur et de l'esprit en ce jour. »

En fait, dans les débuts, il l'intimide, parce qu'elle l'a rencontré ayant au bras, disent les Mémoires, « une femme en gris ». « Je m'étais sentie exclue[3]. » Elle le dit dans les *Cahiers* (3 juin) : à l'époque, « M. Maheu est un homme marié et lointain pour qui je ne serai hélas jamais rien ». Elle le suit donc du coin de l'œil, à la Nationale, et se réjouit quand, après les vacances de Pâques, il vient s'asseoir auprès d'elle. Les *Cahiers* ne formulent pas exacte-

1. *MJFR*, p. 434.
2. *Ibid.*
3. *Ibid.*

ment les choses comme les Mémoires disent les y avoir puisées : « "Il a une forme d'intelligence qui me prend le cœur" notai-je le soir[1]. » *Cahiers*, en date du 18 avril, après une note de défiance (il aurait fait un mariage d'intérêt) : « Une forme d'intelligence à laquelle je ne sais pas résister, ses dessins à la Jean Cocteau, ses notes sur l'individualisme de Sylla, Alcibiade, Barrès, Stendhal m'ont retourné l'esprit comme un gant. » Toute « retournée », elle écrit même le 28 avril : « Savez-vous ce qu'aujourd'hui vous avez fait pour moi ? D'abord cet épuisement délicieux de l'esprit qui suit des échanges trop heureux de paroles (j'imagine que la gratitude sensuelle doit être quelque chose d'analogue mais moins irréparable). »

Oui, 3 mai, « mon grand bonheur c'est Maheu », avec son « grand sourire de chien malin » (7 mai). Bien qu'il ne sache pas grand-chose en philosophie, il lui plaît « énormément ». « Qu'une femme est faible devant un homme ! » (10 mai). Cependant, même s'il est de plus en plus le préféré et bientôt l'unique, elle n'oublie pas (12 mai) les mérites des autres : « Merleau-Ponty, c'est ma conscience, mon frère, mon ami, une débordante tendresse et un sourire de gratitude. Gandillac c'est un intérêt plein d'indulgence, de joie intellectuelle, d'orgueil d'avoir "passé", d'émotion, et surtout une infinie confiance. Maheu c'est mon grand plaisir, mon sourire de jeunesse, ma force rieuse... » Tout en sachant bien que ce sont des rêves sans lendemain (car elle n'a pas tout à fait oublié Jacques). Que Maheu soit marié, cela ne fait rien. 9 juin : « Que m'importe que l'amour de Maheu, de qui je viens de lire une intéressante

1. *Ibid.*, p. 435.

dissertation sur l'histoire, soit si banal, presque écœurant comme tous les jeunes ménages qui nagent dans le bleu » — elle méprise encore davantage le « ménage » Nizan (le Grand Duc) déjà pourvu d'enfants. Et elle sait parfaitement que des divergences de fond les séparent : « Je voulais dire à Maheu : individualisme pour vous c'est tailler dans la société une figure de votre nom; pour moi c'est me pencher religieusement vers ce dieu qui se nomme "moi", un dieu exigeant, au culte grave, et aimer n'est pas m'annexer un certain nombre de réactions aimables, mais m'approcher de cette divinité qui seule peut m'aider à me sentir moi-même divine » (9 juin). Lorsque, plus tard, Maheu fera une carrière de haut fonctionnaire, on peut imaginer que le Castor des années cinquante, soixante, n'en concevra pas pour lui un regain d'intérêt [1]. Mais en attendant, il la charme et il la trouble. Quand elle déjeune avec lui, quand il s'efface pour la laisser entrer dans un café en la poussant doucement à l'épaule, quand il passe la main dans les cheveux qu'elle vient de faire couper « courts comme un petit garçon », elle sent en elle l'appel d'une grande sensualité, mais aussi cette rétractation de tout son être à la simple idée « d'un geste tendre ». La jeune fille des *Cahiers* a décrit avec une précision remarquable ce qu'elle attend de l'amour : qu'il lui permette de rester elle-même, un amour « qui accompagne ma vie, non qui absorbe ma vie ». Sa vision de l'amour est encore éloignée de toute notion d'accomplissement physique. C'est ce qui l'autorise à écrire : « Personne n'est assez grand pour mériter ce don total de moi-

1. Quelques biographes parlent d'une mystérieuse dédicace du Castor dans les années d'après guerre d'où il découlerait qu'ils auraient eu des retrouvailles d'amants.

même ! » Sur la page d'en face, on peut lire une note de 1929, légèrement condescendante : « Si, mais alors on n'en a pas besoin. »

Cependant, elle ressent jusqu'à l'extase la sensation d'avoir en face d'elle, à côté d'elle, un corps dans toute la splendeur de la jeunesse : « Aucune angoisse devant vous, aucune timidité ; une joie, une gaieté plutôt, un allègement de tout moi-même — physiquement vous êtes la jeunesse fière de son corps intact, ce teint rose si clair et pur, ces yeux de seize ans, ces cheveux blonds de grand enfant et cette conscience que vous avez de votre force ; que m'ont émue, près du bassin, vous souvenez-vous, les mots que vous avez dits sur l'horreur de voir jamais votre corps vieillir » (24 avril). Et elle aime aussi cet humour de potache où se décharge l'angoisse des concours. Le 18 mai, Maheu imagine un sujet d'agrégation : « L'âme et le corps, ressemblances, différences, avantages, inconvénients. » Au fond, c'est bien vu, et c'est un sujet d'actualité : car elle devine bien, en ce moment où parfois elle est « lasse d'être un pur esprit » (*Mémoires d'une jeune fille rangée*), l'avantage que parfois l'union des corps a sur l'union des âmes. Et même s'il est un piètre philosophe et sera recalé à l'agrégation, Maheu a tellement plus d'humour que les autres, que par exemple Gandillac : « Gandillac vient mettre entre nous sa tête. Me demande d'un air sérieux ce que je pense de l'affirmation de Brochard, que le Dieu d'Aristote éprouve du plaisir. Et Maheu, dédaigneux et sec : "Je l'espère pour lui." Cela les peint » (31 mai, « Carrefour de visages »).

Finalement, est-ce que ce ne serait pas tout simplement de l'amour ? Qui lui fait battre le cœur quand elle l'attend, quand elle le voit ? D'où le désir de prendre ses distances qu'on sent dans cette note du 9 juin : « Le fondement même de ce monde, c'est Jacques. (Je soupçonne Maheu de n'avoir pas une vie intérieure très riche.) » Ça ne marche guère ; elle s'émerveille toujours de sa présence et sent bien que le 13 juin est une date historique (elle n'imagine pas à quel point). Maheu a décidé de la rebaptiser : « "Vous êtes un castor", me dit-il en rentrant à la BN, trouvant argument de mon nom : BEAVER = BEAUVOIR et de mon esprit constructeur. » Quelque temps plus tard, s'irritant de la voir participer à des parties de canotage au Bois, il le confirme : le Castor, dit-il, vit en bande. Mais le surnom lui reste, il est repris aussitôt par les autres, dont Sartre. Qui a fait, bon dernier, son apparition dans la vie du Castor. Le récit des Mémoires et celui des *Cahiers* divergent légèrement : les Mémoires donnent l'impression que les choses se sont déroulées avec une continuité, une sûreté propres aux rencontres « destinales ».

Sartre, ayant échoué l'année précédente à l'agrégation, habite maintenant dans une chambre de la Cité universitaire. Toute cette année-là, dit-elle, le Castor a appris à le distinguer des autres « petits camarades ». Il est le représentant le plus drôle et le plus intelligent, « on le soupçonne d'avoir du génie ». La première fois qu'elle l'a vu, il causait « avec une grande bringue d'agrégative » que le Castor trouve « très vilaine » et avec une autre, plus jolie, mais ils se sont vite brouillés[1]. Ce ne seront assurément pas des rivales. Elle comprend vite l'originalité de Sartre, dit-elle. Et pourtant sa manière à

1. *MJFR*, p. 473.

elle l'est bien davantage, elle n'a pas l'air de s'en rendre compte. Elle a mené ses études à un train d'enfer, conjuguant les lettres, les mathématiques et la philosophie, et ce sur un mode absolument solitaire et indépendant; elle est stupéfiante à tous égards. Elle doit aussi toute une partie de son éducation aux lectures que lui ont fait faire d'abord son père, puis un jeune homme nonchalant et un peu veule, son cousin, et enfin des maîtres comme Garric, « maîtres » atypiques, si on les compare à Alain ou aux autres professeurs des khâgneux et des normaliens. Sartre, lui, est le pur produit et le reflet de ce groupe à l'humour institué; il a mené avec Aron les « revues » de fin d'année à l'école, été « Timeo Danaos » tandis que celui-ci rougissait sous la mantille de « Dona Ferentes [1] ».

Tout se déroule avec sûreté, Sartre demande à être présenté, Herbaud s'exécute d'assez mauvaise grâce, elle est intimidée lorsque, dans la chambre de Sartre à la Cité U, « pétrifiée de timidité [2] » tandis qu'il la regarde, tirant silencieusement sur sa pipe, elle planche sur Leibniz. Elle se dégèle et, de séance en séance, elle est conquise par l'intelligence de Sartre, même si elle lui tient tête et se convainc qu'il est un « merveilleux entraîneur intellectuel ». Preuve de sa générosité, car ces séances, à lui, « ne lui apprenaient rien ». *Cahiers*, 11 juillet, en effet : « Grande chaleur. Mais par les rideaux tirés, cette obscurité crée une retraite; Maheu est sur la chaise à côté de moi, Sartre a gagné son lit, sa pipe à la bouche — nous nous penchons sur le texte — joie profonde

1. *Timeo Danaos, et dona ferentes* (*Énéide*): « Je crains les Grecs / Même quand ils apportent des présents. » Jeu de mots sur *dona*, les « dons », et l'espagnol *doña*, « madame ».
2. *MJFR*, p. 468.

de ce labeur où le temps se fond, de cette langue si belle, de cette captivante pensée ; Sartre explique, explique, m'accusant de lui faire à chaque difficulté dévider tout son savoir — merveilleux entraîneur intellectuel — sa pensée de plus en plus m'apparaît comme extraordinairement forte. Je l'admire aussi avec une grande gratitude de si généreusement ne se donner de mal que pour nous. »

Hélas, quelque chose est en train de finir : l'été est là, avec les résultats de l'écrit, Maheu est collé, Nizan, Sartre et elle sont admissibles. « À partir de maintenant, je vous prends en main », déclare Sartre[1]. Dans son portrait de Sartre en jeune homme, à chaque mot éclate l'admiration qu'elle a pour son génie, jusque dans cette formule saisissante : « Seuls quelques fous m'inspirèrent une humilité analogue, qui découvraient dans un pétale de rose un enchevêtrement d'intrigues ténébreuses[2]. » Il l'écoute, ne pense « pas grand-chose de bon » du mariage en général et de celui du Castor avec Jacques. Mais il la comprend « dans son amour de la vie, sa curiosité, sa volonté d'écrire ». Combien plus brûlante cependant, la passion « forcenée[3] » qui le jette vers l'avenir et son œuvre ! Il réprouve toutes les faiblesses, repousse toutes les compromissions ! Il lui lit ses premiers essais, développe devant elle sa « théorie de la contingence ». Ce n'était pas pour lui une « notion abstraite », mais une « dimen-

1. *Ibid.*, p. 473.

2. Elle note dans ses *Cahiers* : « Moi, en octobre 1926. Intellectuellement, j'ai connu des ivresses de pensée ; jusqu'à la folie. » Et le 19 février 1928 : « Si l'amour même et les bonheurs qui ont des causes ne me détournent pas de ma folie, la vie aura valu la peine qu'on la vive. »

3. À l'origine le « forcené » est un fou, quelqu'un qui est « hors » (« fors ») du « sens ».

sion réelle du monde ». Toutes les ressources de l'art devaient être mobilisées pour « rendre sensible au cœur cette secrète faiblesse qu'il apercevait dans l'homme et dans les choses ». Plus tard, à l'autre extrémité de leur existence commune, dans leurs *Entretiens de 1974*, le Castor l'interroge sur ses débuts, sur les « contenus philosophiques » de ses premiers essais. Et il répond. « Ce qu'il y a de bizarre, c'est le début de la pensée sur la contingence. J'ai pensé la contingence à partir d'un film. Je voyais des films où il n'y avait pas de contingence et, quand je sortais, je trouvais la contingence. C'est la nécessité des films qui me faisait sentir à la sortie qu'il n'y avait pas de nécessité dans les rues. Les gens se déplaçaient, ils étaient quelconques[1]. » Le Castor opérera dans toute son œuvre une distribution entre les différents genres — romans, essais, écrits autobiographiques — des rapports entre « contingence » et « nécessité ». Et même dans sa vie où, parlant de sa façon maniaque de composer les itinéraires de ses voyages, elle avoue qu'elle cherchait ainsi à introduire « de la nécessité[2] », là où il risquait de n'y avoir que « pure contingence ». Cette notion, c'est bien à lui qu'elle la doit. D'où : « C'était la première fois de ma vie », conclut-elle, « que je me sentais dominée intellectuellement par quelqu'un[3] ». Elle ne cessera de le redire. « Philosophiquement, politiquement les initiatives sont venues de lui[4] », écrit-elle dans *La Force des choses*. Dès 1929, c'est un fait acquis. Elle s'incline devant une « supériorité » qu'elle ne discute pas, qu'elle attribue à ses trois

1. *Entretiens de 1974*, in *La Cérémonie des adieux* (*CdA*), p. 199.
2. *FdÂ*, p. 242.
3. *MJFR*, p. 480.
4. *FdC*, t. II, p. 491.

ans de plus, à ce que « ayant pris beaucoup plus tôt un meilleur départ », « il en sait plus long » qu'elle sur tout. De plus, elle s'émerveille qu'il s'intéresse « aux questions politiques et sociales », ce qui n'est absolument pas son cas.

D'où cet épisode. Au Luxembourg, un matin, ils s'affrontent : elle tente de défendre devant lui la « morale pluraliste » qu'elle s'est fabriquée « pour justifier » les gens qu'elle aime mais à qui elle n'aurait pas voulu ressembler. « Il la met en pièces. » Comme la courageuse petite chèvre de M. Seguin, elle tient bon trois heures, puis cède. « Je ne suis plus sûre de ce que je pense, ni même de penser[1]. » Que s'est-il passé durant ces trois heures ? Un affrontement intellectuel de haut niveau, entre deux très jeunes philosophes encore à peine sortis de l'école ? Sans doute. Peut-être davantage. Elle vient d'abandonner deux positions, et cette concession ne sera pas sans conséquence. D'abord l'abandon du « pluralisme » : il sera définitif; pour le Castor, désormais, et son engagement politique le confirme : « la vérité est une, l'erreur multiple. Ce n'est pas un hasard si la droite professe le pluralisme[2] ». Or ce n'est pas un point secondaire : restons-en au plan politique, le refus du « pluralisme » mène tout simplement à la dictature du parti unique. Nos jeunes philosophes dans le jardin du Luxembourg en cet été de 1929, à l'aube de leur « entente » et de leur vie commune, manifestent déjà — Sartre, en tout cas — quelque chose de cette radicalité et peut-être de cette inconséquence qui marquera tous leurs engagements futurs... Mais surtout, le Castor voit ébranlée sa confiance dans sa capacité à penser. Triomphe

1. *MJFR*, p. 480.
2. *La Pensée de droite aujourd'hui*, *Privilèges*, 1955, p. 93.

d'un jeune homme sur une jeune femme ? D'un normalien sur une étudiante ? Sartre y a pris un plaisir certain : il n'avait jamais rencontré et connu d'aussi près une femme qui pense, et il n'en prendra pas l'habitude. Celles qui se succédèrent auprès de lui dans les années à venir ne furent jamais des philosophes, ou des intellectuelles, ou même des femmes particulièrement intelligentes. Ce « Castor » dont il est en train de tomber amoureux l'intrigue : elle est belle, et elle l'affronte. Mais elle cède. C'est la première manifestation d'une « modestie », d'une humilité, à laquelle les *Cahiers* ne nous avaient pas habitués. Se met en place, dans ces années-là, au moment de la rencontre avec Sartre, une des énigmes de son caractère, que ce portrait devrait tenter de lever : d'un côté, un ton d'assurance péremptoire, une absence d'égards envers l'opinion d'autrui ; et, de l'autre côté, une timidité, un manque d'assurance, de confiance en soi qui lui feront toute sa vie redouter les interventions publiques. Ou accepter sans murmurer, en 1938, le refus de ses premiers textes. En cédant devant Sartre, le Castor ne manifeste-t-elle pas qu'elle a intériorisé en partie l'« infériorité » de sa situation de femme ? Non pas exactement devant la supériorité « naturelle » d'un homme mais devant la puissance d'une institution masculine, l'École normale de la rue d'Ulm, dans la personne d'un de ses produits les plus brillants ? Chaque fois qu'elle reviendra sur la question de la « création » philosophique, ce sera pour redire qu'elle n'en a pas l'ambition. On a pourtant pu montrer sa profonde originalité et créativité dans ce domaine[1], que du reste Sartre est le premier à

1. Michel Kail, *Simone de Beauvoir philosophe*, PUF, 2003.

reconnaître. Et elle en donnera une preuve éclatante jusque dans son œuvre romanesque.

Quelques semaines encore, où ils ne se sont quittés que « pour dormir », et ce sont les vacances ; elle part pour Meyrignac. « Quand je le quittais au début d'août, je savais que plus jamais il ne sortirait de ma vie[1]. » Les *Mémoires d'une jeune fille rangée* laissent de côté le récit de leur été, et nous ramènent à Paris abruptement : « Revenant de Meyrignac au début de septembre, je sonnai à la porte de la maison Laiguillon. » Afin de donner à cette rencontre un caractère « destinal », il est important en effet de clore ce volume sur l'effacement des autres hommes qui l'occupaient : celui d'Herbaud-Maheu ne prend qu'une ligne. « Rien n'est changé entre nous », lui dit-elle, et elle commente : « Je savais que je mentais. » Puis viennent la déchéance de Jacques, et la mort de Zaza. Déjà, en un sens, remplacée quand elle s'émeut de connaître avec Sartre une si radicale entente : « Au fond de ma mémoire, brillaient avec une douceur sans égale les heures où je me réfugiais avec Zaza dans le bureau de M. Mabillle et où nous causions[2]. »

C'est avec le volume suivant des Mémoires, *La Force de l'âge,* que reprend l'histoire de leurs débuts, racontée sur un ton joueur et amusé. Sartre est venu la retrouver à La Grillère où elle se morfond. Il s'est établi à l'hôtel du village pour dormir, mais il n'ose se présenter. Il lui fait donc parvenir un message par sa cousine Magdeleine rencontrée par hasard. Le Castor se précipite et, comme aucune invitation ne vient de la famille, elle s'occupe avec Magdeleine à le

1. *MJFR*, p. 482.
2. *FdÂ*, p. 35.

nourrir. Chaque jour, les bras chargés de pain, de fromage et de fruits, prétextant qu'ils travaillent à un traité de philosophie, elle part le rejoindre et ne rentre que le soir. Jusqu'au jour où, dans une prairie du Limousin, un vaudeville met aux prises son père, blanc de rage, et Sartre, « l'œil en bataille » et portant chemise rose. Le père du Castor intime à Sartre[1] l'ordre de quitter les lieux ; il n'en tiendra pas compte, elle défie ses parents, il reste. Idylle. « Nous nous asseyions dans l'herbe et nous causions. » Les Mémoires ont sur toute cette période un ton allègre, décidé, qui petit à petit nous incite à la défiance[2]. La « chemise rose » de Sartre et son « œil en bataille » sont des signes que nous allons apprendre à reconnaître. Comme plus tard l'histoire du « pneu orangé » dévie l'attention du lecteur, et le détourne de ce qui s'est passé réellement : l'échec en zone Sud de son « réseau » de résistance, de même, dans *La Force de l'âge*, cet été en Limousin, ce retour de vacances, les premières notations de leur vie commune, à la rentrée de septembre sont résumées par un : « J'avais liquidé mon passé, je m'engageai sans réserve dans notre histoire[3]. »

La réalité, à travers les *Cahiers*, révèle des débuts plus difficiles et, sous certains aspects, infiniment plus douloureux pour le Castor. Elle est tombée éperdument amoureuse, et l'homme qu'elle a en face d'elle est charmé, séduit, conquis — mais jusqu'à un certain point seulement. Avant même d'avoir

1. *Ibid.*, p. 20.
2. Dans une lettre à Geneviève de Neuville, Zaza parle de cette façon d'écrire qu'a Simone, « par trop détachée », qui la jette alors « dans des doutes ». 21 septembre 1929, Gagnepan. *Correspondance et carnets d'Élisabeth Lacoin, 1914-1929*, Seuil, « Livre à elles », 1991.
3. *FdÂ*, p. 21.

connaissance du *Cahier* de 1929-1930, on en a le soupçon en lisant les *Carnets de la drôle de guerre*. Sartre revient en novembre 1939 sur la manière dont il menait ses amours de jeunesse. Il offrait sa liberté à une femme, dit-il, jusqu'à ce qu'elle cède et l'accepte. Alors il se dérobait, et la reprenait, car « un grand homme », pensait-il, « devrait se garder libre ». Mais un jour, ajoute-t-il : « Je fus pris au jeu. Le Castor accepta cette liberté et la garda. Je fus assez sot pour m'en affecter[1]. » C'est ce passage, assez mystérieux, que les *Cahiers* éclairent.

Leur histoire a commencé à l'automne de 1928. Jeudi 15 novembre : « Pour la première fois grande lassitude morale. Pourtant le cours, le matin à l'ÉN, est jeune et gai. Sarthe [sic] fait une explication bon enfant, il a une tête sympathique. » Il est toujours « Sarthe » le 18 avril 1929, accompagnant Maheu et Nizan et lorsqu'il devient « Sartre », le 24 avril, elle lui trouve « l'œil faux » — commentaire indigné en marge, quelques mois plus tard, « mais il est borgne, le cher petit homme » (6 août). Le 13 juin, c'est toujours avec son cher Maheu qu'elle déjeune « rue des Petits-Champs[2] de tartes aux fraises » et c'est Maheu qui la complimente sur un ton charmeur : « Ça vous va très bien cette coiffure, ce col blanc... vous avez l'air d'un petit garçon, avec votre drôle de voix rauque ; elle est très jolie d'ailleurs votre voix, mais elle est rauque ; elle nous amuse beaucoup, Sartre et moi. » Le 22 juin, Sartre manifeste sa curiosité et son désir de la rencontrer : cela ne plaît qu'à moitié au Castor, d'ailleurs peut-être que « Sartre veut me connaître, mais Maheu ne veut

1. Sartre, *Carnets de la drôle de guerre*, Gallimard, 1983, pp. 270-271 *sq*.
2. Près de la Bibliothèque nationale, alors rue de Richelieu.

pas sans lui ». Et du reste Sartre ne lui est pas sympathique, « il est de ces gens qui n'admettent pas, et interprètent ». Ils vont lui envoyer Poupette « mardi pour se payer sa tête, et ce sera bien fait ». Poupette revient très déçue. Changement de ton le lundi 8 juillet : c'est l'après-midi où, morte de timidité, elle explique Leibniz. Le *Cahier* ouvre solennellement cette journée : « Lundi 8 juillet. C'est alors que tout a commencé. Le Lama est venu me chercher et l'AE nous a conduits à la Cité universitaire. Timidité. Sartre m'accueille poliment mais m'intimide. Je les revois, si intensément : le Lama en bras de chemise, à demi étendu sur le lit, Sartre assis en face de moi devant la table, et toute cette chambre, ce beau désordre, les livres, ma surprise, l'odeur du tabac... » Le soir, pour se détendre, ils vont « tireloter » aux « sinistres baraques » du boulevard Jourdan, elle gagne. Il y a une photo prise un peu plus tard, où on voit Sartre s'essayer à la carabine, un œil fermé, et près de lui, l'air calme, le Castor, des livres sous le bras; un peu plus à gauche de la photo, Fernand, le mari de Stepha, et Poupette[1]. Dès le lendemain, la gaieté la submerge : « Oh! charme inimaginable de ces après-midi! plaisanteries si fines sur Leibniz, dessins de Sartre sur le nègre à âme raisonnable et le fils de la femme des Lombards, dessins de Nizan sur ce même monstre, sur Leibniz curé, sur la maison qui veut fuir par la fenêtre. Et ces mots "plaisants" de leur vocabulaire, la poignée de main par-dessus ma tête, l'appellation "cher petit camarade", le jeu du sou, les rites, leurs plaisanteries sur mon nom, et les discussions pour savoir si je suis "castor" ou

1. *In* cahier photographique d'Annie Cohen-Solal, *Sartre, 1905-1980*, « Folio essais ».

“walkyrie”, “vierge guerrière” comme veut Sartre » (9 juillet).

Comme il est étrange de voir apparaître ici les mots qui seront « les leurs » et ceux de « la famille », plus tard, quand ils auront consolidé les bases de leur « entente », mots qu'on retrouvera dans les romans, dans leur correspondance du Castor, plaisant, fameux, gonflant, « du sou »... Dès le 10, Maheu commence à en prendre ombrage. Quand il la raccompagne : « Il me parle de Sartre et de Nizan, en s'opposant à eux, car lui aime la vie en sa simplicité, l'amusement qui ne pense pas, et mêle à cette vie ses idées d'art ; lui sent la verdure, les vacances, le plein air que les autres ne savent pas goûter. Sa conception des femmes... hommage de son respect. Il est vrai que quand simplement le matin il m'a passé la main sur la tête en disant “les castors aiment beaucoup ça”, j'étais fort émue. » Mais Sartre commence à s'imposer, et certains détails déjà le lui rendent « très cher ». Dimanche 14 juillet. Avec « les petits camarades » elle écoute Sophie Tucker[1] dont elle « ne goûte pas la voix », mais « qu'ils sont gentils pour moi, pendant ce dîner ». Dans la fraîcheur du soir, elle se sent tout animée, sans chapeau, avec sa petite robe noire toute simple « que le Lama aime ». Un peu plus tard, ils décident d'aller ensemble au Falstaff[2]. Sartre « d'un geste noble » a arrêté un taxi mais c'est toujours la main du Lama qui l'émeut, quand il la glisse sous son bras « d'un geste protecteur et tendre ». Cette soirée à trois devient d'une « intimité déchirante » : « Vous êtes estimable », lui dit-il (en-

1. À laquelle Sartre empruntera l'une de ses chansons célèbres, *Some of These Days*, pour *La Nausée*.

2. Bar de Montparnasse.

core un mot qui aura une grande carrière et dans l'œuvre et dans la vie du Castor). « Je t'ai dit que c'est quelqu'un d'extraordinaire », dit Maheu. La soirée se termine, la page du *Cahier* aussi, par ces mots : Ô mon Lama, mon Lama. On dirait une page de René Girard sur la nature triangulaire du désir [1] : après cette soirée à trois, Sartre commence à voir le Castor avec d'autres yeux.

Et les choses changent, tout doucement : c'est le Castor qui rage, maintenant, parce que les « petits camarades » s'imposent et qu'elle voulait aller au cinéma seule avec Sartre... Elle voit que Maheu en est malheureux et elle en est terriblement troublée. « "Vous penserez à moi ?" m'a-t-il dit avec cette sorte de coquetterie autoritaire qui m'est si chère. Et ce mot en serrant mon bras : "Je vous aime beaucoup, Castor..." Je le quitte pour prendre le V, passer au Luxembourg, sans dîner, rejoindre l'auto de Nizan qui nous mène au Ciné-Montparnasse ; causé tout le temps avec Sartre qui commence à m'intéresser très fort. » Zaza l'a remarqué. Le 21 septembre, elle note dans son journal : Simone est sous l'influence du groupe « SNM » (Sartre-Nizan-Maheu [2]). « Ai-je des raisons de me désespérer de l'influence nouvelle qui entre dans la vie de Simone ? Je ne le pense pas » (21 septembre). De toute façon, « Il n'y a pas de moyen humain d'atteindre Simone » — c'est dire qu'elle ne compte que sur une « intervention surnaturelle [3] ». Les deux amies ne vivent évidemment plus dans le même monde.

Le 17 juillet, résultats de l'écrit : cette fois, c'est

1. René Girard, *Mensonge romantique et vérité romanesque*, Éd. Pluriel, 1961.
2. *Correspondance d'Élisabeth Lacoin*, *op. cit.*, p. 304.
3. *Ibid.*, p. 367.

fait, « Sartre est délicieux : il trouve ma joie tout à fait "plaisante", j'adore sa façon d'être autoritaire, de m'adopter, et d'être d'une si sévère indulgence ». Il veut « tout prendre en main », la gouverner : c'est ce trait qu'il nommera son « impérialisme » dans les *Entretiens de 1974*. Le Castor le voit dès le premier soir (17 juillet) : « Lama s'annexe une femme rien qu'en lui caressant doucement la nuque, Sartre, en lui démontant son cœur — lequel plus sûrement l'asservit ? » Plus tard : « Je retrouve Sartre au Koulak. Quelle soirée ! Au Falstaff, où entre deux cocktails il me dit sur moi des choses si profondes. Que je ne suis pas noble, ni morale, mais généreuse, à bien des points de vue une petite fille. Intellectuellement, moins cultivée qu'instruite, et déplaisante quand je parle philosophie. Mais un bien cher Castor. » Elle est tourneboulée : chaque mot ici compte. Le principal est sûrement celui de « petite fille » que d'autres occurrences éclaireront d'un jour assez douteux. Le Lama s'est retiré, sur la pointe des pieds, après son échec. Elle travaille son oral avec Sartre qui la bombarde de conseils : « Seule personne de qui ce ne soit pas un blâme de l'appeler autoritaire », dit-elle gentiment. Le 20 : « Je vais au Luxembourg où nous discutons pendant deux heures sur le bien et le mal. » Elle s'incline devant sa dialectique. C'est pourtant le soir du même jour qu'elle a ce mot extraordinaire : « J'accepte la grande aventure d'être moi. » Comme si la rencontre de Sartre lui ouvrait une route nouvelle, inouïe, justement par les obstacles qu'il y met !

Rien n'est joué encore. Ils travaillent ensemble, il la raccompagne en taxi ; dans le taxi lui pose la main sur le bras, observe son trouble, le commente, lui dit « les plus désagréables choses sans [qu'elle en soit] froissée » (27 juillet). Rien n'est vraiment sympathique dans cette façon de faire, ni le trouble qu'il fait naître et où il n'engage rien de lui, ni ces choses « désagréables » qu'il s'arroge le droit de dire. Le Castor a bien raison de lui demander, en 1974 : « Est-ce qu'il y avait aussi dans vos rapports avec les femmes un côté un peu Pygmalion ? JPS. — Ça dépend de ce que vous entendez par un côté Pygmalion. SdB. — Façonner une femme, lui montrer des choses, la faire progresser. [...] JPS. — Sûrement, il y avait ça. Ce qui supposait donc une supériorité provisoire[1]. » Façonner une femme : c'est le rôle classique du mari bourgeois que son propre père a tenu avec sa mère, Françoise de Beauvoir. Avec le Castor, Sartre aura affaire à forte partie — et il est probable que la formation sera réciproque.

Sur le plan amoureux, c'est une autre histoire. Le 23 juillet, elle retrouve Sartre qui, tandis qu'elle mange des cacahuètes et une glace à la Closerie des Lilas, lui raconte des histoires sur lui, autre stratégie masculine, et « en particulier celle de ses fiançailles avec une petite fille à qui il ne voulait pas faire de peine ». Elle est complètement désemparée (27 juillet) : « Je ne sais pas où tout cela va me mener » car Maheu en quittant Paris lui a dit vaguement : « Oui, sans doute je vous écrirai... je vous ferai signe à Uzerche. » Mais quand Sartre lui répète : « Vous êtes un vraiment charmant Castor », elle se sent fondre. « Moments fous, délicieusement fous et où je l'aime si profondément... » Ce « charmant Castor » sera de rigueur dans toutes les lettres qu'il adressera à Simone de Beauvoir, jusqu'au jour où il en prend conscience, avec un incroyable remords, dans une

1. *Entretiens de 1974* in *CdA*, p. 428.

lettre de mai 1948 : « Mon doux petit. Ça m'ennuie, "mon charmant Castor", c'est devenu conventionnel, vous ne trouvez pas ? Et justement, je ne suis pas un sépulcre blanchi [...] et je veux que tout soit vivant quand je vous écris. » Notons que l'expression elle-même, il la tenait de Maheu : toujours ce désir triangulaire.

Il est tout de même le seul « sujet » de cette relation commençante. Jamais aucune « petite fille » ne lui a permis d'aller aussi loin dans ses rêves d'avenir et de grandeur. Soirée « où nous parlons du "grand Sartre", oh ! fol espoir de nos avenirs, de notre vie, et douceur insensée du présent. En me couchant, vraiment ivre de lui et de moi ». Sartre impose sa place, lui donne à lire son premier texte, *Er l'Arménien* (le 29), heureux de ce miroir qui le grandit. 1er juillet : « Soirée d'inimaginable tendresse ; au cinéma, dans mon cœur, don complet de moi-même ; puis dans la rue délices d'une sincérité qui fait encore grandir sa tendresse. » Le 3 août, elle est à Meyrignac et raconte leurs adieux de la veille : il aime « les petites filles aux passions profondes et calmes qui se donnent entières et ne se reprennent plus, les âmes généreuses ».

La « petite fille » s'est « donnée » : et lui ?

Il se garde. Elle ne sait pas encore à quel point. Elle l'a pourtant deviné lorsqu'elle reçoit là-bas ses premières lettres. Elle, elle l'aime. Tandis que lui : « Sa faiblesse en amour viendra de ceci toujours il me semble : qu'il n'a pas besoin. L'aimer, c'est recevoir de lui, être subjuguée. » Le vieil enchantement de son Limousin la submerge et la console, « le splendide Limousin », « cette charnelle terre rouge » et son « odeur de paille brûlée au soleil ». Le 18 août : « Et Sartre va venir, Sartre qui m'a écrit une lettre si bonne, et j'ai tant de choses à lui dire et j'ai tant envie de sa présence. Et je suis passionnément heureuse. » Il y a quelque chose de profondément touchant dans cette manière vive, émue, qu'elle trouve pour raconter le séjour de Sartre : « Mercredi 21 au dimanche 1er septembre. Séjour de Sartre. Le matin chaque jour je me réveille à sept heures et reste un long moment au lit, le cœur battant de joie. Je descends par les prés et je cours jusqu'à Saint-Germain en me racontant tout ce que je vais lui dire, et dans la fraîcheur du matin. » Elle n'entend rien de menaçant, rien de grave dans les mots de son « cher Jean-Paul » quand il lui parle « de son amitié pour les petites filles, et qu'il les aime mieux comme amies que comme maîtresses ».

« Il naît des jeux du Baladin et de la petite fille une terrible tendresse — “ma belle gueule tendre...”, “Vous êtes exquise ainsi...”, “charmante, charmante petite fille... ”. » « Le Baladin. » Ce sera l'excuse de Sartre pour refuser la monotonie de la monogamie : pour accomplir son œuvre, il doit se garder et aller librement tel le baladin, d'aventure en aventure et de femme en femme, au rythme et au gré de la « vie contingente ». *Le Baladin du monde occidental* (*The Play-Boy of the Western World*) est une pièce étrange de l'auteur dramatique Synge, mort jeune, en 1909. Le jeune homme qu'elle y met en scène est un hâbleur irlandais qui se vante d'avoir tué son père : on l'admire, parce que les Irlandais aiment les histoires violentes, il est entouré d'amitiés et la jolie Peggy s'éprend de lui. Jusqu'au jour où le père, parfaitement vivant, apparaît : le Baladin se résout donc à le tuer, mais il découvre alors « tout l'espace qu'il y a entre le rêve et l'action », tout l'espace entre le monde enchanté du rêveur et la dure réalité. Il s'en va, et Peggy pleure toutes les larmes de son corps. « Il est parti, mon beau Baladin »... De nouveau seule, en Limousin, le Castor se sent emplie d'une force nouvelle, se rappelant ses mots : « "De ce cher visage de ma petite fille, mon amour est descendu en son cher corps. — Et moi aussi je vous aime avec tout mon cœur, et avec tout mon corps", lui ai-je dit. Éveil de ce corps, éveil de cette femme à qui nul n'avait parlé comme à une femme. Émoi de s'entendre dire pour la première fois de tels mots, pour la première fois de reposer entre les bras d'un homme, docile, perdue de tendresse et du désir de se donner toute. » Elle sait que l'année à venir va être « parfaite » et que « ce qui viendra après il sera temps de le décider dans un an ». Car ayant été reçu à l'agrégation, Sartre doit faire son service militaire.

Quand le Lama vient passer deux jours avec elle, c'est trop tard. Malgré des moments de tendresse où tout lui revient, cette fois, c'est fini. Elle n'a plus pour Maheu aucune estime, ni morale ni intellectuelle : c'est à peu près comme avec Jacques. « Il a une grâce de gestes sans pareille ; il est élégant, il est charmant » mais... avec lui, qui est si sensuel, rien de physique, tandis que, « avec Sartre qui n'est pas sensuel, l'harmonie de nos corps a une signification qui rend plus beau notre amour ».

*

À la rentrée, que *La Force de l'âge* présente avec des accents passablement triomphalistes, le Castor dans les *Cahiers* attend Sartre avec une impatience tempérée d'inquiétude. Elle le voit clairement : « J'aime un homme qui, dans un an, me quitte. Je rêve seulement ce soir qu'il consente à me laisser partir avec lui l'an prochain, où qu'il aille, et vivre avec lui pendant deux ans. [...] Aurai-je même cela ? Hélas ! il m'aime d'être la petite fille qui a compris le Baladin. Cher Baladin, même si vous me plaquez dans un an, je vous dirai merci d'être venu me chercher, m'arracher à l'enlisement. » Sa confiance se dit (18 septembre) dans des termes qui serrent un peu le cœur : « Il ne me fera jamais mal au-delà de ce qui sera tout à fait nécessaire, et moi je m'arrangerai aussi. » Son attirance pour Sartre est organisée autour de deux pôles contradictoires : il est intellectuellement, au sens fort de ce mot pour elle (et pour lui), le seul interlocuteur possible ; en même temps, il y a entre eux des « jeux » qui la troublent profondément et ne la satisfont pas. « Jean-Paul, comme il faut que je vous aime pour vouloir malgré tout jouer avec vous les jeux qui vous plaisent ! » Jeux érotiques, jeux d'homme « froid » auxquels cet amateur de jeunes filles « pures » a su convaincre cette très jeune fille, extrêmement pudique et sensuelle en même temps, qui se dit « gourmande ».

L'expérience amoureuse de Sartre s'est faite, il le dira dans les *Entretiens de 1974*, selon les deux parcours classiques de l'initiation par une femme mûre et du sentiment qu'il a éprouvé d'abord pour une cousine et ensuite pour Simone Jollivet, « Camille » dans les Mémoires ou « Toulouse », dans les lettres. Mais de quelques autres lettres il ressort aussi que Sartre ainsi que les autres normaliens avaient avec de jeunes prostituées ces rapports bourgeois de fils de famille. On peut donc imaginer que, rencontrant des « jeunes filles », ils aient eu l'habitude de pratiquer cette sexualité incomplète que Marcel Prévost décrit dans *Les Demi-Vierges* : sûre garantie contre les risques de grossesse qui, à l'époque, pouvaient signifier pour un jeune homme l'obligation de « réparer », c'est-à-dire de se marier. Grande et classique inégalité d'époque, entre les sexes : le Castor dit, dans ses *Cahiers*, son « horreur » à l'idée d'un « geste tendre » entre Jacques et elle. Mais le corps et ses exigences sont cependant loin de lui être inconnus : témoin cette note des *Cahiers* du 26 mars 1927. « Je deviens terriblement gourmande : le plaisir tout matériel d'un bon goûter se rattache à celui que j'éprouve dans mon lit le soir, *cela*, personne ne peut me l'ôter. » L'un des récits de *Quand prime le spirituel* évoque avec une audace peu répandue à l'époque, du moins hors de la littérature érotique, la nuit de Lisa, éperdue d'amour pour Pascal, qui ne la regarde même pas, et dont elle imagine, sous les draps, la « main d'archange » qui se glisse entre ses jambes quand elle y porte la sienne[1].

En attendant, elle hésite : Sartre, ou Jacques ? « Devant vous je n'aime que vous. Devant lui je n'aime que lui. » Et elle fait un rêve, qui est plutôt un rêve d'homme : que Jacques et Sartre puissent un jour s'entendre. Mais Jacques s'efface lorsque, le 2 octobre, « coup de théâtre », elle apprend qu'il est fiancé et va se marier. Elle peut donc « se donner » sans réserve à Sartre : « J'ai mal aux lèvres à force de désirer sa venue. [...] Je voudrais jouer à des tas de jeux et raconter des tas d'histoires » (6 octobre). « J'ignorais si complètement ce langage du corps ; j'ai été bouleversée de l'entendre, et écœurée de moi, mais c'était ridicule » (8 octobre). Il n'y a là nul risque d'« esclavage » — elle sera cruellement détrompée : « Après tout je sais que quand il faudra

1. *Quand prime le spirituel*, réédité en 2006 sous le titre, *Anne, ou quand prime le spirituel*, p. 199.

y renoncer entièrement, je le ferai. Anéantissement passionné devant lui. Le plus grand. Illustre ou raté de génie, n'importe. Il est *tout*. » La « folie » qu'elle devine chez Sartre a un nom : c'est celle du Baladin, la confusion entre rêve et réalité.

Ils se retrouvent, ils se sont retrouvés. Il a un beau costume bleu, son visage est bien rasé, ils dînent « Chez Pierre » « de saucisson, de civet de lièvre, et d'une salade de fruits » ; puis il parle « des choses laides et viles » qui sont en lui, et que, si jamais on doit renouveler le bail, il lui montrera. Commencent de longues promenades, mais aussi des « étreintes » dans leur chambre où elle remarque que « parfois vous ne vous y êtes pas donné aussi pleinement que moi, mon bien-aimé Jean-Paul », mais « ce n'est pas moi qui en ai souffert, et c'est ainsi que je vous aime ». Son cœur se serre quand « dans le faux luxe de Dupont, pendant que nous prenons un porto et ensemble ne dînons pas, il me parle de ma vie à venir, de la vie contingente ». Tout cela vise aussi à la préparer au coup qui va venir. « Il me dit le sort qu'il rêve pour sa théorie de la contingence, et qu'elle devienne au cœur des hommes vivants comme le Destin grec ; une guitare hawaïenne nous bouleverse ensemble, comme si la contingence même y pleurait. » Mais devant cette jeune amoureuse, c'est aussi une dérobade et un avertissement, et elle le comprend très vite : « J'ai mal, je suis sans courage à penser que bientôt donc cet homme que j'aime si fort sera loin de moi, si loin ; car l'avoir là, en face de moi, avec sur son visage tant de bonté pour son Castor, n'est-ce pas un bonheur auquel aucun ne sera comparable, et bien assez pour moi toujours, ah ! bien assez pour moi. »

Le bonheur, c'est aussi de dire « nous deux

Castor », d'aller dîner chez les Guille (Pagniez des Mémoires), d'aller voir ensemble *Un chien andalou* [1]. Et, le lundi 14, ils décident qu'ils sont « mariés morganatiquement ». *La Force de l'âge* le confirme à sa façon enjouée, élusive, ludique : « Nous étions M. et Mme Morganatique », ou encore, dans les bars, au dancing de La Coupole, « M. et Mme Morgan Hattick [2] ». Mais à y bien réfléchir, quel drôle de mot ! Le mariage morganatique, dit le Littré, a pour origine le droit germanique : c'est le mariage « de la main gauche » au sens propre, et non pas seulement l'acception populaire du terme, l'équivalent du « vivre à la colle ». Le mari, de condition supérieure à celle de sa femme, pour cette raison l'épouse en lui tendant la main gauche et non la droite, ce qui l'exclut de fait de la succession et laisse à leurs enfants leur condition de bâtards. C'est un choix et une décision d'homme ; elle ne concerne que lui, le protège ainsi que ses enfants légitimes. Ce jeu épuisant de baisers, de caresses, d'étreintes ne peut durer : le soir du 14, ils se font une petite dînette de foie gras sous la lampe, mais rien ne va plus. « J'apprends que j'ai semblé l'encourager sans cesse à une plus grande intimité, alors que ma non-résistance était un hommage de confiance. » Puisque c'est ainsi, elle aimerait mieux « être sa maîtresse », ce qu'il refuse. Être sa maîtresse ? Au sens social, public, avoir une relation plus ou moins durable, sans engagement trop contraignant ? Ne lui suggère-t-elle pas plutôt que le temps est venu d'une vraie relation sexuelle ? Il refuse : crainte de l'enga-

1. De Buñuel, 1928.
2. Lettre de Sartre au Castor datée 1930 : « Ma petite épouse morganatique. Je compte rester six jours à Paris. Si vous êtes libre de votre temps, nous pourrions sortir quelquefois ensemble. »

gement, ou d'une montée irrésistible de passion. Comme elle lui dira dix ans plus tard, lorsqu'il envisage de revoir une jeune fille avec qui en même temps il veut rompre. Lettre du 17 décembre 1939 : « Quand elle vous reverra elle sera reprise à plein, surtout avec la sexualité, ça ira vite. » Ou bien refuse-t-il de renoncer à de vieilles habitudes sexuelles[1] ? Est-ce cela les « choses sales » et laides qui sont en lui ? Il est très précis, dans les *Entretiens de 1974*, sur la nature particulière de sa sexualité : il n'aime pas tellement l'orgasme, « juste un petit plaisir à la fin, mais assez médiocre ». Pourtant lui objecte le Castor, il y a des hommes, surtout quand ils sont très jeunes, qui vont jusqu'à l'évanouissement. « Non, moi, je n'ai jamais été menacé de perdre conscience dans l'orgasme, ni dans aucune pratique amoureuse[2]. » Ce qu'il aime, il le dit dans les *Entretiens*, c'est « s'emparer de la sensibilité des femmes », et le lire sur leur visage pendant qu'elles « se donnent ». Comme ce vocabulaire nous surprend aujourd'hui ! Toutefois, en 1974, il s'est un peu éduqué, au contact du Castor, ou il pèse ses mots : « Pratiquement, dit-il, j'ai moi-même déclaré que la sensibilité et l'intelligence ne sont pas séparées. » Pourtant, chez les femmes, il aime que cette sensibilité — le Castor lui souffle les mots — « ne soit pas détournée au profit de la raison ». Oui. Il est tombé dans le panneau : en dehors du Castor, c'est clair, il aime des femmes qui gardent « leur sensibilité intacte », parce qu'elles « ne s'élèvent pas très haut en général[3] ». Naturellement, c'est différent

1. « J'étais un masturbateur de femme plus qu'un coïteur », dit-il dans les *Entretiens de 1974*.
2. *Ibid.*, p. 447.
3. *Ibid.*, p. 427.

pour les « agrégées ou les ingénieurs ». Celles-là ont quelque peu « détourné leur sensibilité au profit de la raison », comme dit le Castor, mais de l'intérieur « elles gardent leur sensibilité intacte ». C'est ce qu'il aime. C'est ce qui lui « apporte le plus » ; c'est ce qui l'« enrichit ».

Mais il est sûr qu'avec le Castor, fin 1929, il s'inquiète : « Est-ce bien la peine, mon cher amour, de tant nous attacher s'il faut nous quitter un jour ? — Oh ! oui. — Tu n'auras pas de peine, mon cher amour ?... si, tu auras de la peine. » Dans les jours qui suivent la « crise », elle se retrouve avec joie en complicité avec lui. Oui, il a ouvert son cœur sur quelque chose qui est peut-être sa disgrâce insurmontable et son malheur : sa froideur, son incapacité à « se donner » dans l'amour. Pourra-t-il le surmonter ? Cette question irrésolue, Sartre l'emporte avec lui quand, le 22 octobre, il part pour Saint-Cyr faire son service militaire. L'humeur du Castor va donc dépendre des visites à son « petit soldat », à son « petit mari ». Elle pleure bien un peu en pensant à Jacques, mais le Lama puis Sartre la consolent ; Sartre est content d'elle, il lui dit qu'elle l'aime « d'une manière épatante » (c'est-à-dire à la manière qu'il veut : sans trop s'attacher, ou sans trop le montrer). C'est une rude éducation qu'elle reçoit là, une formation accélérée, il y a des femmes qui y mettent toute leur vie et n'y arrivent jamais. Cela ne l'empêche pas d'être tourmentée par « ces désirs que j'ignorais et qu'il a éveillés en moi ». Elle se sent dolente ; mais heureuse parce qu'il la trouve plaisante et, soudain, le voilà qui dit : « Si vous ne mourez pas, comment me débarrasser de vous ? je ne peux pourtant pas vous épouser... » Il ignore que probablement elle ne le souhaite pas, que son bonheur parfois lui « pèse presque », que cette « annexion m'étouffe, et que seul son caractère provisoire » la lui fait accepter.

Quoi qu'il en soit, Sartre parle du mariage avec une désinvolture que le Castor n'aura jamais, parce que ces graves décisions — se marier ou non, avoir des enfants — n'entraînent pas, pour un homme, les mêmes effets. Tout ce que le Castor fait ou ne fait pas, dans ce domaine, a tellement plus de conséquences parce qu'elle est une femme. (Ainsi de la décision de ne pas avoir d'enfants.) Sartre, enfant gâté, adoré de sa mère, n'appartient ni aux classes possédantes dans lesquelles on se doit de donner naissance à un héritier ni aux classes laborieuses où la convention pousse à suivre le modèle établi. Il a décidé de vivre comme un artiste, un bourgeois intellectuel, un étudiant ; il a noué avec une jeune femme belle et aussi intelligente que lui une relation exceptionnelle. Se marier, pourquoi ? Mais aussi, pourquoi pas ? Il le proposera sans hésiter au Castor quand, deux ans plus tard, elle craindra que leurs affectations ne les séparent durablement. Et, durant la drôle de guerre, il ira même jusqu'à proposer le mariage à l'une de ses maîtresses, Wanda, afin d'obtenir les trois jours de permission réglementaire ! — Il le souligne d'un désinvolte « ça ne vous fera pas plaisir » dans une lettre au Castor. Et il est du reste assez embêté ensuite, il songe à se dédire : j'inventerai quelque chose, que les permissions sont suspendues... Dans *La Force de l'âge*, quand le Castor relève cette différence entre eux, elle la situe sur un autre plan : elle, elle est toute à l'ivresse de sa liberté récemment conquise ; lui, il souffre d'accéder à l'« âge d'homme », il vient « de perdre l'irresponsabilité de la première jeunesse » et cela ne lui fait pas plaisir. Il est entré dans un monde de responsabilités. Faut-il y inclure « leur histoire » ? L'installation dans une « histoire » durable est un événement qu'il a du mal à accepter : les pages suivantes et maintes déclarations dans ses lettres ou ailleurs attesteront que, « sans le Castor, la vie est un désert » mais sa réaction de 1929 est classique et il en fait l'aveu sans détour : même sans mariage, une relation durable avec une femme effraie ce jeune homme.

Elle n'a pas encore pris de poste, lui non plus puisqu'il doit partir pour le service militaire. Il n'a pas été question d'habiter ensemble : il loge chez ses grands-parents Schweitzer, elle chez sa grand-mère à Denfert-Rochereau ; ils se retrouvent chaque matin « dans le Luxembourg gris et or sous le regard blanc des reines de pierre[1] » : image symbolique des puissances aujourd'hui silencieuses qui jusque-là ont gouverné leurs vies — la sienne surtout. « Nous marchions » : leurs corps sont jeunes, souples, ils vont leur chemin, au propre comme au figuré, « sans contrainte, sans entrave, sans peur » ; ils vivent d'illusions, dans un monde enchanté, comme tout couple récent de jeunes amants, mais aussi dans une confiance totalement mystifiée : « Nous nous trompions, à peu près en tout. » La société, sous sa forme actuelle, « nous étions contre », mais la politique les rebute, ou ils la méprisent : Sartre ne votera même pas en 1936, au moment du Front populaire. Leur euphorie est celle « de toute la gauche française » : la paix semble assurée, l'Allemagne encore peu menacée par le nouveau parti nazi, et la crise d'octobre

1. *FdÂ*, p. 21.

1929 qui secoue le monde et aura des conséquences incalculables leur semble seulement annoncer joyeusement « la fin du capitalisme[1] ». Le Castor dans sa maturité percevra tout le côté artificiel de leur vie d'alors. La douleur du jeune Castor, éperdue de devoir bientôt perdre son cher « Baladin », laisse place à une analyse aiguë de leur situation. Pétris d'un rationalisme pour une part hérité de Descartes, via Alain, pour une autre de Kant, qui les fait s'imaginer « pure conscience et pure volonté », ils ont du monde une vue entièrement faussée. « C'était notre condition de jeunes intellectuels petits-bourgeois qui nous incitait à nous croire inconditionnés[2]. » Ils ont peu de ressources, mais peu de besoins ; elle donne des leçons, quelques heures de cours, Sartre « écorne » un petit héritage. Leur manière de vivre tient tout entière dans le mot « jeu » : ils se défendent contre l'esprit de sérieux, claquent de la monnaie dans les bars, leur passion partagée de comprendre le monde leur en masque les obscurités et la complexité, leur future œuvre éclaire déjà le chemin qui y mène. « Les femmes à vison et les hommes à Hispano[3] » ne les impressionnent pas, ils participent de l'esprit qui règne durant ces « années folles » mais considèrent le beau monde comme la

1. 24 octobre 1929 : c'est le « Jeudi noir » à Wall Street. La Bourse de New York s'effondre. En quelques heures, 12 millions de titres sont vendus sur le marché. Constatant la baisse des cours, les spéculateurs cherchent à se débarrasser au plus vite de toutes leurs actions. Les cours chutent de 30 %. Le « krach » se confirmera le mardi 29. Le *Black Thursday* est le commencement de ce qui sera la plus grave crise économique de l'histoire. Les États-Unis seront ruinés. Et le monde entier souffrira, tant au niveau économique que politique.

2. *FdÂ*, p. 28.

3. *FdÂ*, p. 24. Allusion à *L'Homme à l'Hispano*, de Pierre Frondaie.

« lie de la terre ». (De fait, le krach d'octobre en a signé la fin, mais on ne le sait pas encore.) Leur insouciance ne laisse passage qu'à de courtes crises : elle se ferme, son visage se bute, il se tasse sur lui-même, tel le malheureux éléphant de mer du Jardin des Plantes quand « la contingence fond sur lui ». Étonnant usage du mot, bien dans leur manière ! Et des plus exacts : nul ne peut en effet fuir tout à fait ces moments où l'existence apparaît dans toute sa gratuité injustifiée, que Sartre dépeindra dans *La Nausée*, dix ans plus tard. Dix ans plus tard, dans les *Carnets de la drôle de guerre*, Sartre reprendra l'analyse de sa condition, « ni bourgeois ni prolétaire », dira-t-il[1]. En fait si : bourgeois, bourgeois désargenté mais bourgeois. Ce qui le frappe, lui, en revanche bien plus qu'elle, et il le dit dans les *Carnets*, c'est le sentiment de la précarité de ces moments : « Comme j'ai aimé ce temps ! écrit-il. Le modernisme etc. Mais trop jeune, trop pauvre, et trop laid[2] » pour en profiter vraiment.

1930 : la perspective de perdre Sartre l'épouvante. Le 3 janvier elle note même dans son *Cahier* : « Dans le film d'Al Jolson, ce petit garçon était toute la douceur d'une tendresse animale, si reposante, si salutaire — le tenir dans mes bras, baiser ses joues roses, le serrer contre moi — inconscient, docile avec ses petites mains tièdes, un petit compagnon qui ne comprendrait rien mais serait toujours là. Moi qui ne serai peut-être jamais maman, je le désirais dans mon cœur, dans ma chair, jusqu'aux larmes. Car cet homme à côté de moi, avec ses paroles si tendres, il s'en ira, il n'est pas à moi, il ne peut être à moi — tu

1. Octobre 1939, in *Carnets de la drôle de guerre*, *op. cit.*, p. 102.
2. *Ibid.*, p. 190.

serais à moi, mon trésor, et je ne serais jamais seule. » Elle se rassure, et retombe, passe par des états mouvants. Par moments, elle retrouve sa vitalité guerrière, son esprit de combat : elle se sent une « Walkyrie éveillée[1] », capable « de sentir par moi seule, et d'écrire ». Et elle est donc en mesure de comprendre comment ce garçon obsédé par l'idée de son génie a peur d'être empêché, retenu, tiré en arrière par une femme. *Entretiens de 1974* : « SdB. — Ce que vous vouliez, c'était rester. Être Spinoza et Stendhal, c'était être quelqu'un qu'on lirait dans les siècles futurs. C'est ce que vous pensiez à vingt ans ? JPS. — Oui, c'est ce que je pensais à vingt ans, quand je vous ai connue. SdB. — D'une certaine manière, vous étiez très arrogant[2]. » Au fond, les choses sont parfaitement claires : « 6 septembre 1930. Un an de don. Un an d'oubli. Un an de bonheur. Mais pour l'année qui vient, il me faut autre chose. » Elle a, en un an, incroyablement mûri : comme elle comprend vite ! Même si elle paie très cher cette compréhension. « Je relis mes notes d'octobre dernier. Oh ! je sens trop fort comme il m'aimait moins que je ne l'aimais, comme ce n'était qu'une petite aventure de Baladin. » Car la lumière revient dès qu'elle se remet au travail ; elle sent qu'elle a réussi à transformer cette douleur en une nouvelle force : « Il n'y a pas de demain, c'est maintenant qu'il faut vivre, ou jamais. Je veux une vie

1. Dans le folklore scandinave, les Walkyries, filles de Wotan, sont des déesses vierges, qui vont sur les champs de bataille couper la trame de la vie des guerriers pour les emmener au Walhalla où elles leur serviront des banquets fabuleux. « Vierge guerrière », c'est le surnom que Sartre avait proposé d'ajouter à celui de « Castor » : c'est dire la puissance de castration qu'elle porte, à ses yeux, et qu'il redoute.

2. In *CdA*, p. 228.

éclatante. » Puisque l'amour n'est pas d'une intensité égale des deux côtés, et puisque du reste il vous paralyse, eh bien ! soit : « Si je veux, je suis sauvée. » Sauvée ? Sûrement. Le travail l'attend, même si « je ne serai jamais écrivain avant tout, Baladin comme est Sartre. Inventer ne m'amuse pas ».

Un dernier passage, difficile, et elle est entrée dans sa vie d'adulte, sa vie de femme. « J'ai péché, j'ai péché, j'ai péché. Oh ! je ne voudrais pas que ma vie soit telle. Oh ! ce n'est pas cela que j'avais rêvé » (31 octobre). Le *Cahier*, le dernier des huit, s'arrête sur ces mots : « Aimez-moi bien fort, mon amour. »

*

Avec les Mémoires nous sommes entièrement dans un genre différent, plus tenu, plus maîtrisé, où l'inquiétude et la douleur, quand elles se manifestent, se traduisent en décisions. Par exemple celle de faire une distinction entre « amour nécessaire » et « amours contingentes ». Retour du héros de Synge, qui ne s'arrête nulle part et auprès de personne : « Sartre n'avait pas la vocation de la monogamie ; il se plaisait dans la compagnie des femmes qu'il trouvait moins comiques que les hommes ; il n'entendait pas, à vingt-trois ans, renoncer pour toujours à leur séduisante diversité [1]. » Ils en tirent une conséquence qui se formule, entre philosophes, dans un vocabulaire « philosophiquement correct » : « Entre nous, m'expliquait-il, il s'agit d'un amour nécessaire ; il convient que nous connaissions des amours contingentes. » La formule a fait fortune, elle a couvert chez beaucoup des pratiques plus ou

1. *FdÂ*, p. 30.

moins cyniques. Le fait est qu'elle est prodigieusement ambiguë : si elle a le mérite de prendre acte d'une impossibilité avérée, la monogamie rigoureuse, elle peut en même temps déplaire par le peu de cas qu'elle fait des « amours contingentes » — condamnées d'emblée à être tôt ou tard sacrifiées à l'amour « nécessaire » ou déclaré tel par commodité.

Suffit-il d'une formule pour que tout s'apaise ? Sartre a-t-il senti qu'il y allait un peu fort ? L'absolue liberté du Baladin doit tout de même accepter quelques concessions, sous peine d'être violence ou goujaterie pure. Il a donc l'idée de signer avec le Castor un bail de deux ans, renouvelable, durant lequel ils vivraient « dans la plus étroite intimité possible ». Ensuite, chacun reprendrait sa liberté pour quelques années, avant de se retrouver. C'était un après-midi où ils étaient allés au cinéma avec les Nizan voir *Tempête sur l'Asie*[1]. Elle n'a pas beaucoup de sympathie pour leur couple, surtout pour Henriette, elle les trouve trop mariés, trop procréateurs. Toujours est-il qu'ils redescendent songeurs jusqu'aux jardins du Carrousel. Ils s'asseyent, un chat miaule près d'eux, coincé derrière la balustrade, et soudain une femme arrive avec un sac : elle en sort des rogatons, et nourrit le chat « en le caressant tendrement ». C'est alors que Sartre propose le bail de deux ans. On est à l'automne 1929, d'après l'allusion qui y est faite dans les *Cahiers*. « Signons un bail de deux ans », dit Sartre. Pour lui, c'est sans doute énorme, mais il le lui doit, il a des remords. Quelle scène étrange, avec tous ces détails que le Castor rapporte ! La *Tempête* de Poudovkine, le couple Nizan, cette histoire de chat, aussi, ces miaulements désespérés

1. Film de Poudovkine, 1928.

derrière eux — et cette femme pleine d'une compassion baudelairienne. Laissons un peu le texte faire résonner des associations. Il y a une épaisseur historique incroyable dans ce quartier où plane le souvenir du lacis impénétrable de ces rues, où la cousine Bette vivait dans une masure, où aujourd'hui tout est soumis au règne souriant des loisirs, ces moments sans mémoire... C'est cet endroit exactement que Baudelaire décrit dans l'un de ses plus admirables poèmes ; il y voit la ruine d'un Paris dont la figure « change plus vite, hélas !, que le cœur d'un mortel ». Il y a là parmi les restes du quartier populaire détruit par Haussmann un chantier, des blocs de pierre et une ménagerie, avec un cygne déplumé qui traîne ses ailes dans la poussière. « Andromaque, je pense à vous » et à « vos douleurs de veuve »... Et cette femme est comme l'une des « petites vieilles » dont il observe avec tendresse les pas hésitants.

Mais le Castor a repris son récit, ne nous attardons pas. « J'acquiesçai. » Pas question durant ce temps de rompre le pacte[1]. Elle accepte, effrayée, mais la séparation « s'estompe dans les lointains ». Elle a éprouvé « la solidité des paroles de Sartre », ce qu'il dit, il le fait. Toujours. La peur de la convention, de l'habitude, de la contrainte fait le reste : et peut-être la rencontre du couple Nizan y est-elle pour quelque chose et la vue du « gros ventre » d'Henriette qui rapporte (ce n'était peut-être pas cette fois-là) qu'ils jetèrent sur lui un regard glacé. « D'ailleurs, je savais qu'aucun malheur ne me viendrait jamais par lui, à moins qu'il mourût avant moi[2]. » On connaît assez bien le Castor de guerre,

1. *FdÂ*, p. 31.
2. *Ibid.*, p. 33.

sa résolution, son optimisme et son sens de la construction du bonheur, pour ne pas faire de cette phrase un peu solennelle une manière de faire contre mauvaise fortune bon cœur. C'était une épreuve, et elle l'a passée avec succès. Il lui arrivera de souffrir ? Sûrement. D'éprouver de la jalousie ? Naturellement. Et même de se croire en danger : elle l'avoue clairement, quand Sartre s'éprend à New York de Dolorès Vanetti. Et alors ? Qui a dit qu'on pouvait éviter de souffrir ? Souffrir n'est pas une faiblesse, c'est un prix à payer pour s'assurer, et assurer à l'autre, sa liberté. Quant à la sincérité réciproque, la transparence, elle sait que, dans bien des cas, on s'abrite derrière elle pour, en avouant, hâter le pardon. Mais cette conséquence du pacte ne vaut peut-être, dit-elle orgueilleusement, que pour eux deux : ils en sont capables, ils se sont reconnus, ils ont reconnu « ce signe jumeau sur leurs fronts[1] ». Leur vie est soudée « dans la fraternité ».

En 1958, écrivant *La Force de l'âge*, le Castor s'emploie à montrer que la preuve en a été faite : quasi institutionnalisée. Ils ont constitué à partir de cette décision-là une forme d'unité à deux têtes, sans tomber dans aucun des travers de cette association : la « complémentarité », la résignation de l'un (l'une, plutôt), la liberté de l'autre, le sacrifice de l'œuvre de l'un à l'œuvre de l'autre, et toutes les formes du ressentiment. Pas d'enfant pour les « souder » ou au contraire les opposer; rien de ce qui fait un couple conventionnel. Et cela, c'est à elle qu'on le doit. Elle va construire son « entente » avec Sartre, ses rapports avec les autres (les femmes de Sartre), leurs

1. *Ibid.*, p. 34.

amis, « la famille [1] », les lieux, les habitudes, leurs façons de parler, leurs façons de vivre et de voyager : toujours sous le signe des « signes jumeaux », et Sartre s'en remet totalement à elle. Il a besoin d'elle, comme elle a besoin de lui, mais pas de la même façon : chaque jour, ils se verront, et termineront de plus en plus souvent la journée ensemble. Tout cela, elle le sculpte, et sa matière est une matière vivante : les lieux, le temps, les amies successives de Sartre, ses propres amitiés, amours, passions; le temps encore, son découpage. En gardant toujours vive, et fidèle, la promesse qu'elle s'était faite, et que leur rencontre a failli un instant compromettre : faire une œuvre. Désormais c'est une tâche jointe, conjointe, commune; leurs œuvres ne se croisent pas, ne se complètent pas, mais elles s'assurent mutuellement, et s'ancrent mutuellement dans l'époque, s'épaulant. La condition d'une œuvre réussie, c'est toujours un équilibre dans le temps, et un équilibre très difficile, entre les sentiments, les amitiés, les amours — le contingent et le nécessaire.

Il ne vit que pour écrire, dit-elle; elle, elle ne pourrait pas vivre sans écrire. Grande différence. Elle le dit clairement dans *La Force de l'âge* : ce qui l'intéresse, elle, c'est la vie, écrire est nécessaire à l'idée qu'elle s'est faite de la vie. C'est donc presque le contraire : chez lui écrire vient en premier et tout doit lui être soumis; il pourrait tout sacrifier à l'œuvre, il le montre en vivant dans des conditions extrêmement ordinaires, à la fin il n'a même pas une table convenable dans son petit appartement. Chez

1. Lettre à Algren, 8 août 1948 : la famille biologique « ne signifiant rien pour [elle] », elle s'en est choisi une, à elle. Cela vous « aide à vivre » mais vous laisse « à votre solitude surtout quand vous aimez ».

elle, la vie vient en premier et tout doit y contribuer, la faire plus grande, plus vraie, plus haute. Elle a de la matière à traiter, afin que l'œuvre se fasse. Rien n'est séparé, tout se tient : amitiés, lieux, amours, langage, voyages, engagements politiques. Au contraire, chez Sartre, tout va se séparer : il va quitter la littérature pour les textes de combat, et pour la politique et il est prêt à se quitter lui-même, à détruire ce « splendide fond de santé » dont il dispose sans souci. Elle construit, se bat, lutte, édifie : rien ne prend le premier plan, surtout pas la politique, elle s'y investit avec Sartre, dans le même sens que lui, mais pas en s'y jetant corps et biens. De proche en proche, c'est le monde lui-même qui est la matière de sa vie-œuvre : voyages, thèmes, combats, émancipations, luttes. Ils lui sont tous proches, viennent tous se placer à leur endroit, à leur heure. Jamais personne n'a eu plus qu'elle l'esprit de conséquence : elle tâche de bâtir une vie-œuvre « parfaite » et naturellement ses rapports avec Sartre en font partie. À la fin, sans elle, Sartre est perdu, elle s'occupe de tout. Naturellement elle lui doit aussi d'avoir commencé à préférer les films policiers ou les chevauchées des westerns aux « films d'art » qu'elle allait voir avec sa sœur ou Zaza aux Ursulines. Et il lui doit d'avoir appris les longues marches et la bicyclette (plus tard, pendant l'Occupation). Ou d'avoir rencontré « cette dame » chez qui, à La Pouëze près d'Angers, ils iront travailler, où elle se réfugiera un temps au moment de la défaite, au printemps de 1940.

*

Le délai de deux ans n'est pas encore achevé, Sartre n'a encore rien reçu pour le Japon, elle n'a pas encore pris de poste, donne des cours à Duruy, passe des heures à la Nationale, lit Angèle de Foligno et *Le Capital,* essaie de se faire nommer à Paris, passe de nombreuses journées loin de Sartre.

Et cependant le calme irénique des premiers temps s'effrite : l'angoisse revient. Elle s'inquiète, comme autrefois quand Zaza l'avait subjuguée, d'être ainsi soumise au regard de l'autre, Sartre la trouve atone, silencieuse, « mais autrefois Castor, vous pensiez de petites choses [1] ». Elle ne sait que répondre : est-ce qu'elle serait en train de tomber dans le piège tendu aux femmes par l'amour : devenir dépendante de l'autre? Le bonheur entraînerait-il « toutes les démissions »? Ce qu'elle rêve de vivre avec Sartre, une forme de couple que rien ne dicte, qui n'obéit à aucune convention ou tradition, va-t-elle le voir sombrer dans un vertige : celui de « tout devoir » à l'autre? Elle fuit la question en s'en remettant à l'énergie d'un « moi » dont elle a vu s'éveiller la force : devenir un être relatif, c'eût été céder, en tant qu'être humain, et non en tant que femme (croit-elle), tout son orgueil se révolte. Une note du bas de la page 75 corrige cette vision : « Évidemment, le problème ne se posa à moi, écrit-elle, que parce que j'étais une femme. Mais c'est en tant qu'individu que j'essayais de le résoudre. » La lutte des sexes, ajoute-t-elle dans la même note, n'a encore aucun sens pour elle. Elle n'en a pas eu, il est vrai, d'expérience dure, violente, dégradante avec les hommes qui ont été ses amis, ou avec Sartre : elle en a eu l'expérience tout de même.

Et elle fait aussi une autre découverte; cessant d'être un « pur esprit », elle constate naturellement

1. *FdÂ*, p. 74.

que son amant lui manque et en même temps qu'elle a « des besoins sexuels ». « Le regret, quand il atteint la chair, n'est pas simplement une nostalgie, mais une douleur[1]. » Besoin est plus fort que manque, il insinue quelque chose de plus impérieux encore ; de plus directement et plus crûment organique. Revenant de le voir à Tours où il fait son service militaire, dans le train de nuit, elle sent contre elle le frôlement d'une main anonyme et tout son corps frémit. La honte l'envahit : non de la sexualité, mais de son caractère immaîtrisé, immaîtrisable, de cette invasion du corps par le trouble dont sa raison se révolte mais en vain. Une autre fois, la vue d'un vagabond qui se masturbe dans un fossé « les yeux fixés sur elle[2] » l'épouvante : elle sent monter en elle un mélange de sentiments qu'elle a du mal à saisir, elle est troublée jusqu'à la crise, redoute la survenue de ces « sentiments équivoques » qu'autrui peut inspirer quand on doute de soi.

Mais on ne sort pas du roman d'apprentissage. La rencontre amoureuse, ses difficultés auprès d'un homme « froid » qui ne se « donne pas » ; la peur d'être rendue avec son départ à la solitude, la découverte du « besoin sexuel » en sont autant d'étapes. Tout prend sa place, tout vient à son heure ; chaque moment vécu, une fois raconté, troque sa « contingence » contre cette forme de « nécessité » que lui confère la constante dimension réflexive de l'œuvre. C'est ainsi qu'entre en scène avec « Camille », jeune femme « à laquelle il avait beaucoup tenu », le thème de la jalousie.

Ce sont souvent les anciennes amours, même

1. *Ibid.*
2. *Ibid.*, p. 77.

mortes, qui suscitent les plus vives jalousies : on ne peut rien contre un sentiment qui a été. Le portrait de Camille est l'un des premiers de cette longue galerie où le Castor fait figurer des femmes, et aussi quelques hommes (notamment Jacques et Marco, « Zuorro ») : leur déchéance, leur effondrement, est la conclusion inéluctable de la manière dont ils ont construit leur vie. Le schéma est constant : une ambition, un projet, une rencontre amoureuse ; au moment de les affronter quelque chose se déglingue, l'ambition rate, le projet échoue, l'amour n'est pas ce qu'il aurait dû être — ce qu'on aurait voulu qu'il soit. Ambition trop haute ? Projet mal conçu ? Amour illusoire, amour rêvé ? Toutes sombrent dans une espèce de rêve éveillé, qui vire parfois à la folie (persécution, paranoïa). Alcool, déchéance, mort : tel sera le destin de Camille, et de beaucoup d'autres femmes, que nous rencontrerons. Ces destins fascinent le Castor et l'effraient. Elle en fera une catégorie importante du *Deuxième Sexe* : celle des femmes qui se mystifient pour « fuir leur liberté ». Parce que la liberté, si elle est notre lot, notre destin, notre devoir — en tant qu'être humain —, il arrive souvent que les femmes ne le savent pas, ou ne veulent pas le savoir.

Et c'est pour cela qu'en même temps leur échec la rassure : la rencontre de Camille va jouer un grand rôle dans la reconstruction d'une « estime de soi » que le Castor avait perdue. Elle n'est pas encore déchue : elle est déjà « truquée ». Après s'être décidée à rencontrer Camille et à lui parler, le Castor se trouve prise entre deux sentiments : la fascination et l'agacement. Que faire ? Céder à la première est impensable, Camille déborde de « narcissisme niais », de complaisance (mais Sartre s'est à une époque épris d'elle tout de même); la rejeter est impossible. Une autre épreuve est nécessaire : elle emmène des amis la voir sur scène. Leur regard est impitoyable : en la voyant « ils éclatent de rire ». Ce qu'elle lui a semblé être (langoureuse, indépendante, vive, presque géniale), c'est le Castor qui le lui a prêté. « Camille peut-être ne tenait que de moi son inquiétant pouvoir. [...] à mesure que je regagnai ma propre estime, j'échappai à la fascination qu'elle avait d'abord exercée sur moi[1]. »

Comme Camille, d'autres femmes, par leur échec, seront pour le Castor, en miroir, un moment de la construction et de l'affirmation de soi. La mort de Zaza avait ainsi été symboliquement interprétée comme le « prix » à payer pour échapper au « destin fangeux » qui menaçait le Castor. D'autres effondrements lui succéderont : à Rouen, celui de Louise Perron, à Paris, les épreuves et les échecs de Violette Leduc. Leurs histoires, contées ou non sous leur nom dans les Mémoires, reviennent dans les romans sous un autre. Elles ponctuent le chemin du Castor de leurs figures voilées, pathétiques ou grotesques. Toutes s'enfoncent dans une sorte de substance visqueuse dont elles ne peuvent sortir et qu'elles appellent « leur vie » : tableaux cliniques, tableaux éthiques. Des jugements sans appel les attendent, toutes ont été mises en face des plus hautes exigences — l'authenticité, la radicalité dans les engagements, la lucidité dans le rapport à soi-même. Aucune n'y a répondu. Lorsque, dans le dernier volume des Mémoires, *Tout compte fait*, elles réapparaissent, l'une après l'autre, c'est pour faire un dernier tour de piste et mourir : je n'ai été aucune de

1. *Ibid.*, p. 89.

ces femmes, dit celle qui les a regardées, et jugées. Mais j'aurais pu. J'ai peut-être même en certaines occasions failli être ce qu'elles ont été.

Le Deuxième Sexe, écrit quelques années avant les Mémoires, fournit au Castor son armature conceptuelle, que la vie avait déjà anticipée, dès les années trente où elle rencontre Camille ou Louise Perron. Ce qui perd une femme, à commencer par Camille, le cœur de son échec, c'est qu'elle est « relative », elle ne se voit que par rapport à l'homme, l'homme qu'elle veut séduire, l'homme qui l'entretient, ou celui qui, comme Dullin, lui donne son brevet d'artiste. Inversement, quand elles sont privées d'hommes, les demoiselles célibataires, professeurs du cours Desir et de Sainte-Marie, sombrent dans une morne vie de dévouement pédagogique : le mariage leur est refusé, la virginité leur pèse, leur indépendance n'est que la caricature de la liberté, un long esclavage. Dans tous les cas, le drame des femmes, c'est de ne savoir comment sortir de cette condition de dépendance envers l'autre sexe : tous ces destins sont faussés *in ovo*. Tant de femmes échouent donc à être soi ? Oui. Mais pas le Castor.

*

Restent quelques épreuves, et l'apprentissage sera consommé : la première est de sortir victorieuse d'une « tentation » qui n'en est pas une, tant elle est vite et définitivement écartée, celle du mariage. En 1931, la menace se dessine : Sartre n'ayant pas obtenu de poste au Japon accepte Le Havre, pour demeurer près de Paris ; elle est affectée à Marseille. Elle n'a qu'un mot pour désigner ce qu'elle éprouve : de la panique. Consterné, Sartre lui propose de « réviser » leurs plans ; rien ne dit que cette séparation lui pèse autant qu'à elle, mais il ne supporte pas de la voir souffrir. D'où l'hypothèse du mariage, qui fait un retour sérieux.

Elle oppose à ce projet un refus catégorique. Sacrifier au mariage, ce serait mettre leur « conduite » en désaccord avec « leurs convictions » : il les rebute comme institution, comme les rebute toute institution « bourgeoise ». Dans *La Force de l'âge*, Simone de Beauvoir se tient au carrefour de l'expérience vécue et de la pensée : avec *Le Deuxième Sexe*, elle a constitué un soubassement théorique qui, après coup, explique et justifie ce refus. C'est là, a-t-elle montré, que se joue au plus serré le destin des femmes, autrefois comme aujourd'hui. C'est là que se met en pratique cette « condamnation à l'immanence » où se voit piégée la condition des femmes : mariée, elle est dans une dépendance où elle entraîne l'homme, comme dans la dialectique hégélienne du maître et de l'esclave ; mère, elle se voue à la répétition de la vie, se coupant de toute transcendance et dépassement de soi. En 1931, quand la question s'est posée, le Castor n'a même pas eu besoin de délibérer : « Ma décision se prit sans moi[1]. » Comme il est conforme à la règle des Mémoires qui ne sont pas un essai théorique, c'est sous l'angle d'un choix privé que Simone de Beauvoir aborde la question du mariage et, conjointement, celle de la maternité. Elle n'a « aucune prévention contre la maternité », trouve parfois du charme aux enfants (pas aux « poupons »), mais la maternité « ne lui semble pas compatible » avec sa vocation d'écrire qui exige « beaucoup de temps » et de liberté.

1. *FdÂ*, p. 91.

Elle va même un peu plus loin. Subrepticement, une hiérarchie s'établit. Un jour Zaza l'avait « scandalisée » en affirmant qu'il « valait autant avoir des enfants qu'écrire des livres ». Elle l'a déjà raconté dans les *Mémoires d'une jeune fille rangée*, elle y revient avec vigueur. « Je continuais [elle pourrait dire : et je continue] à ne pas voir de commune mesure entre ces deux destins. » Elle a fait le choix, à ses yeux, le plus haut. « Par la littérature, pensais-je, on sauve le monde en le créant à neuf dans la pureté de l'imaginaire et, du même coup, on sauve sa propre existence ; enfanter, c'est accroître vainement le nombre des êtres qui sont sur terre, sans justification. » Le grand mot est lâché : en date du 24 mai 1927, elle notait déjà dans ses *Cahiers* : « Quel prix pourrais-je attacher à la recherche du bonheur de l'humanité lorsque le problème tellement plus grave de sa raison d'être me hante ? » Le rejet de la maternité et l'horreur physique que parfois l'idée lui en inspire sont liés à cette angoisse de la « raison d'être », de la « justification ». Et pour se dérober aux conséquences gênantes d'une hiérarchie entre faire des enfants et faire des livres, elle opère un nouveau détour et prend l'exemple de la carmélite qui, « ayant choisi de prier pour tous les hommes, renonce à engendrer des individus singuliers ». Ce détour vaut justification : « Prier pour tous les hommes », recréer le monde à neuf, sauver sa propre existence, ce sont des choix où la liberté est tout entière engagée.

Cette jeune femme, qui prend la décision de ne pas épouser Sartre et de ne jamais avoir d'enfants, vingt ans tout de même la séparent de celle qui écrira *Le Deuxième Sexe* ; le Castor dans les Mémoires se garde bien de lui prêter les arguments qu'elle développera dans ce livre majeur. En 1931, le Castor est encore loin de considérer que sa décision mène à une critique radicale de la condition féminine, bien au-delà de l'affirmation et de la justification d'un choix personnel. Les Mémoires restituent un chemin, ils sont le roman d'une émancipation, ils ne brûlent pas les étapes.

L'étape suivante, c'est la solitude.

Elle va y répondre selon un schéma devenu classique depuis les *Cahiers*, et surtout dans les *Mémoires d'une jeune fille rangée* : d'abord, un mouvement de « panique », puis une reprise intellectuelle, réflexive, et enfin son « robuste optimisme » lui permettent de reprendre le dessus. Par un hasard heureux, et un mouvement qui lui est propre, les conclusions du débat et les suggestions de l'optimisme se rencontrent. Ainsi en 1931 : dire, c'est faire. Pas de mariage, mais l'idée de bail est abandonnée ; la rupture du pacte et les « éventuelles infidélités » sont remises à plus tard, « dans les lointains de la trentaine ». « Je me rassérénai. » Et puis « Marseille était une grande ville, très belle m'assurait-on[1] ». Il y a là une sorte de volontarisme : mais dans son cas, il est efficace ; céder au malheur, ou à la crainte de souffrir, c'est l'accepter, et peut-être s'y complaire. Construire son bonheur, c'est trouver autour de soi des prises, même si elles semblent dérisoires.

Autour d'eux, on s'engage dans la « vie réelle », sortant de la vie d'étudiant, de normalien, dont Sartre a tant de peine à se défaire qu'il n'aime pas les diatribes de Nizan contre elle dans *Aden Arabie*.

1. *FdÂ*, p. 93.

Fernand et Stepha reviennent d'Espagne, exaltés par le triomphe, hélas provisoire, de la république. Stepha est « lourdement enceinte » et ne tarde pas à accoucher. Le spectre de l'arrachement et de la solitude douloureuse s'éloigne : c'est une épreuve, encore, et elle la fortifiera. Et d'abord « contre la tentation que pendant deux ans j'avais côtoyée : abdiquer ». Si guerre il y a, et s'il faut sans cesse la mener, ou la reprendre, c'est qu'on n'est jamais sûr de la victoire, et qu'il n'y a du reste pas de victoire définitive. Elle ne soupçonnait pas que derrière la rencontre de Sartre, et le bonheur de leur entente, un danger se profilait : celui de perdre son autonomie. Était-ce vrai ? Sans doute que non, pense-t-elle en 1960. Mais « à l'époque, il me semblait que je courais un danger et qu'en acceptant de partir pour Marseille, j'avais commencé à le conjurer[1] ». Toutes ces « premières fois » — l'amour physique, la vie à deux, les décisions à prendre, les obligations nouvelles, dont le poste de professeur — sont abordées selon les dispositions et le dispositif que la jeune fille a mis au point dans les heures fiévreuses que rapportent les *Cahiers*. Mais entre l'anticipation et l'expérience, il y a un monde de différences. Il faut aussi affronter, courageusement, cet écart.

Et pour cela, se donner des forces, en se plongeant avec avidité dans une expérience nouvelle, le voyage, dont elle a eu une cuisante nostalgie en entendant les récits de Zaza sur l'Italie. Elle est décidée à la connaître, avec Sartre, avant de le quitter. Mais aller où ? En Bretagne ? Elle n'a jamais voyagé. À ce moment-là, Fernand les invite à Madrid, elle exulte.

1. *Ibid.*, p. 95.

Proust a raconté comment, ayant rêvé d'une ville à partir de son nom (Coutances et « sa cathédrale de beurre »), il n'a souvent trouvé que déception dans un réel qui contredit et étouffe l'ampleur de la rêverie : on ne s'étonne pas qu'il ait terminé sa vie dans une chambre aux murs tapissés de liège, veillant et travaillant la nuit, dormant le jour; son asthme n'explique pas tout. Le Castor de guerre, c'est le contraire : quand, après Port-Bou, elle marche autour de Figueras dans la nuit qui descend, elle éprouve le besoin de nommer afin que sa vision s'incarne. « C'est l'Espagne. » Arrivant à Marseille, à l'automne, seule cette fois : « Marseille, pensais-je » ; même chose lors de sa première arrivée à New York. Dédoublée, elle est comme l'enfant qui pour reconnaître les choses attend qu'on les lui désigne par leur nom. C'est en effet qu'il y a deux êtres en elle : par un côté de sa nature, elle est happée, dévorée, entièrement livrée à ce qu'elle ressent, à ce qu'elle voit — Sartre en fera la remarque dans un de leurs entretiens. Son moi tend à se dissoudre dans les choses, dans leur rayonnement puissant, dans l'éclat de leur beauté — dans leur être-là. C'est dans *La Nausée* l'expérience que fait Roquentin, jusqu'à l'angoisse. Mais elle, elle s'en enchante. Et s'en enchantera toujours : son émerveillement est intact lorsque, cinquante ans plus tard, en compagnie de sa fille adoptive, elle traverse la France. Elle échappe au vertige qui happe Roquentin, et menace de la détruire, parce que c'est un vertige heureux, un saisissement, une jouissance. Nommer, cependant, rétablit la distance, crée l'intervalle, permet au moi de se ressaisir : et nommer, en même temps, provoque une nouvelle jouissance, celle que décrit Rousseau dans ses *Rêveries*. Et cela, indéfiniment : il y a un bonheur de la répétition des noms, des lieux, des livres, qui ressaisit la magie dans le retour presque maniaque des mots ; et il y a aussi un bonheur d'écrire évident qui berce le lecteur dans chaque description des moments du voyage, éclats de l'eau, éclats de la lune dans le ciel nocturne, bruits, saveurs, odeurs. Dans le mot le sens se concentre, comme dans ces fleurs japonaises dont parle Proust, encore, à propos de la mémoire : mais ce n'est pas sa mémoire qui s'éveille, c'est son adhésion au monde qui se déploie, médiatisée par cette fine pellicule translucide [1] : le mot.

Mais voyager n'est pas seulement être envahi par la sensation, même si elle donne un accès immédiat à l'être des choses : « C'était l'Espagne qui brûlait ma peau [2]. » Il faut aller plus loin, et mieux dans leur saisie : c'est un combat encore, que le Castor de guerre mène avec un acharnement qui laisse parfois Sartre rêveur. Elle consulte des plans, organise les itinéraires, combine à sa guise le temps et l'espace, rien ne doit échapper à sa vigilance : tout se donne d'un coup, et tout doit se conquérir élément par élément. Ils ne parlent pas l'espagnol ? C'est une gageure de plus dont la difficulté « l'exalte ». Elle fait alterner les épiphanies et la collecte maniaque des détails : tel Gide dans *Les Nourritures terrestres*, et se souvenant de lui, elle boit toute l'Espagne dans un chocolat noir, épais et amer, mais il lui faut aussi les foules, et chaque être dans cette foule, les musées, et chaque œuvre dans ces musées, et les rues, et le vert écaillé des persiennes, les putains du Barrio Chino et la vue nocturne, du haut du Tibidabo de Barcelone à leurs

1. Définition de la conscience, selon Sartre. Cf. *Carnets de la drôle de guerre, op. cit.*

2. *FdÂ*, p. 97.

pieds comme un « grand morceau de quartz fracassé ». Même si elle le « compulse frénétiquement », son esthétique n'est pas une « esthétique de Guide bleu », ainsi qu'on l'a dit assez méchamment de son ardeur dans les voyages : c'est une découverte du monde, par la pensée, par la vue, par tous les sens, dans un équilibre parfait de la sensation et de la réflexion. Premiers voyages ; tous en reproduiront l'élan, jamais cependant « beauté n'eut pareille fraîcheur ».

Comme on est loin de l'image que plus tard on tentera d'imposer du Castor de guerre, de son « intellectualisme », de sa vision froide et « cérébrale » des choses ! Sans ce tableau de Greco, caché au fond d'une sacristie, « qui sait ? La peinture espagnole entière risquait de m'être fermée ». Sans cette dernière bouchée d'un touron « au goût de poussière », qui sait si l'Espagne ne lui échapperait pas ? Et la sensation, le désir de sensation, l'emporte toujours, et les hommes sur les idées : « En principe, la République réprouvait les courses de taureaux ; mais les républicains les aimaient. » Elle y assiste, ne comprend pas tout, elle est happée par l'« immense entonnoir » où une foule frémit comme une mer brûlée de soleil : elle est « mordue ». Mordre — être mordu. Mots qui sont à elle. Enfant, elle voulait absorber la couleur rouge en croquant une friandise ; plus tard, elle voudrait saisir dans sa bouche les étincelantes lumières de Manhattan. « J'aurais voulu brouter les amandiers en fleur, mordre dans les pralines du couchant. Contre le ciel de New-York, les enseignes au néon semblaient des friandises géantes et je me suis sentie frustrée. » Mais qui veut mordre sait aussi, aime aussi être dévoré : « Peut-être est-ce le privilège des gens — très actifs ou très ambitieux — sans cesse en proie à des projets, que ces trêves où soudain le temps s'arrête, où l'existence se confond avec la plénitude immobile des choses : quel repos ! Quelle récompense[1] ! » Elle se perd — elle se reprend, ce « fort/da » la définit mieux que tout. Quelques mois plus tard, découvrant autour de Marseille l'ivresse de la marche dans les « falaises cuivrées », elle n'a plus qu'une idée, « recommencer[2] ! ». Marcher est une « passion » qui vient de la « mordre » — encore !

Et trente ans plus tard, lorsqu'elle se souvient et raconte, l'enchantement est intact, au point d'envahir la langue et les temps du verbe : le passé simple du récit soudain s'interrompt, pour faire place au passé composé. « De Madrid, nous fîmes plusieurs voyages », commence-t-elle, mais lorsqu'ils arrivent à Ávila « le matin, j'ai repoussé les volets de ma chambre ; j'ai vu, contre le bleu du ciel, des tours superbement dressées[3] ». Petit détail stylistique, petite entorse aux lois de la grammaire ? Oui, et bien plus. C'est comme si deux formes de récits se télescopaient, l'une qui est celle du récit classique, où le passé des choses révolues prend forme d'éternité, se déroule, implacable, dans un monde hors de la portée de son narrateur, aussi distant et distinct de lui et de son temps qu'il est distant et distinct du temps de son futur lecteur. Puis brusquement, avec le passé composé, on est dans le ton et le temps d'une lettre, ou de la narration qu'on fait, oralement, à un retour de voyage : soudain le passé se rapproche, il est encore lié à la vie de celui qui l'a vécu, c'est à peine s'il est passé, c'était hier. Le premier est le

1. *Ibid.*, p. 103.
2. *Ibid.*, p. 105.
3. *Ibid.*, p. 104.

temps de la fiction, le plus souvent adopté par le roman ; le second est le temps de la vie, de la mémoire. Les Mémoires utilisent ainsi deux ordres de la temporalité, parce que raconter sa vie, c'est faire de soi un personnage, peu différent d'un personnage de fiction. Mais c'est aussi que, par moments, la vivacité du souvenir impose à la personne de prendre le pas sur le personnage : c'est de moi qu'il s'agit et ce moi que j'ai été, je le suis toujours ; c'était hier, donc c'est pour toujours ; c'était hier, et cela illumine mon aujourd'hui.

*

De son arrivée à Marseille, en octobre 1931, elle donne un compte rendu qui met aussitôt les choses au point, sur ce ton de sérieux et de modestie un peu solennelle qui marque les Mémoires. « Dans toute mon existence, je n'ai connu aucun instant que je puisse qualifier de décisif ; mais certains se sont rétrospectivement chargés d'un sens si lourd qu'ils émergent de mon passé avec l'éclat des grands événements [1]. » Vision rétrospective ne signifie pas recomposition postérieure : dans les faits, son arrivée à Marseille a effectivement, dit-elle, apporté à son histoire un « tournant absolument neuf ». Pourquoi Marseille, à ce point ? Précisément parce que l'épreuve tant redoutée de la « solitude », au moment où elle se présente, va achever définitivement ses années d'apprentissage. D'où l'insistance et la dramatisation de la peinture où on entend un lointain écho de la douleur de Jean-Jacques, dans les *Confessions*, ou de tel passage des *Mémoires d'outre-tombe* :

1. *Ibid.*, p. 104.

« J'étais là, seule, les mains vides, séparée de mon passé et de tout ce que j'aimais. » Il n'est pas jusqu'à la phrase qui ne restitue la solennité et la progression prosodique de la « période » classique, procédant par dilatation régulière de l'élément de départ, la brève syllabe de l'adverbe, marquée d'un accent tonique « j'étais là... ». Pas un instant cependant la mélancolie ou l'abattement ne s'installent : la décision d'agir s'impose : « Je regardais la grande cité inconnue où j'allais sans secours tailler au jour le jour ma vie. » C'est une carrière de pierre d'où il faut au ciseau et au marteau extraire sa vie[1]. Comme Rastignac contemplant la grande ville des hauteurs du Père-Lachaise et lui lançant son défi : À nous deux, Paris !, la jeune Simone de Beauvoir contemple, du haut des escaliers de la gare Saint-Charles, « des tuiles ensoleillées, des trous d'ombre, des platanes couleur d'automne ; au loin des collines et le bleu de la mer ». Il y a bien de la différence entre le Père-Lachaise, où sont enterrées les gloires auxquelles Rastignac aspire à ressembler, et la gare de Marseille, plus prosaïque et moderne, à laquelle elle s'adosse : geste qui rassure, on peut toujours partir, et rentrer à Paris. Mais elle ne fait pas demi-tour, n'y songe même pas ; décidée, comme toujours, elle se met à descendre les marches.

Cette descente est en fait une ascension : à chaque pas, elle se rapproche du futur théâtre de ses accomplissements, découvrant « ces maisons, ces arbres, ces eaux, ces rochers qui peu à peu allaient

1. Souvenir d'Anatole France ? Lorsque le petit garçon se voit demander quelle « carrière » il allait « embrasser », l'enfant imagine aussitôt un vaste cirque de pierres et il recule à l'idée d'un contact qui, comme le bruit du ciseau, le fait grincer des dents (*Le Livre de mon ami*).

se révéler à moi et me révéler à moi-même ». D'hommes et de femmes, point ; pas davantage ces « foules » dont l'odeur, le bruissement, la couleur l'avaient transportée à Barcelone. Elle sort des coulisses, elle marche dans le décor qu'on a construit sans elle, mais pour elle. La scène est vide encore : deux heures plus tard, elle a trouvé une chambre, est passée au lycée, et part à la découverte de la ville.

La pièce peut commencer : le rideau se lève, elle a « le coup de foudre », la foule fait son entrée, elle se mêle à son flot le long de la Canebière dans l'odeur d'oursins et d'air marin du Vieux-Port. Le mauvais vent de la mélancolie a cessé de souffler. Son exil s'est transformé « en fête ». Ce qui l'a sauvée, ce n'est pas les livres, la méditation, le repli sur soi. C'est la marche. Dès qu'elle aura quelques heures, un jour de congé, elle s'y livre avec l'ardeur qu'on met à une passion amoureuse, et tout l'élan passionné d'un jeune cœur et d'un jeune corps. L'esprit de système qui a gouverné ses études, et lui fait dire à dix-huit ans qu'elle a « tout lu », elle l'avait aussitôt mis en pratique en découvrant l'Espagne, dans ses œuvres, son art, son histoire, ses plazas de toros : elle s'y livre de nouveau avec ivresse. Elle est infatigable ; brûlée de soleil, les jambes griffées par les ronces, les pieds blessés dans ses espadrilles, se nourrissant d'un peu de pain et d'une tablette de chocolat, il lui arrive « d'abattre quarante kilomètres ». Son combat, son adversaire, c'est la nature, âpre et rude, des « pierres aveuglantes où ne s'indiquait pas le moindre sentier ». Elle « ratisse » systématiquement la région, elle monte sur tous les sommets, éprise d'altitude comme un héros stendhalien, « le Garlaban, le mont Aurélien, Sainte-Victoire, le Pilon du Roi » ; elle descend dans toutes les calanques « battant les buissons aux arômes aigus, m'écorchant à des plantes encore neuves pour moi » et s'enchante, comme autrefois à la Grillère, à Meyrignac, de décliner toute une flore : « les cistes résineux, les genévriers, les chênes verts, les asphodèles noires et jaunes ». Surplombant la plaine, la Sainte-Victoire sonne comme un défi et le chêne évoque l'ornement des vainqueurs : mais c'est en s'attardant à cueillir des asphodèles que Perséphone-Coré est enlevée par Pluton-Hadès au royaume des morts d'où elle ne pourra s'échapper que six mois par an.

Quelques mésaventures lui rappellent que les femmes ne devraient pas s'égarer hors des sentiers battus ; quand elle se retrouve dans la vie ordinaire de Marseille et de son métier, elle ne s'ennuie « pas un seul instant ». Elle n'est « guère polie » envers ses collègues, « des vieilles filles éprises de soleil et de marche » qui la tiennent en suspicion. Une certaine Mme Tourmelin essaie sans succès de la convaincre à des amours déviantes en lui décrivant le dégoût qu'elle a du corps de son mari et de l'« humidité gluante sur son ventre » ; d'autres femmes entraperçues s'offrent à son goût assez féroce du portrait de l'inassouvissement, et de la mauvaise foi des femmes. Tout cela est sans importance : car le résultat est là. « J'étais contente de moi ; je menais à bien la tâche que je m'étais proposée en haut de l'escalier monumental, au jour le jour, je construisais sans secours mon bonheur. » On n'a pas de lettres de Sartre pour cette période, sauf une. Depuis février 1931, Sartre est professeur au Havre. Il voudrait bien se mettre au travail, « commencer la Contingence » (qui deviendra *Melancholia* puis *La Nausée*). D'ailleurs il est sorti, « le cœur léger », et il est allé « voir un arbre ». « Malheureusement, je ne sais pas trop quel arbre c'était. [...] Il avait partout de petites tiges vertes qui en faisaient la farce avec six ou sept feuilles plantées disons précisément ainsi. Ci-joint un croquis[1]. » Note du Castor : « C'était un marronnier. » On connaît la suite. C'est une lettre agréable, drôle, badine, pleine d'allusions à un saut qu'il fait à Paris, à des visites. Vers la fin, il écrit : « Mon cher amour, vous ne pouvez pas savoir comme je pense à vous à toute heure du jour, dans tout ce monde-ci qui est rempli de vous. Quelquefois, vous me manquez, et j'ai un peu de peine (un tout petit petit peu)[2]. »

À la Toussaint et à Pâques, elle retrouve Sartre, l'année se termine, elle pourra rentrer à Paris en la « récapitulant » joyeusement : elle a l'habitude de ces bilans réguliers. Elle a commencé un roman, la perspective d'une autre année à Marseille ne l'effraie pas. Elle apprend alors qu'elle est nommée à Rouen. D'où la conclusion : « Je sortais victorieuse de l'épreuve à laquelle j'avais été soumise : l'absence, la solitude n'avaient pas entamé mon bonheur. Il me semblait que je pouvais compter sur moi[3]. » Le monde extérieur ne les préoccupe guère. « Cette année encore, nous nous souciâmes peu de ce qui se passait dans le monde. » Seul le procès de Gorguloff les passionne[4]. Il n'y a que la droite qui « dénonce le

1. *Lettres au Castor et à quelques autres*, Gallimard, 1983, p. 47.

2. Note du Castor : « Beaucoup des lettres que Sartre m'écrivit en 31-32 quand j'étais à Marseille ont été perdues. » Dans ses *Lettres à Sartre* (Gallimard, 1990), il n'y en a aucune pour cette période.

3. *FdÂ*, p. 131.

4. Le 6 mai 1932, Paul Doumer était assassiné par un certain Gorguloff, révolutionnaire russe, alors qu'il inaugurait la vente annuelle de l'Association des écrivains anciens combattants. Voulant s'interposer, Claude Farrère (le rival heureux de Proust pour l'attribution en 1905 du prix Goncourt) est grièvement blessé.

péril hitlérien » : ils se rassurent à bon compte. Pourtant les nuages s'amoncellent sur l'Europe ; le 7 juillet, au Portugal, l'ancien ministre des Finances, Antonio de Oliveira Salazar, est nommé Premier ministre. Il instaure un régime dictatorial : l'État nouveau (*O estado nôvo*), national et chrétien.

Son apprentissage est désormais clos, du moins le croit-elle, cette Perséphone qui continue de cueillir, insouciante, des asphodèles dans la prairie.

*

Quand, après le court exil bénéfique de Marseille, ils se retrouvent, c'est pour retisser cette toile au centre de laquelle ils se sont établis. Proches l'un et l'autre de Paris où ils se rencontrent régulièrement, le Castor et Sartre continuent donc de forger « leur » monde ; ils habitent à l'hôtel, et pour longtemps encore. Sartre après la guerre retournera vivre avec sa mère, dont le mari vient de mourir. Mais le Castor ne prendra qu'en 1952 un petit appartement rue de la Bûcherie. Travailler — lui, à *La Nausée*, elle à un roman —, faire leurs cours quelques jours par semaine, marcher, déjeuner au Dôme : c'est la reprise, un peu améliorée, de leur vie d'étudiants. Ils se sont liés avec la mère d'un « tapir » de Sartre et de son condisciple Guille, Pagniez dans les Mémoires, et ils iront souvent se réfugier chez elle, soit dans sa maison de La Pouëze en Anjou, soit dans sa villa de Juan-les-Pins. Le sentiment qu'ils ont d'être à part, et de ne faire qu'un, se traduit par l'habitude de commenter interminablement les faits et gestes de leur entourage. Ce « fourmillement » d'« existences étrangères » peuple leurs journées et les sauve de la monotonie. Sans beaucoup d'indulgence. Ce mot ne fait pas partie de leur vocabulaire : c'est une attention maniaque, presque irritante qu'ils portent aux « défauts », aux « faiblesses », aux manques de ceux qui les entourent. Amis de longue date, nouvelles connaissances, même les inconnus font l'objet de leurs commentaires. « Quand nous rencontrions des figures nouvelles, nous les retournions dans tous les sens [...] Tous nos collègues y passèrent[1]. » Certaines figures nouvelles suscitent cependant de l'intérêt et même de la sympathie : c'est le cas de la collègue du Castor à Rouen, Colette Audry, et de quelques-uns des élèves de Sartre, de Roulet qui épousera Poupette, puis Jacques-Laurent Bost. Mais elle est encore plus empressée que Sartre à « décortiquer » tout ce monde — avec une intrépidité qu'elle n'approuve plus totalement. « J'aimais mieux les juger que les comprendre[2]. » Trente ans plus tard, elle juge avec sévérité ce « moralisme arrogant » mais elle en cherche les raisons. Les « supériorités » que sa famille s'arrogeait, la solitude qui l'a rendue « agressive » et la rencontre des « petits camarades » n'ont pas arrangé les choses : elle l'avoue, ils sont sectaires, et « tranchent superbement du bien et du mal ». Elle est pire qu'eux, dit-elle, car elle « manque absolument de psychologie ». C'est parce que, dit-elle, « l'existence d'autrui demeurait pour moi un danger que je ne me décidais pas à l'aborder avec franchise ». Accepter que l'autre soit aussi une conscience : voilà un combat qu'elle doit livrer, et auquel, dans les années trente, elle n'est ni prête ni préparée. Dix ans plus tard, publiant *L'Invitée*, elle mettra en exergue cette phrase de Hegel : « Toute conscience veut la mort de l'autre. » Et dans le

1. *FdÂ*, p. 145.
2. *Ibid.*, p. 146.

roman, Françoise résoudra le problème de la manière la plus radicale qui soit : par le meurtre de Xavière dont l'existence est pour elle « un danger ». Simone de Beauvoir se juge avec sévérité, et semble-t-il, lorsqu'elle écrit en 1960 que, dans sa jeunesse, elle évitait « d'envisager qu'autrui pût être comme moi un sujet; une conscience [...]. En plus d'une occasion, ce parti pris d'étourderie m'entraîna à des duretés, à des malveillances, à des erreurs [1] ». Cette « agressivité », cette façon de juger avant de comprendre, est une réaction de défense; comme Sartre, elle ne supporte pas « les pensées qu'on forme sur elle », elle a le sentiment qu'« elles l'attaquent ». Elle en a été victime lorsque sa « personne » et sa personnalité, incomprises de ses parents auxquels elle est encore très attachée, ont fait l'objet d'une « sorcellerie » qui la transformait en « monstre ». Et elle s'est sentie, peu de temps auparavant, mise en question par l'assurance de Camille.

Ce qui les passionne, et qu'ils s'acharnent à explorer dans ces temps où leur conscience politique est vacillante, et où seules comptent les « conduites » individuelles, ce sont les formes de la violence sociale, champ intermédiaire, quotidien, où s'articulent la « collectivité » et l'« individu » : les faits divers. D'où vient qu'on passe à l'acte? Comment expliquer, par exemple, le crime des sœurs Papin qui, à l'époque, passionna l'opinion, plus tard Jean Genet avec *Les Bonnes*, et le docteur Lacan? Le déchaînement de violence auquel elles se sont livrées, leur acharnement sur le corps, le visage, les yeux de leurs victimes, peuvent-ils être entièrement ramenés à une forme de démence, que la psychiatrie d'ailleurs attes-

1. *Ibid.*, 147.

tera ? Qui est responsable de ce crime ? Les deux sœurs monstrueuses ou la violence exercée sur des domestiques par ces patronnes qui mettent des gants blancs pour voir si de la poussière n'a pas été oubliée ? Qui retiennent sur les gages de leur bonne une assiette cassée ? « À nos yeux ces femmes méritaient cent fois la mort[1]. » À la suite de leur procès, l'aînée est condamnée à mort, mais doit être aussitôt internée : « Sa maladie ternissait un peu son crime », mais du coup le verdict semble encore plus inique. Comme celui qui a condamné Gorguloff, « pourtant fou à lier », parce que sa victime n'était pas un « mortel ordinaire[2] ». La justice est aux ordres de l'ordre social : les faits divers mettent en lumière toutes les formes de l'hypocrisie bourgeoise. Sartre écrira un jour : « J'ai conçu une haine de la bourgeoisie qui ne finira qu'avec moi. » Elle est déjà là, tout entière.

Du crime des sœurs Papin à celui de Violette Nozière, convaincue d'avoir empoisonné son père, c'est la « liberté humaine qui est en jeu » : tout comme dans les découvertes de Magnus Hirschfeld qui vient de fonder à Berlin un Institut de sexologie. Les « perversions » ne seront plus traitées comme des « délits » et, s'ils suivent avec attention le congrès de Brno sur les problèmes de la conception, c'est toujours dans la même logique : il faut connaître mieux

1. *Ibid.*, p. 152.

2. Dans son discours de réception à l'Académie, Henri Troyat, qui succédait en 1960 à Claude Farrère (lequel, on l'a rappelé, avait tenté de protéger Doumer de son corps), rappelle l'horreur qui le saisit en apprenant que le président de la République avait été assassiné par un « Russe blanc ». On sait peu de chose sur Pavel Gorguloff, ce docteur en médecine né en 1895 à Labinskaia (Kouban) ; on retrouva sur lui un carnet où il avait noté un plan de Paris et expliqué qu'il voulait se venger sur le Président des complaisances de la France envers le bolchevisme. Il fut guillotiné à Paris le 14 septembre 1932 par le célèbre Anatole Deibler.

les hommes « pour défendre leurs libertés[1] ». Pas étonnant alors qu'ils approuvent l'instituteur Freinet et sa pédagogie libertaire. Du reste, la preuve qu'il « œuvre pour la liberté » et qu'en le faisant il enrichit l'homme et le monde, c'est que « le clergé dresse contre lui une partie de la population ». Quand on veut savoir où est la liberté, et qui travaille pour elle, il suffit de regarder qui s'y oppose. Ainsi, plus tard, on pourra trouver des raisons de soutenir le communisme rien qu'à voir ceux qui le combattent. Du reste, en cette période, la question ne se pose pas : même si on a « de la sympathie » pour les luttes ouvrières, ni Staline ni même Trotski, malgré la séduction de la « révolution permanente » sur leurs esprits anarchisants, ne peuvent les convaincre. Exercer une action, oui, mais « par leurs écrits, leurs recherches ». Et l'« Amérique » (ils ne diront jamais les « États-Unis ») à travers ses films, sa littérature les attire bien plus que l'URSS et ses mortelles descriptions de kolkhozes et de tractoristes[2].

Rien ne peut entamer leur sérénité : ni la montée foudroyante de Hitler, nouveau chancelier en janvier 1933, ni la menace de guerre de plus en plus présente : « Le soin que j'avais de mon bonheur m'imposait d'arrêter le temps, quitte à me retrouver quelques semaines, quelques mois plus tard dans un temps autre, mais également étale, sans menace. »

1. *FdÂ*, p. 154.

2. Le, et surtout, la tractoriste est un personnage « positif » de nombreux films et récits, et le peuple russe est convié à en faire des héros. Dans les récits de son expérience des camps, Evguenia Ginzburg (la mère de l'écrivain Vassili Axionov) raconte la surprise d'une vieille paysanne lisant dans la *Pravda* l'annonce des grands procès : Mais qu'est-ce qu'ils peuvent bien avoir contre des tractoristes ! dit-elle, confondant le mot avec « trotskistes ».

Son penchant véritable la pousse à revenir à son œuvre, à l'écriture, et à la vie privée.

Le Castor va donc commencer un récit, laissant de côté ses premiers projets, celui entre autres de raconter l'histoire de Zaza, de sa mort et celle de la « dette » qu'elle a contractée envers elle. Ou du moins le croit-elle ; l'expérience, radicale, de la solitude à Marseille l'a « lavée » de ses craintes, de ses remords ; elle prend un sujet entièrement éloigné d'elle et de ses préoccupations, placé sous un signe : « celui de la haine de l'ordre bourgeois ». C'est un roman d'apprentissage qui fait alterner les points de vue masculin et féminin d'un frère et d'une sœur, unis par une « étroite complicité ». C'est alors que Zaza fait retour : amie de la sœur, aimée du frère, elle s'appelle Anne (ce sera son nom dans *Quand prime le spirituel*, récit où le Castor voudra encore une fois rendre justice à Zaza quelques années plus tard). Le roman a de « solides qualités », c'est pourtant un « échec radical ». Les causes en sont multiples : la plus radicale, c'est qu'elle n'a pas osé parler d'elle-même, de ce qu'elle connaît de l'intérieur. Et la raison en est qu'une fois de plus, elle doit se l'avouer : elle n'a pas résolu le « plus sérieux » de ses problèmes, la contradiction entre son désir d'autonomie et les sentiments qui la jettent « impérieusement » vers un autre[1]. Un voyage en Italie, l'été 1933, leur permet de mesurer l'omniprésence des Chemises noires ; des SS défilent près du Rialto et Sartre s'inquiète de penser que, dans quelques mois, il en sera entouré à Berlin.

Mais il part et elle reste seule. Pour aborder, encore une fois, l'épreuve.

1. *FdÂ*, p. 178.

1. [illegible]

3

La magie qui naissait de nos regards entrecroisés

En 1932 le Castor avait été nommée à Rouen et Sartre était professeur au Havre pour un an encore. Il part en septembre 1933 à Berlin où, sur les conseils de Raymond Aron qui en revient, il va étudier la phénoménologie. Quand Sartre s'installera à l'Institut français de Berlin en septembre, il y aura presque dix mois que le vieux maréchal von Hindenburg a été contraint de nommer Hitler chancelier du Reich. Quand il s'y promènera, du Reichstag il ne verra que les ruines encore fumantes. Et dans les librairies, bien des livres manqueront, dont des exemplaires ont été brûlés en mars au cours d'« autodafés »...

Septembre 1933, c'est donc pour le Castor une nouvelle plongée dans la solitude. On n'a pas de lettres d'elle à Sartre durant cette période, et une note des lettres de Sartre au Castor nous avertit qu'ont été perdues « toutes celles qu'il m'envoya d'Allemagne en 33-34 ». Donc, allons voir dans les Mémoires. Une remarque, qui vaut pour l'ensemble : des Mémoires, c'est avant tout un texte, un texte littéraire : ni plus ni moins. Ce n'est pas un livre d'histoire, ce n'est pas un compte rendu sténographié du passé, ce n'est pas un enregistrement des faits, la seule différence avec la fiction, c'est que le personnage principal et l'auteur ne font qu'un. Celui (celle) qui dit je, dit aussi : c'est de moi que je parle. Ce que *je* rapporte, c'est ce que j'ai vécu. Tel que je l'ai vécu ? Tel que je me souviens de l'avoir vécu ? Tel que j'imagine l'avoir vécu ? Tout cela en même temps. Et même tel que je voudrais l'avoir vécu. Ainsi Jean-Jacques Rousseau, dans les *Confessions*, nous parle des mois de bonheur qu'il a connus, adolescent, aux Charmettes auprès de Mme de Warens ; en réalité, à peine quelques semaines. Et alors ? Ce n'est pas une erreur, encore moins un mensonge (ces catégories n'ont pas grand-chose à faire ici) : le temps se resserre ou se dilate selon l'intensité (vécue ou rêvée) de ces journées, de ce bonheur.

Pour le reste, ce sont les lois mêmes de la construction littéraire : rapprochements, condensations et déplacements — les mécanismes du rêve, voir Freud —, ellipses et longs développements, retours en arrière et anticipations. Le récit d'une vie ne cache ni ne montre : il fait signe, il désigne. Et c'est à nous de lire, de déchiffrer, de deviner, de comprendre.

Poursuivons.

Premier effet de l'absence de Sartre : elle retrouve son secret penchant à se « désintéresser des affaires publiques », malgré la rupture de Hitler avec la SDN [1], malgré le scandale Stavisky, malgré les manifestations de février 1934 devant la Chambre des députés qui firent six morts : « Je suivis d'assez

1. La Société des nations créée en 1920 entre les États signataires du traité de Versailles. Elle fut remplacée en 1946 par l'ONU.

loin toute cette histoire, convaincue qu'elle ne me concernait pas[1]. » Trente ans plus tard, elle n'en revient toujours pas : « Dans toute l'Europe, le fascisme se fortifiait, la guerre mûrissait : je demeurais installée dans la paix éternelle[2]. » Il y a loin de cette « paix éternelle » à la « paix perpétuelle » dont Kant avait formulé le projet. Cette « paix éternelle » où elle s'efforce de vivre est un fantasme, une dénégation, préparée non par la réflexion ou la volonté politique, mais par une puissante volonté de s'aveugler : d'où venue ? Toutes ces pages de *La Force de l'âge*, premières années de la vie d'adulte du Castor, sont marquées par la réprobation de la femme mûre envers cette jeune femme indifférente jusqu'à l'opiniâtreté. Elle ne donne aucune clef, ce n'est pas dans sa manière, les pourquoi l'intéressent moins que le comment : et finalement, l'explication vient.

Pour occuper son « ennui provincial », le Castor est revenue à ses façons habituelles, et à son passetemps favori, « décortiquer » les autres. Naturellement, c'est bien plus qu'une manière d'occuper les loisirs d'un professeur de lycée : quelque chose de nouveau la mène. Et ce quelque chose, c'est comprendre comment vivent les autres. Les autres femmes. Ses collègues lui offrent de nouveau un bon matériau d'observation. Non qu'elles soient bien intéressantes : « Il n'y avait pas grand-chose à attendre d'elles. » L'une « ressemble à un gros champignon », l'autre « joue les évaporées », Simone Labourdin est « la moins niaise », elle a un profil pur et de vilaines dents, elle a eu une liaison avec « Marco », dit encore Zuorro dans les Mémoires, où il sera appelé à jouer, comme dans la vie de Castor-

1. *FdÂ*, p. 181.
2. *Ibid.*, p. 181.

Sartre, un grand rôle. Le Castor noue aussi une amitié véritable avec Colette Audry — beaucoup plus engagée qu'elle en politique — qui durera toute leur vie : on la voit encore sur une photographie des années quatre-vingt lors d'une réunion rue Schœlcher de militantes féministes. Les rencontres avec Audry et Labourdin sont l'occasion de bavardages futiles, rares chez le Castor de guerre, sur des problèmes de maquillage et de coiffure...

Mais la basse continue de la préoccupation fait entendre ses premières notes : « L'absence de Sartre, la faiblesse du roman auquel je m'étais attelée, la morosité de Rouen, tout contribuait cette année à me désorienter. J'explique ainsi les mesquines agitations auxquelles je me laissai entraîner[1]. » De quoi s'agit-il ? Quels événements les ont préparées ? C'est alors que Marco, dont on a rapidement dit qu'il avait eu une liaison avec Labourdin, fait retour. Et sa présence va permettre l'arrivée dans le récit d'une série de thèmes différents, comme celui de la bisexualité, et de personnages nouveaux, Olga, le jeune Bost. Zuorro va en effet préparer la narration d'un épisode central de la vie du Castor et de Sartre dans cette période, le « trio ».

Marc Zuore était né en 1905 à Bône[2], on l'appelait « Zuorro » écho de l'espagnol *zorro*, le « renard », ou surnom qui anticipait sur son destin d'homme solitaire, hors la loi ? Sartre fit sa connaissance à la Cité universitaire (où il résida un an après son échec à l'agrégation). Zuore préparait l'agrégation de

1. *Ibid.*, p. 182.

2. Pour certains aspects de la figure de « Marco », et pour son rôle dans la création romanesque de Sartre, voir Grell-Feldbrügge, Isabelle : « Jean-Paul Sartre and Daniel Sereno : agnosco fratrem », Berghahn Books (en ligne).

lettres. Tandis que Sartre est à Berlin, Beauvoir le retrouve à Paris (il enseigne alors à Amiens). Ils passent beaucoup de temps ensemble, à des promenades ou dans des cafés. « Zuorro » plaisait à tout le monde, à commencer par ses élèves, qu'il impressionnait par sa virtuosité verbale ; il charmait les serveurs de café... Sartre reconnut plus tard qu'il aurait bien aimé avoir sa beauté [1]. Doué d'une belle voix de baryton, il prenait des cours auprès des meilleurs professeurs à Paris et des leçons privées en Italie, rêvant de faire ses débuts à l'Opéra de Paris. « À cette époque, dit Beauvoir, je forçais sur la malveillance ; je l'écoutais complaisamment déchirer à belles dents Simone Labourdin. » En réalité, Zuorro avait noué cette relation avec Labourdin pour donner le change et il se plaisait à l'humilier avec son amant, un beau garçon blond qu'elle avait essayé de séduire, mais en vain. Dans ses carnets, que Marco faisait lire traîtreusement au Castor, Labourdin poussait des cris sauvages : « Je veux dominer, dominer ! » Plus « pitoyable » que « ridicule », Labourdin entre ici de plein droit dans la galerie des femmes qui se complaisent dans le mensonge ou les demi-vérités et se mystifient volontairement. C'est une « truqueuse », elle « boursoufle » ses expériences ; elle est avide de se construire une vie « riche » et variée. Quelques années plus tard, elle servira de modèle à Chantal dans *Quand prime le spirituel* : Chantal à la vie intérieure riche et complexe, Chantal qui mise au pied du mur refuse d'aider une élève qu'un jeune homme sans scrupules a engrossée afin d'épouser sa dot... Labourdin se retrouve coincée dans des commérages et des

1. *Carnets de la drôle de guerre*, *op. cit.*, p. 119 *sq.*

mensonges qui l'humilient profondément : il y a quelque chose de malpropre et de vaseux dans ce monde truqué où Marco l'a entraînée. Les affaires du Castor à Rouen ne s'arrangent pas ; on la dit entretenue par un riche sénateur, on s'effraie qu'elle ait pu dire en classe que les femmes n'ont pas pour seule vocation de faire des enfants ; l'ordre moral — qui annonce celui qui régnera sous le régime de Vichy — se renforce avec la présidence de Doumergue.

Mais il y a autre chose. Il y a que ces « légendes » sur Audry, Labourdin et elle-même renforcent l'intérêt des lycéennes pour elles. « Colette Audry surtout » (dit le Castor, ce qui minimise l'attraction qu'elle-même exerce sur ces jeunes filles) suscite de nombreuses « flammes ». Terme un peu désuet qui renvoie au temps d'avant la mixité et aux passions, le plus souvent platoniques — pas toujours —, que des jeunes femmes, leurs professeurs, inspiraient à leurs élèves. Ce sera le cas de Simone de Beauvoir, à Rouen d'abord, puis à Paris, à Molière comme à Camille-Sée. Objets de ces flammes, Audry comme Labourdin s'en amusent, Audry tente de leur donner une conscience politique, Labourdin cherche à découvrir l'« adolescente de génie », quant au Castor, elle se contente de « forger des romans » sur des élèves de troisième ; l'une d'elles, comme Monique dans *Quand prime le spirituel*, se retrouve enceinte à quinze ans. Les élèves de philosophie ressemblent déjà trop aux femmes qu'elles vont devenir : elles ne l'intéressent pas.

L'une de ces jeunes filles, cependant, a été présentée au Castor par Colette Audry l'année d'avant, donc avant le départ de Sartre pour Berlin. C'est

Olga. Elle a « un visage pâle envahi de cheveux blonds » et semble d'un naturel « apathique » : au moment du « bac blanc » elle sèche sur sa copie et s'effondre en larmes. « Je lui proposai de la sortir un dimanche après-midi. » De cette rencontre, sur le développement de leur amitié, des premiers contacts avec Sartre, on n'a aucune trace : même quand une correspondance s'établit entre le Castor et Sartre et après le départ de celui-ci pour Berlin, puisque « les lettres que Sartre m'écrivit d'Allemagne en 33-34 ont été entièrement perdues[1] ». (Dommage : on aurait aimé savoir s'il y avait commenté l'écrasante victoire du parti national-socialiste aux élections législatives allemandes du 12 novembre avec 92,1 % des voix.) Il y a aussi une coupure de 1930 à 1935 dans les lettres de Simone de Beauvoir à Sartre. Dans les Mémoires, il ne sera fait allusion à la constitution et aux difficultés d'un « trio » qu'à travers des développements sans cesse interrompus.

La lecture de *L'Invitée* et surtout la fin dramatique imaginée par Beauvoir — Françoise tue Xavière — nous conduisent pourtant à penser que cette histoire a été complexe et douloureuse dès le début pour chacune des deux parties, Sartre et le Castor. Que *La Force de l'âge* ait adouci le trait, gommé la question sexuelle, insisté sur la jalousie « purement sentimentale » de Sartre, cela s'explique en partie par le désir de protéger Olga et de la ménager : en partie seulement. On a envie d'y voir plus clair du fait même que l'expérience du trio a été une épreuve assez rude — puisque le Castor dans la version romanesque qu'elle en donne décide de l'interrompre par un meurtre. Du reste, une série de publi-

1. *Lettres au Castor*, *op. cit.*, t. 1, p. 52.

cations posthumes font apparaître l'intensité et la nature exacte de cette double relation : en 1990, celle des *Lettres à Sartre* et, en 1995, celle des *Carnets de la drôle de guerre.* L'élucidation, plus ou moins complète, des rapports du trio n'obéit pas de notre part, on voudra bien le croire, à quelque souci de révélation plus ou moins malsaine ou graveleuse : elle est nécessaire au « portrait » d'un Castor, dans cette affaire, « en guerre » plus que jamais.

Deux notations donc, avant de reprendre le rapport que les Mémoires font du trio. La première est dans une lettre de Beauvoir, du 14 décembre 1939[1]. Évoquant pour Sartre une soirée avec une autre élève, Nathalie Sorokine, le Castor écrit : « Alors elle est devenue absolument charmante et toute serrée contre moi et posant de petites questions naïves, "si j'avais eu des rapports physiques", j'ai dit avec Kos, jadis, et avec vous. » « Kos » est l'abrégé du nom d'Olga Kosakiewicz. Plusieurs notations de Sartre, dans ses *Carnets*, confirment la nature d'une passion infiniment plus intense et plus dramatique (même s'il n'y a pas eu entre eux de relations sexuelles) que les euphémismes dont use *La Force de l'âge* : « Sartre aimait bien Olga[2]. » Car, de son côté, il note avoir été entre mars 1935 et mars 1937 « au plus bas au moment de ma folie et de ma passion pour O.[3] ». Depuis le Castor, jamais il n'avait mis quelqu'un « aussi haut ». Dans son *Journal de guerre,* Simone de Beauvoir note d'ailleurs le 26 octobre 1939 qu'Olga est « transfigurée par l'ancien amour de

1. Lettre du 14 décembre 1939, *Lettres à Sartre, op. cit.*, t. I, p. 351.
2. *FdÂ*, p. 266.
3. *Carnets de la drôle de guerre, op. cit.*, p. 275.

Sartre[1] ». On mesure de part et d'autre la profondeur de l'ébranlement subi. « Au lieu d'un couple », écrit le Castor, « nous serions désormais un trio ». Puisque les rapports humains sont « à inventer », pourquoi ne pas inventer celui-là[2] ? De fait, cette aventure du « trio » est tellement importante qu'elle va se distribuer sur près du tiers de *La Force de l'âge*. Quand le récit en sera terminé, on sera prêt à affronter la « grande rupture » de 1939, que Simone de Beauvoir estime aussi importante que celle de 1929. À partir de là, on entre dans la guerre et l'Occupation : ou plutôt c'est l'histoire qui est entrée dans leur vie.

Tout, dans la constitution du « trio », est énigmatique, malgré certaines précisions du Castor — qui n'en sont pas : suffit-il pour l'expliquer d'invoquer la nécessité de toujours inventer de nouveaux rapports ? Car pourquoi ceux-ci, et avec cette jeune fille-là ? Que veut Olga ? (On ne le saura jamais.) Que veut exactement Sartre ? Que veut le Castor ? Qui a vraiment voulu le trio et pourquoi ? Tout portrait a besoin d'ombres pour dessiner des reliefs : celles-là sont bien épaisses. Est-ce une manière, imaginée par le Castor, de mêler le contingent au nécessaire sans mettre celui-ci en péril ?

Le trio se met en place tout doucement, c'est à peine si on le voit arriver, ô science des ménagements littéraires... Olga a intrigué le Castor par un mélange d'exotisme et de nonchalance ; elle vient d'ailleurs, elle a une famille d'extrême droite mais s'est liée avec des étudiants, juifs polonais pour la

1. S. de Beauvoir, *Journal de guerre*, sept. 1939-janvier 1941, Gallimard, 1990, p. 106.
2. *FdÂ*, p. 279.

plupart, elle a des manières de dire, de penser, de sentir que le Castor « aime bien », mais « à mes yeux, c'était une enfant, je ne la voyais pas souvent ». Le temps passe lentement, Sartre est à Berlin depuis l'automne, l'année risque de sombrer dans la fadeur quand éclate l'« histoire Louise Perron » qui va quelque temps faire oublier l'affaire Olga. « Perron » est une collègue du Castor au lycée de Rouen, sa « tragédie » va occuper une quinzaine de pages, en fait tout le temps qui sépare, dans le récit, le départ de Sartre pour Berlin et la première visite que lui fait le Castor en février 1934.

L'histoire de « Louise Perron » est une histoire édifiante : celle de la folie qui guette les femmes quand elles se complaisent à se masquer la vérité. Le point de départ en est l'amour malheureux que lui a inspiré aux décades de Pontigny[1] un « écrivain » ; les initiales de celui-ci « J.B. » et le nom de Louise Perron sont évidemment fictifs. L'aventure d'un soir avec « J.B. » tourne court ; Perron ne s'en accommode pas, et va poursuivre le malheureux de ses assiduités, interpréter les prétendus signes qu'il lui fait de manière de plus en plus délirante. S'il n'écrit pas, c'est qu'il n'a pas l'intention de rompre, sinon il aurait écrit ! Elle lui envoie une carte postale, pour provoquer sa jalousie. Lorsque enfin il lui écrit, pour rompre, une lettre assez peu courageuse — « laissons au hasard le soin de nous rencontrer » —, elle se rassure : il ne veut pas rompre, sinon il n'aurait pas écrit ! Après une période de

1. Fondées par Paul Desjardins. Gide, Schlumberger en seront les invités les plus connus. Les décades se transporteront en Normandie, à Cerisy-la-Salle, après la mort de Paul Desjardins, sous la direction de sa fille, Anne Heurgon-Desjardins, et actuellement de sa petite-fille.

rémission, où elle semble avoir accepté la vérité, tout se précipite : le Castor la trouve dans sa chambre enveloppée de la fumée des papiers qu'elle fait brûler, elle s'effondre trois jours plus tard : « Je suis malade ! » Tous ces épisodes seront repris dans *Les Mandarins* quand Paule se voit abandonnée par son amant — Henri « Perron » — le nom sert encore, mais il s'est déplacé. Tout ce monde, Olga comprise, se passionne pour les malheurs de Louise : Colette Audry dans une moindre mesure, mais surtout Sartre et le Castor, attirés par la folie — comme le furent un peu plus tôt les surréalistes — où ils croient décerner l'usage et l'emploi de facultés d'exception. Trente ans plus tard, au moment de conclure *La Force des choses*, Simone de Beauvoir range dans les effets négatifs de la vieillesse sa perte d'intérêt pour « les fous » : « Ils ne me semblent plus sacrés[1]. »

Mais surtout, dans les délires de Perron, ils sont fascinés de voir l'illustration vivante d'une thèse qui leur est chère : « Cela confirmait tout à fait les idées que nous avions formées sur le sujet ; le tort de Louise, à nos yeux, c'était d'avoir voulu construire une image d'elle-même qui lui servît d'arme contre un amour malheureux. » Comme les larmes, la tristesse et le mal de dents, la folie n'existe que si on y consent[2] : Louise est responsable, peut-être même coupable. En janvier elle ne va pas mieux, les visites que lui rend Beauvoir n'améliorent pas son état, elle se montre agressive, ne tient pas compte des obser-

1. *FdC*, t. II, p. 502.

2. *Cahiers de jeunesse*, 14 juin 1928 : « Mon corps n'a d'estimable que sa santé qui me permet de ne point penser à lui, la maladie serait immorale autant qu'une passion asservissante (à moins qu'autour d'elle une autre lutte se puisse mener). »

vations du Castor : « Vous savez très bien que vous êtes une interprétante. » Dialogue de sourds : mais non, Louise Perron ne le sait pas « très bien », elle est tout à fait ailleurs, et Simone de Beauvoir ne semble pas s'en apercevoir, portant jusqu'à ses limites un volontarisme dont elle nous a déjà donné des preuves, quand par exemple elle refuse de voir que sa sœur a des ampoules aux pieds et que, si elle ne veut plus marcher, c'est simplement qu'elle ne le peut plus. « Vous êtes une schizophrène ! » lui dit alors Sartre qui assiste éberlué à ce total déni de réalité.

Face à Louise Perron, le Castor ne se départ pas d'une attitude d'observation traversée de moments de doute, voire d'agacement devant la complaisance qu'elle observe dans ce délire ; elle est tout de même très perturbée par la violence qui s'instaure entre elles, et elle fait à son sujet des rêves terrifiants. Louise poursuit sa descente aux enfers, parsemée d'épisodes dont le Castor accentue comme à dessein le côté burlesque : Colette Audry lui écrit de la rue Singer ? Louise interprète : « Vous voulez dire que je suis un singe. » Elle se promène avec un rasoir en poche, menace de « tuer ou de s'inscrire au Parti communiste », retourne pour finir dans sa famille en Aveyron : « Je ne la revis donc jamais. Elle persévéra assez longtemps dans ses délires, puis finit par s'en dégoûter[1]. » Exit Louise Perron. Le ton de ce long récit nous laisse sur un léger malaise. À aucun moment la maladie de « Louise Perron » et sa souffrance ne semblent être vraiment prises au sérieux. Plus tard, dans une interview donnée à John Gerassi, le fils de Fernand et de Stepha, le Castor

1. *FdÂ*, p. 206.

dira : « Ce qui est grave, c'est que j'avais tendance à mépriser ces femmes qui étaient incapables, mentalement ou financièrement, de faire preuve d'indépendance vis-à-vis des hommes. En fait, je pensais sans me l'avouer : si je peux le faire, d'autres le peuvent aussi[1]. »

Même s'il est vrai que, à cette époque, le Castor « accorde une dignité métaphysique à la folie », elle ne parle pas autrement que les psychiatres de l'ancienne école, pour qui le fou était d'abord quelqu'un qui ne met pas beaucoup de bonne volonté à sortir de sa folie. Pourquoi ? Ce type de folie la perturbe, l'inquiète, lui fait peur, lui fait craindre de ne pas en être à l'abri. D'où cette observation récurrente des femmes que la « trahison » des hommes fait basculer dans le néant. Les femmes ont été conditionnées à tout miser sur l'amour, l'amour absolu qui justifie tout, et perdent pied lorsque l'illusion s'évapore. Dans tout ce récit, on voit combien le Castor s'approche de « la folle » avec une curiosité effrayée : elle fait des rêves d'angoisse, se donne des sueurs froides en apprenant beaucoup plus tard que Perron avait dans sa poche un rasoir tandis qu'elle la couvait d'un regard fixe, effrayant. Est-ce qu'ils ne sont pas de même nature — quoique en moins grave —, le sentiment d'abandon, la jalousie et ses noirceurs sur lesquelles on n'a pas de prise ? Plus tard, dans son *Journal de guerre* ou dans certaines lettres, elle évoquera « le passionnel » où elle s'est trouvée jetée pendant quelques heures ou toute une nuit en pensant que, loin d'elle, le « petit Bost » passait auprès d'Olga des heures de tête-à-tête amoureux. De là aux délires de Perron, il y a une grande

1. Francis et Gontier, *Les Écrits de Simone de Beauvoir*, *op. cit.*, p. 548.

marge : mais n'est-ce pas la même chose ? La folie de Perron jette une lumière noire sur la constitution, les difficultés, puis l'échec du « trio » : ne sont-ils pas eux aussi en train de sombrer, certains soirs, dans un délire d'interprétation ? Nul n'en est protégé, pas même Sartre qui, beaucoup plus tard, « se met à épier avec une attention maniaque les moindres cillements d'Olga[1] » ou Françoise, double du Castor, dans *L'Invitée*. D'où la distance ironique, moqueuse, qu'elle adopte envers Perron, comme chaque fois qu'un personnage de sa vie pourrait projeter sur elle une ressemblance dangereuse — de condition ou de situation. Le mieux à faire, pour traiter de leur « cas », et s'assurer qu'on n'en est pas menacé, ce sera de s'en tenir scrupuleusement à la doctrine qu'ils se sont faite concernant les émotions, ou les accidents légers du corps : ils sont toujours surmontables par la volonté. S'agissant de Louise Perron, c'était évidemment moins sûr : mais le Castor va s'efforcer de le croire.

Il y a une autre raison à leur obstination à maintenir au sein de la « folie » la notion de responsabilité : ils ne sont ni l'un ni l'autre prêts à mettre en danger ou à voir mettre en danger leur idée de la liberté. Rien ne doit s'opposer à son exercice, ou lui poser des limites; toute « situation » est un ensemble de déterminations sur lesquelles on dispose de plus ou moins de moyens d'action. Mais on n'en est pas moins libre — de cette liberté que Sartre affirme, orgueilleusement, dans cette phrase qui a fait couler tellement d'encre : « Jamais nous ne fûmes plus libres que sous l'Occupation. » Dans les cas limites que sont l'Occupation, justement, ou l'oppression

1. *Ibid.*, p. 275.

sociale, mais aussi certaines formes de la maladie ou du dérangement psychique, il reste toujours une action possible : se soumettre ou se révolter, pour les premières et, pour les secondes, lutter contre elles ou y consentir. C'est ce que fait Perron, avant de se dégoûter elle-même de ses inventions ; c'est ce que fait Sartre lors de son épisode psychotique : sa « seule folie », lui dit le Castor, est de « se croire fou ». Il en va de même pour les femmes victimes d'un « ordre patriarcal » qui leur assigne la seconde place : en y consentant, en se faisant complices de ce dont elles sont victimes, elles affirment, négativement, leur liberté. Qui consent est libre : puisqu'il aurait pu choisir le contraire.

D'où la place récurrente que tient la « folie » dans les Mémoires et surtout dans cette première période de la vie d'adulte du Castor. L'histoire de leur trio et l'histoire d'Olga y sont enchevêtrées : coupées, scandées de récits de « folie », et même d'une visite à l'hôpital psychiatrique de Rouen qui est une vraie descente aux enfers. Dans l'affaire Perron, on voit bien que Sartre et Beauvoir, comme toute leur époque, cherchent dans la folie non ce qu'elle est, mais une illustration de leurs thèses ou un tremplin pour leurs rêveries. Les surréalistes y ont vu la Grande menace planant sur la « raison », dont à leur façon ils tentent de dissoudre les privilèges : d'où ce signe jumeau sur le génie et la folie. Sartre et Beauvoir, même s'ils acceptent après Freud et avec Breton que nous recelons en nous un « infracassable noyau de nuit », y voient surtout la confirmation paradoxale de leur théorie d'une liberté sans limites. Fasciné comme eux, et comme les surréalistes, par le crime et la folie, Michel Foucault, trente ans plus tard, prendra de nouveau appui sur ce continent noir pour élaborer sa théorie de la modernité qui, en refoulant et en enfermant « le fou », signe l'entrée dans le temps de la surveillance généralisée. Artaud, « Louise Perron », Pierre Rivière.

*

On voudrait bien revenir au trio mais il est très difficile d'en suivre les péripéties dans les Mémoires, parce que, chaque fois qu'il réapparaît, un nouveau récit vient en rompre la narration. Préparé par l'apparition de Marco, ou son retour, et l'allusion claire à sa sexualité double, le récit du « trio » glisse vers d'autres épisodes de dérèglements divers : tantôt légers, contrôlés, choisis, maîtrisés, mais qui parfois débordent le cadre prescrit. L'affaire Labourdin-Zuorro, où il s'en faut de peu que Simone Labourdin, assez maltraitée par l'homosexuel honteux qu'est son amant « Zuorro », ne vire à la Louise Perron. L'affaire de la douce et pensive « Marie Girard » avec qui à Berlin Sartre noue une liaison « sans lendemain » (elle est mariée à un autre pensionnaire français), et qui devient pendant la drôle de guerre la « femme lunaire » dont les débordements occupent longuement le Castor dans son journal. La folie rôde, ou fait des ravages dans les esprits et dans les cœurs, dans l'histoire elle-même. Mais pour eux, et en tous domaines, c'est de l'individu qu'il s'agit, du poids ou de la menace sur lui de quelque chose qui le dépasse : la folie, ou l'histoire. Si graves soient-ils, les événements politiques et historiques ne font pas le poids, peut-être parce qu'il manque encore au Castor et à Sartre les instruments pour les penser dans leur singularité. Peut-être aussi parce qu'ils sont trop occupés par la construction de leur aventure et de leur monde individuels. Peut-être enfin parce que le Castor a trop à faire, en cette période, avec soi-même, ses contradictions, les dangers qui la menacent. Lorsque Olga, au début de leur rencontre, pose au Castor la question : qu'est-ce que « ça signifait d'être juif », Simone de Beauvoir lui répond sans hésiter : « Rien ! Les juifs, ça n'existe pas, il n'y a que des hommes[1]. » Nous étions alors, commente le Castor de 1960, « déplorablement » abstraits. Dans la réponse que fait le Castor à Olga, on sent, au-delà de ce refus de postuler un « être juif », non seulement l'abstraction de sa pensée, qu'elle déplorera plus tard, mais aussi un légitime refus de l'essentialisme et peut-être aussi la difficulté de penser la violence de l'histoire.

Dont pourtant les exemples autour d'eux se multiplient et se resserrent : manifestations d'antisémitisme à Berlin — les « lois de Nuremberg » seront promulguées moins d'un an plus tard —, révoltes de Vienne écrasées en 1934 par Dollfuss dans le sang. D'ailleurs, lorsque, en février 1934, Simone de Beauvoir rend visite à Sartre, ils « s'assombrissent » en apprenant les événements de Vienne mais continuent de s'approcher de la roue de l'histoire « sans vouloir la toucher » — ce qui sonne comme le fameux « Ne touchez pas à la hache ! » de *La Duchesse de Langeais*[2]. Il est clair que les terribles

1. *FdÂ*, p. 191.

2. *Ne touchez pas à la hache* est le premier titre de *La Duchesse de Langeais*. Montriveau raconte, tout en regardant le cou d'Antoinette qui se joue de lui, le souvenir qui l'avait le plus marqué, à Westminster. « Ne touchez pas à la hache », aurait dit le gardien en montrant la hache qui avait servi à trancher la tête à Charles Ier. Montriveau s'en inspire pour sa vengeance : il se dérobera après l'avoir rendue follement éprise de lui. L'Histoire aussi se venge, quand on la fuit trop longtemps...

événements dont Berlin a déjà été le lieu ne les ont pas secoués au point de leur faire rompre cette « schizophrénie » dont plus tard le Castor s'accusera, et qui semble alors avoir été partagée par tous les deux : le court séjour de Sartre à Berlin et leurs voyages en Allemagne n'ont guère fait plus que les inquiéter brièvement. Partout cependant l'orage gronde et la terre craque, même dans la littérature : le Castor lit Faulkner (*Tandis que j'agonise*) et surtout Kafka qui ouvre « des chemins rigoureux s'enfonçant dans une nuit indéfinie[1] ».

La porte de l'histoire se referme sur des horreurs qu'on n'a pas pu ou pas voulu voir. Revenue en France, laissant Sartre pour quelques mois encore à sa molle « femme lunaire », qui ne semble pas l'inquiéter plus que ça, le Castor rend visite aux Dullin à Férolles : moins atteinte que Perron, du moins pour le moment, « Camille » joue encore un jeu « qui ne semblait l'amuser qu'à moitié, et qu'à notre rencontre suivante elle aurait abandonné ». « Elle faisait de sa vie un spectacle », mais cette fois, ça ne prend plus. « Elle avait perdu tout pouvoir sur moi[2] », note-t-elle, toujours sensible à ces rapports de force, dont elle est largement responsable, interprétant ou grossissant des signes visibles d'elle seule, comme le « génie » de Camille qui l'avait tant préoccupée lors de leur première rencontre.

Et Olga ? Revenue à Rouen, le Castor se promène avec elle dans de « grêles forêts » (rien d'opaque, rien de lourd, rien de noir entre elles), en juin elle fait passer le bac et s'enfuit retrouver Sartre à Ber-

1. *FdÂ*, p. 215.
2. *Ibid.*, p. 217.

lin ; ils traversent l'Allemagne, elle demeure hantée par un visage, celui d'un ancien sergent à la « voix fanatique » ; à Dresde une femme l'interpelle violemment en la voyant se remettre du rouge aux lèvres. Du reste le climat politique y devient intenable : dans la nuit du 30 juin 1934, Hitler fait éliminer les chefs SA de Ernst Röhm. En revanche, Prague, son cimetière juif et les vieilles rues du « Petit Côté » les charment et ils évitent Vienne, pour « tourner le dos à la tragédie ». Mais de châteaux en auberges, de rassemblements nazis en passion d'Oberammergau, ils finissent par en avoir asez de l'Allemagne. Ils rentrent, voyageurs un peu égarés, dont la boussole a faiblement subi l'aimantation violente des tempêtes qui se préparent. Rassérénés par la vue paisible des crêtes vosgiennes, ils marchent avec passion tandis que Sartre chante une chanson de son cru « inspirée par l'incertaine situation du monde » : « Ah ! ah ! ah ! qui l'eût cru ! / On sera tous, tous, tous mourus / tués sans pitié comme des chiens dans les rues » — dont la fin lui a peut-être été suggérée par celle de Joseph K. dans *Le Procès*. Puis Sartre va rejoindre sa famille en Norvège, et le Castor part faire du camping avec « Pagniez » (Guille — qu'a-t-il été pour elle ?), elle a la tête « bruissante de souvenirs rouges, dorés et bleus ». Le chapitre III s'arrête là. Très importants, ces passages de chapitre à chapitre, il n'y a rien de tel dans la vie, ni dans la mémoire, seulement dans la composition littéraire : cette fin nous laisse dans un monde chaotique où la folie et les désordres individuels annoncent les désastres collectifs où ils se perdront.

Fin 1934 et début de 1935, toute une partie de la droite nationaliste « souhaite l'avènement d'un

Führer français[1] », consciente du danger, révoltée par l'antisémitisme des nazis, la gauche sombre dans des perplexités croissantes, Jean Guéhenno[2] répète « il faut vouloir la paix ». « Je profitai de ces indécisions pour sauvegarder ma sérénité : puisque personne ne comprenait au juste ce qui se passait, pourquoi ne pas admettre qu'il ne se passait rien de sérieux[3]. » Le Castor peut donc reprendre « paisiblement » le fil de sa vie privée. Mais cette vie privée n'est rien moins que paisible. Ou en tout cas, elle ne le restera pas longtemps. Comme toujours, du côté de la pensée, c'est une joie constante, un progrès, le sentiment exaltant « de ne jamais avoir approché de si près la vérité » : le retour de Sartre a signé leur entrée et leur implication de plus en plus profonde dans la phénoménologie où Sartre va tailler son chemin personnel. Provisoirement, dans leur vie quotidienne, une espèce de douceur s'est établie, peut-être trompeuse : Olga redouble son PCN[4], s'ennuie, se décourage vite, ne « reprend un peu de confiance en elle » qu'auprès du Castor qui en est « touchée » ; elles sortent souvent ensemble ; le Castor a convaincu Sartre de la suivre aux sports d'hiver durant « dix jours lisses et scintillants comme un champ de neige sous le bleu du ciel[5] ». Pourtant, rien ne va aussi bien qu'on voudrait : il arrive très souvent au Castor « de tomber de son olympe ». Quand elle a bu un verre de trop, elle se met à verser des torrents de larmes, sa « vieille nostalgie de l'absolu » se réveille : et peut-être davantage. Elle se

1. *Ibid.*, p. 230.
2. 1890-1978. Écrivain, critique littéraire, professeur, proche d'Alain dans les années trente, s'engagera dans la Résistance.
3. *FdÂ*, p. 231.
4. PCN : première année de médecine.
5. *FdÂ*, p. 238.

sent vieillir (elle n'a que vingt-sept ans, mais, comme le lui disait Merleau-Ponty, sur ce point aussi elle avait toujours été « précoce »). Comme dans ses années d'adolescence à Meyrignac, l'angoisse la submerge et l'horreur de devoir finir. Sartre attribue cette percée métaphysique à l'alcool ; elle, au contraire, soutient que le vin abat les barrières nous protégeant des évidences insoutenables. Il faut pourtant affronter ensemble, essaie-t-elle de se rassurer, « la gaieté d'exister et l'horreur de finir » : dans leur vie à tous deux, l'alcool jouera un rôle considérable, et il n'est pas certain que l'alcool les ait toujours aidés à franchir l'insupportable « basculement » — c'est son mot — de l'un à l'autre.

Le temps est là, irréfutable, laissant intacts son visage et son corps, mais affectant sa capacité de « fulgurantes nouveautés ». Elle ne connaît plus ces moments de « transes » qui l'illuminaient au sortir de la Sorbonne, mais elle l'accepte et se calme, sa mélancolie s'apaise.

C'est alors que tout bascule : en février 1935, Sartre est en train de devenir fou.

Cette « folie » ne se déclare pas d'un coup, ni à la suite d'un déboire amoureux (on se souvient toutefois de la note des *Carnets de la drôle de guerre* qui les associe : « au plus fort de ma folie et de ma passion pour Olga [1] »), mais, dit le Castor, sous l'effet d'une drogue et surtout, elle y insiste beaucoup, d'une grande fatigue intellectuelle. Sartre commence en effet ses recherches pour son livre, *L'Imaginaire* ; et il est comme un savant au seuil de découvertes qu'il

1. « Je fus au plus bas au moment de ma folie et de ma passion pour Olga : deux ans. De mars 1935 à mars 1937 », in *Carnets de la drôle de guerre, op. cit.*, « Carnet III », p. 275.

attend depuis des mois ; il met au point les premières idées clefs de sa philosophie : « l'absolue vacuité de la conscience et son pouvoir de néantisation ». Il est entré dans une « concentration » considérable. Il écrit avec une extrême rapidité, dans une contention d'esprit qui le fatigue : il renouvellera toute sa vie cette façon de procéder, et s'aidera par la suite de divers excitants que, pendant la composition de la *Critique de la Raison dialectique*, il croque à pleines poignées. Il a décidé de tirer « tous ses matériaux de sa propre expérience ». Le rêve, les images hypnagogiques, les anomalies de la perception le passionnent au plus haut point, et un de ses anciens camarades de l'École, Daniel Lagache[1], devenu psychiatre, lui propose de se faire injecter de la mescaline qui provoque des hallucinations : on connaît les dessins que fit Henri Michaux sous son emprise.

Le soir, le Castor l'appelle à Sainte-Anne. Il vient d'échapper à des pieuvres ; tout l'après-midi, il a fait sans le vouloir de ces montages que les surréalistes affectionnaient : il a vu des parapluies-vautours, des souliers-squelettes, des choses grimaçantes[2]. Ces hallucinations malheureusement ne s'effacent pas comme elles le devraient, il craint de « commencer une psychose hallucinatoire chronique » et n'est pas convaincu lorsque le Castor essaie sur lui le remède qui avait échoué avec Perron (« Vous savez très bien que vous êtes une interprétante ») : « Votre seule

1. *Cahiers de jeunesse*, mercredi 29 juin 1927 : elle décide de peut-être se rapprocher de Pontremoli, et de fuir Lagache, « à cause de ce que m'a dit G. Lévy », remarque dont le mystère est (très partiellement) levé par cette autre notation, toujours sur un rapport qu'en fait Georgette Lévy : « Lagache est peut-être lesbien » (15 octobre).

2. *FdÂ*, p. 241.

folie, c'est de vous croire fou[1]. » Les crustacés ne lui laissent pas de répit ; ils le suivent partout[2], le suivront encore une dernière fois à Venise, il continue cependant de faire ses cours, il sort avec son ancien élève Jacques-Laurent Bost, à Rouen, tandis que le Castor est au lycée, Olga lui « tient compagnie », prenant « tout à fait à cœur son rôle d'infirmière ». Son entrée dans la vie de Sartre se fait donc sur la pointe des pieds : tenir compagnie à un malade, lui servir même par jeu d'« infirmière », il n'y a là rien que de très anodin. Sa persistance dans la « folie », le Castor le redit, s'explique certainement par la contention intellectuelle que réclame son livre. Plus tard, ils se mettront d'accord sur une autre hypothèse : il refusait d'entrer dans l'« âge d'homme », de passer à l'« âge de raison ». Cet argument avait déjà servi, dès le début de leur relation, pour justifier qu'il refuse de s'enfermer dans la monotonie d'une liaison monogame. (Cette transition de six ou sept ans paraît bien longue.) Simone de Beauvoir reconnaît avoir mal compris à l'époque la force de ce refus et cette fuite dans la « folie » : elle lui a donc reproché, comme à Perron et à d'autres, d'y mettre de la complaisance. Elle s'en veut de son propre aveuglement : peut-être souffrait-il surtout de ne pas encore avoir produit une œuvre marquante, qui le « justifierait ». Elle le souhaite aussi, pour elle-même, tout en sentant que l'existence de Sartre à ses côtés vaut, pour elle, pleine et entière justification. Si présente soit-elle, Olga est au second rang.

1. *Ibid.*, p. 242.

2. Souvenir du homard que Nerval promenait au bout d'une cordelette bleue dans les jardins du Palais-Royal ? « En quoi, disait celui-ci, un homard est-il plus ridicule qu'un chien ? J'ai le goût des homards, qui sont tranquilles, sérieux, savent les secrets de la mer et n'aboient pas. »

Les choses se remettront en place graduellement : un soir de l'été suivant, au retour d'une croisière avec ses parents en Norvège, Sartre rejoint le Castor en Ardèche. Elle a passé plusieurs semaines sac au dos, marchant tout le jour, dormant à la belle étoile, sentant autour d'elle « l'immensité de la nuit », voyant au réveil la plaine noyée dans la brume, d'où elle émerge « seule dans l'azur[1] ». Une nouvelle fois, elle a choisi et trouvé le lieu pour se reprendre, et se retrouver : la solitude, la montagne, la marche. Elle se construit des itinéraires rigoureux, afin « de transformer la contingence en nécessité », ce qui n'est pas toujours possible dans la vie à deux — ou à trois. Sartre l'ayant rejointe, ils marchent, mangent des écrevisses (des crustacés tout de même), se baignent dans le Tarn ; un soir, sur la place entourée d'arcades de Castelnau-de-Montmiral, Sartre déclare qu'il est guéri. Il a définitivement donné congé aux « homards » qui toute la journée avaient tenté de le suivre.

Le Castor peut se remettre à écrire : c'est dans cette période qu'elle avance considérablement la rédaction de *Quand prime le spirituel*. À Rouen, elle change d'hôtel, s'installe, bientôt rejointe par Marco, au Petit Mouton, assez crasseux, qui fait aussi bordel ; les souris galopent dans sa chambre jusque sur son lit ; son voisin bat sa femme avant de lui faire l'amour. C'est alors que la question d'Olga fait retour ; elle n'est pas revenue à Rouen, elle est chez ses parents, à Beuzeville (L'Aigle), plonge dans le marasme, et s'attache de plus en plus vivement au Castor, sa planche de salut. Ces sentiments passion-

1. *FdÂ*, p. 250.

nés prennent une « intensité » dont Simone de Beauvoir va éprouver « plus lentement le contrecoup » — formule assez mystérieuse. La différence de leurs âges, de leur situation, explique selon elle la fascination qu'une femme de vingt-sept ou vingt-huit ans, pourvue d'un métier, engagée dans une liaison durable, peut exercer sur une jeune fille de dix ans sa cadette. Mais c'est davantage, quelque chose de nouveau : « un élan la jeta vers moi » ; et comment y rester insensible ? « Je ne savais pas combien il est émouvant de se sentir utile, bouleversant de se sentir nécessaire. Les sourires que parfois je faisais naître sur son visage éveillaient en moi une joie dont je n'aurais pas supporté sans regret d'être privée[1]. » Il y a dans la grâce même de la phrase, et ses tournures discrètement passionnées, l'évidence de plus en plus forte d'une emprise qu'elle veut laisser entre ombre et lumière. Elle a de la « sympathie » pour Olga, elle « goûte le charme de son visage », quelque chose d'impétueux en elle la « conquiert », elle hésite : ne devrait-elle pas « prendre franchement sa vie en main » ? Comme il est difficile de se mouvoir librement dans des Mémoires ! La tentation est grande de prendre les choses avec distance, d'en chercher quelque part le « fin mot » : mais il n'y en a pas. Nulle correspondance ou journal intime pour nous le donner. Existe-t-il d'ailleurs ? Quel serait-il ? D'un bout à l'autre des Mémoires de Simone de Beauvoir, le lecteur constate que ces récits (d'aventures privées et plus tard d'engagements publics) sont construits avec une science qui dissimule peut-être quelques aménagements. Le Castor en convient, et nous prévient, elle ne dira pas « tout », elle a des

1. *Ibid.*, p. 265.

gens à protéger. Mais ne se protège-t-elle pas d'abord elle-même ? D'où la question qui hante le lecteur : est-ce que le Castor ne tisse pas parallèlement à sa vie vécue une vie racontée plus acceptable à ses propres yeux au moins autant qu'aux yeux du lecteur futur ? Il s'agit peut-être moins du reste de dissimuler quelque secret que d'évacuer toute ombre, toute énigme, tout mystère. Aux aléas de la vie vécue, à ses contradictions, à ses incertitudes, elle tente de substituer une vie de part en part traversée de rationalité. Tout s'explique, tout peut être expliqué : le Castor se tient au-dessus du théâtre de sa vie, dont elle a soulevé le couvercle, et regarde sur une scène qu'elle a elle-même construite des figures animées dont elle actionne les fils et double en permanence les voix.

C'est la deuxième étape : et c'est Sartre qui la pousse à franchir le pas. « Il aimait bien Olga. » Il l'avait trouvée « charmante dans son rôle d'infirmière » (deuxième allusion, qui retire à la rencontre d'Olga et de Sartre toute vivacité inquiétante). Simone de Beauvoir se rend à Beuzeville, se promène tout l'après-midi avec Olga (elle fera de même avec « Védrine », lui rendant visite à Quimper au début de la guerre, dans les Mémoires elle dit qu'elle s'y promène seule), puis elle rencontre les parents, et l'accord se fait : « Je les convainquis de me confier Olga. » Le trio est en route : et il passera d'une réussite éclatante à un échec non moins éclatant, où le Castor craindra de tout perdre.

*

L'affaire est donc en place, mais on ne voit pas encore clairement comment elle va se jouer et à quel prix : de nouveau elle se dilue par l'entrée en scène de Marco, puis par celle de Jacques-Laurent Bost, dont Marco s'éprendra, et enfin dans les débuts d'une histoire entre Bost et Olga.

Un nouveau portrait d'Olga précède leur décision conjointe de la faire venir à Rouen pour « prendre sa vie en main ». Cette « amitié » entre elles est si « solide » qu'elle dure encore au moment où le Castor compose *La Force de l'âge* — et qui explique (en partie seulement) pourquoi elle a dû en taire la forme plus exclusive, plus passionnée, plus physique. C'est Olga qui l'a voulue, et qui la « créa ». Mais elle y a répondu, parce que Olga lui tendait un miroir où elle retrouvait l'adolescente en butte à la « sorcellerie » familiale[1]. Olga répond au schéma qui toujours la rendra attentive, celui d'une adolescente en révolte, qui doit pour se faire s'opposer aux volontés et aux desseins de parents à qui elle est encore très attachée. Née en France en 1915 dans une famille de Russes blancs exilés, Olga a des parents peu conformistes, une mère « très intelligente » et un père au parcours singulier : aristocrate chassé par la révolution, il a tenté d'exercer en Grèce, à Strasbourg, son métier d'ingénieur. Puis il s'est établi à « Beuzeville ». Olga, pénétrée de sa différence et de sa supériorité, considère avec mépris les internes du lycée de Rouen, et la « masse des externes ». À sa sortie du lycée, les parents, s'écartant des modèles libéraux dont ils semblaient pourtant fiers, la poussent vers une vie « normale » : tout de même pas le mariage, des études à la rigueur, mais lesquelles ? Ils choisissent, pour elle, la

1. C'est ainsi que Simone de Beauvoir désigne l'entreprise dont elle s'est dégagée en 1925, qui, venant d'une famille que jusque-là elle aimait, tente de la transformer en « monstre » (*FdÂ*, p. 146).

médecine, qui ne lui convient pas. Des heurts s'ensuivent avec ses parents : ils lui paraissent « incarner ce qu'eux-mêmes lui avaient appris à mépriser : le bon ordre, la sagesse des nations, les coutumes établies, et tout le sérieux de l'âge adulte qu'elle voyait s'approcher avec horreur [1] ». Olga est ce qu'ils ont été ou sont encore. La « sagesse des nations » sera opposée vivement à la philosophie de l'existence dans un essai de 1948, toute leur conduite depuis la rencontre de 1929 n'a été qu'un long refus du « bon ordre » et des « coutumes établies ». Quant à l'« horreur de l'âge adulte », Olga la partage avec Sartre qui, malgré ses trente ans, en est encore pénétré... Toute leur vie, Sartre et le Castor seront séduits par cette ambiguïté de l'extrême jeunesse où l'adulte se retrouve et se prolonge, reconnaît les combats qu'il a livrés dans le mélange de la nostalgie et du soulagement de les avoir victorieusement affrontés. Simone de Beauvoir encore plus que Sartre : sa fascination pour les jeunes femmes tient en partie à cela. Dans *Tout compte fait*, Simone de Beauvoir, racontant l'entrée dans sa vie de celle qui deviendra sa fille adoptive, s'étendra à nouveau longuement sur la violence des conflits qui dans les années de son adolescence avaient opposé celle-ci à ses parents.

En face d'Olga, le Castor est parée de toutes les richesses de la « réussite » : mais elle ne se complaît pas dans cette image qu'inévitablement l'adolescente lui renvoie. Sans doute est-ce « un plaisir de lui parler » car elle l'écoute « avec passion ». Mais Olga a aussi quelque chose à donner : son intransigeance, son extrémisme (il lui arrive de « danser jusqu'à

1. *FdÂ*, p. 263.

s'évanouir »), son émerveillement surtout qui a une fraîcheur d'enfance. À son contact, l'adulte revit[1] : doublement, parce qu'il se retrouve et retrouve des sensations oubliées, mais surtout parce qu'il se découvre et s'investit dans son rôle d'éducateur. Tous ces termes correspondent assez étroitement à la manière dont, dans la Grèce classique, l'homme fait (qui n'a pas forcément plus de trente ans) prend en charge l'éducation et la formation de son jeune amant. L'histoire Castor-Olga relève de cet « amour grec », c'en est la variante féminine : même si le corps y joue indéniablement son rôle, c'est la prise en charge de tout l'être, c'est le projet d'établir en l'adolescent(e) les bases de sa liberté. De même, encore à venir, l'histoire de Bianca ou celle de Sorokine. Et c'est d'un même mouvement que l'aînée et la cadette se découvrent, simultanément, dans le rôle de l'Éraste et de l'Éroumène : l'aînée prenant en charge la cadette, « l'aimée », afin de préparer son entrée dans la vie adulte. La différence d'âge, même réduite, en est le moteur essentiel. Même dans les « flammes », toutes platoniques qu'elles aient été, en règle générale, des adolescentes, ou dans la fascination des jeunes garçons pour leurs « maîtres », une forme d'homosexualité révèle sa dimension éducatrice[2].

Pas un instant cette hypothèse n'est même effleurée dans *La Force de l'âge*, et le lecteur pressé attribuera seulement au souci bien connu du Castor pour l'exhaustivité — il l'a vue préparer les étapes

1. Dans le milieu des années soixante, ce sera la même chose avec sa future fille adoptive.
2. C'était l'argument dans les années soixante-dix du critique Gilles Sandier : en instaurant la mixité dans l'enseignement, on a eu tort de rompre avec une forme privilégiée de transmission, héritée du monde grec.

d'un voyage — la rigueur du programme qu'elle établit pour leur pupille. Et lorsque celle-ci ne montre pas le sérieux ou l'assiduité qu'on attendait d'elle et que l'engagement risque de virer à la déception, c'est à Sartre qu'elle s'en prend : « Somme toute, l'idée de Sartre n'était peut-être pas si fameuse que ça. » Olga du reste a des excuses : depuis son enfance, elle se sent exclue, y compris d'un avenir qui n'est pas pour elle [1]. Désappointée, le Castor se console avec l'argument de tous les parents dont les enfants ont des résultats médiocres : tant pis, puisqu'elle « s'épanouit ». Elle est peut-être une étudiante maussade, elle est dans la vie « le plus agréable des compagnons [2] » : tout compte, tout fait signe, chaque mot. Un « compagnon » est évidemment tout autre chose qu'une « compagne », le mot est neutre, il convient aux deux sexes. Plus qu'un ami, mais moins qu'une amante, le compagnon est avec vous à chaque pas, il enrichit votre vie de sa gaieté, de sa grâce. Elles traînent dans des cafés, avec ou sans Sartre, pour écouter de beaux violonistes tsiganes, parler avec les « petites dames » dont elles ont une curiosité inlassable, jouer au poker dice ou boire immodérément du Cherry Rocher. Marco est souvent là, chaque jour un peu plus gros, un peu plus chauve, chantant chaque jour un peu moins bien. Aux yeux du Castor, son charme est « éventé » — pas aux yeux innocents d'Olga, qu'il entraîne dans des aventures un peu louches — comme cette idée d'empaumer un capitaine de la marine anglaise. Ce « trimestre » (fin 1935), malgré le peu d'entrain d'Olga pour la philosophie, est

1. *FdÂ*, p. 267.
2. C'est ainsi du reste que Simone de Beauvoir l'appelle dans une lettre : « Mon petit compagnon. »

« particulièrement heureux », et rien ne laisse deviner le drame que suscitera le trio. Ses lectures comme ses progrès au ski confirment le Castor dans la justesse de ses choix.

Dès les pages suivantes, cependant, des notes discordantes se font entendre, des points de divergence apparaissent dont l'énoncé très général, trop général, ne convainc pas tout à fait. « Je vivais de projets, elle niait l'avenir » ou encore « ce qu'on comprend avec sa tête ne l'intéressait pas ». Loin de s'en affecter, ou de se remettre en question, ou de tâcher à l'entraîner ailleurs, le Castor au début la laisse faire « sans jamais supposer qu'elle pût avoir raison » contre elle. Elle peut s'accommoder d'une répartition de rôles et de places qui nous semble pourtant figée et presque sans avenir, parce qu'elle juge leur relation « sans histoire » et de même celle qu'Olga entretient avec Sartre : « Ils se plaisaient ensemble et aucun des deux ne réclamait rien à l'autre. » Rien n'est dit dans ces formulations trop claires : même s'il s'agit d'une simple amitié, comment ne jamais « réclamer » quelque chose à l'autre ? Et s'il ne s'agit que de cela, et si Olga n'exerce sur lui aucune attirance d'un autre ordre, pourquoi la clarté de cette relation tranquille est-elle soudainement brouillée par l'apparition d'un tiers ? Ce tiers, c'est Marco, que les pages précédentes, on l'a vu, ont présenté comme un personnage assez pervers, jouant de sa séduction, masquant son homosexualité sous des aventures féminines, ou jouant les « archanges » auprès des femmes. Sartre prend ombrage de cette amitié naissante entre Olga et lui. Marco n'insiste pas pour passer aux choses physiques; Olga est « farouche », Sartre tente d'exercer un « impérialisme purement platonique » : pourtant la jalousie est là, et va faire des ravages. Un peu plus loin, le Castor y revient : il était dans la nature de Sartre de conduire cette relation avec Olga à son « apogée » mais « il n'envisageait pas qu'aucun acte, aucun geste les incarnât jamais[1] ». Des révélations postérieures prennent soin de réaffirmer le caractère platonique des rapports de Sartre et d'Olga. À moins qu'il ne s'agisse encore de protéger Olga ? Dans les *Entretiens* de 1974, le Castor déclare : « Y a-t-il eu des femmes avec qui vous auriez aimé avoir certains rapports et que vous n'avez pas eues ? » (notons l'accord du participe au féminin : il s'agit bien d'« avoir des femmes », non d'avoir « des rapports » avec des femmes). Et Sartre répond : « Oui, comme tout le monde. » Elle insiste : « Il y a eu Olga. » JPS : « Ah oui[2]. » Il n'a pas l'air très sûr. On dirait qu'il veut faire plaisir au Castor...

Admettons qu'Olga se soit refusée à Sartre, la nature amoureuse, *passionnelle,* de leur relation à tous les deux avec Olga est indéniable. Et dans toute la série d'arguments que déploie le Castor pour expliquer la jalousie de Sartre sans recourir à l'hypothèse de la jalousie amoureuse, on devine une stratégie qui ressemble beaucoup à une dénégation.

Aucun des récits de *La Force de l'âge* ne pose plus de problèmes d'interprétation que ces pages consacrées au « trio ». D'abord parce que le récit est haché, morcelé : l'évidence de l'échec apparaît très tôt, mais les formes de cet échec et leurs raisons sont reprises au moins deux fois et coupées, entre autres, par la visite de l'asile psychiatrique de Rouen.

1. *FdÂ*, p. 275.
2. *Entretiens de 1974*, in *CdA*, p. 435.

Essayons d'en suivre les étapes. Un : Olga ne travaille pas, et c'est sa pure présence et sa pure personne qui font l'objet des soins de chacun d'eux, à sa manière, une fois (bien vite) oublié le programme d'éducation et les analyses de Bergson. Même minimisé (après tout du moment qu'elle s'épanouit !) c'est un échec pour le Castor, pour sa volonté impérieuse d'arracher chaque instant de sa vie — et celle des autres — à la contingence et de l'inscrire dans la « nécessité ».

Deux : Sartre est jaloux de Marco. Sartre « tient à Olga » qui l'a aidé à mettre les « homards [1] » en fuite. Mais elle a cessé rapidement d'être un « moyen » pour devenir une « fin » : de là, Sartre en est venu à exiger l'exclusivité. Qu'en pense le Castor à qui il se confie ? En un sens, plutôt du bien : mieux vaut épiloguer sur le moindre comportement d'Olga que de guetter des homards. Mais, à son tour, son humeur à elle en pâtit : elle sent que les opinions d'Olga sont aux yeux de Sartre « d'un prix infini ». Fait retour ici la grande, l'immense inquiétude de Simone de Beauvoir, au moment où elle sent sa propre échelle de valeurs mise en rivalité avec une autre. Jamais elle n'aurait soupçonné que la rencontre d'Olga produise cet effet. Quand Olga s'installe dans sa vie, le Castor vient de traverser victorieusement plusieurs épreuves de solitude, mais aussi de dépendance et, dans les deux cas, elle a eu la confirmation de son autonomie et de sa solidité : souvenons-nous du « Je pouvais compter sur moi ». Sartre à Berlin s'intéresse à Marie Girard ? Le danger n'est pas bien grand. C'est la conséquence, prévue par le pacte, de l'instabilité du « Baladin ». Elle le dit explicitement : « Sartre s'était intéressé à

1. Hasard objectif, rencontre avec le surréalisme ? C'est en 1936 que Dalí présentera son célèbre téléphone dont le récepteur est un homard.

Marie Girard en grande partie parce qu'elle ne tenait à rien, ne voulait rien, ne croyait à peu près à rien. » Marie Girard n'est donc pas un danger.

Mais le Castor ne veut pas être seconde dans une conscience, ou même, tout simplement, être *reflétée* par une conscience. Encore moins en être chassée. Par Olga. « Je l'ai mise si haut que, pour la première fois de ma vie, je me suis senti humble et désarmé devant quelqu'un et que j'ai désiré apprendre [1] », écrit Sartre dans ses *Carnets* à propos de sa « passion pour Olga ». Le Castor n'a donc pas eu tort de se sentir reléguée au second plan : « Je ne m'arrangeai pas volontiers de ce changement. » Troisième moment, classique aussi dans les stratégies de défense du Castor : « Je refusai le désordre qu'Olga eût introduit dans ma vie si je lui avais accordé trop de poids [2]. » Elle s'applique à la réduire à ce qu'elle avait toujours été, quelqu'un qu'elle estime et « aime bien ». « Je n'allais pas lui abandonner cette place souveraine que j'occupais moi, au centre de tout [3]. » Au fond, c'est Sartre qui n'a pas joué le jeu : rien ne devrait chez l'un comme chez l'autre prendre la place « essentielle » qu'ils se sont réciproquement accordée. Mais elle cède : et doublement. En reconnaissant à Olga le « prix infini » que Sartre lui reconnaît et, ce faisant, en acceptant de se soumettre au regard de Sartre sur les êtres et les choses. Comment ont-ils pu en arriver là ? Par « abstraction ». Les torts sont partagés : Sartre a voulu fuir auprès d'Olga sa hantise de la maturité, le Castor s'en est prévalue auprès de la jeune fille pour « prendre en main sa vie ». Tous deux ont fait d'elle un mythe, gommant ses traits parti-

1. *Carnets de la drôle de guerre, op. cit.*, « Carnet III », p. 275.
2. *FdÂ*, p. 276.
3. *Ibid.*

culiers ou ses qualités, sa loyauté, son dédain des vanités sociales, son rêve d'absolu. Un mythe — ou une caricature : Xavière, dans *L'Invitée*, est le portrait d'Olga, « systématiquement défigurée ».

La catastrophe finale du trio est un moment ajournée ; quand elle aura lieu, vingt pages plus loin, les dégâts seront immenses, le « désordre des émotions » les emportera tous deux, « empoisonnant jusqu'à l'air » qu'elle respirait... Mais en attendant, un sursis est encore possible, et la paix avec lui ; comme dans les affaires du monde, il est des moments où l'histoire, suspendue, laisse encore croire à la possibilité du bonheur. C'est un jeune homme qui va s'en faire le messager : la jeunesse a tous les pouvoirs. Ce jeune homme, au « sourire éclatant », à l'« aisance princière », c'est le jeune Bost, le dernier enfant du pasteur Bost et de la « pastoresse », le frère cadet du scénariste et écrivain Pierre Bost de quinze ans son aîné. Il n'a pas encore vingt ans, il incarne à leurs yeux toute la jeunesse, dont il a la grâce et l'insolence. Autour de lui, le drame s'apaise, avec lui, il se dénouera : il s'éprend d'Olga que plus tard il épousera, et deviendra en 1937, pour dix ans, l'amant clandestin, tendrement aimé, du Castor[1]. Le « trio » éclaté, une « famille » naîtra, qui durera jusqu'à la fin de leur vie à tous les deux, Olga et le « petit Bost » en feront partie pour toujours.

Et le trio va éclater, bruyamment, juste après un récit abruptement introduit, celui d'une visite à l'asile psychiatrique de Rouen. Chose curieuse ; ils le

1. Voir dans leur correspondance les moments où elle rêve de couvrir sa tête de baisers comme lorsqu'elle la découvre au matin, enfoncée dans l'oreiller, in *Simone de Beauvoir-Jacques Laurent Bost, Correspondance croisée (1937-1940)*, édition présentée et annotée par Sylvie Le Bon de Beauvoir, Gallimard, 2004.

visitent tous quatre. C'est l'enfer selon Dante : « Quand on entrait ici il fallait abandonner toute espérance[1]. » Des hommes à demi nus se manipulent en public, « d'autres hurlent ou se débattent, attachés à un lit, d'autres enfin sourient, hébétés, la bouche baveuse ». Rien n'est fait pour les soigner, rien n'a changé depuis Esquirol, rien ne changera avant l'arrivée des neuroleptiques. Le médecin leur fait la morale, ceux qui entendent acquiescent docilement : le quatuor s'en va, le dégoût et la honte dans l'âme. Par contraste avec ces images d'épouvante qui en ont suspendu l'histoire, une dernière réminiscence décrit l'enchantement du trio : ils avaient « tissé avec des mots et des sourires les cocons soyeux qui [les] protégeaient de Rouen et du monde entier; pris à la magie qui naissait de nos regards entrecroisés, chacun se sentait ensorceleur, ensorcelé[2] ». C'est un monde enchanté, transparent, où le temps se suspend, et les mots aussi : les cœurs se comprennent et les âmes se répondent sans besoin de parole[3]. Le mot de magie est très rare dans l'œuvre de Simone de Beauvoir, elle le reprendra, avec insistance, des années plus tard, dans une lettre

1. *FdÂ*, p. 289. Dante, *Inferno*, III, vers 1 à 10, c'est l'inscription au-dessus de la Porte Infernale : *Per me si va nella città dolente / per me si va nell'eterno dolor / per me si va tra la perduta gente* [...] *lasciate ogni speranza, voi ch'entrate* « Par moi l'on va dans la cité dolente / par moi l'on va dans l'éternelle douleur / par moi l'on va parmi la gent perdue [...] laissez toute espérance, vous qui entrez ici ».

2. *FdÂ*, p. 291.

3. Cette transparence des cœurs aimants, Rousseau en restitue le charme puissant dans *La Nouvelle Héloïse* lorsque Saint-Preux, ayant convaincu Julie qu'il a retrouvée mariée de faire une promenade nocturne sur le lac, prend sa main et sent qu'elle y dissimule un mouchoir mouillé de ses larmes : « Je vois que nos cœurs n'ont pas cessé de s'entendre ! » s'écrie-t-il.

à Nelson Algren : du fait de leur séparation, « la magie a disparu ». Le désenchantement du monde est plus fréquent que ces suspens dorés. Ces moments n'ont pas d'avenir; Sartre qui a voulu le trio s'acharne par son comportement à le détruire, elle-même qui a tenté de le consolider avec « zèle » doit s'avouer vaincue. Sartre et Olga la prennent successivement pour témoin des manquements de l'autre; elle prend le parti d'Olga mais s'attire alors la colère de Sartre : « Ainsi nous trouvâmes-nous tous les trois malmenés par cette machine infernale que nous avions agencée[1]. »

Vers juin, rien ne va plus entre Sartre et Olga, et comme le Castor a retrouvé avec Olga une intimité dont elle ne veut pas lui infliger le spectacle, il est temps pour eux de quitter Rouen, ce vase clos où leurs passions se sont exacerbées. Sartre est nommé à Laon, elle-même à Paris, au lycée Molière. Le « bonheur » est encore fragile, même s'il s'est « rétabli » au moment du triomphe du Front populaire[2], quand Sartre semble apaisé et qu'elle va partir à Rome avec lui. Ils continuent en direction de Venise où, la veille de leur départ, ils décident de rendre leur chambre et de passer une nuit blanche le long des canaux. Sartre qu'elle croyait depuis longtemps guéri « me dit plus tard que tout au long de cette nuit une langouste l'avait suivi[3] ». Leur retour à Paris les plonge cependant dans une double inquiétude, le Front populaire connaît ses premières difficultés et le pacifisme qu'ils partagent avec la gauche et une grande partie de l'opinion est ébranlé, comme ils le sont eux-mêmes, par les premiers revers des

1. *FdÂ*, p. 296.
2. *Ibid.*, p. 301.
3. *Ibid.*, p. 314.

républicains en Espagne. Et ils ne comprendront pas que Blum pousse l'Europe à la non-intervention[1]. Sartre est sombre, « Melancholia » (qui deviendra *La Nausée*) n'a pas été retenu, l'échec du trio lui pèse, et Olga ne va pas tout à fait bien. Elle n'est pas sortie d'affaire, elle demeure fragile, et il lui arrive « à la manière de Louise Perron » de griffonner sur de petits papiers des messages sibyllins. Le début de sa liaison avec Bost a pourtant définitivement fait éclater le trio : « Olga avait pris une saine décision en brisant le cercle dont nous ne parvenions pas à sortir[2]. » Mais la rupture du trio n'est pas sans provoquer, une fois encore, des « dommages collatéraux » ; Marco est tombé amoureux de Bost et il s'effondre quand, allant chercher Olga à son hôtel, il entend un murmure de voix dans sa chambre. Regardant par le trou de la serrure (!), il surprend les jeunes gens en train d'échanger un baiser passionné. Il plonge à son tour dans le délire, caricature de Sartre obsédé par Olga. La douleur et les affres de Marco, ses ratiocinations sont la version comique d'événements tragiques, leur répétition ridicule : personne ne le prend vraiment au sérieux.

Marco fait maintenant partie des « apparences », des êtres inauthentiques, complaisants à eux-mêmes, aveuglés par leur ego, incapables de voir la réalité en face comme sont souvent les femmes. Du fait de son homosexualité ? Il rêve tout haut : de mettre aux pieds de l'Aimé (Bost, qui n'en peut mais) sa « gloire future » (qui ne viendra jamais, et pour cause, il ne voit même pas qu'il n'a pas de talent) et sa fortune. Il a rejoint la galerie sinistre des délirants volontaires, dont Louise Perron est la figure cen-

1. *Ibid.*, p. 318.
2. *Ibid.*, p. 325.

trale. « Il y avait dans ses radotages quelque chose de plus noir encore et de plus implacable que dans les délires de Louise Perron : il me semblait qu'il était en train de se forger un enfer dont il ne sortirait jamais[1]. »

Finalement, tout est bien qui finit bien. Mais la secousse a été profonde, c'est dans son corps que le Castor en éprouve les répercussions, et cette fois il n'est plus question de se secouer, et de refuser de consentir à sa « faiblesse » : elle est atteinte d'une grave pneumonie, ce qui à l'époque, et en l'absence d'antibiotiques, constituait un danger très sérieux. « Ça sera une expérience », se dit-elle, fidèle à son attitude de « reprendre à son compte tout ce que la vie [lui] imposait[2] ». Elle se repose enfin. Dans la fièvre, « le chant d'un oiseau remplissait bord à bord l'univers et l'éternité ». Pour un moment sont suspendus les combats, la vigilance et jusqu'à la tension qu'impose la volonté quotidienne de bonheur. La maladie, la faiblesse du corps, la fièvre ont sur elle l'effet qu'a sur Rousseau sa chute provoquée par un gros chien sur les hauteurs de Ménilmontant : le monde à son réveil lui semble créé à nouveau, dans une fraîcheur d'éternité[3]. Jamais le Castor n'a été aussi près d'avouer que le combat l'exténue. Soudain, c'est d'elle qu'on s'occupe : elle en est émue

1. *Ibid.*, p. 327.
2. *Ibid.*, p. 335. Cela n'est pas sans faire écho à une anecdote ; quelques années plus tard, après la guerre, Giacometti est victime d'un grave accident, il est renversé par une voiture. Rapportant cet événement, Sartre écrit : « Il s'était dit au moment même "ça va faire une expérience". » Lisant cela, Giacometti se met en colère, il n'a jamais dit ni pensé une chose pareille ! Simone de Beauvoir refuse de l'entendre : pourquoi Sartre aurait été inventer ça ?
3. *Rêveries du promeneur solitaire*, seconde promenade.

comme rarement, touchée aux larmes par les précautions de Sartre qui revient à petits pas de La Coupole pour ne pas renverser le plat qu'il est allé chercher pour elle !

Et sa vigoureuse constitution, sa jeunesse vont finalement reprendre le dessus.

*

Que va-t-elle tirer de l'échec du trio ? Une leçon ? Non : un livre, *L'Invitée*, sa première œuvre d'importance, puisque les cinq récits de *Quand prime le spirituel* sont refusés en 1938 pour Gallimard par Brice Parain qui les trouve « mornes », puis par Grasset[1]. *L'Invitée* paraîtra en 1943, et donnera au trio une espèce d'immortalité par sa transfiguration en littérature, même si les figures y sont soigneusement « déformées » : quelque chose cependant de la violence de leurs rapports subsiste dans le crime de Françoise. Un épisode vécu peut changer d'intensité lorsqu'il est transposé dans un livre ; il ne change pas de sens. Lorsque Werther se suicide à la fin du récit de ses « souffrances », on voit que Goethe, qui a causé la mort en Alsace d'une jeune fille qui l'aimait, se punit, si l'on peut dire, par héros interposé. Ce n'est pas seulement commode, c'est révélateur. La fiction sert ainsi à décharger des pulsions dangereuses. Ainsi Françoise venge-t-elle symboliquement le Castor des souffrances que Xavière-Olga lui a infligées en suscitant la préférence et la passion exclusive de Sartre. La leçon, cependant, n'atteint pas la vie réelle ; esquivées, les raisons de cet échec ne préparent pas à s'en défier pour l'avenir. La

1. *FdÂ*, p. 373.

preuve est qu'ils en tenteront une nouvelle fois l'expérience, dans des conditions légèrement différentes, avec « Louise Védrine », nom que reçoit Bianca Bienenfeld dans les lettres qu'ils échangent pendant la drôle de guerre. (Le pseudonyme, pour une fois, marche dans l'autre sens.)

Ces ultimes moments de l'avant-guerre sont rétrospectivement colorés d'une tonalité vive, où les brefs instants d'angoisse se dissipent rapidement dans un tableau presque idyllique du bonheur et de l'équilibre retrouvé : le Castor est nommée à Molière, Sartre enseigne à Laon, Olga est restée leur amie, et tout le monde est présent à l'appel, Bost, Marco, Pagniez, Mme Lemaire... Puis Sartre est enfin nommé à Neuilly, au lycée Pasteur. « Nous en avions fini avec la province. » Ils s'installent dans un hôtel « entre l'avenue du Maine et le cimetière Montparnasse », prennent des chambres l'une au-dessus de l'autre, mettent en place leur monde et leur façon de vivre. Sartre va faire ses débuts d'auteur reconnu. Pourtant, la correspondance révélera plus tard que ce ne sont pas des moments aussi simples et paisibles que la lecture des Mémoires peut nous le faire croire, avec ces heures plus austères de travail philosophique et ces pauses dont *L'Invitée* restitue l'atmosphère : le théâtre, les bars de Montparnasse, la foire aux puces, qui, dans le roman, se sont substitués à l'atmosphère confinée, un peu glauque de leur vie à Rouen juste quelques années plus tôt. Les Mémoires ne livrent qu'une facette de cette période particulière dans la vie du Castor de guerre, qui va durer cinq ou six ans, par-delà l'entrée en guerre et l'effondrement de la France : exactement du départ de Rouen, été 36, à 1941, date du retour de Sartre, libéré de son camp de prisonniers. Durant cette période, une part de l'énergie combative et créatrice du Castor est absorbée par des complexités de situation, par l'entrelacs des relations qu'elle noue avec des jeunes filles, et dont on ne trouvera qu'un écho assourdi dans les Mémoires.

Elle s'est jetée dans *L'Invitée,* mais en 1938 l'histoire la rattrape et la plonge dans l'une des périodes les plus « vaseuses » de sa vie[1] : le Front populaire vit ses dernières heures, la République espagnole aussi, la question des Sudètes menace la paix en Europe[2]. L'été 1938, Sartre est avec sa mère, elle part seule dans les Alpes, puis elle l'accompagne au Maroc, et c'est dans les Basses-Alpes, où elle passe quelque temps avec Olga, qu'elle reçoit un télégramme de Sartre. La guerre semble inévitable : Prague refuse de céder à Hitler, les démocraties occidentales sont mises au pied du mur. La Grande-Bretagne et la France vont-elles honorer le pacte qu'elles ont signé avec la Tchécoslovaquie ? Sartre pense « par raison » qu'il faut accepter la guerre ; elle se raidit : « N'importe quoi, même la plus cruelle injustice, valait mieux qu'une guerre[3]. » Tout de même sa « schizophrénie » ne peut cette fois avoir entièrement raison de ses inquiétudes, elle rentre à Paris. Finalement la guerre n'aura pas lieu — pour l'instant. Ce sont les accords de Munich — les Tchèques n'ont jamais pardonné à la France cette trahison —, la démission honteuse des démocraties

1. *FdÂ*, p. 366.

2. Sudètes : quinze jours après l'incorporation de l'Autriche dans le Reich (l'« Anschluss »), Hitler, invoquant le principe du « droit des minorités », indique à ses collaborateurs que son prochain objectif est la partie occidentale de la Tchécoslovaquie où vivent trois millions d'Allemands.

3. *FdÂ*, p. 383.

occidentales et le mot de Daladier, follement acclamé à sa descente d'avion : les cons ! Le Castor avoue partager ce « lâche soulagement[1] » : « le pacte de Munich fut signé, je n'éprouvai pas le moindre scrupule à m'en réjouir. Il me semblait avoir échappé à la mort et pour l'éternité. Il y avait même dans mon soulagement quelque chose de triomphant : décidément, j'étais née coiffée ; le malheur du monde ne m'atteindrait jamais. » Le temps de l'aventure privée peut reprendre, et tous deux peuvent se remettre au travail. *L'Invitée* marche bien : elle respecte scrupuleusement la règle que Sartre et elle se sont donnée, de ne jamais en savoir plus que le personnage. C'est le cœur d'un fameux article de Sartre sur Mauriac, qui se terminait par ces mots dont Mauriac ne s'est jamais remis : « Dieu n'est pas un artiste, Monsieur Mauriac non plus. » L'affaire Mauriac ne fait que commencer[2].

Arrive 39, ils sont rassérénés et vivent « de bon appétit » ; Sartre a publié *La Nausée*, dont le succès ne se ralentit pas, et *Le Mur* qui vient de paraître « fait du bruit » ; elle-même est en passe de terminer *L'Invitée*, souvenir transformé du trio, qui donne à tous ses personnages un avenir littéraire, encore amplifié par *Les Chemins de la liberté* où Olga devient Ivich aimée de Boris (le « petit Bost »). Le Castor prend soin d'elle, se fait faire « un tailleur en beau lainage coquille d'œuf[3] », change de coiffure et « relève ses cheveux en hauteur ». Au printemps, elle se met à porter un canotier noir avec une petite voilette, se trouve élégante et en est fière. Bost fait

1. L'expression est de Léon Blum, dans *Le Populaire*.
2. *Situations I*, « Monsieur François Mauriac et la liberté ».
3. *FdÂ*, p. 393.

son service militaire à Amiens, leur correspondance fait état de retrouvailles là-bas ou à Paris, de moments volés à Olga, et des moments « sombres » que parfois le Castor clandestin traverse[1]. Son enseignement, sans la passionner, ne l'« ennuie » pas. Elle refuse seulement d'adhérer à cette adulte que les autres voient : un professeur. Comme à chaque expérience de sa vie, elle livre bataille contre tout ce qui pourrait la faire entrer dans une catégorie : « Je vivais une aventure individuelle à laquelle aucune catégorie ne s'appliquait pour de bon. » La volonté d'être « un individu » la tient depuis la plus petite enfance : je ne suis pas « une enfant », pensait-elle à six ans, « je suis moi ». Du coup, les rapports plus proches, plus intimes qu'elle noue avec des hommes (Sartre, Bost, à l'époque) ou avec des jeunes femmes, même lorsqu'elle les vit dans l'élan ou la passion, sont toujours passés sous le feu d'une observation inquiète, vigilante, afin de mieux prévoir et empêcher le retour inopiné de l'habitude ou de la convention. Afin de se prémunir aussi contre soi-même : contre la tentation de céder une part de son autonomie, une part de son indépendance ou de sa liberté.

Insensiblement, la paix retrouvée, même précaire, l'a rendue aux occupations et aux préoccupations des années de Rouen et au développement de situations qu'elle a connues quelques années plus tôt, selon des schémas déjà expérimentés. De même qu'à Rouen Audry, Labourdin et elle-même attiraient vers elles des lycéennes ardentes, des jeunes filles

1. De même, pendant la drôle de guerre, Simone de Beauvoir redoute qu'entre Bost et Olga de la « complicité » s'installe, dont elle serait exclue. (*Journal de guerre, op. cit.*, p. 178.)

ont fait retour dans sa vie. Dans les Mémoires, leur entrée se fait sur la pointe des pieds, et par le détour d'une longue observation sur cet âge d'or de l'adolescence, l'« âge métaphysique » où « la vie n'existe qu'en idées [1] ». Elle-même a connu cela, elle en est sortie lors de la grande rupture de 1929, qui a signé son entrée dans la « vraie vie » mais elle ne s'est jamais définitivement débarrassée de cet idéalisme d'extrême jeunesse, malgré la rencontre de Sartre. Ces jeunes filles de la classe de philosophie, une photographie nous les montre à la sortie du lycée Molière, rassemblées derrière un Castor mince, austère, farouche. Elle aime « causer avec elles », elles sont « vivantes » ; après les cours, les conversations se poursuivent. Au-delà du bac, aussi. Elle continue ainsi d'en voir certaines « de loin en loin ». C'est le cas de Bianca Bienenfeld, brillante, douée, qui s'est liée à la Sorbonne avec un groupe d'anciens élèves de Sartre, dont Kanapa, futur objet d'une de ses plus célèbres apostrophes : « Il faut plus d'une hirondelle pour faire le printemps, plus d'un Kanapa pour déshonorer un parti. » Bianca « réagissait avec violence à tout ce qui se passait dans le monde ». À juste titre : appartenant à une famille juive, elle voyait avec inquiétude le contraste entre les menaces qui se précisaient en Allemagne (en particulier la montée de la violence antisémite) et la volonté de paix qui régnait en France. Laconisme : « Nous devînmes amies. »

Rien des drames à venir ou advenus ne transparaît cependant dans les Mémoires. Le Castor a aussi rencontré une jeune Russe blanche, à qui elle donne le nom de Lise Oblanoff dans les Mémoires. Après celle de Bianca, l'entrée dans la vie du Castor de

1. *FdÂ*, p. 395.

« Lise » (Nathalie Sorokine) ressemble fort à celle d'Olga : Russe blanche comme elle, comme elle, elle se sent seule, incomprise (son père veut qu'elle fasse de la chimie), « elle juge tout le monde avec une extrême sévérité », sa vie est de celles que le Castor aime à « prendre en main » comme elle a pris en main celle d'Olga. Pas de trio en vue, de ce côté-là, du moins. Mais, dans ses lettres de la drôle de guerre, Simone de Beauvoir décrit longuement à Sartre le charme qu'elle trouve à la compagnie et à la personne de « Lise », le trouble qu'elle en ressent, leurs « étreintes » maladroites mais passionnées. Rien, répétons-le, n'en transparaît dans les Mémoires selon la loi qui préside à ces récits : « Je laisserai dans l'ombre beaucoup de choses. » Mais la correspondance ou le *Journal de guerre* du Castor, publiés après sa mort, dessinent un portrait plus complexe sinon plus vrai de ces relations. Ce ne sont pas des « documents » irréfutables, ce sont d'autres traces d'un Castor aux facettes multiples, soumise parfois au désir de plaire à son destinataire[1], de l'amuser, ou peut-être plus encore... À l'intérieur d'un couple, fût-il atypique, des stratégies se font jour, qu'il n'est pas toujours facile de démêler...

Les premiers pas de cette double histoire sont laissés dans l'ombre et la constitution d'un nouveau « trio » entre Sartre, Bienenfeld et le Castor jamais évoquée. C'est le résultat d'une promesse faite à Bienenfeld : celle de ne jamais rien révéler de leurs relations, ni de leur « trio » avec Sartre. C'est du moins ce que dit Bienenfeld. Car Bienenfeld a donné, beau-

1. Ainsi, dans une lettre du 6 janvier 1930 à Sartre, elle se plaint du ton « puéril » et « blessant » de Maheu — qui, à la même époque dans ses *Cahiers*, est toujours « son Lama ».

coup plus tard, sa version de cette affaire à trois[1]... Elle ne s'était pas manifestée pendant des années. Le Castor et elle s'étaient revues après la guerre, et déjeunaient régulièrement ensemble. Tout semblait conforme à la « promesse » faite. Quand, en 1983, trois ans après la mort de Sartre, Simone de Beauvoir publie ses *Lettres au Castor et à quelques autres*, des lettres à Bianca Bienenfeld y figurent, mais elle porte le pseudonyme, méconnaissable, de Louise Védrine. Rien ne transpire. Le « secret » est bien gardé, Bienenfeld n'a aucune raison de sortir de son silence. Tout change lorsqu'en 1990 paraissent deux publications posthumes : les *Lettres à Sartre* et le *Journal de guerre* de Simone de Beauvoir. Bienenfeld y découvre ce qu'elle appelle la « duplicité » du Castor. Au moment où Sartre avait rompu avec elle, elle l'avait crue son alliée : en fait, il n'en était rien. Mieux, à travers les lettres, il apparaît clairement que le couple avait décidé d'un commun accord de mettre un terme à leur trio et de la faire disparaître de leur vie. D'où la décision que prend Bienenfeld, quarante ans plus tard, de sortir de son silence et de publier un livre qu'elle intitule *Mémoires d'une jeune fille dérangée.* Cette publication ne passe pas inaperçue, les médias en rendent compte, souvent avec une malveillance appuyée à l'égard de Sartre et du Castor.

Cela dit, l'affaire n'est pas très belle. De famille juive, Bianca Bienenfeld est née en 1921, à Lublin, que ses parents quittent quand elle a quinze mois. Son père, qui a fait des études de médecine, a décidé de rejoindre en France son frère Jacques pour travailler avec lui dans son commerce de perles fines.

1. Bianca Lamblin-Bienenfeld, *Mémoires d'une jeune fille dérangée*, Balland, 1993.

Après divers déboires et de grandes difficultés, la famille se retrouve à Suresnes et, à la rentrée de 1937, la jeune Bianca devient à Molière l'élève de Simone de Beauvoir. En note d'une lettre de juillet 1939, Simone de Beauvoir indique qui est « Louise Védrine » : « Une amie à moi avec qui Sartre ébaucha une liaison, vite brisée par la guerre[1]. » Résumé, on va le voir, assez incomplet de la chose. Mais au moins nul de fait ne peut y reconnaître Bienenfeld. Dans les lettres de Sartre, en tout cas, on ne peut avoir aucun doute sur la force des sentiments qu'il porte à « Védrine » ; elle y est sa « chère petite Polack », son amour. À un moment, « Védrine » est à l'hôpital, et Sartre l'imagine « étendue sur le dos, toute pâle », tout en pensant qu'elle doit aller « déjà beaucoup mieux ». Pauvre petite martyre ! écrit-il plus loin. Et il tient à la rassurer : « Il est une chose que je sais bien, en tout cas, c'est que *notre* avenir, c'est ton avenir ; il n'y a pas de différence » (donc, il y a bien « trio »). « Je t'aime, poursuit-il, j'ai besoin de toi. » Et il termine sur cette remarque qui donne certain éclairage sur la « maladie » dont, « toute pâle » et « horizontale », « Védrine » se remet : « Je suis si content de penser que tu es toute plate[2]. »

Mais dans les lettres de Sartre et du Castor, le ton change, Sartre commence à se sentir embarrassé de

1. *Lettres au Castor et à quelques autres, op. cit.*, t. I, p. 228 *sq.*

2. Dans une autre lettre, d'août 1939, écrite à Védrine au moment où Sartre et le Castor arrivent à Juan-les-Pins chez Mme Morel (« cette dame »), on peut lire : « Elle a tout de suite demandé de tes nouvelles et s'est réjouie de te savoir si plate. » D'où certaine hypothèse... Que ne confirme pas du tout le livre de Bienenfeld parlant de la « grave opération » qu'elle avait dû subir en juillet 1939 (*Lettres au Castor, op. cit.*, t. I, p. 60). Cependant, le lecteur persiste à penser que le mot « plate », deux fois présent, ne renvoie guère à l'idée d'une banale appendicite...

« Védrine » et, dans les mêmes temps, « Védrine » pèse aussi de plus en plus au Castor. Ils échangent à son sujet des lettres d'un ton dur et cassant. Quelque chose est visiblement en jeu, qui se révèle abruptement : la force d'un égoïsme à deux dont rien ne doit les détourner, ni la légèreté de Sartre qui s'engage et le regrette, se reprochant d'user inconsidérément du mot « passionnément », ni les velléités « pygmalionesques » du Castor qui ne peut résister au plaisir de jouer (et jouir) de sa maîtrise sur des jeunes femmes. Que le tiers en question (ici, Védrine) se rebiffe ou se révolte quand plus tard se révèle le « fin mot » de l'affaire ou ce qui lui semble tel, quoi d'étonnant ? On a toujours su, depuis le début, que la distinction entre l'amour nécessaire et les amours contingentes se faisait aux dépens desdites « contingentes » : elles n'ont pas la part belle [1], n'auront jamais le dernier mot. Du reste voici ce qu'écrit le Castor : « Il y a une question que nous avions étourdiment esquivée : comment le tiers s'accommoderait-il de notre arrangement ? Il arriva qu'il s'y pliât sans peine ; notre union laissait assez de place pour des amitiés ou des camaraderies amoureuses, pour des romances fugaces. Mais si le protagoniste souhaitait davantage, des conflits éclataient. Sur ce point, une discrétion nécessaire a compromis l'exactitude du tableau peint dans *La Force de l'âge* [2]. »

L'affaire « Védrine », même si elle est différente de l'affaire « Olga », va révéler nettement quelle est la nature incertaine du « trio » : une constitution

1. Sauf dans la remarque assez triviale de Bernard Pivot recevant Bianca Lamblin sur le plateau d'*Apostrophes* : Mais tout de même ! Ce n'est pas rien d'avoir couché avec les deux !
2. *FdC*, t. I, pp. 176-177.

provisoire comme toute construction amoureuse à la fois sensuelle et cérébrale, physique et intellectuelle, mais l'une des plus difficiles qui soient puisque le nécessaire et le contingent s'y mêlent indistinctement et parfois échangent leur place. Le Castor avait une première fois refusé que l'inégalité de base puisse être un instant remise en question avec Olga. Alors pourquoi le retour de cette figure ? Tout se passe comme si le trio était l'occasion d'une double expérimentation. D'abord celle de la fidélité de Sartre au pacte : le Castor doit en demeurer l'élément « nécessaire ». Mais s'il s'avère que Sartre en est incapable, c'est alors l'occasion d'expérimenter sa propre résistance à elle, sa propre capacité à surmonter l'effet atroce du déni qui la frappe. Cependant la rupture proprement dite du trio n'est jamais le fait du Castor : toujours celui de Sartre. Dans le premier des deux cas, où Sartre semble avoir été infiniment plus engagé, même s'il ne fut pas l'amant d'Olga, le « trio » vole en éclats du fait de sa « névrose obsessionnelle », de son « exclusivisme dément ». Dans le deuxième cas, celui de Bianca, c'est tout simplement qu'il est las de cette histoire : il a déjà commencé une nouvelle affaire avec la jeune sœur d'Olga, Wanda. La différence c'est que le Castor prend la responsabilité de l'exécution : c'est aussi une des finalités du trio, montrer la solidarité des deux principaux protagonistes. L'affaire Bianca ou « Védrine » va donc nous éclairer plus que celle du premier trio sur ce point fondamental : l'alliance soudée entre Sartre et le Castor dès le début de leur « entente ».

Le drame de Bienenfeld est en même temps d'une autre portée. Elle se voit rejetée par Sartre en 1940 et comprend cinquante ans plus tard le rôle que le

Castor a joué dans l'affaire. Mais, surtout, elle se voit rejetée au moment où, avec la guerre, la défaite et les débuts de l'Occupation, elle va se trouver physiquement en danger. En ce début 1940, Sartre pense vraiment comme le Castor répondant à Olga : « Un juif est un homme, être juif n'existe pas. » Pour ceux qui s'apprêtent à appliquer les terribles statuts des juifs élaborés par Vichy, hélas, si.

En racontant sa dure vie de jeune fille juive pendant l'Occupation, Bianca Bienenfeld devenue Bianca Lamblin insistera beaucoup sur les dangers auxquels cette rupture l'a exposée et sur le peu de cas que l'un et l'autre semblaient faire de la situation historique. Ses commentaires lui appartiennent, mais sa colère (et sa douleur) ne peuvent être gommées. En tout cas le récit qu'elle donne des faits est conforme à ce que livrent la correspondance Sartre-Beauvoir et le *Journal de guerre* du Castor, et que masquent les Mémoires. La guerre est déclarée, Sartre est mobilisé, Bianca est à Quimper chez ses parents. Vers le 20 septembre, le Castor lui rend visite, comme elle le raconte elle-même à la fois dans *La Force de l'âge* et dans ses *Lettres à Sartre*[1]. Puis Bianca s'installe à Rennes, et elle ne revient à Paris qu'à la Toussaint pour voir le Castor. Elle sent alors que les choses ont changé : elle en aura la confirmation quarante ans plus tard en lisant une de ces lettres du Castor à Sartre qui l'ont tellement bouleversée. Voici ce qu'écrit le Castor, qu'elle croit lui être tendrement attachée : « Si elle revient à Paris, c'est un désastre pour moi[2]. » La lettre ne laisse planer aucun doute sur la lassitude et l'agacement du

1. Respectivement, *FdÂ*, p. 409, *Lettres*, t. I, pp. 125-142.
2. B. Lamblin, *Mémoires d'une jeune fille dérangée, op. cit.*, p. 74. S. de Beauvoir, *Lettres à Sartre, op. cit.*, t. I, p. 249.

Castor, même si elle se reproche d'avoir « été un peu dure pendant quelques secondes ». L'« âpreté à vide » de Védrine, son « pathétique », cette idée insupportable d'avoir des « droits » au « bonheur absolu », cette façon de « faire de la masturbation intellectuelle » à longueur de journée, son refus de comprendre qu'il lui faut « se constituer une vie sans nous » — Bienenfeld alors va avoir dix-neuf ans, elle en avait dix-sept quand elle les a rencontrés —, tout cela irrite profondément le Castor qui se radoucit un peu en la voyant l'écouter d'un air touchant et docile. Mais la conclusion reste la même : « Il n'y a que vous [Sartre] qui comptiez pour moi ; ceci doit être pris au sens plein — ni gens ni lieu, rien ne m'est rien. »

D'autres lettres à Sartre ainsi que son *Journal de guerre* montrent la grande résistance que le Castor désormais oppose aux « revendications » de Bianca — « revendications » est le nom qu'elle donne aux reproches de celles qu'elle s'apprête à laisser tomber, et qui la révulsent de rage en prétendant qu'elles ont « des droits sur elle ». Avec Védrine, désormais, même les « étreintes » lui pèsent : « Nuit pathétique, passionnée, écœurante comme du fois gras et pas de la meilleure qualité[1]. » Elle écrit même à Bost qu'elle a un peu honte de « profiter de son corps », de se comporter comme un « gros homme repu » en refusant ses caresses[2], ce qui fait naître en lui un sursaut d'indignation[3]. Mais on la sent excédée de ces relations difficiles à distribuer équitablement, de

1. *JdG*, p. 143 (9 novembre 1939 au dimanche 12, « séjour de Védrine à Paris »). Les mêmes termes dans la lettre à Sartre du 12 novembre 1939.

2. Même notation, 19 décembre 1939, p. 203.

3. *Bost-Beauvoir, Correspondance croisée, op. cit.*

ces jalousies croisées, car il y a aussi Olga, et Sorokine. *Journal de guerre*, octobre 1939, p. 37 : « Il me vient un grand désir d'être seule au monde avec Sartre, sans personne, personne autour de nous. » Elle a une telle nostalgie de lui, de leur « solidité » quand elle les compare tous deux « à tous ces déchets, à ces petites personnes aimables et faibles comme Védrine, Kos[akiewicz][1] ». Elle n'aime pas penser que Sartre « traîne dans d'autres cœurs », lettre du 27 octobre 1939, sans toutefois être jalouse car la « petite conscience » de Wanda ne peut abriter Sartre tel qu'il est réellement, seulement une image « irréelle » de lui — à sa petite mesure à elle, Wanda. Il n'est pas question que « Kos », plus Védrine, plus Wanda viennent « dévoyer » leur vie à eux, le chemin qu'ils se sont tracé.

Quelle violence dans le rejet de Védrine (et parfois l'agacement envers « Kos »)! Seule peut l'expliquer une crainte effroyable, celle d'un danger mortel. Était-elle réellement en danger lorsque Sartre commentait interminablement le moindre « cillement » de la jeune fille? Qu'a-t-elle vraiment à craindre, quand on voit la versatilité de Sartre, la façon soudaine dont il « guérit » de son obsession pour Olga, et son désir maintenant d'en finir avec Bianca? Il est clair, elle le note le 18 décembre dans son *Journal,* que « Sartre voudrait quitter tout doucement Védrine ». Alors? Cela ne lui suffit pas; il lui faut enfoncer le clou, accompagner Sartre et même l'aider dans la stratégie de « désinvestissement » qu'il a commencée quelques mois plus tôt. Lettre à Sartre du 10 novembre 1939 : « Comme j'ai laissé échapper hier soir que vous aviez lu mon carnet, elle

1. *Lettres à Sartre, op. cit.*, t. I, p. 168.

s'est désespérée de ce que je n'avais pas autant d'intimité avec elle qu'avec vous — je ne lui avais jamais dit que c'était sur un pied d'égalité, et c'est évident, elle devrait comprendre que ce n'est pas pareil[1]. » Mais Bianca ne se rend pas si facilement à l'évidence, elle en sort « molestée ». Le « trio » se révèle ainsi pour ce qu'il est essentiellement : une manière de montrer en acte, sur le vif, dans le vif, la nature du lien qui unit Sartre à Beauvoir. À chaque instant, il est convié à donner la preuve éclatante qu'il n'y a aucun rapport entre l'entente Castor-Sartre et toute autre relation. Mais cela ne suffit pas ; il faut que « des consciences » l'attestent : le membre rapporté, l'« Invitée », est sommé de le reconnaître, de l'accepter, de s'y conformer. La réalité supérieure du couple Sartre-Beauvoir doit se constater à tout moment, et s'inscrire dans des consciences rebelles. Qui sont en même temps des êtres, souffrants, faibles peut-être, mais aimants : c'est la colonie pénitentiaire, où la « loi » s'écrit à même la chair.

Le trio n'est évidemment pas la même chose vu du côté de Sartre et vu du côté du Castor : du côté de Beauvoir, c'est une inquiétude permanente qui parfois la déborde, une angoisse dont elle tente de s'échapper chaque jour, soit dans ses lettres, soit dans son journal par la répétition de formules incantatoires : « Ce n'est pas la même chose », ou par l'usage de termes exagérément violents (« ce sont de petites consciences », des « déchets »), termes qui néantisent ses adversaires et assument ainsi le rôle symbolique du meurtre de Xavière dans *L'Invitée*. Du côté de Sartre, l'« invitée » mérite plus que jamais son nom, il peut passer par des moments de

1. *Ibid.*, p. 252.

dépression, de jalousie, ou même de « passionnel » violent : il le sait lui-même, cela ne durera pas. « J'eusse peut-être été sauvé si la nature m'eût doué de sensualité, mais je suis froid[1] », écrit-il dans ses *Carnets de guerre*. « Je ne sais pas aimer, je me regarde faire semblant d'aimer. » Et tôt ou tard, comme il est logique, il veut en finir : il espère lâchement, comme bien des hommes, il faut le dire sans essentialiser la « nature masculine », que la créature comprendra toute seule. Vos espoirs sont vains, lui répond le Castor dans une lettre du 17 décembre 1939 : « Ça la tient aux moelles, et quand elle vous reverra elle sera reprise à plein, surtout avec la sexualité, ça ira vite — si sous voulez arrêter l'histoire, c'est peut-être possible sans désastre, mais non sans fracas, et il faudrait beaucoup de dureté : diminuer lentement la passion des lettres, faire un revoir froid ; essayez, elle ne s'en trouvera pas profondément mal, je ne crois pas[2]. » Ce « revoir froid » sonne très XVIIIe siècle...

Le Castor encourage encore Sartre dans cette voie — car elle le sait faible, même devant ses propres décisions : « Je vais achever par sympathie de vous couler Védrine : jamais elle ne m'a glacée à ce point[3]. » Védrine n'a pas arrêté de faire des projets de voyage à trois, et lorsqu'elles se sont retrouvées au lit, le Castor a été prise de rage devant ses caresses maladroites et passionnées, « une vraie haine à coucher avec une femme que je n'aime pas ». Naturellement, c'est aussi le « caractère » et la « vision des choses » de Védrine qui l'exaspèrent, sa

1. *Carnets de la drôle de guerre, op. cit.*, « Carnet XIV », 6 mars 1940, p. 538.
2. *Lettres à Sartre, op. cit.*, t. I, p. 358.
3. *Ibid.*, lettre du 22 décembre 1939.

manière de « valoriser à vide », d'être « dans le social ». Quand Sartre vient en permission, il se décide, sa résolution est prise : il va écrire à Védrine une lettre de rupture. Mais (douleur pour Védrine l'apprenant si longtemps après) l'affaire est menée à deux — autre manière d'affirmer la force de la relation « nécessaire ». On en a confirmation dans une lettre que Simone de Beauvoir écrit à Sartre : elle sait déjà, Védrine pas encore, que Sartre a écrit sa lettre, une lettre où il se dégage brutalement, et lâchement. Pourtant le 2 septembre, peu avant de vouloir « se détacher doucement d'elle », il lui avait prodigué des serments d'amour et de fidélité : « Rien ne peut changer, mon amour, ni toi, ni le Castor, ni moi. » La guerre est venue s'en mêler, mais cela ne change rien, « c'est une sale affaire », un point c'est tout : « Je te reviendrai. Je ne cours aucun danger, je suis un fidèle, tu sais, il y aura une paix, et un après. [...] Je voudrais que tu saches que je t'aime passionnément et *pour toujours* [souligné par lui]. » Elle est pour toujours « sa petite merveille ».

Védrine n'a pas encore reçu la lettre de rupture, le Castor et elle ont dîné ensemble puis passé la soirée au Hoggar : « Elle était émouvante, toute contenue, grave, appliquée et silencieuse, me souriant de temps en temps, et de temps en temps retenant ses larmes — elle était belle d'ailleurs hier. Ça m'a fait vache de penser au coup qu'elle va recevoir sur la tête. » Bost, qu'elle a mis au courant lors d'une de ses permissions du désir de rupture de Sartre, les trouve tous les deux « infâmes ». Le Castor balaie cette réserve d'un revers de main : c'est « pour le principe », dit-elle, car il est « de tout cœur avec nous » — ce qui reste à voir. Dans les lettres au Castor, le « petit Bost » se montre plus d'une fois révolté par cette manière désinvolte de « traiter les gens[1] ». Pendant ce temps, la lettre est écrite, la lettre est partie. Et la lettre est reçue par Védrine, qui la montre au Castor en qui elle a toute confiance, et vers qui elle se tourne naturellement dans son désarroi. Et soudain, quand elle répond à Sartre, le ton du Castor change, brutalement. « Mon amour, vous avez vraiment charrié avec Védrine ; il fallait un peu plus d'égards, cette fille n'est pas une Gibert[2]. » La lettre était vraiment « vache », et le Castor salue l'attitude digne de Védrine. « Elle a lu vos lettres, elle s'est tenue avec un cran formidable, mais la colère la transfigurait. [...] Cette lettre avec ses encouragements moraux et ses protestations d'estime était inacceptable. [...] Je pense que le mépris aidant elle s'en relèvera et s'en sortira — mais elle souffre dur. » Elle se rassure — et veut sans doute le rassurer dans les lettres suivantes : « C'est un truc qu'elle encaissera assez vite, je crois », et elle corrige sa première lettre : « Je ne vous reproche plus que d'avoir exécuté Védrine un peu à la grosse — mais c'est sans importance. » Toutefois, elle n'est pas absolument sûre que, dans le détail, ils aient agi exactement comme il aurait fallu. Elle ne lui a « jamais reproché de rompre » mais « je nous ai reproché, moi avec vous d'ailleurs, au passé, dans l'avenir, dans l'absolu, notre façon de traiter les gens : qu'on en fût venir à les faire souffrir ainsi me semblait inacceptable ». Ce mouvement de repentir est vite oublié : « Par le

1. *Ibid.*, t. II, p. 86.
2. Pseudonyme de Martine Bourdin, comédienne, maîtresse un temps de Jouvet. Elle avait eu avec Sartre une aventure assez crapuleuse, à laquelle il mit fin d'une manière brutale et goujate. Il avait toujours joué avec elle, écrivant à son propos : « En dehors de coucher, j'ai tout fait avec elle. » Il la trouvait « pleine d'odeurs et curieusement velue ».

fait, elle ne souffre pas tant, et je me suis calmée là-dessus [1]. »

Mais pas la « douleur », la « souffrance » de Védrine. Elles reparaissent dans une lettre à Sartre du 13 décembre 1945. Sartre est en vacances avec Wanda et il doit s'embarquer sur un liberty-ship pour retrouver à New York Dolorès Vanetti. Le Castor a revu Bienenfeld, avec qui le contact avait été perdu durant toute la guerre. Et elle écrit à Sartre : « Je suis secouée à cause de Louise [Védrine]. Je l'ai emmenée au Golfe-Juan [...] et nous sommes restées à causer là jusqu'à minuit. Elle m'a remuée et pétrie de remords, parce qu'elle est dans une terrible et profonde crise de neurasthénie — et que c'est notre faute, je crois, c'est le contrecoup détourné mais profond de notre histoire avec elle. Elle est la seule personne à qui nous ayons vraiment fait du mal, mais nous lui en avons fait [2]. » Si cette lettre a pu mettre du baume au cœur de « Védrine » — pour une fois appelée « Louise » —, l'effet n'en durera pas longtemps : le reste de la lettre se perd en interrogations sur l'« authenticité » de Védrine qu'elle juge très provisoire, sur son « rationalisme » assez pathétique, sur sa résignation probable... De toute manière, quand en 1990 Bianca arrive à cette lettre, le mal est déjà fait, et à ses yeux irréparable.

Dans cette affaire, Sartre et le Castor n'auront pas les sympathies du public qui les réservera plutôt, assez naturellement, à celle qui en aura été la « victime ». Leur « schizophrénie » historique, leur déni de la réalité ont trouvé ici une de leurs expressions les plus regrettables. Durant les mois de solitude et

1. *Lettres à Sartre, op. cit.*, t. II, pp. 95 et 96.
2. *Ibid.*, p. 259.

de méditation de la drôle de guerre dont ses *Carnets* sont le résultat, Sartre commence à en prendre la mesure. Plus d'une fois, écrit-il, il a senti combien il y avait quelque chose de forcé dans le trio, et son utopie volontariste de transparence. « Nous avions "construit" nos rapports sur la base de la sincérité totale, d'un entier dévouement mutuel et nous sacrifiions nos humeurs et tout ce qu'il pouvait y avoir en nous de trouble à cet amour permanent et dirigé que nous avions construit. Au fond, ce dont nous avions la nostalgie, c'était d'une vie de désordre, de laisser-aller trouble et impérieux à l'instant, c'était d'une sorte d'obscurité faisant contraste avec notre rationalisme clair, c'était une façon d'être noyés en nous-mêmes et de sentir que nous sentions. [...] Nous avions besoin de démesure, pour avoir été trop longtemps mesurés [1]. » Maintenant, il se déplaît à lui-même ; se juge lâche et « inauthentique », empêtré dans ses mensonges. Dans une longue étude sur Guillaume II, du 8 mars 1940, il écrit : « Les seuls rapports humains qui excluent le mensonge sont des rapports d'égalité [2]. » Il veut « changer », écrit-il. Changera-t-il ?

Pour le Castor, c'est autre chose : les « autres » existent à peine à côté de l'« entente » qu'elle et Sartre ont nouée, ce foyer ardent où tout — le monde, les êtres, les choses, les mots, l'histoire — doit venir se refléter et se fondre, comme en un creuset pour produire de la vie autre, une « autre vie » : plus libre, plus juste, plus heureuse, plus créatrice. Un « foyer » — pas sa caricature, une demeure où

1. *Carnets de la drôle de guerre, op. cit.*, « Carnet III », 1er décembre 1939, p. 274.
2. *Ibid.*, « Carnet XIV », p. 556.

chacun oblige l'autre à s'ennuyer avec lui (telle est son image du mariage et de la famille), mais un foyer comme dans un appareil d'optique, une lentille, où va se multiplier le pouvoir calorifique de l'énergie lumineuse. Tout y passera, tout devra y passer, y être traité : et d'abord eux-mêmes. Il n'est pas sûr que Sartre ait ressenti aussi vivement qu'elle ce qu'ils étaient en train de constituer : un type de couple qui fascine encore, et on comprend pourquoi. Elle, le Castor, elle le vit dans une préoccupation de chaque instant, dans une tension où le bonheur extrême et l'angoisse extrême ne se distinguent pas toujours. Elle veut arracher Sartre à ses banalités d'homme, à ses liaisons médiocres, à ses petites manies de célibataire trop aimé de sa mère.

Et le résultat est là. Pendant cinquante ans, comme un courant électrique de très haute tension, ils exercent un pouvoir d'attraction considérable : le temps, l'époque se règlent sur eux. Ce sont des jumeaux prométhéens, leur ambition de refonte est sans bornes : sexe et cœur, hommes, amis, ennemis, adversaires, amours, voyages, événements, tout doit passer par ce feu pour « être ». Mais c'est au Castor pour l'essentiel qu'on le doit : elle ne « garde » pas le foyer, elle s'y jette, et l'entraîne avec elle. Pour tout le reste de leur vie, quelques-uns avec le temps s'y ajouteront, ils auront autour d'eux un cercle d'amis attirés par le feu — ou passés par lui ; les autres étant réduits en cendres. Ils auront un nouveau corps : elle surtout, elle a appris à skier, à nager, elle a révélé cette beauté éclatante, qui était jusqu'alors en germe, ou refoulée dans la fin de son adolescence et les débuts de son âge adulte. Ils ont commencé une œuvre, lui d'abord, avec *La Nausée*, mais vite rattrapé par elle avec *L'Invitée*. Ils ont même un langage à eux, auquel le premier, puis le deuxième cercle des familiers se pliera : « fameux », « gonflant », « poétique », « plaisant », « le sou », « cette dame ». Les lieux qu'ils fréquentent sont encore marqués de leur présence, de leur vigueur, de cette atmosphère prométhéenne qu'ils apportent avec eux. Ils se tromperont souvent, ils feront mal, mais que serait un feu qui ne brûle pas, et qui a jamais songé à donner toujours raison au feu ? Leur œuvre brûle leur vie, leur vie brûle dans leur œuvre, et les deux ne font plus qu'un. Avec le temps, ils vont payer les conséquences de leurs excès, trop boire, ne pas laisser le temps aller comme il vient, ne jamais se couler doucement dans la beauté des jours, dans leur écoulement paisible, les occupations vaines et douces des mains, et de l'esprit qui paresse tandis que la nuit tombe... Le mystère, la grandeur de la vie ordinaire, des vies ordinaires leur échappera toujours.

C'est que, bien au-delà de la grande rupture de 1939, qui verra l'histoire « bousculer » sa vie, le Castor a rêvé d'un monde radicalement neuf : neufs, les rapports amoureux avec Sartre, neuves, les autres relations qu'elle crée, avec des amis, avec ses élèves, avec des jeunes femmes. Ce qu'elle s'est promis à elle-même, ce projet originel de tout reprendre à zéro, de tout refonder sur les bases de la vérité, de l'authenticité, de la liberté, elle le pousse à ses extrêmes, ce qui la contraint ainsi à une vigilance de chaque instant. Elle construit sa vie sur le mode des grandes utopies, dont chaque jour doit attester la réalisation. Et elle en sait depuis toujours la difficulté. Témoin cette note des *Cahiers* : « J'ai obéi à ma volonté inconnue [...] Combien de temps vivrai-je, moi qui choisis les positions intenables ? » (4 octobre 1927). Sartre la plupart du temps en reconnaît la haute exigence et, face à elle, constate ses propres compromissions. Mais il s'y coule et parfois aussi s'en échappe.

Car ce monde d'utopie pratique, quotidienne, c'est en tant que femme que le Castor l'a inventé, même si dans ces années-là elle n'y pense même pas. Il lui faudra du temps pour comprendre comment son chemin, en apparence plus aisé que celui de la plupart des femmes, a été déterminé, infléchi par sa condition de femme. Mais c'est cela aussi qui lui a donné sa radicalité.

*

Si *La Force de l'âge* ouvre cette période par ces mots souvent cités : « En 1939 l'Histoire m'a saisie pour ne plus me lâcher », c'est évidemment dans une vision rétrospective. Car le Castor avec Sartre et beaucoup d'autres, bercés comme elle dans l'illusion du pacifisme, a été prise de court par le déclenchement des événements. « Le pacifisme faisait partie du credo de la gauche française », écrit Éric Roussel[1]. « À l'espoir d'une amélioration du sort des plus démunis correspondait, à l'extérieur, la croyance en un ordre international doté de règles et de normes. Le recours à la guerre était par principe condamné, sauf dans les cas extrêmes [...]. À cela s'ajoutait le souvenir de la guerre de 14-18. Le traumatisme provoqué par la tuerie avait été tel que tout paraissait à certains préférable à la guerre. » Lorsque au moment des accords de Munich, le 30 septembre

1. Éric Roussel, *Pierre Mendès France*, Gallimard, « NRF Biographies », 2007, p. 108.

1938, Léon Blum dans *Le Populaire* parle de lâche soulagement, « c'est ce que tout le monde éprouvait[1] », confie Mendès France à Jean Lacouture. « Même les antimunichois tels que nous — les bellicistes, disait la presse de droite. »

Surtout : pour le Castor, la guerre — cette grande confrontation avec l'histoire — apporte un démenti radical à l'entreprise utopique à laquelle elle s'était vouée. Parce qu'elle modifie brutalement les rapports entre les gens, les sépare, en place certains sous la menace d'une mort brutale, rend la vie quotidienne plus problématique, fait apparaître la solitude de l'individu au sein d'une collectivité dont il doit suivre passivement les mouvements. C'est un grand, un immense « dérangement ». Séjournant à Juan-les-Pins, durant l'été 1939, où il leur apparaît que la guerre ne pourra être évitée, Sartre et le Castor ont le sentiment que la beauté de la nature, le soleil ne sont qu'une « feinte » : « Quelque chose s'y cachait, soudain tout allait se déchirer[2]. » La signature du pacte germano-soviétique détruit leurs dernières illusions de paix ; rentrant à Paris, ils font un détour par Carcassonne et, se promenant sur ses « affreux remparts », ils imaginent qu'ils les reverront intacts « après » ; ils ont déjà « pris leur parti de cette guerre ». Ils retrouvent le Paris désert de la fin août. Et déjà, avec cette volonté batailleuse de ne jamais céder au monde, aux choses, à l'histoire, elle se convainc, « pour s'assurer la paix du cœur », que la guerre « est un moyen acceptable de faire cesser un certain nombre de saloperies ». Merleau-Ponty à qui elle expose ce point de vue s'étonne d'un retournement aussi brusque : « Je tâchai de me vaincre

1. *Ibid.*, p. 110.
2. *FdÂ*, p. 428.

plutôt que la fortune », commente-t-elle vingt ans plus tard, selon la formule célèbre de Descartes[1]. En réalité, elle meurt de peur : pour Sartre, et pour Bost. La guerre, qui s'installe dans leur destin, contrarie leurs desseins les plus sacrés : elle est de l'arbitraire pur. Et qui vient menacer leur vie « à trente ans à peine passés » quand elle « commençait à se dessiner[2] ». Que restera-t-il du « projet originel », et de l'« entreprise de vivre » quand « cette chose » arrivera ?

Et, un matin, elle arrive. Il est désormais dérisoire de vouloir se construire soi-même dans un monde qui a changé radicalement de nature. « Le monde s'enfonce dans le chaos » ; moins d'un an plus tard, la « drôle de guerre » est finie, c'est l'armistice, la mise en place du régime de Vichy, la coupure de la France en deux, le début de la collaboration.

Simone de Beauvoir a tenu le journal de cette période, et elle en a reproduit des passages dans *La Force de l'âge* ; sa publication intégrale, en 1990, nous restitue au jour le jour les émotions contradictoires par lesquelles elle va passer. 1er septembre : « Je déjeune chez Rey ; pour la première fois depuis de longs jours, je suis vraiment de bonne humeur, je sens l'ensemble de ma vie autour de moi tout équilibrée et heureuse[3]. » L'ordre de mobilisation est affiché ; dans une « horrible » impression d'irréalité et de fragilité, ils se rendent dès l'aube du 2 septembre à la gare de l'Est par « un si beau matin d'automne,

1. « Ma troisième maxime était de tâcher toujours plutôt à me vaincre que la fortune, et à changer mes désirs que l'ordre du monde », Descartes, *Discours de la méthode* (1637), Éditions Garnier, t. I, pp. 595 et 596.
2. *FdÂ*, p. 431.
3. *Ibid.*, p. 13.

on dirait une rentrée de vacances heureuse[1] ! ». Ils se quittent, comme au même moment des centaines de femmes et d'hommes, mais on dirait qu'ils sont seuls, il est tellement tôt, « on se parle encore, séparés par une chaîne, puis il s'en va, son dos puis sa nuque disparaissent[2] ». Le 3, la France déclare la guerre à l'Allemagne, trois jours après l'entrée des troupes de Hitler en Pologne. Les jours suivants (Sartre est parti, Bost encore sous les drapeaux va être appelé en première ligne), le désespoir la prend : « Immense indifférence du matin au soir, le soir, c'est la fièvre, la décomposition, on pense à se saouler, à faire n'importe quoi et on se perd dans la foule. » Soudain la « foule » est quelque chose de vivant, presque de protecteur : dans ce grand dérangement, dans ce dérèglement général, il y a comme un soulagement à s'y confondre. « Impression d'être liée à tous ; ça bouge, ça grouille, on ne sent aucune vie personnelle, mais la communauté vit en soi comme chez les primitifs. »

Ce que la guerre lui fait découvrir, c'est qu'en vous affectant singulièrement, elle affecte en même temps des groupes, des masses, qu'aucun projet ne réunit, qu'aucune intention n'anime — seule une solidarité de destin[3]. Et peut-être quelque chose de plus, qu'elle ne veut pas voir : une solidarité de souffrance, une égalité dans le malheur. La guerre, en ce sens, c'est une épreuve dont on souffre, et c'est une école, dont on sort transformé. Le bonheur ne se concevait que « comme manière privilégiée de saisir

1. *JdG*, p. 16.
2. *Ibid.*
3. Dans la *Critique de la Raison dialectique*, Sartre examinera en détail la différence entre une masse amorphe, composée d'individus « sérialisés », et un groupe animé d'un projet, par exemple en juillet 1789, celui de prendre la Bastille.

le monde ». Si le monde a radicalement changé, le bonheur peut-il encore avoir autant de prix ? Non, sans doute. Pour autant, elle n'échappera « jamais tout à fait » à cette idée du bonheur ; mais tout de même, écrit-elle dans *La Force de l'âge*, « je cessai de concevoir ma vie comme une entreprise autonome et fermée sur soi [...] C'est cette transformation que je vais raconter[1] ».

Ce n'est pas une transformation lente et graduelle, c'est une révélation ou une conversion, un brutal adieu à sa jeunesse, à la figure, aux figures de sa jeunesse — dont elle a le regret, voire la nostalgie, mais qu'elle juge avec sévérité : c'était le temps de l'insouciance. Avec la guerre tout est différent : « Jusqu'alors je ne m'étais souciée que d'enrichir ma vie personnelle et de la traduire en mots ; j'avais peu à peu renoncé au quasi-solipsisme[2], à l'illusoire souveraineté de mes vingt ans ; j'avais acquis le sens de l'existence d'autrui ; mais c'était encore mes relations individuelles, avec les gens pris un par un, qui comptaient pour moi, et je voulais âprement le bonheur. Soudain l'histoire fondit sur moi : j'éclatai ; je me retrouvai éparpillée aux quatre coins de la terre, liée par toutes mes fibres à chacun et à tous[3]. » Tous les autoportraits du Castor portent cette marque, ils présentent les développements de sa vie comme irréversibles : pas une sinuosité, pas un retour en arrière dans ce parcours, pas de repentirs au sens du mot

1. *FdÂ*, p. 424.

2. Doctrine qui consiste à « soutenir que le moi individuel dont on a conscience est toute la réalité, et que les autres moi dont on a la représentation n'ont pas plus d'existence indépendante que les personnages des rêves ». Son seul représentant est le médecin Claude Brunet, auteur en 1686 d'un « journal de médecine » (Lalande, *Dictionnaire de philosophie*, PUF).

3. *FdÂ*, p. 424.

dans le vocabulaire des peintres. Quand le Castor désigne avec une espèce de stupeur ce moment où, en 1939, elle s'est retrouvée « liée à tous et à chacun », elle considère comme un fait acquis sa sortie définitive du « solipsisme ». La question de l'Autre restera pourtant l'un des points problématiques du « projet » de vie, d'œuvre et de bonheur, du « Castor de guerre », et son impuissance à entrer véritablement dans les raisons singulières, individuelles, toujours choquantes à ses yeux, de « consciences » dont elle ne partage pas les choix.

Dans *La Force de l'âge*, quand elle fait le bilan des années de sa jeunesse et du début de sa maturité, « nous étions des elfes », écrit-elle, « nous n'avions pas un sens vrai de la réalité[1] ». Que d'illusions, au fond, dans leur projet de vie, ne pas s'accommoder des « routines et des barrières établies par la société[2] », les récuser, créer le monde à neuf, refuser le mariage et les enfants, mépriser l'argent ! En fait, ils disposaient de beaucoup de facilités, ils avaient les loisirs de leur « classe » (la petite bourgeoisie intellectuelle) et toutes les libertés de leur statut : jeunes professeurs, fonctionnaires assurés de leurs fins de mois, jeunes gens sans famille, sans responsabilités d'aucune sorte[3]. Ces éternels étudiants, voyageurs sans bagages et fiers de l'être, dépourvus de la conscience politique qui eût fait éclater le mensonge de leur situation, ils s'accommodent au fond assez bien d'une espèce d'arrogance aristocratique envers tous les autres, de ces « gens » qui « un jour secoueraient leur sclérose, inventeraient librement

1. *Ibid.*, p. 412.
2. *Ibid.*, p. 411.
3. *Ibid.*, p. 413.

leur vie[1] ». Mais qui en attendant ne méritent pas un quart d'heure d'attention. Quand du reste en deviendront-ils capables ? Après la victoire de la « révolution » ?

Le Castor et Sartre sont pénétrés d'une certitude qu'ils ne remettront jamais en question : ils se pensent tous deux comme les inventeurs, forcément solitaires, d'un mode de vie audacieux, dont la radicalité est hors de portée du plus grand nombre. « Les autres » suivent le courant, se marient et font des enfants, s'« installent » — mot qu'ils ont en horreur. Les premières langoustes ont commencé à suivre Sartre quand il a pris de la mescaline, sans doute, mais surtout quand il a été pris d'effroi à l'idée de s'« établir » dans la vie d'homme. C'est leur « extrémisme » que le Castor remarque chez les jeunes femmes qui l'attirent, Olga, Sorokine — et il n'est pas à la portée du « premier venu » ; même leurs plus proches amis n'en font pas toujours preuve. Elle le sait bien, elle a conscience du caractère presque intenable de leur attitude. Il faut avoir les mêmes opinions que vous, leur dit Bost, mais ce qui est fatigant, « c'est qu'il faut les avoir en même temps que vous[2] ». Mais elle ne creuse pas la véritable difficulté, philosophique et éthique, qu'ouvre cette attitude de supériorité à l'égard de la « majorité » qui elle, à des degrés divers, ne témoigne pas d'une pareille exigence. En se déterminant dans une solitude orgueilleuse par rapport à « tout ce qui n'est pas eux », ils retrouvent une des positions classiques de l'artiste, son anticonformisme radical : telle est dans le romantisme allemand la position du « poète » en face des « philistins », telle est la posi-

1. *Ibid.*, p. 411.
2. *Ibid.*, p. 412.

tion de Chatterton[1]. Ils donnent un autre nom à ces « philistins », ils les nomment les « salauds », ou les « bourgeois » — et un peu plus tard, cette notion trouvera sa légitimité dans le marxisme. Mais Flaubert en usait déjà, d'une manière finalement assez proche, en désignant du nom de « bourgeois » « tout ce qui pense bassement[2] ». Mais les autres ? L'homme de la rue ? L'*average man* de la sociologie américaine ? Ils ne l'approchent pas, ou alors sous des formes pittoresques : les garçons des cafés[3] qu'ils fréquentent assidûment, les putains de Montparnasse, ou les modèles des peintres. Les autres se confondent indistinctement dans le consentement assez abject à leurs yeux, aux formes mineures de la vie. Aucune possibilité ne s'ouvre à la « vie ordinaire » pour qu'elle cesse de l'être, sauf une mutation radicale, un saut qualitatif, auquel plus tard sera donné le nom de « révolution ».

En France où la révolution n'aura pas lieu, l'« homme ordinaire » se fond pour eux dans une collectivité dont il se contente de reproduire les traits. Lorsque, au fort de la guerre d'Algérie, menacés par les plastiqueurs, ils se réfugient quelque temps loin de Montparnasse et de Saint-Germain-des-Prés dans un appartement trouvé par le secrétaire de Sartre, Claude Faux, c'est avec une sorte de stupeur que le Castor regarde passer sous ses fenêtres les employés qui se rendent au bureau : « Nous voyions passer "l'homme de l'organisation" », dit-elle se référant à l'ouvrage de William

1. D'Alfred de Vigny.
2. Flaubert, *Bouvard et Pécuchet*.
3. Garçon de café que popularisera *L'Être et le Néant*, en ce que dans les rituels qu'il accomplit chaque jour il « joue à être garçon de café ».

Whyte[1]. Qui sont-ils, ces « gens ordinaires » ? Consentants, mystifiés, opprimés ? Tout cela à la fois : consentant à leur dépendance, comme « Louise Perron » consent à sa folie, mystifiés par des croyances (religieuses ou politiques) qui les dupent par leurs promesses. Opprimés, quand ils sont femmes par le pouvoir des mâles ou quand ils sont colonisés par celui des dominants. Leur univers est un univers en clair-obscur[2], troué de quelques lumières quand ils prennent vaguement conscience de leur dépendance, ou d'un vif trait de feu quand ils décident de se révolter.

Réussie, éclatante, accomplie sur le plan privé — malgré quelques ratages, comme ceux des « trios » —, leur vie avant la guerre les met à l'écart, et à l'abri, des secousses, des joies, des douleurs, des « vies ordinaires ». Mais si la guerre, dit le Castor, fait voler en éclats cette superbe illusion, elle ne les en débarrasse pas entièrement. Les autres, finalement, « existent », et c'est en leur nom, et pour leur assurer leur « émancipation » et leur bonheur futurs, que dans les années cinquante ils rejoignent les grandes utopies révolutionnaires. Mais leur vie ne se rapprochera jamais de la leur. Sartre le sait, et il répétera toujours qu'il est un « bourgeois ». Avec la guerre d'autres voies s'ouvrent à la réalisation de leur « projet originel », notamment celle de la « responsabilité ». Mais dans aucune ne sera comblé le fossé qui sépare les « vies d'exception » des « vies ordinaires ».

1. *The Organization Man*, New York, Doubleday, 1956.
2. Cf. la visite au monde « crépusculaire » de Louise, dans son « sixième ».

*

Dans les temps où le Castor s'est détournée de la croyance religieuse[1], la question sociale l'a effleurée — mais la question politique, non. Ce qui la hante, c'est la « raison d'être » des hommes jetés solitaires sur une terre froide, sous un ciel devenu silencieux. Simone de Beauvoir se place tout entière du côté d'une philosophie de la liberté qui confie à l'homme et à l'homme seul la responsabilité de son destin, et place son être tout entier dans ses actes. La question de la « séparation » est donc une question sociale, morale, politique, dont le Castor ne peut s'approcher que prudemment : elle renvoie pour elle à ces tentatives du catholicisme social de l'après-(grande) guerre visant à « réconcilier » les classes sur le mode de ce qu'avaient connu les combattants au front. Tel était on l'a vu le principe des Équipes sociales de Robert Garric où le Castor s'était quelque temps investie avec une bonne volonté rapidement déçue. Au lendemain de la Seconde Guerre mondiale, l'engagement de Sartre et du Castor du côté du communisme, progressivement justifié par l'analyse marxiste, va mettre au cœur de leur réflexion un principe diamétralement opposé, celui de la « lutte » de classes antagoniques, dont la disparition est reportée à un avenir extrêmement lointain. Le choix de cette option va conduire Sartre à un arrachement douloureux : il lui faudra se retourner contre sa classe d'origine, la bourgeoisie, sans pour autant

1. Non sans quelques vifs retours : « 7 Juin 1928, jeudi. Et soudain mardi, quoi d'impossible, Seigneur, quoi d'impossible à ce que vous soyez ? Pendant trois heures j'avais crié tout ce qui m'écartait de vous ; et puis ce mouvement qui m'a emportée brusquement, et vous étiez là. »

cesser de lui appartenir, penser contre elle, afin de rejoindre, sans jamais s'y confondre, les troupes de la révolution en marche.

Or dans la fin de ces mêmes années trente, où les grands procès de Moscou ont été l'occasion pour beaucoup d'une condamnation sans appel du stalinisme, l'évidence de l'injustice sociale, le contraste des conditions, le développement de formes de plus en plus contraignantes de la production posent à nouveaux frais la question — morale, politique, spirituelle — d'une « séparation » entre les hommes ; c'est ce qui frappe, dès le temps de ses études, une jeune femme que le Castor a connue en 1927 à la Sorbonne, Simone Weil. Née en 1909, elle fait des études de philosophie en même temps que le Castor. Son nom revient à plusieurs reprises dans les *Cahiers de jeunesse* du Castor et plus tard dans ses Mémoires. Mais elles ne se fréquentent pas. Elles se surveillent, se regardent, se parlent assez peu. Le parcours de Simone Weil est très différent de celui du Castor ; elle est née dans une famille juive laïque et « assimilée », son frère André, futur grand mathématicien, est élève à la rue d'Ulm, elle y entre à son tour. Elle est reçue à l'agrégation en 1931 et nommée professeur au Puy. Simone de Beauvoir est visiblement intriguée par elle : elle note dans ses *Cahiers de jeunesse* que Simone Weil se réfère trop souvent à l'enseignement d'Alain. Et surtout, elles ont un désaccord sur la place à donner au politique. En date du 1er septembre 1927, le Castor note : « Ce qui importe, Mlle Weil, ce n'est pas que les usines marchent, c'est que pauvres comme riches, barbares comme civilisés, sauvent leur âme. » Trajectoires croisées : le Castor a rejeté pour toujours le catholicisme, un peu plus tard Simone Weil s'y convertit, va travailler en usine, distribue son salaire... Et fait la critique sans concession du stalinisme. Il n'y aura jamais rien de commun entre elles. Simone de Beauvoir traite avec une ironie peut-être inutilement appuyée l'engagement de Simone Weil dans la guerre d'Espagne : « Elle mit le pied dans une bassine d'huile bouillante et on dut la rapatrier. » Et elle ne parle dans ses Mémoires ni de son départ pour Londres auprès des Forces françaises libres ni de sa mort prématurée. Simone Weil n'est présente que sous la forme récurrente d'une inquiétude : « Je ne pouvais l'annexer à mon univers et je me sentais vaguement menacée. »

Ce en quoi Simone Weil « menace » le Castor, c'est que, issue de la bourgeoisie et formée dans les sanctuaires de l'« élite », Simone Weil découvre et pratique elle aussi, mais à sa façon, une forme de radicalité. Fortement politique, contrairement à celle du Castor profondément liée à sa quête personnelle d'un absolu concret. Ayant refusé la violence révolutionnaire et la dictature du prolétariat, Simone Weil va poser sur un mode extrêmement nouveau, et extrêmement original, la question de la justice dans la société. Elle est ainsi conduite à faire une distinction dans la « hiérarchie » des états et des conditions, entre les plus intolérables, comme « la dégradante division du travail en travail intellectuel et travail manuel », et d'autres, au contraire, éminemment souhaitables si l'on veut que l'idée de justice ne soit pas un vain mot et un vœu pieux. Ce n'est pas facile de lire en même temps Simone de Beauvoir et Simone Weil, on est affronté au plus vif des grandes contradictions de l'époque. Pour Simone Weil, l'injustice, l'exploitation, la misère, l'absence de tout accomplissement personnel justifient l'appel à la révolte. Mais elle observe que les révolutions, comme la révolution russe, n'ont produit que des formes de « différences » aussi incompatibles avec l'idée de justice que les formes capitalistes. Elle va donc s'engager dans la définition de situations où la justice serait autre chose que le résultat — improbable et obtenu par des formes autoritaires — de la lutte des classes. Ce sont les différences de « nature », non de « degré [1] ». C'est l'argent, dit-elle, qui introduit le « poison de l'inégalité » dans le monde, quand il devient « le mobile unique ou presque de tous les actes ». D'où la proposition suivante, qui soulève beaucoup d'incompréhension, et mérite cependant d'être lue avec plus d'attention qu'on ne le fait souvent. L'égalité, écrit Simone Weil, serait d'autant plus grande que les différentes conditions humaines pourraient être regardées comme étant, *non pas plus ou moins que l'autre, mais simplement autres.* La « profession de mineur » et « celle de ministre » sont simplement deux vocations différentes, comme celles de poète et de mathématicien. Simone Weil va même jusqu'à poser qu'il y a une égalité entre le général et le soldat, reposant sur l'« admiration » que chacun des deux est capable de porter à l'autre. Et conclut : « Il y aurait égalité entre les conditions sociales s'il s'y trouvait cet équilibre. »

Chez toute autre que Simone Weil, dont on sait la préoccupation précoce pour la condition ouvrière, l'enfer de l'usine, les formes quotidiennes de l'exploitation, on prendrait cette proposition pour un appel à une réconciliation des classes aux dépens de ceux qui souffrent. Il n'en est rien. L'égalité est un

1. *L'Enracinement*, p. 1037. Toutes les références à Simone Weil proviennent du volume « Quarto », Gallimard, 1999, à l'exception des références à *La Pesanteur et la Grâce* (1947), Plon, 1988.

« besoin vital de l'âme humaine », dit-elle, cela signifie qu'on ne peut y répondre seulement par des solutions sociales et politiques. Quand bien même le travail salarié serait rémunéré à sa juste valeur, quand bien même chacun trouverait un travail dans des conditions décentes, selon ses goûts, ses talents et ses capacités, il resterait encore à pourvoir à une nécessité vitale, elle aussi, pour l'« âme » autant que pour le corps : « La reconnaissance publique, générale, effective, exprimée réellement par les institutions et les mœurs, que la même quantité d'égards et d'estime est due à tout être humain, parce que le respect est dû à l'être humain comme tel et n'a pas de degrés. »

Rien n'est plus étranger au Castor, et les années d'après guerre où elle va suivre Sartre dans son rapprochement avec le communisme en accentuent encore le rejet. Mais, pour nous, qui survivons à la débâcle des grandes utopies, la rencontre impossible de ces deux femmes est un symbole tragique de l'avant-guerre : au moment où des engagements philosophiques, politiques, moraux sont plus que jamais réclamés par les immenses défis de l'Histoire, un antagonisme insurmontable les sépare. Et laisse les hommes désarmés et sans ressources devant le pire. Les intellectuels, en devenant les compagnons de route du communisme, vont-ils parvenir à résoudre la question sociale et politique de la séparation antagonique des classes, s'intensifiant dans des luttes où l'idée égalitaire de justice se réalisera souvent aux dépens des libertés ? Au contraire : la position des intellectuels devient alors plus intenable que jamais, creusant encore le fossé entre la « vie ordinaire » et la « vie réfléchie ». Déplaçant et redoublant celui qui sépare le travail intellectuel et le travail manuel. La définition des intellectuels comme « conscience du monde » en occulte un peu la signification ; ils vont reproduire la grande distinction où subsistent les trois fonctions relevées par Dumézil : la fonction du sacré, la fonction guerrière, la fonction de production. Au nom de ceux qui n'en ont ni le loisir ni les capacités, l'« intellectuel engagé » — dont la dernière incarnation est certainement la figure de Sartre — exerce un ministère où se conjuguent la figure du guerrier et celle du prêtre.

Le Castor, tout en demeurant indéfectiblement le soutien de Sartre dans cette forme-là de l'engagement politique, s'est cependant trouvé une issue à elle, une issue propre — sans doute très différente de ce qu'aurait été le chemin de Simone Weil, si elle avait vécu. Et différente aussi de la voie choisie par Sartre à qui le Castor semble parfois reprocher d'avoir fait le sacrifice de son œuvre propre. « L'intrusion de l'histoire », dit le Castor, a donné un infléchissement majeur à son destin : elle s'est alors « engagée à fond et à jamais dans la littérature[1] ». Dès lors, la question de la « séparation » entre la vie ordinaire et la vie réfléchie trouve une justification qui n'est pas exclusivement intellectuelle et politique. Dans et par l'œuvre, littéraire, romanesque, cette séparation est le détour nécessaire pour penser le monde et le restituer en figures à des lecteurs — ce détour, dont Joyce dit qu'il est en fait « le plus court retour ». L'œuvre en ce sens doit demeurer sinon en marge, du moins en décalage par rapport à l'histoire, non pour en oublier la leçon mais pour en apaiser la violence. C'est ainsi que le Castor pourra y

1. *FdÂ*, p. 409.

trouver aussi la justification de son existence. Une existence « séparée » soit, mais « pour l'œuvre ».

Écrire, pour le Castor, c'est désormais exister pour d'autres et « se faire aimer à travers ses livres[1] » ; c'est donner le monde à voir et à comprendre. La réconciliation avec le monde et « les autres », c'est son œuvre qui, de son vivant et pour toute la suite, la lui donnera. L'histoire, au contraire, et la politique encore davantage creuseront des antagonismes et ouvriront de nouvelles séparations non plus cette fois avec les « gens ordinaires » — ce qui était la conséquence de leurs choix de vie et de leur fonction d'intellectuels — mais avec leurs « adversaires ». Que faire en effet de ceux qui ne pensent pas comme vous ? Et dont le nombre et la force d'objection augmentent au fur et à mesure qu'on radicalise soi-même sa propre position ? Car il existe même des gens « qui ont tort » : que faire ? Se fâcher avec eux ? Les réduire à néant dans des écrits polémiques ? Ni l'un ni l'autre ne s'en priveront surtout quand ils seront des soldats de la guerre froide. Mais, dans son œuvre, elle est une autre.

Double Castor. Prise entre ces deux postulations, et essayant de ménager entre elles des passerelles, des accommodements, des équilibres. Fragiles.

1. Elle le redit dans la *FdC* à propos du succès des *Mandarins*.

trouve ainsi la justification de son existence [illegible]

[illegible]

[illegible] Coran [illegible]

[illegible] c'est donner [illegible]

[illegible] les autres [illegible]

[illegible] lui donna [illegible]

[illegible] et de haut [illegible]

[illegible]

1. [illegible]

4

Le temps se brisa, le sol bougea et je changeai

Ces mois de l'automne 1939, où elle se retrouve seule, le Castor les aborde dans un curieux état de dédoublement : l'inquiétude, bien sûr, parce qu'on est sans nouvelles de Sartre comme de Bost, l'incrédulité aussi tant l'automne est beau, avec ses marronniers dorés. Mais c'est l'irréalité qui domine : « La guerre n'est nulle part » (4 septembre). Quel nom donner à ce qu'elle vit ? À travers quelles « expériences », en allemand *Erlebnis*, mot de la phénoménologie ? Car leur vie vécue, leur vie quotidienne, se dit dans le langage des premières avancées philosophiques de Sartre : en ce moment, il cherche en effet à trouver un fondement à « l'une de ses croyances les plus anciennes et les plus têtues ». C'est ainsi que, lisant Husserl à Berlin, il a développé une distinction capitale entre la conscience et le psychique : la conscience est « immédiate et évidente présence à soi », le psychique est un « ensemble d'objets » qui, comme les objets de la perception, ne se donnent que par profils : « la haine, par exemple, est un transcendant, qu'on appréhende à travers des *Erlebnissen*, et dont l'existence est seulement probable[1] ».

1. *FdÂ*, p. 210.

De même « la guerre », quand on n'y participe pas dans son corps, et qu'elle est absente des lieux où on vit. Tous les objets dont elle a poursuivi la définition et la mise en pratique : le bonheur, le désir, le regret... ont également disparu ; même ce qui est au fondement de son « entreprise » : « la vie[1] ». Reste un décor, qui ressemble à celui de l'ancienne vie, mais déserté : « Un petit spasme en passant ici : la fenêtre de Bost. » La place Saint-Germain-des-Prés est « morte sous le soleil », on serait tentée de coucher avec un inconnu pour enfin être dans l'instant. Il faut suivre pas à pas son entrée dans cette nouvelle vie qui n'en est pas une et qui désoriente, désarme le Castor de guerre placée, pour la première fois de sa vie, peut-être, devant une situation qui l'accable, qu'elle ne sait pas par où saisir, et qu'elle finit par vivre dans une sorte d'hébétude, d'anesthésie, coupée de violents moments d'angoisse. Le monde a tremblé. Et elle revient sans arrêt vers ce carrefour Montparnasse auquel elle est si « tendrement attachée », elle s'y sent « en famille ». Du coup, elle commence à se ressaisir, ou le décide, sans y parvenir vraiment, recourant comme chaque fois à des formulations qui désignent moins une réalité vécue qu'un projet auquel il faudrait absolument s'accrocher : « L'existence neuve de l'objet, sa richesse, justifient chaque heure et l'ennui n'a pas sa place » (7 septembre). Puis elle lit les journaux, et « l'horreur la submerge » — que va-t-il arriver à Bost, qui est en première ligne ? État « atroce » qu'elle ne peut fuir que par la marche. Mais ce ne sont plus ces grandes marches par lesquelles à Marseille elle avait conjuré sa solitude, découvert la

1. *Journal de guerre*, *op. cit.*, p. 22.

robustesse et la résistance de son corps, dans un accord magnifique avec une nature sauvage, résistante, splendide. C'est la marche à laquelle on se donne pour tromper, par le mouvement, par la fatigue, des images insoutenables. « Ce n'est saisie d'aucun objet, c'est seulement une fuite poussée par la panique » (8 septembre).

Comme il est dans la nature d'un journal, on suit de près ces remuements intérieurs où se débat le Castor, essayant d'abord de ne pas céder à la pire des lâchetés, à la plus grave des soumissions : ne plus penser. « Il faudrait arriver à penser. Je ne peux pas penser. » Mais : « Je ne sais par quel bout saisir la guerre. » Tous les menus événements de la vie — car la vie continue malgré tout —, aller au lycée, écouter de la musique avec Kosakiewicz avant de se coucher, « font bonheur perdu », on est terriblement « limité au présent » : contradiction majeure pour le Castor qui toujours « se projette ». Elle écrit des lettres, elle sort avec « Kos » dans des bars aux vitres teintées de bleu où elles se confondent parmi les femmes équivoques, les femmes « en mal d'hommes » — qu'elles sont du reste, en mal de « leurs » hommes. L'ennui règne : pis encore le « morne » (13 septembre), catégorie de l'existence qu'elle abhorre[1]. L'avenir a toujours été privilégié par un Castor de guerre qui, même avant de le rencontrer dans la philosophie existentialiste, a mis au cœur de sa vie le « projet » : « se projeter » est son mot favori, et quand elle ne le peut pas, elle sombre. Son monde est un monde d'action, c'est le *monde de l'action*. C'est la seule manière de s'accomplir

1. Le choix de l'adjectif par Brice Parain pour qualifier le ton de *Quand prime le spirituel* qu'il refusait de publier était donc on ne peut plus malencontreux ! (Outre que terriblement injuste.)

« authentiquement ». La description des trois figures de la « narcissiste », de l'« amoureuse », de la « mystique », dans *Le Deuxième Sexe*, se conclut sur ces mots : « [dans tous ces cas] La femme ne s'évade pas de sa subjectivité ; sa liberté demeure mystifiée ; il n'est qu'une manière de l'accomplir authentiquement : c'est de la projeter par une action positive dans la société humaine[1]. » Raison sans doute pour laquelle, malgré son peu de goût véritable pour la politique, le Castor continuera longtemps de placer ses espoirs dans de grandes utopies politiques, résolument tournées vers l'avenir.

Le passé est ainsi pour elle une catégorie ambivalente : on en a la nostalgie poignante parce que tout vient se résorber en lui, qui « dévore tout bien qu'il n'ait pas de bouche », comme dit le poète. Mais il est aussi, selon la logique de l'émancipation, personnelle ou collective, le temps de notre esclavage ; en lui se concentrent toutes les forces à quoi il a fallu s'arracher pour se construire. « Derrière moi », il y a ce que je laisse et qu'il faut quitter ; la famille, l'enfance où, ligoté, captif, dépendant, fragile, le petit être humain se débat : on se souvient des « colères » du Castor enfant où se disaient la violence du projet et le poids de son impuissance. Et c'est la même chose en politique, en histoire, dans l'Histoire des hommes. La pensée du Castor de guerre est profondément marquée par le schéma des Lumières tel qu'exposé dans l'œuvre de Condorcet : l'humanité suit une « longue marche » par laquelle elle va échapper aux ténèbres, au néant, pour « advenir ». Mais contrairement à lui, et aux autres penseurs des Lumières, le Castor comme Sartre ne

1. *DS*, t. II, p. 593.

comptent pas sur la raison pour éclairer ce chemin et y ménager des étapes : il y faut la violence, accoucheuse de l'histoire. Le passé ne s'offre pas à la production naturelle, raisonnable, d'un avenir meilleur. Il faut l'y contraindre. Dans *La Longue Marche,* récit de son voyage en Chine (publié en 1957), elle découvre sans regret la destruction de monuments du passé ; ce sont les témoignages d'un temps d'oppression, les avoir détruits, c'est le signe que la révolution est en marche[1]. Dans ses autres voyages, si elle se jette avidement sur tous les témoignages d'un passé culturel prestigieux, monuments et musées, elle ne les place jamais « au-dessus » des hommes vivants ; et quand ces sociétés sont plongées dans la misère, elle ne veut plus y perdre une heure de son temps[2].

Mais le passé n'est pas oublié pour autant. Ou plutôt c'est lui qui ne nous oublie pas, qui fait retour ; surmonté, le passé n'en existe pas moins ; il continue de peser, longtemps. Quand je me jette et me projette dans l'avenir, j'entraîne avec moi cette masse opaque des choses advenues, qui par l'effet de ma pensée, de ma réflexion, de mon œuvre vont accéder à la lumière, à la pensée et à la forme. Le passé aussi se *construit* ; il est une matière qui s'offre à la prise, à la saisie, à l'action, à la reconsidération. Tel sera, à partir de 1956, le rôle des Mémoires : non pas seulement se souvenir mais mettre en ordre, articuler, organiser, configurer et refigurer le temps passé. Dans le même temps, ce Castor suractif est un Castor hanté par le néant, par la mort, par la crainte de l'oubli. Le passé alors n'est pas uniquement mon ancienne prison, celle dont je me suis victorieusement échappée :

1. *La Longue Marche* (*LM*), Gallimard, 1957.
2. Par exemple au Portugal ou en Grèce.

il est aussi un âge d'or. Surtout celui de ma jeunesse. Parce que alors j'avais un avenir, immense. Parce que c'était le temps de la promesse, qui fait battre le cœur, qui l'« affole ». Parce que c'était le temps où, dit Pessoa, « j'étais heureux et personne n'était mort ». Tout chez le Castor a toujours un goût de jamais plus ; toutes choses crient *nevermore* comme le corbeau d'Edgar Poe. Et la petite fille qui regarde leur groupe compact, ses parents, elle-même et sa sœur, pense déjà « rien ne sera plus jamais pareil ». Le Castor veut tout : regarder devant elle, sans regret, regarder derrière soi, le cœur serré de douleur. Se tourner résolument vers l'avenir ; se tourner anxieusement vers le passé, le temps des premiers apprentissages, des « premières fois », le temps de la découverte du monde sensible qui pour toujours meurtrira le cœur de nostalgie. Les Romains, a-t-on coutume de dire, « allaient vers l'avenir à reculons », les yeux fixés sur un *tempus aureum* disparu, tandis que l'homme moderne veut « du passé » faire « table rase ». Le Castor, tout orientée qu'elle est, avec la violence, avec l'avidité qu'on lui connaît, vers l'avenir, est un Janus bifrons : elle avance intrépidement vers l'avenir mais garde un œil pensif, sourcilleux, inquiet, vers le passé. Elle ne veut pas le perdre, ni voir s'y dissoudre, au fur et à mesure qu'elle avance dans le temps, la figure d'elle-même qu'elle a constituée, mise en place. Le passé lointain, elle veut le comprendre et le restituer, encore une fois en « renouveler la jouissance[1] ». Et le passé proche, s'assurer en le racontant qu'on saura y lire la figure qu'elle a voulu devenir.

Quand le Castor est-elle donc dans le présent ?

1. Rousseau, *Rêveries du promeneur solitaire*.

Toujours — et jamais. Toujours : parce que chacun de nos moments, elle le sait, est unique, et que le laisser passer (ou perdre) serait faire triompher le néant. Pour dégager le présent de ce goût de néant que déjà elle anticipe, le tenir encore avant de le laisser sombrer, elle cultive l'ardeur des sensations vives, des rencontres, et s'y jette avec élan, avec ferveur. Mais en exigeant qu'à chaque moment elles soient reprises « dans la liberté », engagées dans un projet, lancées vers un avenir ou conformes à une promesse. Et elle met à cette vocation une passion dont chaque ligne de ses Mémoires est la trace et la preuve ; une passion qui tourne parfois à l'obsession. Ne rien laisser passer du présent, l'enserrer dans les mailles finement tissées d'un découpage chronologique rigoureux, presque maniaque, affecter à chaque chose et à chacun une place précise, qui ne sera pas revue. Déjeuners, heures de travail, soirées : à deux reprises elle cite, pour rire, le mot de « Lise » (Nathalie Sorokine) dont ses ennemis se sont emparés. « Vous êtes une horloge dans un frigidaire ! » (Horloge peut-être, frigidaire, certainement pas.) Mais que le temps soit insaisissable, qu'il vous échappe parce qu'on est inattentif, ou tout simplement qu'il passe et s'écoule sans raison, alors rien ne va plus : c'est la source d'une angoisse mortelle ; que le temps puisse stagner est pire encore. C'est alors une espèce de présent qui lui fait horreur, qui découvre ses fonds vaseux comme un golfe dont la mer s'est retirée. L'avenir et le passé y perdent tout leur sens. Hier, lors de la séparation d'avec Sartre sur le quai de la gare de l'Est ; ou plus tard dans l'avion qui la ramène de Chicago où Nelson Algren lui a dit qu'il ne l'aimait plus, elle tombe dans le « morne », elle se sent une chose molle, une

« limande », et elle doit alors passer par un long état de crise, de larmes, coupé d'alcool et d'orthédrine pour retrouver son « moi » intact.

Rares sont donc les moments où le présent s'offre à une prise apaisée. Parfois cependant le combat se suspend : le moi cède à l'ivresse d'une adhésion au monde, à la beauté de l'abandon. Tels sont les moments de révélation, où le temps n'est plus, temps d'exaltation devant la beauté, l'amour, ou après une crise, un échec, une épreuve, une maladie. Ce sont des moments, on l'a vu, de « stase » ou d'« ex-stase » temporelle, où le monde s'ouvre, où elle-même s'ouvre à sa « splendeur », comme dans ce « raptus » des mystiques où « toutes les puissances de l'âme sont suspendues », écrit Marie de l'Incarnation rapportant l'une de ses grandes visions[1]. C'est aussi le moment où le Castor saisit des « essences », celle de l'Espagne dans un morceau de « touron au goût de poussière » — substance friable et goût de néant. C'est l'espoir d'une vie réconciliée dans la vision du ciel nocturne, d'une baie largement ouverte dans le soleil et le vent marin. C'est la nuit d'Alger, « belle, suave à briser le cœur, le ciel admirable, le parfum des fleurs et des arbres[2] », c'est la « magie » du rapport amoureux qu'en écrivant à Algren, après leur séparation, elle sait perdue à jamais. Moments qui ne durent pas, ne peuvent pas durer, ne sont tels que parce qu'ils ne durent pas. Il faut donc aussi, parfois, en trouver des succédanés, dans ce présent instantané de l'alcool et le « charivari qu'il déchaîne dans le sang[3] ».

Nul repos donc. Ni dans le présent ni dans le passé

1. Cf. notre ouvrage *L'Amazone du grand Dieu*, *op. cit.*
2. À Nelson Algren, Alger, 9 septembre 1948.
3. *Les Mandarins*, t. II, p. 355.

— et l'avenir n'est en toute rigueur qu'une hypothèse. Ne resterait alors qu'un seul « présent » possible, mais est-ce encore une catégorie du temps ? C'est le temps de l'œuvre, le moment même où l'œuvre se pense, se construit, s'écrit, et qui concentre en lui la remémoration du passé, et l'appel à ceux qui la liront. Mais pour le Castor, ce présent-là est réservé au lecteur, et refusé à l'auteur : « J'ai pensé pendant des années que mon œuvre était devant moi, et voilà qu'elle est derrière : à aucun moment elle n'a eu lieu », écrit-elle en 1962, à la fin de *La Force des choses*[1]. Requis lui aussi par cette angoisse, Pasolini fait, dans la *Divine Mimesis*, cet essai inachevé d'autobiographie, une suggestion énigmatique : « Au lieu d'étendre, j'approfondirai » ; si je n'ai pas le pouvoir de prolonger la durée de ma vie, j'ai le pouvoir de m'enfoncer dans l'instant pour y trouver l'infini. L'œuvre est cet infini, elle déploie dans ses profondeurs mystérieuses toutes les figures du « moi » qui n'auront pas l'occasion de s'accomplir. Elle ouvre dans l'auteur même ce feuilletage qui le multiplie indéfiniment.

*

Quelques lettres arrivent, de Sartre, puis de Bost pour qui elle se sent « prise d'une compassion éperdue » (15 septembre). Mais tout ce qu'elle éprouve est nouveau, et pour ainsi dire étranger. Elle va passer quelques jours chez Dullin qui, tout enveloppé de châles, vient la chercher à la gare de Crécy dans sa vieille carriole ; elle retrouve une nouvelle (c'est-à-dire l'ancienne) façon de vivre et de sentir et s'y

1. *FdC*, t. II, p. 504.

laisse aller avec plaisir (16 septembre). Mais quand elle se réveille, elle se sent « horriblement triste » : le temps n'est plus cependant où Sartre et elle, dans leur volontarisme forcené, refusaient ce type de sentiment en s'objectant à eux-mêmes qu'être triste, c'est y consentir, c'est vouloir l'être. Le temps de la « révolte scandalisée » est fini : « Ici, j'accepte ça de bonne grâce, avec une impression de familiarité. »

Mais le retour vers Paris prend des couleurs et des accents glauques : longs trains à peine éclairés qui filent sur l'Est, Le Dôme à moitié vide qui ferme à 10 heures, même sa chambre est « funéraire » à cause de la peinture bleue des vitres (16 septembre). Et « son monde » d'avant la guerre rôde dans la même lumière bleue de camouflage où s'ouvre parfois la lueur rouge et chaude d'un café, d'un bar. De même, dans le *Journal*, tout oscille et vacille entre des informations lacunaires et des peurs contradictoires, les amis, les femmes, Stépha et d'autres, la « femme lunaire » (la Marie Girard indolente de Sartre à Berlin) devenue « monstrueusement grasse ». Le Castor décide donc de quitter Paris quelques jours pour aller voir « Védrine » à Quimper. La nouveauté, le mouvement, l'observation des gens dans le train la raniment, lui rendent son regard aigu, sa parole vive ; il y a « sept bonnes femmes dans le train », des types qui surveillent « des valises bourrées d'argenterie », une « gamine infecte » qui « babille des histoires d'espion ». Védrine l'attend sur le quai « avec son tailleur bleu, mince, gracieuse et farouche ». (C'est le moment où Sartre dans sa lettre du 2 septembre s'est inconsidérément engagé à la « fidélité » envers elle.) Tout le détail de ce séjour à Quimper est absent des extraits du journal publiés dans *La Force de l'âge* : ces arrangements avec la vérité ne sont pas nouveaux, ni rares dans les Mémoires ; et pour ce qui est de l'affaire « Védrine », on en a longuement commenté les raisons.

L'ombre de la Grande Guerre plane sur les conversations avec Dullin qui avait fait trois ans de tranchées sans une blessure. Le Castor y puise cependant quelque réconfort : l'espoir fou qu'il puisse subsister quelque chose d'« humain » à travers l'horreur et la peur, « une possibilité de liberté et de morale ». Car c'est bien la question que lui pose la guerre, fondamentalement : la guerre ne menace pas seulement la vie. On ne peut se contenter de survivre, de surmonter les séparations, les privations, les dangers, la souffrance, les blessures. La guerre aura vaincu, son règne sera sans limites, si elle empêche d'être « humain », c'est-à-dire de penser son existence dans la vérité et la liberté. Ces conversations avec Dullin donnent la juste mesure de l'état d'esprit dans lequel bon nombre de Français abordaient cette guerre : comme une répétition de 1914-1918 après des années hantées par le refus d'un retour aux sanglantes boucheries de 1916-1917. Mais cette guerre est tout autre chose. Et c'est cela qu'on n'arrive pas à saisir : on continue de raisonner sur elle comme on a raisonné sur l'autre, la « Grande Guerre ». Pourtant les visées et les menées de Hitler n'étaient guère dissimulées. Si on avait voulu bien lire *Mein Kampf* et interpréter correctement ses premières entreprises, on aurait dû pourtant n'avoir aucune espèce de doute sur le type de guerre qu'il préparait (annexions, puis invasion, conquête, mise en place de régimes collaborationnistes, extermination de masse). Le pacifisme des années trente et la rigidité mentale du haut commandement[1] ont évidemment contribué à en nier la venue ou à en préparer la possibilité selon des méthodes directement inspirées de la Première Guerre : tout miser sur la guerre défensive. De Gaulle le raconte, c'est ce qui contribua à l'effondrement, à l'invasion, puis à l'occupation du territoire national, d'abord en partie, puis en entier à partir de 1942. Depuis que les Cosaques avaient en 1815 campé sur les Champs-Élysées et fait boire leurs chevaux dans les fontaines de la place de la Concorde, la France avait connu l'invasion de troupes étrangères — prussiennes en 1870, allemandes en 1940 — mais jamais l'occupation, jamais leur installation. Sauf dans les trois départements de l'Est, finalement annexés.

Et cette guerre commence mal. Par une longue attente derrière l'abri dérisoire de la ligne Maginot, parce que l'état-major avait surprotégé l'Est par où les Allemands étaient arrivés en 1914 — alors qu'ils allaient créer la surprise par l'invasion foudroyante de la Belgique. Et c'est alors pour neuf mois (de septembre 1939 à mai 1940) la « drôle de guerre » — on attribue l'expression à Roland Dorgelès — dont il est finalement fort peu de traces dans les écrits de l'époque. Les autres périodes de la Seconde Guerre mondiale trouveront leurs narrateurs : celle des combats, avec Robert Merle, *Week-end à Zuydcoote*, l'exode, avec la splendide *Suite française* d'Irène Némirovsky ; ou la débâcle, qu'Aragon restitue magistralement dans *La Semaine sainte* en la situant plus d'un siècle avant, en 1815. L'Occupation, la Résistance et la Libération auront leurs auteurs,

1. Cf. aussi bien *L'Étrange Défaite* de Marc Bloch (« Folio histoire ») que les *Mémoires* de Charles de Gaulle (« Bibliothèque de la Pléiade »).

leurs récits, leurs témoignages. Mais la drôle de guerre ? Presque rien. Le témoignage littéraire le plus connu et le plus remarquable est le roman de Julien Gracq, *Un balcon en forêt.* Naturellement il y a les journaux, comme celui de Gide ou celui de Drieu, pour ne citer qu'eux, au plus près de l'événement. Tenu à l'écart de la mobilisation par son âge, Gide note en date du 10 septembre : « Oui, tout cela pourrait bien disparaître, cet effort de culture qui nous paraissait admirable (et je ne parle pas seulement de la française)[1]. » Dans une lettre du 7, Marc Allégret lui a pourtant appris qu'il est mobilisé, et « se demande combien de temps cela va durer[2] ». Son frère Yves est dans la Somme (18 septembre), dans ses réponses, Gide évoque « la tourmente » qui les a emportés mais, toute la fin de 1939, il est surtout excédé par les « aboiements patriotiques des journaux », et se résout au silence. Au début de 1940, Gide incrédule sent un « voile d'horreur » se poser sur les plus belles choses (6 mai) et devine (8 mai) le « grand spectre de la défaite » derrière les « formules creuses » où le haut commandement se réfugie. Il assiste aux courtes semaines de guerre avec un sentiment de honte, devant l'exode et le sacrifice inutile des jeunes soldats. Il est dans le Midi quand la radio annonce l'armistice ; note du 23 juin : « Et maintenant, que va-t-il se passer ? » Et, le 24 juin, après la nouvelle allocution de Pétain, à laquelle il ne peut croire : « Comment n'approuver point Churchill ? Ne pas donner tout son cœur à la déclaration du général

1. Gide, *Journal (1939-1949)*, Gallimard, « Bibliothèque de la Pléiade », p. 9.
2. André Gide-Marc Allégret. *Correspondance 1917-1949*, Gallimard, « Les Cahiers de la NRF », p. 783.

de Gaulle[1] ? » Le lendemain, il tâche résolument de surmonter son angoisse en se plongeant dans les *Conversations avec Goethe* d'Eckermann. Le *Journal* de Drieu la Rochelle, lui, est cynique, à son image. 9 septembre — première entrée pour 1939 : « J'écris ceci [des considérations sur les femmes "qu'il a eues"] parce qu'il ne se passe rien[2]. » Puis, en date du 16 septembre : « J'ai été appelé quelques jours par erreur [...] ce court séjour dans un dépôt de réserve de la territoriale m'a confirmé dans mon dégoût de ces repiquées dans les profondeurs du démos en tumulte. » On se doute que l'« ancien doriotiste » et « fasciste français » — comme il se présente lui-même en date du 16 septembre[3] — n'a pas d'atomes crochus avec le « peuple » (le *demos*) ou le simple soldat, « le paysan selon Alain » dont Jacques-Laurent Bost dresse le portrait pour le Castor en la personne de son ami Malfilâtre[4]. Mobilisé lui aussi pendant cette période, Georges Navel, ouvrier libertaire reconverti au travail de la terre, auteur d'un livre admirable, *Travaux*[5], où il récapitulait ses années de solitude dans les garrigues au-dessus de Toulon, pointe avec plus de justesse la détresse morale et culturelle de ses camarades, paysans, ouvriers, l'ennui des cartes et de la conversation sans horizon, dans l'atmosphère délétère d'une

1. *Journal, op. cit.*, p. 29.

2. Pierre Drieu la Rochelle, *Journal 1939-1945*, présenté et annoté par Julien Hervier, Gallimard, « Témoins », 1992.

3. Suivis d'un « *sic* » qui prétend sans doute prendre ses distances avec une accusation récurrente — et justifiée.

4. Simone de Beauvoir-Jacques-Laurent Bost, *Correspondance croisée, op. cit.*

5. Salué à sa parution par Albert Béguin (réédition en « Folio », 1979).

attente sans contenu et sans projet[1]. Finalement, donc, peu de traces dans les écrits du temps. Tout le monde est un peu perdu, ne sait pas par quel bout prendre les choses. Pourquoi ? Parce que c'est justement un entre-deux, un état où la guerre est insaisissable même pour les soldats, sans parler de l'arrière, bien que ce soit aussi une « expérience de la guerre », avec son caractère absolument nouveau : être en guerre sans y être.

C'est pourquoi le *Journal de guerre* de Simone de Beauvoir est un témoignage exceptionnel, auquel font pendant, du côté des mobilisés, les *Carnets de la drôle de guerre* de Sartre, dont un bon nombre furent perdus, d'abord ceux qu'avait avec lui Jacques-Laurent Bost quand il fut blessé, et plus tard quelques autres au moment où à la fin de la guerre d'Algérie le domicile de Sartre, rue Bonaparte, fut plastiqué[2]. Le journal du Castor, quoique appelé par elle « Journal de guerre », est en effet essentiellement « un journal de la drôle de guerre » puisque, après une interruption en février 1940, soit quatre mois avant l'armistice, il ne reprend que sur une soixantaine de pages, de juin 1940 à janvier 1941. Tenir un journal, dans une période comme celle-là, c'est particulièrement nécessaire, parce qu'il faut analyser ce qu'on est en train de devenir — c'est ce qu'elle notait déjà dans un de ses premiers *Cahiers de jeunesse* —, et donc constamment se tenir sur deux fronts : le récit d'un fait ou d'un événement, dont le journal conservera la mémoire, et la réflexion qui permet d'en prendre la mesure. Noter

1. Lettres à Bernard Groethuysen, publiées sous le titre *Sable et limon*, Gallimard, 1952.

2. Voir la présentation par Arlette Elkaïm-Sartre des *Carnets de la drôle de guerre, op. cit.*

les changements, la progression, la maturation d'un projet, faire régulièrement le bilan des progrès accomplis, et la critique sans concession des régressions : elle l'a toujours fait, elle le fait plus que jamais en ces temps troublés.

Ce qui valait surtout pour un être en plein devenir, en pleine découverte de soi-même, subsiste cependant, sous une autre forme, dans ces journaux de la maturité (le suivant, elle le tiendra en 1958, pendant le « coup d'État » du général de Gaulle). Mais avec des infléchissements. D'abord parce que le projet initial s'est enrichi et confirmé en se réalisant durant toutes les années précédentes. Elle a de fait obtenu pour l'essentiel ce qu'elle souhaitait : la conjonction de *ce qui est et de ce qui doit être.* À travers épreuves et traverses, le « projet » n'a cédé sur aucun des trois plans « la vie-l'amour-le bonheur ». Elle sait maintenant que sa consécration à une « œuvre », posée dès 1929 avec une confondante sûreté anticipatrice [1], va constituer le socle, l'axe et le projet essentiel de sa vie. Une autre différence, de grande importance celle-là, c'est que l'écriture du journal accompagne, précède, suit, répète celle des lettres que, chaque jour, elle adresse à Sartre ou à Bost, parfois aux deux. Les situations font l'objet de commentaires communs, parfois recopiés de l'une à l'autre lettre, ou du journal dans les lettres. Lettres et journal se redoublent donc, souvent écrits dans le même style. De plus, les lettres circulent, lues par leurs destinataires, et aussi par d'autres, avec l'accord des uns (Sartre) sans l'accord des autres (Wanda ou Olga).

1. On se souvient de cette note du journal datée de 1929 : « Étrange certitude que des mots de moi seront dits et entendus, que cette vie sera source où beaucoup d'autres puiseront. Certitude d'une vocation. »

Les *Carnets* de Sartre circulent aussi — c'est ainsi que certains se perdront —, le journal circulera. Ni les lettres, ni le journal ne sont écrits dans la perspective, encore moins dans la volonté explicite d'une publication ; mais cette hypothèse n'est pas exclue. Le Castor le dit dans les *Entretiens de 1974* : vos lettres étaient formidables, vous vous doutiez bien en les écrivant qu'elles seraient publiées un jour. Ces lettres et ce journal ne sont au fond nullement privés, et aussi bien Sartre que le Castor le savent : ils ont des destinataires aujourd'hui, mais ils auront aussi des lecteurs demain. D'où l'idée qui vient au lecteur que certaines lettres, prétendument disparues, ont peut-être été supprimées, ce qui n'est en soi pas du tout choquant. Et il n'y a donc rien de choquant, réciproquement, à confronter des versions légèrement différentes de certains événements selon que les Mémoires ou les lettres les rapportent.

Lettres et journal composent ainsi un tissu complexe où le récit des événements, et de leur retentissement sur le Castor, se mêle au récit (ou au retentissement) des relations difficiles qu'elle et Sartre mènent parallèlement, conjointement, contradictoirement. Ce qui est sûr, c'est que la drôle de guerre a fait subir à l'existence un tel dérangement que le Castor, ébranlée, incrédule, semble peiner à maintenir la rigueur réflexive avec laquelle elle vit et examine sa vie d'un même mouvement. La drôle de guerre, c'est aussi une question préoccupante : est-ce que par hasard il existerait des situations qui rendent difficile, problématique, voire impossible, le mouvement de retour sur soi et sur l'expérience au cours duquel on prend la mesure de ce que c'est qu'« être », cette saisie de soi dans la liberté ? Naturellement, on le sait bien, il y a les moments d'extrême douleur, de maladie, de danger, mais ici ce n'est pas le cas ; on se tâte, et on ne sent rien, on est dans l'insaisissable, la vie qu'on avait « autour de soi » (16 septembre) « s'est éloignée ». « Ni rêveries, ni désirs » (22 septembre à Quimper). « Je n'ai plus aucune sensualité. » On devient « morne », « sinistre », on s'endort sans même la force de lire. Et puis, soudain, c'est le salut, la vue soudaine « d'une mer violente et bleue » dans un des plus beaux paysages du monde, la côte de Bretagne. On est au cœur d'un tableau de Maufra, dans ses années de Pont-Aven et du Pouldu, quand de violents tourbillons de gouache blanche viennent se briser contre de grands rochers rouges, bruns, verts, travaillés à larges bandes épaisses, au couteau. « Je reprends le sentier, je longe la baie des Trépassés, où je me baigne à nouveau, et je suis le sentier jusqu'à la pointe du Raz. C'est aussi beau que ce qu'on m'en avait jamais dit, un des spectacles les plus grands que j'aie vus au monde. [...] J'ai la joie. Ma vie a été si comblée ; je sens une joie immense dans le présent quel que soit l'avenir » (26 septembre).

Quel beau mot, et quel sentiment très particulier, la joie ! Son intensité est extrême, ce n'est pas le bonheur ou le plaisir, ce n'est pas la satisfaction, le contentement, la jouissance. C'est une seule syllabe, qui éclate, écarte les lèvres pour laisser passer un souffle puissant aussi plein qu'un accord musical dont les harmoniques vibrent dans tout le corps. Les religions s'en sont emparées pour désigner un moment particulièrement fort de la rencontre avec le divin. Le christianisme aussi, malheureusement, dans ses pires versions sulpiciennes — et bien des existences sacrifiées, bien des bouches mortifiées en ont mâché le mot jusqu'à la caricature. Mais la chose reste et le Castor, à juste titre, le leur reprend. Car il y a un absolu de la joie ; rien ne la précède, elle peut s'évanouir comme elle est venue, elle vous exhausse au-dessus de vous, elle résout toutes les contradictions, elle est une intrusion de l'immortalité dans la vie mortelle : qui connaît la « joie », rien ne peut l'atteindre. Il n'est pas de joie qui ne nous réconcilie avec notre corps en même temps qu'avec le monde : « Je vais faire un tour au clair de lune, je suis un peu ivre et je m'étonne du ciel étoilé et de l'immensité de la mer. »

Les noirs nuages de la guerre, la morne[1] étendue des temps morts où on ne fait qu'attendre, on peut pour un instant les oublier : mais oublier cette joie, non. « Je n'oublierai jamais ce soir, et cette joie profonde. »

*

La guerre sans nom — la « chose[2] » est là. Il faut vivre avec elle, et ne pas trop compter sur ces moments de « joie », parce qu'ils surviennent sans s'annoncer et ne sont pas renouvelables à volonté. Nommée à Camille-Sée, elle reprend plus ou moins les habitudes de ce qui est désormais l'« avant-guerre », elle attend les lettres de Sartre et de Bost, elle répond à l'un et à l'autre, poursuit avec « Védrine » une relation ambivalente, voit beaucoup Olga et passe avec « Lise » des heures tendres. Elle a

1. Victor Hugo qui est le poète par excellence des grandes oppositions duelles, quand il use de ce mot, lui donne le soleil et l'azur pour antithèse : « les cieux n'étaient pas mornes / Non, le jour rayonnait dans un azur sans bornes / Sur la terre étendu » (*Tristesse d'Olympio*, in *Les Rayons et les Ombres*).

2. *FdÂ*, p. 433.

retrouvé avec celle-ci l'élan qui l'avait poussée vers Olga, et peut-être aussi vers Bianca : le désir physique, la satisfaction de se sentir l'aînée qu'on admire et imite, l'enthousiasme d'aider une jeune fille à sortir du « destin fangeux » dont elle a été menacée et qui a englouti Zaza. Elle gère habilement, comme le dit Sartre plaisamment dans une lettre, son « petit harem de femmes », mais ne peut éviter les « revendications », les jalousies, les âpres marchandages dans la répartition des soirées : « Vous êtes une horloge dans un frigidaire[1] ! » lui avait jeté un jour Lise. Parfois la situation vire à l'adultère bourgeois; après une nuit et une journée avec Védrine, elle retrouve « Kos » pour dîner avec une « légère anxiété, comme chaque fois que je sors d'une situation cachée, il me semble que ça laisse des traces sur moi, que ça va se voir » (17 décembre 1939). Bien que se sentant parfois « prise, corps et cœur » par Védrine (10 décembre), elle sent qu'il y a beaucoup plus de « mécanique » que de spontanéité dans leurs « étreintes » et note, plus généralement, les « caresses maladroites », « la main meurtrière des femmes là où les hommes sont experts [...] P.[2], Kos, Védrine, que d'indiscrets petits supplices » (21 décembre 1939). N'hésitant pas à rejeter le stéréotype selon lequel, dans les milieux lesbiens, on prétend que les femmes sont infiniment plus attentives que les hommes au corps des femmes, parce qu'elles le connaissent mieux...

Cette période dure dans la vie du Castor, autant qu'on puisse le savoir, environ une dizaine d'années, pendant lesquelles elle continue d'avoir avec des hommes une relation profondément sensuelle et

1. *Ibid.*, p. 543.
2. Initiale non identifiée.

passionnée : « Mon petit Bost aimé », écrit-elle le 5 février 1939 à Amiens où il fait son service militaire, « je voudrais avoir une vie avec vous, mon petit Bost, et pas seulement des entrevues plus ou moins longues — je vous aime tant. » Ailleurs, elle fond de tendresse en pensant à son « petit visage sur l'oreiller », elle a « une envie éperdue » de le voir, de le toucher, et conclut une lettre par ces mots : « J'embrasse toute votre chère petite figure et vos lèvres aimées » (21 novembre 1939). Elle l'« aime violemment, de façon chaude et vivante », comme si elle l'avait quitté il y a quelques heures (18 décembre). Sa relation à Sartre n'en demeure pas moins au centre de tout cet échafaudage compliqué. Dans une note du 5 novembre du journal, elle se félicite de voir que, dans l'absence, Sartre et elle maintiennent tout de même l'idée d'une hiérarchie entre les différentes amours ou liaisons. Il est son « amour nécessaire », elle le lui écrit après la visite qu'elle lui a faite à Brumath, fin octobre 1939 : « Vous êtes ma joie, et ma force, et ma vie, et mon doux petit mari bien-aimé [1], et le plus cher des petits êtres » (lettre du 6 novembre 1939). Mais il y a chez elle, nettement, une délectation à assumer sa bisexualité qui en surprend plus d'un, surtout quand elle en fait le récit aussi bien à Bost qu'à Sartre, examinant longuement, dans une lettre à chacun des deux du même jour (14 décembre), s'il serait bien raisonnable d'avoir avec Sorokine (« Lise ») la « relation complète » que celle-ci réclame : « J'ai dit que ce

1. Que d'encre ont fait couler les lettres qu'elle adresse en 1947 à Nelson Algren, son « amour transatlantique », parce qu'elle l'appelle « mon petit mari » ! Elle ne s'était pas privée, on le voit, de ce jeu amoureux, ironique et tendre, avec Sartre qu'elle n'avait jamais eu l'intention d'épouser, pas plus qu'Algren.

n'était pas la peine qu'elle s'attache à moi physiquement, puisque de toute façon je peux lui donner si peu de ma vie » (lettre à Bost du 13 décembre 1939). Petite variante dans la lettre à Sartre du 14 : « Je me suis défendue en disant que si on avait des rapports plus complets, elle tiendrait à moi physiquement plus qu'il n'était utile, vu le peu que je pourrais lui donner. » Le journal, aux mêmes dates, note cette hésitation : « C'est intimidant et lourd. »

Plus tard, s'égarant dans des hypothèses plus ou moins malveillantes pour aborder cette période de leur vie, on a voulu y voir cette forme de perversion ou de perversité qui consiste à mettre en scène, dans les lettres à ses amants, des situations équivoques plus ou moins excitantes. Et on s'est aussi interrogé sur les raisons de son silence sur la question, aussi bien dans les Mémoires que dans un entretien de la fin de sa vie avec Alice Schwarzer[1]. Marie-Jo Bonnet, qui fut dans les années soixante-dix une « gouine rouge », lui reproche d'avoir ainsi occulté l'une des dimensions de l'oppression féminine, la difficulté de faire entendre la voix des homosexuelles. Elle avait pourtant prévenu dans les premières pages de *La Force de l'âge* : « Je laisserai résolument dans l'ombre beaucoup de choses[2]. » Ce sont en effet des « choses », ces « choses-là » surtout, qui compromettraient des personnes encore en vie, et on peut respecter ce désir de les protéger. Avait-elle d'autres raisons de taire sa bisexualité ? Peut-être, très probablement même : mais on ne peut que se perdre dans des conjectures plus ou moins invérifiables ; et sur des objets dont la constitution elle-

1. Cf. Marie-Jo Bonnet, *Les Temps modernes*, mars-avril 1998, n° 598, pp. 85-112.
2. *FdÂ*, p. 13.

même est plus ou moins hasardeuse... Que faut-il en effet expliquer, interpréter, en la matière ? Sa « bisexualité » ou son silence sur ce sujet dans les Mémoires ? Ou les deux, le second étant une aggravation de la première ? Pour s'appliquer à un auteur mort et donc aux traces écrites qu'il a laissées, toute grille d'interprétation, et en particulier la grille psychanalytique, devrait d'abord répondre à cette question parfaitement légitime : comment se constitue l'« objet » sur lequel on va travailler ? Quelle est la question, exactement ? Certains types de questions sont déjà des réponses : prenons un autre exemple, son « refus », pis son prétendu « refoulement » de la maternité... Du reste, et quoi qu'il en soit, un « portrait » n'a pas à résoudre énigmes ou contradictions ; encore moins à les ramener à l'unité d'une réponse simple, univoque. Les ombres sont essentielles pour lui donner du relief et de la vie. Un portrait se doit de les faire ressortir, non de les résorber. Ce qu'on peut, ce qu'on doit dire pour restituer dans toute leur ampleur les figures du Castor de guerre, c'est que, de toute évidence, cette période de bisexualité extrêmement importante dans ce moment de sa vie, il n'entrait pas dans ses intentions de la révéler dans des Mémoires — pas plus qu'elle ne voulait parler du deuxième « trio » — ni qu'il en soit débattu *de son vivant* (et naturellement du vivant de ses amies). Il n'y a pas d'obligation, que l'on sache, à tout dire de soi, et à dévoiler tous les secrets de sa vie.

Cela dit, ce silence a aussi des conséquences : en gommant la dimension homosexuelle de ses rapports avec « Lise » lorsqu'elle rapportera son conflit avec la mère de la jeune fille, le Castor dans *La Force de l'âge* oriente le lecteur vers une version peut-être édulcorée des faits. En 1943, Lise s'est installée dans le même hôtel que le Castor, avec un jeune homme, « Bourla ». La mère de Lise, écrit Simone de Beauvoir, « furieuse que sa fille eût laissé passer un parti avantageux, m'enjoignit d'user de mon influence pour la renvoyer à son premier amoureux ; sur mon refus, elle m'accusa de détournement de mineure [1] ». Une habile stratégie de persuasion, comme on dirait aujourd'hui, se met en place pour donner à l'événement une dimension politique : « Avant la guerre, l'affaire n'eût pas eu de suites ; avec la clique d'Abel Bonnard [2], il en alla autrement : la directrice au menton bleu me signifia que j'étais exclue de l'Université. » Ce « menton bleu » de la directrice vient à propos : il suggère opportunément chez cette dame quelque masculinité dissimulée et peut-être des penchants sexuels mal assumés... Une note de la même page indique que le Castor fut réintégrée à la Libération, mais ne reprit pas l'enseignement. Et la narration, elle, peut reprendre après une déclaration sans appel, qui met un terme à l'affaire Sorokine en lui donnant une conclusion entièrement positive, bien dans la manière du Castor : « Je ne fus pas fâchée de briser avec une vieille routine. »

Que le Castor ait laissé résolument dans l'ombre une part de sa vie, il faut être pénétré d'une idée tout

1. *Ibid.*, p. 617.

2. Ministre de l'Instruction publique sous le gouvernement de Vichy, condamné à mort par contumace par la Haute Cour de justice, Abel Bonnard verra sa peine commuée quinze ans plus tard en dix ans de bannissement avec sursis, prenant effet au 2 mai 1945, autrement dit, déjà purgée. Il reprendra cependant le chemin de l'exil, à Madrid. Il est radié de l'Académie française, qui n'attendra pas sa mort, comme elle le fit avec Charles Maurras et le maréchal Pétain, pour élire à son fauteuil Jules Romains, en avril 1946.

particulièrement rigide des obligations du mémorialiste pour en faire un sujet d'indignation ou d'étonnement. En revanche, puisque désormais les archives sont ouvertes, que les correspondances et journaux ont été publiés, il ne faut pas hésiter à les utiliser pour donner de l'épaisseur et de la profondeur à sa figure, sans en résoudre forcément l'énigme. Une chose est claire si on en croit le journal : elle aime la fragilité de ces jeunes filles, elle aime l'influence qu'elle a sur elles, sans aimer forcément être « un mythe » (journal, 22 décembre). Elle ne se sent pas non plus livrée à une tentation ou à un élan sensuels irrésistibles ; elle note souvent sa froideur, et les alternances de désir et de rejet qu'elle éprouve pour leur corps. Il est extrêmement difficile de déterminer la part de jeu, de défi, d'audace, de volonté, de sensualité dans ces relations. Car elle aime aussi le danger, et le risque que ces relations avec des jeunes filles lui font courir. Ainsi, lors de sa visite à Quimper d'octobre 1939, elle rejette avec désinvolture (« je ne me frappe pas ») les craintes de Védrine : sa mère « prétendrait » « avoir chipé une lettre » et vouloir l'envoyer au ministère. Finalement, ne faudrait-il pas tout simplement prendre au sérieux et au pied de la lettre cette déclaration, par exemple, du Castor à son amant Nelson Algren : « Je suis terriblement avide, je veux tout de la vie, être une femme et aussi un homme, avoir beaucoup d'amis et aussi la solitude[1]. » L'amour avec des femmes répond aussi au désir de faire sauter les limites qui emprisonnent le destin amoureux, qu'elles soient assignées par la « nature » ou par la convention, la bienséance, les bonnes mœurs. « Je

1. Lettre du 3 juillet 1947, *Lettres à Nelson Algren*, « Folio », p. 60.

me livre sur elle aux dernières violences », écrit-elle dans son journal, le 24 janvier 1940. Il y a aussi du jeu dans cette façon de parodier le langage convenu de l'homme dans les romans libertins.

Simone de Beauvoir n'appartient pas au temps du « coming out », devenu du reste une pratique sans risque et plutôt une manière, au propre comme au figuré, de s'attirer des suffrages. Son audace est d'un tout autre ordre : c'est avec elle-même qu'il s'agit de se mesurer, c'est dans la pratique même de sa vie qu'il faut ne montrer aucune faiblesse, aucune concession. C'est aussi un exercice de style, d'écriture, elle retrouve le langage de l'érotisme masculin, elle joue avec les mots, avec les choses. Elle joue avec des situations que les hommes connaissent bien plus souvent que les femmes (du moins à cette époque) : « Je suis tendre avec elle [Sorokine] et elle avec moi. Elle part à six heures et demie et je passe aux mains de Védrine[1] » — peut-être y aura-t-il là encore quelque commentateur aux aguets pour y lire un « complexe de virilité » ! Quand elle observe, remarque, juge, désire des femmes, c'est en tant que cette sorte de femme qu'elle veut être ; elle les trouve belles, peut-être même pense comme Sartre que « c'est la femme qui est l'objet absolu du désir[2] ». « On dira que la femme désire l'homme parce qu'elle est femme, écrit-il, mais pour moi cela ne signifie rien. Je pense au contraire que, pour la femme aussi bien que pour l'homme, c'est la femme qui est l'objet absolu du désir. Pour que l'homme devienne à son tour désirable, il faut qu'un "report" s'effectue. »

1. Journal, 23 décembre 1939.
2. *Carnets de la drôle de guerre*, *op. cit.*, « Carnet XII », 28 février 1940, p. 518.

Ce « report », le Castor de guerre n'aura aucune peine à l'effectuer dans les relations amoureuses, passionnées, qu'elle aura durant sa vie avec quelques hommes, dont Nelson Algren avec qui elle découvre un continent qu'elle n'a sans doute pas encore pleinement exploré : celui du plaisir physique avec un homme. Ce qu'elle a expérimenté, en ces années du début de sa maturité, c'est une espèce de court-circuit par lequel elle s'enferme avec une autre femme dans un rapport qui finalement la déçoit, peut-être parce qu'elle a choisi de très jeunes femmes, sans expérience, et qu'elle-même ne s'est pas suffisamment impliquée dans cette relation avec elles pour dépasser le stade des « étreintes » nerveuses, coupées de conversations philosophiques. (Ou le contraire.) Le Castor de guerre quitte un domaine dans lequel son expérience sera finalement assez courte : jamais ces jeunes filles n'auront été des partenaires à part entière. Pourquoi pas ? Si le « lâchage » de Védrine n'avait pas été aussi moche, il n'y a là rien qu'on puisse reprocher au Castor.

Et puis ça va bien comme ça, elle en est un peu lasse. À Noël, elle va aller faire du ski avec Kanapa, l'ancien élève de Sartre, pas de complications psychologiques et/ou amoureuses. Quel repos. On a même du temps pour lire, pour travailler. « C'est formidable tout ce qu'on arrive à faire quand les gens ne vous dérangent pas. Trop de "charmante vermine" à Paris, c'est dévorant » (journal, 31 décembre 1939). Encore un mot qui va faire jaser ! Le lecteur manque souvent d'humour, le Castor en a à revendre. « C'est triste à dire », écrit-elle à Algren quelques années plus tard, le 3 juillet 1947, elle lui a parlé de Bianca, cette amie juive « très attachée à moi alors que moi très peu », et elle lui parle maintenant de Nathalie

Sorokine qui « m'est très attachée elle aussi » : « Je ne tiens pas vraiment à ces amies-femmes, elles sont trop jeunes, ou trop tordues. »

Peut-être est-ce là tout simplement le fond de la chose.

*

Retour à ces premiers mois de la drôle de guerre. Le temps passe et ne passe pas. Mais le Castor se reprend. Les notations du journal, l'échange de correspondance avec Sartre et Bost, les visites qu'elle a pu leur rendre, les complications de la vie avec sa « charmante vermine » lui ont rendu toute son alacrité, et sa décision qui avait légèrement faibli de prendre une position d'examen, de surplomb sur soi, sur son évolution, sur le temps. C'est tout le Castor de guerre qui revient, et revient à son sujet de prédilection : elle-même. Non par complaisance ou narcissisme, tout au contraire ; mais parce que le « moi » est le lieu privilégié d'une observation fondamentale concernant ce qui est et ce qui doit être. Est-elle en ce moment encore capable de quelque action dans cette grande entreprise à quoi sa vie s'est vouée : « vivre » ? Quelque chose la réjouit, l'anime : cette année de solitude lui semble devoir être « aussi féconde » que son année à Marseille. « Du loisir, de la référence à moi-même », de la solitude. Elle s'examine, se voit, se juge : « Je me sens pâte française et provinciale, bourgeoisie moyenne et déclassée ; là-dessus, fonctionnarisme, intellectualisme et accointances avec Montparnasse » (journal, en date du 9 décembre 1939). Très peu de temps après (mars 1940, « Carnet XIV »), Sartre procède à un bilan comparable : « Je suis certainement le produit monstrueux du capitalisme, du parlementarisme et du fonctionnarisme. » D'autres que Sartre sont comme lui les produits du parlementarisme, du fonctionnarisme, en particulier les « petits camarades » de la rue d'Ulm — mais la défaite va leur donner des destins différents. Sartre prisonnier, puis libéré, Nizan tué, Aron auprès de De Gaulle en Angleterre. Mais si la drôle de guerre, cette « chose », cette « sale affaire », les a profondément dérangés, elle les pousse tous deux à se fortifier dans les choix qu'ils ont faits. Le Castor de guerre va y puiser un regain d'intérêt pour l'étude de soi (« j'ai de plus en plus envie de faire une étude sur moi », 9 décembre) et Sartre va approfondir ses intuitions philosophiques pour commencer *L'Être et le Néant*. Tout le reste n'est rien à côté de ce double projet et de leur entente indestructible : ni les moments sombres où Sartre rumine les infidélités probables de Wanda, ni les heures passées (et souvent perdues) à discuter dans les bars ou à subir les conversations suivies d'« étreintes » — au demeurant charmantes et touchantes au possible — de la « petite vermine ». Parfois tout de même le temps coule lentement, trop lentement, les confidences de la « femme lunaire » finissent par l'assommer, elle est au bout de ce qu'elle pouvait me donner, écrit le Castor à Bost[1]. Védrine se plaint de ne pas la voir assez ? Le Castor a l'habitude de ces « revendications ». Il y a seulement les moments un peu difficiles où elle craint qu'Olga ne tienne beaucoup de place dans la vie de Bost, et puis elle se rassure,

1. Elle est un « citron » dont on a tout tiré. Voir, curieusement, cette note de mai 1927, à propos d'un de ses professeurs de Neuilly : « Mardi 3 mai. Vu mademoiselle Mercier. Encore un citron pressé je crois. »

toujours selon le mode de la « hiérarchie » qu'elle a construite avec Sartre et qu'elle pratique à son tour avec d'autres. « Je peux sentir la tendresse de Bost pour elle sans douleur. Ces moments ne me font plus poétiques ni sacrés, je sens de toutes mes forces que ce sont les miens avec Bost qui sont de loin les meilleurs » (journal, 21 février 1940). Voilà un « je sens » qui ressemble fort à un « je veux ».

L'épreuve de la drôle de guerre, sans qu'elle le sache, se termine ; dans quelques mois, en mai 1940, le destin de la France sera scellé. Finalement, rien n'a changé. Le monde sans doute n'a pas repris son équilibre antérieur, et ce n'est rien à côté de ce qui se prépare. Mais aussi bien Sartre qu'elle ont su se sortir indemnes de l'épreuve séparément, et dans leur « entente ». Dans une complicité encore accrue par leurs vies sentimentales surchargées ; même si cela doit vous rendre de temps en temps « un peu sinistres », c'est bon de constater qu'ils ont tous deux, en même temps, des « vies si empêtrées, si encombrées » (journal, 12 février). Et pour ce qui est du Castor, une fois de plus, l'épreuve a été bénéfique ; elle a retrouvé sa force, son pouvoir d'analyse, son pouvoir de « faire expérience » de ce qu'elle vit au lieu de le subir passivement ; elle a même retrouvé son principal sujet d'étude, elle-même, elle ne prend plus de gants lorsque Védrine ou une autre se montre trop « revendicante » : « Je l'engueule si fort qu'elle se tait très vite » (13 février). Mouloudji l'avait trouvée « dure et cassante » : elle est une « femme qui ne mange que de l'essentiel », avait-il dit. Eh bien, soit.

*

Et puis arrive mai 1940[1]. En quelques semaines, l'armée française s'effondre. Manquent dans le journal du Castor les pages correspondant à ce moment. Elle a rendu une dernière visite à Bost entre le 17 et le 23 mars, elle la raconte à Sartre dans une lettre du 23 mars comme toujours envoyée au « poste de sondage EMAD Secteur 108 ». Ensuite, rien avant celle du 11 juillet 1940, cette fois adressée au « Camp de prisonniers de passage n° 1 — 9 ᵉ CIE — Baccarat ». Un premier billet de Sartre lui parvient milieu juillet, elle était absolument sans nouvelles ; Bost et lui avaient disparu dans le grand effondrement. On apprendra ensuite que Bost a été grièvement blessé le 26 mai. En dix jours tout est fini, la Belgique est envahie, le front de la Somme enfoncé, l'exode commence, l'armée française est encerclée. La défense acharnée des voies d'eau entourant Dunkerque permet d'évacuer *in extremis* 335 000 hommes, dont 115 000 Français sous le bombardement des Allemands. Nizan a été tué.

Le journal de guerre du Castor reprend le 9 juin ; *La Force de l'âge* en citera de nouveau des extraits (expurgés) : de guerre, il n'y en avait pas encore dans les pages précédentes ; de guerre, il n'est plus question désormais, la France est vaincue. Durant ces jours décisifs de mai 1940, la guerre s'est tenue loin de la majorité des Français, loin de Paris. Les nouvelles arrivent avec du retard. Le 8 juin, on parle, écrit-elle, d'un « repli » du côté de l'Aisne — en réalité, Guderian y a pris position depuis le 17 mai ; elle voit monter en elle « cet intérêt tragique » qu'elle

1. Marc Bloch, *L'Étrange Défaite*, *op. cit.*

sent depuis un mois ; le soir du même jour, elle va entendre *Ariane et Barbe-Bleue* de Paul Dukas à l'Opéra. Si la défaite a lieu, dit Védrine au retour, on n'aurait qu'à se tuer. Le Castor refuse de l'envisager mais se sent, « malgré tout son optimisme », « tendue et nouée au possible ». Le 9, un dimanche, elle s'effraie à l'idée d'être « prise comme un rat dans Paris occupé », et d'être « coupée de Sartre et de Bost ». Au fond, pour ne pas souffrir, il faudrait comme le recommandent les stoïciens « ne tenir à personne » : mais c'est impossible. Non pas parce que les sentiments sont irrationnels et incontrôlables, mais précisément pour la raison contraire : on ne les subit pas, on les veut — aimer, c'est vouloir aimer, comme être triste, c'est vouloir être triste. C'est là une contradiction profonde du stoïcisme : « regretter » d'aimer parce qu'on y perd son indépendance, cela n'a aucun sens puisqu'un sentiment est toujours choisi, jamais subi, on ne peut à la fois aimer et vouloir ne pas aimer. Il n'y a donc pas de remède à la douleur de la séparation provisoire ou définitive. La nouvelle face que prend la guerre (massacres, destructions de villes, invasion) « glace l'âme », il est exclu de la subir dans l'irréalité ou l'ennui, mais d'abord il faut sauver sa peau. Car les nouvelles sont d'heure en heure plus graves, « la ligne Maginot va être prise à revers » (donc Sartre est en danger d'être tué ou pris), les Allemands seront à Paris dans deux jours.

Le Castor décide alors de quitter Paris pour gagner Angers avec Védrine et dans la voiture du père de celle-ci. Elle attend, écrit des lettres en sanglotant, regarde sur le boulevard Saint-Michel, grand axe nord-sud de la traversée de Paris, le défilé incessant des autos, elle pressent qu'elle va devoir subir comme tous ces gens un exil peut-être durable ; des tombereaux de réfugiés passent, chargés de bicyclettes, de matelas, des groupes se tiennent immobiles sous de grands parasols. La plume du Castor devient exacte comme l'objectif d'un correspondant de guerre, puis elle cède à l'émotion : « C'était composé comme un tableau, on aurait dit des tableaux de Breughel, c'était émouvant au possible justement, parce que ce n'était pas misérable mais très beau[1]. » Le passé lui saute au visage, « de façon vivante et intolérable », elle voit soudain « comme une chose réelle » Sartre qui s'avance vers elle en souriant. Comme au moment de la déclaration de la guerre, dix mois plus tôt, elle sent une nouvelle fois s'écrouler, mais dans un chaos bien pire, le monde dont elle a besoin pour vivre, pour être ce qu'elle est. Une « tristesse infernale » la tient à la gorge, elle ne parvient plus à trouver à ce départ un « petit goût d'aventure ». Ils s'arrêtent à Illiers, puis repartent vers Le Mans. Elle insiste peut-être un peu trop sur le sac de perles que M. Bienenfeld serre contre lui : d'abord, le commerce des perles fines est son métier, ensuite il sait par expérience combien il est difficile, étant juif, de survivre dans ces grands bouleversements de l'histoire.

Tout cela, elle l'écrit après coup, quelques jours plus tard. À Laval, « grouillant de réfugiés », elle rencontre une voiture aux pneus crevés qui a traversé Évreux en flammes ; la petite ville calme et charmante d'autrefois, qu'on devine à sa paisible rivière, est devenue un immense centre de réfugiés à ciel ouvert. Elle quitte alors les Védrine et attend le car d'Angers en mangeant le plat unique de la brasserie,

1. *Journal de guerre, op. cit.*, p. 303.

du veau aux petits pois — quoi de plus profondément français et provincial ! À 8 heures, elle est à Angers, la fille de Mme Morel (dite « le Mops ») l'attend à la gare avec sa belle-sœur Lili ; on l'accueille chaleureusement, comme dans les temps bénis où Sartre et elle allaient se refaire et travailler dans la confortable maison de La Pouëze. Cette fois, toute une « foule » y est réfugiée, des amis, la famille Isorni (l'ex-mari de Lili), une vieille cousine « gâteuse », bossue et nouée, une princesse russe qui « pousse des cris de pintade ». Le Castor engloutit des romans policiers, écoute la radio : le 17, on annonce que « Paul Reynaud a démissionné, et que Lebrun a chargé Pétain de former un nouveau ministère [1] ». « À midi et demi, une voix militaire et paterne résonna dans la salle à manger : "Je fais à la France le don de ma personne pour atténuer son malheur... C'est le cœur serré que je vous dis aujourd'hui qu'il faut cesser le combat." Le ton de son homélie me souleva le cœur », commente-t-elle dans ses Mémoires. C'est le « responsable de la répression de Verdun » qui parle : ce en quoi le Castor confond deux aspects de son action pendant la guerre de 1914-1918 ; Pétain est à la fois le vainqueur de Verdun — ses partisans ne cesseront de le faire entendre — et, pour ses adversaires, le responsable de la répression des mutineries du Chemin des Dames, en 1917 — mutineries consécutives aux désastreuses initiatives du général Nivelle. À la même heure, Gide, devant son poste, n'arrive pas à croire que Pétain ait à ce point trahi.

Pendant quelques jours, le Castor croit avec tout le monde qu'il s'agit d'une « capitulation mili-

1. *FdÂ*, p. 510.

taire[1] ». Lorsque le 21 elle comprend qu'il s'agit d'un armistice, avec des conditions très lourdes, elle essaie d'en minimiser le sens et la portée, concernant le sort des prisonniers notamment, et en conclut qu'on va renvoyer Sartre chez lui[2]. Le journal, lui, reprenant au 30 juin, ne livre aucun commentaire sur l'armistice, et s'ouvre sur la question que tout le monde se pose : quand se fera la démobilisation ?

Ni le journal donc, qui la passe sous silence, ni les Mémoires ne semblent prendre tout à fait la mesure de la guerre et surtout de la défaite qui l'a suivie en quelques semaines. Et les *Carnets* de Sartre sont perdus pour cette période. Restent donc ses lettres au Castor, privées de réponses ou répondant à des lettres qui ont disparu (le courrier ne reprend du côté de Simone de Beauvoir qu'en juillet, après une interruption de quatre mois). Si on prend pour référence le 10 mai, date de l'invasion de la Belgique, et en tenant compte naturellement de l'ignorance où se trouvent les troupes françaises massées à l'Est, la lecture des lettres de Sartre avant et après cette date est éclairante. D'abord parce que la guerre y fait son apparition, quoique retardée. Le 9 mai, veille de l'offensive allemande, qu'il ne peut évidemment

1. La capitulation est la convention par laquelle on règle la reddition d'une place, d'une troupe, d'une armée. L'armistice est la suspension des armes, la cessation générale des combats. La phrase du maréchal Pétain est donc bien en fait synonyme d'armistice. C'est ce que le général de Gaulle n'accepte pas : pour lui, le combat continue. Le lendemain, 18 juin, dans un discours à la radio qui ne sera pas enregistré, il prononcera ces mots : « La France a perdu une bataille, elle n'a pas perdu la guerre. » Aron part pour Londres, comme bientôt Simone Weil, Pierre Mendès France.

2. *FdÂ*, p. 510.

connaître, il écrit : « Quoi de neuf ? Rien : j'ai journée libre aujourd'hui[1]. » Comme les autres jours dès qu'il en a fini avec son service (les observations météorologiques), il s'est remis au livre qu'il est en train d'écrire, il a trouvé bon le chapitre Boris-Ivitch et il prend le temps de développer une réflexion morale à partir d'un livre de Jouhandeau, concluant sur la nécessaire unité qu'il faut en toutes circonstances observer, celle de l'« authenticité » : « Être authentique, c'est être le même à travers toutes les situations. » Cette phrase est parfaitement en écho avec ce que sent, de son côté, le Castor : ce qui fait la grande difficulté pour penser la drôle de guerre et la plus grande difficulté encore pour penser la « défaite », c'est cette volonté d'être « la même » à travers toutes les situations. On a bien vu comment, dans les jours qui suivent la mobilisation, le Castor éperdue tentait de rassembler les éléments épars de son monde pour que la trilogie « vie-amour-bonheur » continue d'être au centre. Elle a triomphé, elle y est parvenue ; peut-elle encore triompher dans une situation encore nouvelle, celle de la guerre, de l'invasion allemande, de la captivité de Sartre ? Elle s'est longuement expliquée dans les Mémoires sur son aveuglement dans les années d'avant guerre, sur sa « schizophrénie », sur cette âpreté farouche à construire et défendre son bonheur ; et dans *La Force de l'âge* toujours, elle insiste sur la violence que l'histoire lui a faite en bousculant son monde et en renversant radicalement l'équilibre qu'elle y avait construit. Mais si l'histoire est entrée dans sa vie, c'est encore par la petite porte : comme dans la vie de tout le monde, en la séparant de ceux

1. *Lettres au Castor, op. cit.*, p. 214.

qu'elle aime, en lui faisant craindre d'être prise « comme un rat » dans Paris occupé. L'histoire n'est pas entrée pour autant dans l'ordre de sa réflexion intellectuelle, philosophique ; l'histoire n'est pas un objet de pensée ; juste un sujet de préoccupation et d'angoisse.

Tout se passe donc comme s'il y avait une contradiction à résoudre entre le « projet unique », la volonté de s'y tenir en demeurant la même à travers toutes les situations, et la nouveauté absolue, impensée, d'un « événement » : il ne reste plus alors que deux possibilités de choix. Modifier son projet ou l'oublier, il n'en est pas question ; le conserver à travers une situation absolument nouvelle, pour l'instant, cela se révèle impossible. Reste à ne pas penser la situation comme radicalement nouvelle : c'est exactement ce que fait le Castor. La guerre, la défaite, la captivité de Sartre ? Au fond, c'est la « même chose » que l'expérience de la solitude à Marseille en 1931, puisque le principe en est la séparation d'avec Sartre. Elle le dit dans le journal : à partir du moment où l'analogie s'est imposée à elle, sa situation est redevenue vivable. La guerre est en somme passée par profits et pertes. Et la défaite, alors ? Qu'en sera-t-il ? Est-ce la pensée de la défaite, la réflexion sur la défaite qui va la faire entrer dans (la réflexion sur) l'histoire qui, elle, a forcé le passage ?

Reprenons le cours des lettres de Sartre. Le 10 mai — au moment où la Belgique est envahie —, la ligne Maginot dort encore profondément, et les soldats français de l'Est continuent de se morfondre. La lettre de Sartre est un chef-d'œuvre d'analyse, pas celle de la situation, mais celle de leur langage à eux, et de ce qui le détermine. Brice Parain, lecteur pour Gallimard du premier chapitre (plus tard écarté) de ce qui deviendra *L'Invitée*, en a trouvé le langage « lâché », ce qui a blessé le Castor. Sartre la réconforte (comme elle l'a réconforté lors de l'échec de « Melancholia » quelques années plus tôt). Ce langage est très bien comme il est, c'est une sorte d'argot d'étudiant qu'ils ont entre eux, hérité aussi des façons de parler de l'École[1], dont ils se sont emparés, qu'ils ont fait leur, de par leur situation de Parisiens, de fonctionnaires, d'écrivains qui fait d'eux des êtres « séparés », enfermés dans leur monde. Qu'y faire ? Ce langage « c'est nous », « nous avons été trop conscients des mots dont nous nous servions pour que ces mots ne reflètent pas quelque chose de nous. [...] Si Françoise disait à Élizabeth "tu es embêtée" au lieu de "tu es emmerdée", ça serait une autre Françoise. "Tu es emmerdée" — chez vous autre et chez moi, c'est "chaude sympathie avec jeu intérieur" ». Admirable « chaude sympathie avec jeu intérieur » !

Comment dire mieux leur proximité ? C'est toute leur union, ce langage-là, c'est la présence de ces « signes jumeaux » sur leurs fronts qu'elle avait perçue en 1929, dès leur première rencontre, le plus petit détail de l'univers qu'ils ont sécrété en est marqué, il n'est pas possible à d'autres d'y entrer vraiment, et en tout cas d'y rester : unis, et parfaitement unis, jusque dans le moindre commentaire de langage, voilà ce qu'ils sont, par-delà toute séparation, unis « à travers toutes les situations ». Alors, la guerre, c'est quoi ? Tout et rien : tout, si l'un ou l'autre doit y mourir ; rien, si l'un et l'autre peuvent

1. *Lettres au Castor*, *op. cit.*, p. 217.

continuer de se parler, de s'écrire comme le fait Sartre en ce moment. C'est lui parfois qui commettra l'erreur de s'en éloigner un peu, d'en oublier l'incandescence, de donner à l'engagement politique ou à ces « femmes noyées » comme il les aime, le pouvoir de l'entraîner ailleurs. Mais elle, le Castor de guerre, non, elle est fidèle ; elle le dit dans ses *Cahiers de jeunesse* : « Même dans les livres, j'ai rarement rencontré une fidélité telle que celle que je découvre en moi ; une fidélité de toutes les minutes » (octobre 1926).

L'histoire, dans tout cela, c'est-à-dire la guerre, tonne, mais de loin, précédée d'un « donc » désinvolte. « Donc, aujourd'hui, invasion de la Belgique et de la Hollande. Nous l'avons appris par un vague bruit ce matin[1]. » L'impression qui domine, c'est « presque » celle de soulagement : fin de la drôle de guerre, on touche à « du réel », enfin. « Ce n'est plus la même guerre à présent. » Mais sa vie n'en est pas changée pour autant : il va continuer de travailler « au brouillon » (délicieux langage d'écolier d'autrefois), il va aller faire un sondage, écrire à « T. » (Tania, c'est-à-dire Wanda, la sœur d'Olga). Et puis essayer de se tenir à son régime, ne plus manger le soir, afin de maigrir. Il est totalement pris dans ses rêves sentimentaux, dès la lettre suivante, la conduite de T. l'inquiète tellement qu'il pense qu'il devrait l'épouser. Non ? Pour lui permettre de passer trois jours avec elle ? « Je pense que ça ne vous sera pas agréable », commente-t-il. Lui, d'ailleurs, ça ne lui plaît pas plus que ça, mais le moyen puisqu'il a décidé de « faire tout ce qu'il peut pour elle » ?

1. *Ibid.*, p. 218.

L'authenticité, au sens même où il la définit, n'est pas son fort. Et d'ailleurs, si jamais Tania réclame, il s'en tirera en invoquant cette « histoire de la Hollande » qui a fait suspendre toutes les permissions. Autant le Castor se montre âpre et fidèle, jusqu'à vouloir supprimer presque physiquement tous les obstacles qu'elle rencontre, autant Sartre se montre souple et inconséquent. En même temps, il le sait parfaitement, il n'y a qu'avec le Castor qu'il est « authentique » et vrai ; seulement, c'est à elle de le remettre dans le droit chemin.

Quant à la guerre, elle attendra encore son analyse. Il rêve tout haut dans la lettre suivante (12 mai au soir). Il ne faut pas trop s'inquiéter, il y a encore de l'espoir. Derrière les frontières belge et allemande, il ne faut pas oublier qu'il y a les lignes Siegfried — d'accord, on ne pourra pas enfoncer, mais on peut les arrêter, les fixer sur une frontière assez longue pour épuiser leurs réserves d'hommes et de matériel. Et Paris ne semble pas trop mal défendu, non ? Tout ce qu'il faut, c'est « supporter » la guerre, et on y parviendra par un « oubli total du temps de paix[1] ». Et si des bombes vous tombent dessus, il faudra voir cela comme un phénomène naturel. À partir de là, les massacres ne vous font plus ni chaud ni froid. Seuls des « pessimistes de carrière » voient déjà Paris occupé (lettre du 12 mai 1940).

La guerre est là, cependant, mais de loin (lettre du 13 mai) ; des obus allemands sont tirés à droite et à gauche de leur secteur. « À présent, c'est une basse continue et ça fait objet, je veux dire que ça se dresse au bout du paysage comme une ligne faite d'objets

1. *Ibid.*, p. 222.

individuels mais fondus qui barreraient l'horizon [...] Le reste du temps, on vit comme si de rien n'était [...] Vous ne sauriez croire comme ça fait *naturel*, au sens décevant de "curiosité naturelle". » 14 mai : bien que ça sente un peu le « roussi », et même si Liège doit tomber, à la longue, « la bataille doit, il me semble, tourner à notre avantage » et la guerre devrait être finie avant l'hiver 1941. Évidemment, les permissions sont supprimées. 16 mai : on est coupé de tout. « Quelque part dans le Nord se décide non seulement la destinée du pays, mais la mienne propre et la vôtre [mais] je ne cours aucun risque, je ne sers à rien, il faut se faire une âme qui corresponde à cet état [...]. Ce ne serait pas du tout la même manière de voir le monde si j'étais soumis à des bombardements [...] là on ne peut guère me demander qu'une espèce d'obstination à cultiver mon jardin. » En l'absence de toute trace écrite de son côté à elle, soit dans son journal, soit dans des lettres, on se fait en lisant Sartre une idée de ce qu'était leur idée de la guerre : non plus cette « chose » morne et molle, la drôle de guerre, mais quelque chose qui n'est pas beaucoup mieux défini et qu'on a du mal à prendre au sérieux si on n'est pas en Flandre ou en Normandie.

Encore un suspens, dans le temps, entre deux temps : il y a le temps d'après, on ne veut pas l'imaginer trop en noir, et il y a le temps d'avant, et celui-là rayonne dans la mémoire et dans le cœur, incomparablement. 16 mai : « Mon doux petit, j'ai toujours des petits souvenirs par pelletées de notre douce vie d'autrefois. » L'état de guerre — sous cette forme évidemment très atténuée — accélère « le dévidage muet des souvenirs ». Parmi ces soldats qui, comme lui, sont loin du front, ce n'est qu'attente, absence de nouvelles, rumeurs et faux bruits. Sartre continue *L'Âge de raison*, retravaille son chapitre Daniel-Marcelle, ce qui le replonge dans l'atmosphère des années 1935-1937, dans le souvenir de Marco, probable modèle de Daniel, de Bost et d'Olga, respectivement modèles de Boris et d'Ivitch. Et inévitablement vers ce qui, à ses yeux et aux yeux du Castor, est l'essentiel : leur vie, et la nature à la lettre in-comparable de leur union. « En ce moment, la guerre a exaspéré le sens de la hiérarchie au point qu'il n'y a que vous seule au monde qui comptez pour moi ; je ne pense plus jamais qu'à vous seule. » Sur la chaleur de cette belle déclaration, le « en ce moment » fait tout de même couler un peu d'eau froide...

Mais le 18 mai, le ton change, et quelque chose apparaît, qu'on avait déjà observé chez le Castor quelques mois plus tôt, en ces jours de septembre 1939 où, dans un Paris en proie au saisissement de la mobilisation, elle avait senti autour d'elle l'épaisseur de la foule, son inquiétude, et la possibilité d'avoir avec elle « communauté de destin ». « Mon petit, je sens comme vous la tentation de perdre mon destin dans un immense destin collectif et de l'y diluer mais je crois que c'est une tentation qu'il faut repousser. [...] Le pays est une situation, et il y a des millions d'êtres libres et pour chacun la victoire et la défaite sera une histoire individuelle, la mort de ce pays en serait une, comme aussi bien un retour à une paix en sécurité » (18 mai). Ce qui se profile, et dont il prend la mesure en ces jours incertains, c'est qu'on est au bord du plus grave, d'une catastrophe qui ne pourra pas être évitée. Mais il faut tout de même continuer à se « projeter » dans l'avenir, et il le fait dès la lettre suivante, du 19 mai : les Allemands sont à Laon, il faut quitter Paris, « je vous en conjure », aller à La Pouëze (« faites-le pour moi, mon amour, ma petite fleur »), tout espoir n'est peut-être pas perdu cependant, et si jamais il devait y avoir une vie de privations terribles, une vie où il ne serait plus possible d'écrire, eh bien, ce serait tout de même le bonheur — du moment qu'ils la mèneraient ensemble. Jusqu'au 25 mai, alors que tout est perdu dans les Flandres, en l'absence d'ordres et de nouvelles précis, il ne peut que continuer « sa sage petite vie », continuer son roman même si, par moments, « ça me fait comme à vous maniaque et obstiné de l'écrire quand les types crèvent comme des mouches dans le Nord et quand le destin de toute l'Europe est en jeu, mais que puis-je faire ? C'est mon destin, mon étroit destin individuel et aucun grand épouvantail collectif ne doit me faire renoncer à mon destin » (lettre du 27 mai — Bost a été blessé la veille, ni Sartre ni Beauvoir évidemment ne le savent encore).

Qu'est-ce que l'histoire ? Comment avoir prise sur elle ? Comment agir ? Si elle n'est « qu'un grand épouvantail collectif », alors il importe avant tout de sauver son propre destin. Des années plus tard, à travers l'expérience politique de l'après-guerre et sa lecture de Marx, Sartre posera les principes d'une médiation entre l'« individuel » et le « collectif ». En ces heures du printemps 1940, il sait que son action est toute « symbolique » : en écrivant son roman, c'est « contre la faillite de la démocratie et de la liberté, contre la défaite des Alliés que je fais l'acte d'écrire ». Faisant jusqu'au bout « comme si tout devait être rétabli ». Après le 10 juin, aucun espoir n'est plus de mise. « C'est probablement demain l'armistice et la paix bientôt [écrit-il au Castor dans une lettre du mois de juin, sans date]. Ça nous met dans un drôle d'état de désespoir et de soulagement à la fois, Dieu m'est témoin que j'aurais sacrifié allègrement quatre ans de ma vie pour éviter cette paix-là. Et plus encore. Mais voilà, elle est venue et déjà on songe : comment y vivre ? Je pense que la vie y sera possible, mon cher amour, si nous avons bien de la volonté et du courage et qu'elle y sera possible sans lâcheté (mais avec des tas d'humiliations tout de même). »

On ne peut définir plus clairement ce que va être le temps de l'Occupation.

Ses prochaines lettres seront expédiées d'un camp de prisonniers.

*

La défaite. La drôle de guerre a duré huit mois, la guerre trois semaines, c'est maintenant le temps de la défaite, de ce que Marc Bloch a nommé « le plus atroce effondrement de notre histoire[1] ». Parmi les proches ou les « petits camarades », Bost est blessé, Nizan est mort, Aron a rejoint Londres dès le 23 juin, Sartre est au camp de passage n° 1 de Baccarat. Le 22 juillet, il écrit : « J'ai commencé à écrire un traité de métaphysique : L'Être et le Néant. » Le Castor, depuis le 29 juin, est à Paris, après un retour mouvementé de La Pouëze. Les soldats allemands qu'elle rencontre lui font « toujours cette formidable impression de jeunesse et de bonheur ». Elle écrit

1. Dans son livre *L'Étrange Défaite, op. cit.* En juillet-septembre 1940, passé dès l'armistice en zone non occupée sous un habit civil, Marc Bloch travaille dans la Creuse à ce livre saisissant, qui décrit ces trois semaines d'agonie, analyse les raisons de l'effondrement de notre armée et de nos institutions et formule un appel à la revanche.

(30 juin) : « Hier soir en arrivant à Paris, ç'a été le fond du désespoir. » Elle est à sa place habituelle au Dôme — c'est là qu'elle revient toujours, dans ce coin « tendrement aimé », le carrefour Montparnasse ; de la terrasse elle voit passer des camions chargés de jeunes Allemands mais elle en a tant vu depuis quelques jours qu'elle n'y fait presque plus attention. Les derniers temps ont été affreux, elle s'est sentie comme une « punaise écrasée », elle n'était « nulle part » depuis le début de juin, elle ne sait comment désigner cet état, de « grande angoisse physiologique » et de « grands événements collectifs » où la conscience du temps disparaît : « ni passé, ni avenir, ni personne ». Nul n'est plus qu'elle sensible à ces dérèglements météorologiques dans la perception des choses, des êtres, du monde ; comme en septembre, elle se bat de nouveau pour que cela puisse « faire partie de son histoire ». Elle est « perdue dans le monde », grignote des petits-beurre, et cet éternel beau temps, comme en septembre, ce beau temps terrible des jours de catastrophe ! Il n'y a plus d'attente, plus d'avenir, le temps est stagnant : il ne reste plus qu'à « pourrir » sur place. Les clauses de l'armistice sont « abominables, sinistres et implacables » : on doit rendre à l'Allemagne tous les Allemands réfugiés [1].

En arrivant à Paris, la veille, elle a eu l'idée folle que Sartre avait été libéré et l'attendait au Dôme. Juste une lettre de lui, mais d'avant (le 9 juin), et rien de Bost, elle fait vingt-cinq kilomètres à pied pour se rendre à Taverny, mais « les pasteurs » sont partis, seule une vieille femme de ménage garde la maison.

1. En septembre, Walter Benjamin qui tente de passer la frontière espagnole se croit menacé par les rodomontades d'un alcade de village et se donne la mort.

En rentrant, fourbue, les pieds écorchés, croquant encore des petits-beurre, elle découvre qu'au fond Paris lui est complètement étranger, qu'elle en ignore les environs, l'île de la Grande-Jatte par exemple qu'elle n'avait jamais vue, qu'elle ne situait nulle part. Des gens se baignent, tout est paisible, tout éclate en visions colorées, on dirait qu'elle circule dans une peinture de Seurat, parmi les reflets changeants et les ombres fragmentées. Sa vie est en train de se fixer, mais comme si c'était la vie d'une autre, on lui a donné un poste à Victor-Duruy, elle a peur de s'être « arrêtée de penser » mais c'est qu'il n'y a plus rien à penser, « il n'y a aucun objet à saisir, c'est du sable ». Elle dîne avec ses parents, au moins, c'est un repas, quoiqu'on ne trouve plus grand-chose. Elle s'épuise dans cette attente nerveuse, fait son cours sans y penser, passe un moment avec Sorokine, puis court à l'Atelier voir Dullin. Le 4 juillet, il y a « du soufflé au fromage, du bœuf et des pommes de terre » au menu du Dôme, et elle se sent ragaillardie : « C'était merveilleux. » Mais elle ne peut s'arracher à la préoccupation de Sartre, même pendant qu'elle s'installe avec Sorokine dans l'appartement de sa grand-mère où elles essaient de faire cuire du riz. « Elle en a foutu la moitié par terre. » Cette espèce de « révolution du monde » (6 juillet) la plonge dans un état de sidération, de tétanie, elle en est comme aveuglée (« l'idée peut mal s'en supporter, à la fois parce qu'elle m'éblouit trop la pensée et parce qu'on n'y croit pas assez »). Elle continue sa lecture de Hegel, y trouve une citation qu'elle mettra en exergue de *L'Invitée*[1] et enfin, le

1. « Chaque conscience de soi doit poursuivre la mort de l'autre puisqu'elle y risque sa propre vie, puisque l'autre ne vaut pas pour elle plus qu'elle-même » (*Phénoménologie de l'esprit*, pp. 143-150).

11 juillet, il y a un mot de Sartre, la surprise est si forte que « l'émotion ne vient pas ».

Sartre a écrit trois fois, et envoyé le double d'une de ses lettres à La Pouëze : « Je suis prisonnier et fort bien traité » (2 juillet), et à Paris : « Je suis prisonnier et pas malheureux du tout » (8 juillet). Le même jour : « Je suis prisonnier depuis le 21 juin, jour de mon anniversaire. » Il a tout juste trente-cinq ans : c'est plus qu'une coïncidence, c'est le début d'une reprise en main, d'une ressaisie des choses qui, dans l'entre-deux (guerre ou non ? libre ou non ?), tournoyaient sans fin. Il est frappant de voir combien l'un et l'autre ont besoin d'être individuellement atteints, touchés, concernés pour qu'une situation apparaisse. Lorsqu'elle reçoit la lettre, malgré son hébétude, le Castor sent bien qu'un « remaniement du monde » est en train de se produire, du fait même que cette lettre est arrivée, qu'elle la tient entre ses mains. Elle va faire ses cours, revient sur la bicyclette de Sorokine, que celle-ci en fait a volée. (Dans *Les Mandarins,* Nadine, la fille d'Anne et de Dubreuilh, excelle à cet exercice.) À Auteuil, cependant, le Castor a entendu chez l'élève de Sorokine des « causeries allemandes effarantes » : contre les étrangers, les juifs, etc., et retrouve ces thèmes dans un livre de Sieburg[1], « un de ceux qui règnent sur Paris en ce moment ». Dès 1930, il prophétisait que l'Allemagne ne deviendrait une nation qu'avec l'antisémitisme.

Les choses tout de même vont mieux depuis la lettre de Sartre, elle a même retrouvé « son petit harem de femmes », car Védrine a débarqué à Paris.

1. Cf. Marc Ferro, *Histoire de France,* Odile Jacob, 2003.

« Kos » aussi est à Paris. Du coup Sorokine, sombre et très digne « sous son affreuse cape de ciré noir », reprend sa bicyclette et disparaît sans un mot.

Le *Journal de guerre* s'arrête à la date du « vendredi 19 juillet ». Il y a presque deux mois que la France s'est effondrée. Rien dans le journal ne permet de savoir exactement en quels termes cet effondrement se présente à l'esprit du Castor. Au centre de tout, il y a le vide creusé par la coupure de toute communication avec Sartre et Bost, dans laquelle son moi « s'abolissait [1] » ; il faut aller chercher dans *La Force de l'âge* quelques indications.

Ce n'est pas la défaite en elle-même qui l'occupe, cet effroyable et brutal effondrement de notre armée, puis de nos institutions ; c'est l'arrivée du « fascisme ». Pas question évidemment « d'y consentir : il contredit toutes les valeurs sur lesquelles s'était bâtie ma vie ». Mais peut-on regretter le monde et les institutions qu'il a abattus ? Pas vraiment : ce qui vient d'être liquidé, la IIIe république, n'est autre que ce « libéralisme bourgeois » dont le fascisme est l'« antithèse ». On peut donc espérer voir se produire « la synthèse à laquelle nous aspirions : le socialisme [2] ». En poussant jusqu'au bout cette analyse, on pourrait avancer que le fascisme est en quelque sorte justifié par les « lois de l'histoire » : un mal sans doute, mais un mal nécessaire pour « accoucher » du socialisme. Sartre ne dit pas autre chose lorsqu'il note, dans ses *Carnets*, en date du 8 mars 1940, que « la guerre en 38 pouvait être l'occasion d'une révolution » — qui eût abattu un régime « bourgeois » pour donner naissance au

1. *FdÂ*, p. 526.
2. *Ibid.*

socialisme, et « c'est pour cette raison que la bourgeoisie a capitulé à Munich ».

Mais cette hypothèse n'est pas d'un grand secours dans les heures où l'Occupation s'installe et, avec elle, la collaboration. Que faire ? Se contenter de « ne pas consentir » au fascisme, de le « refuser » ? Concrètement, cela signifie quoi ? Il n'est pas facile de se représenter ces mois de l'été 40 : on attend les décisions concernant le retour des prisonniers, on est préoccupé par des problèmes de ravitaillement, on craint la venue de la saison froide, une espèce d'aveuglement ou d'habitude occulte la présence de l'occupant. Le régime montre pourtant sa vraie face dans les mois qui suivent avec, dès octobre 40, la promulgation des premières lois raciales. Espérer, il ne reste que cela. Dans la correspondance de Sartre actuellement publiée, il n'y a pas trace de ces lettres « qu'il m'envoyait de Baccarat », dit le Castor dans *La Force de l'âge,* où « il affirmait que nos idées, nos espoirs finiraient par triompher ». Les lettres que nous avons portent plutôt sur ses raisons d'espérer une libération prochaine, et sur son désir de retrouver « pour toujours » une vie avec le Castor. Ce sera le point de départ de « nouveaux projets » qui l'étonneront fort : « Vous vous rappelez ce que je vous disais sur ce qui doit arriver dans la maturité d'un écrivain ? Eh bien voilà que cela m'arrive [1]. »

Quand s'installe le régime de « collaboration », comment réagit-on en France, comment réagissent les intellectuels à l'effondrement des institutions républicaines ? C'est la grande question de l'heure. Et la réponse se dessinait déjà avant la guerre. Vont

1. Lettre du 10 décembre 1940.

se réjouir de la défaite ceux qui, tel Drieu la Rochelle, l'avaient anticipée en manifestant leur aversion pour la république, leur dégoût du parlementarisme et leur mépris des classes populaires. Mais les divisions étaient grandes du côté de la gauche « antifasciste » — comme on a pu le voir lors des différents congrès « pour la défense de la culture ». Alain, par exemple, est un pacifiste déterminé, mais profondément soucieux de maintenir l'idéal républicain, d'où sa grande préoccupation pour les questions d'éducation. En revanche, les communistes étaient attachés au principe « classe contre classe », à ce mépris de la république « bourgeoise » qui fait écrire à Aragon, au moment du Front populaire : « Feu sur Léon Blum et les ours savants de la social-démocratie. » Lors de la défaite, dans la pénombre de ces mois difficiles, toutes sortes de trajets déjà vont se dessiner, qui résultent d'engagements antérieurs ou de soudaines prises de conscience. Ces décisions ou ces attitudes auront un impact incalculable sur le destin à venir de la France, et préparent les grands affrontements politiques et idéologiques des années d'après guerre. Les destins individuels se dessinent dans toute la radicalité de choix opposés, voire antagoniques : Drieu la Rochelle, Aragon, Malraux[1] ou, dans la génération précédente, Alain ou Marc Bloch.

L'un de ces destins d'exception est celui de Marc Bloch, lui aussi normalien et agrégé, lui aussi pur produit « du parlementarisme et du fonctionnarisme ». De vingt ans plus âgé que la bande des « petits camarades » (il est né en 1886), Marc Bloch est le représentant par excellence de cette France

1. Lire de Maurizio Serra, *Fratelli separati. Drieu-Aragon-Malraux*, Rome, Éditions Settecolori, 2006.

républicaine à laquelle il est doublement attaché : comme grand universitaire, normalien, fils d'universitaire, et comme « juif de la république », « qui ne revendique jamais son origine, sauf devant un antisémite[1] ». Et c'est à ce titre que son réquisitoire contre ceux qui nous ont menés à la défaite est de toute première importance. Car, dans les années du régime de Vichy, la critique des années de l'avant-guerre sera aussi le thème de la « révolution nationale » mais, on s'en doute, pour des raisons et selon des motifs diamétralement opposés. Pour Vichy et ses suppôts, tout le mal vient de la république et du « sale petit instituteur » (Claudel). Pour Bloch, en cela proche d'Alain, tout le mal vient au contraire de ce qu'on ne s'est pas soucié d'instruire suffisamment le peuple. Cependant, au rebours d'Alain, Bloch n'est pas pacifiste, peut-être parce que, étant juif, il a compris la nature particulièrement dangereuse du régime de Hitler, la menace mortelle qu'il fait planer sur l'Europe et, quand il décide de l'attaquer, sur la France. En même temps, Marc Bloch a indéniablement l'amour de la chose militaire — que tant d'autres abhorrent, et souvent pour de bonnes raisons, comme Sartre ou le jeune Bost. C'est ainsi que dans l'idée qu'il se fait d'une armée moderne, pointant de criminelles négligences au sein même de l'état-major, Marc Bloch rejoint un autre opposant farouche de Vichy : Charles de Gaulle, alors colonel, et qui lui n'est pas un républicain, mais un nationaliste catholique, proche un temps de Maurras. Cette « rencontre » — de fait ils ne se rencontreront jamais, Bloch est l'homme de la résistance intérieure — dessine bien l'un des traits paradoxaux de la

1. *L'Étrange Défaite, op. cit.*, p. 31.

Résistance : on sait que Mendès France, parti rejoindre de Gaulle à Londres, sera son adversaire déterminé au moment du 13 mai 1958.

Dans les quelques mois qui précèdent son entrée dans la Résistance, Marc Bloch concentre toute son énergie sur deux thèmes de réflexion : l'analyse de notre défaite et les moyens par lesquels il sera possible de « reconstruire la patrie ». Si ce mot de « patrie » lui est commun avec de Gaulle, il n'est pas sûr qu'ils y mettent tous les deux le même sens. La « patrie », même s'il lui est viscéralement attachée, n'est pas pour lui, comme pour de Gaulle, une entité à la fois charnelle et mystique : pour Marc Bloch, c'est le peuple en armes de 1792, c'est la conscience collective ou, comme l'écrit Stanley Hoffmann dans sa préface à l'édition de poche de *L'Étrange Défaite* : « C'est cette République, incarnation moderne de la nation française, pour laquelle les citoyens ont le devoir de se battre et souvent de mourir[1]. »

C'est ainsi que cet homme d'ordre a fait la guerre — deux fois, à vingt ans d'intervalle. Homme d'ordre, indéniablement, qui mène une vie de famille parfaitement rangée et classique, il est aussi l'auteur d'une œuvre d'historien de premier plan (entre autres, *Les Rois thaumaturges*) qui donnera naissance à l'école des Annales ; il a terminé la guerre de 14 comme capitaine après avoir été cité deux fois, et il a été mobilisé le 24 août 39, sur sa demande, en dépit de son âge (cinquante-trois ans) et de ses charges de famille. Aux derniers jours de la bataille des Flandres à laquelle il a participé, il rejoint Dunkerque, parvient à passer en Angleterre, d'où il revient aussitôt vers Cherbourg, avant de

1. *L'Étrange Défaite, op. cit.*, p. 17.

gagner la zone libre juste après l'armistice. C'est là qu'il rédigera son livre avant de s'engager dans la Résistance. Capturé le 8 mars 44, ramené à Montluc, il est sauvagement torturé et fusillé le 16 juin 44, quelques jours après le débarquement. Son histoire est exemplaire; son trajet intellectuel aussi.

Ni Sartre ni Beauvoir, quoique « de gauche » et résolument antifascistes, ne se retrouvent dans ce modèle. Lorsque Sartre fait une analyse si subtile de leur « langage de secte », les mots qu'il emploie vont très loin : « Nous sommes en effet des séparés. » Bourgeois, ils le sont (Marc Bloch aussi). « Démocratie, continue Sartre, fonctionnarisme, centralisation, joints à mon genre d'orgueil et à ma profession d'intellectuel et d'écrivain, ont fait de moi un tout fermé et sans racines. » Marc Bloch ne se pense sûrement pas comme un « intellectuel », même si sa profession l'est, encore moins comme un écrivain, même si sa prose est d'une clarté et d'une efficacité impitoyables. Quant aux « racines », il a toutes les raisons de s'en défier, c'est à cause de leur appartenance que les juifs comme lui sont victimes de « préjugés nationaux » — ainsi nomme-t-il par euphémisme l'attitude envers les juifs d'un officier britannique d'origine aristocratique. À la différence de Sartre, Bloch a le sens de la « collectivité » — non pas à l'allemande, comme un *Volk* défini par le sang et l'attachement à un « sol » — mais comme une « communauté de citoyens [1] ». « Dans aucun groupe humain les individus ne sont tout », écrit-il. « À plus forte raison lorsqu'ils appartiennent à une communauté fortement constituée [2]. » En temps de guerre,

1. Titre d'un livre de Dominique Schnapper.
2. *L'Étrange Défaite, op. cit.*, p. 62.

cette collectivité doit se soumettre à un chef : les pages de Marc Bloch sur cette question sont de tout premier ordre. Lui-même n'a pas refusé d'en être un, parce que, s'il abomine le despotisme, il abomine au moins autant le désordre. Une armée ne peut pas se passer de bons officiers, et surtout de bons chefs, aimés de leurs hommes, mais obéis : « Être un vrai chef, écrit-il, c'est avant tout peut-être savoir serrer les dents ; c'est insuffler aux autres cette confiance que nul ne peut donner s'il ne la possède lui-même, c'est refuser jusqu'au bout de désespérer de son propre génie ; c'est accepter, enfin, pour ceux que l'on commande, en même temps que pour soi, plutôt que l'inutile honte, le sacrifice fécond » — ce dont Stanley Hoffmann, dans la même préface, ne manque pas de noter la tonalité gaullienne.

En face de cela, l'attitude profondément libertaire de Sartre et celle de son ami et ancien élève, le jeune Jacques-Laurent Bost, rejoignent celle d'Alain qui écrivait dans ses *Souvenirs de guerre* : « C'est une espèce d'axiome que tout homme cultivé doit être officier. Or je crois au contraire qu'un homme cultivé devrait refuser d'être officier [...] Car le pouvoir change profondément celui qui l'exerce. » En un sens, Marc Bloch a prévu cette objection, en souhaitant que soient rayés du vocabulaire militaire les mots de « dressage » et de « mise au pas ». Ce qu'il déteste, à la fois pour leurs défauts humains et pour leur incapacité, ce sont les officiers imbus d'eux-mêmes, vieillis sous le harnais, tatillons, et tellement habitués à la paix que la guerre leur paraît une exception redoutable à laquelle il vaut mieux ne jamais penser. En revanche, il n'a qu'estime et même admiration pour les « officiers de troupe », les commandants « de compagnie, de bataillon ou de régiment », car leur métier est « un beau métier, quand il est noblement exercé, à la française[1] ».

On comprend mieux, dès lors, où Sartre et Beauvoir se situent en cet été 40 qui suit juste l'armistice. Dans ces lettres de guerre dont l'échange a commencé en septembre 39, et aussi dans leurs carnets ou journaux, il est visible que leur préoccupation essentielle demeure éthique et philosophique. Les diagnostics qu'ils posent sur la situation, en imaginant ce que sera, ou serait, leur vie, se situent à la fois en deçà et au-delà des exigences de l'heure. Très en deçà : si on songe au destin de Marc Bloch, à son engagement dans la Résistance, qu'il paiera de sa vie ; au-delà, très au-delà, si on songe à cet avenir indéterminé et encore improbable où, par la dialectique de dépassement qu'évoque Simone de Beauvoir, l'affrontement entre le fascisme et le « libéralisme bourgeois » devrait accoucher du socialisme.

Aux heures qui s'annoncent, aux actions qu'elles requièrent, ils ne répondent pas : présent. Ils sont dans le passé ou dans l'avenir. Bien des choses l'expliquent, leur trajet propre, le sentiment qu'ils ont encore beaucoup à faire sur le chemin, théorique et pratique, dans lequel une dizaine d'années plus tôt ils se sont aventurés ensemble. C'est leur « culture », politique, idéologique ; Simone de Beauvoir : « Nous étions des elfes » ; Sartre : « Nous étions des êtres séparés. » Rien dans leur histoire personnelle, dans leur formation ne les pousse vers les analyses historiques et politiques. Avant la guerre, ils sont proches du pacifisme général de toute la gauche, d'Alain dont ils ne partagent du reste ni le rationalisme ni les

1. *Ibid.*, p. 121.

préoccupations éducatives et pédagogiques. Dans les années de la guerre et de la défaite, leur « optimisme » les projette loin en avant du moment « bourbeux » qu'ils traversent. Naturellement, ils n'ont jamais rien eu en commun avec la droite antiparlementaire, mais ils n'ont jamais non plus été des « républicains » au sens de Bloch ou d'Alain, ils n'ont encore jamais voté, et ils se méfient toujours du « collectif » même si c'est un collectif de citoyens. Leur haine de l'ordre « bourgeois », leurs habitudes non conventionnelles ne les ont pas accoutumés à prendre en considération le destin d'un « peuple », d'une « nation », encore moins de « la France » : pour eux, seuls comptent les individus et leur quête d'un salut qui se confond avec une action libre, une œuvre.

Dans leur jugement sur la défaite, et le « fascisme » qui s'installe, ils ne peuvent rejoindre ni ceux qui, comme Marc Bloch, font le choix de la résistance intérieure (que Sartre rejoindra très tard), ni ceux qui, comme de Gaulle, veulent reprendre la guerre avec des forces recomposées à l'extérieur de la France, et l'appui des colonies. Simone de Beauvoir saute par-dessus l'époque, en évoquant « le socialisme » dont accouchera plus ou moins nécessairement cette étape de « négativité » qu'est « le fascisme ». D'où cette remarque qu'elle peut faire en voyant, dès « la rentrée » (elle ne renoncera jamais à ce découpage scolaire du temps), le nouveau régime s'installer. Au fond, ce qu'il est, c'est « en pire » ce qu'était déjà la république « bourgeoise » : « Je reconnaissais cette chaude bêtise qui avait obscurci mon enfance et qui accablait officiellement le pays tout entier[1]. » Il n'y a rien à espérer d'un régime qui

1. *FdÂ*, p. 534.

soulève le cœur, mais il n'y a pas non plus grand-chose à sauver de celui qui l'a précédé. « Le détail de ce qui se passait à Vichy ne m'intéressa jamais parce que Vichy était, en bloc, un honteux scandale. » En bloc : le grand mot est lâché. Mais est-il bien adapté à la situation, et à l'action ? En effet, il n'y a sans doute aucune nuance à faire dans le rejet absolu du nazisme et le rejet absolu des régimes de collaboration. Mais l'action et la vie quotidienne sous l'Occupation exigent un calcul permanent de ce qu'on peut et ne peut pas faire, de ce qu'on doit et ne doit pas faire, que ne permettent ni le rejet « en bloc », ni le sentiment de « colère » qui flamboie en elle à chaque instant. Si c'est à l'espoir de la « révolution » qu'il faut se confier, alors il est inutile d'agir : viendra à son heure le renversement absolu et radical de cet état de choses absolument et radicalement intolérable.

L'histoire — avec un petit h — a au contraire montré que la Résistance n'obtiendra de résultats que par le travail de fourmi des partisans, à travers ces actions humbles et essentielles, menées dans l'obscurité totale, avec le sentiment qu'on n'est qu'un infime maillon d'une chaîne et que, si on tombe, « un ami sort de l'ombre » à votre place [1]. Il faudra garder cela en mémoire lorsqu'on suivra le Castor et Sartre durant les « années noires ». Et après. La révolution, à laquelle ils mettront toujours une majuscule, rassemblant en elle-même toutes les formes de l'action, est un saut mystique, une conversion : l'individu s'efface devant son appartenance à la classe porteuse d'avenir, qu'il soit prolétaire ou plus tard colonisé ; en lui se rachètent tous les travers de l'individu du

1. *Le Chant des partisans*.

monde libéral, du monde bourgeois, solitaire, sans attaches, mais aussi sans projet.

C'est pour cela que, paradoxalement, le Castor cesse d'être désorientée dès lors qu'elle a découvert « la dimension collective de notre existence », parce que ce choix radical lui épargne celui de l'action quotidienne, humble, ou obscure. Deux voies s'ouvrent en effet, deux voies royales, celle de l'Histoire (avec un grand H) qui prend tout en charge dans sa marche vers la Révolution (avec un grand R). De l'autre, l'œuvre, et cela vaut surtout pour le Castor, qui assumera globalement aussi la dimension « collective » de l'existence, en posant et se proposant une notion nouvelle, celle de « responsabilité ». On ne peut pas, dit le Castor, se sauver tout seul. Et on ne peut s'exempter de rien : si défaite il y a eu, alors j'en suis responsable, j'ai contribué à créer la situation que je déplore, par exemple en refusant dans les années d'avant guerre de la prendre au sérieux. « Selon qu'une société se projette vers la liberté ou s'accommode d'un inerte esclavage, l'individu se saisit comme un homme parmi les hommes, ou comme une fourmi dans une fourmilière. »

Le malheur, en ce moment, en ces jours d'octobre, et dans les mois à venir, c'est qu'il est très difficile de passer de cette perspective générale à une action. On peut seulement métaboliser cette « dépendance », et transformer sa pure négativité en un pouvoir d'action et de création : en œuvre. On ne peut que se remettre au travail, dit-elle. Et à vivre : « Blâmant mon ancienne inertie, je ne trouvai rien à faire sinon à vivre, à survivre, en attendant mieux [1]. »

1. *FdÂ*, p. 538.

5

Des peurs, des colères, une impuissance aveugle

C'est un moment délicat des Mémoires où le Castor arrive ici. Tant de bruits ont couru, pendant l'Occupation et après, sur l'inaction de Sartre, les conditions de sa libération, sur son absence de la liste « Otto » qui donnait le nom des auteurs interdits, sur son ralliement tardif à la Résistance... Sur l'autorisation qu'il obtient en 1943 de faire jouer *Les Mouches*... Sur le travail que le Castor accepte de faire à Radio-Vichy, etc. Non, certainement, qu'on les suppose acquis ou même consentant à la collaboration. Mais pour quelques-uns leur engagement ultérieur dans le camp « progressiste » a semblé une compensation choquante à leur passivité du temps des années noires et leur radicalité faire un contraste un peu trop vif avec leur mollesse d'alors. Toute cette période de notre histoire est, à juste titre, hautement sensible. Mais tant de malveillance et parfois de mensonges ont entouré cette époque de leur vie, qu'il est très difficile d'apprécier sereinement la réalité de leur attitude — résolutions hâtives suivies de déceptions rapides, attentisme, repli sur soi, la « famille » et son œuvre, recherche de solutions extrêmes anticipant déjà sur la « révolution » à venir, contradiction insurmontable entre le refus de la situation et l'incapacité d'agir...

Le Castor le sait, et s'en irrite. Ce serait trop de dire que le Castor est sur la défensive : disons qu'elle est sur ses gardes. Le ton de *La Force de l'âge* n'est pas celui des *Mémoires d'une jeune fille rangée* ; elle l'a elle-même fait observer. À partir de la guerre, de l'Occupation plutôt, le style de la mémorialiste va prendre sa tournure définitive. Elle adopte un système narratif qui repose sur une connaissance très subtile des possibilités qu'offre le récit autobiographique, entre autres celle de déposer sur l'événement vécu la fine couche translucide d'une intervention invisible. Les historiens le savent ; il n'y a pas de faits, il n'y a que des interprétations. L'espace entre les deux se réduit extrêmement dans les Mémoires, puisque c'est toujours un « je » qui parle : mais ce n'est pas toujours celui qu'on croit. Le « je » de 1958, celui du Castor qui écrit *La Force de l'âge*, n'intervient jamais, sauf dans une ou deux rares notes. Il laisse toujours la parole au « je » de l'époque, celui des débuts de l'Occupation. Pourtant c'est lui, le « je » postérieur, qui — donateur de sens, dominateur — dispose à son gré, et sans que celui-ci forcément s'en aperçoive, de la conscience du lecteur.

Fin 1940. Arrêt sur image. Le Castor de guerre aura trente-trois ans dans quelques mois, elle est au seuil d'une nouvelle ère dans sa vie, au bord d'une œuvre à venir, pour laquelle elle se sent plus déterminée que jamais. Depuis ces jours de la fin de son adolescence où, le cœur battant, elle se promettait de construire son existence sur des bases absolument nouvelles, où elle rêvait « d'être sa propre cause et sa propre fin[1] » (ce qui, on le remarquera,

1. *MJFR*, p. 197.

est l'attribut de Dieu), elle n'a pas faibli : elle a tenté de mener à bien ce projet sans exemple. Non sans traverser de redoutables épreuves. Elle a vacillé, mais elle a tenu bon : son âpreté farouche, sa détermination, son goût du bonheur sont demeurés intacts. Elle se rétablit, elle travaille, elle avance *L'Invitée*, et c'est de nouveau la rupture, le choc, l'épreuve : elle vivait dans une folle insouciance, la défaite lui ouvre les yeux. « Le temps se brisa, le sol bougea et je changeai[1]. »

Fin 1940. Une honte collante la submerge. Elle attend le retour de Sartre comme des milliers d'autres femmes attendent mari, ou amant. Elle a quitté l'appartement de sa grand-mère pour s'installer à l'hôtel du Danemark, rue Vavin; Paris est « morne »; depuis fin septembre, tout est rationné. La ville lentement se repeuple; des figures connues réapparaissent, dont Marco — qui met le comble à l'abjection dont elle le sentait depuis longtemps capable en déclarant d'un air mystérieux : « J'ai l'oreille de Philippe Pétain[2]. » Dès l'automne ont été promulgués les premiers décrets par où le régime de Vichy révèle sa véritable nature. Le Castor embrouille un peu les dates, mais les faits sont exacts. Précédant de quelques semaines la poignée de main de Pétain et de Hitler à Montoire qui, le 24 octobre, installe la collaboration entre l'Allemagne nazie et l'État français, le 2 octobre, « une ordonnance allemande avait enjoint à tous les Juifs de se déclarer » et, le 19, Vichy promulguait « le statut des juifs[3] ». En fait, c'est le 14 octobre que le *Journal officiel* publie la loi du 3 octobre « portant

1. *FdÂ*, p. 423.
2. *Ibid.*, p. 533.
3. *Ibid.*, p. 534.

statut des Juifs » : « Article premier. — Est regardé comme juif, pour l'application de la présente loi, toute personne issue de trois grands-parents de race juive ou de deux grands-parents de la même race, si son conjoint lui-même est juif. Article 2. — L'accès et l'exercice des fonctions publiques et mandats énumérés ci-après sont interdits aux Juifs. » Jusqu'en 1942, une série de lois et de mesures discriminatoires s'ajouteront à celles-ci, sur l'internement des juifs étrangers, sur la « surveillance » des juifs, sur le numerus clausus dans les universités... Comme celle du 29 mars 1941 portant création « pour l'ensemble du Territoire national d'un Commissariat général aux Questions juives qui prépare et propose au Chef de l'État toutes mesures législatives relatives à l'état des Juifs ». Ou la huitième ordonnance du 29 mai 1942 : « Signe distinctif pour les Juifs : 1. Les Juifs doivent se présenter au commissariat de police pour y recevoir les insignes en forme d'étoile. Chaque Juif recevra trois insignes et devra donner en échange un point de sa carte de textile. 2. Il est interdit aux Juifs dès l'âge de six ans révolus de paraître en public sans porter l'étoile juive. 3. L'étoile juive est une étoile à six pointes ayant les dimensions de la paume d'une main et les contours noirs. Elle est en tissu jaune et porte en caractères noirs l'inscription "JUIF". Elle devra être portée bien visiblement sur le côté gauche de la poitrine solidement cousue sur le vêtement. »

On comprend pourquoi, lorsqu'elle avait revu Bianca, milieu 1940, le malaise entre elles était devenu palpable. Déjà en 1939, « quand elle me parlait de ses cousins viennois, j'avais pressenti, avec une espèce de honte, qu'elle ne vivait pas la même histoire[1] ». Combien le Castor avait été abstraite en répondant à Olga : Un juif, ça n'existe pas, il n'y a que des hommes ! Quand elle avait fait avec « Louise » un petit voyage à bicyclette, dans les « derniers beaux jours de septembre », elle avait été déchirée de sentir le contraste entre l'« atonie » dont semblait saisie la France et la vue de Guérande « paisible entre ses vieux remparts » ou de la côte « tendrement ensoleillée du Morbihan[2] ».

C'est donc un Castor pétri de remords et d'incertitude qui entre dans les années noires : une seule chose la tient, la « flambée de colère » qui monte en elle quand elle entend à la radio les propos cruels ou serviles des nouveaux maîtres de l'heure et de leurs valets. Sartre n'est toujours pas de retour, l'Histoire est entrée dans leur vie, comme elle est entrée dans la vie de tous et, cependant, « les théâtres avaient rouvert leurs portes[3] ». En un sens, le temps de la collaboration reproduit en l'aggravant le temps de la drôle de guerre : ni chair ni poisson. Il n'y a plus cette fois ni arrière ni front, tout le monde est redevenu civil, ou en passe de le redevenir si, comme on l'espère, tous les prisonniers sont renvoyés chez eux ; en fait, ce ne sera pas le cas. Mais autrement ? On vit comme avant ? On ne vit absolument pas comme avant ? Ni l'un ni l'autre. Disons : *on ne vit pas absolument* comme avant. Dullin reprend *Plutus* au théâtre de Paris, il a confié à Olga un petit rôle où elle se débrouille très bien[4]. « Dans la France occupée, constate le Castor, il suffisait de respirer pour consentir à l'oppression. » Cette formule dit

1. *Ibid.*, p. 528.
2. *Ibid.*, p. 531.
3. *Ibid.*, p. 538.
4. *Ibid.*, p. 539.

tout : elle esquive cependant la réflexion sur les formes et les degrés du « consentement ». Puisque je « collabore » dès que je respire et que je ne peux pas m'empêcher de respirer, il n'y a donc rien à faire. Plus tard, quand la Résistance commencera, et plus encore quand elle s'organisera, on établira la liste de ce qui est permis et de ce qui ne l'est pas : par exemple écrire dans tel journal ou parler à Radio-Paris, non. À Radio-Vichy, ça se discute (c'est là qu'elle fera de la production radiophonique). Mais en attendant, la vie est un théâtre d'ombres, où la vérité et le mensonge se confondent, où le bien et le mal ne se distinguent plus : quel mal y a-t-il en effet à ce que Tissen, « la petite Luxembourgeoise » (qui parle bien allemand), fasse une composition piquante dans le spectacle de Dullin[1] ? L'héroïsme, les grandes actions courageuses et risquées, qui peut dire que, lui, il en aurait été capable ? Et c'est encore bien tôt. Mais la résistance passive, cela existe, cela se met en place facilement, très vite. On pourrait se contenter de faire son travail, de vivre ordinairement, mais éviter par exemple de sortir, d'aller au théâtre où on peut faire des rencontres compromettantes. D'autres régimes, d'occupation ou de terreur, nous ont montré avec quelle ingéniosité, quelle rigueur, ceux qui refusaient l'ordre établi se sont maintenus dans une constante opposition silencieuse, résolue. On imagine ce qu'aurait pu être Paris à l'automne 40 : une ville morte, des cafés vides, des rues désertes ! Quel accueil pour l'occupant ! Mais non, en quelques semaines un monde nouveau s'est installé, avec de nouvelles habitudes, le respect du couvre-feu par exemple. Le

1. *Ibid.*

Castor est prisonnière de son « inertie », elle sait bien que chaque pas vous compromet, cependant elle ne voit pas le moyen « d'en tirer des conséquences concrètes ». Alors elle va au théâtre, chez Dullin, qui ne va pas se montrer très résistant, pas plus que Camille qui se met à dégoiser contre les juifs. On dirait que le Castor ne voit pas très bien où elle met les pieds : elle n'est pas la seule, en cet automne 40.

C'est en allant au théâtre justement que pour la première fois elle reçoit des nouvelles de Sartre, et elle s'affole : il est au *Krankenrevier* du camp, autrement dit à l'infirmerie. On la rassure ; c'est une planque, et elle retourne au théâtre. « Quel contraste entre ces lumières, ces fauteuils rouges, cette foule qui se répandait dans les couloirs en babillant, quel contraste avec les images dont j'avais la tête pleine, des grabats, de la fièvre, des cadavres[1] ! » Elle s'apaise : la correspondance va reprendre. Le Castor de guerre semble avoir perdu tout ressort ; son intrépidité, sa vigilance, son désir de ne jamais céder, sa volonté opiniâtre, où sont-ils ? Elle les découvre sans objets, elle ne voit autour d'elle que des gens « aussi désarmés » qu'elle. Des mouvements se font bien sentir, mais les journaux mentent tellement ! Quelque chose a bougé, pourtant, en France, le 11 novembre : des étudiants ont osé riposter à la mascarade de l'« amitié franco-allemande » en défilant sur les Champs-Élysées. Simone de Beauvoir est tout embuée de solitude et d'incertitude quand elle le signale : « Je ne connaissais aucun de ces jeunes gens qui avaient dit non ouvertement au

1. *Ibid.*, p. 539.

nazisme[1]. » Au ton de cette remarque, on mesure à quel point, dans l'atmosphère visqueuse de ses débuts, la collaboration instaure, en plus des formes caractéristiques de sa violence, un silence, une ignorance, que seule peut briser une détermination rare.

Les conditions générales de la vie à Paris sont tout de même placées sous des signes sans équivoque ; le 1er novembre 1940, le général Otto von Stülpnagel devient *Militärbefehlshaber in Frankreich*, chef de l'administration militaire allemande en France. C'est son nom qui, dans les mois à venir, se retrouvera inscrit au bas d'affiches placardées dans les rues annonçant l'exécution d'otages et de « terroristes » — comme celle qui, le 28 décembre, informe la population de l'exécution de Jacques Bonsergent. « Qui était-il ? qu'avait-il fait ? » écrit le Castor, précisant en note qu'elle n'apprendra que bien après les circonstances exactes de son arrestation et de sa mort[2]. (Un officier allemand avait été bousculé dans la foule et c'est Jacques Bonsergent, parce qu'il la dominait de sa taille, qui avait été arrêté.) Toujours ce sentiment d'ignorance, de danger masqué, de crainte diffuse qui étreint chaque moment de la vie sous un régime d'occupation ou de terreur.

Les premières manifestations de résistance, avant même que le mot apparaisse, sont venues de l'Université. Et dès la rentrée de 40, les autorités d'occupation et le gouvernement de Vichy décident de la mettre au pas. Des lycéens, des étudiants ont en effet apposé des V de la Victoire sur les murs, ou crié « Vive de Gaulle » dans le métro. Des professeurs ont exprimé leur sympathie pour des collègues juifs exclus de l'enseignement en vertu du « Statut

1. *Ibid.*, p. 540.
2. *Ibid.*, p. 542.

des juifs » du 19 octobre. Le 11 novembre a lieu la première « grande démonstration publique connue de résistance à l'occupation et à la collaboration [1] ». Elle rassemble de tout jeunes gens, des lycéens et étudiants parisiens. Francis Cohen, alors étudiant communiste, et qui sera plus tard directeur de la revue *La Nouvelle Critique*, écrit dans *L'Humanité* du 10 novembre 1990 : « Notre action d'étudiants communistes se déroulait dans ce climat. [...] Nous étions peu nombreux, mais très actifs. » Le 30 octobre, le physicien Paul Langevin, fondateur en 1934 du Comité de vigilance des intellectuels antifascistes, avait en effet été arrêté ; le 6 novembre près de la Sorbonne, une bagarre éclate entre étudiants et soldats de la Wehrmacht. Des arrestations suivent. Le 8, des automitrailleuses allemandes ainsi que des forces de la police française prennent position autour du Collège de France. Des tracts circulent : « Étudiants ! contre l'arrestation du professeur Langevin, le premier de nos maîtres jeté en prison ! Contre la censure exercée sur nos livres ! Contre la présence de la Gestapo dans nos salles de cours ! Contre l'asservissement de l'Université française ! »

Les appels à se rassembler aux Champs-Élysées le 11 novembre se multiplient. La rumeur court, la BBC envoie un message : Fleurissez les morts le 11 novembre ! Le même article du *Patriote résistant* cite le témoignage d'une étudiante juive, Blanche Jacquot, venue comme Bianca B. de Pologne avec ses parents, à l'âge de huit ans, et qui a dû renoncer à faire des études de médecine du fait de sa nationalité. « Notre groupe s'est donné rendez-vous au coin des boulevards Saint-Michel et Saint-Germain,

1. Livraison du mois de novembre 2000 du *Patriote résistant* (accessible sur Internet).

devant les Thermes. Au bout d'un certain temps, nous nous sommes retrouvés une trentaine, mais sans nous parler, pour ne pas nous faire remarquer. D'autres groupes sont arrivés, du lycée Buffon je crois, d'autres établissements scolaires... Nous voulions tous manifester ce jour-là. Nous voulions tous affirmer notre honneur d'avoir été les vainqueurs de l'Allemagne en 1918. » D'autres étudiants et lycéens les rejoignent parce que eux ou leurs parents ont entendu l'appel du 18 juin. Par précaution, et craignant l'effet hautement symbolique de la manifestation, les autorités ont décrété que les cérémonies commémoratives n'auront pas lieu. Mais d'autres actions se sont déjà mises en place : à 5 heures et demie du matin, un petit groupe d'opposants rassemblant des avocats, des professeurs, des intellectuels, déposent une gerbe au pied de la statue de Clemenceau aux Champs-Élysées entourée d'un ruban tricolore et accompagnée d'une carte de visite en carton d'un mètre de long, portant le nom du général de Gaulle. À partir de 4 heures de l'après-midi, de cinq à dix mille manifestants convergent vers les Champs-Élysées, une majorité de jeunes, mais aussi des enseignants, des parents d'élèves, des anciens combattants. Des cris éclatent : « Vive la France », « À bas Pétain », « À bas Hitler ». Quelques-uns brandissent deux cannes à pêche en criant : « Vive de Gaulle. » La police n'intervient pas, certains agents conseillent aux manifestants de partir avant l'arrivée des Allemands. Ceux-ci surgissent brusquement, des coups de feu éclatent, des SS jaillissent du cinéma Le Biarritz, des convois débouchent des rues transversales et des mitrailleuses sont mises en batterie sur la chaussée. Environ cent cinquante étudiants arrêtés et incarcérés au

Cherche-Midi seront finalement libérés. L'Université de Paris et une trentaine d'autres établissements d'enseignement supérieur sont fermés le 17 novembre, et rouvriront juste au moment des congés de Noël.

Dans *Le Cri du peuple* de Jacques Doriot[1], on pourra lire ceci : « Ne confondons pas un certain nombre de chahuteurs sans cervelle ou de métèques avec l'immense majorité de la jeunesse parisienne. » Tout cela est la faute « des jeunes juifs, des jeunes socialo-communistes[2], des jeunes pourris de maçonnisme ».

Rien ne vient rompre l'« isolement » du Castor — personne en tout cas dans le milieu qu'elle fréquente ne s'intéresse au fond très vivement à ces mouvements encore balbutiants : ni Dullin, dont la carrière dramatique ne s'interrompra pas pendant les années de collaboration, ni à plus forte raison Olga ou les autres habitués du Dôme ou des Deux Magots. Le Castor a même la surprise, en dînant un soir au foyer du Théâtre de Paris, d'entendre Camille, à la grande gêne de Dullin, déclarer hautement que « le temps des Bernstein[3] » a assez duré. Et elle assiste à la compromission ou au ralliement de nombreux

1. Né à Bresles en 1898 dans un milieu modeste, Jacques Doriot adhère à dix-huit ans à la IIIe Internationale en 1920 et réalise une carrière remarquable au sein du PCF jusqu'à devenir candidat au poste de secrétaire général. Après la défaite, il se prononce pour la collaboration et soutient le maréchal Pétain. Avec Darnand et Déat, il fera partie de la commission gouvernementale de Sigmaringen avant de trouver la mort, sous uniforme allemand, mitraillé par un avion allié. C'est par lui que Drieu la Rochelle rejoindra le fascisme français.

2. Le mot fera retour vers 1980 au moment de l'union de la gauche et de l'élection de François Mitterrand.

3. *FdÂ*, p. 541.

intellectuels : *La Nouvelle Revue française*, interdite, reparaît sous la direction de Drieu. Quant à Alain, le Castor se montre exagérément sévère envers lui : « Il était si entêté de pacifisme que sa collaboration me surprit à peine[1]. » Le mot est peut-être un peu fort : un ouvrage récent[2] permet de le nuancer. Alain s'était montré publiquement en faveur des accords de Munich, mais il était toujours resté hostile à l'idée de désarmement. En 1914, du reste, bien qu'âgé de quarante-six ans, il avait voulu être incorporé. Dans la France occupée, il ne s'engagera pas en faveur de la Résistance — il est vrai qu'il a largement dépassé l'âge de soixante-dix ans — et il donnera même quelques articles à *La NRF* de Drieu la Rochelle. Mais on ne trouve sous sa plume aucun éloge de la collaboration ni même l'expression d'une acceptation résignée. D'autres ne resteront pas dans cette pénombre : notamment Brasillach, qui fonde alors *Je suis partout*.

Le Castor s'est enfermée avec sa petite famille, Lise, Olga, Bianca, Bost, elle sort très peu, travaille « à son roman » au Dôme où elle quête « un peu de chaleur » pendant cet hiver très froid de 1940, et passe ses soirées au Flore, où « jamais un occupant ne mettait les pieds ». Ses relations avec Lise se sont un peu gâtées, la jeune fille, devenue très belle malgré ses « allures de moujik », subit avec colère les instances de sa mère qui veut la marier ; le Castor la soutiendra dans sa rébellion, préparant un affrontement d'où elle sortira vaincue, exclue de l'Université sur plainte de ladite mère, pour « détournement de mineure » — on s'en souvient, les choses sont un peu

1. *Ibid.*
2. Thierry Leterre, *Alain, le premier intellectuel*, Stock, 2006.

plus compliquées que ne le dit *La Force de l'âge*. Quant à Sartre, il aurait très bien pu, comme tant d'autres, passer les quatre années suivantes dans un camp de Poméranie ou dans un stalag du Tyrol autrichien ; dans ce cas, le Castor se serait retrouvée définitivement plongée dans un état d'« enfermement » et d'« impuissance », affrontant comme les autres des difficultés de chauffage ou d'approvisionnement et faisant la queue avec d'autres femmes pour lui faire envoyer des colis. Mais il revient, en mars, et elle est totalement « abasourdie » quand il lui déclare « dès le premier soir » que, s'il était revenu à Paris, ce n'était pas pour jouir des douceurs de la Liberté (avec une majuscule) mais « pour agir ». Elle demeure sans voix : mais nous sommes tellement isolés ! « Justement, me dit-il, il fallait briser cet isolement, s'unir, organiser la résistance[1]. » C'est du reste ce qu'il confirme dans les Entretiens qui suivent *La Cérémonie des adieux* : « Voilà ce qui semblait être la première chose en revenant à Paris : créer un groupe de résistance, essayer de proche en proche de gagner la plupart des gens à la résistance, et créer un mouvement de violence qui chasserait les Allemands[2]. »

Comme on détourne sur soi l'attention des poursuivants pour protéger une fuite, le Castor oriente délibérément la vision du lecteur vers une image contrastée où elle n'a pas le meilleur rôle. De son côté à elle, l'inertie et l'inaction, du côté de Sartre une conscience vigilante et un immédiat désir d'action — dont il aura de la peine, il faut le dire, à mettre en place des modalités concrètes. À son retour, donc, elle est frappée par sa résolution ;

1. *FdÂ*, p. 550.
2. *Entretiens de 1974*, in *CdA*, p. 492.

évidemment, elle n'avait pas douté un instant que Sartre haïsse autant qu'elle à la fois l'Occupation — la présence des Allemands sur le sol français, et la collaboration — et la mise en place d'un régime aux ordres, avec la complicité des institutions françaises et de leurs fonctionnaires. Mais il est allé très vite, et très loin, c'est un fait : elle a « l'impression de ne plus parler tout à fait le même langage[1] » que lui. Ils ont vécu en effet des situations très différentes ; elle n'a pas pris la mesure de ce qui s'était passé durant ces mois de séparation. Elle s'offusque presque lorsqu'il l'interroge sur un ton de moralisme rigide : « Est-ce que vous faites du marché noir[2] ? » Et quand il lui reproche d'avoir signé le papier affirmant qu'elle n'était ni franc-maçonne ni juive. L'expérience du stalag l'a radicalisé ; il faisait partie d'un « petit groupe d'antifascistes » qui s'était juré de ne jamais faire aux Allemands la moindre concession. Dans *Situations IV*[3], Sartre a raconté ses premiers jours d'homme libre et son « vague regret » d'avoir perdu la « vie unanime » qui avait été la sienne durant des mois de captivité. Il s'est installé dès son retour chez sa mère et son beau-père au 23 de l'avenue de Lamballe pour faire une « escale douillette » avant de replonger dans sa vie et l'« air étourdissant » de la liberté[4]. Il a besoin en effet de toutes ses forces pour imposer à la vie civile l'intransigeance qu'il a connue au camp. Mais petit à petit, note le Castor, il y renonce, et « s'adapte » à sa nouvelle condition.

La France est coupée en deux, la vie culturelle, lit-

1. *FdÂ*, p. 548.
2. *Ibid.*, p. 549.
3. Pp. 348-349.
4. Annie Cohen-Solal, *Sartre, op. cit.*, p. 292.

téraire aussi : des Allemands se mêlent, avec distinction et raffinement, à la vie culturelle française, Gerhardt Heller, l'ambassadeur Otto Abetz ou Ernst Jünger. Mais dès septembre 1940, une première « liste Otto » (qui sera suivie d'une seconde en 1942) donne les noms des auteurs français interdits à la vente. Malraux, Nizan, Denis de Rougemont y sont, lui non[1]. Sartre doit tout découvrir à la fois, la naissance de mouvements clandestins, la naissance de ce mot même « résister » — « Résistance » est le titre d'un appel lancé par le groupe du musée de l'Homme. Très vite, ayant commencé ses cours à Pasteur[2], il noue des contacts notamment avec Merleau-Ponty, Jean-Toussaint Desanti qui est alors un agrégatif de vingt-six ans et sa femme Dominique. Une première réunion a lieu dans la chambre du Castor, à l'hôtel Mistral, où assistent également Bost, Jean Pouillon... Dans les semaines et les mois qui suivent se met en place le groupe Socialisme et liberté, qui n'aura qu'une existence provisoire. Sur la constitution de ce groupe, les fins qu'il se donne, les moyens qu'il met en place, et son évolution, le Castor passe assez rapidement, mais on peut en compléter le tableau à travers divers témoignages recueillis par Annie Cohen-Solal. Sartre, au retour des vacances de Pâques (1941), s'est donc « préoccupé de chercher des contacts politiques[3] ». Le Castor revoit la première réunion dans sa chambre de l'hôtel Mistral. C'est Jean-Toussaint Desanti qui,

1. Sur tout cela, se reporter au chapitre « Socialisme et liberté » du livre d'Annie Cohen-Solal (*op. cit.*).

2. Des bruits se sont répandus sur la nomination de Sartre au lycée Condorcet, où il aurait accepté de remplacer un professeur démis de ses fonctions pour raisons raciales, Dreyfus-Lefoyer, alors que le poste avait été entre-temps occupé par Alquié.

3. *FdÂ*, p. 551.

« avec une rieuse férocité », propose « d'organiser des attentats individuels », mais, dit le Castor, « aucun de nous ne se sentait qualifié pour fabriquer des bombes ou lancer des grenades[1] ». On s'arrête plutôt sur l'idée de « recueillir des renseignements » et de recruter. Ils se mettent rapidement en contact avec d'autres groupes dont ils ont appris l'existence ; on se retrouve au restaurant La Closerie des Lilas près du Luxembourg, ou dans les jardins. Ou encore dans des « turnes[2] » de la rue d'Ulm, dans des chambres d'hôtel. Ce qui la frappe, quand elle pense maintenant (vers 1960) à ce petit groupe, c'est son nombre restreint, et son « imprudence ». Et elle décrit avec un peu d'amusement l'amateurisme dangereux de certains participants, qui se promènent avec des tracts dans la poche. Mais elle ne se livre à aucun commentaire de fond sur la manière dont Sartre conçoit la constitution du groupe, sur les fins qu'il doit poursuivre et les modalités d'une action destinée à les réaliser. Est-ce parce que, particulièrement sensible à sa propre impuissance et incompétence en ce domaine, Simone de Beauvoir se garde de tout jugement ? Ou est-ce parce qu'elle n'en prend pas conscience, partageant avec Sartre la même idée de l'action politique et des fins qu'elle se donne ?

Le Castor et Sartre sont très pessimistes sur leurs chances de succès et pensent qu'il vaut mieux se fixer un « objectif lointain » : « préparer l'avenir ». « Si les démocraties l'emportaient, elles auraient besoin d'une doctrine neuve. » Les premiers participants au groupe le confirment, Sartre a moins le souci de l'action immédiate que de préparer les

1. *Ibid.*
2. Chambres en argot de normalien.

temps d'après la défaite des Allemands. Et si l'Occupation devait durer trente ans ? objecte Merleau-Ponty[1]. Le Castor est, pour sa part, moins persuadée que Sartre de l'effondrement rapide du Reich ; elle note les victoires successives de ses armées, celles de l'Italie qui « tient toute la Grèce », et le triomphe en France des collaborateurs. Les réunions se poursuivent jusqu'en juin 41, Cavaillès est déçu, selon Raoul Lévy, par l'insuffisance des renseignements que celui-ci lui communique de la part de Socialisme et liberté[2]. Avant l'été, Sartre et Merleau-Ponty, les deux « têtes » du groupe, sont chargés de rédiger chacun un texte, *La Force de l'âge* dit : « pour notre premier bulletin ». Sartre y livre un long développement sur les perspectives d'avenir d'une France libérée de l'oppression. Mais, selon Jean-Toussaint Desanti, Sartre « n'insère pas cette réflexion dans une véritable pratique politique, pour laquelle d'ailleurs il n'avait pas d'intérêt particulier[3] ». L'écart se creuse, et Sartre se retrouve isolé. C'est à ce moment qu'il décide de partir en zone Sud pour rencontrer des écrivains connus, comme Gide ou Malraux, afin de les convaincre de rejoindre Socialisme et liberté. À leur retour, raconte Cohen-Solal, le groupe va aller d'échec en échec : moribond, il « cahote jusqu'à la fin de 41 » avant de s'éteindre. D'ignobles insinuations se font jour, selon lesquelles Sartre serait un « agent allemand », libéré dans des conditions douteuses : des communistes les répandent avec entrain. Et c'est justement dans les rangs du PCF que vont se retrouver

1. Témoignages reproduits par Cohen-Solal au chapitre « Socialisme et liberté », in *Sartre*, *op. cit.*, pp. 300 *sq.*
2. *Ibid.*, p. 304.
3. *Ibid.*, p. 306.

les membres du groupe balayé par l'arrivée de réseaux mieux structurés [1].

Après avoir décrit les débuts de Socialisme et liberté, le Castor prend de la hauteur pour aborder les perspectives du moment : leur petit groupe et son action s'éloignent. Comme le récit des aventures du « trio » se mêlait à divers épisodes en contrepoint qui en dissolvaient la violence et détournaient l'attention du lecteur sur d'autres sujets, de même ici, les tentatives avortées pour créer un sérieux et solide mouvement de résistance vont se disperser dans la description de leur retour à une vie de travail, à cette vie commune, que le Castor aborde « le cœur en paix » puisque Sartre est de retour. Comme toujours le récit donne l'impression que les événements se déroulent sans anicroches, sans aspérités, et qu'ils sont assez anodins : ainsi (on y reviendra) d'un premier article que Sartre, peut-être imprudemment, donne à la revue *Comœdia* avant de s'en retirer très vite. On a le sentiment que Simone de Beauvoir présente les choses de manière à prévenir la plus petite critique ou réserve ou distance envers Sartre et son action. (Protéger Sartre est un des objectifs majeurs du Castor de guerre.) Elle lui apporte soutien et renfort, plus encore dans les années à venir, suivant la logique d'une guerre où elle le sait souvent très seul. En tout cas, en cette période qui voit seulement les premiers balbutiements de la machine de guerre théorique et politique qu'ils constitueront à deux, il ne convient pas que qui que ce soit puisse apparaître comme plus réaliste, ou meilleur tacticien, voire meilleur stra-

1. *Ibid.*, p. 314.

tège que Sartre. Encore moins qu'on puisse juger un peu vaine telle ou telle de ses démarches.

Ainsi de cette tournée dans le Midi pour tenter de rallier des écrivains connus : cette tournée échoue. Une grande science de la narration distribue ce qu'il faut, au bon moment, des épisodes de ce périple. Ainsi, par exemple, la rencontre d'authentiques résistants, dont celle de Pierre Kaan : le Castor constate qu'elle l'a vécue alors dans une espèce d'inconscience qui aujourd'hui (1960) lui donne des remords. Cependant qui aurait pu deviner que Pierre Kaan, avec qui Sartre a « longuement causé », serait un jour « adossé à un mur et fusillé[1] » ? Cette rencontre inscrit tout de même leur projet dans une authentique recherche de l'action. Vient alors le récit des visites ratées à Gide, Malraux, Daniel Mayer, dont ils espéraient le ralliement et le soutien. Mais quand ils se voient éconduits, le récit du Castor en rapporte alors uniquement l'aspect anecdotique : Gide est effrayé par un froissement contre le trottoir, Malraux se montre grandiloquent devant une table seigneuriale, quant à Daniel Mayer, il n'a d'autre idée à proposer que d'envoyer à Léon Blum une lettre pour son anniversaire ! « Sartre fut déçu[2] », dit le Castor. Que veut-elle dire exactement ? Que Daniel Mayer s'est moqué d'eux par cette proposition inoffensive ? Mais était-elle à ce point dépourvue de sens ? Ces « lettres d'anniversaire » que suggère Mayer sont en fait destinées à l'homme que Pétain a fait arrêter le 15 septembre 1940 et interner au château de Chazeron, comme responsable de la défaite, et qui sera jugé en 42 par la cour de justice de Riom. À la suite de quoi, Léon Blum

1. *Ibid.*, p. 564.
2. *FdÂ*, p. 565.

sera interné au fort du Portalet. En mars 43, il devait être livré par Laval aux Allemands et déporté près de Buchenwald. Son frère René fut assassiné à Auschwitz... L'envoi de telles lettres avait donc un sens, et un sens politique : beaucoup de résistants usèrent de cette méthode pour manifester à la fois leur soutien au leader du Front populaire, et leur opposition au régime. C'est là que le deuxième « je », le je de 1960, aurait pu intervenir et, se retournant vers le « je » des années de guerre, lui fournir l'information qui alors, peut-être, lui manquait (encore que les journaux avaient dû l'annoncer). Un peu comme le fait Victor Hugo, exilé à Guernesey, quand il revient sur ses engagements politiques des années 1830 : pair de France, le proscrit te fait la leçon ! Car le lecteur naïf, ou mal informé, ou trop confiant, ou pressé (car on le mène vivement) n'y aura vu que du feu, et retirera seulement de l'anecdote l'idée que Daniel Mayer avait manifesté une mauvaise volonté révoltante. Tissu sans coutures apparentes, le récit très habile de nouvelles anecdotes vient alors proprement dissoudre la charge négative de l'échec à travers plusieurs narrations en style héroï-comique : les prouesses de Sartre à bicyclette, son triomphe lorsqu'il revient avec un « pneu orangé » autour du torse, sa propre chute de vélo au retour, où elle frôle la mort... Elle est « hideuse », elle a un œil fermé, il lui manque une dent, et comme elle attend Sartre à un carrefour : « Après ce qu'il t'a fait ! » lui crie un type[1].

L'échec de la « tournée » est patent, le Castor n'en dit pas un mot, et en reporte même la responsabilité tout entière sur les autres. Quand il s'agit d'elle-

1. *Ibid.*, p. 568.

même, il arrive au Castor de mettre une note, en bas de page, pour dénoncer par exemple l'idéalisme dont elle avait fait preuve à telle occasion. Mais s'agissant de Sartre, elle ne le fait pas. « Nous discutions toujours ensemble ses attitudes [de Sartre] et parfois je l'influençai [1] », dit-elle. C'est vrai, et même cette fois elle semble aller plus loin : « Je craignais que cette fois il ne se berçât d'illusions [2]. » Mais d'illusions sur quoi ? Pas sur lui-même ou ses propres capacités. *Sur les autres*, sur ceux qu'il rencontre et qui se dérobent. Le moment était peut-être mal choisi, ceux qu'il a rassemblés ne formaient peut-être pas un groupe très cohérent, il avait peut-être lui-même beaucoup de mal à saisir la nécessité d'une organisation détaillée, minutieuse ? Il n'a peut-être pas été très convaincant, dans sa tournée du Midi ? Non, ce sont les autres qui se sont mal conduits, qui ont été lâches. L'échec, loin de l'accabler, le grandit.

Si, dans l'affaire de Socialisme et liberté, le Castor n'est pas intervenue, elle se félicite tout de même de voir que « Sartre s'est remis au travail [3] ». Et au fond, c'est peut-être elle qui est dans le vrai : il n'était pas là véritablement à sa place, elle redoutait de le voir perdre le sens de son œuvre à faire, comme à d'autres reprises dans des aventures médiocres, ou des engagements qui ne lui conviennent pas absolument. Et puis, c'est aussi de son bonheur à elle qu'il s'agit. Elle ne va pas bouder son plaisir ; ce moment est un récit véridique et charmant de leur bonheur revenu et de la fin de sa « schizophrénie ». Même cette incroyable aventure à bicyclette lui a redonné

1. *FdC*, t. I, p. 15.
2. *FdÂ*, p. 550.
3. *Ibid.*, p. 554.

le goût des escapades dans des paysages qu'elle aime. Elle a retrouvé Sartre, il se retrouve lui-même, toutes les conditions d'une vie dans le bonheur sont de nouveau réunies. Pour lui permettre de tenir la plus grande des promesses qu'elle s'est faites : faire une œuvre. Et à lui aussi. Car c'est ce qu'il veut avant tout, par-dessus tout : « Sartre m'était aussi transparent que moi-même[1] », écrit-elle. Mais il a besoin d'être protégé. Et elle le protège. Contre ses ennemis, contre les femmes auxquelles il cède avant de s'en mordre les doigts. Contre lui-même, enfin. Car il est faible et même touchant, peinant sur sa bicyclette pour aller convaincre Gide ou Malraux de rejoindre ce groupe improbable. Il n'est pas fait pour ça, voyons, mais elle ne sera tout de même pas assez déloyale pour le dire. D'ailleurs elle ne le pense qu'à moitié.

*

Les (més)aventures de Socialisme et liberté et l'image positive de Sartre qui s'en dégage sont en fait pour le Castor une introduction indispensable au récit de leurs années d'Occupation. Pas seulement parce que, chronologiquement, elles se situent à leur tout début. Mais parce que la preuve a été ainsi administrée, même si les choses ont échoué, que Sartre était déterminé, très précocement, à résister. Cela n'est pas douteux : il reste tout de même qu'il se décourage vite, qu'il abandonne vite toute velléité d'action. Ils vont donc choisir l'un et l'autre de demeurer présents, actifs, dans ce Paris « à l'heure allemande », comme si leur propre incapacité à pas-

1. *Ibid.*, p. 32.

ser de la théorie à la pratique — ce dont personne ne peut jamais être blâmé — rendait la situation paradoxalement moins intolérable. Comme si la difficulté d'y trouver une parade finissait par masquer les aspects les plus négatifs de Vichy. Comme si l'impossibilité de l'action, une fois reconnue et avérée, sans conférer à la « révolution nationale » une quelconque légitimité, la faisait entrer dans la catégorie des « catastrophes naturelles », sur lesquelles on ne peut rien — et où il faut autant qu'on peut essayer de (sur)vivre. En un sens, la France de la guerre d'Algérie suscitera chez le Castor une réaction infiniment plus violente : elle sent le dégoût l'envahir, une noirceur enveloppe tout, ce sont d'« accablantes » années. Et sa réaction en 1958 quand, à la suite du putsch des généraux, le général de Gaulle revient au pouvoir est au moins aussi violente, parfois plus, que ses commentaires sur l'Occupation.

Ni action collective ni héroïsme singulier, donc. Soit. Nul ne peut leur en faire le plus petit reproche. Les échappées hors de Paris et loin de leur table de travail ne leur conviennent pas. Pour Sartre, il faut « préparer l'avenir [1] » par un travail de fond car, au lendemain de la victoire — et même dans l'éventualité d'une défaite —, « la gauche aurait besoin d'une doctrine neuve ». Et en attendant, il est indispensable que la guerre, la défaite, l'Occupation n'aient pas raison de lui : il se remet à son roman, et continue l'œuvre philosophique commencée au camp (*L'Être et le Néant*). Telle est sa mission. Ainsi, lorsque tout espoir de résistance active lui aura échappé, il se retrouvera suffisamment engagé dans

1. *Ibid.*, p. 552.

son œuvre pour ne plus céder à des propositions plus ou moins ambiguës, comme celle d'un « vieux journaliste » (vieux fait plus inoffensif), Delange, qui dirige *Comœdia* et l'avait assuré que sa revue était totalement indépendante. Sartre lui donne un compte rendu de *Moby Dick* dont la traduction vient de paraître[1] — mais c'était un journal de la zone occupée : il s'abstient de lui donner une suite[2].

Petit à petit, et au fil des années de l'Occupation, ils se retrouvent donc dans la position d'intellectuels indéniablement hostiles au régime mais conduits par la force des choses à vivre et travailler dans un monde où la collaboration est partout. Leur solitude est « extrême », ils y sont « condamnés[3] », et le théâtre devient alors « l'unique forme de résistance qui lui fût accessible[4] ». « Nous avions décidé de vivre comme si nous étions assurés de la victoire finale », écrit le Castor assez mystérieusement : c'est un pari, mais on y étouffe, car une « cloche d'ignorance » pèse sur eux. Leur vie est désormais faite « de peurs, de colères et d'une impuissance aveugle ». Et si cela devait durer dix ans, davantage ?

1. *Moby Dick*, de Herman Melville, parut en français pour la première fois dans une traduction de Giono, en 1941. Giono y est qualifié par Sartre de « prophète mineur et rural ».

2. On a beaucoup glosé sur cette affaire. Jacques Body, dans sa biographie de Jean Giraudoux (Gallimard, 2004), donne (pp. 751-752) des détails intéressants sur cette publication. Le numéro où Sartre a publié, celui du 21 juin 1941, était le numéro 1 et comportait aussi des articles de Paulhan, Valéry, Giraudoux et Claudel. Son directeur était René Delange, qui n'était pas porté sur la collaboration. À un moment, il a fustigé « les professionnels de la délation et du mensonge », et *Comœdia* passait pour « "le" seul journal de Paris qui n'insulte pas les Juifs ». Vers juillet-août 1941, les autorités allemandes se sont même inquiétées du ton non collaborationniste qu'avait pris le journal.

3. *FdÂ*, p. 572.

4. *Ibid.*, p. 573.

Il est évident qu'un jour ou l'autre ils subiraient « le sort de Péron, d'Yvonne Picard », déportés, même s'ils ne savent pas exactement ce que sont les camps[1]. Et pendant ce temps, Paris est si beau, avec ses « grands ciels de campagne, ses rues villageoises ! ». Une forme de gaieté lui revient, coupée de difficultés matérielles. Se nourrir est un casse-tête de chaque jour : elle qui a toujours détesté cela, elle se met à cuisiner, et en bon Castor de guerre, dans tous les sens du terme, de ses soucis alimentaires elle fait une « manie » qui dura trois ans. Elle s'habille de pantalons de ski pour avoir chaud, et porte des galoches, comme tout le monde : on perçoit dans ces pages une espèce d'ivresse à se sentir — provisoirement — réduite au sort commun... Finalement, les autres existent, et pas seulement comme des consciences hostiles, visant la « mort de l'autre », ni comme des « apparences » plongées dans la mauvaise foi et la représentation complaisante de soi.

À partir du 29 mai 42 — le Castor dit le 17 juin, mais peu importe —, tous les juifs doivent porter une étoile jaune : cette infamie indique à quel point la « révolution nationale » a rejoint, dans des formes

1. Samuel Beckett s'était lié d'amitié en 1926 avec Alfred Péron, qui était « lecteur » au Trinity College de Dublin. Puis Beckett s'est installé en France en 1937, et y est resté jusqu'à sa mort. Péron, devenu professeur d'anglais à Buffon, le recrute dans le réseau de Résistance « Gloria ». Beckett échappe de justesse à la Gestapo, mais Péron est arrêté et déporté, ainsi que son camarade de guerre et de Buffon, Pierre Weydert. Péron mourra en Suisse, deux jours après sa libération du camp (Bulletin intérieur de l'Amicale des Déportés et Familles de Mauthausen, n° 256, octobre 1993). Lors des arrestations du 13 août 1942, Beckett est sauvé par Nathalie Sarraute qui le cache dans une petite maison de jardinier de la vallée de Chevreuse. — Yvonne Picard fut déportée à Birkenau avec Charlotte Delbo et Danielle Casanova.

que refuseront d'autres pays occupés[1], la doctrine allemande. Politzer et Feldmann sont fusillés en 42 au Mont-Valérien, d'autres sont recherchés, emprisonnés, exécutés pour une appartenance de « race », pour le simple « crime d'être né[s] ». Et pendant ce temps, la vie littéraire continue, dans une juxtaposition intolérable de la routine et du pire. Comment ne pas essayer de vivre, le moins mal possible ? Certains livres sont des événements : c'est le cas de *L'Étranger*, dont Sartre rend compte pour les *Cahiers du Sud*[2]. Au printemps 42, le Castor aussi a remporté une grande victoire : *L'Invitée* est acceptée par Gallimard, après qu'elle en eut changé l'ancien titre, *Légitime Défense*, qui avait pourtant l'avantage de mettre au centre du livre l'absolue nécessité du meurtre de Xavière. Durant l'été, Sartre et le Castor décident de se rendre en zone libre « pour changer d'air ». C'est l'été au cours duquel (le 20 août) une tentative mal préparée de débarquement à Dieppe conduit au sacrifice de milliers de Canadiens, tués ou faits prisonniers — aucune couverture aérienne n'avait été prévue, et les soldats se heurtèrent à un barrage d'artillerie tiré du haut des falaises.

Début 43, l'hiver est particulièrement rude, tout le monde se presse au Flore ; le Castor s'y installe tôt, à l'heure où le garçon, Boubal, « ranime son petit univers » ; le Flore devient leur petite *querencia*, mot

1. Au Danemark, le roi déclara que si on devait obliger les juifs à porter l'étoile jaune, il serait le premier à l'apposer à son revers. Acte de résistance « au sommet » qui fit reculer l'occupant.

2. Et dans *Vogue*, en 1945 : « L'œuvre sombre et pure de Camus nous offre la promesse d'une littérature classique, sans illusions, mais pleine de confiance en la grandeur de l'humanité ; dure, mais sans violence inutile, passionnée mais retenue... une littérature qui s'efforce de peindre la condition métaphysique de l'homme tout en participant pleinement aux mouvements de la société. »

dont ils affectionnaient l'usage, avant la guerre, pour désigner de douillets refuges où vivre ensemble, et travailler. Jamais le mot n'a été mieux justifié : il ne désigne rien d'autre, en espagnol, que le provisoire abri où le taureau attend l'estocade finale... Toute la « famille » s'y retrouve, mais éparpillée aux quatre coins de la salle, et aussi Adamov, « les pieds nus et bleus dans des sandales[1] », Dominique Aury, Audiberti. Puis Picasso, avec Dora Maar, tenant en laisse un gros chien, Prévert, Léon-Paul Fargue. Mais les « belles filles » si gaies — Sonia, Bella, « la Tchèque », toutes juives et réfugiées en France — disparaissent une à une, englouties « dans le silence » — mortes dans les camps. « Je savais que plus jamais la fallacieuse innocence du passé ne ressusciterait[2]. » En mettant un terme à l'expérience précoce et maladroite de Socialisme et liberté, ne se sont-ils pas condamnés tous les deux à une passivité pesante ? Aussi accueille-t-elle avec soulagement l'invitation faite à Sartre au début de 43 par les mêmes intellectuels communistes qui avaient émis des soupçons sur les conditions de sa libération, de les rejoindre au Comité national des écrivains récemment créé : elle-même n'y est pas invitée n'ayant encore rien publié, mais ne le regrette qu'à moitié[3]. Toutes ces réunions ont, d'après le récit que lui en fait Sartre, l'air terriblement ennuyeux ; on notera une fois encore cette impatience née d'un très ancien « extrémisme ». Tout ou rien : telle est leur devise. Le Comité national des écrivains, organe de la résistance littéraire, n'était cependant pas

1. *FdÂ*, p. 607.
2. *Ibid.*, p. 611.
3. *Ibid.*, p. 613.

composé uniquement d'écrivains[1]. Et il est de fait que les membres du CNE avaient attendu jusqu'en 1943 pour inviter Sartre à les rejoindre, probablement parce qu'ils le trouvaient trop anticommuniste. Même si, lors de leur première rencontre avec lui, ils déclarent ignorer les calomnies dont il avait été l'objet en 1941[2]. Il est sûr en tout cas qu'ils y avaient accueilli dès 41 Jacques Decour, François Mauriac, Jacques Debû-Bridel, Pierre de Lescure, Jean Paulhan puis, s'élargissant, Paul Valéry et Georges Duhamel. On sent un peu d'humeur dans ce passage de *La Force de l'âge* : il y a peut-être quelque raison à cela, les rapports du Parti communiste avec Sartre ont été plus que mouvementés et, plus d'une fois, il a essuyé leurs attaques grossières et sans nuances. Écrit à la fin des années cinquante, le récit du Castor ne peut pas l'oublier. Au fond, le tort du Castor de guerre, souvent, ce n'est pas d'avoir tort, c'est de ne pas donner la preuve qu'elle a raison.

On sent cependant que le Castor n'aborde pas sans une certaine crispation quelques-uns des épisodes de ces années-là. *Les Mouches* s'annoncent ainsi d'une manière presque négligente. C'est un peu par hasard, pour deux raisons « contingentes », que Sartre est conduit à écrire la pièce. *Les Suppliantes*

1. Le CNE se donnait pour but de réglementer la profession et d'élaborer un code de conduite des écrivains : le 20 mars 1943 est établie une première liste noire d'écrivains complices avec l'ennemi. Le CNE est organisé en « étoiles » à 5 branches : chaque membre d'une étoile doit lui-même créer une autre étoile de 5 membres afin d'obtenir une ramification rayonnant dans tout le Sud. Ce Comité se dote également d'une revue justement intitulée *Les Étoiles* dans laquelle figure en juin 1943 un Manifeste du CNE. À partir du numéro 6, *Les Lettres françaises* apparaissent pour la première fois comme l'organe du CNE.

2. *FdÂ*, p. 613.

montées par Jean-Louis Barrault lui ont donné l'idée d'écrire une pièce ; et puis, il voudrait faire quelque chose pour les sœurs Kos. Quand la pièce est montée chez Dullin au théâtre de la Cité (nom qu'avait pris le théâtre Sarah-Bernhardt rebaptisé), Vercors a regretté que *Les Mouches* aient pu être jouées grâce à l'indulgence de la censure, mais Sartre s'explique : il n'y a pas d'équivoque, les collaborateurs, dit-il, en ont du reste reconnu immédiatement le caractère subversif, et ils déclenchèrent de « violentes campagnes de presse qui obligèrent le théâtre Sarah-Bernhardt à retirer la pièce de l'affiche [1] ». Même chose pour son propre travail à Radio-Vichy à partir de son exclusion de l'Université. Le Castor a trop d'orgueil pour se permettre une justification ou des explications en règle, elle va se contenter de passer très vite sur la chose. Après son exclusion de l'Université, quelqu'un, « je ne me souviens plus qui » — en fait, c'est Delange, le directeur de *Comœdia* —, lui avait trouvé un travail comme « metteuse en ondes » à la « radio nationale » (Radio-Vichy) mais « d'après notre code, on avait le droit d'y travailler [2] ». C'est tout ; la certitude de son bon droit la conduit parfois à régler un peu vite des questions qui feront forcément retour.

Dans le Castor de guerre sommeille une jeune fille à l'orgueil tout aristocratique qui supporte mal la contradiction et plus encore d'avoir à se justifier. Et refuse parfois une explication qui eût calmé les esprits. Son art extraordinaire de la conviction, de la persuasion, se double parfois d'une véritable stratégie de fascination. L'autorité de sa parole doit faire

1. Cf. Michel Contat et Michel Rybalka, *Les Écrits de Sartre*, Gallimard, 1970, p. 91. Ces lignes proviennent de l'hommage à Dullin lu par Sartre en 1950.
2. *FdÂ*, p. 618.

loi. Cette autorité n'est cependant pas, à ses yeux, le caprice d'un moi orgueilleux ; c'est l'autorité de la vérité : qui oserait s'y soustraire ? Mais de quelle vérité s'agit-il en effet ? Tout se passe comme s'il n'y avait pour le Castor qu'une seule acception du mot de vérité ; comme si un signe d'égalité était vivement posé entre trois formes de la vérité. La vérité dans les rapports humains, garante d'un rapport authentique à soi-même et aux autres ; la vérité sur soi, et la vérité scientifique (plus tard elle y rangera aussi la vérité « politique »). C'est ce coup de force qui donne un tour impérieux aux Mémoires. Et c'est cette unité imposée que le lecteur doit impérativement briser pour retrouver, en lui, l'espace nécessaire à la respiration d'une interprétation libre.

*

Quand *L'Invitée,* commencée il y a plus de quatre ans, paraît enfin au printemps de 1943, juste avant *L'Être et le Néant,* en même temps que sont créées *Les Mouches* au théâtre de la Cité, c'est un événement, et on aurait aimé qu'il se produise un peu avant, ou après, pas au milieu de ce temps, et de cette société dont les images et les évocations soulèvent toujours un peu le cœur. Le Castor a trente-cinq ans, c'est son premier livre publié. Elle souhaitait, enfant, être « un auteur reconnu », c'est dit dans un langage simple, presque trop. Elle voulait être « quelqu'un dont toute l'existence est commandée par l'écriture[1] ». C'est fait. *L'Invitée* est dédiée à Olga, comme l'est aussi *Le Mur*. Le trio est entré en littérature. Simone de Beauvoir aussi. Ce que, dans

1. *FdC,* t. II, p. 495.

ses *Cahiers de jeunesse*, elle s'était donné comme but ultime : écrire, elle y est maintenant pleinement parvenue. Plus tard, pourtant, quand elle se retourne sur le temps d'avant, dans *Tout compte fait*, comme déjà à la fin de *La Force des choses*, elle s'effraie : c'est comme si rien ne s'était passé, comme si rien n'avait eu lieu. « Je mourrai tout entière [1] », dit-elle. Non, justement, puisque l'œuvre est là et elle le sait, depuis ses *Cahiers*, ses livres sont la « source » où d'autres « puiseront ». Mais son appétit, son amour de la vie sont tels que cette immortalité lui paraît bien fade.

Il y a encore autre chose. Un processus est en route. Non pas seulement celui du succès, qui va venir très vite, ni de la « gloire » que lui conféreront des livres à venir, *Le Deuxième Sexe, Les Mandarins*. Mais cet étrange renversement par où l'auteur et son œuvre échangent leur place. Qui produit qui ? L'auteur, son œuvre ? Ou l'œuvre, son auteur ? Écrire, c'est procéder à un renversement capital, inouï, c'est inverser l'ordre des choses et l'ordre des causes. Elle peut continuer de parler « de ses livres » à venir ou déjà écrits ; désormais, ce sont aussi ses livres qui parlent d'elle. D'où la naissance sinon d'une contradiction, du moins d'un décalage entre la figure plus secrète de l'écrivain soumis à la logique de l'œuvre, et celle de l'intellectuelle reconnue, de la philosophe engagée dans les combats de son siècle. Elles ne sont pas identiques : elles se rencontrent en elle ; parfois, elles se croisent. D'où aussi l'impression que le Castor se fuit dans les voyages politiques, les livres engagés, et cherche ensuite à se retrouver,

1. *TCF*, p. 507.

dans la fiction. Se retrouver n'est pas le mot juste : à trouver des figures d'elle-même qui se dérobent.

Lire *L'Invitée*, et les autres romans de Simone de Beauvoir, c'est s'avancer aussi loin dans la connaissance du Castor (de guerre) qu'en lisant ses Mémoires, ses lettres, ses journaux, ses *Cahiers*. Peut-être plus. « Un roman c'est une espèce de machine qu'on fabrique pour éclairer le sens de notre être dans le monde[1]. » Phrase extraordinaire ! Non pas seulement, comme elle le déclare dans ses *Cahiers de jeunesse*, « justifier » son « être dans le monde ». Mais le « révéler » — comme l'image photographiée soudain se livre sous la lampe rouge, flottant sur l'eau sombre du bain d'hyposulfite. Changement de substance, transfiguration. Par le pouvoir de la fiction. Tout le monde a vu que dans *L'Invitée* elle s'était emparée de son histoire, de leur histoire. Il n'y avait pas besoin d'une grande perspicacité pour les reconnaître — Sartre, elle-même et leur jeune amie Olga — dans ce trio d'un metteur en scène, de sa femme et d'une apprentie comédienne. Pierre et Françoise dans *L'Invitée* sont comme le Castor et Sartre des intellectuels, qui comme eux ont tenté l'expérience difficile du trio, pour échapper au choix infernal fidélité/infidélité. Mais on a compris ce mouvement à l'envers : il ne va pas du Castor à Françoise, mais remonte de Françoise vers le Castor. Parlant de Françoise, elle écrit : « C'était sa volonté qui était en train de s'accomplir, plus rien ne la séparait d'elle-même. Elle avait enfin choisi. Elle s'était enfin choisie[2]. » Mais comme Françoise, ce qu'elle

1. Simone de Beauvoir, « Mon expérience d'écrivain », *in* Francis et Gontier, *Les Écrits de Simone de Beauvoir*, *op. cit.*, p. 443.
2. *L'Invitée*, p. 503.

souhaite obtenir est peut-être la solitude glacée du crime plus que l'ivresse généreuse de la liberté...

Ce n'est pas la vie qui est la clef du roman, c'est le roman qui est la clef de la vie. Lire *L'Invitée,* ce n'est pas chercher Françoise dans Simone de Beauvoir, c'est chercher le Castor dans Françoise, c'est savoir que, chez le Castor, les sentiments et les actions de Françoise existent; qu'il y a quelque part dans le Castor une femme aussi violente que la Françoise meurtrière de Xavière[1]. L'auteur ne détient pas le secret du personnage : c'est le personnage qui détient le secret, ou les secrets de l'auteur. C'est la vraie, la seule réponse que l'auteur peut donner à l'irritante question du « roman à clefs ». Le Castor semble s'en effrayer, et cherche plutôt à minimiser la violence du meurtre de Xavière, « qu'on lui a si souvent reprochée » : c'est un échec, dit-elle, et probablement une erreur[2]. Jamais Françoise n'aurait dû tuer Xavière, « elle en est aussi incapable que moi ». Mais non, c'est la loi même de la fiction. Françoise exerce sur Xavière une violence dont le Castor eût été incapable dans les faits, mais non dans l'intention; et elle s'en délivre par la fiction. La fiction, passage de la « contingence » de notre vie à la nécessité, est passage à l'acte. Vous ne saurez rien d'Anne, la sombre Anne, femme de Dubreuil, dans *Les Mandarins,* si vous cherchez à y reconnaître le Castor, ou l'image que vous avez d'elle. Mais vous saurez beaucoup du Castor, si vous regardez comment Anne flirte à la fin du livre avec l'idée du suicide, portant ainsi la lumière dans les troubles espaces intérieurs que le Castor dissimule si

1. Cf. la pénétrante analyse du suicide de Werther dans le beau livre de Marc Petit, *Éloge de la fiction,* Fayard, 1999.
2. *FdÂ,* p. 386.

soigneusement. Tant de questions à chaque mot ! Quelle est cette vérité sur elle-même que le Castor construit et projette en déplaçant tout leur univers de Rouen à Paris et d'une petite ville de province aux théâtres parisiens ? Veut-elle seulement donner plus d'éclat, de charme, à ce qui était la vie, assez étroite, de deux professeurs de province ? Avec une modestie qu'on ne voit pas assez, et qui est pourtant une des constantes de son caractère, le Castor a elle-même jugé sévèrement ces déplacements. « L'attachement maniaque de deux adultes pour une enfant de dix-neuf ans ne pouvait s'expliquer que dans le contexte de la vie de province [...] De deux jeunes professeurs inconnus, je fis des personnalités bien parisiennes, comblées d'amitiés, de plaisirs [...] l'aventure infernale, poignante, parfois miraculeuse de la solitude à trois s'en trouva dénaturée [1]. »

Oui, l'expérience vécue a été « dénaturée » mais c'est à ce prix qu'elle est devenue littérature, que le « trio » est entré dans l'orbe de la réflexion et de la méditation de ceux qui ne l'ont pas vécu, mais surtout que le Castor est née, fille de son œuvre, fille de ses œuvres. Les trois grands romans de Simone de Beauvoir, *Quand prime le spirituel*, *L'Invitée*, *Les Mandarins*, sont construits selon le même principe, sinon sur le même modèle ; chacun d'eux proposant une exploration de formes narratives différentes. Au centre une femme, autour de laquelle, à des degrés divers, s'organise le temps vécu des autres personnages : Chantal, l'amie d'Anne (Zaza), pour toujours coupable de n'avoir pas su saisir à quel moment le destin de son amie basculait irréversiblement ; Françoise, autour de qui rayonnent et se détruisent réci-

1. *Ibid.*, p. 391.

proquement ces mouvements de consciences rivales. Anne, enfin, toujours un peu en retrait par rapport à Dubreuilh qui se fait le témoin de la rivalité-complicité d'écrivains « engagés », qui, au cœur même du récit, va comme le Castor traverser symboliquement l'Océan pour affronter le premier et peut-être le seul grand choix de son existence. Et qui se sent détruite de ne pas l'avoir fait. Figures d'elle-même qu'elle redoute, ou qu'elle a refusées, Chantal, Françoise, Anne tournent toutes trois vers le Castor ce regard pensif, profond, auquel rien n'échappe. Opération singulière ! La réalité vécue se cherche et cherche à trouver son sens par le détour d'une invention ! Oui. La fiction est bien ce mensonge qui dit la vérité.

Les Mémoires du Castor répondent aussi à cette question du « mentir-vrai ». Mais la réponse de la fiction est peut-être plus profonde et plus juste. Par ce double phénomène de déplacement, qui va du « réel » au livre, puis du livre à la vérité, la fiction fait monter au jour des zones plus secrètes. Dans ses romans, en faisant circuler sa personne vivante, mais transmuée, Simone de Beauvoir a certainement accompli pleinement ce que la vie toujours refuse : se faire entièrement sens. Mais c'est un sens opaque, énigmatique, jamais entièrement formulable. Dans ce passage à la nécessité, on n'est jamais « floué » au sens où elle l'entend à la fin de *La Force de l'âge* ; là s'accomplit pleinement le vœu qu'elle s'était fait, du temps de l'adolescence, devant la « haie de noisetiers » : ne se devoir qu'à soi-même. « Dans la vie », ce n'est jamais entièrement possible : dans l'œuvre, oui. Ces figures d'elle, qui ne sont pas elle, et où elle s'explore, lui offrent l'occasion de ce dédoublement dont le « moi » a besoin pour devenir un « soi [1] » : elles sont faites à partir d'elle et, en les faisant, elle va au-delà d'elle-même. Par-delà les femmes de ces romans, dont le mystère reste entier malgré la forme achevée du récit de leur vie, c'est cela, la vraie conquête du Castor, le butin de guerre du Castor combattant. Ce « soi-même » créateur, qui joue, interminablement, avec les masques dans lesquels il se projette et auxquels il ne se réduit pas. « Aucune vie, aucun instant d'aucune, ne saurait tenir les promesses dont j'affolais mon cœur crédule [2]. »

Si : une œuvre.

Mais il y a là, en même temps, une telle dépossession de soi que le Castor recule. Le temps des grands romans s'achève avec *Les Mandarins* ; dans les Mémoires, le Castor trouve peut-être la forme qui la rassure davantage, parce qu'elle s'y sent moins exposée, ayant pris le parti d'un contrôle stylistique permanent. Les Mémoires n'ont pas la transparence trop crue et la transitivité impérieuse des essais, et ils évitent en même temps la possibilité de dérive ou de révélation de soi que le roman recèle et qui probablement l'effraie. Les Mémoires tiennent des deux. Rassurant par leur posture de vérité, leur ton de conviction ; protégeant le moi d'un glissement vers ces zones où il se nourrit des vérités les plus profondes. Tissés également de « contingence » et de « nécessité », les Mémoires se partagent également entre la vérité pensée et la vérité vécue. Mais en 43, le temps de « s'y mettre » n'est pas encore venu. Comme on disait dans les anciens romans : n'anticipons pas.

1. Cf. Paul Ricœur, *Soi-même comme un autre*, Seuil, 1990 (1996, « Points Essais »).

2. *MJFR*, p. 205.

*

1943-1944 : Ils sont à la fois dehors et dedans. De tout cœur avec la Résistance, et plongés dans la vie publique, dans la vie littéraire. On pense à l'avenir qu'il faut préparer, tous ensemble, « cet avenir qui s'ouvrirait alors, il nous appartenait de le construire peut-être politiquement, en tout cas sur le plan intellectuel : nous devions fournir à l'après-guerre une idéologie[1] ». Avec Camus qui a aimé (« C'est un livre fraternel ») le manuscrit de son prochain livre que Simone de Beauvoir lui a fait lire, *Le Sang des autres*. Avec Leiris, dont Sartre aime *L'Âge d'homme*. Le Castor participe aux réunions du CNE maintenant qu'elle est un écrivain. Début 43, Sartre a repris contact avec Pierre Kaan qu'ils avaient rencontré dans leur périple de l'été 1941 (le Castor l'orthographie « Pierre Kahn »), qui est devenu secrétaire du Comité national de la Résistance, travaillant de très près avec Jean Moulin, dans la zone Sud. Sartre fait partie des normaliens qui le rejoignent quand il vient à Paris pour créer des groupes d'action tournés vers le sabotage[2]. Certains critiquent la présence de Sartre à cause des conditions de représentation des *Mouches*. Kaan lui fait confiance. Mais il est arrêté le 29 décembre 43, déporté, et ne reviendra pas. Les activités de Sartre dans la clandestinité apparaissent, note Annie Cohen-Solal, dans un dossier de mai 44 « reçu en mai à Alger et retrouvé dans les papiers de Georges Oudard, chef du groupe Cochet ». Deux textes y sont en effet respectivement signés de « Jean-Paul Sartre, normalien » et « Albert

1. *FdÂ*, p. 644.
2. Annie Cohen-Solal, *Sartre, op. cit.*, p. 346.

Camus, agrégé de philosophie[1] ». Sartre parle au nom d'un « nous » qui entérine son passage à l'idée d'une action collective.

Et le Castor, dans sa chambre avec cuisine au numéro 50 de l'hôtel de la Louisiane, continue de cuisiner pour tout son monde à partir des colis reçus de Mme Morel : « Ça ne brille pas par la qualité, dit un jour Camus, mais il y a la quantité ! » La « famille » s'est élargie, grâce à Giacometti et aux Leiris. Queneau les émerveille par sa connaissance des mathématiques, et Camus, « passé comme nous de l'individualisme à l'engagement[2] », leur paraît « simple et gai » malgré « un petit côté Rastignac » : peut-être est-ce Je n° 2 qui parle. La rupture survenue entre eux explique ce ton de légère distance envers leurs premières amitiés[3]. Début 44, les choses se précipitent, ils attendent « la défaite de Hitler dans une jubilation fiévreuse », mais les attentats et les représailles se multiplient, Lautmann, Cavaillès[4], Kaan ont disparu ou ont été fusillés. Mais ils sont « suffisamment endurcis à l'inquiétude » pour qu'elle ne « pourrisse » pas leurs plaisirs : le prix de la Pléiade, donné à Mouloudji, est fêté joyeusement. Et à quelque temps de là, une photographie de Brassaï[5] immortalise la lecture publique

1. *Ibid.*, p. 348.

2. *FdÂ*, p. 642.

3. Dans sa biographie de Camus, Patrick Maccarthy les montre « entourés de starlettes ».

4. Albert Lautmann, né en 1908, normalien, mathématicien et philosophe, arrêté en mai 1944 à Toulouse et fusillé le 1er août. Jean Cavaillès, philosophe et mathématicien français, né le 15 mai 1903, fusillé le 17 février à Arras.

5. Né en 1899, Brassaï, de son vrai nom Gyula Halāsz, était originaire de Braşov, en Roumanie.

d'une pièce de Picasso, *Le Désir attrapé par la queue*[1].

Ce n'est sans doute pas la plus haute réalisation des « promesses » dont le Castor adolescente « affolait son cœur crédule », mais elle découvre avec joie le côté le plus superficiel, en temps de guerre indéniablement chaleureux, de la vie d'un écrivain : la rencontre avec d'autres écrivains, dont elle lit et aime les livres, comme Limbour ou Bataille. Plus tard, ces relations vont s'estomper au profit des rencontres et des compagnonnages noués avec des intellectuels plus engagés, et cette partie, vive, animée, nocturne, de sa vie s'efface. Mais à l'époque, comme « boire des verres, déjeuner ou dîner ensemble, par groupes plus ou moins nombreux, ce n'était pas assez », ils organisent même des « fiestas » : chez Georges Bataille, dont elle n'a pas follement aimé *L'Expérience intérieure*, chez la « pastoresse », la mère de Bost devenue veuve, enfin, en juin, chez Camille. « C'est au cours de ces nuits que j'ai connu le vrai sens du mot : fête[2]. »

Dans ces « fiestas » du printemps 44, Simone de Beauvoir a retrouvé, dit-elle, « la vieille certitude que

1. *FdÂ*, p. 650. La photographie de Brassaï a été prise le 16 juin 1944 dans l'atelier de Picasso, 7, rue des Grands-Augustins, à Paris, pour remercier les participants à la première lecture du *Désir attrapé par la queue*, qui avait eu lieu le 19 mars dans l'appartement de Zette et Michel Leiris avec la participation de l'intelligentsia parisienne. Jacques Lacan, Cécile Éluard, Pierre Reverdy, Louise Leiris (les Deux Toutous), Zanie Aubier (la Tarte), Picasso, Valentine Hugo, Simone de Beauvoir (la Cousine). Assis : Sartre (le Bout rond), Albert Camus (metteur en scène), Michel Leiris (le Gros Pied), Jean Aubier (les Rideaux) et Kazbek, le berger afghan de Picasso. Ne se trouvent pas sur cette photo : Dora Maar (l'Angoisse Maigre), Germaine Hugnet (l'Angoisse Grasse), Raymond Queneau (l'Oignon) et Jacques-Laurent Bost (le Silence).

2. *FdÂ*, p. 655.

vivre peut et doit être un bonheur », mais comme ce n'est pas l'image qu'on a d'elle, comme ce n'est pas son univers familier, elle prend le temps de confirmer par une note la place récurrente de la fête dans son œuvre[1]. Brillante évocation des « fêtes nocturnes des amours naissantes », fêtes « massives » des jours de victoire à l'« arrière-goût mortel » : tout nous renvoie à ces moments privilégiés où le Castor est pendant quelque temps délivrée de sa mission, où elle peut poser les armes et se laisser aller à n'être plus que flamme, adhésion, attention à l'événement ou à la « splendeur du monde ». Tout calcul, tout projet s'abolit dans la violence mystique d'une épiphanie — un coucher de soleil, la vue d'un grand golfe où la mer est comme un métal en fusion, une soirée où l'alcool, la fraternité, le désir circulent. Elle en garde la nostalgie — mais aussi la défiance : car la fête compromet l'économie rigoureuse dont elle fait preuve jusque dans le découpage de son temps — jamais un temps mort, jamais un répit. Mais dans ces moments d'avant la Libération, on y a droit ; ne serait-ce que pour conjurer l'attente de ce qui ne vient toujours pas. On anticipe alors sur cette « fusion » que produira la joie de la victoire, la fête en réalise magiquement le mouvement de fraternité (« il nous suffisait d'être ensemble »), de « transparence » dans les rapports humains qu'à l'instar de Rousseau elle guette au-delà des obstacles[2].

C'est une conception du temps qui explique à ses yeux la fête, et non comme chez Bataille une pers-

1. Elle cite le livre de Geneviève Gennari, *Simone de Beauvoir*, Éditions Universitaires, qui a repéré des traces de la fête dans toute son œuvre.

2. Jean Starobinski, *La Transparence et l'obstacle*, Gallimard, 1971.

pective anthropologique : « Pour moi, la fête est avant tout une ardente apothéose du présent[1] », écrit-elle. La fête est ce moment hors du temps, un moment où, collectivement, on s'abandonne à l'émotion de l'instant, à une joie violente et fugitive, « orgiastique », dit Patočka qui y lit la volonté d'oublier de notre condition[2]. La mort y est réduite à rien, parce que c'est un moment « fulgurant » : passé et avenir s'abolissent dans la pureté de flamme de l'instant. Cependant la présence récurrente de Georges Bataille (la première fête a lieu chez lui, cour de Rohan) et une note, où elle cite son nom et celui de Caillois comme plus « exhaustifs » dans leur analyse de la fête, donnent au lecteur l'indice discret d'une piste à suivre, et comme l'aveu secret d'une divergence plus profonde, qu'elle ne veut pas développer davantage.

La rencontre début 44 avec Bataille anticipe en fait un affrontement à venir, dont le Castor, écrivant *La Force de l'âge*, a déjà les clefs. Autour en particulier d'une notion qui va être fondamentale dans la pensée de Sartre : celle de rareté. Bataille met en effet au cœur de la fête la notion de « dépense » — que le Castor réduit à la « ripaille[3] » —, prenant ainsi le contre-pied du grand thème de l'économie classique, celui de la « rareté ». *Critique de la Raison dialectique* : « Toute l'aventure humaine — au moins jusqu'ici —, écrit Sartre, est une lutte acharnée contre la rareté. » C'est la rareté, « cette contingence fondamentale », qui modèle « notre caractère d'hommes », elle constitue « la singularité propre de

1. *FdÂ*, p. 655.
2. Jan Patočka, *Essais hérétiques*, Verdier, 1981.
3. « Nous usions pour allumer ce feu des procédés les plus classiques : d'abord, la ripaille », *FdÂ*, p. 656.

notre Histoire. Ainsi, malgré sa contingence, la rareté est une relation humaine fondamentale (avec la Nature et avec les hommes[1]) ». Pour Bataille, dont *La Part maudite* s'inspire de Marcel Mauss et de son *Essai sur le don*, ce n'est pas à la rareté que l'homme doit faire face, mais à un excès d'énergie qui ne saurait être réinvesti dans quelque production, mais doit être consumé, dépensé *en pure perte*. Une société qui ne veut pas tenir compte d'une telle « part maudite » s'expose, l'histoire récente l'a montré, au pire. Il en découle une vision de la société, et de l'action — et surtout une politique. Or, en 1944, le contentieux *politique* entre les deux auteurs a déjà pris un tour assez vif. Quand Sartre publie *Les Mouches*, qui reprennent *Les Choéphores* d'Eschyle, Bataille répond par un court texte, *L'Orestie*[2], où il attaque la conception sartrienne de l'engagement. Plus tard encore, dans *La Littérature et le mal*, il prend de nouveau Sartre à partie, sur son Baudelaire. Mais Sartre avait déjà donné le ton dès 1943, en reprochant à Bataille d'avoir dans *L'Expérience intérieure*, ce livre qui avait « irrité » le Castor, déplacé vers l'extase la question de la liberté. Ces passes d'armes demeurent invisibles dans les Mémoires, mais elles sont le soubassement du récit, et elles indiquent des divergences ailleurs autrement exprimées : l'interprétation que le Castor donne des « fiestas » de 44 en est indéniablement marquée. Au

1. Le processus selon lequel, sous le règne de la rareté, la Terre devient « l'enfer pratico-inerte » est, selon Sartre, simple : « le groupe en la nation est défini par ses excédentaires ». Cf. Sartre, *Critique de la Raison dialectique*, Gallimard, « Bibliothèque de philosophie », 1960, pp. 201 et 205, et Bertrand Saint-Sernin, *Trois formes majeures de processus infernaux. L'enfer du pratico-inerte* (*Études*, 1983).

2. Repris plus tard dans son recueil *La Haine de la poésie*.

cours de ce printemps 44, il n'est pas interdit au Castor de se retrouver dans une « fiesta » avec Bataille : leurs différends philosophiques n'en font pas des « ennemis ». De même que la participation commune à une fête ne fait pas de lui un ami, encore moins un allié : c'est cela aussi, cette « contingence » de la vie vécue, cet entre-deux quotidien, ce clair-obscur, que les Mémoires se doivent de restituer. Mais plus tard, il leur sera difficile, voire impossible, de continuer à fréquenter leurs adversaires idéologiques radicaux. Ce sera le temps de la guerre froide, qui durcira les positions des deux côtés. L'ombre de ces ruptures à venir passe sur ces moments heureux.

*

Mais bientôt, le temps n'est plus aux fiestas : la fin approche, à travers des épisodes de plus en plus dramatiques. À Pâques, ils sont allés à La Pouëze, où le Castor a commencé une pièce (*Les Bouches inutiles*). À partir de Pâques, Paris est bombardé chaque nuit par les Anglais : « Une nuit, je crus que le ciel et la terre explosaient ; les murs de l'hôtel tremblaient et j'allais trembler moi aussi quand Sartre m'entraîna sur la terrasse de l'hôtel : l'horizon était embrasé et quelle fantasia dans le ciel[1] ! » Telle est le Castor, dans la guerre : il s'en faudrait de peu pour que la peur l'envahisse, mais le spectacle du monde encore une fois la sauve : « Je fus fascinée et j'oubliai de craindre. » Peut-être est-ce le sens profond d'une philosophie de l'adhésion au monde : le salut ne vient pas d'un « arrière-monde »,

1. *FdÂ*, p. 658.

encore moins d'une providence invisible, plus ou moins bienveillante, mais du monde lui-même, dans la mesure où je m'y projette. Comme on se calme dans un petit avion qui tangue dangereusement en accompagnant ses mouvements de tout son corps...

Autour d'eux, cependant, de profonds ébranlements se font sentir. Le 22 février 1944, Desnos a été arrêté, parce qu'il a pris le temps de s'habiller, écrit-elle[1], puis c'est l'ami de Lise, Bourla, qui ne reviendra pas. (On le retrouvera dans *Les Mandarins* : c'est l'ami disparu dont la mort hante Nadine, la fille d'Anne.) Ils assistent aussi à des engagements plus radicaux, comme celui de Francis Vintenon, qui vient d'entrer « jusqu'au cou dans la Résistance ». Qui est Francis Vintenon ? Simone de Beauvoir a une façon singulière de faire apparaître des figures dans son récit ; tantôt elle les dissimule sous un pseudonyme, tantôt elle les nomme sans plus de détail. Dans aucun des cas les Mémoires ne deviennent du pur romanesque, où l'on ne se demande jamais bien longtemps si Anna Karenine a « réellement existé » et qui a pu lui servir de modèle. Car, ici, il s'agit d'un « roman vrai », et à chaque nom cité, c'est un abîme qui s'ouvre, une espèce d'anxiété saisit le lecteur, qui ne voudrait pas laisser passer sans s'y attarder la seule trace

1. Les Mémoires placent cette arrestation en juin. En fait, c'est le 22 février 1944 qu'on l'avertit que la Gestapo va venir le prendre mais il refuse de partir, pour éviter que Youki, devenue éthéromane, ne subisse les représailles et éventuellement la torture. Il est incarcéré à Compiègne. Malgré les interventions de ses amis, parmi lesquels Georges Suarez, directeur d'*Aujourd'hui*, il sera déporté en avril au camp de Flöha en Saxe, où il restera un an. Libéré, il meurt du typhus à Térézin.

mémoriale qui reste peut-être de quelqu'un[1]. On retrouvera Vintenon au mois d'août, peu avant sa mort, figure héroïque, « un fusil en bandoulière, un mouchoir rouge noué autour du cou, superbe[2] ».

Les événements se glissent dans la confuse mêlée des jours, des rencontres, des projets de nouvelles fiestas. Jean Genet est entré dans leur vie, ils sont immédiatement attirés par lui, par son crâne rasé, par son radicalisme, par cette façon où ils se reconnaissent de rejeter « la noblesse d'âme, les morales[3] intemporelles, la justice universelle, les grands mots, les grands principes, les institutions et les idéalismes[4] ». Et aussi Maria Casarès, jeune comédienne qui, venue avec Camus, son amant, les éblouit par sa beauté, ses cheveux noirs tirés en arrière et le sourire découvrant « ses jeunes dents blanches ». Dans ces derniers jours de l'Occupation — qui ne sont les derniers que rétrospectivement —, il règne quelque chose dont on pourrait presque avoir la nostalgie : des amitiés, des amours, des moments de grâce et de connivence, de folie dans la nuit et l'alcool, et sur le fond d'une horreur encore visible, l'espoir qui naît, comme une aube. Avec l'aube. Au sortir d'une fiesta mouvementée, « dans la lumière du petit matin », ils découvrent que de grandes affiches barrent les murs de la gare Montparnasse. Tous les trains sont suspendus : c'est le

1. Francis Vintenon avait participé avec Robert Scipion, l'ami de Bost et de Jean Pouillon, et quelques autres à un pastiche de Queneau sous le titre *Mon Ami Pierrot*. Scipion était l'auteur de différents pastiches, entre autres de *L'Invitée* et de *La Nausée*.

2. *FdÂ*, p. 680.

3. À l'École normale, Sartre avait composé ce distique énergique : « Science c'est peau d'balle / Morale, c'est trou d'balle » (*FdÂ*, p. 53).

4. *FdÂ*, p. 668.

matin du 6 juin, jour du débarquement, *D-day*. Et cinq jours plus tard, on crée *Huis clos*. « Les jours qui suivent » ne sont plus qu'une « longue fête ». Les Alliés avancent, Hambourg est détruit « par des bombes au phosphore ». En France, les Allemands commettent les massacres de Tulle (9 juin) et d'Oradour (10 juin). Camus demande à Sartre de « couvrir » les événements du mois d'août. « Je me rappelle l'étrange et brûlant silence des rues où sifflait, de-ci, de-là, une balle. » Le matin du 25, à 6 heures, elle est sur l'avenue d'Orléans, aujourd'hui du Général-Leclerc, les chars défilent, « une immense foule l'acclamait ». La suite a été racontée cent fois : de Gaulle descend les Champs-Élysées l'après-midi suivant et, « mêlés à une foule immense », ils acclament un « carnaval populaire, désordonné et magnifique ». « C'était fini. Paris était libéré[1], le monde, l'avenir nous étaient rendus et nous nous y jetâmes[2]. »

Les Mémoires connaissent toujours ce dédoublement entre le je qui raconte et le je raconté, le je qui parle et le je dont on parle. Exemple, en ce milieu de 44, une remarque qu'elle place au cœur des développements ou des récits de fiestas, une simple remarque « en passant », qu'on pourrait dire incidente, si on ne connaissait la suite des combats du Castor. Elle a découvert la condition féminine, rien de moins : « Je tirai un autre profit de ces commerces [ces nouvelles amitiés], je rencontrai un grand nombre de femmes qui avaient dépassé la quarantaine, et qui, à travers la diversité de leurs chances et de leurs mérites, avaient toutes fait une

1. De Gaulle : « Paris outragé, Paris brisé, Paris martyrisé, mais Paris libéré. »
2. *FdÂ*, p. 683.

expérience identique : elles avaient vécu en “êtres relatifs”. » Par abstraction, elle ne s'en était « jamais avisée ». Déjà, il lui avait fallu l'expérience de la guerre, de l'antisémitisme nazi, des lois raciales de Vichy pour s'aviser qu'il n'était pas « la même chose d'être juif ou d'être aryen[1] ». Maintenant, elle découvre quels « obstacles » les femmes dans leur généralité rencontrent sur leur chemin : elle n'y attache pas encore beaucoup d'importance, mais son « attention » est éveillée. Cette note incidente disparaît dans le récit des soirées enchantées des fiestas : provisoire disparition qui ménage un suspense, laissant dans l'incertitude les étapes par lesquelles elle passera de l'éveil d'une « attention » à l'élaboration d'une réflexion. Les Mémoires se gardent de toute anticipation mais portent la trace secrète de ce qui adviendra : en l'occurrence, *Le Deuxième Sexe.* Avant de se clore, *La Force de l'âge* laisse des indications suspendues, comme ces pierres dites « d'attente » qui, à l'angle d'un bâtiment, permettront d'y adjoindre un bâtiment nouveau ; ainsi est annoncée cette réflexion sur la condition féminine qui, dans peu d'années, l'occupera entièrement et changera entièrement son destin « public ».

*

Étonnant Castor, qui nous réserve encore une surprise dans les dernières pages de ce livre !

La confiance est revenue, ses espoirs triomphent, les « joies les plus poignantes » lui ont été dispensées, dépassant encore en ardeur les instants où,

1. *Ibid.*, p. 654.

dans ses voyages, elle s'était oubliée, confondue, escamotée dans la splendeur du monde. Elle subit une véritable dilatation de tout son être, des ailes lui ont poussé : « Désormais je survolerais mon étroite vie personnelle, je planerais dans l'azur collectif, mon bonheur refléterait l'aventure magnifique d'un monde en train de se créer à neuf[1]. » De nouveau, elle a expérimenté sa force de résistance, et sa capacité de se régénérer : « Tant de coups reçus : aucun ne m'avait fracassée. Je survivais, et même j'étais indemne. En dépit de toutes ces morts derrière moi, je me rétablissais dans le bonheur. » Il lui reste cependant encore un grand chemin à parcourir : « Agir en liaison avec tous, lutter, consentir à mourir pour que la vie ait un sens[2]. » Et c'est ainsi que, graduellement, elle introduit une note grave. L'histoire l'a saisie aux cheveux, brutalement : elle a découvert la foule, le collectif, et ces forces qui vous gouvernent contre votre volonté et parfois à votre insu. Mais l'histoire « charrie pêle-mêle, avec des moments glorieux, un énorme fatras de douleurs sans remèdes[3] ». Dans la pleine lumière où elle dresse devant nous ces jours glorieux de la fin d'août 44, le chœur entonne un *miserere*. Mais contrairement à ce qu'on pourrait imaginer, ce n'est pas le requiem des disparus, des déportés, des résistants assassinés, fusillés : c'est une méditation sur sa propre mort.

« Quelle insouciance, quelle inconsistance ! » « J'avais honte pour eux, tout en ayant honte de moi[4]. » Qui ne la ressentirait, cette honte, parmi

1. *Ibid.*, p. 685.
2. *Ibid.*
3. *Ibid.*
4. *Ibid.*, p. 686.

ceux qui ont eu la chance de survivre ? Honte et remords que partagent au même moment des milliers de Français : avoir mené une vie « normale », à l'écart de toutes les formes d'une résistance active, dangereuse, dont ni Sartre ni elle n'avaient les moyens, n'ayant aucune expérience de l'action clandestine, « ni même de l'action tout court[1] ». Le Castor ne cherche pas à se défendre, parce qu'elle estime qu'elle n'a pas à le faire. Mais le remords est là : d'autres sont morts ; ont été fusillés comme Politzer, déportés comme Péron, Yvonne Picard, Desnos. Ont disparu comme Bourla. Plus tard, dans le volume suivant de ses Mémoires, *La Force des choses*, elle va donner à ce remords un exutoire politique, public, en refusant de signer la pétition en faveur de Brasillach : elle est même indignée qu'on demande pour lui de « l'indulgence ». De l'indulgence ! Alors que c'est à lui, et à toute l'équipe de *Je suis partout*, qu'on devait « la mort de Feldmann, de Cavaillès, de Politzer, de Bourla, la déportation d'Yvonne Picard, de Péron, de Kaan, de Desnos ; c'est de ces amis, morts ou moribonds que j'étais solidaire ; si j'avais levé un doigt en faveur de Brasillach, j'aurais mérité qu'ils me crachent au visage[2] ». Elle éprouvera, dit-elle, un serrement de cœur le jour où il est fusillé, mais elle ne regrettera jamais son abstention : comme Simone Weil, elle juge particulièrement coupables ceux qui « se servent de l'écriture pour mentir aux hommes[3] ».

Mais pas tout de suite. Un peu plus tard. En attendant, fin 44, à la fin de *La Force de l'âge*, c'est la

1. *Ibid.*, p. 571. C'est le moment, milieu 1941, où Socialisme et liberté va échouer.
2. *FdC*, t. I, p. 37.
3. *Ibid.*, p. 39.

« honte » qui demeure, et cette honte produit alors des effets plutôt inattendus : non pas le retour sur les années de la guerre, et de leur vie trop protégée ; mais un retour sur elle-même et sur sa propre hantise de la mort. Cette longue méditation sur la mort n'est pas une méditation sur l'Occupation : et cependant, qui ne voit le lien ? Et la part qu'y tient, justement, le remords ? Qu'est-ce donc qui expliquerait, sinon, qu'elle se trouve jetée dans un tel désespoir, une telle angoisse comme au moment de ses terreurs d'adolescente, de sa peur d'un ciel vide, de son angoisse devant le néant ? Bourla n'est plus, « et le monde était plein, il n'y demeure aucune place pour celui qui n'y tient plus sa place [...] Un jour nous aurons tout à fait achevé de l'oublier ». Et c'est là que la réflexion alors dévie et s'infléchit vers l'anticipation de sa propre mort : « Un jour, cet absent, cet oublié, ce sera moi[1]. » L'Occupation, la Résistance s'éloignent, l'après-guerre tarde à naître, la philosophie reprend le dessus : reviennent alors les grandes questions de l'existence, les réponses à l'angoisse de la mort. Au même titre que le « grand rire » dont Bataille salue la mort, comme il salue Dieu, au même titre que la « révolte » de Camus devant l'« absurdité » de notre condition, mais en s'opposant à l'un comme à l'autre, le Castor suit la grande inspiration heideggérienne : la mort « conteste notre existence » mais « c'est elle qui lui donne son sens ». Sans elle, notre vie « se dissoudrait dans l'indifférence[2] ».

Et c'est alors que, par un dernier retournement, le thème de la honte et de la mort — qui se conjuguent

1. *FdÂ*, p. 692.
2. *Ibid.*

en un seul mot : remords[1] — tire le Castor de la mélancolique considération de sa propre fin, pour nous guider au cœur même de la création romanesque. Oui, étonnant Castor ! La relative facilité où elle a vécu dans les années d'Occupation a déclenché en elle un terrible retour de ses premières angoisses ; mais ces années « de peurs, de colères, d'impuissance aveugle » se sont déjà entièrement transmuées et concentrées dans son œuvre. Avant même que, dans sa vie, la révélation la foudroie, la mort était à l'œuvre dans les personnages de ses fictions. Dès 40, *L'Invitée*, publiée en 43, était terminée ; à partir de là, tous les projets d'écriture du Castor vont porter le sceau de la mort, de ce scandale qu'elle est, « clef » de toute compréhension possible. Deux romans et une pièce de théâtre, *Le Sang des autres*, *Tous les hommes sont mortels* et *Les Bouches inutiles*. Trois grandes questions en écho. Comment éviter que mon engagement prenne en otage la vie de ceux qui me sont liés. Comment accepter que ma propre mort soit le prix à payer pour le sens et la réussite de mon action. Comment refuser que le salut des uns se fasse à travers le sacrifice des autres.

Pour cela, il faudra à deux reprises quitter l'histoire contemporaine afin de construire, dans un temps plus éloigné de nous, des intrigues capables de porter un tel poids d'interrogation. *Les Bouches inutiles* comme *Tous les hommes sont mortels* s'échafaudent dans une lointaine perspective historique, à laquelle le roman donne une ampleur plus ambitieuse encore à travers la succession des temps que traverse son héros. Qui imprudemment a accepté le

1. Victor Hugo : « Comme le souvenir est voisin du remords / Comme à pleurer tout nous ramène / Et que je te sens froide à te toucher, ô Mort ! »

don de l'immortalité et découvre qu'elle est une malédiction. Tandis qu'autour de Fosca tous s'investissent dans des projets et organisent leur existence en fonction de fins que leur action n'atteindra peut-être pas, lui seul les voit mourir et, avec eux, des projets ou des actions devenus insignifiants. Et le Castor donne alors à ces trois œuvres de fiction le soutien d'un essai, *Pyrrhus et Cinéas*, dans lequel elle démontre que, « sans la mort, il ne saurait y avoir de projets ni de valeurs ».

Telles ont été pendant ces années de l'Occupation les formes qu'a prises la consécration désormais irréversible à l'écriture : un passage par la mort — où l'expérience à la fois collective et singulière (dont l'accident de bicyclette en zone Sud où elle l'a « frôlée ») a été livrée à un intense travail de dévoilement. Et si elle écrit en trois mois « ce petit livre », *Pyrrhus et Cinéas*, livre très bien accueilli dans l'euphorie de la Libération[1], c'est parce que la guerre et la Libération l'ont fait entrer, dit-elle, dans ce monde « en lutte » où « tout projet est une action » et implique de « consentir » à la violence.

Cela, c'est la face, la version « solaire » d'un ébranlement dont les racines sont plus enfoncées que jamais dans ce lieu mystérieux et profond où vous attend le face-à-face avec la mort.

1. *FdC*, p. 26.

6

Ma vraie et chaude place est contre votre cœur aimant

Dans les années de l'après-guerre, c'est une autre figure du Castor qui se met en place. Sa période de « formation » est terminée, d'épreuves en étapes, elle est au seuil de sa trente-septième année un écrivain reconnu, qui a fait de l'écriture, selon son vœu le plus ancien, l'axe de sa vie, et aussi une femme à qui l'histoire a brutalement fait découvrir notre dépendance à l'égard des faits collectifs et donc notre « responsabilité ». Sartre et elle vont prendre au pied de la lettre cette nouvelle « exigence du jour », pour parler comme Thomas Mann en 1922. Dans leurs choix politiques, dans leurs engagements, dans leur œuvre. Dans un monde qui est au seuil de grands bouleversements.

Ce qui se joue entre la Libération et le premier « choc pétrolier » des années soixante-dix, c'est une transformation, un basculement de notre histoire, l'histoire de l'Europe et du monde. Ce sont les années où progressivement le centre du monde se déplace, où l'Europe et l'« homme blanc » commencent à perdre leur suprématie. L'Europe exténuée et à moitié détruite par deux guerres se retrouve occupée sur sa moitié Est par des régimes staliniens ou néostaliniens et, dans sa partie occidentale, peu à peu privée de l'immense puissance de ses différents empires coloniaux. 1945, révoltes de Madagascar, « événements » de Sétif noyés dans la répression. 1947, indépendance de l'Inde. 1954, désastre de Diên Biên Phu et, en octobre, début de la guerre d'Algérie. 1956, indépendance de la Tunisie, retour du sultan du Maroc, nationalisation du canal de Suez. En Europe, le soulèvement de Budapest est une des premières crises graves du monde communiste, même si, pendant des années encore, en Chine d'abord, puis à Cuba, la révolution continue de concentrer sur elle les espoirs des dominés, d'un bout à l'autre de la planète.

La France n'est plus une très grande puissance. Mais elle ne le sait pas encore. Et c'est depuis ce poste d'observation et de combat que, en « grand intellectuel », Sartre mènera résolument sa réflexion politique et son action, avec la certitude que tout vient se refléter et se penser en ce « centre du monde » que sont à ses yeux l'Europe, en Europe la France, en France Paris ; et à Paris, ce centre des centres, Montparnasse et Saint-Germain-des-Prés. Le Castor est à ses côtés, toujours un peu en arrière et déjà avertie par un pressentiment que « Paris est désormais une ville morte, comme Prague ou Vienne il y a dix ans, car nous n'existons plus par nous-mêmes, les événements se produisent en Russie ou en Amérique, plus ici » (à Nelson Algren, 5 novembre 1947). Mais ils vont être tous deux emportés par l'époque et la force d'une vie désormais « publique » : le succès de Sartre avec *La Nausée* se confirme encore en 1945 avec les deux volumes des *Chemins de la liberté* et l'explosion de l'« existentialisme ». La publication de *L'Invitée*, très vite suivie de publications en rafale[1], a mis aussi le Castor en peu d'années aux avant-postes de la scène littéraire.

En cette période, le champ littéraire est moins que jamais un champ clos, en admettant qu'il l'ait jamais été. Un an après la joie de la Libération, dans les énormes difficultés de la reconstruction, dans l'interrogation générale sur la refondation politique du pays, tout est marqué de ce signe : la grande liquidation de l'« avant-guerre » et l'espoir dans des « temps nouveaux ». Il va falloir, mieux encore qu'après 14-18, conjurer le retour de nouvelles guerres, mais aussi inventer une politique, un système, un régime qui, sur les décombres du « fascisme à la française », en finisse avec les formes de la « démocratie » qui n'ont pas su le prévenir. Et peut-être davantage : qui ouvre enfin les perspectives d'un ordre social plus juste. « En même temps que le nazisme », écrit le Castor dans les premières pages de *La Force des choses*, « il semblait que la réaction eût été politiquement liquidée[2] ». Avec Sartre, bien que naturellement peu tournée vers la politique, Simone de Beauvoir entre passionnément dans ce jeu. Il faut bien voir cependant la grande différence qui se creuse dès ce moment-là entre elle et Sartre. Non dans leurs rapports, mais dans la manière dont ils inscrivent, dans leur existence, le projet d'écriture et d'action. Jamais Simone de Beauvoir ne sera plus logique ni plus cohérente dans le « réglage » de ces différents secteurs — la vie privée, la vie sentimentale, la vie amoureuse, la pensée,

1. 1944, *Pyrrhus et Cinéas*; 1945, *Le Sang des autres* et *Les Bouches inutiles*; 1946, *Tous les hommes sont mortels*; 1947, *Pour une morale de l'ambiguïté*.
2. *FdC*, t. I, p. 19.

l'œuvre. Rien n'est laissé au hasard, ou en friche ; à tous ces champs qui s'ouvrent dans sa vie, elle pose la même question et se soumet à la même exigence. Mais autant la vie du Castor de guerre est une vie concentrée, tournée vers son centre, son foyer, son feu, autant la vie de Sartre est en revanche dispersée, divergente. La rigueur, il la réserve à la pensée, l'invention, à la philosophie, l'exigence, à l'engagement politique. Rigueur, invention, exigence, le Castor de guerre les impose à tous les moments de l'existence. Sartre pense de façon neuve, mais vit de façon traditionnelle. Un exemple. La mère et le beau-père de Sartre, Joseph Mancy, étaient installés au 23 avenue de Lamballe, au pied de la colline de Passy, non loin de la maison de Balzac. Au printemps de 1945, quand Sartre revient de son premier voyage aux États-Unis, sa mère lui apprend le décès de son beau-père, mort le 21 janvier 1945[1]. Ils achètent ensemble un appartement au 42 rue Bonaparte où il vivra avec elle jusque dans les années soixante[2], menant une vie confortablement bourgeoise entre son piano et ses livres — fils adoré de sa mère, comme, né dix années plus tard, Roland Barthes et la sienne, au 11 de la rue Servandoni.

Toute la vie de Sartre est marquée par la même indifférence que celle de Simone de Beauvoir à l'égard des « conventions », mais dans un sens opposé : au sens où il lui est indifférent *de s'y soumettre* ; en revanche, le Castor s'impose victorieusement depuis les années de son adolescence de ne vivre que selon les « fins » qu'elle s'est données. On

1. Cf. Annie Cohen-Solal, *Sartre, op. cit.*, p. 457.

2. *Entretiens de 1974* : JPS. — Ma mère, après la mort de mon beau-père, voulait que je vive chez elle... SdB. — Oui, je sais » (in *CdA*, p. 288).

peut ne pas partager ses choix : on ne peut qu'en admirer non seulement la rigueur mais la persévérance. Même chose dans le domaine amoureux : autant elle est fidèle à ce qu'elle promet et à ce qu'elle se promet, et le montrera jusque dans la volonté de rompre avec Algren puisqu'elle ne peut lui accorder sans mensonge ce qu'il souhaite d'elle, autant Sartre est faible, velléitaire, menteur à ses heures, irresponsable, s'engageant pour aussitôt souhaiter se désengager — et comptant souvent sur le « bon Castor » pour y procéder. C'est aussi l'effet de la différence des sexes : l'un ou l'autre des deux sexes qui nous est dévolu par l'arbitraire de la naissance subit la soumission aux contraintes du « genre ». Le Castor rejette toutes celles qui sont liées au sien, non pour vivre « comme un homme », mais pour vivre pleinement, « en tant que femme », un destin de femme capable de se soustraire aux conventions qu'on lui impose. Sartre n'a pas la même exigence à l'égard de sa vie d'homme : il n'a pas le sentiment de compromettre sa liberté en vivant chez sa mère, ni d'être infidèle à sa philosophie de l'existence en proposant successivement le mariage à Wanda, pendant la drôle de guerre (quitte à se demander deux jours plus tard comment il va ne pas tenir sa promesse), ou à Dolorès Vanetti dans les années d'après guerre. La radicalité de sa vie, il la met toute dans sa pensée : pour le reste, il n'est pas contraire, selon lui, à l'« authenticité » de vivre chez sa mère, de compter sur des femmes pour lui acheter ses chemises ou porter ses costumes au teinturier, et de collectionner des « maîtresses » sur un mode des plus classiques en s'abritant derrière une « épouse en titre » pour s'en protéger. Sa vie est une chose, la pensée et l'action politique une autre. Nul au contraire n'a été plus que le Castor de guerre soucieux de mettre les deux en accord. Avec une sorte d'âpreté parfois. Sartre ne sait pas dire non. Simone de Beauvoir met en pratique, dans tous les domaines de sa vie, la thèse de la « révolution permanente ». Sartre, lui, fait la révolution dans un seul pays : la pensée.

Mais le Castor, quelles que soient ses profondes résistances à la politique, est résolument du côté, et aux côtés de Sartre : elle se voit ainsi engagée avec lui dans une voie pour elle absolument nouvelle ; elle a découvert que son sort était « lié à celui de tous ». Désormais, écrit-elle, « la liberté, l'oppression, le bonheur et la peine des hommes » la concernent « intimement ». Son entrée en politique — l'entrée dans sa vie et sa pensée de considérations politiques — se fait sur le mode d'un acte décisoire, volontariste, d'où l'arrivée un peu artificielle de certains mots dans son vocabulaire : « les masses » ou « la lutte des classes[1] », même si à cette époque, avec Sartre, elle refuse qu'un marxisme sclérosé (celui du PCF) puisse attenter « à la dimension humaine de l'homme ».

Témoignage extrêmement précieux sur ce temps dont aujourd'hui plus de soixante ans nous séparent, le Castor décrit dans ces premières pages de *La Force des choses* le substrat idéologique qui va permettre au communisme de regagner un terrain, largement perdu dans les années d'avant guerre par suite des révélations de divers rescapés du stalinisme, puis lors des grands procès staliniens des années trente, et enfin au moment du pacte ger-

1. *FdC*, t. I, pp. 18-19.

mano-soviétique. D'abord, en France, le comportement des communistes dans la Résistance a été exemplaire ; comme elle le dit, dans un vocabulaire qui ne lui est guère familier : « les masses » sont « derrière le PC ». (Aux élections de 1946, il remportera encore plus de 25 % des voix.) Rien non plus ne vient « gêner l'amitié que nous portions au peuple russe » dont les soldats se sont héroïquement sacrifiés durant la bataille de Stalingrad[1] et lors de la prise de Berlin. En conclure comme elle le fait : « Preuve que dans ses dirigeants s'incarnait la volonté [du peuple][2] » est peut-être imprudent. On sent que le Castor s'engage d'autant plus intrépidement sur ce terrain qu'il ne lui est pas encore familier (ne le sera probablement jamais). En 45, Staline a gagné une grande bataille : le bolchevisme qu'il prétend incarner ne peut plus être appelé le fossoyeur des libertés puisqu'il est le vainqueur de leur pire ennemi, le fascisme. Bien des années passeront avant que, lisant Hannah Arendt, on puisse penser deux choses à la fois : que le bolchevisme menait au goulag et que l'antibolchevisme a mené au Lager[3].

Dans ce pays que les *Mémoires de guerre* du général de Gaulle décrivent comme « disloqué et vidé de

1. On se souvient des bandes d'actualités où on voit Staline remplacer par « frères ! » le mot de « camarades » pour s'adresser au « peuple » soviétique qu'il veut mener au sacrifice.

2. *FdC*, t. I, p. 18.

3. Même mot, même origine germanique : *Lager*, « camp » en allemand ; « gou-lag », abréviation pour *glavnoie oupravlenie lagerei* : « camp appartenant à l'État ».

Et c'est encore bien après que la « gauche occidentale » dans son ensemble comprendra que *mieux valait la démocratie bourgeoise que pas de démocratie du tout*. Qu'il valait mieux vivre sous la IVe République que dans l'atmosphère de la *rszeszpopolita* de Varsovie ; mieux vivre en 1956 en France qu'à Budapest, et en 1968 à Paris, même avec de Gaulle, qu'à Prague.

tout », leurs premiers pas en politique se font donc dans une atmosphère idyllique, celle d'un accord, né de la Résistance, entre des tendances politiques qui bientôt divergeront fortement. Dans le numéro de *Combat* du 24 août 1944, Camus écrit : « Paris se bat aujourd'hui pour que la France puisse parler demain. Le peuple est en armes ce soir parce qu'il espère une justice pour demain. [...] Il faut que cela devienne bien clair : personne ne peut penser qu'une liberté, conquise dans ces convulsions, aura le visage tranquille et domestiqué que certains se plaisent à lui rêver. Ce terrible enfantement est celui d'une révolution. » C'est le moment où François Mauriac écrit dans *Les Lettres françaises*, où les communistes participent au gouvernement, où Thorez demande à la classe ouvrière de suspendre ses revendications pour se consacrer au relèvement de l'industrie nationale. Le programme du Conseil national de la Résistance a été formulé dès le 15 mars 1944, un an avant la fin de la guerre, et largement approuvé. C'est un programme révolutionnaire qui propose « l'instauration d'une véritable démocratie économique et sociale, impliquant l'éviction des grandes féodalités économiques et financières de la direction de l'économie » ; accepte l'idée « d'un plan arrêté par l'État après consultation des représentants de tous les éléments de la production » ; et annonce le projet de faire revenir « à la nation des grands moyens de production monopolisés, fruit du travail commun, des sources d'énergie, des richesses du sous-sol, des compagnies d'assurances et des grandes banques ».

« Gaullistes, communistes, catholiques, marxistes, fraternisaient [1] », la fête continue encore un moment,

1. *FdC*, t. I, p. 20.

le monde leur est rendu, mais c'est un monde « ravagé » : la guerre n'est pas finie. Le Castor s'enfonce, elle, dans son projet de « véritable accomplissement », écrit et travaille chaque matin dans la solitude glacée de la bibliothèque Mazarine. Camus est là, amical, serviable, chaleureux : il a commandé à Sartre sept articles sur la libération de Paris[1] auxquels Simone de Beauvoir a contribué ; il a aimé le manuscrit de Bost, *Le Dernier des métiers*[2], et envoie celui-ci au front comme correspondant de guerre pour *Combat*. Et il propose à Sartre de partir aux États-Unis pour représenter son journal : « Jamais je ne vis Sartre aussi joyeux[3]. » Il partira le 12 janvier 1945. Le « chemin » de l'Amérique est ouvert : elle-même s'y engagera un jour. Ces voyages croisés, et les amours afférentes, seront dans ces années-là un des moments les plus délicats de leur « entente ».

En attendant, le Castor est partie pour Madrid puis pour le Portugal : chose nouvelle, si on compare ce voyage à ceux d'avant la guerre, elle est là en « correspondant de guerre ». Sur le front. « J'étais coupée de Goya, du Greco, des siècles révolus, de l'éternité : mon siècle me collait aux pieds. » Elle est dans l'Espagne de Franco, « les bourgeois bien nourris » qu'elle croise sur la Gran Vía « avaient tous souhaité la victoire allemande ». La beauté, les œuvres sont recouvertes d'un voile suspect ; elles sont comme les complices silencieuses des crimes. De même en 1955 dans la Chine révolutionnaire elle n'aura pas un regard pour la Cité interdite ou le temple du Ciel sur qui l'oppression séculaire du

1. Contat et Rybalka, *Écrits de Sartre*, *op. cit.*, p. 103.
2. Gallimard, « Folio ».
3. *FdC*, t. I, p. 31.

peuple est inscrite en lettres de sang. Au Portugal, « le pittoresque du port, des barques, ne masquait pas la tristesse des yeux ». Mais « la bourgeoisie » supporte patiemment la misère des autres... Son engagement prend un tour militant, elle a des entretiens avec des intellectuels portugais antifascistes, avec des « professeurs d'âge mûr » ; un jeune médecin lui montre des taudis, une carte de la nouvelle Europe se dessine, le jour où elle sera délivrée des nazis. Ni Salazar ni Franco, pense-t-elle, ne tomberont en même temps que les puissances de l'Axe, parce que les « capitalistes anglais » ont « de gros intérêts au Portugal », parce que l'« Amérique » veut installer des bases aériennes aux Açores : c'est le monde de la guerre froide qui commence. Elle rentre en France, les bras chargés de victuailles en ce « premier printemps de paix », le mois d'avril « étincelle », la victoire est là. « Nous ne l'avions pas attendue, comme la Libération, dans la fièvre et l'angoisse : elle mettait seulement un point final à la guerre[1]. » Le Castor de guerre se sent frustrée : la guerre leur « reste sur les bras comme un grand cadavre encombrant ».

Comment interpréter cette désillusion ? La paix est là, mais qu'est-ce qui a changé ? L'ancien monde va-t-il renaître ? Elle le craint. Espère-t-elle vraiment la « révolution » ? Mais laquelle, sous quelle forme ? Elle est de ces impatients que l'esprit de réforme exaspère, qui, basculant du tout au rien, ne voient autour d'eux que des obstacles sur la route du Bien. Il y a bien un jour, dans le métro, des soldats inconnus décorés d'étoiles russes : « Fabuleuse présence[2] ! » Mais l'exaspération anticommuniste ga-

1. *Ibid.*, p. 50.
2. *Ibid.*, p. 51.

gne du terrain, Malraux prophétise le début d'une « troisième guerre mondiale », et rien ne va plus en France. La charte du CNR reste lettre morte, le rationnement sévit, et des manifestations en Algérie sont réprimées dans le sang, avec l'assentiment du PC qui y voit l'action cachée des puissances de l'Axe. « "Des provocateurs, des fascistes", disait *L'Humanité*[1]. » Ce qui se joue et se noue en ces mois de l'après-guerre est gros de toute l'histoire des trente années à venir où le Castor et Sartre seront partout et constamment présents : soutien (critique) au Parti communiste, engagement dans la guerre froide contre l'« impérialisme » américain, lutte aux côtés des révoltes anticoloniales, guerre d'Algérie. Chaque page de *La Force des choses*, et dans chaque page, chaque ligne, est un indice, une balise, dont une lecture patiente doit développer toute la charge.

Ainsi de cette rapide remarque sur les « événements de Sétif » : c'est en fait, près de dix ans avant, le début de la guerre d'Algérie. Dans la presse française de mai 1945, Albert Camus est l'un des seuls à en avoir exposé lucidement les conséquences politiques[2]. La presse ne commencera à en parler que le 12, à la suite du Conseil des ministres de la veille. Le 11 mai, de Gaulle — président du gouvernement provisoire depuis le 3 juin 1944 — a adressé à Yves Chataigneau (gouverneur général de l'Algérie de septembre 1944 à décembre 1947) un message par lequel il fait savoir que la « souveraineté française » sera maintenue. Le communiqué parle assez longuement des difficultés

1. *Ibid.*, p. 52.

2. C'est ce que fait parfaitement comprendre Yves Benot dans son ouvrage *Massacres coloniaux* dont nous citons ici de larges extraits (parus en ligne sur le site de la Ligue des droits de l'homme de Toulon).

de ravitaillement des « populations indigènes » en Algérie et des mesures prises par le gouvernement. Mais, « en attendant que le ravitaillement parvienne en Algérie, le gouvernement, en raison de l'agitation antifrançaise créée par des éléments indigènes, a adressé au gouverneur général des instructions concernant le maintien de l'ordre dans les trois départements » (texte donné par *Combat* le 12 mai). Il est avéré que le ministre de l'Air, le communiste Charles Tillon, avait demandé que l'aviation soit uniquement utilisée en mission de reconnaissance et d'intimidation et qu'il n'a pas été écouté...

Après la répression, le communiqué du ministre de l'Intérieur Tixier indique que le nombre des victimes dépasse la centaine : il s'agit donc uniquement des victimes européennes. Le même jour, commence dans *Combat* la série des six articles d'Albert Camus, retour d'Algérie où il vient de passer trois semaines; Camus y demande qu'on applique au « peuple arabe » les « principes démocratiques que nous réclamons pour nous-mêmes ». D'emblée, il affirme que c'est une profonde crise — et non de simples incidents —, que « le peuple arabe existe », qu'il « n'est pas inférieur sinon par les conditions où il se trouve ». « La crise la plus apparente dont souffre l'Algérie est d'ordre économique », conclut-il. C'est dire qu'elle n'est pas la seule : elle tient, ajoute Camus dans « la conviction où ils sont [les Arabes] que cette faim n'est pas juste ».

Ce que veut cette population, c'est une Constitution, un Parlement algérien, autrement dit, sinon l'indépendance pure et simple, une autonomie qui en soit presque l'équivalent : Camus a rencontré Ferhat Abbas dont il traduit bien le programme. Cependant, note Yves Benot, si Camus a fourni le moyen de comprendre le fond du problème, il esquive en conclusion la question de l'indépendance. Ce qu'il demande, ce n'est pas la reconnaissance du droit à l'indépendance, c'est la justice ; c'est que l'on exporte en Algérie « le régime démocratique dont jouissent les Français ». « C'est la force infinie de la justice, et elle seule, qui doit nous aider à reconquérir l'Algérie et ses habitants. » Il y aura un temps où, entre « la justice » et « sa mère », Camus décidera de choisir sa mère : mais peut-être s'agit-il en fait du conflit entre deux formes de la justice. La justice peut-elle être autre chose pour chacun que la reconnaissance de ce qui lui est dû ? Ce débat en fait est ouvert dès 1945.

*

Répression coloniale : révélation des camps de la mort : racisme et ségrégation outre-Atlantique. Ces trois figures font un cortège sombre, la basse continue de la tyrannie, de l'oppression, de la mort, en face desquelles va se dresser, dans une pureté retrouvée, l'ange de la Révolution. En finir avec ces formes intolérables de la domination, de la servitude, de la sujétion, rendre au genre humain son unité, inventer un monde de justice et d'égalité, ce sera continuer de croire qu'il existe ou peut exister une « patrie du socialisme », malgré ses tares et ses imperfections, dans cette URSS régénérée par les sacrifices consentis au cours de ce que les Russes appellent la « grande guerre patriotique ». Quelque chose se met en place, qui ne finira qu'avec leur mort. Jamais ni Sartre ni le Castor n'accepteront de faire chorus avec l'« anticommunisme ». On l'a dit : ils seront toujours moins « communistes » qu'« anti-anticommunistes ». Au point de confondre dans le même rejet deux catégories pourtant bien distinctes d'« anticommunistes », les défenseurs et les profiteurs d'un ordre social, inégalitaire, uniquement soucieux de profit, *et* les victimes du « communisme réel », abandonnées à leur résistance solitaire et désespérée dans les pays « d'où venait le froid ». Bien des enfants de la guerre et de l'après-guerre, gagnés à l'idée communiste dans le mouvement de ces années-là, ont mis eux aussi plus ou moins longtemps pour comprendre que l'anticommunisme n'était pas toujours le propre d'un grand propriétaire, d'un latifundiaire brésilien ou du patron d'un trust américain : il suffisait d'avoir fait le voyage de Prague ou de Varsovie. Mais qui pourrait oublier aussi ce mot magnifique de dom Hélder Câmara[1] : « Quand je nourris les pauvres, ils disent que je suis un saint. Mais quand je demande pourquoi les pauvres n'ont pas de nourriture, ils me traitent de communiste. »

*

Sartre part pour les États-Unis début 1945. Le voyage d'Amérique — comme il y eut le voyage d'Italie pour les romantiques allemands ou les peintres du XIXe siècle — est au XXe siècle un événement considérable dans la vie de nombreux écrivains, artistes, intellectuels venus du vieux continent, qui y découvrent l'essence de la modernité, la vitesse, le mélange des races, le jazz... Dans les années vingt, quoique venant d'horizons extrê-

1. Dom Hélder Câmara, 1909-1999, défenseur des droits de l'homme au Brésil et une des figures de la « théologie de la libération ».

mement différents, Maïakovski[1] et Paul Morand découvrent New York. (Morand trouve entre autres qu'il y a là-bas beaucoup de juifs en « redingote verdâtre ».) Pour tous, et avec des jugements contrastés, New York semble une greffe devenue gigantesque de l'Europe. La gauche des années trente se passionne en Europe pour le New Deal[2] de Roosevelt, qui vient opportunément marquer des limites, après la crise de 1929, au « capitalisme sauvage ». C'est donc tout naturellement dans le « pays de la liberté » que les Européens menacés par le régime nazi, les Juifs français par les lois raciales, et tous ceux qui refusent de respirer l'air vicié de la France occupée, prendront le bateau pour l'Amérique, de Lévi-Strauss à André Breton, en passant par l'historien d'art Henri Focillon, chassé du Collège de France pour appartenance à la franc-maçonnerie et qui y mourra. Au moment où Sartre va s'y rendre, l'URSS est redevenue la « patrie du socialisme » et Staline a retrouvé du prestige grâce au sacrifice du peuple russe et au succès de Joukov à Berlin. Mais en face, l'« Amérique », et pour longtemps encore, profite du capital de sympathie énorme que les GI ont acquis auprès des popula-

1. C'est grâce à la Nouvelle Politique économique (NEP) décrétée par Lénine en 1921 que Maïakovski put se rendre fréquemment à l'étranger et notamment à New York en 1925, après sa rupture avec Lily Brik, née Kagan, la sœur aînée d'Elsa, future épouse de l'officier français Triolet puis d'Aragon. Là-bas, il aura le coup de foudre pour une jeune femme, mais aussi pour — le pont de Brooklyn. Même s'il voit dans la décrépitude des châteaux d'eau le présage d'un effondrement prochain du capitalisme...

2. La « nouvelle donne » de Roosevelt : nom de la politique interventionniste mise en place à l'instigation de Franklin Delano pour lutter contre la crise économique de 1929 en rationalisant et stabilisant l'économie. Le New Deal constitue une première expérience d'État-providence aux États-Unis.

tions libérées. Ceux qui font le voyage de New York en reviennent les yeux éblouis. Même s'ils sont déjà préoccupés par les signes avant-coureurs d'une division du monde après les accords de Yalta, la découverte des USA en 45 est une révélation : même de gauche, même sympathisants du communisme, ils en aiment la démesure, la vitalité, le goût de la réussite individuelle et une espèce d'égalitarisme démocratique aux antipodes de nos sociétés hiérarchiques et fermées.

Sartre, qui en aimait déjà le jazz et la littérature, a trouvé là-bas des « hommes » qui valaient « mieux que le système » — il n'est pas encore question (*La Force des choses* nous le fait attendre vingt pages) de la « jeune femme » qu'il y a rencontrée et qu'il a décidé de revoir. Au début de son reportage pour *Le Figaro*, repris plus tard dans *Situations III*, il décrit l'étonnante métamorphose par où un paysage immense troué de zones mortes se transforme en ville, par où inversement une ville faite de main d'homme semble une nature chaotique, et les buildings des « rangées de falaises » entre lesquelles flotte un « lambeau de ciel ». Tout y est plus net, plus pur, plus exposé : la vie humaine, d'abord, où l'égalitarisme de façade est contredit à chaque pas par le spectacle de la richesse ou l'évidence de la pauvreté. Tout y respire une nostalgie poignante, peut-être parce que le passé n'y est pas entretenu comme dans la vieille Europe, en même temps qu'une sorte d'optimisme vivifiant, de confiance dans l'avenir, puisque chaque jour les choses se font et se défont. « Et c'est bien ce que nous avons voulu offrir aux lecteurs qui n'ont pas traversé l'Atlantique, et qui ne connaissent pas encore l'étrange douceur lasse que prennent les visages, à New York, quand les premières lampes s'allument dans Broadway[1]. »

Les temps cependant sont en train de changer et, dans ses articles, Sartre met déjà l'accent sur ce qui sera la base de l'« antiaméricanisme » de la gauche européenne, aggravé par les débuts de la guerre froide et par le maccarthysme. Sartre a de la sympathie pour Roosevelt, l'homme du New Deal, qui reçoit la délégation française dont il fait partie (notamment avec Andrée Viollis[2]) peu de temps avant sa mort. Mais il n'en a pas beaucoup en revanche pour l'*american way of life*, ni pour « le conformisme des Américains, leur faux optimisme, leur fuite devant le tragique[3] » : c'est à peu de chose près le cadre de pensée à l'intérieur duquel le Castor de guerre après ses deux premiers voyages aux États-Unis en 1947 écrira son *Amérique au jour le jour*. Et il est sensible à la dureté des luttes syndicales, à l'espoir que fait naître le CIO, cette grande organisation forte de cinq millions de membres parmi lesquels beaucoup de Noirs et de communistes. Jacques-Laurent Bost, enchanté lui aussi de faire le voyage, est envoyé à son tour là-bas par Camus, et dans le numéro de *Combat* du 30 juin 1945 commence un reportage « À travers les États-Unis ».

Un temps viendra où la guerre froide aura à ce point divisé le monde et durci les esprits qu'au moment de l'exécution des époux Rosenberg, l'« Amérique », les USA seront devenus le symbole

1. *Le Figaro*, avril 1945. *Situations III*, p. 132.
2. Journaliste d'investigation, envoyée spéciale, correspondante de guerre, critique et chroniqueuse littéraire, romancière, essayiste, traductrice... (voir Anne Renout, *Andrée Viollis, une femme journaliste,* Presses de l'université d'Angers, 2004).
3. *FdC*, t. I, p. 54.

d'un capitalisme presque aussi haïssable que le nazisme : « L'Amérique a la rage », écrira Sartre dans un numéro des *Temps modernes.* Dans ces années-là, le monde se divise. En deux.

*

Le Castor se fait en ces années l'historiographe précis des nouveaux courants qui vont dominer la pensée en France et dans l'Europe « de l'Ouest » séparée violemment de son autre moitié par la présence soviétique et les accords de Yalta[1]. « L'espoir et le doute » se partagent en eux, dit-elle, le passé les hante ; l'avenir les inquiète, ils se réfugient dans des fêtes où l'alcool les aide à retrouver une sérénité provisoire : « Nous buvions dur, à l'époque. » Mais ce qui va changer leur donne — leur New Deal à eux —, c'est le déferlement d'un succès qui dépasse de loin leurs attentes. En septembre, le Castor publie *Le Sang des autres* « immédiatement catalogué : roman de la Résistance » et aussi « roman existentialiste ». C'est « le début de l'"offensive existentialiste" que sans l'avoir concertée nous avions déclenchée[2] ».

1. Tenue du 4 au 11 février 1945 dans la station balnéaire de Yalta, sur la côte de la mer Noire, en Crimée, la conférence de Yalta réunit en grand secret les chefs de gouvernement de l'Union soviétique (Joseph Staline), du Royaume-Uni (Winston Churchill) et des États-Unis (Franklin D. Roosevelt) : l'Union soviétique gardera les pays Baltes et l'est de la Pologne, territoires qu'elle avait annexés en 1940, contre la promesse de Staline d'entrer en guerre contre le Japon dans les trois mois après la capitulation de l'Allemagne. Roosevelt, dont la santé se dégradait de plus en plus, fit preuve d'une certaine naïveté. « Si je lui donne tout ce qu'il me sera possible de donner sans rien réclamer en échange, noblesse oblige, il ne tentera pas d'annexer quoi que ce soit et travaillera à bâtir un monde de démocratie et de paix. »

2. *FdC*, t. I, p. 60.

Sartre, qui a définitivement quitté l'enseignement, fonde *Les Temps modernes*, publie en septembre 1945 les deux premiers tomes des *Chemins de la liberté* et le 29 octobre, à 20 h 30, salle des Centraux, 8 rue Jean-Goujon, donne une conférence sur le thème « L'existentialisme est-il un humanisme ? ». Succès sans précédent : « Bousculades, coups, femmes en syncope, le guichet de l'entrée est réduit en morceaux[1]. » Leur vie « déborde ses anciennes frontières » et elle-même se voit « projetée dans la lumière publique » bien que son bagage, à côté de Sartre, fût, dit-elle, léger : modestie du Castor de guerre !

L'« existentialisme » est né — dans la confusion, et le malentendu. Car on s'est imprudemment précipité sur une philosophie qu'on imagine capable d'ouvrir, dans ces temps troublés, une réconciliation de l'histoire et de la morale : mais à un prix trop élevé. « Les gens » — elle use souvent de ce générique mal explicité — « se jetèrent avidement sur une nourriture dont ils avaient faim » mais furent aussitôt déçus : l'exercice authentique de la liberté comporte trop d'exigences, trop de « responsabilités fatigantes[2] ». Quant à s'allier au prolétariat, les « bourgeois » n'y tenaient en aucune façon. Finalement, l'« existentialisme » met en péril leur sécurité, et leur offre du monde une vision qu'ils trouvent sordide, dans son réalisme. Sartre devenu « en un instant célèbre et scandaleux » a presque honte de ce succès qui a fondu sur lui, de cette « gloire idiote ». Dans le temps même où ses espérances se réalisaient, où ses ambitions « les plus audacieuses étaient assouvies », il découvre que tout est déjà joué, d'un coup : l'éter-

1. Annie Cohen-Solal, *Sartre, op. cit.*, p. 425.
2. *FdC*, t. I, p. 62.

nité s'effondre, l'espérance de postérité s'abolit, le succès n'est pas une valeur sûre, il est aussi la récompense des médiocres. D'où une fois de plus son désir de jouer le tout pour le tout. Il faut à tout prix que la littérature échappe à cette insignifiance dorée, à cette dégradation en divertissement adulé de la foule : il faut lui rendre sa dignité. C'est ainsi qu'il forge la notion d'engagement ; la littérature doit « se confondre avec l'existence même ». Et le Castor a un mot qui la peint elle-même en entier : l'engagement, c'était « la présence totale de l'écrivain à l'écriture[1] ». Tel était en effet son « projet » originel, lorsque dans ses *Cahiers de jeunesse* elle s'était sentie promise à l'écriture, refusant de faire jamais la différence entre la vie et l'œuvre, entre vivre et écrire.

L'idylle de l'automne prend vite fin : des torrents de boue, une « poubelle » se déversent sur Sartre ; côté chrétien, on stigmatise son matérialisme, côté marxiste, son idéalisme. Quant au « public bourgeois », il n'y voit qu'une « idéologie de rechange », en somme un « moralisme » à la Camus[2], c'est tout dire ! (Quand le Castor écrit ce passage de *La Force des choses*, il y a longtemps que la guerre avec Camus a tourné à la brouille définitive.) Immoraliste, ennemi des masses, philosophe du sordide : « La célébrité pour moi ce fut la haine », écrit-il. Elle le comprend mieux que jamais, le soutient, partage son « antianticommunisme », elle se sent proche des communistes par « horreur de tout ce qu'ils combattaient ». Et pour le reste, elle s'est « habituée » à cette peau d'écrivain, double et doublure de Sartre : de toute façon, quand on meurt c'est tout entier. La postérité ? « Je m'en foutais. » Et après un point :

1. *Ibid.*, p. 65.
2. *Ibid.*, p. 69.

« Ou presque. » Et il lui est complètement indifférent qu'on l'affuble de surnoms ridicules, comme « Notre-Dame de Sartre » ou « La grande Sartreuse[1] ». Si bien qu'elle « avale facilement cet échec » quand *Les Bouches inutiles* font un flop. Genet ne l'a pas tellement aimée[2] ? Elle n'aime pas tellement Genet. Au reste, la critique n'est pas si mauvaise, mais tout est contre la pièce : la salle mal chauffée, le bruit du métro qui par moments couvrait la voix des acteurs. En août, juste avant Hiroshima, elle était partie faire de la bicyclette avec Michel Vitold pour discuter de sa mise en scène, tandis que Sartre revenu des États-Unis partait à la campagne. (Près de Saint-Sauveur-en-Puisaye, avec sa mère qui venait de perdre son mari : cette fois, la mère et son Poulou retrouvent un tête-à-tête longtemps rompu par la présence d'un beau-père qu'il déteste. On a des lettres au Castor absolument désopilantes sur l'ennui des journées passées avant la guerre en leur compagnie.) La beauté du plateau de Millevaches — le Limousin de son enfance —, les conversations avec Vitold à la belle étoile, leurs nuits dans une hutte de charbonniers, cette escapade (amoureuse ?) valent bien un succès public au théâtre. Et puis, comme toujours, elle est bien trop attirée par de nouveaux projets pour s'appesantir sur des regrets.

De toute façon, l'orage gronde. Cet orage a un nom, une initiale plutôt, selon l'habitude du Castor : « M » — si on osait, « M la maudite ». Magnifique économie ! Revenons donc un peu en arrière. Sartre

1. *Ibid.*, p. 71.
2. Pendant les répétitions, il lui soufflait : « Le théâtre, ce n'est pas ça ! Pas ça du tout ! »

l'a rencontrée au début de 1945, et « ils s'étaient plu, beaucoup ». Ce « beaucoup » est une litote : excessivement. Tandis que le Castor se balade dans le Forez en compagnie de Vitold, elle écrit à Sartre : « Sachez tout de suite que je n'ai pas perdu ma jeunesse et que vous m'avez fait cadeau d'un très beau vélo[1]. » Vitold est un charmant compagnon, c'est plaisant comme tout de rouler à vélo en sa compagnie ; de dormir au petit bonheur la chance, parfois dans la même chambre mais « en tout bien tout honneur », précise-t-elle. Et, dans une lettre du 27, elle le redit : « Je l'aime vraiment beaucoup, il m'attendrit. » Sartre lui répond[2] : « Amusez-vous bien, vous qui n'avez pas perdu votre jeunesse (d'ailleurs je n'ai pas non plus perdu la mienne). » En effet, il est revenu des États-Unis très amoureux de Dolorès Vanetti. Mais sa lettre fait un long et prudent détour par toutes sortes d'anecdotes sur diverses rencontres, sur « Tania » (Wanda K.), avant d'aborder ce qui est peut-être son vrai sujet : « Ma malle est arrivée, et puis il y avait aussi du courrier : une lettre de Dolorès qui m'a fait fort grand plaisir » — toujours les litotes. « La lettre est de ton très digne vu qu'elle n'a pas reçu la lettre que je lui ai fait tenir par Knopf[3] [...] Elle m'écrit en somme pour me dire : pouce, écris-moi. » Il y aurait eu une brouille, un malentendu, cause de ce silence ? Des promesses auraient été faites ? Échangées ? En tout cas, Sartre continue sa lettre sur le mode badin : « On sent tout de même de la bonne chaleur, comme il faut, par-derrière tout ça. » Et maintenant, le voilà arrivé, il est à Gien, ville « massacrée », « expirante », auprès

1. Lettre du 26 juillet 1945.
2. Lettre de juillet 1945.
3. L'éditeur américain de Sartre.

de sa mère qui est « bien brave et touchante ». Que le « bon petit Castor » a été douce, de lui avoir écrit ! Elle est toujours « son bon petit », il le dit encore une fois.

Mais, milieu décembre, il s'est embarqué sur un liberty-ship pour rejoindre « la jeune femme ». Un liberty-ship, écrit-il au Castor le 31 décembre, c'est un « bateau de malheur ». « Un cargo, pis même qu'un cargo militaire. Imaginez qu'à chaque coup de tangage, son hélice sort de l'eau avec un bruit un peu effrayant. » Il n'a pas le mal de mer, il boit assez sec, et la femme du consul du Brésil lui « fait du gringue ». Quand j'arriverai, vous serez déjà à Tunis ! Bref, c'est une lettre extrêmement apaisante. Le Castor est-elle donc « inapaisée » ? (Elle ne recevra du reste cette lettre qu'à son retour de Tunisie.) Les premières lettres à Sartre qu'elle vient de quitter sont dolentes et mélancoliques : elle sent déjà son absence. Le 13 décembre (il est dans le train pour Bordeaux, accompagné de Wanda), elle ne sent pas encore trop son départ, mais elle est toute tourneboulée par ses retrouvailles avec Bianca. On se souvient de ses mots : « Elle est la seule personne à qui nous ayons fait du mal, mais nous lui en avons fait. » Comme ce retour du deuxième trio est étrange ! Il fait figure ici d'admonestation : prenez garde de trop vous engager, de faire des promesses que vous ne pourrez pas tenir... Le samedi 15, elle l'imagine sur le bateau, en pleine mer, elle attend Vitold pour déjeuner. Tout un tissu de relations croisées se remet en place, comme autrefois, avec des chassés-croisés amoureux, mais sur un autre ton : elle a près d'elle la photo de son « cher petit », son « amour », quand il est « tout farouche dans l'avion », cette photo qu'elle aime tant. C'était lors de son premier retour d'Amérique, et la photo est comme un signe, un avertissement, ou une amulette, la garantie qu'il reviendra... Le Castor voudrait bien quitter Paris, mais son visa pour l'Afrique du Nord, où elle est invitée à faire des conférences, n'arrive pas. Elle se résigne à partir faire du ski. En même temps, elle travaille à son nouveau livre, *Tous les hommes sont mortels*, et Pontalis puis Bost, Olga et Wanda la rejoignent. Sa lettre de Megève est tendre et triste (27 décembre) : « Je pars pour Tunis. Soyez heureux là-bas, et revenez-moi bien. » Enfin une dépêche l'avise qu'elle peut partir pour la Tunisie. Mais à Paris, juste avant son départ, elle ne trouve rien de lui, et s'effraie (25 janvier 1946) : « Je ne peux croire que vous soyez un si mauvais petit ! » Et toujours rien à Tunis (13 février 1946) : « Je vais me balader dans le Sud algérien. Je suis absolument aux anges ! Seulement j'ai un peu d'angoisse toutes les nuits à me sentir coupée de vous. Vite un mot, mon cher petit, mon amour. Ne m'oubliez pas. »

Elle part pour Tunis et l'Algérie. Et comme chaque fois qu'une période se termine, ou qu'une crise a eu lieu, ou qu'un changement l'inquiète, elle connaît vers la fin de son voyage un moment de « tête-à-tête avec elle-même » qui la « touche » au plus profond, comme « l'aurore d'une sagesse ». C'est le désert et ses oasis qui le lui apportent : « J'ai longtemps retenu dans mon cœur les palmes, les sables et leur silence[1]. » À son retour, elle trouve Paris (bien) vide : Sartre n'est pas encore rentré. Et elle se languit « un peu ». Il y a une constance, chez elle et chez Sartre, la séparation de la drôle de guerre l'a montré : ils ne peuvent vivre longtemps

1. *FdC*, t. I, p. 88.

séparés; rien ni personne, aucun amour, aucune passion (de son côté à lui, de son côté à elle) ne peut les tenir longtemps écartés de ce monde qu'ils ont construit à deux. Dans une lettre de mai 1948, dont nous aurons l'occasion de reparler : « Nous autres deux, c'est *bien* [souligné par lui], voilà ce que je pense », écrit-il. Et quand il revient, elle lui fait aussitôt lire *Tous les hommes sont mortels* : c'est une des formes que leur entente a prises dès le début, chacun est le lecteur de l'autre, attentif, sourcilleux, impitoyable. On conviendra que c'est chose rare dans les « couples » d'écrivains (ils auraient eu horreur de l'expression); que les vrais couples d'écrivains sont rares, que l'un des deux se sacrifie ou sacrifie sa carrière en général à l'autre (devinez lequel).

Tous les hommes sont mortels est, après *Le Sang des autres*, une nouvelle exploration d'un thème qui lui tient à cœur : vouloir être « tout » et succomber dans l'entreprise. C'est le cas de Françoise dans *L'Invitée*, c'est le cas de Blomart dans *Le Sang des autres* qui se « croit responsable » de tout. Roman conçu et réalisé « abstraitement [1] », dit-elle. Celui-ci [2], qu'elle a repris, affronte avec plus d'ampleur et de liberté le conflit déjà présent dans les *Cahiers* de ses vingt ans : le conflit entre « le point de vue de la mort, de l'absolu » et le « point de vue de la vie, de la terre ». On l'a dit : Fosca, devenu immortel, comprend que l'immortalité est un « terrible privilège ». « Il ne peut pas créer un lien vivant entre les siècles, puisqu'ils ne se dépassent qu'en se reniant; indifférent aux gens qui les habitent, rien ne

1. *Ibid.*, p. 93.
2. *Tous les hommes sont mortels.*

l'attache à leurs projets[1]. » Et Fosca est obligé de conclure que « seul un être éphémère est capable de trouver de l'absolu dans le temps » : il est rongé par une malédiction, comme le Satan, ange foudroyé, de Victor Hugo, jeté « dans la désolante indifférence de l'éternité ». Aucun écrivain n'a voulu donner autant que Simone de Beauvoir une aussi grande unité à son œuvre : même s'il s'agit parfois d'une impossible conciliation des contraires. La littérature de fiction et la philosophie ne se contentent pas d'alterner dans son œuvre; elles tissent des liens étroits, s'orientant toutes deux par des voies divergentes et complémentaires parfois, opposées souvent, autour des mêmes thèmes.

Ce n'est pas plus de la littérature « à thèmes » ou « à thèses » que des romans « à clefs » : la fiction tient victorieusement tête à l'énoncé philosophique et obtient même souvent plus de résultats par le détour du concret que la philosophie par le développement conceptuel. En disposant et décrivant des situations, elle donne au « dévoilement » de l'existence une épaisseur charnelle que la philosophie est impuissante à rendre.

À son retour de Tunisie, elle discute un jour au premier étage du Flore avec Robert Misrahi[2], un ancien élève de Sartre dont celui-ci avait financé les études. Elle se laisse aller à une rêverie à haute voix : si on devait fonder une morale sur *L'Être et le Néant*, dit-elle, ce serait en « convertissant le vain désir d'être en une assomption de l'existence ». Sartre l'a dit en une formule frappante : « L'homme est un être

1. *FdC*, t. I, p. 96.
2. Futur auteur de *La Condition réflexive de l'homme juif*, Julliard, 1963.

qui se fait manque d'être afin qu'il y ait de l'être. » Il faut s'arracher à ce « désir d'être » pour que l'existence de l'homme se donne « les raisons d'être qu'elle n'a pas[1] ». « Écrivez-le, vous ! » dit Misrahi enthousiaste. Elle se met aussitôt à ce qui sera *Pour une morale de l'ambiguïté*, « celui de ses livres qui aujourd'hui [1963] m'irrite le plus ». Pourquoi ? Parce qu'il est aberrant de vouloir fonder une morale « en dehors d'un contexte social ». L'essai paraît en novembre 1947, dédié à Bianca. Elle s'était reproché déjà à elle-même de n'avoir pas su, en écrivant *Pyrrhus et Cinéas*, sortir d'un « idéalisme » dont, dans les années soixante, elle s'estime visiblement guérie. De la même façon, en pensant « aux articles qu'elle a donnés aux *Temps modernes*, notamment Œil pour œil », sur l'épuration, elle n'a pas assez d'arguments pour se fustiger : elle avait raison, sans doute, d'avoir mis toute sa force à dénoncer les valeurs qu'on place « au-dessus des individus de chair et d'os ». Mais alors ? « Pourquoi écrivais-je *liberté concrète* au lieu de pain ? » Pourquoi passer par le détour de valeurs autres que « le besoin même » ? Sinon parce qu'elle est encore prisonnière du langage de la classe même qu'elle dénonce et à laquelle elle appartient[2]. Lorsqu'elle y réfléchit dans le début des années soixante, elle est prise d'une espèce de rage contre ce « Castor » qui ne meurt pas, qui n'a pas encore réussi, comme le dit Sartre, à « casser les os dans sa tête ». Pour accepter enfin une vision du monde et le langage qui va avec : le marxisme. Elle n'y mettra pas la violence

1. *Pour une morale de l'ambiguïté (MA)*, p. 17.
2. *FdC*, t. I, p. 100.

de Sartre [1], et n'en tirera surtout pas exactement les mêmes conclusions pratiques que lui ; mais elle considérera toujours cette période comme un nouveau moment dans son trajet d'« éducation ». Son projet ne varie pas : il s'est seulement incarné, mais il a dû alors se doubler d'un autre, échapper progressivement à l'« idéalisme » qui est la marque de la pensée bourgeoise. Non de ses actions, souvent cyniques et intéressées. Ce dédoublement lui est particulièrement insupportable.

*

Le charme extrême des Mémoires, c'est l'alternance de moments plus abstraits et du récit d'événements, historiques ou personnels. Qui crée un suspense que des révélations viennent combler sans toutefois satisfaire entièrement l'attente du lecteur.

Quand la mystérieuse « M » revient en scène, tout est dit en un mot : « Je m'inquiétai. » C'est une nouvelle épreuve, elle a le tour et les couleurs particulières à leur « entente » et au pacte qui l'a consacrée. Le « contrat » ne peut tenir qu'à une condition : que la distinction soit scrupuleusement préservée entre les amours contingentes et l'amour nécessaire. Ou, autrement dit, que soit respectée la « hiérarchie » dont il est si fort question dans les lettres de la drôle de guerre et de la guerre. Donc, et dans toutes les occasions, au détriment des « amours contingentes » qui, de gré ou de force (le

1. « Il y a eu un moment où vous avez un peu cessé d'écrire, vers 1952, pour lire énormément, et ça, ça allait avec votre rapprochement avec le parti communiste, et avec une volonté de "casser des os dans votre tête" comme vous avez dit » (*Entretiens de 1974*, in *CdA*, p. 240).

plus souvent de force), sont contraintes de l'accepter. Mais que se passe-t-il si l'un des deux signataires s'éprend pour une figure du dehors, une figure « contingente », d'un amour assez puissant, assez exigeant pour que la frontière se brouille ? D'autant que c'est un contrat à durée déterminée : qui pourrait un jour, à l'initiative de l'une ou l'autre partie, ne pas être reconduit. Cela va de soi, c'est justement le contraire des liens du mariage qui en tout cas, à leur époque, contraignent parfois durement celui des deux qui voudrait se rendre libre. Si le Castor peut redouter la rupture du pacte, ce n'est pas que Sartre soit tombé amoureux, même s'il semble s'être attaché plus fortement que les (innombrables) fois précédentes. C'est que, dans la forme même de son nouvel amour, quelque chose s'est dessiné qui compromettrait gravement l'entente avec le Castor : un « accord en profondeur » — « aux sources mêmes de la vie, dans son jaillissement et son rythme [1] ». Si tel est le cas, alors tout est perdu. On ne peut pas mener parallèlement deux « ententes » de cette sorte. Le Castor pose alors à Sartre la question « dangereuse », celle qui « brûle les lèvres » et qu'on ne peut retenir : « Franchement, à qui tenez-vous le plus, à Dolorès ou à moi ? » Et la réponse de Sartre ne se distingue en rien de celle d'un mari « bourgeois » : « Je tiens à elle, mais c'est avec vous que je suis. » Le Castor en a « le souffle coupé ». Du reste, comme un mari coupable, Sartre se dérobe dans la maladie : il a les oreillons, on le badigeonne de noir et il fait peur à tout le monde, la comédie tient un moment la tragédie à distance. Plus tard, et à plusieurs reprises, ils reviendront sur cet épisode où la

1. *FdC*, t. I, p. 101.

« menace » que représentait Dolorès a pesé sur leur entente. Le journal que le Castor a tenu alors en donne bien le ton : « Je me sens comme ces limandes qui échouent sur les rochers, moribondes, vidées de leur substance[1]. »

En mai, Sartre étant rétabli, ils partent pour une tournée de conférences en Suisse. Puis en Italie. Et dans les mois qui suivent, par un retournement qui est bien d'elle, le Castor de guerre reprend la main : finie la période de désarroi où un peu du « morne » des mauvais moments avait réapparu. Elle se remet au travail — et c'est son destin, mondial, planétaire, qui est en jeu. Car il va en sortir *Le Deuxième Sexe*. Naturellement, elle n'a pas la moindre idée de ce qui se passe : comment le pourrait-elle ? D'autant qu'elle n'est pas particulièrement portée à s'interroger sur la condition des femmes. Elle a seulement une envie impérieuse de se remettre à quelque chose, elle se sent « le besoin d'écrire au bout des doigts », elle y réfléchit si ardemment que Giacometti lui trouve « l'air farouche ». Elle aurait bien un sujet, au fond toujours le même : écrire sur soi. Elle aimerait même aller assez loin dans ce sens, écrire un de ces « essais-martyrs » à la manière de Leiris, où on s'explique sans prétexte. (Le martyr, c'est aussi, en grec, le témoin.) En en parlant à Sartre, elle s'avise qu'une question ne lui est jamais venue à l'esprit : « Qu'est-ce que ça avait signifié pour moi d'être une femme[2] ? Tout de même, dit Sartre, il faudrait y regarder de plus près, « vous n'avez pas été élevée comme un garçon ».

C'est alors qu'elle a une révélation : « Ce monde

1. *Ibid.*, t. I, p. 110.
2. *Ibid.*, p. 135.

était un monde masculin, mon enfance avait été nourrie de mythes forgés par des hommes, et je n'y avais pas du tout réagi de la même manière que si j'avais été un garçon [1]. » Du coup elle abandonne la confession personnelle pour une réflexion générale sur la condition féminine. Et les mythes qu'elle va aller étudier à la Nationale, ce sont les mythes de la féminité. De là à dire que la « féminité » est un mythe, en tout cas une construction, il n'y a qu'un pas. Qu'elle franchira. Le Castor de guerre entre dans son immortalité... Quant à la confession personnelle, elle attendra encore un peu, avant de prendre dix ans plus tard la forme des *Mémoires d'une jeune fille rangée*. C'est ainsi que *Le Deuxième Sexe* s'inscrit au cœur même d'une aventure où vont se jouer non seulement ses rapports avec Sartre mais sa propre capacité à ne jamais céder sur l'essentiel : ne pas se mettre en contradiction avec soi, ne jamais céder au double jeu, au double langage, à l'entre-deux confortable et moite des existences paresseuses. En somme démontrer qu'être une femme expose à des traverses que ne connaît pas la condition masculine; et que donc, étant femme, il faut manifester une vigilance et une qualité d'âme toutes particulières si on veut être fidèle à soi, et au projet qu'on s'est forgé. Mais ni l'une ni l'autre ne vous sont fournies par votre appartenance; être femme ne vous dote pas de qualités supérieures. La force et parfois la grandeur des femmes, c'est une forme de résistance à quoi elles sont contraintes, quand elles ont compris que, sinon, tout est perdu.

C'est autour du voyage en Amérique qu'elle prend

1. *Ibid.*, p. 136.

le chemin de l'affirmer, philosophiquement, à la face du monde. Coïncidence ? Si on veut.

1947. Invitée à son tour aux États-Unis par l'intermédiaire de Philippe Soupault pour y faire une tournée de conférences, Simone de Beauvoir atterrit aux États-Unis le 24 janvier. Le moment où tous deux, Sartre la devançant de deux ans, ont choisi de se rendre pour la première fois aux États-Unis, c'est le début d'une période qui durera jusqu'à la chute du mur de Berlin en 1989 ou plutôt jusqu'en 1991, moment historique où l'Union soviétique cesse d'exister : c'est le début de la guerre froide. Tous deux nouent là-bas une liaison, où se croisent l'histoire personnelle et la grande histoire. Un bref résumé de ces aventures croisées s'impose.

Sartre, comme on le sait, a rencontré « M » — Dolorès Vanetti — en 1945. En décembre de la même année, il pense accompagner le Castor au ski, mais il trouve une place sur ce fameux liberty-ship et fait la traversée pour rejoindre Dolorès. Début 47, c'est au tour du Castor de débarquer à La Guardia ; on lui parle d'un écrivain, Nelson Algren, et elle va le voir pour un court séjour à Chicago. Pendant ce premier voyage du Castor, Sartre a reçu Dolorès à Paris et il demande au Castor de prolonger son séjour. Ce qu'elle fait. Après avoir passé avec Algren quelques jours en janvier, le Castor retourne le voir à Chicago avant son départ. Quand elle rentre, Dolorès est toujours là et ne quitte Paris qu'en juillet. Le Castor met en place son retour à Chicago pour le début septembre : elle y reste dix jours. L'année suivante (1948), au printemps, elle retourne aux États-Unis, et fait avec Algren un voyage au Mexique (mai-juin). Mais elle écourte son voyage pour passer le mois de juillet avec Sartre ; elle a parlé à Algren de son « pacte » avec Sartre et il semble profondément contrarié. Dolorès, qui avait renoncé à venir en France, se ravise, et Sartre part avec elle dans le Midi. Le Castor, qui regrette d'avoir abandonné Algren pour rien, lui envoie un télégramme : s'il le veut, elle peut revenir à Chicago. Algren, blessé, refuse. Il viendra cependant à Paris en mai 1949, et ils visiteront ensemble l'Italie et la Tunisie. L'année d'après, 1950, malgré des signes inquiétants, le Castor part pour Chicago : Algren lui déclare qu'« il ne l'aime plus ». Nous reviendrons plus loin sur cet épisode. La même année, 1950, Sartre a rompu avec Dolorès après un voyage au Mexique et au Guatemala ; elle avait imaginé s'installer à Paris, Sartre y avait sûrement plus ou moins consenti. Entre Algren et le Castor, les choses sont rompues elles aussi. Cependant, en 1951, revenant d'Islande, elle fait escale à Chicago : « Jamais je ne pourrai vous donner moins que de l'amour », lui dit-il. Mais le mal est fait ; il va se remarier avec son ex-femme. La publication des *Mandarins* créera ensuite entre eux un long malentendu, qui ne sera pas tout à fait dissipé quand Algren s'installera dans le studio du Castor en mars 1960, tandis qu'elle est avec Sartre à Cuba en « voyage officiel ». Elle retrouvera à Paris un Algren « changé », aigri et, durant un voyage avec lui en Espagne et en Grèce, devra conclure qu'ils sont désormais séparés. Leur correspondance continuera cependant jusqu'en 1964 : la rupture définitive interviendra lorsque Algren, déjà mécontent de se reconnaître dans *Les Mandarins* sous les traits de Lewis, lira dans la traduction anglaise de *La Force des choses* une lettre de lui, reproduite par le Castor.

*

Dans la vie de n'importe qui, les plus petits incidents peuvent coïncider avec des grandes dates de l'histoire : s'agissant de Sartre et du Castor, c'est toute leur histoire qui entre en résonance avec l'Histoire. Envoyés tous deux aux États-Unis, l'un pour des reportages commandés par *Combat*, l'autre, le Castor, pour une tournée de conférences, ils quittent une France où, d'un côté, les relations se sont tendues entre le Parti communiste et le pouvoir, et de l'autre l'attitude à tenir face au communisme — tant sur le plan intérieur qu'au plan mondial — commence à diviser les intellectuels. Aux élections de novembre 1946, le Parti communiste remporte 28,8 % des voix (le PC italien, 18,9 %) : « Nous ne songions pas à nous éloigner des communistes », écrit le Castor, « en dépit de leur persévérante inimitié » (Kanapa, l'élève de Sartre avec lequel en 1939 elle était partie faute de mieux faire du ski, devenu journaliste et romancier, prend régulièrement Sartre à partie).

Dès le début de 1946, les intellectuels du PC attaquent des articles des *Temps modernes*, et Sartre du reste, dit le Castor[1], tout en souhaitant avec les marxistes un échange que ceux-ci refusent, a cependant raison de refuser une « révolution » qui ne ferait pas sa place « à l'idée de liberté ». Une campagne virulente se déchaîne contre l'« existentialisme » : le Castor se range résolument aux côtés de Sartre, tout en voulant ne pas s'éloigner des communistes, on l'a vu, « par horreur de tout ce qu'ils combattaient[2] ». Parfois même, elle se demande

1. *FdC*, t. I, p. 69.
2. *Ibid.*, p. 70.

s'ils ne devraient pas « passer par-dessus » leurs scrupules d'intellectuels, et s'inscrire au PC. Lors de leur voyage en Italie, en mai 1946, ils ont fait la connaissance d'intellectuels italiens, de Vittorini, de Carlo Levi[1], dont les positions sont « très proches » des leurs, proches de celles de Silone « qui de 1924 à 1930 avait été un des dirigeants du Parti communiste alors en exil[2] ». C'est le début d'une longue fréquentation des « Botteghe Oscure », la « rue des Boutiques Obscures » où se trouve le siège du Parti communiste italien. À la différence du PCF, « le PCI considérait les intellectuels comme des amis et non comme des adversaires ». « À l'époque nous ne nous expliquions pas bien les différences entre les communistes des deux pays, mais attristés par l'hostilité des français, nous profitâmes de l'amitié des italiens avec un plaisir qui en seize ans [le Castor écrit cela en 1962] ne devait jamais se démentir[3]. » En cette fin de 1946, au moment donc où elle est toute à la joie de ce voyage projeté aux États-Unis, elle observe bien que des tensions s'aggravent et que des ruptures se préparent : par exemple entre Camus et eux (mais qui parle ici ? Le Castor de 1946 ou le

1. Auteur de *Cristo si è fermato a Eboli, Le Christ s'est arrêté à Eboli*, récit où il retrace sa relégation comme antifasciste dans un village du sud de l'Italie.

2. Ignazio Silone est le pseudonyme de Secondo Tranquilli, homme politique et écrivain italien, né le 1er mai 1900 à Pescina dei Marsi, mort le 22 août 1978 à Genève (Suisse). En fait son itinéraire est un peu différent de ce que dit le Castor : il adhère aux Jeunesses socialistes italiennes et en devient le chef, puis adhère au Parti communiste italien en 1921, dont il deviendra l'un des dirigeants dans la clandestinité. Il quitte l'Italie en 1928 pour des missions en URSS, s'installe en Suisse en 1930, où il s'oppose à Staline et prend position pour Trotski et Zinoviev. Il est alors exclu du Parti communiste.

3. *FdC*, t. I, p. 148.

Castor de 1960 ?). Camus a déclaré publiquement son opposition au communisme, sans pour autant se rapprocher de De Gaulle, note-t-elle, et il est revenu d'un voyage aux États-Unis moins enthousiaste que Sartre. Les choses ne sont pas encore parfaitement claires : la ligne de partage des eaux n'est pas encore parfaitement tracée. Plus tard, qui choisira l'un ne pourra choisir l'autre, qui refusera l'un ne pourra que choisir son adversaire. Ce sera vraiment le début de la guerre froide. Dans peu de temps.

En octobre, un nouveau venu a fait « irruption » dans leur groupe : Arthur Koestler [1]. Il est l'auteur du *Zéro et l'Infini*, roman violemment antistalinien au titre plus évocateur en anglais, *Darkness at Noon*, « La nuit en plein jour ». Mais il ne s'est pas « rejeté vers la droite [2] » : rien ne lui déplairait plus qu'une « dictature gaulliste » [3] — laissons un moment de Gaulle, dont la désinvolture envers les formes de la démocratie parlementaire révoltera Mendès France en 1958, et restons-en à cette violente antithèse communisme/anticommunisme. Un gouffre s'est ouvert : un « trou noir de l'histoire » où tomberont, sans secours ni appui (comme Youri Jivago, le héros de Pasternak, qui ne veut ni de l'ancien régime ni du nouveau), des hommes dont le rejet du communisme s'est forgé à l'épreuve, et dans l'expérience, des régimes d'oppression qui s'en inspiraient. Et en ce sens, cette courte incidente est remarquable : en peu de mots, elle décrit la figure de base d'une cer-

1. Romancier, journaliste, essayiste, né en Hongrie en 1905, mort à Londres en 1983. Il quitte le Parti communiste allemand après les grands procès de Moscou et dans les débuts de la guerre froide se met en Grande-Bretagne au service de la propagande anticommuniste.

2. *FdC*, t. I, p. 153.

3. *Ibid.*

taine pensée de gauche pour qui, durant des décennies, un anticommuniste sera un homme « de droite » ; et le général de Gaulle, assez peu soucieux de pouvoir personnel, un apprenti dictateur. Cette simplification vaut également pour une certaine droite, en sens inverse évidemment, qui dans tout « communiste » voit un partisan du goulag, un ennemi des libertés, le « partageux » du XIXe siècle, et lance contre lui les « escadrons de la mort » des dictatures latino-américaines. Ce système de représentations manichéen sera encore aggravé par la guerre froide, plus encore : utilisé et manipulé par les deux « blocs » en présence.

Le récit des rapports Castor-Sartre/Koestler prend très vite ce ton un peu ironique et distant qui enveloppe, dans les Mémoires, les personnages avec qui les relations seront brisées : Koestler sera éliminé quelque temps plus tard du cercle des amis — c'est « une ordure », écrit-elle à Algren —, et fera un retour dans l'œuvre de fiction du Castor, sous le nom de Scriassine, dans *Les Mandarins* (1954). « Scriassine » y aura une aventure d'une nuit avec Anne, très probablement inspirée d'une nuit de Koestler avec le Castor. Le cas de Koestler est extrêmement complexe et le jugement qu'on peut porter sur lui doit tenir compte de son évolution future. On va en effet le retrouver dans des opérations peu nettes (sans parler de ses rapports atroces avec sa femme), aux côtés d'agents et de propagandistes de la CIA, comme sur cette photo où il apparaît avec Irving Brown (agent traitant de la CIA pour la gauche européenne et africaine) et James Burnham (agent traitant de la CIA pour les milieux intellectuels). C'est pour cette raison qu'on doit prendre le temps de desserrer un peu le réseau dense d'informations, et surtout de commentaires, que le Castor rassemble avec sa rapidité coutumière en quelques pages. Car les noms qu'on rencontre nous aident à saisir le contexte de guerre (froide) où la France va plonger, comme le reste de l'Europe, comme le reste du monde.

Koestler devient un agent ou un propagandiste de l'IRD britannique et de la CIA. Mais ce n'est pas le cas de Manès Sperber dont ils déplorent l'« anticommunisme » farouche et dogmatique : sans doute l'était-il, mais le Castor connaissait-elle son histoire ? Ce que rapporte le Castor d'une de leurs conversations ne lui rend pas justice ; il colporterait une histoire abracadabrante d'arme secrète soviétique que les communistes seraient chargés de répandre partout dans le monde. « Les habitants de Chicago, New York, Pittsburgh, Detroit, tomberaient comme des mouches[1]. » Il est probable en effet que ces prétendues « armes secrètes » étaient plus ou moins déjà une invention de la CIA (ou qui y croyait peut-être) ; on sait qu'à partir de 1947 elle finança de très sérieux programmes d'études des ovnis au cas où ils auraient été en réalité des « armes secrètes » soviétiques. On comprend, ajoute sarcastiquement le Castor, ceux qui devant une telle éventualité poussent à déclencher une guerre préventive... Mais on ne peut réduire Sperber à cette anecdote. Son destin est celui d'un homme « en de sombres temps », comme dit Arendt[2]. Sperber était né en 1905 dans une famille de rabbins du shtetl de Zabłotów, en Galicie (aujourd'hui en Ukraine). En 1927, il part pour Berlin, entre au Parti communiste

1. *FdC*, t. I, p. 156.

2. Référence explicite à Heidegger (*Wozu Dichter, in dürftiger Zeit ?* « À quoi bon des poètes dans des temps troublés ? ») : c'est le titre en anglais de son livre traduit en français par *Vies politiques*.

et travaille auprès d'Alfred Adler. À l'arrivée de Hitler au pouvoir, il est mis en prison, mais relâché au bout de quelques semaines au motif qu'il était à l'époque citoyen polonais. Il émigre, d'abord pour la Yougoslavie, puis en 1934 pour Paris, où il travaille avec Willi Münzenberg pour la IIIe Internationale. Mais en 1938 il quitte le Parti à cause des purges et commence à écrire sur le totalitarisme et le rôle de l'individu dans la société. Ce qui donnera un livre, *Zur Analyse der Tyrannis*. En 1939, Sperber s'engage comme volontaire dans l'armée française. Après la défaite, il trouve refuge à Cagnes, dans la zone libre, mais il doit gagner en 42 la Suisse avec sa famille. À la fin de la guerre, il s'établit en France. C'était un grand ami de Koestler, dont il a fait le portrait dans un numéro de la revue *Arts*. C'était aussi un ami de Malraux. Voilà pourquoi.

Face aux États européens ruinés par la Seconde Guerre mondiale, deux superpuissances ont émergé dans le contexte géopolitique mondial. Les États-Unis détiennent le monopole nucléaire depuis Hiroshima et disposent d'une puissance financière inégalée. L'URSS possède une force militaire décisive en Europe orientale et d'un prestige politique considérable. En 1944, les accords de Bretton Woods sont négociés entre la France, le Royaume-Uni et les États-Unis ; ces derniers imposant leur point de vue, le Fonds monétaire international est créé ainsi que la Banque mondiale. Surtout, les accords instituent un système de parité fixe par rapport au dollar, seule monnaie entièrement convertible en or. Mais c'est juin 1947, en fait, qui donne le signal de la guerre froide : le secrétaire d'État américain George Marshall offre en effet à l'Europe une

« aide fraternelle » afin de vaincre « la faim, le désespoir et le chaos ». Le « plan Marshall » (plan de reconstruction européenne, *European Recovery Program*) est proposé à toute l'Europe, Union soviétique comprise. Staline refuse après quelques hésitations. La Pologne et la Tchécoslovaquie sont obligées de le refuser à leur tour. Finalement, seize pays acceptent le plan Marshall et ils fondent en avril 1948 l'Organisation européenne de coopération économique qui deviendra l'OCDE en 1961. Aide réelle à la reconstruction, avec évidemment un effet très positif sur l'économie américaine qui exportera en Europe près de la moitié de sa production, le plan Marshall répond au besoin de gros marchés pour l'industrie des États-Unis. En même temps, il est un moyen de prévenir l'influence des Partis communistes, notamment en France et en Italie, auprès de populations dans un état extrêmement précaire. Dès octobre 1947, Andreï Jdanov, présidant à la constitution du Kominform, secrétaire du PCUS, l'a compris : il dénonce l'« impérialisme américain » qui « vassalise » les économies européennes en les plaçant sous la tutelle de Washington.

Le monde est désormais divisé en deux camps : le « camp impérialiste et antidémocratique » dont les États-Unis sont la « principale force dirigeante » et le « camp anti-impérialiste et démocratique », placé sous l'égide de Moscou. Après s'être alliés pour lutter contre les forces de l'Axe au cours de la Seconde Guerre mondiale, les États-Unis et l'URSS se retrouvent donc dans une lutte d'influence mondiale où l'affrontement militaire direct, soigneusement évité, sera remplacé par le combat idéologique. Le plan Marshall est le signal d'une vaste contre-offensive de la part de l'URSS, dont la France connaît immédiatement les effets avec les grandes grèves de l'automne 47. La « patrie du socialisme » où s'incarneront pendant des années les espoirs de millions d'opprimés dans le monde se révèle être une puissance impérialiste comme une autre, qui couvrira pendant des années ses manœuvres sous le discours menteur de la « lutte pour la paix et l'émancipation des peuples ». Et pourtant, même si la « main de Moscou » est derrière, les grévistes de 47 ont de bonnes raisons de cesser le travail : entre juin 46 et septembre 47, le prix du pain a augmenté de 128 %, le lait de 91 %, le bifteck de 40 %[1]...

Telle est, dans ce début d'après-guerre et pour longtemps, la forme tragique d'un monde divisé. Espoir des prolétaires et des opprimés « de tous les pays », l'URSS veut d'abord se protéger de toute attaque en créant dès 1945 un « glacis » territorial et idéologique. Staline repousse donc plus à l'ouest les frontières de l'URSS par l'annexion des pays Baltes et d'une partie de la Pologne et impose des gouvernements prosoviétiques dans les pays d'Europe centrale et orientale occupés par l'Armée rouge, pays qui deviendront plus tard des « démocraties populaires[2] ». En février 1948, le « coup de Prague » qui abat l'une des rares démocraties de l'avant-guerre en Europe de l'Est est à l'évidence une des manifestations hégémoniques de l'URSS. Au même moment, seize dirigeants de l'armée secrète polonaise,

1. Voir dans *Le Monde 2*, supplément du *Monde* daté du 16 juin 2007, l'article de Jean-Pierre Rioux du 8-9 novembre 1987 : « Au bord de la guerre civile. » Sur les photographies, c'est « du pain » que réclament les pancartes brandies par les manifestants, et leurs visages comme leurs vêtements prouvent que ce n'est pas de la rhétorique.

2. Cf. François Fejtö, *Histoire des démocraties populaires*, Seuil, 1969, 2 tomes.

formellement conviés à Moscou pour des « entretiens politiques », sont arrêtés, les deux principaux leaders de la résistance polonaise meurent en prison quelques mois plus tard. Des Partis communistes sont mis en place tant à Bucarest qu'à Sofia, ainsi que, à Vienne, un gouvernement provisoire prosoviétique dont le chef a approuvé l'Anschluss en 1938. Churchill dans un télégramme du 12 mai 1945 à Truman utilise déjà l'expression « rideau de fer » pour désigner la menace d'une coupure qui pèse sur l'Europe. En mars 1946, il dénonce ouvertement la mainmise soviétique sur l'Europe centrale et orientale. « De Stettin dans la Baltique à Trieste dans l'Adriatique, un rideau de fer est tombé sur le continent. [...] Les partis communistes, qui étaient très faibles dans tous ces États de l'est de l'Europe, ont obtenu un pouvoir qui dépasse de beaucoup leur importance et ils cherchent partout à exercer un contrôle totalitaire. Des gouvernements policiers s'installent un peu partout, au point qu'à l'exception de la Tchécoslovaquie, il n'y a pas de vraie démocratie. » Qui tombera en 1948...

La France de 1947 est un champ clos pour de tels affrontements politiques et idéologiques, pourtant encore à leurs débuts. Des grèves violentes se déclenchent, pour certains manœuvrées par Moscou et, en réponse, à la fin de l'année, la CGT éclate : les États-Unis sont derrière, qui ont financé la création de Force ouvrière[1]. L'opération a été dirigée par Irving Brown, responsable du réseau *stay-behind* en Europe — l'homme sur la photo, avec Koestler à sa gauche. Ainsi vont s'opposer pendant plus d'une décennie l'intoxication idéologique des « congrès de

1. Voltaire-net.org, 2 juin 2004.

la paix » financés par Moscou, et l'action des *New York Intellectuals*, dont Sidney Hook (le quatrième personnage sur la photo), qui, dans des missions confiées par la CIA, seront des agents de premier plan de la guerre froide culturelle [1].

C'est donc en plein début d'une guerre froide qui ne s'avoue pas encore, et qui n'a pas encore trouvé son nom [2], que le Castor quitte la France le 24 janvier 1947. Son séjour durera quatre mois : elle s'installe au Lincoln (angle 8e Avenue/44e rue), se rend chez les Gerassi qui sont absents, et marche toute la journée « médusée ». Dès le lendemain, par Stepha, elle rencontre « M » « qui devait partir pour Paris et y resterait jusqu'à mon retour [3] » (retardé par la volonté de Sartre qui veut la garder un peu plus longtemps). « Elle était aussi charmante que le disait Sartre et elle avait le plus charmant sourire du monde », dit-elle dans les Mémoires. Et elle l'écrit à Sartre : « Je l'ai trouvée exactement telle que je supposais, je l'aime beaucoup [...] et je ne me sentais pas gênée le moins du monde » (lettre du 30 janvier 1947). (Elle éprouve quand même le besoin de le dire : est-ce pour rassurer Sartre ou au contraire pour le mettre un peu mal à l'aise ?) Quand elle la revoit, elle écrit : « Je la trouve vraiment plaisante et sympathique comme tout — juste un peu trop "bonne femme" comme dit Bost, pour mon propre goût, mais quand on est un mâle, et qui plus est,

1. Même adresse, 26 novembre 2004.
2. L'expression est utilisée pour la première fois par un homme politique américain, Bernard Baruch.
3. *FdC*, t. I, p. 174.

animé d'une passion impérialiste de générosité [1], on ne peut rencontrer personne de plus approprié » (lettre du 31 janvier 1947).

Le Castor est éblouie, « médusée » par New York dont elle trouve « fameux » les Martini, et immédiatement critique : elle était « prête à aimer l'Amérique » qui avait eu raison du fascisme, mais elle se sent devant un peuple de paranoïaques, obsédés par la peur, se demandant s'il ne faudrait pas « déclencher la guerre préventive ». Exactement ce que disent en France les Malraux, Sperber, Koestler et consorts... Intoxication à laquelle elle juge les Américains très peu capables de résister : inertes, même les jeunes, « incapables de penser, d'inventer, d'imaginer, de choisir, de décider par eux-mêmes [2] ». Elle va rencontrer tout de même des intellectuels plus nuancés, capables de rejeter le stalinisme mais de critiquer aussi leurs propres institutions, comme Richard Wright (qui fut un temps membre du Parti communiste américain). Et le pays lui deviendra sympathique et même cher lorsqu'elle aura fait la connaissance de Nelson Algren. En attendant, elle n'y perd pas son temps — ni ses projets : la « femme américaine » malgré son esprit revendicatif lui apparaît comme « un être relatif et dépendant [3] ». Elle

1. Sartre ne peut pas ne pas se reconnaître dans ce portrait. *Entretiens de 1974* : « SdB. — Dans quelle mesure aviez-vous un certain rôle, mettons impérialiste, ou protecteur, vis-à-vis des femmes ? JPS. — Je pense que j'ai été très protecteur, et par conséquent impérialiste. Vous me l'avez souvent reproché, non pas vis-à-vis de vous, mais vis-à-vis des femmes que je voyais en dehors. » Et pourtant : « Pas toujours cependant, car la plus remarquable d'entre elles, j'avais des rapports égalitaires avec elle, et elle n'aurait pas toléré des rapports autrement conçus » (*CdA*, p. 423).

2. *FdÂ*, p. 175.

3. *Ibid.*

n'est donc pas peu surprise quand elle voit que de « nombreux couples » ont conclu des pactes assez proches du sien avec Sartre. Mais, dit-elle, « l'entreprise a ses risques : il se peut qu'un des deux partenaires préfère ses nouveaux liens aux anciens, l'autre s'estimant injustement trahi ». C'est exactement ce qui se passe lorsque la « question dangereuse » franchit ses lèvres : qui des deux préférez-vous, elle ou moi ?

Mais ce qui la frappe dès son arrivée, c'est « un anticommunisme qui touche à la névrose ». Produit d'une stratégie mise en place par l'administration américaine pour maintenir la suprématie des États-Unis dans le monde bipolaire né de la guerre, cette « névrose » culminera avec le maccarthysme [1]. C'est l'envers du monde qu'elle a quitté : autant, en France, on sous-estime l'influence soviétique dans les événements qui se déroulent au même moment, autant, en « Amérique », on la surestime. C'est déjà le début de la « chasse aux Rouges » : *reds*, ce monosyllabe brutal dit tout, dans sa généralité presque organique, qui désigne un ennemi par un trait grossi, simplificateur, propice à toutes les propagandes et tous les « bourrages de crâne ». Si l'Europe est en train de succomber, ce ne sera pas le cas aux États-Unis : on traîne en justice le leader du Parti communiste, Eisler [2], et « la volonté de guerre

1. Le « maccarthysme » désigne la période et l'atmosphère dominées par la suspicion et les enquêtes de la commission du sénateur Joseph McCarthy pour traquer militants et sympathisants communistes aux États-Unis.

2. À l'époque, le secrétaire général du Parti était William Z. Foster à qui succéda l'ancien ouvrier Gus Hall qui, dans une interview publiée au moment de sa mort (2000), disait encore son attachement à l'ex-Union soviétique.

s'affirme », écrit-elle en date du 7 février, dans *L'Amérique au jour le jour*[1]. Un peu plus tard (28 février), elle note que « la campagne contre les Unions ouvrières s'exaspère. Le sénateur Taft suivi d'autres sénateurs républicains accuse les leaders de la CIO d'être affiliés au parti communiste ». Et elle ajoute : « C'est la manœuvre habituelle[2]. » De fait, le New Deal et la formation du CIO n'auraient pu avoir lieu sans la participation du Parti communiste, entre 1934 et 1937, dans la phase de sortie de la crise mondiale. S'il y a bien manœuvre, c'est quand, fondée ou non, l'accusation de « communisme » vise à déconsidérer un syndicat et à entraver son action en faveur de la classe ouvrière.

La rencontre de Nelson Algren aide aussi en partie la nouvelle conscience du Castor à se forger sur des bases plus concrètes certainement que l'engagement de Sartre. Si on compare ce qu'est Algren, par sa formation, son passé, la vie qu'il mène à ce que sont Sartre et les « petits camarades », ou d'autres écrivains de l'époque, même de gauche, il est une figure atypique, plus commune aux États-Unis qu'en France, où elle est exceptionnelle : il n'appartient pas à la bourgeoisie intellectuelle. Sans appartenir non plus au cercle des écrivains « populistes », ce genre bien français, Algren est une sorte de « prolétaire des lettres » : ce n'est pas un ouvrier, ni un autodidacte. Mais il est communiste, et vient d'un milieu ouvrier. Il est né le 28 mars 1909 à Detroit, que sa famille quitte pour Chicago quand il a trois ans; son père était le fils de Suédois convertis au

1. *L'Amérique au jour le jour*, p. 68.
2. *Ibid.*, p. 174. Entre 1948 et 1953, les membres du PC américain seront expulsés du CIO suite aux campagnes maccarthystes.

judaïsme, et sa mère, qui tenait une boutique de bonbons, descendait d'une famille juive-allemande — en 1944 il changera définitivement son nom de « Nelson Ahlgren Abraham » en Nelson Algren, sans le « h ». Quelques années plus tard, ses parents s'installent dans le nord de la ville, où son père travaille dans un garage. Il fait ses études dans les écoles publiques de Chicago puis à l'université de l'Illinois et, durant la dépression de 1931, passe un diplôme de journaliste. Son premier livre, il l'écrit au Texas, alors qu'il travaille dans une compagnie de pétrole. C'est alors qu'il est condamné à quelques semaines de prison pour le vol d'une machine à écrire trouvée dans une école abandonnée; cette expérience le marque profondément... Il vit ensuite à La Nouvelle-Orléans avant de s'installer à Chicago. Toute son œuvre est traversée d'une solidarité avec les exclus, les paumés, les gens ordinaires, le peuple des quartiers pauvres, les immigrants. Ce « jeunot du cru », comme le Castor l'appelle par plaisanterie dans ses lettres, est bien différent d'un intellectuel de Saint-Germain-des-Prés, même « de gauche ».

On a beaucoup écrit, beaucoup spéculé sur leur rencontre, on a suggéré qu'elle s'était jetée dans ses bras pour rendre à Sartre la monnaie de sa pièce, on a voulu y voir une escapade sensuelle inattendue chez une intellectuelle « froide » et « cérébrale »; à l'inverse, on a expliqué leur rupture par une incompatibilité entre un prolétaire des lettres, peu porté sur la spéculation philosophique, et la femme de pensée qu'elle veut être. Mais on a toujours omis de relever que le Castor, en même temps qu'elle découvrait avec Algren la profondeur d'une relation amoureuse passionnée et d'un vrai accomplissement physique, avait pu être séduite par la présence chez

Algren de traits que le Castor n'avait jamais rencontrés chez un écrivain : « Il vivait dans une baraque, sans salle de bains ni Frigidaire, au bord d'une allée où fumaient des poubelles et où tournoyaient de vieux journaux[1]. » Cette pauvreté joyeusement acceptée la « rafraîchit ». Ce n'est pas la vie de bohème, l'existence d'« artistes » que Sartre et elle ont vécues avant la guerre, à Paris, puis à Rouen ou au Havre, et de nouveau à Montparnasse, où les fins de mois sont difficiles[2]. Et qu'ils continuent de mener, même maintenant que « Sartre est riche[3] » et qu'elle publie des livres qui se vendent bien, écrivant dans des cafés, fréquentant les bars, les restaurants à la mode dans un certain milieu intellectuel, faisant chaque année de longs voyages. Algren ne connaît rien de tout cela : il est extrêmement seul, il a « des rudesses, des brusqueries » et surtout un don, extrêmement rare, « un vrai souci des hommes ». Au moment où le Castor de guerre se demande comment incarner cette nouvelle responsabilité que l'Histoire lui a dictée, et s'il est possible à des intellectuels d'origine bourgeoise comme Sartre et elle de se ranger « aux côtés » des masses laborieuses, voilà que vient vers elle un homme qui n'est pas un ouvrier, mais un écrivain, et un écrivain qui ne s'est jamais posé cette question parce qu'il est né dans ces classes populaires où, même bien intentionné, un « bourgeois » sera toujours un étranger.

Elle était allée le voir la première fois à Chicago sur les conseils d'une amie sans rien savoir de lui. Quand elle doit le quitter, ce premier départ est déjà

1. *FdC*, t. I, p. 177.

2. Sartre dit dans les *Entretiens de 1974* : « Je ne voulais pas posséder, je ne possédais rien » (*CdA*, p. 287).

3. *FdC*, t. I, p. 65.

« douloureux », et juste avant son départ pour Paris, après l'échec d'une petite aventure qu'elle espérait et qui ne se noue pas, elle s'ennuie d'être une simple touriste. Elle le dit clairement : elle aimerait bien un homme à elle, même « provisoirement ». Alors elle téléphone à Algren et part pour Chicago ; ils passent ensemble quelques jours passionnés, et il la raccompagne à New York. C'est « la première fois qu'il monte en avion[1] » ! Elle masque sous une pudeur elliptique la charge amoureuse, érotique, de cette rencontre : « À cinq heures je revenais dans notre chambre et jusqu'au matin nous ne nous quittions plus. » Avant de le quitter, elle le lui a dit : sa vie est faite, en France, pour toujours ; et il n'a pas semblé comprendre. Qui peut croire, dans le début d'une histoire d'amour, à la solidité de liens antérieurement noués ? Ils se reverront, elle en est sûre. Dans l'avion, elle le lui a écrit : « Désormais, je serai toujours avec vous, dans les rues tristes de Chicago, sous le métro aérien, dans la chambre solitaire, comme une épouse aimante avec son mari bien-aimé. Nous n'aurons pas de réveil car ce n'était pas un rêve ; c'est une merveilleuse histoire réelle qui ne fait que commencer[2]. » « Ma vraie et chaude place », écrit-elle le lendemain, est « contre votre cœur aimant ».

Mais elle est « chavirée » quand elle revient en France et retrouve Sartre qui, dit-elle, « lui aussi a des ennuis ». Ce ne sont pourtant pas du tout les mêmes ; elle c'est la séparation qui lui pèse, tandis que Sartre, c'est une présence : il se retrouve très ennuyé d'avoir cédé à « M » qui n'est pas repartie, alors qu'il ne lui avait pas « demandé de rester ». Ou

1. *Ibid.*, p. 178.
2. À bord de la KLM, 17 mai 1947.

bien c'est ce qu'il dit, pour atténuer l'effet de sa présence en France ? Ou bien c'est le fait de sa « passion impérialiste de générosité » (lettre du 31 janvier 1947 déjà citée) ? Dans l'unique lettre de 1947 qu'il a envoyée au Castor (en tout cas, la seule publiée, les autres ont peut-être été perdues), Sartre écrit : « Je suis si content de vous savoir à New York. Ici, tout va bien : Dolorès, c'est stationnaire[1] » (lettre non datée, mais du 5 mai, puisqu'il dit qu'il la reverra « dans douze jours »). Maintenant, c'est autre chose : Dolorès téléphone « dramatiquement » à Sartre les soirs où il est avec le Castor à Saint-Lambert, dans un petit hôtel de la vallée de Chevreuse, près de Port-Royal.

Et le Castor pendant ce temps se languit d'Algren, ne peut « se détacher » de l'Amérique, au point qu'elle décide d'écrire un livre sur son voyage tout en ruminant un retour à Chicago. A-t-elle parlé d'Algren à Sartre à ce moment-là ? Il n'y a aucune lettre durant son (court) séjour amoureux à Chicago. Elle n'en dit rien à ce moment des Mémoires. Mais dans un étrange jeu de miroirs, c'est d'elle-même et d'Algren qu'elle parle en évoquant la situation de Sartre. Ce sont les partenaires de ce jeu à quatre qui échangent et croisent leurs places. Il a mis Dolorès en garde ? Elle l'a fait aussi avec Algren, sans être suffisamment claire, peut-être. Il n'était pas question pour Sartre de « construire sa vie avec elle » ? Il n'est pas question pour elle de construire sa vie avec Algren. Donc les choses sont claires, et elles vont causer de la souffrance. À qui ? Selon la logique d'un pacte, d'abord à celui qui se sent préféré. Comme par exemple, Algren. Ou dans le cas de Sartre, Dolo-

1. *Lettres au Castor, op. cit.*, t. II, p. 338.

rès. Mais non, la souffrance éventuelle de Dolorès n'est pas évoquée, ni celle d'Algren.

La souffrance des « amours contingentes » n'est même pas suggérée. Il y a d'abord celle de Sartre : comment supportera-t-il la longue absence, tous ces mois loin de M ? Ensuite la sienne : « Je passai deux mois pénibles. » Elle a terminé l'été de 1947 dans une anxiété qui « touchait à l'égarement », elle a pris de l'« orthédrine », et beaucoup bu. « Soudain je devenais une pierre, l'acier se fendait : c'était l'enfer[1]. » Dernière révolte avant de se résigner à l'âge et à la fin ? Elle donne quand même une fiesta chez elle.

« M » partie, le Castor et Sartre font un voyage en Suède ; elle a des cauchemars, des crises où elle voit « des oiseaux l'attaquer ». Tout se mêle dans ces mois décisifs : quelle suite Sartre compte-t-il donner à l'affaire Dolorès ? Elle-même va-t-elle se décider à repartir pour Chicago ? La rupture de Sartre avec les communistes ferme-t-elle définitivement l'espoir d'une entente, pourtant indispensable, entre les intellectuels et la classe ouvrière ? La France est en train de s'enfoncer dans une crise grave, où les grèves quasi insurrectionnelles s'enchaînent. La guerre d'Indochine commence, bien que la France ait officiellement reconnu le Vietnam l'année d'avant, le 6 mars 1946. Moins que jamais, la vie personnelle est une vie « privée » quand de toutes parts les chances de bonheur s'effondrent. Il faut alors montrer qu'on est un vrai « Castor de guerre », que rien ne peut abattre ; se jeter en avant, très loin, par-delà le temps, par-delà l'espace. En Suède, ils rencontrent un couple, « dans une jolie maison parmi

1. *FdC*, t. I, p. 181.

de calmes vallons[1] » : elle s'illumine. « Nous aussi, nous aurons une vieillesse heureuse! » : rêve « si lointain, et si sage » ! Et elle envoie aussitôt un télégramme à Algren pour lui dire : « J'arrive. »

« Je sus dès le premier regard que j'avais eu raison de revenir. »

Elle découvre les bas-fonds de Chicago, les abattoirs[2], les prisons, les quartiers pauvres, avec « leurs terrains vagues et leurs orties » mais aussi « des drogués, des putains, des voleurs » qui sont les amis d'Algren. Jamais le Castor n'a été mieux présente au monde, elle qui avait tenté avidement de capter l'« essence » de l'Espagne ou de la Tunisie dans une odeur, un tableau, un parfum et qui, après la guerre, avait senti avec horreur que la vue de la misère rendait bien froide la beauté éternelle des œuvres d'art[3]. Durant ce séjour à Chicago, entre le 9 et le 23 septembre 1947, l'unité du monde lui est rendue, parce qu'elle n'est plus une voyageuse qui passe et retrouvera bientôt son monde familier : elle a avec elle, à ses côtés, la nuit comme le jour, un homme qui vit et crée dans ce monde-là, qui y trouve ses sujets et sa raison de vivre. Son amour pour Algren — c'est aussi cela : une force qui lui est donnée, la force d'une expérience brute, dont il fait la matière de ses livres. Elle n'oublie naturellement pas la politique, ni l'odieuse pression du maccarthysme sur les amis d'Algren, journalistes de radio

1. *Ibid.*, p. 190.

2. On se souvient des abattoirs de Chicago dans les *Scènes de la vie future* de Georges Duhamel, tirées d'un voyage aux États-Unis (1930) faisant suite à un voyage à Moscou (1927).

3. *Entretiens de 1974* : « SdB. — Il y avait une dimension politique dans ces voyages [des années trente] JPS. — Ah! C'était vague alors » (*CdA*, p. 331).

et de télévision. Elle a aimé l'amour avec d'autres, c'est une femme extrêmement sensuelle — on croit toujours, c'est bien naïf, que ce n'est pas compatible avec l'intellectualité — mais elle aime particulièrement faire l'amour avec cet homme-là, si singulier, si différent de ceux qu'elle a connus. Pas un philosophe, pas un penseur, un homme peu porté sur la spéculation pure, mais un homme tourmenté et plein d'humour, qui souffre de sa solitude, affective, intellectuelle, qui écrit de très bons romans. Un homme qui lui demande de rester définitivement avec elle. Et à qui elle explique que « c'est impossible ». Qu'elle reviendra, qu'ils feront en mai prochain un grand voyage.

Les temps troublés qu'ils vivent, les affrontements idéologiques, la grande question du communisme ne sont naturellement jamais loin : au contraire. Tout cela fait mélange de vie intense dans les lettres qu'elle lui adresse, avant et après ses voyages, décrivant ce tissu continu où elle est prise. Reflet exact, libre et vivant de sa façon de penser, et de vivre, et de ne vouloir céder sur rien. Et toujours, ce retour sur soi, sur les engagements qu'on a pris avec soi-même, et qu'il faut tenir : « Je ne pourrais pas vivre uniquement de bonheur et d'amour, je ne pourrais renoncer à écrire et travailler dans le seul lieu du monde où mes livres et mon travail ont un sens » (lettre du 26 septembre). On n'écrit pas « pour la postérité » (« la postérité, je m'en foutais. Ou presque »), Sartre l'a découvert avec la notion d'engagement : on s'adresse aux hommes vivants, dans le lieu et selon les situations qui sont vôtres. Et puis, là où elle est, à Paris, en France, il faut faire quelque chose pour « combattre les mensonges du communisme et de l'anticommunisme » (même lettre). C'est dans cette perspective que Badiou, Boutbien, Rosenthal, Rousset demandent à Sartre d'entrer au « bureau directeur » du RDR[1]. La création du Kominform et en février 1948 le « coup de Prague » ont en effet exacerbé la fracture entre communistes et anticommunistes.

Il y a peut-être de quoi. Il faut de nouveau laisser un peu de place aux événements et les déployer dans toute leur ampleur : le « coup de Prague » aurait en effet dû être un « coup de semonce » adressé à ceux qui refusaient de prendre la mesure des menées de Staline en Europe. Or pour la deuxième fois, à juste dix ans d'intervalle, comme en 1938 avec la capitulation de Munich, le peuple tchèque et les institutions qu'il s'est données vont être abandonnés par les Occidentaux : de même vingt ans plus tard, au moment du « printemps » de 1968, qui voit l'entrée à Prague des chars du pacte de Varsovie. Les protestations sont unanimes, mais rien une fois de plus n'est fait. Tout est dit dans le « coup de Prague » : les ministres libéraux avaient démissionné le 21 février, espérant provoquer une crise politique et des élections défavorables au PC qui avait refusé, sur ordre de Staline, le plan Marshall. Klement Gottwald (réfugié à Moscou pendant la guerre, fidèle disciple de Staline, et son instrument dans la mise en place du « glacis ») et Rudolf Slansky (qui sera pendu en 1952 à l'issue d'un grand procès stalinien) n'ont pas de peine à faire capituler Edvard Beneš, le successeur de Thomas G. Masaryk, affaibli par une attaque cérébrale. Les démissionnaires sont remplacés par

1. La création du RDR répond à l'idée d'une « troisième force » à gauche, plus révolutionnaire que la SFIO et plus démocratique que le PCF.

des personnalités favorables au PC, puis Gottwald et Slansky mobilisent les « milices ouvrières ». Le 25 février 1948, tout le pouvoir revient aux staliniens et à leurs chefs, Gottwald et Slansky. Le ministre des Affaires étrangères, Jan Masaryk, fils du premier président de la Tchécoslovaquie, qui avait accepté dans un premier temps de faire partie du nouveau gouvernement, est retrouvé mort le 10 mars 1948, officiellement suicidé, en fait « défenestré » comme on le prouvera en 1989.

Pendant plus de quarante ans, la Tchécoslovaquie fera partie de cette « Europe confisquée », comme l'a appelée Milan Kundera. Et la Tchécoslovaquie s'enfoncera dans un oubli cotonneux, à peine troué par les grands procès. Qui s'inquiète en Occident de la répression qui frappe les opposants issus de l'élite démocratique du pays, comme Milada Horakova, pendue en 1950 ? En 1953, Marcel Péju rend compte du procès Slansky (novembre 1952) et son article « n'est pas attaqué par les communistes [1] », dit Simone de Beauvoir. Est-ce, comme elle le pense, le signe d'un « dégel » que la mort de Staline va permettre enfin ? Ou parce que la documentation utilisée pour l'article provenait en grande partie de l'ambassade tchécoslovaque (note de la même page) ? Le coup de Prague, les procès staliniens qui s'y déroulent sont passés par profits et pertes. Quand, en 1954, Sartre et Simone de Beauvoir font à Prague un rapide voyage sur leurs traces de 1934, ils ne manifestent pas d'émotion sauf la curiosité de « franchir le rideau de fer [2] ». L'immense statue de Staline qui écrase la ville a été achevée juste au moment de la mort du « petit père des peuples »

1. *FdC*, t. II, p. 24.
2. *Ibid.*, p. 53.

— « elle ne nous plaît pas du tout », leur dit une jeune femme. Ils font de tranquilles promenades dans les rues de Mala Strana (le « Petit Côté ») et de la vieille ville, en compagnie de celui que le Castor appelle « le gros poète Nezval » — qui n'est pas seulement gros, mais chargé d'honneurs : il a été, l'année d'avant, promu « artiste national », en raison de sa fidélité indéfectible au Parti communiste dont il est membre depuis 1924[1]. Il était inévitable que Sartre-Castor lui soient confiés, c'est l'âge d'or de leur ralliement, interrompu en 1956 par les événements de Budapest. Ils quittent Prague non sans qu'une « ombre » ait plané sur leur séjour : dans une bibliothèque, un administrateur leur glisse : « Il se passe des choses terribles ici, en ce moment. » Ce qui est sûr, c'est qu'ils n'en ont pas fait état publiquement à leur retour. C'est leur période dure dans cette dure période des années cinquante. Plus tard, beaucoup plus tard, bien des déconvenues se seront produites, en 1968, Sartre prendra la défense de Karel Kosik, philosophe marxiste critique, à qui les autorités ont confisqué tous ses manuscrits après les événements du mois d'août.

Mais revenons à 1948. Le Castor a quarante ans, et se sent « vieillir ». *L'Amérique au jour le jour* paraît dans *Les Temps modernes* avant d'être publiée (avec une dédicace à Ellen et Richard Wright). Et c'est de nouveau l'affrontement avec les communistes à propos des *Mains sales* : les communistes conspuent la

1. Rapportant les événements de 1968 à Prague, le Castor rappelle que le livre de Kundera, *La Plaisanterie*, transposait une affaire bien réelle des années cinquante : la parodie d'un poème où Nezval célébrait « à la fois les plaisirs des sens et Staline » (*TCF*, p. 452).

pièce, et aussitôt la « bourgeoisie » la revendique, assimilant le meurtre de Hœderer aux crimes du Kominform[1]. Au mois de mai, les deux histoires « parallèles » — Sartre/Dolorès, Castor/Algren — cessent de l'être : elles s'enchevêtrent. Le Castor a prévu de partir en mai, et Dolorès a accepté « de mauvaise grâce » de venir passer quatre mois en France ; puis elle se ravise. Le Castor hésite : à quel point finalement tient-elle à Algren ? Peu, beaucoup, davantage ? Sartre est libre, elle pourrait rester avec lui. Elle opte pour une demi-mesure : elle restera deux mois, au lieu de quatre, mais ne le dit pas tout de suite à Algren. Et là-bas, elle retarde tant qu'elle peut le moment de l'avertir. Un jour, car le temps passe, elle se décide : « Ah bon ! » dit-il seulement. Elle reste stupéfaite, le voyage continue, mais petit à petit elle s'inquiète, Algren se montre « hostile » (mot du langage Castor-Sartre). Ils rentrent à New York, la ville est torride, elle le questionne et il lui avoue la vérité : non, il ne tient plus à elle comme avant. Elle pleure toute la nuit. Mais « je suis prêt à vous épouser sur l'heure », lui dit-il avec élan après une discussion orageuse. Elle le quitte le 14 juillet, « incertaine de le revoir jamais ». « Tous les torts étaient de mon côté », dit-elle. Et pendant longtemps elle s'interrogera : aurait-elle dû, aurait-elle pu rester avec lui ? Non, et du reste lui non plus n'aurait pas pu vivre et travailler à Paris. Ils se retrouvent égaux devant la décision, devant les raisons de cette décision, et devant la souffrance : « Chacun regrettait âprement que l'autre refuse de demeurer auprès de lui[2]. »

1. *FdC*, t. II, p. 212.
2. *Ibid.*, t. I, p. 224.

Aimer ailleurs, sans se sentir libre, sans se vouloir libre, il n'y a au fond qu'une seule chose en commun dans cette histoire et celle de Sartre avec « M » : leur imprudence à tous les deux. Mais elle, elle le paie très cher, là est la grande différence; car Sartre finira par se lasser de Dolorès, qu'il trouve de plus en plus exigeante, capricieuse, lassante, et c'est lui qui prendra l'initiative de rompre avec elle. Tandis que le Castor redoute qu'à cause de son refus de vivre avec lui, Algren cesse définitivement de l'aimer. Les lettres de celui-ci cependant la rassurent; non, il n'a pas été blessé de ce départ anticipé. Le 19 juillet, elle lui répond : « Ce n'est pas par manque d'amour que je ne peux rester vivre avec vous. Et même je suis sûre que vous quitter est plus dur pour moi que pour vous [...] je ne pourrais vous aimer davantage, vous désirer davantage, vous ne pourriez me manquer davantage. Mais ce que vous ne savez pas, c'est à quel point Sartre a besoin de moi [...] Je suis sa seule véritable amie, la seule qui le comprenne vraiment. » Est-ce une raison qu'un homme passionnément épris peut entendre?

Et voici que Dolorès, qui n'était pas venue, annonce qu'elle a encore une fois changé d'avis et qu'elle sera là fin juillet, au moment où le Castor compte partir avec Sartre! Il cède, selon son habitude; elle arrive, ils partent ensemble dans le Midi : mauvais calcul de « M ». Sartre, comme tous les (hommes) faibles, en veut terriblement à celles à qui il a cédé. Le Castor envoie un télégramme à Algren pour lui dire qu'elle va revenir. Le 23 juillet, elle a reçu sa réponse : *No too much work*, a-t-il écrit : « Non, trop de travail. » Elle lui écrit aussitôt, elle comprend bien qu'il ne puisse pas la recevoir. Et elle explique pourquoi elle s'était si témérairement décidée, elle ne parle pas de Dolorès, mais d'un scénario remis à plus tard, pour lequel Sartre avait besoin d'elle. Et puis il y a eu ce malentendu : elle avait d'abord compris *not too much work*, « venez, je n'ai pas trop de travail » ! Mais en fait, elle s'attendait à sa réponse, il a raison de s'enfermer, il faut qu'il écrive de bons livres. Elle part donc pour Alger avec Sartre et ne recevra qu'en décembre une lettre d'Algren qu'il avait envoyée à Tunis (au lieu de « Ténès ») : il était tombé amoureux d'une femme, il avait même failli l'épouser. Il ne l'a pas fait. « Mais ce qui ne change pas, écrivait-il, c'est mon désir de posséder un jour [...] un endroit à moi pour y vivre, avec une femme à moi et même un enfant à moi. » Et il termine par ces mots : « Des bras n'ont aucune chaleur quand ils se trouvent de l'autre côté de l'océan[1]. »

Elle comprend, se résigne : « Ma vieillesse couvait. Elle me guettait au fond du miroir. » Elle se remet à son travail sur la condition féminine. L'année suivante, 1949, Algren vient en France, et ils retrouvent un peu de leur accord en faisant un long voyage en France. C'est l'année d'après qu'il déclarera « ne plus l'aimer ». Il va se marier, il y est décidé, il en parle dans ses lettres. Elle essaie de plaisanter : « Si vous n'épousez pas, je vous pardonnerai peut-être » (17 décembre 1949). Il épousera, divorcera. Elle le retrouve une première fois en 1950, où il lui dit qu'il ne l'aime plus. Ce sont des mots terribles. Elle ne les lui fait pas dire en première personne. Elle pleure en regardant *Brève Rencontre* à la télévision[2], « bute contre l'inexplicable » ; dans l'avion, elle se bourre de belladénal sans trouver le sommeil : « La gorge

1. *Ibid.*, p. 233.
2. *Ibid.*, p. 312.

déchirée par le cri que je ne poussai pas[1]. » (Lorsqu'elle retrace cet épisode dans ses Mémoires, vers 1960, se souvient-elle en écrivant ces mots de Régine dans *Tous les hommes sont mortels,* de sa détresse quand Fosca lui a révélé le secret d'une immortalité qui va les séparer définitivement ? « Elle écrasa ses mains contre sa bouche, elle inclina la tête, elle était vaincue. [...] Ce fut quand l'heure commença de sonner au clocher qu'elle poussa le premier cri[2]. ») En 1951, retour d'Islande, elle repasse par Chicago, Algren lui annonce qu'il va se remarier. Elle rentre à Paris, doré par les chrysanthèmes du jour des Morts. « Je tiens beaucoup à ma vie, lui écrit-il après son départ. Ça ne me plaît pas qu'elle appartienne à quelqu'un de si lointain, quelqu'un que je vois seulement quelques semaines par an. » Elle conclut : « Il n'y avait qu'à tirer un trait. Je le tirai[3]. » Leur rupture, on l'a dit, sera définitive avec la parution en anglais de *La Force des choses*.

*

De quoi s'agit-il, au fond, dans ces deux entorses au pacte, à peu près contemporaines ? D'une épreuve — révélatrice —, mais qui prend pour chacun des deux une signification entièrement déterminée par ce qu'ils sont, et par ce qu'ils ont projeté d'être. Par bien des côtés, Sartre aura toujours avec les femmes des rapports qu'on peut dire « classiques » — en tout cas ceux d'une grande majorité d'hommes : égalité de principe, supériorité

1. *Ibid.*, p. 316.
2. *THM*, p. 528.
3. *FdC*, t. I, p. 343.

« machiste » — qu'il admet tout à fait[1] —, volonté « impérialiste » de protéger, faiblesse devant des exigences ou des revendications, lâcheté dans les formes de la rupture, générosité financière[2]. Dans les *Entretiens de 1974*, ils évoquent tous deux la rencontre de « M ». Curieux échange, où le Castor formule les choses avant Sartre, semble lui souffler les mots. « SdB. — Vous lui avez dit, bon, c'est fini, parce que c'était l'escalade. JPS. — Oui. C'est curieux parce que j'ai beaucoup tenu à elle, elle a énormément compté. » (Les Mémoires insistent plus que lui-même sur son désir de rupture : « Malgré les résistances de Sartre, elle s'était fixée à Paris. Ils se querellèrent et finirent par rompre[3]. ») Le Castor confirme : « Vous avez énormément tenu à elle, c'est la seule qui m'ait fait peur, d'ailleurs[4]. »

En fait, parties du même point, les trajectoires amoureuses de Sartre et du Castor ne sont pas comparables, c'est ce qui ressort et des Mémoires, et des *Entretiens de 1974*. Tous deux, sans doute, ont mis en danger le pacte, Sartre surtout, car elle-même a eu l'honnêteté d'en avertir Algren très tôt. C'est que Sartre peut-être n'a jamais considéré le « pacte » avec la même rigueur que le Castor. Il n'en a jamais fait une affaire vitale : elle, si. Il a sûrement besoin du Castor autant qu'elle a besoin de lui, et il reconnaît dans une lettre de 1948 que leur relation

1. « Je pense que mon machisme résidait plutôt dans une certaine manière de considérer l'univers de la femme comme quelque chose d'inférieur, mais pas les femmes que je connaissais » (*Entretiens de 1974*, in *CdA*, p. 432).

2. Lettre à Nelson Algren, 10 décembre 1949 : Dullin vient de mourir, Camille est seule, « Sartre l'entretiendra, bien qu'il entretienne vraiment trop de monde maintenant ».

3. *FdC*, t. I, p. 309.

4. *Ibid.*, p. 434.

est la plus « vraie » de toutes celles qu'il a eues et aura avec d'autres femmes. Mais il ne dira jamais parlant d'Algren : « C'est le seul qui m'ait fait peur. » Finalement, soit que Dolorès l'ait lassé, soit qu'elle ait été réellement insupportable, soit que le confort de sa vie intellectuelle et quotidienne avec le Castor lui ait semblé préférable à tout, il va rompre. Mais le Castor, elle, n'est pas lasse de son « amour transatlantique » : elle est éperdue de douleur en pensant qu'Algren ne l'aime plus. Elle marche « le cœur engourdi, ne croyant ni au passé ni à l'avenir ». Le présent est atroce quand il vous plombe, quand, tels des enfants, vous « butez contre l'inexplicable ».

Au moment de leur publication, bien des malentendus se sont noués sur ces lettres à Nelson Algren. Confirmation qu'on l'avait mal lue, on a d'abord voulu y voir la preuve que Simone de Beauvoir était capable de ressentir et de dire la force d'un élan amoureux, la joie des corps... On a voulu y voir aussi la preuve qu'elle était rentrée « dans le rang », qu'elle était une femme « comme les autres », et qu'elle subissait comme les autres, après la joie de l'entente, les conséquences douloureuses d'une rupture. Ce qu'on n'a pas vu, c'est comment au contraire le Castor avait su déjouer le piège qui souvent se referme sur une femme amoureuse : en acceptant l'amour d'Algren au point de s'établir avec lui à Chicago, ce n'est pas seulement son pacte avec Sartre qu'elle y aurait sacrifié. C'est son destin d'intellectuelle et d'écrivain. Dans cet « amour transatlantique », ce n'est pas un nouveau Castor qui s'est révélé, c'est la même, toujours, en proie à son goût farouche du bonheur et aux exigences qu'elle ne veut pas lui sacrifier. La séparation puis la rupture la font souffrir ; mais la violence de l'épreuve montre seulement la fermeté de la résolution. À ses résolutions, elle est fidèle. En tant que femme, elle rencontre des obstacles que les femmes rencontrent : ici, l'incompréhension profonde de Nelson Algren, bien au-delà des blessures d'amour-propre que son refus lui a fait éprouver. Elle les surmonte, ces obstacles, non pas en *niant sa féminité*, mais en se comportant, intégralement, en *femme libre*.

Mais on ne sait toujours pas ce que c'est qu'une femme libre.

*

Cette rencontre amoureuse dont les lettres nous rendent l'exceptionnelle intensité, le Castor la vit comme chaque grande étape : épreuve, nouveauté radicale, expérience qu'il faut vivre, ainsi que le dit Sartre dans sa lettre de mai 1948, « comme nous voulons qu'on soit dans notre morale, avec conscience de tout ça », moment décisif, mise à l'épreuve des choix de vie, interrogation sur la valeur des engagements antérieurs (le pacte), *façon absolument neuve de saisir le monde*. Et d'être saisie par lui. Car le « monde » n'est pas une réalité extérieure dont je m'empare plus ou moins selon les circonstances ou mes dispositions : c'est une relation. Lorsque avec Algren elle découvre le monde *underground* de Chicago, lorsque avec lui elle a une vie commune dans la petite maison de Wabansia, ce ne sont pas seulement des expériences où on se livre plus ou moins ; ces rencontres l'*affectent* profondément. Elles sont la couleur même de la vie ; elles participent à cette construction d'un « moi » qui ne s'arrête qu'avec la mort. Comme chaque fois, elle y est tout entière engagée. Mais comme chaque fois il faut les « reprendre dans la liberté » : décider ce qu'on en fait; les assumer ou les contester. Leur trouver une place — trouver leur place — dans cette création continue qu'est l'existence. C'est ce qui donne à ces lettres une tension, une émotion palpables : à chaque instant le Castor joue sa vie. Rien de moins. Chaque moment qu'elle vit est un moment destinal; à chaque rencontre qu'elle fait, tout son être est en alerte : tout peut basculer, tout peut être anéanti : tout peut être sauvé.

Le Castor de guerre, c'est cela aussi : c'est d'abord cela. Une femme qui pense que tout est entièrement entre nos mains. Que chaque moment est intensément, insoutenablement décisif, que c'est cela être libre. Le poids de nos déterminations est immense, leur étendue, infinie, comme celle d'un océan dont les vagues de surface cachent et dévoilent les profonds mouvements des bas-fonds. Mais sur cette vague qui m'emporte, mes mouvements sont à moi; même si je suis vaincu(e), rien ne pourra faire que dans le court instant où j'ai lutté le triomphe n'ait pas été entièrement le mien, et non celui de forces insensibles. C'est le côté pascalien du Castor : l'univers peut m'écraser mais il ne le sait pas. Et ma victoire sur lui est infinie, parce que je pense, et parce que je veux [1].

1. « Mais, quand l'univers l'écraserait, l'homme serait encore plus noble que ce qui le tue, puisqu'il sait qu'il meurt, et l'avantage que l'univers a sur lui, l'univers n'en sait rien », *Pensées*, fragment 347, Édition Brunschvicg.

7

La postérité, je m'en foutais. Ou presque

Ce que la jeune fille avait demandé à la femme adulte de réaliser : l'unité de la vie par et dans l'œuvre, c'est peut-être en ces années-là que le Castor y répond avec le plus de ferveur, tenant entre ses mains, dans toute la force de sa maturité, toutes les facettes du temps. Dans la plénitude de ses forces, elle est comme au sommet d'une montagne et vit simultanément l'ivresse de l'ascension, et la hantise du déclin : la mort veille « au fond des miroirs » — elle a dépassé quarante ans. Elle se sent, et se sait « elle-même » comme elle ne le sera jamais davantage. Tout est là : le sentiment aigu du déjà-plus, l'appel énergique à l'avenir, le désir de « parler de soi », la révélation brusque de ce qu'est la condition des femmes, et l'urgence qu'il y a d'en parler : cc sera *Le Deuxième Sexe*; l'exigence d'être présente à l'Histoire, le ferme propos d'entraîner avec soin, dans cet avenir neuf, tout le passé qu'on a été et, pour l'assumer, d'en faire la reprise critique dans un roman : ce sera *Les Mandarins*.

En ces années où elle a choisi son « destin » contre son « amour », elle a écrit avec une vitesse confondante le gros ouvrage par lequel on peut dire que la face du monde a été changée : *Le Deuxième Sexe*, tout de suite après, *Les Mandarins* et, deux ans plus tard, les Mémoires, se donnant ainsi à l'écriture selon les modes qu'elle a toujours fréquentés conjointement, la pensée, la fiction, l'autoréflexion. Le roman, l'essai, le discours sur soi. Juin 1949, tome I du *Deuxième Sexe*. Novembre 1949, tome II. *Le Deuxième Sexe* est de ces livres qui comptent aussi tout simplement parce qu'ils sont, parce qu'on sait qu'ils existent. Parce qu'on a pu les résumer en une phrase, qui fait slogan, le fameux : « On ne naît pas femme, on le devient. » Mot d'ordre qui s'inscrit pour toujours sur l'étendard du Castor de guerre et dont toute femme peut s'inspirer, où elle peut reprendre souffle rien qu'en le prononçant. À partir de cette date, malgré les résistances, les échecs, les reculs, la condition des femmes ne sera plus jamais pareille. Aucune femme ne sera plus jamais seule. Partout dans le monde, depuis cette date, les femmes ont une référence dans leur révolte, un soutien dans leur combat, et une figure qui les incarne. Il faut le dire, sans grandiloquence, sans pathétisme, sans grands mots : ce que les femmes lui doivent est incommensurable. Et pas seulement les femmes ; les hommes aussi. Comme l'a dit Hegel dans sa célèbre dialectique du maître et de l'esclave, qui domine n'est pas libre ; il est lui-même asservi : la libération des femmes est la condition de la libération des hommes.

Il faut tout de même rappeler ce qu'est la situation juridique des femmes en 1949, quand paraît *Le Deuxième Sexe*. Les femmes ne votent que depuis cinq ans, et encore ce droit leur a-t-il été « octroyé » par le général de Gaulle alors au pouvoir, la gauche craignant que les femmes ne votent systématiquement comme leur mari — ou leur curé. (Ce ne sera fait qu'en 1971 en Suisse et 1984 au Liechtenstein.) En 1965, la femme peut ouvrir un compte bancaire en son nom propre. Mais la notion de chef de famille, maintenue en 1938, ne sera supprimée qu'en 1970. Entre-temps, le mari se sera en 1965 vu retirer le droit de s'opposer à l'activité professionnelle de sa femme s'il considérait que celle-ci lésait la famille. Et c'est en 1985 qu'une loi instaure enfin l'égalité des époux dans les régimes matrimoniaux et l'administration des biens de la famille. L'histoire du divorce est ponctuée de reculs qui tous affectent la liberté des femmes : ce n'est qu'en 1975 que le divorce par consentement mutuel est enfin autorisé. Mais c'est probablement sur les questions de sexualité, reproduction et filiation que les choses sont encore les plus défavorables aux femmes : les femmes sont rigoureusement astreintes à leur devoir de fécondité. Ni contraception (fiable) ni avortement : sous le régime de Vichy qui vient juste de s'effondrer[1] une femme avait été guillotinée pour avoir procédé à des avortements. Quant à la filiation, ce sont des avancées relativement récentes qui permettent depuis 1970 aux femmes mariées de contester la paternité du mari et reconnaître l'enfant sous leur propre nom. Sylvie Chaperon, répondant à une interview, insiste à juste titre sur l'audace du *Deuxième Sexe*, qui met sur le devant de la scène des thèmes essentiels, et révolutionnaires : la revendication de la contraception « et même plus », ajoute-t-elle, « puisque son chapitre "La mère" commence par un véritable plaidoyer pour la libéralisation de l'avortement, lequel était un sujet tabou ». « Avec la même

1. Lire Françoise Muel-Dreyfus, *Vichy et l'éternel féminin*, Seuil, 1998.

audace tranquille, continue Chaperon, Simone de Beauvoir évoque l'homosexualité, et toutes les formes de la sexualité des femmes incomplète ou mal vécue[1]. » D'où la violence, la trivialité, la grossièreté des attaques dont le Castor fait l'objet, parce que, remarque très justement Julien Gracq, elle avait osé affronter la « chiennerie française ». *Le Deuxième Sexe* est un livre qui en met certains littéralement hors de soi[2] : de Camus, qui y voyait « une insulte au mâle latin » (sans parler de commentaires privés plus grossiers encore), à Mauriac, déclarant qu'après les premières parutions dans *Les Temps modernes* il savait tout maintenant « du vagin » de leur « patronne ». Et qui se demandait à la une du *Figaro* si « l'initiation sexuelle de la femme est à sa place au sommaire d'une grave revue littéraire et philosophique ». (On ne s'étonnera donc pas trop de le voir par la suite épinglé à plus d'un détour des Mémoires.) Les communistes ne sont pas en reste : Jean Kanapa, ancien élève de Sartre devenu directeur de *La Nouvelle Critique*, dénonce « la basse description graveleuse, l'ordure qui soulève le cœur ». De journal en journal, d'article en article, *Le Deuxième Sexe* devient un « manuel d'égoïsme érotique », un manifeste d'« égotisme sexuel », un ramassis de « hardiesses pornographiques ».

Lorsque le Castor entreprend ce travail, il y a longtemps déjà, naturellement, que des femmes protestent contre la condition faite aux femmes, réclament l'égalité, le droit de vote ; c'est une histoire

1. En ligne.
2. Tout récemment encore une lettre de lecteur dans *Le Figaro magazine* : quelle sottise insupportable d'oser dire qu'on ne naît pas femme ! Si vous voyiez comme mes petites-filles sont douces et mes petits-fils brutaux !

riche, passionnante, marquée d'échecs et de terribles drames, chargée de figures et de mots — comme celui d'Olympe de Gouges réclamant le droit de vote pour les femmes puisqu'on les jugeait bien dignes de la guillotine ! Mais avec *Le Deuxième Sexe* tout change : à des revendications éparses ce livre va donner de l'unité et de l'éclat, et surtout fournir un substrat philosophique, un appui conceptuel. Anthropologie, sociologie, psychanalyse, ethnologie, littérature, histoire : c'est un programme d'études qui se déploie, où tous les champs du savoir sont concernés. Ce qui donne au livre sa vigueur et lui garde sa portée intacte, par-delà le temps, c'est que la pensée y est une machine de guerre qui va s'attaquer pied à pied, pour le défaire, à l'immense édifice de discours sur lequel s'est construite et justifiée la domination masculine. Mais pour bien comprendre le sens et la démarche de ce livre, il faut le rapatrier dans le cœur brûlant du projet où il a pris naissance. Et faire ressortir le paradoxe qui lui a donné naissance : ce livre a été écrit par quelqu'un qui n'avait pas souffert de la condition faite aux femmes ; par quelqu'un qui ne s'était même jamais arrêté sur l'idée que la condition faite aux femmes avait pu infléchir sa destinée. Elle le dit à Algren dans une lettre du 2 janvier 1948 : « Jamais je n'ai souffert d'être une femme, et parfois même je m'en félicite. » Le livre s'impose à elle dans le développement sûr et continu de son propre projet « existentiel » : « parler de soi ». Mais comment parler de soi si on est une femme, sans d'abord poser la question : en quoi suis-je une femme ? De quel poids a pesé sur mon destin l'appartenance au sexe féminin ? Elle n'y avait pas pensé. Mais avec sa vivacité, sa promptitude coutumières, d'emblée, elle rebondit, et transforme la question. Abandonnant pour un temps la quête autobiographique, mais non le projet réflexif, elle va chercher à démêler cette énigme : comment et pourquoi les femmes sont-elles toujours l'Autre, cet être « inessentiel » ?

Venant « à la place » du projet autobiographique, en un sens profond, philosophique, *Le Deuxième Sexe* en garde la trace, et lui-même se retrouve ensuite en miroir dans les *Mémoires d'une jeune fille rangée*. Les deux livres sont en écho : mais c'est *Le Deuxième Sexe* qui lance de fait la machine autobiographique. Comment ne pas comparer, par exemple, cette phrase : « L'enfant envisage l'avenir comme une ascension indéfinie vers on ne sait quel sommet. Soudain, dans la cuisine où la mère lave la vaisselle, la fillette comprend que depuis des années, chaque après-midi à la même heure, des mains ont plongé dans les eaux grasses, essuyé la vaisselle avec le torchon rugueux [...] chaque jour imite celui qui le précède : c'est un éternel présent inutile et sans espoir [1] », avec ce souvenir, dont les *Mémoires d'une jeune fille rangée* dix ans plus tard font état, la découverte de la vie quotidienne, dans sa platitude répétitive ? « Chaque jour le déjeuner, le dîner, chaque jour la vaisselle, ces heures indéfiniment recommencées et qui ne mènent nulle part ; vivrais-je ainsi ? Une image se forma dans ma tête, avec une netteté si désolante que je me la rappelle encore aujourd'hui : Une rangée de carrés gris s'étendaient jusqu'à l'horizon diminués selon les lois de la perspective, mais tous identiques et plats ; c'étaient les jours et les semaines, et les années [2]. »

1. *DS*, t. II, p. 267.
2. *MJFR*, p. 144.

Cet « oubli » de sa condition de femme lui permet un coup de force philosophique : il va donner au Castor le moyen de penser l'oppression des femmes dans toute son ampleur ontologique. Le livre entier repose sur ce retard philosophique, cette hésitation à prendre la condition féminine frontalement, comme sujet. Les premiers mots en sont : « J'ai longtemps hésité à écrire un livre sur la femme. » Plus qu'une hésitation, c'est presque un refus : on n'écrit pas sur ce qui n'existe pas. « La femme » ? Il y a *des femmes* : et surtout, il y a des êtres humains, point. C'est longtemps ce qu'elle a pensé, et c'est ce qu'elle pense toujours, en un sens. Lorsque Olga lui demande ce que c'est qu'être juif, elle répond : rien. Il n'y a que des hommes. Quand la guerre, le nazisme, l'extermination lui montrent qu'être juif, c'est être désigné par la naissance, par le seul fait de son appartenance, à une mort atroce, à une mort « de masse », elle se souvient alors avec remords de son « idéalisme ». Pourtant elle n'avait pas tout à fait tort : faire de cette appartenance une « nature », une « essence », ce serait donner raison aux bourreaux, ce serait le triomphe posthume de Hitler et des auteurs de la « solution finale ».

Totalement lié à la personne du Castor de guerre — incarnant totalement son projet existentiel —, ce livre n'est donc pas un livre qui milite « pour les droits des femmes », il milite d'abord pour la liberté de l'être humain en général. Mieux encore : pour asseoir de façon plus solide encore les bases d'une philosophie de l'existence. La question n'est pas, à l'orée de ce livre : comment faire pour que change la situation, la condition faite aux femmes ? À cela, il faudra trouver des réponses politiques. Elle n'est pas non plus : d'où vient que les femmes se retrouvent dans cette condition, dans cette situation ? À cela il faudra chercher des réponses historiques, sociales, anthropologiques. La question principielle est : en tous points et à tous moments, la femme est un être relatif. Or « comme tout être humain », la femme est une « liberté autonome » et voilà qu'« elle se découvre et se choisit dans un monde où les hommes lui imposent de s'assumer comme Autre » ! L'imposture est de prétendre « la figer en objet et la vouer à l'immanence puisque sa transcendance est perpétuellement transcendée par une autre conscience essentielle et souveraine[1] ». Et cela est intolérable. Non seulement sur le plan social, économique, politique, où cette dépendance a des conséquences incalculables. Mais sur un plan ontologique : en faisant d'elle un être relatif, on prive la femme de sa pleine qualité d'être humain. Le travail peut donc commencer, et c'est un travail immense que *Le Deuxième Sexe* va accomplir : comprendre comment la *différence* des sexes, qui est indéniable, qui est une donnée physiologique, va se transformer en une *hiérarchie* des sexes. Comment la division des sexes va se transformer en la prévalence d'un terme sur l'autre. Le Castor pose en termes philosophiques une question que ni la psychanalyse ni le matérialisme dialectique ne parviennent à résoudre, parce qu'ils demeurent prisonniers d'une logique naturaliste. *Le Deuxième Sexe* s'écrit ainsi dans la suite et dans la logique de *L'Invitée* : « Le sujet ne se pose qu'en s'opposant ; il prétend s'affirmer comme l'essentiel et constituer l'autre en inessentiel[2]. » Hegel : « On découvre en toute conscience une fondamentale hos-

1. *DS*, t. I, Introduction, p. 31.
2. *Ibid.*, p. 17.

tilité à l'égard de toute autre conscience[1]. » Le « trio » a sombré dans le drame lorsque le Castor n'a plus supporté d'être dans leurs rapports à trois et dans la conscience de Sartre cet « essentiel », qu'elle est, naturellement, « pour elle-même ». Dans la vie, il faudra bien qu'un jour elle accepte que « l'autre conscience » en fasse autant, et lui oppose une « prétention réciproque ». Dans le roman, Françoise ne l'accepte pas, et en vient au meurtre.

Mais comme toujours chez le Castor la dimension philosophique se double immédiatement d'une dimension éthique. S'il est vrai que, dans les rapports des sexes, la réciprocité n'a pas été posée, s'il est vrai qu'un seul terme s'est déterminé « comme essentiel » définissant l'autre comme l'« altérité pure », pourquoi les femmes ne l'ont-elles pas contesté ? D'où vient « en la femme cette soumission[2] » ? Et comment l'en faire sortir ? En arrachant la réflexion sur la condition des femmes à la philosophie spontanée qui la sous-tend, le naturalisme, par où se justifie la domination d'un sexe par l'autre. Et en l'examinant dans « la perspective de la morale existentialiste » philosophie de la conscience, où « la réalité humaine est créatrice de son être[3] ». L'homme est un être libre, qui « se pose concrètement à travers des projets comme une transcendance; et qui n'accomplit sa liberté que par son perpétuel dépassement vers d'autres libertés[4] ». Telle est la justification de son existence : ce mouvement ne peut être suspendu; il

1. Citation en exergue de *L'Invitée* : « Toute conscience poursuit la mort de l'autre. »

2. *DS*, t. I, p. 18.

3. Michel Kail, Pour un matérialisme antinaturaliste : La leçon de Simone de Beauvoir (Actes du colloque de janvier 1999, *Le Cinquantenaire du Deuxième Sexe*, Éd. Syllepse).

4. *Ibid.*

est « en expansion » vers un « avenir indéfiniment ouvert ». Mais cette « transcendance » — mot qui veut dire cette façon d'être hors de soi-même — peut retomber dans l'« immanence », la « facticité » des situations. « L'homme jeté dans un monde, délaissé dans une "situation", est pure contingence[1]. » Et quand cette « transcendance » que nous sommes et que nous devons être retombe dans la « facticité » — quand je me vois comme une chose parmi les choses —, si je l'accepte, alors je suis coupable ; si on me l'impose, alors je suis une victime.

Dans les deux cas, c'est un « mal absolu ». Même si je peux y trouver le « bonheur » : on « ne sait trop du reste ce que le mot de bonheur signifie, et encore moins quelles valeurs authentiques il recouvre[2] ». Il ne s'agit pas de choisir entre le bonheur et la liberté, encore moins l'un sur le sacrifice de l'autre. Le bonheur est la chose du monde à laquelle le Castor s'est vouée avec le plus de résolution, mais pas à n'importe quel prix. Il n'y a de bonheur possible, « authentique », que dans la liberté. Et bien des formes du « bonheur » ne sont que mensonges et mauvaise foi. *Le Deuxième Sexe* prend sa source là où prennent aussi leur source les portraits de femmes qu'on lit aussi bien dans les romans que dans les Mémoires : celui de « Louise Perron » (Renée Ballon) dans les Mémoires ou celui de Paule, dans *Les Mandarins*, qui vit avec Henri un « amour unique », ne veut pas renoncer à l'image qu'elle s'en est forgée. Toutes deux sont bien de ces femmes qui se mentent à elles-mêmes, parce que la vérité, et surtout leur liberté, les effraie. L'histoire de Paule (*Les Mandarins*, 1954) ou celle de Renée Ballon (*La Force*

1. *L'Être et le Néant*, Gallimard, 1943, p. 117.
2. *DS*, t. I, Introduction, p. 31.

de l'âge, 1960) confirment que la question du consentement est au cœur de la morale beauvoirienne. Ce à quoi Ballon-Perron ou Paule donnent d'abord leur adhésion, c'est à la fable qui justifie leur vie : et ce faisant, à une des formes les plus pernicieuses de la « condition féminine ». Simone de Beauvoir y revient avec insistance lorsque, dans *La Force des choses*, elle s'explique sur l'absence dans son œuvre d'« héroïnes positives ». « J'ai décrit, dit-elle[1], les femmes telles que, en général, je les voyais : divisées. Paule s'agrippe aux valeurs traditionnellement féminines [...] Nadine n'arrive ni à accepter sa féminité ni à la dépasser, Anne [...] ne réussit tout de même pas à trouver dans ses propres entreprises un accomplissement. » Mais aucune femme ne peut vivre son inaccomplissement sans frustration et sans ressentiment : d'où le portrait plus tard de Murielle dans le *Monologue* ou de la « femme rompue[2] », enfermées dans leurs obsessions tristes et leur violence imprécatoire. D'où aussi le portrait de la propre mère du Castor, Françoise de Beauvoir, au deuxième chapitre d'*Une mort très douce* : « Riche d'appétits, elle a employé toute son énergie à les refouler. Dans son enfance, on a comprimé son corps, son esprit, sous un harnachement de principes et d'interdits. » « On lui a appris à serrer elle-même ses sangles. En elle subsistait une femme de sang et de feu : mais contrefaite, mutilée, et étrangère à soi. » Mais surtout : « Elle a subi ce reniement dans la colère[3]. »

Ces descriptions, postérieures au livre, se sont radicalisées à travers les analyses du *Deuxième Sexe*.

1. *FdC*, t. I, p. 363.
2. *La Femme rompue* (*FR*), 1968.
3. *Une mort très douce* (*MTD*), p. 61.

Les (més)aventures de Perron ou même de Zuorro, parce qu'il est homosexuel, ont nourri la méditation du Castor, mais c'est *Le Deuxième Sexe* qui va lui fournir les instruments pour les penser et les dire. Leur « transcendance » est retombée en « immanence » et leur liberté en « facticité », c'est une « faute morale ». Faute morale, si on a choisi de consentir ; frustration ou oppression, si on y est contraint. Mais au fond quelle différence ? Qu'est-ce que consentir, sinon accepter ce qu'on n'a pas choisi, ce qui vous est imposé ou « infligé » ? Dans la plupart des autres cas, la pire des situations laisse une marge à la liberté : celle de ne pas « consentir ». C'est ce que le sage stoïcien oppose au tyran ; c'est ce que l'homme, « roseau pensant », peut objecter « à l'univers qui l'écrase ». Naturellement, cela ne le dispense pas de lutter : le colonisé en prenant l'initiative de la révolte, le prolétaire en rejoignant les autres dans le camp de la révolution. Mais la lutte commence d'abord dans le refus de « consentir », ensuite viennent les modes de la résistance concrète. Plus ou moins aisés, plus ou moins condamnés à l'échec.

Mais il arrive que votre ennemi soit en vous-même. C'est ce qui se passe avec les femmes : on pare leur sujétion de couleurs dorées, on la déguise en supériorité, on exalte les valeurs dont elles sont porteuses, et elles tombent dans le piège. Innombrables sont les déguisements sous lesquels se masquent l'oppression des femmes et la domination masculine ; il faudrait s'en souvenir aujourd'hui quand on met en avant les « qualités spécifiques » aux femmes : douceur, intuition, haine des guerres. Ce sont des qualités facilement renversées en leur contraire, la domination des femmes y a trouvé durant des siècles, et y trouve encore aujourd'hui dans certaines sociétés, sa justification « naturelle ». Il faut donc avant toute chose que les femmes apprennent à déchiffrer le monde qui les entoure, et à y repérer les mystifications dont il est fécond. Ensuite, les ayant identifiées et déjouées, il faut qu'elles aient l'audace de briser en elles le mouvement qui les pousse à consentir. Sans doute le Castor tient-elle à montrer que, dans toutes les situations concrètement vécues par les femmes, leur formation les prépare à être docilement détournées de leur obligation de liberté. Et consentement ne veut pas dire complicité, mais peut le devenir. Quelques féministes se sont insurgées : les femmes sont des victimes toujours, des complices jamais. Et pourtant. Le Castor pointe cette dérive, et cette tentation jusque dans son propre parcours. À plusieurs reprises. Lorsque, encore adolescente, elle envisage le mariage avec son cousin Jacques, elle ne redoute pas seulement d'y perdre sa liberté, mais de le trouver normal. De même dans les débuts de sa relation avec Sartre, il lui arrive de prendre peur : peur de se soumettre à la convention qui règle les rapports de l'homme et de la femme, peur de sentir se réduire à rien sa volonté de penser et de faire œuvre. Si l'expérience de la solitude, à Marseille, l'a rassurée, c'est qu'elle y a fortifié sa volonté de ne pas céder, de ne pas consentir. Et lorsqu'elle s'engage aux États-Unis dans une relation amoureuse profonde, charnelle, avec Algren, elle a cependant tôt fait de comprendre que vivre avec lui serait un doux piège à quoi on pourrait consentir : elle va s'en préserver très vite par la décision de ne jamais s'exiler. Peut-être est-ce finalement la raison pour laquelle le Castor ne s'est jamais souciée de ce que signifiait son « être-defemme », parce que, dès le début de sa vie, elle a su qu'elle saurait toujours éviter d'y aliéner sa liberté.

Le trajet du livre se confond donc avec le trajet de l'émancipation des femmes. Il va des justifications *qu'on donne* à leur oppression, jusqu'aux justifications *qu'elles se donnent*. La « vérité » de la condition faite aux femmes, c'est l'oppression masculine, et cette vérité ne se dévoile pas d'un coup, mais par profils, dans l'infinie variété des formes par lesquelles elle s'est imposée, à travers l'immense édifice de pensée, d'art, de littérature qu'on a accumulé pour la justifier. Grand livre de dé-mystification, *Le Deuxième Sexe* repose sur cette ligne forte, orientée, « vectorisée » : il va déployer devant nous en un immense panorama les relais littéraires, philosophiques, idéologiques d'une imposture en actes. En actes parfois terribles. Dans une lettre du 18 janvier 1949, elle décrit à Algren avec horreur et colère les sévices qu'on faisait subir aux petites filles afin de les empêcher de se masturber : « Je lis plus que jamais d'horribles récits. » Voilà pourquoi *Le Deuxième Sexe* est au fond un grand livre de lecture. Avec, au cœur, un invariant, l'idée de nature. Le plus fréquent et le plus impitoyable des arguments contre l'égalité des femmes, et contre leur liberté, c'est le poids que la nature fait peser sur elles. S'insurgeant en 1791 contre leur exclusion du suffrage, Condorcet feint de s'étonner : d'où vient leur prétendue infériorité ? dit-il. Serait-ce du « léger inconvénient » qu'elles subissent chaque mois ? Et il balaie d'un revers de main cet obstacle imaginaire. Le Castor le sait bien, en commençant *Le Deuxième Sexe* par les « données de la biologie ». Les « données biologiques » sont d'une extrême importance, dit-elle, parce que « le corps est l'instrument de notre prise sur le monde » ; elles sont « une des clefs qui permettent de comprendre la femme ». Mais elles ne constituent pas pour elle un « destin figé[1] ». Et ne suffisent pas non plus à « définir une hiérarchie entre les sexes ».

D'où la place qu'occupe, au centre de ce grand édifice, le portrait de la « femme mariée » et de la « mère[2] ». C'est sur ce point précisément que nature et culture se rencontrent et se nouent. « C'est par la maternité que la femme accomplit entièrement son destin physiologique. » Mais la société humaine « n'est jamais abandonnée à la nature ». Pourtant, c'est là que tout se joue : Françoise Héritier ne dira pas autre chose ; c'est la fécondité des femmes qu'il s'agit de capter, de contrôler, d'asservir. Le coup de force du *Deuxième Sexe*, et du Castor de guerre, c'est d'avoir osé porter l'épée sur ce nœud gordien et de l'avoir tranché d'un coup : rompant cette amarre, elle a rendu aux femmes leur liberté. Laquelle ? Celle de séparer leur « destin individuel » de leur « destin physiologique ». Être mère n'est ni le destin, ni la vocation, ni le devoir des femmes : c'est, et cela doit rester, un choix. Et le Castor vibre d'indignation en énumérant tous les cas où la maternité, imposée aux femmes, est vécue comme une contrainte insupportable et un viol de leur liberté. D'où le soutien sans faille qu'elle apportera, dans les années à venir, aux mouvements pour la « maternité volontaire », pour la contraception[3] et le droit à l'avortement. Cela ne va pas sans de grandes résistances, qui se traduisent par la fébrilité des adversaires de Simone de

1. *DS*, t. I, « Destin », p. 71.
2. *Ibid.*, t. II, p. 330.
3. Elle donnera en 1961 une préface au livre du docteur Lagroua Weill-Hallé portant ce titre.

Beauvoir quand on aborde ce thème. « Suffragette de la sexualité » ou « amazone existentialiste[1] », le Castor n'a pas eu d'enfants ; elle le revendique et, qui plus est, ose dire aux femmes qu'elles aussi, elles sont libres, et ne sont pas assignées à ce que Hélène Deustch appelle le « service de l'espèce ». D'un engagement personnel, le Castor fait argument, montrant qu'on peut le vivre sans honte ni culpabilité. Combien de femmes en ont été soulagées, y puisant la force de résister à toutes les pressions qui s'exercent sur elles, lorsqu'elles choisissent de ne pas donner la vie ! Le vrai scandale, pour le Castor, c'est la maternité imposée — soit dans la violence, soit dans le consentement ambigu des femmes qui acceptent ce qu'elles n'osent pas ne pas vouloir. Elle sait trop quelles sont les conséquences d'une maternité non désirée, ou désirée à demi, ou seulement acceptée, consentie. Et elle veut rompre avec l'exaltation convenue des bonheurs de la grossesse et des couches, elle ne cherche pas à la nier, elle dit que c'est souvent une façon de mieux emprisonner les femmes.

Abordant, aux alentours des années soixante, la question de ses choix de vie, elle donne dans ses Mémoires, on l'a vu, quelques explications simples à ce refus des enfants : elle n'a jamais éprouvé le désir de se « prolonger » ni de « prolonger » Sartre. Se marier, avoir des enfants, ne lui a jamais paru compatible avec la « vocation » qu'elle s'était très tôt découverte : écrire des livres, faire une œuvre. Peut-être ce choix s'ancre-t-il plus profondément dans une disposition personnelle, singulière, constitutionnelle du Castor. Où beaucoup de femmes pour-

1. Cf. Ingrid Galster, *Le Deuxième Sexe de Simone de Beauvoir*, Éd. H. Champion, 2004.

ront se reconnaître — même si elles sont mères. Ni Sartre ni elle n'ont en faveur les développements « organiques » ; le premier s'en effraie même au point d'en faire le sujet de *La Nausée*. L'« organique », poulpe ou racine d'arbre, relève de la « contingence » absolue, devant laquelle la conscience recule. Leur univers est conçu sur d'autres valeurs ; l'un comme l'autre exaltent l'ordre artificiel des créations, qu'elles soient artistiques ou politiques. Leur « antinaturalisme » a des conséquences philosophiques, politiques, pratiques. La révolution, la violence révolutionnaire sont aux antipodes des processus de la germination, de la croissance, que dans leur lenteur on ne peut guider ni contraindre. C'est ce volontarisme-là qui conduit le Castor à rejeter tout ce qui relève de la lente patience du temps, où le corps se perd dans l'immanence. Il y a une totale réciprocité chez le Castor entre les choix de vie et l'expression de la pensée. Et cela est évident lorsque, dans *Le Deuxième Sexe*, elle se livre à l'analyse détaillée de ce moment « décisif dans la vie des femmes », la maternité. Elle décrit alors avec beaucoup d'insistance, et de vérité, l'ambiguïté de la maternité, cette métamorphose du corps de la mère envahie par un « polype né de sa chair et étranger à sa chair ». Ce mélange de désir et d'angoisse devant la grossesse a été maintes fois décrit, y compris par des mères heureuses de l'être. C'est le drame et la vérité de l'« incarnation » ; tout enfant est « un dieu qui se fait homme » ; « il ne saurait se réaliser comme conscience et liberté s'il ne venait pas au monde : la mère se prête à ce mystère mais ne le commande pas ». Qu'on le veuille ou non, la grossesse, même souhaitée, même heureuse, n'a rien d'une « création émanant de la liberté ». Dans le sein maternel, l'enfant n'est qu'une « prolifération gratuite », car même si la mère a « ses raisons de vouloir un enfant », « elle l'engendre dans la généralité de son corps, non dans la singularité de son existence[1] ».

De ces images de la maternité — de la grossesse —, il sourd une indéniable angoisse, et la figure même de l'incarnation y contribue. Qu'est-ce que l'incarnation ? La chute de l'esprit dans un corps. En se faisant homme, Jésus s'est exposé à la mort sur la croix et aux sueurs de l'agonie sur le mont des Oliviers. Cette « chute » épouvante, parce qu'elle est anticipation du néant qui menace toute chair. Lorsque, dans les *Mémoires d'une jeune fille rangée,* Simone de Beauvoir évoque ses premières règles, elle se sent « déchue » : « En face de mon père, je me croyais un pur esprit ; j'eus horreur qu'il me considérât soudain comme un organisme[2] » et porte avec envie ses regards vers son père et la « sphère limpide » de l'esprit. L'angoisse de la mort est présente dans toute l'œuvre de Simone de Beauvoir et chez beaucoup des personnages de ses romans ; et aussi celle de la vieillesse, du vieillissement, de la déchéance physique. Si persuadée qu'elle soit que nous ne sommes pas « une âme dans un corps », elle vit quotidiennement l'« épouvante[3] » de l'anéantissement, et de ce moment où la mort fait que nous ne sommes plus qu'un corps rendu aux pures lois organiques de la chimie. Lorsque, au printemps de 1952, elle se croit (à tort) atteinte d'un cancer au sein, elle revoit avec terreur les scènes qui ont précédé la mort de sa

1. *DS*, t. II, p. 351.
2. Cf. Éliane Lecarme-Tabone, *Mémoires d'une jeune fille rangée*, « Foliothèque », p. 114.
3. *MJFR*, p. 192.

secrétaire, Lucienne Baudin, emportée par la même maladie. En elle, à la suite d'un traitement hormonal, le corps a eu le dessus, et si affreusement qu'elle n'est plus ni homme ni femme ; que « boursouflée, barbue », elle en devient « ridiculement hideuse ». Devant ce « paquet de glandes où la pourriture s'était mise » elle n'a qu'une envie, « fuir[1] ».

Qu'est-ce qui est premier, chez le Castor ? L'angoisse de l'organique ou une philosophie de la transcendance ? Les deux se répondent en miroir : les choix existentiels ont des substrats cachés, mais une philosophie de la liberté les justifie également. Liés en profondeur, réversibles. Le refus des lentes germinations organiques accompagne la définition d'un projet tout entier tourné vers l'avenir et vers l'action, mais il rejoint aussi, souterrainement, cette hantise de la mort qui donne aux élans du Castor toute leur force et leur avidité. Et si le « masculin » lui paraît « infiniment privilégié[2] », c'est que, doté lui aussi d'un corps périssable, d'un corps qui se dégrade avant de se défaire[3], l'homme n'est pas voué uniquement à la reproduction de l'espèce et à l'entretien de la vie. Il peut connaître dans le monde le destin d'un aventurier, y œuvrer de son esprit et de ses mains. Le Castor ne veut pas « être un homme », ne regrette pas de ne pas en être un : elle veut ne pas être enfermée dans son appartenance au sexe féminin. Elle sait parfaitement tirer tout le parti d'une « féminité » dont elle porte sur elle les signes éclatants. Sexués, certes nous le sommes, et le Castor n'a jamais prétendu le nier : ce qu'elle veut, pour

1. *FdC*, t. I, p. 324.
2. *DS*, t. I, p. 70.
3. Elle le rapportera avec un scrupule de détails qui en a choqué certains dans *La Cérémonie des adieux*, à propos de Sartre.

elle et pour toutes les femmes, c'est un champ d'action illimité, comme celui aux hommes, par les hommes, réservé.

Ce sont des positions qui ne peuvent se concilier avec celles d'un néoféminisme arc-bouté sur des vues diamétralement opposées à la pensée du Castor et qui n'en démord pas. C'est même entre les deux la guerre ouverte[1]. Simone de Beauvoir s'est indéfectiblement attachée à défendre l'unité du genre humain à travers les particularismes, les appartenances, la différence des sexes. Lui reprocher un déni du féminin, une surestimation du « masculin », revendiquer des qualités « spécifiques » aux femmes, c'est refuser d'imaginer ce que pourrait être un universel concret, comme dépassement des divisions, comme tâche commune aux deux sexes, où l'individu trouverait enfin les conditions de sa liberté. Viser à l'unité du genre humain, à son universalité concrète, ce n'est pas abolir la différence des sexes; c'est observer qu'elle ne peut en rien fonder des distinctions ou des supériorités légitimes, dans un sens comme dans l'autre. En reproduisant toujours la même accusation contre la pensée de Simone de Beauvoir, le néoféminisme s'engage dans les voies d'un différentialisme condamné, à un moment ou à un autre, à remplacer un prétendu déni du féminin par un déni du « masculin », et une prétendue sous-estimation des femmes par leur surestimation. Match nul. Accepter une quelconque supériorité des femmes, ou « spécificité » vague, c'est un recul par

1. Judith Butler, *Trouble dans le genre*, La Découverte, 2005, p. 73. Pour Beauvoir, « les femmes sont les pendants négatifs des hommes, le manque contre lequel l'identité masculine se différencie elle-même ».

rapport à la notion de « genre » qui appelait l'attention sur le caractère artificiel, construit, des différences imputées à la « nature » de chacun des sexes. En substituant le différentialisme à l'universalisme du *Deuxième Sexe,* il n'est pas sûr, en tout cas, que le néoféminisme fasse beaucoup avancer la cause des femmes : réintroduire la division (des sexes) à l'intérieur du « genre humain », c'est ouvrir au retour de la hiérarchie : l'inégalité s'y engouffre comme un vent mauvais dès qu'on ouvre la porte.

Si *Le Deuxième Sexe* continue, à juste titre, d'être le grand livre de l'émancipation des femmes, dont partout dans le monde on peut se réclamer pour poser les bases d'une universalité concrète, gage de liberté, on ne peut cependant manquer d'être frappé par une chose surprenante — et peut-être un paradoxe : dans l'ensemble de l'œuvre du Castor, romans et Mémoires, ce qui domine, c'est un extrême pessimisme dans la représentation des femmes, et une vision toute négative de la faiblesse, de la ruse et du mensonge féminins. Le Castor a rarement fait le portrait d'une femme libre. Seulement, çà et là, de femmes « estimables » (comme Lena, l'interprète russe de Sartre) qui ont su répondre de leur mieux à la situation qui leur était faite. Encore cela est-il exceptionnel. Aucune, pour une raison ou une autre, ne trouve grâce à ses yeux. Elle en prend du reste conscience, dans un entretien de 1976 avec John Gerassi, donc très tardivement, et se reproche alors d'avoir jugé avec trop de sévérité la plupart des femmes qu'elle a rencontrées. Je n'ai pas été suffisamment sensible à la matérialité des obstacles rencontrés par les femmes, dit-elle, j'ai jugé « globalement les femmes incapables de faire preuve d'indépendance ».

Pourquoi donc alors n'y a-t-il pas d'exemple dans l'œuvre du Castor de destin féminin qui réponde à toutes les garanties qu'elle réclame pour une émancipation réussie ? Pourquoi ? Est-ce à cause de l'époque, où peu de femmes, effectivement, avaient pu conquérir des formes authentiques d'émancipation ? Le Castor choisit-elle exprès des exemples négatifs, des contre-exemples, afin que les femmes prennent leçon de ce qui les menace si elles se soustraient aux exigences de leur liberté ? Depuis sa mère, soumise à son père, au point de ne plus voir le monde et de ne « s'étonner de rien [1] », en passant par ses professeurs, au cours Desir, jusqu'à ses collègues à Rouen : toutes sont la proie des pires formes de l'inaccomplissement, de l'inassouvissement. Ses élèves, même douées, même attirantes et aimées, comme Olga, manquent de fidélité à elles-mêmes, butent devant le moindre obstacle, esquivent et renâclent comme des poulains rétifs, sont incapables de se faire un programme et de s'y tenir. Dans le milieu bohème qui l'entoure à Montparnasse ou à Saint-Germain-des-Prés, hanté d'actrices, de modèles, ce ne sont que molles femmes égarées, entretenues, capricieuses et veules, pétries de complaisance à soi comme « Camille » ou de mensonges à demi conscients. Parfois même jusqu'à la folie : mais une folie toujours plus ou moins truquée. Elle va ainsi traquer sans pitié cette complaisance à soi des « créatures » qui peuplent l'univers louche et fascinant des bars.

Mais cette explication n'est pas suffisante. Il devait bien y avoir pourtant autour du Castor, dans la société de l'époque, des femmes qui à leur

1. *MJFR*, p. 54.

manière avaient tenté et réussi la grande épreuve de la liberté. Le modèle d'émancipation proposé par le Castor ne serait-il pas trop exigeant, et trop étroit, pour que la plupart des femmes puissent le suivre, et mériter alors un portrait élogieux ? Pourtant, Simone Weil, Louise Weiss ne sont-elles pas des exemples de ce que peuvent les femmes, quand elles le veulent ?... Leur mode d'émancipation, indéniable, est-il donc jugé incomplet et insuffisant parce qu'il n'a pas exactement la même forme et une radicalité du même type que celle du Castor ?

En tout cas, elles ne sont pas présentes dans l'œuvre du Castor, elles n'entrent pas en relation avec sa vie et sa pensée, elles n'y ont littéralement pas de place. Parmi les femmes qui écrivent, les intellectuelles, elle ne compte qu'une amie, Colette Audry. Sans doute, il lui est arrivé de faire l'objet de leurs attaques, mais elle ne les a pas non plus épargnées. Toutes lui inspirent des sentiments mêlés, une espèce de distance proche du mépris. Sur aucun point ni littéraire, ni politique, ni existentiel elles ne se rencontrent. Le Castor n'aime ni les livres ni la personne d'Elsa Triolet, qui a eu le Goncourt en 1945, et représente trop l'establishment prosoviétique. Ni Marguerite Yourcenar[1]. Ni Marguerite Duras, la « femme écrivain », « saoule et vorace » qui se jette sur Bost (flatté et consentant)[2]. Autre exemple : Nathalie Sarraute. Elles se sont croisées à la fin de la guerre, se revoient au moment où est

1. Dans une lettre adressée à Suzanne Lilar à la sortie de son livre *Le Malentendu du Deuxième Sexe*, Marguerite Yourcenar écrit : « Vous faites mouche toutes les deux » (lettre du 16 mars 1971), Corr. inédite, (*in* Josyane Savigneau, *Marguerite Yourcenar*, « Folio »...

2. Sous le pseudonyme de « Meg », lettre à Algren de février 1952.

publié le *Portrait d'un inconnu* (1948) avec une préface de Sartre[1]. Après un court temps d'observation, leur antipathie réciproque se déclare ; Sarraute fera un portrait extrêmement négatif du Castor sous le nom de Germaine Lemaire dans *Le Planétarium* (1959). Sarraute a une vie de famille classique entre son mari avocat et ses filles ; elle n'a jamais été séduite par le communisme, elle a participé à la Résistance. Née en Russie d'une famille juive émigrée au début du siècle, et pour cela radiée du barreau par Vichy, elle vibrait encore d'indignation à la fin de sa vie en racontant comment la petite colonie de Russes blancs installée à Sainte-Geneviève-des-Bois était venue au-devant des Allemands en 1940, leur apportant le pain et le sel en signe de soumission. Ses livres, bien que le premier ait été salué par Sartre, ne répondent pas aux critères d'une littérature engagée qu'elle rejette du reste explicitement de même que, dans les années soixante, Simone de Beauvoir dira tout le mal qu'elle pense du « nouveau roman », où rien de l'époque ne s'est exprimé depuis 1945. Elle rangera Sarraute et son « vieux psychologisme français » dans cette littérature de l'*exis*[2]. Ce n'est somme toute que de la bonne vieille « littérature de consommation ».

Grande figure des lettres de ces années-là, Colette, qui meurt en 1954, est pour le Castor une image de la « femme » particulièrement suspecte : artiste de cabaret dans sa jeunesse, passant avec nonchalance des hommes aux femmes à la manière un peu veule

1. La préface au *Portrait d'un inconnu* ouvre le tome IV de *Situations* : le livre y est qualifié d'« anti-roman », et Sartre lui reconnaît « d'avoir mis au point une technique qui permet d'atteindre, par-delà le psychologique, la réalité humaine dans son existence même » (p. 16).

2. En grec « état » (passif) par opposition à *praxis*, « action ».

des demi-mondaines. Mariée plusieurs fois, mère mais négligeant sa fille et, dans son vieil âge, idole aux yeux mi-clos, à la chevelure flamboyante et crêpelée, entourée de ses « bêtes », elle semble un démenti constant, acharné, à la manière dont le Castor imagine l'émancipation des femmes. De leur rencontre, elle n'attend rien : « Aimez-vous les bêtes ? » lui dit Colette. « Non », répond le Castor. Et Colette la toise d'un « regard olympien[1] ». « L'âge [Colette est née en 1873] donnait à son visage aigu, à ses yeux bleus, un foudroyant éclat : entre sa collection de papiers et les jardins encadrés dans sa fenêtre, elle m'apparut, paralysée et souveraine, comme une formidable Déesse-Mère[2]. » Cependant, elle lui rend hommage sur un point : d'avoir « vaillamment » supporté sa grossesse parce qu'elle « poursuivait en même temps son travail d'écrivain[3] ». Naturellement, dans cette vision de Colette, ce qui se perd, c'est l'extrême qualité d'une prose unique dans la littérature française. Une lettre à Algren du 6 mars 1948 vient nuancer cependant ce portrait et confirme qu'il masque une grande fascination : « Nous écoutions, absolument sous le charme. J'espère la revoir. [...] Quel mystère une vieille femme qui a vécu une vie si pleine, si ardente, si libre, qui en sait si long et qui est détachée de tout parce que pour elle tout est fini. »

Au fond, deux femmes seulement vont trouver grâce à ses yeux. L'une par sa mort ; l'autre par son talent, mêlé à l'aveu de sa faiblesse extrême. La

1. *FdC*, t. I, p. 324.

2. *Ibid.* Colette vivait dans un appartement qui donnait sur les jardins du Palais-Royal (voir *Le Fanal bleu*). Pour dégager la vue, car elle ne pouvait pas se lever de son fauteuil, elle avait obtenu des Beaux-Arts qu'on retire quelques-uns des balustres du balcon.

3. *DS*, t. II, « Situation : La mère », p. 359.

première, c'est Zaza. Mais Zaza n'est pas l'icône d'un destin féminin brisé : elle est d'abord la victime d'un « crime spiritualiste[1] », la victime d'une morale hypocrite et d'une religion dominatrice, trompeuse, « martyrisante[2] ». L'autre, c'est Violette Leduc. Sans doute, le Castor n'est pas toujours indulgente, et ce surnom de la « femme laide » qui la désigne dans les lettres à Algren n'est pas plaisant, car Violette Leduc était vraiment laide, et en souffrait. L'insistance sur sa laideur a sans doute une fonction secrète, peut-être même ignorée du Castor elle-même : l'amour que celle-ci lui porte est sans danger, il ne peut entraîner de réciprocité, le Castor est à l'abri de toutes implications ou suppositions fâcheuses. Lesbienne déclarée, après des amours tumultueuses avec un homosexuel assez pervers, Maurice Sachs, Violette Leduc s'est en effet prise de passion pour le Castor : la rencontre du Castor va illuminer la vie de Violette Leduc. Le Castor feint de n'en rien voir et va se montrer avec elle d'une grande générosité : pendant des mois, elle lui a fait verser discrètement une aide financière avec la complicité de Gallimard, qui la lui envoyait au titre de « droits d'auteur » (imaginaires). Violette Leduc a eu une jeunesse difficile, marquée par sa naissance illégitime[3]. Et elle a fait elle-même son malheur en intériorisant le jugement porté sur elle par sa mère : c'est un grand thème beauvoirien, dans *Le Deuxième Sexe* et dans la vie, c'est une des explications que le Castor développe souvent, pour rendre compte des

1. Simone de Beauvoir, Préface à l'édition de 1979 de *Quand prime le spirituel*.

2. *Cahiers*, dimanche 24 mars 1929.

3. Le Castor préfacera son meilleur livre, *La Bâtarde*, en 1964. Elle salue chez l'auteur une qualité très rare de sincérité, et surtout sa force, pour renverser en œuvre et en création, « le sentiment de solitude et de séparation qui l'accable ».

vies malheureuses. Violette Leduc est de surcroît une femme dépendante, une de plus, tout sauf une femme libre. C'est un personnage sorti tout droit de l'œuvre de Simone de Beauvoir. Ou qui peut y entrer de plein droit.

D'où la question récurrente : en ne montrant que des femmes insuffisamment accomplies, en ne saluant jamais chez aucune un modèle satisfaisant à ses yeux d'émancipation, le Castor ne se montre-t-elle pas infidèle à la philosophie qui l'inspire ? Car toutes les situations sont différentes, et chacun doit choisir sa façon propre de surmonter ses propres déterminations de départ, de s'en déprendre si elles l'oppriment ou le freinent, et le mode par lequel il va les ressaisir « dans la liberté ». Comment n'y aurait-il pas en toute rigueur autant de manières d'assumer sa liberté qu'il y a d'individus ? Et on hésite entre deux hypothèses opposées : dans la première, le Castor est la victime d'une surestimation de soi, qui place toutes les autres vies à un niveau d'accomplissement forcément inférieur. Dans l'autre, au contraire, elle se laisse aller à un doute si fort qu'elle applique à toutes les femmes, comme à elle-même, un principe général de sous-estimation. Qui peut trancher ?

Ce qui frappe d'une admiration mêlée de respect prudent, quand on l'observe attentivement, c'est la rigueur, l'acharnement, l'âpreté de sa volonté d'arrachement à toutes les déterminations. Mais on en retire en même temps l'impression décourageante qu'on ne pourra jamais rivaliser avec ce modèle unique que, dans sa propre vie, elle a défini et pratiqué. Tout change quand on découvre, derrière cette image intimidante, un Castor qui doute et qui s'inquiète. Par exemple devant les signes d'une dérive à laquelle les femmes sont souvent sujettes, comme « Perron » et d'autres le lui ont montré. Le Castor s'en détourne vivement, comme prise de la peur d'une contagion, comme y reconnaissant une secrète menace intérieure. Et elle retourne alors contre toutes les femmes une certaine agressivité qui la vise peut-être d'abord elle-même, en tout cas la rassure, la protège... Il ne faut pas trop s'appesantir sur des hypothèses, elles donnent au portrait du Castor juste ce qu'il faut d'ombre pour en atténuer la trop vive lumière, comme ce sfumato qui est à la peinture ce que le silence est à la musique, le prolongement de secrètes harmoniques. Sa figure y prend une ambiguïté et même une grandeur tragique. Elle réprouve les chemins que suivent la majorité des femmes ? Mais elle leur a ouvert d'infinies possibilités de refuser leur condition. Elle oppose à la pluralité des modèles et des existences un modèle et une existence uniques, les siens. Mais elle ne cesse dans ses romans de donner à voir l'ambiguïté et la fragilité des destins. Et sa propre fragilité. La liberté des autres suscite en elle une immense angoisse et parfois un refus ? C'est qu'elle y reconnaît le gouffre ouvert au cœur de la sienne. Comme en chacun de nous.

*

C'est dans les Mémoires surtout que le Castor, à travers ces portraits de femmes, semble donner d'elle une image si assurée. Finalement on comprend pourquoi, un jour de 1956, le Castor décidera, enfin, de parler de soi : c'est que le mouvement réflexif est un puissant exercice d'unité, d'unification qui évite que les contradictions vous débordent. Mais vers fin 1949, début 1950, elle semble vouloir leur laisser le champ libre : elle commence *Les Mandarins*. Livre où elle s'engage dans les voies rassurantes de la fiction, la fiction qui « déplace les lignes », introduit la distance, permet la variété réconfortante des points de vue qu'on n'est pas obligé d'unifier drastiquement. Comme dans *L'Invitée*, l'histoire du « trio », les mésaventures de la Libération reviennent avec *Les Mandarins* dans le présent de l'écriture pour y subir le feu salubre de la fiction. La fiction éclaire et explique la vie, mais surtout, en autorisant à un « libre jeu » par rapport aux événements vécus, elle ouvre en elle un feuilletage de postures et d'images complexes, que rien ne vient réduire à l'unité d'un « je » dominateur.

« À partir de 1943 », écrit-elle vers la fin du premier volume de *La Force des choses*, « mon bonheur avait été porté par les événements ; je collais si allègrement à mon temps que je n'avais rien à en dire[1] ». Mais ce bonheur de fusion n'est que provisoire : il éclate sous la pression du temps. « Le triomphe du Bien sur le Mal cessa d'aller de soi [...] de l'azur collectif, j'avais chu avec beaucoup d'autres dans la poussière terrestre ; le sol était jonché d'illusions brisées. » Seul un moi diffracté peut en rendre compte. Elle travaille donc à son roman entre 1949 et l'automne 1953, après une profonde révision au milieu de 1951. Méditation sur la Libération et ses lendemains, sur les conflits qu'ont fait naître entre intellectuels issus de la Résistance les nouveaux enjeux nés de la guerre froide, c'est aussi le roman de la grande histoire d'amour du personnage principal, Anne, avec un

1. *FdC*, t. I, p. 358.

Américain, Lewis, dont l'échec mène celle-ci au bord du suicide. Avec en arrière-fond, comme basse continue, la folie de Paule, qu'Henri Perron veut quitter, et qui tisse les mirages de sa complaisance à soi, de la mauvaise foi, comme Louise Perron, comme tant d'autres. Une parmi tant d'autres femmes mystifiées, éternels bourreaux de soi-même.

Début 1950 — tout ce découpage est très serré, voyages, engagements, rencontres, nouveaux livres, il faut le suivre comme elle l'écrit, à sa manière haletante —, « ma manière de vivre avait changé [1] », écrit-elle. Elle décore le petit appartement de la rue de la Bûcherie où elle s'est installée fin 1948, d'objets rapportés de ses voyages : œufs d'autruche sahariens, tissus mexicains ou guatémaltèques, « tambours rapportés par Sartre de Haïti, épées en verre et miroirs vénitiens achetés par lui rue Bonaparte, un moulage en plâtre de ses mains, des lampadaires de Giacometti [2] ». Elle qui, comme Sartre, n'avait jamais rien possédé, elle va même s'acheter « un phono » ! Elle l'écrit à Algren (15 octobre 1950) : « J'ai appris que *Le Deuxième Sexe* m'avait pas mal rapporté, alors j'ai décidé de m'offrir un tourne-disque, j'en ai choisi un superbe, presque aussi grand qu'un placard. » Le soir, avec Sartre, en « buvant des jus de fruits » (car il a renoncé provisoirement à l'alcool), elle écoute du jazz et le dernier quatuor de Bartók. Elle est fascinée par le magnétophone que « M » a entreposé chez Sartre : ne dira-t-elle pas dans les Mémoires qu'elle avait souvent imaginé que la vie (sa vie) était tout entière inscrite sur un grand appareil enregistreur ? Elle le confirme dans des lettres à Algren des années 1951-1952.

1. *Ibid.*, p. 321.
2. *Ibid.*

La grande espérance née de la Libération est morte, les antagonismes se révèlent dans toute leur nudité : c'en est fini de la conciliation, de la « troisième voie », la guerre froide va sévir, et creuser des ruptures irréparables. *Les Mandarins* vont raconter cette histoire-là, selon le mode de la fiction, qui brouille les pistes pour mieux dégager les voies. Si la fiction est comme le rêve, si elle confond et déplace, c'est pour mieux dire. Le cadre historique et politique des *Mandarins* est celui des années 1945 à 1947, mais au moment où elle travaille au livre, les choses se sont singulièrement aggravées, surtout à partir du milieu de 1950. Tout ce que vivent Dubreuilh, l'écrivain reconnu, déjà âgé, sa femme, Anne, psychanalyste, et leur ami Henri Perron, écrivain, résistant, directeur de *L'Espoir*, leurs engagements, leurs conflits, elle les a connus et partagés avec Sartre, Camus, Merleau-Ponty, dans les débuts des *Temps modernes*. Le Castor est extrêmement préoccupée pendant la rédaction de son livre par la division qu'entraînent, au sein de leur groupe d'amis, les premiers épisodes de la guerre froide : « Les mots de droite et de gauche avaient pleinement repris leur sens, et la droite gagnait du terrain[1]. » « L'anticommunisme d'Aron s'accentue. » Il n'aime, dit-il, ni les USA ni l'URSS mais en cas de guerre dit « qu'il se rallierait à l'Occident ». Sartre rétorque que n'ayant de « goût ni pour le stalinisme ni pour l'Amérique », lui, en cas de guerre, « il se rangerait du côté des communistes[2] ».

La question en effet va se poser : le 25 juin 1950, les troupes de la Corée du Nord pénètrent en Corée du Sud. Le Castor est sur le point de partir pour

1. *FdC*, t. I, p. 135.
2. *Ibid.*, p. 134.

Chicago retrouver Algren : « Juste au moment où j'allais m'envoler, les Coréens du Nord pénétrèrent en Corée du Sud ; aussitôt, l'aviation puis l'infanterie américaines intervinrent. Si la Chine attaquait Formose, la guerre mondiale éclatait ; l'appel de Stockholm recueillit en quelques jours trois millions de signatures supplémentaires. » Malgré son envie de revoir Algren, elle hésite : Sartre la rassure. Il ne croit pas à la guerre ; mais de deux choses l'une, si un « geste maladroit » la déclenche, il ne se passera rien avant deux ou trois ans. Les troupes soviétiques s'avanceront jusqu'à Brest et c'est « trois ans d'occupation russe avant le coup de tabac ». Ou alors, c'est pire car on la prépare sans la déclarer, et c'est « la censure, l'espionnite, le manichéisme ». En somme : « L'occupation américaine déguisée [1]. » Elle décide donc de partir : on sait la suite, l'Amérique survoltée par l'imminence de la guerre, et Algren qui lui dit qu'il ne l'aime plus.

Quand elle rentre en France, très secouée par l'attitude d'Algren, elle retrouve, poussées au paroxysme, les passions déchaînées par la guerre de Corée. Le « neutralisme » déjà bien compromis est devenu impossible, la France se range dans le camp des USA ; et la seconde hypothèse de Sartre se vérifie, écrit-elle : « Les Américains occupaient en douce la France. » Pas faux : Paul-Marie de La Gorce dans *Le Monde diplomatique* du 23 avril 1999 donne à l'article où il revient sur les cinquante ans de l'Alliance atlantique, le titre : « L'OTAN, un instrument de l'hégémonie américaine. » C'est une des raisons pour lesquelles de Gaulle en mars 1966 décidera que la France se retire du commandement

1. *Ibid.*, p. 311.

militaire intégré de l'OTAN. Les Soviétiques y auront déjà répondu par la signature en 1955 du pacte de Varsovie, officiellement nommé « traité d'amitié, de coopération et d'assistance mutuelle », en fait alliance militaire, conclue entre la plupart des États du bloc communiste, au moment où la République fédérale d'Allemagne en voie de remilitarisation adhère à l'OTAN.

C'est tout cela qui surdétermine la face « diurne » des *Mandarins* — sa face nocturne est la tristesse d'Anne, sa position de retrait par rapport à Dubreuilh, son inquiétude pour sa fille, et surtout la passion finalement impossible qui l'unit à Lewis. *Les Mandarins* s'appellent encore *Les Survivants* : moins public, mais peut-être bien meilleur titre, plus juste en tout cas. Dans le roman, ce sera le titre de la pièce d'Henri Perron. On s'affronte, on choisit son camp. En janvier 1950, Sartre et Merleau-Ponty avaient publié dans *Les Temps modernes* un article dénonçant l'existence des camps de travail en Union soviétique. Après des hésitations : « L'URSS, malgré tout, était et demeurait la patrie du socialisme, écrit Simone de Beauvoir, la prise de pouvoir révolutionnaire était accomplie[1]. » La présentation tentait de cadrer les choses : « Si nos communistes acceptent les camps et l'oppression, c'est parce qu'ils en attendent la société sans classes par le miracle des infrastructures. Ils se trompent, mais c'est ce qu'ils pensent. Ils ont le tort de croire dans l'obscurité, mais c'est ce qu'ils croient. [...] Jamais nazi ne s'est encombré d'idées telles que : reconnaissance de l'homme par l'homme, internationalisme, société sans classes[2]. » La Révolution a-t-elle été trahie ?

1. *Ibid.*, p. 277.
2. *Les Temps modernes*, « Les jours de notre vie », janvier 1950.

Non, répond Sartre, « elle s'est incarnée » et, dans *Le Fantôme de Staline*, même après les événements de Budapest et sa rupture, il le dira encore : « Faut-il appeler socialisme ce monstre sanglant qui se déchire lui-même ? Je réponds franchement oui [1]. »

« Cet article déplut à tout le monde et n'arrangea pas nos rapports avec le PC » (qui avait choisi de nier l'existence des camps), conclut le Castor. Mais vers le milieu de 1950, quand la guerre de Corée brouille encore davantage les cartes, Merleau-Ponty suspend son jugement : il s'est converti, elle le cite, à l'« apolitisme » ; d'autres prennent peur en imaginant que l'armée russe va envahir l'Europe jusqu'à Brest. « Et alors [2] ? » dit le Castor. La femme de Camus, Francine, dit qu'elle se tuera avec ses enfants. Camus pense qu'il entrera dans une organisation clandestine de résistance armée, ils ne se sentent plus libres avec lui, Sartre lui objecte qu'« il n'accepterait jamais de lutter contre le prolétariat ». « Le prolétariat, il ne faut pas que ça devienne une mystique [3] ! » rétorque Camus. (Il n'a pas tort.) Surtout, Camus pense que les staliniens ne tolèreraient pas un intellectuel « indocile » comme Sartre. Ses arguments ébranlent quelque temps le Castor : peut-être faudrait-il s'exiler ? Mais où ? En Amérique ? Il n'en est pas question. « Jamais nous n'avions plus violemment détesté l'Amérique [4]. » Le 8 décembre 1950, elle a écrit à Algren qu'ils seront « sûrement tués ou envoyés en Sibérie », et qu'ils pensent donc s'installer au Brésil ou en Afrique. En tout cas pas aux États-Unis ! « Nous haïssons trop la politique

1. *FdC*, I, p. 278.
2. *Ibid.*, p. 318.
3. *Ibid.*
4. *Ibid.*

américaine. » Et elle se défend dans une lettre du 14 décembre 1950. « Il n'y a aucune hystérie à prévoir un exil ni à en ressentir la réelle horreur. » C'était pourtant ce qu'elle reprochait à Bianca, avant la guerre, elle la trouvait hystérique avec ses histoires de camps de concentration. Pourtant, maintenant, elle le sait : « C'est elle qui avait raison. »

Sur le moment, et dans la confusion des passions, les choses sont peu claires : ce sont tout de même les Coréens du Nord qui ont envahi la Corée du Sud. Mais elle se rétablit vite : c'est un piège tendu par MacArthur qui essayait ainsi d'impliquer et d'affaiblir la toute récente République populaire chinoise. « Qu'en est-il de votre fils de pute de MacArthur ? Il est en train de déclencher une guerre de toutes pièces sur la paisible terre coréenne » (lettre à Algren du 11 novembre 1950). La Corée du Sud « terre paisible » ? Hélas, non. Cette guerre est un piège, où vont se prendre les adversaires des deux camps. Le camp « proaméricain », qui juge l'attitude de MacArthur positive et la guerre souhaitable pour contenir le communisme, le camp « prosoviétique », qui juge intolérable la provocation américaine... En réalité, il s'agit d'une des premières confrontations entre les deux grandes puissances pour imposer leur hégémonie. Issues du partage de Yalta (Staline au nord du 38e parallèle, les Américains au sud), les deux moitiés rivales, avec à leur tête Sygman Rhee (au sud) et Kim Il-Sung (ancien officier de l'Armée rouge) pour le nord, cherchent toutes deux à unifier le pays à leur profit, en comptant respectivement sur l'aide de l'URSS et des USA. La première se faisant d'ailleurs doubler par la Chine. La gauche va le nier pendant longtemps. Lettre à Algren du 6 juin 1951 : « Nous publions aux *TM* l'excellent ouvrage d'un

Américain (ou Anglais) du nom de Stone qui démontre définitivement qu'en Corée pas un seul Chinois n'étant présent, MacArthur n'a pas livré la moindre bataille. »

Peu de choses en avaient alors transpiré en France, on en sait évidemment davantage depuis l'ouverture d'archives inaccessibles avant ces dernières années : on est en mesure désormais de prouver que Mao Zedong poussa les Coréens du Nord à l'invasion, pour forcer la main de Staline et pour faire perdre aux États-Unis des milliers d'hommes. La Chine, disait-il, bien qu'affaiblie par des années de guerre civile, pourrait le supporter, sa population est suffisamment nombreuse [1]. Le camp « proaméricain » avait donc raison : l'attaque venait du camp communiste ; mais ses soutiens fidèles, en France ou ailleurs, ne mesuraient pas combien était fallacieux le discours des États-Unis. Il s'agissait moins en effet de défendre « la paix, la démocratie et les libertés » dans cette partie du monde, que d'établir des zones d'influence, dans une rivalité d'impérialisme avec Staline. Une partie de la gauche européenne favorable au « camp soviétique » se voit, elle, embarquée dans un soutien plus que problématique aux visées de Staline et de Mao qui mentent tout autant : pour l'un comme pour l'autre, alliés d'abord, puis ennemis jurés, il s'agit de briser les reins aux États-Unis. Non d'assurer le bonheur de leur peuple, ou le triomphe de la justice et la « fin de l'oppression » en Corée du Sud. Et la position de Sartre devient alors parfaitement intenable ; ses rapports avec le PC français sont exécrables depuis la publication de l'article

1. Cf. Jung Chang et Jon Halliday, *Mao*, Gallimard, « NRF Biographies », 2006, chapitres 34 et 35.

sur les camps ; Sartre (et le Castor) tentent désespérément d'échapper à l'enfermement d'une solidarité très problématique avec l'URSS — tout en ayant choisi de soutenir le « prolétariat » mondial : « Entre l'ignominie américaine et le fanatisme du PC, on ne sait pas quelle place il nous reste dans le monde. »

La place la plus inconfortable sans doute : celle de sympathisants communistes antistaliniens.

1951 : juin, le Castor a terminé une première version des *Mandarins* ; contrairement à son habitude, elle n'a encore rien montré à Sartre. « Je n'aurais pas supporté qu'aucun regard, même le sien, se posât sur ces pages encore chaudes[1] » — chaudes, entre autres, de l'amour d'Algren entièrement présent dans l'épisode américain. Sartre ne le lira que durant leur croisière en Norvège. Il trouve que c'est bon, mais qu'il faudra « beaucoup retravailler » : elle décide de tout reprendre. Une angoisse profonde, une grande incertitude pèsent sur toute la composition des *Mandarins*. Non que le Castor doute de ses forces, ou de son talent. Ou si elle en doute, c'est pour cacher un autre doute, plus ténébreux, plus profond. Sur soi, sur sa vie, sur ses choix. Justement, en octobre 1950, elle a revu Algren à Chicago, et c'est là qu'il lui a dit : « Je ne pourrai jamais vous donner autre chose que de l'amour. » Tout le passé lui revient au cœur, et sa « défaite » lui paraît intolérable. Elle sait que tout est fini, et qu'il faut tirer un trait. Que son appétit de vivre est grand pourtant ! Elle est tout au bonheur d'avoir acheté une « auto ». Quel plaisir on aurait à oublier, dit-elle, que les choses vont en France de mal en pis, quand le

1. *FdC*, t. I, p. 333.

« pelage roux » des petites routes forestières de Sologne, de Touraine, « s'ourle d'une fourrure blanche[1] » ! Elle va voir Auvers, l'église, le café de Van Gogh, sa tombe cachée sous le lierre, elle a inventé un nouveau mode pour assouvir son avidité de connaître, de toucher. Et pourtant ces années comptent « parmi les plus sombres de sa vie ». Est-ce seulement parce que la situation se dégrade en France ? Parce que « la bourgeoisie s'acharne contre le communisme » ? Parce que la gauche échoue à arrêter la guerre d'Indochine et qu'Eisenhower annonce, dans une interview donnée à *Paris-Match*, que bientôt on ira se battre dans les faubourgs de Leningrad ? Mais c'est aussi le temps où pèse sur elle la fin de l'histoire américaine, de cette bien « étrange entreprise, vivre un amour en le refusant[2] ». D'où la tonalité grave de ce livre, coupé par les monologues d'Anne, Anne que traverse à la fin du livre l'idée du suicide, Anne qui est comme un double sombre du Castor, dévastée d'avoir perdu l'amour d'Algren. La défaite des « grands idéaux » n'est rien à côté de cette défaite-là. Elle n'en est que la métaphore[3].

Milieu 1951 donc, le Castor en a repris en entier la construction et elle tâche de donner à ses personnages « la consistance qui leur manque ». Elle s'y consacre sombrement, joyeusement parfois, elle y

1. *Ibid.*, p. 342.

2. *Les Mandarins*, t. II, p. 179 (monologue d'Anne) : « Les lettres de Lewis me fendaient le cœur. »

3. Lettre à Algren, Saint-Tropez, 5 mars 1951 : « Je travaille énormément. Ce livre, votre livre, est un roman sur les Français de 1945 à 1948. J'essaie d'y évoquer l'heureuse renaissance que nous y avons vécue à la fin de la guerre, lorsque tant de choses ont recommencé à devenir possibles, et le lent désenchantement qui a suivi. »

travaille « dur » et ça remue beaucoup de choses en elle. Elle écrit à Algren : « Au milieu, je tente de dire quelque chose de notre histoire, 1/ parce que cet amour de Paris à Chicago m'apparaît comme typique de notre temps, ce temps où les avions rapprochent les villes de la terre tout en maintenant leur éloignement. 2/ parce que j'ai plaisir à me la remémorer sur le papier » (lettre du 5 mars 1951). Elle vit dans ce monde de déchirements : un amour qui s'éloigne, un groupe d'amis proches qui se défait. Perron a publié dans son journal un article sur les camps[1], Dubreuilh était réservé — Perron est ici plus proche de Merleau-Ponty que de Camus qu'on dit son modèle (et le Castor signale qu'il est aussi très proche d'elle-même). Mais quand Perron se brouille avec Dubreuilh qu'il estime trop proche des communistes, on pense évidemment aux rapports de plus en plus difficiles entre Sartre et Camus.

D'autant qu'en 1952, pendant qu'elle écrit *Les Mandarins,* une inflexion considérable se produit dans l'itinéraire de Sartre : il se rapproche des communistes, et se brouille mortellement avec Camus. Et un autre type d'inflexion, en même temps, dans sa vie à elle. Ce qui va lui permettre sans doute d'achever *Les Mandarins* et de surmonter le sombre esprit de deuil qui la plombait durant sa composition. C'est en effet l'année où elle écrit à Algren d'Italie, le 3 août 1952 : « Eh bien, Nelson, il m'arrive la chose la plus incroyable, il existe quelqu'un qui veut m'aimer, m'aimer d'amour. Ça me rend mi-heureuse, mi-triste, heureuse parce que c'est aride de vivre sans amour, triste car j'aurais voulu n'être aimée par personne d'autre que vous. »

1. Une note de la *FdC* (t. I, p. 277) signale qu'elle a avancé cette révélation de quelques années : privilège de la fiction.

Elle a décidé en effet d'avoir à partir d'octobre une « histoire » avec « un jeune juif de vingt-sept ans aux yeux noirs » qui la « regardait très gentiment » pendant les réunions des *Temps modernes*, Claude Lanzmann. Est-ce qu'elle veut minimiser les choses aux yeux d'Algren lorsqu'elle lui en reparle un peu plus tard ? « Je ne pourrai pas aimer cette fois de l'amour dont je vous ai aimé. Quelque chose est fini à jamais » (lettre du 15 février 1954). Cependant, en 1952, cette affaire qui arrive au milieu de la composition des *Mandarins* éloigne d'elle un peu plus son personnage, Anne, en proie au désir de néant : ce n'est plus son cas, elle a « retrouvé un corps ». C'est aussi à cause de l'entrée aux *Temps modernes* de Lanzmann et Péju que la revue se repolitise : ils orientent Sartre « vers ce "compagnonnage critique" avec les communistes que Merleau-Ponty avait abandonné[1] ».

Chaque moment compte, et ce qui vient avant et ce qui vient après. Et le commentaire qui en est fait dans des articles, dans l'œuvre. Le rapprochement avec les communistes se fait en même temps que la rupture avec Camus — tour cela très serré, imbriqué, toujours. Le Castor ne s'y attarde pas, mais elle aime ces épisodes où l'histoire, ce grand rêve qui parfois tourne au cauchemar, dissipe nos cauchemars privés. Ce sont deux événements majeurs : le premier oriente durablement la vie de Castor-Sartre, même au-delà de la rupture de Sartre en 1956 avec les communistes. Le second, la rupture avec Camus, ne cesse de résonner aujourd'hui encore : par-delà le moment où elle a eu lieu, elle révèle une fracture

1. *FdC*, t. I, p. 344.

décisive entre les intellectuels issus de la Résistance, et plus largement dans toute la gauche occidentale. Désormais, dans le monde communiste, le nom de Camus sera synonyme d'un refus et d'une résistance au communisme, à son dogmatisme, à son mépris des libertés. Et désormais, à partir de 1952, le Castor et Sartre se retrouvent dans le camp des « compagnons de route », même critiques. Leur vision du monde se radicalise, leur logique devient une « polémologique »...

« L'affaire des pigeons » est décisive dans ce que Sartre nommera sa « conversion ». Remontons un peu en arrière. La volonté d'agir concrètement sur la vie politique et sociale avait conduit Sartre à créer en 1948, avec quelques amis de gauche, le Rassemblement démocratique révolutionnaire, qui souhaitait relancer l'idée de s'émanciper des partis, trop ossifiés. Mais, très vite, Sartre découvre les limites d'un regroupement d'intellectuels déconnectés de toute base sociale; l'espoir d'atteindre la classe ouvrière le porte à s'engager, de 1952 à 1956, dans quatre années de compagnonnage avec le Parti communiste. Et Sartre, on l'a dit, fut toujours plus encore « antianticommuniste » que communiste. Le 28 mai 1952, le Mouvement de la paix (alors téléguidé par les communistes) appelle à une manifestation à Paris contre la venue de Matthew Ridgway, qui vient de prendre le commandement des forces alliées en Europe sous l'égide de l'OTAN. Les communistes l'accusent d'utiliser des armes bactériologiques en Corée. D'où son surnom de « Ridgway la Peste » scandé par les manifestants. Le soir même, Jacques Duclos, alors numéro un du Parti communiste en l'absence de Maurice Thorez (en convalescence à Moscou), est arrêté, puis inculpé pour atteinte à la sûreté de l'État après la découverte d'un revolver et de pigeons dans le coffre de sa voiture. Pour le ministre de l'Intérieur, ce sont des pigeons voyageurs ; on tient donc la preuve de la traîtrise de Duclos envers la République. Duclos est relâché et l'affaire sombre dans le ridicule. Les historiens ont mis en évidence que la guerre bactériologique américaine n'avait jamais existé et que l'affaire avait été montée de toutes pièces par le journaliste australien Wilfred Burchett, agent d'influence travaillant pour le compte de l'URSS [1].

Son rapprochement avec les communistes est une coupure radicale dans l'existence de Sartre. La conséquence en est une brouille avec Merleau-Ponty, précédent moins brutal, mais tout aussi radical, de la rupture juste postérieure avec Camus. Séparation, sur quel point, sur quelle base ? Merleau-Ponty était devenu « apolitique », dit le Castor, lui qui avait été autant que Sartre partisan d'une tentative de rapprochement avec les communistes. En fait, à la lumière de la guerre de Corée, Merleau-Ponty prend conscience du danger que représente le stalinisme et pour la paix, et pour le socialisme. Sur cette affaire, Sartre s'est expliqué avec fougue dans un texte de 1961, paru dans *Les Temps modernes* sous le titre *Merleau-Ponty vivant* [2]. Il faut lire cet « adieu à Merleau-Ponty », qui vient de mourir subitement (1961), et prendre le temps de laisser se déposer en nous les effets d'une lecture. Ce texte est grave, il dit tout. Sartre y raconte l'histoire de ces mois de 1952 où il va choisir résolument son camp. Il a commencé par signer avec des intellectuels

1. Cf. le livre de Pierre Daix, *J'ai cru au matin*, qui raconte toute la machination.

2. Repris dans *Situations IV*, sous le titre « Merleau-Ponty ».

communistes une pétition en faveur d'Henri Martin, marin en Indochine, condamné pour haute trahison[1]. Puis il accepte de collaborer à un livre sur les dessous de l'affaire, afin d'appuyer la demande de grâce d'Henri Martin. « C'est vous, ô gribouilles, qui d'un marin mécontent avez fait un Henri Martin. Pourquoi ? Qu'est-ce qui se cache dans cette affaire[2] ? » Mais tandis qu'il est à Rome, au printemps 1952, avec Michelle Vian (le Castor dit que leur liaison commença après la mort de Boris), il prend connaissance par la presse de la manifestation du 28 mai et de l'arrestation de Duclos. « Ces enfantillages sordides me soulevèrent le cœur : il en était de plus ignobles, mais pas de plus révélateurs. Les derniers liens furent brisés, ma vision fut transformée : un anticommuniste est un chien, je ne sors pas de là, je n'en sortirai jamais. [...] Après dix ans de rumination, j'avais atteint le point de rupture et n'avais besoin que d'une chiquenaude. En langage d'Église, ce fut une conversion. » Au moins Sartre n'a pas besoin qu'on le lui suggère, ou qu'on le lui reproche : il fait le rapprochement de lui-même.

Curieusement, rendant compte de ce moment déterminant, le Castor ne recourt pas à cette image, et ne la cite même pas, elle reprend seulement ses mots : « Je vouai à la bourgeoisie une haine qui ne finira qu'avec moi. » Le terme de conversion l'a-t-il choquée ? Ou au contraire lui semble-t-il légitime, et justifié en la circonstance ? Elle revient un peu en

1. L'affaire Henri Martin : pour Philippe Robieux, d'une ampleur comparable à l'affaire Dreyfus. Henri Martin, membre du Parti, avait distribué des tracts réclamant la paix en Indochine.

2. C'est l'« affaire Calas » de Sartre. « Rapide, efficace, incomparable dans l'ironie allègre ou sarcastique, modèle aussi par la rigoureuse honnêteté du plaidoyer », Contat, Rybalka, *Les Écrits de Sartre*, *op. cit.*

arrière pour expliquer la radicalité politique de cet engagement : Sartre a lu le livre de Guillemin[1], il a vu ce que peuvent écrire des bourgeois, même honnêtes. La lutte des classes lui apparaît en pleine lumière : « Les bourgeois sont des individus de chair et d'os qui pour défendre leurs intérêts usent d'une violence à peine masquée[2]. » C'est cette violence qu'il faut démasquer, dévoiler — comme il faut dégager, derrière les discours qui tentent de la justifier, la domination masculine à l'œuvre dans les rapports homme/femme. Sartre, ne dormant plus que quelques heures par nuit, se jette dans la rédaction d'un long texte, « Les communistes et la paix » : il a commencé à vivre au-dessus de son « capital de santé », il l'avoue dans les *Entretiens de 1974*. Dans toute cette affaire, le Castor est à la fois en première ligne et en retrait : en première ligne, par l'âpre soutien qu'elle donne au « tournant » sartrien, en retrait car à aucun moment elle ne le prend à son propre compte. « On était acculé à des positions tranchées » : classe contre classe, front contre front. La « conversion », c'est aussi, en termes d'état-major, le changement de direction d'un corps d'armée. Appartenant à une bourgeoisie qu'il hait, Sartre fait front contre elle en rejoignant le camp d'en face; l'inconfort de sa position lui était devenu intolérable; mais la faute en est à l'histoire : on avait le dos au mur. « Il fallait que j'écrive ou que j'étouffe[3] », note-t-il. C'est alors que se produit la deuxième rupture : la rupture avec Camus. Un mois après « Les communistes et la paix », *Les Temps modernes* publient la « réponse » de Sartre à Camus :

1. *Le Coup d'État du 2 décembre*, Gallimard, 1951.
2. *FdC*, t. I, p. 356.
3. *Situations IV*, « Merleau-Ponty », p. 249.

ces deux écrits, dit le Castor, ont le même sens. Plus d'atermoiements ni de conciliations possibles.

En effet, les deux sont liés. Le sacrifice de Camus, dans le texte d'une rare violence par lequel Sartre coupe définitivement tout lien avec lui, est le premier des actes par lesquels Sartre proclame vivement le choix qu'il a fait de son camp. Rien n'est plus difficile que de faire le point sur cette rupture, à laquelle le Castor souscrit et participe entièrement. D'abord parce qu'elle a été abondamment commentée, et qu'on y a pris position avec une vigueur polémique qui subsiste encore, et sert encore aujourd'hui d'emblème à des positions idéologiques antagoniques : dans les anciens pays « de l'Est », notamment, où les œuvres et le nom de Camus continuent d'être, pour ceux qui en ont vécu quarante ans ou plus l'oppression, le symbole du refus. Ce que là-bas on retient de lui se condense dans la fameuse phrase du discours de Stockholm [1] (1957) : « La noblesse de notre métier [d'écrivain] s'enracinera toujours dans deux engagements difficiles à maintenir : le refus de mentir sur ce que l'on sait et la résistance à l'oppression. » Le récit par le Castor de la rupture avec Camus est surdéterminé par le souvenir extrêmement désagréable qu'elle a gardé des réactions de Camus au moment de la parution du *Deuxième Sexe*. Mais aussi et au moins autant par un événement postérieur à leur rupture, dont les Mémoires, évidemment, tiennent compte dans une vision rétroactive soigneusement dissimulée, l'attitude de Camus pendant la guerre d'Algérie, que résume la phrase qu'on cite toujours, et en général hors de son contexte : « Entre la justice et ma mère,

1. *Discours de Suède*, prononcé le 10 décembre 1957 à l'occasion de la remise de son prix Nobel (« Folio », p. 17).

je choisis ma mère. » Elle n'est pas dans son discours de Suède ; il l'a prononcée deux jours après la remise du prix, lors d'une rencontre avec des étudiants, répondant à l'interpellation violente d'un étudiant algérien : « En ce moment, on lance des bombes dans ces tramways d'Alger. Ma mère peut se trouver dans un de ces tramways. Si c'est cela, la justice, je préfère ma mère[1]. » La polémique alors fait rage. Cette attitude est absolument inacceptable aux yeux de Sartre et du Castor qui, au moment de la mort de Camus, visant une dernière fois la phrase honnie, aura ce mot assassin : Camus ? « ce juste sans justice »... De retour de Suède, ayant décidé « de ne plus participer aux incessantes polémiques », Camus publie ses « chroniques algériennes » sous le titre *Actuelles III* pour rappeler la précocité de son engagement auprès du peuple arabe d'Algérie.

C'est tout cela, n'en doutons pas, qui sous-tend le récit de *La Force de l'âge*. Le voici. Camus a publié *L'Homme révolté* en 1951. En novembre, Sartre demande « un volontaire » pour rendre compte du livre dans *Les Temps modernes* ; personne n'en pense de bien, mais Sartre « par amitié » refuse qu'on en dise du mal. Le Castor cependant ne s'en prive pas dans une lettre à Algren du 6 décembre 1951 : « Ne le lisez pas. La droite l'adore en bloc parce qu'il y démontre que rester tranquillement assis dans son fauteuil à gagner du fric suffit à faire de vous un romantique révolté. » C'est l'impasse. En avril, elle

1. Postface de Carl-Gustav Bjurström, *Discours de Suède, op. cit.* Qui fait le rapprochement avec un chapitre du *Premier Homme* où Jacques Cormery rendant visite à sa mère à Alger est témoin d'un attentat terroriste.

croise Camus avec Sartre au petit café de la place Saint-Sulpice, et celui-ci ne semble pas prendre au sérieux les reproches qu'on lui adresse. Puis vient l'« affaire des pigeons ». Un peu plus tard, Sartre, gêné, annonce à Camus que Francis Jeanson va faire un compte rendu sans doute sévère de son livre. Sartre essaie d'en atténuer les termes « mais il n'y avait pas de censure à la revue ». À la parution de l'article, Camus ne répond pas à son auteur, mais à Sartre qu'il appelle « Monsieur le directeur » ; Sartre riposte dans le même numéro (août 1952). « Tout fut fini entre eux [1] », conclut le Castor. Et elle ne dit pas un mot des propos échangés. Le paragraphe suivant développe surtout les attendus psychologiques d'une querelle qui ne pouvait que se terminer ainsi. Le caractère ombrageux et susceptible de Camus l'avait rendu « parfaitement insupportable » — elle cite Sartre ; il n'admet pas la contestation, c'est un « idéaliste » moraliste et anticommuniste qui défend « de plus en plus résolument les valeurs bourgeoises ».

Malentendu sur *L'Homme révolté* ? Oui et non. Non, au sens où, en effet, le livre prend position contre la violence révolutionnaire et donc contre tout ralliement au Parti communiste et à l'URSS. Oui, si on observe que les thèses développées dans le livre n'en font pas, comme dit le Castor, un adversaire du socialisme que Sartre, en revanche, défendrait résolument. *L'Homme révolté* est peut-être un produit du « moralisme » ou, selon Jeanson (« Albert Camus ou l'âme révoltée »), d'un « refus de l'histoire » — il n'est pas le résultat de l'incompétence philosophique de son auteur (lourdement suggérée

1. *FdC*, t. I, p. 354.

par Sartre[1]). C'est d'abord un plaidoyer en faveur d'une autre idée du socialisme, un socialisme plus proche, même s'il n'y fait allusion que tout à la fin du livre, du socialisme français du XIXe que Marx puis le communisme stalinien ont tout fait pour écraser. On en a du reste confirmation dans la réponse de Camus à l'article de Jeanson ; il y remarque que « la Ire Internationale et le mouvement bakouniniste, encore vivant parmi les masses de la CNT espagnole et française, sont ignorés[2] ». Il ne s'agit pas ici de donner aujourd'hui tort à Sartre pour « réhabiliter » Camus : mouvement de bascule un peu lassant. Il s'agit de bien comprendre les enjeux de *L'Homme révolté*. Il s'agit enfin de se poser des questions essentielles, des questions iconoclastes : par exemple, celle-ci, l'Algérie serait-elle dans un état pire que celui où elle a aujourd'hui sombré, si les positions de Camus avaient triomphé ? (Peu de temps avant sa mort, dans un numéro d'*Esprit*, Paul Ricœur — très engagé à cette époque en faveur de l'indépendance algérienne — se le demandait à peu près en ces termes, y constatant la montée et les ravages d'un islamisme meurtrier.)

En cette période des débuts de la guerre froide, Camus avec *L'Homme révolté* pointe une des antinomies fondamentales dans l'histoire de l'Occident, depuis le monde antique, « la longue confrontation

1. « Je n'ose vous conseiller de vous reporter à *L'Être et le Néant*, la lecture vous en paraîtrait inutilement ardue : vous détestez les difficultés de pensée, et décrétez en hâte qu'il n'y a rien à comprendre pour éviter d'avance le reproche de n'avoir pas compris » (réponse à Albert Camus), *Situations IV*, p. 108.

2. Albert Camus, « Lettre au directeur des *Temps modernes* », *Les Temps modernes*, n° 82, août 1952, repris sous le titre « Révolte et servitude », *in* Albert Camus, *Essais*, Gallimard, « Bibliothèque de la Pléiade », 1990, pp. 754-774.

entre la mesure et la démesure ». « Le jour, précisément, écrit-il, où la révolution césarienne a triomphé de l'esprit syndicaliste et libertaire, la pensée révolutionnaire a perdu, en elle-même, un contrepoids dont elle ne peut, sans déchoir, se priver. [...] L'histoire de la Ire Internationale où le socialisme allemand lutte sans arrêt contre la pensée libertaire des Français, des Espagnols et des Italiens, est l'histoire des luttes entre l'idéologie allemande et l'esprit méditerranéen. La Commune contre l'État, la société concrète contre la société absolutiste, la liberté réfléchie contre la tyrannie rationnelle, l'individualisme altruiste enfin contre la colonisation des masses sont alors les antinomies qui traduisent, une fois de plus, la longue confrontation entre la mesure et la démesure qui anime l'histoire de l'Occident, depuis le monde antique[1]. » Et un peu plus loin : « La pensée autoritaire, à la faveur de trois guerres et grâce à la destruction physique d'une élite de révoltés, a submergé cette tradition libertaire. Mais cette pauvre victoire est provisoire, le combat dure toujours[2]. » Répondant à Gaston Leval qui, dans *Le Libertaire*, lui reproche d'avoir mal compris Bakounine, Camus se défend : ce qu'il critique, c'est le « romantisme nihiliste ». « C'est par la déification de Marx que le marxisme a péri. La pensée libertaire, à mon sens, ne court pas ce risque. Elle a, en effet, une fécondité toute prête, à condition de se détourner sans équivoque de tout ce qui, en elle-même et aujourd'hui encore, reste attaché à un romantisme nihiliste qui ne peut mener nulle part. C'est ce romantisme que j'ai critiqué, il est vrai, et je

1. Albert Camus, *L'Homme révolté*, Gallimard, « Folio Essais », pp. 372-373.
2. *Ibid.*, p. 374.

continuerai de le critiquer, mais c'est cette fécondité qu'ainsi j'ai voulu servir[1]. »

À aucun moment, dans sa réponse à Camus, Sartre n'aborde la question du stalinisme, ou plus généralement du socialisme autoritaire. Ce qu'il reproche à Camus, c'est un refus de l'Histoire, avec un grand H : mais s'il a raison d'affirmer que « c'est dans l'action historique que la compréhension de l'Histoire est donnée[2] », Sartre n'apporte en rien la preuve que cette « action » doit se confondre avec celle de l'URSS et du « communisme réel ». Le ralliement au marxisme, puis le « soutien critique » au communisme ont été chez Sartre un seuil déterminant de sa pensée, qui lui fait faire l'impasse sur l'histoire du socialisme : car parmi les « crimes » du stalinisme, et avant lui des différentes Internationales, il y a l'écrasement des autres formes du socialisme, dont ici Camus est le défenseur.

Camus, sur le moment, a été écrasé par la dialectique de Sartre. Cela ne lui donne pas forcément tort. Les questions qu'il soulève et son refus du socialisme autoritaire ne peuvent être gommés d'un trait de plume : nul ne pourra ôter à Camus (comme aussi à Merleau-Ponty) le mérite d'avoir discerné à temps et refusé la nature totalitaire et autoritaire du stalinisme[3]. En face, Sartre se sentira conforté dans cette rupture lorsqu'il verra quelques années plus tard Camus refuser une violence qui, à ses yeux, compromet la lutte du peuple algérien pour son indépendance. Les partisans de Camus reprendront

1. Albert Camus, « Révolte et romantisme », *Le Libertaire*, n° 318, 5 juin 1952.

2. Réponse à Albert Camus, *Situations IV*, p. 124.

3. Certains, objectera-t-on, l'avaient fait dès les années trente.

le dessus au cours des différents épisodes (Budapest, le regel brejnévien, enfin l'effondrement du communisme réel) où la nature monstrueuse du socialisme autoritaire se sera définitivement révélée. Reste, toujours ouverte, la question, encore irrésolue à ce jour : pouvait-on, dans les années cinquante et même au-delà, ne pas tenir compte du rôle de contre-pouvoir que, à travers ses erreurs et ses crimes, le « monde communiste » jouait en face d'un Occident dominé par l'impérialisme nord-américain ? Pouvait-on ne pas essayer de conclure avec des Partis communistes nationaux un accord critique, au moins jusqu'à la révolution de Budapest ? Est-ce que Sartre va trop loin quand il écrit : « L'URSS est *grosso modo* du bon côté de la barrière, avec les forces qui luttent contre l'exploitation » ? Ou encore : « Étions-nous si sûrs qu'on pouvait rejeter le régime stalinien sans condamner le marxisme[1] ? » Ces phrases témoignent d'une inquiétude nouvelle, peu présente dans sa réponse à Camus dix ans plus tôt : en 1961, à la mort de Merleau-Ponty, il a coupé les ponts avec le PC depuis les événements de Budapest (1956). Mais toutefois pas avec l'espérance révolutionnaire : « Quels que soient ses crimes, l'URSS a sur les démocraties bourgeoises un redoutable privilège : l'objectif révolutionnaire[2]. » Il ne s'agit pas ici, encore une fois, d'entrer dans une logique de procès pour distribuer autrement les blâmes et les récompenses. La querelle Sartre/Camus et ses conséquences sont tout de même une tragédie : dans la ligne de ces grandes passions intellectuelles qui ont opposé des « frères » par le cœur, par le combat, par l'œuvre, jusqu'à en

1. « Merleau-Ponty », *op. cit.* p. 229.
2. *Ibid.*, p. 227.

faire des ennemis irréconciliables[1], leur antagonisme a esquivé le débat de fond, dans lequel Sartre et Camus ont occupé des places opposées.

Ce qui gêne un peu le lecteur dans le récit que le Castor fait de cette rupture, vers 1960, c'est que les événements de Budapest sont passés par là et que pourtant il n'y a aucune hésitation, aucun trouble dans l'esprit du Castor : la vérité y est « une » et logée « dans un seul camp ». Camus est purement et simplement néantisé ; lorsqu'il meurt, le Castor écrit : « Le Camus qui m'avait été cher depuis longtemps n'existait plus. » Ce manichéisme qui peut heurter cependant s'explique. Il s'explique en partie chez le Castor par le long refus et la longue ignorance de la politique qui ont été les siens et qui se sont renversés en soutien inconditionnel des positions de Sartre. Elle découvre avec lui l'engagement en politique, et c'est un engagement total, qui n'a pas des raisons exclusivement politiques. S'il ne laisse pas place au doute, ce n'est pas seulement parce qu'il vient justifier ce rejet des « valeurs bourgeoises » qu'elle avait exprimé avec tant de force à bien des moments de sa vie[2]. Rejet conforté par l'expérience de l'Occupation ou, lors de la publication de son grand livre, *Le Deuxième Sexe*, où une presse « de droite » l'a couverte d'injures et de boue. Il y a autre chose. Dans la révolution, dans le communisme, le Castor trouve enfin le moyen d'assouvir sa passion de l'absolu. Les buts réels qu'il vise et les moyens qu'il se donne pour y parvenir comptent moins pour elle que la solution d'un

1. Cf. Maurizio Serra, *Fratelli separati*, *op. cit.*
2. Et qui lui font dire, à propos des patronnes des sœurs Papin : « À nos yeux, elles méritaient largement la mort. »

conflit qui la hante : le conflit entre le « bonheur collectif » des hommes et leur « salut ». Rappelons-nous son apostrophe à Simone Weil dans une note de 1927 : « Ce qui importe, Mlle Weil, ce n'est pas que les usines marchent, c'est que pauvres comme riches, barbares comme civilisés, sauvent leur âme. » Devenir « compagnon de route » du communisme « réel », c'est un risque énorme, qu'elle prend pour ne plus avoir à choisir entre le « bonheur » des hommes et la « justification » de leur existence. Elle pense, et elle n'est pas la seule, que malgré ses défauts et peut-être ses crimes, le communisme « réel » peut réaliser cette union. L'avenir démentira cruellement cette illusion; le passé (les années trente) avait commencé à le faire. Le Castor n'a pas voulu le voir tout de suite, elle n'a même jamais voulu le voir entièrement, non par peur de « désespérer les masses », mais par peur de se désespérer elle-même. De devoir renoncer au caractère radical, absolu, d'un saut sans étapes ni nuances dans l'utopie d'un monde réconcilié.

De là le choix que Sartre et elle font parmi les acteurs de 1789, Robespierre, à qui Sartre consacre de longues pages de la *Critique de la Raison dialectique* (1960), ou Marat. Lettre à Algren du 2 juillet 1951 : « La femme qui a assassiné Marat, une laide, fanatique, stupide vieille fille, a eu raison de se faire guillottiner : Marat fut, lui, un des hommes les plus intéressants, le plus hardi des révolutionnaires français, le seul à prôner l'abolition de la propriété privée. » Mais c'est encore aujourd'hui un des points sur lesquels on continue de questionner les motivations des penseurs de la Révolution, avec un grand R. Dans la radicalité de l'engagement révolutionnaire, on n'a pas manqué de relever la marque imprimée à la pensée occidentale par l'invention du « dieu unique[1] ». L'espoir en une société future « réconciliée » ne prend pas forcément la forme d'une foi, ou d'une croyance ; mais on retrouve indéniablement les principes fondateurs des grandes eschatologies religieuses dans l'idée même d'une révolution totale, marquant la fin des temps, la fin de l'histoire. Chez plus d'un athée déclaré, il s'agit bien de ce tuf originel sur lequel s'enlèvent les choix les plus profonds. Il faut en revenir à ces moments de la petite enfance que le Castor de guerre a pris soin de décrire méticuleusement dans les *Mémoires d'une jeune fille rangée*. À ces rages qui la convulsent et la jettent au sol, le Castor voit une double cause, sa « vitalité fougueuse » et son « extrémisme » : « Un extrémisme auquel je n'ai jamais tout à fait renoncé[2]. » Ce sont des moments où « une épée de feu séparait le Bien du Mal[3] ».

Quelque chose de profond, d'archaïque, se joue là, dans l'angoisse du néant et l'horreur de la mort. 6 avril 1928 : « L'horreur de la mort, la grande horreur, le sentiment aigu de la fuite de chaque minute posée devant moi ; mort de moi dans chacune d'elles, mort de chacune d'elles qui tombe dans un vide sans fond. » Rien ne pourra sauver, pense-t-elle en regardant sa main « rose de sang » sur son pupitre à la Bibliothèque nationale, « cette chair qui sera corrompue » (25 octobre 1928). Il n'est pas un moment de sa vie qui n'en soit marqué, et l'incroyable entreprise des années de sa grande maturité est placée entièrement sous ce signe. Se

1. Cf. les travaux de Jean Soler, en particulier, sa trilogie *Aux origines du Dieu unique*, De Fallois, 2004.
2. *Ibid.*, p. 18
3. *MJFR*, p. 22, et voir premier chapitre : « Colères ».

séparer de Dieu, ce n'est pas creuser un abîme de vide où rien ne peut consoler de l'horreur du néant : car ce n'est pas Dieu qui rachètera cette perte infinie, c'est moi. C'est moi par mon ardent labeur. Parce qu'elle n'est plus catholique, « en tant que non catholique » (9 mai 1929) elle peut « faire de chaque moment un absolu ». Ce qu'elle veut, c'est plus que le bonheur, « la joie » 27 avril 1929 : « Prendre des résolutions nouvelles ! Ah, rompre à jamais avec les déformations catholiques, avec le culte de la tristesse, les détester, les piétiner. » L'espérance révolutionnaire sera indéniablement placée sous ce signe : faire de ce royaume terrestre, parce qu'il est le seul, celui où un absolu de chaque jour s'incarnera. Le Castor se reconnaît dans la « haine de la bourgeoisie » à laquelle Sartre a décidé de ne plus faire, en lui, d'obstacle. Mais cela signifie bien plus qu'une solidarité de fait avec ceux que la bourgeoisie exploite. Ce destin de femme, unique en son genre, qu'elle s'est juré d'accomplir, l'a jetée dans la solitude de ce « monstre » auquel voulait la réduire la « sorcellerie » de sa famille.

Sartre, comme elle, vit à plein la contradiction entre son « être de bourgeois » et son attachement à la révolution : significative est la note par laquelle Sartre oblige Camus à rentrer dans son appartenance de classe et à la reconnaître de gré ou de force. Camus se réclame de ses origines populaires ? Sartre le balaie d'un geste : « Vous *êtes* bourgeois, Camus, que pourriez-vous être d'autre[1] ? » (Dans

1. Réponse à Albert Camus, *Situations IV*, p. 100. Pour mesurer ce qui les sépare, il suffit de lire *Le Premier Homme*, ce dernier livre de Camus, laissé inachevé par sa mort. Le silence, la douleur de la mère. La misère, « cette forteresse sans pont-levis ». Et le salut de l'enfant par l'école et les livres.

Les Mandarins, justement, si Dubreuilh *n'est pas Sartre,* c'est pour avoir grandi « parmi des maisons et des vies couleur de suie » et conçu le socialisme comme « son seul espoir » et celui des enfants à qui son père enseignait[1].) Sartre a raison mais jusqu'à un certain point seulement : sans doute Camus a-t-il rejoint la « bourgeoisie » dans son mode de vie, dans sa figure d'intellectuel, dans son parcours d'écrivain et d'homme de théâtre. Mais en devenant un « bourgeois », Camus n'a pas trahi ses origines très modestes de « pied-noir », pupille de la nation, élevé par une mère qui faisait des ménages (comme celle de Péguy rempaillait des chaises). Il en a gardé une fierté qui expliquera peut-être le choix de la « mère » contre la « justice » dans le débat de Stockholm. Car, derrière la mère, dans la longue file des courageuses existences anonymes, il lit la permanence d'une soif de justice jamais assouvie. Ni Sartre ni Simone de Beauvoir n'auront jamais avec leur mère ce rapport de profond attachement mêlé de cette immense compassion *che stringe il cuore,* comme dit Pasolini, qui « étreint le cœur » et l'ouvre à une grande pitié pour la faiblesse des êtres moins doués ou moins forts ou moins privilégiés que vous.

L'Histoire prend en charge une partie du grand combat qu'à des titres divers Sartre et Simone de Beauvoir ont engagé avec leur classe d'origine. Et il n'est pas besoin de l'aimer, cet adversaire radical de la bourgeoisie, l'essentiel est qu'il fasse le travail. Lettre du 2 juillet 1952 : la bourgeoisie est tellement « répugnante » qu'on est obligé de se rapprocher des communistes, « sans les aimer bien entendu ».

1. *Les Mandarins*, t. I, p. 78.

La Révolution, c'est autre chose. Elle miroite toujours, au loin, d'un éclat inentamé.

*

En fait, dans ces mois de 1952 où elle travaille aux *Mandarins*, le Castor est ailleurs. Elle est partie pour l'Italie, avec la certitude qu'à son retour elle va commencer une autre histoire. Une histoire d'amour. Significativement, elle arrête sur cet événement capital le premier volume de *La Force des choses* : c'est une espèce de résurrection dont elle va maintenant parler. Car, à plus d'un titre, elle a le sentiment d'avoir frôlé la mort, ne serait-ce qu'au moment de l'ablation d'une grosseur au sein. Tous les mois qui précèdent, et ses lettres à Algren en sont le témoin, elle revient longuement sur son âge (elle a tout juste quarante-quatre ans) et les conséquences inéluctables qu'à son avis il entraîne : la fin de la vie amoureuse. Dans *Les Mandarins,* Anne regarde avec dégoût les femmes trop parées, trop offertes : des « vieilles peaux », pense-t-elle avant de réfléchir, avec douleur, mais elles ont quarante ans, comme moi[1]. Tout à la fin de *La Force des choses*, au moment où Simone de Beauvoir s'interroge avec stupeur sur son entrée en vieillesse, qui la laisse incrédule, elle y revient encore : « Brusquement, je me cogne à mon âge. Cette femme ultra-mûre est ma contemporaine : je reconnais ce visage de jeune fille attardée sur une vieille peau[2]. » Et il lui arrive

1. *Ibid*. Cet âge de quarante ans est une fois encore déclaré fatidique par le Castor, en 1962, dans la conclusion de *La Force des choses*.

2. *FdC*, t. II, p. 504.

souvent de s'arrêter, éberluée, devant cette « chose » qui lui sert de visage.

Le plus terrible, c'est qu'il n'est pas facile de renoncer, même si c'est inévitable. Lettre à Algren en décembre 1951 : dès qu'elle l'a connu, elle a mis un terme à sa relation avec Bost, « relation sentimentale et sexuelle, aisée et plaisante », et maintenant « ma vie amoureuse a pris fin à tout jamais, chose très déplaisante à penser quand on conserve un cœur ardent et un corps vivace ». Mais c'est « dans l'ordre des choses » : « Ma vie amoureuse a pris fin quand elle devait décemment prendre fin » (lettre du 4 mars 1952). Elle y souscrit avec douleur, se sent reléguée « au pays des ombres », et n'en revient pas quand Lanzmann lui propose d'aller voir un film avec lui. « Je savais que je ne devais pas refuser. » Mais quand elle raccroche, elle fond en larmes. Cinq jours plus tard, tandis qu'elle part pour l'Italie, elle le sait : quelque chose était arrivé, quelque chose commençait. « J'avais retrouvé un corps[1]. » Durant tout ce voyage, l'écart est profond et constant entre Sartre et elle, il travaille dix heures par jour à son texte « Les communistes et la paix », elle conduit sa nouvelle auto avec ivresse, tout ruisselle de lumière sur les grandes places italiennes, vastes comme des salons avec le seul ciel pour plafond. Ensuite Lanzmann est en Israël, mais ils s'écrivent et, à leur retour, « leurs corps se retrouvent dans la joie ». Ils commencent à bâtir ensemble un avenir : ces mots sont très nouveaux sous la plume du Castor ; elle s'installe avec lui rue de la Bûcherie. Pas tout de suite ; en décembre, mais c'est une chose nouvelle, encore une fois : « J'avais aimé

1. *Ibid.*, p. 10.

ma solitude, mais je ne la regrettai pas[1]. » Quelque chose s'est produit, dans cette rencontre, qui rend aisées des décisions qu'elle aurait auparavant longuement méditées, et peut-être refusées. La jeunesse de Lanzmann — il a vingt-sept ans —, sa radicalité qu'elle a pu observer dans les réunions des *Temps modernes*, son humour, ses provocations, ses bouffonneries. Tout cela, et son âge à elle surtout, qui « la vouait à n'être qu'un moment de sa vie ». Du coup, elle se rassure : pas question de « doubler » son entente avec Sartre. Mais il y a aussi la manière vigoureuse qu'il a de vivre son appartenance au peuple juif ; elle en écoute le récit avec émotion : jamais sa solitude n'a été plus grande, lui a-t-il raconté, qu'au cours de ses études, quand il tentait de se fondre dans l'universalité de la culture. Ils vont organiser leur emploi du temps, essayer de travailler côte à côte. Elle se sent « délivrée de son âge ». Tous les étonnements lui sont rendus, réfractés par la vivacité d'une jeune conscience ; même ses angoisses s'apaisent, elle veut les surmonter afin de ne pas imposer à son jeune amant « les affres de son déclin ». Toujours aussi proche de Sartre, elle sent bien que leurs « manies » sont en train de diverger : pendant l'été en Italie, il veut travailler, elle veut se promener, il y a des tiraillements. C'est quelque chose de plus profond ; elle ne le suit pas tout à fait dans l'élan qui le jette sans reste vers des formes nouvelles d'engagement politique. Elle veut ce que ce nouvel amour va lui apporter, « des joies, des anxiétés, des rires et la fraîcheur du monde[2] ». Lanzmann approuve des deux mains ce rapprochement avec le PC, mais elle, elle craint que cela ne

1. *Ibid.*, p. 17.
2. *Ibid.*

l'« éloigne de sa propre vérité ». Et peut-être aussi de ce qui pour elle demeure l'essentiel : son œuvre[1]. Elle résiste aux efforts conjoints de Sartre et de Lanzmann qui veulent l'obliger à « rendre des comptes ». Elle finit par céder, et liquide « son moralisme idéaliste ».

Mais de quoi s'agit-il *au juste* ? Selon la philosophie du Castor, un « moraliste » « idéaliste » c'est quelqu'un qui porte sur les événements et les personnes des jugements en dehors de toute référence à l'Histoire, quelqu'un en qui subsistent quelques survivances de spiritualisme, qui refuse que le monde naturel soit gouverné par les lois de la matière et non par un « dessein » supérieur. C'est exactement ce que Sartre et Jeanson, soutenus par Lanzmann, reprochent dans les mêmes temps à Camus. De leur violent rejet de Camus, elle fait ainsi un moment de la « liquidation » de ses résistances à elle. Telles sont les hautes (ou basses) œuvres de l'Histoire. Ce n'est pas la première fois que le Castor scande son itinéraire par ces moments de « liquidation » — mot qui, en ces périodes de guerre froide, sonne assez sinistrement. Liquidation de son « idéalisme », lorsqu'elle rencontre Sartre. De sa « schizophrénie », qui vole en éclats quand la guerre est déclarée, septembre 1939, et enfin de son « solipsisme » : « J'avais peu à peu renoncé au quasi-solipsisme, à l'illusoire souveraineté de mes vingt ans ; j'avais acquis le sens de l'existence d'autrui[2]. » Et voici que tout est encore à faire en cet automne de 1952 : répétition incantatoire qui dit assez le caractère interminable de la chose... Qu'est-ce qui fait donc que son « idéa-

1. *Ibid.*, p. 23.
2. *FdÂ*, p. 424.

lisme » résiste à toutes les « liquidations » ? Et son « moralisme » ? À l'évidence, il s'agit d'une disposition intérieure, profonde, ancienne, et pas seulement des effets de son éducation religieuse ou familiale. Aucune épreuve radicale n'en viendra à bout : ou alors, c'est qu'elle ne rencontre jamais l'épreuve radicale qui en viendrait à bout.

La résistance de son « moralisme idéaliste » signifie que quelque chose, en elle, ne peut tout à fait approuver les philosophies de l'Histoire et leur implacable déterminisme. En un sens, elle devance le Sartre de 1960 qui dans *Questions de méthode* montrera les antagonismes du marxisme et de la liberté. Cette résistance serait donc plutôt un bon signe (surtout en 1952)... Mais elle n'en veut plus : elle veut en être délivrée et reprendre « à son compte le point de vue de Sartre[1] ». Finalement, elle va seulement changer de critères ; son « moralisme » s'appuiera désormais sur ceux du marxisme, renonçant ainsi à l'« idéalisme » qui le fondait jusque-là. Dégagée définitivement de son ancien « idéalisme », elle continuera à pratiquer le moralisme, mais d'un autre type, fondé, ou tentant de se fonder, sur la dialectique marxiste de l'Histoire. D'où le caractère implacable de ses jugements : ils ne sont plus les siens, comme du temps de son idéalisme ; ce n'est plus elle qui juge, c'est l'Histoire. L'Histoire à travers elle. Lettre à Algren du 14 octobre 1947 : « En ce temps-là [l'Occupation], on savait clairement qui étaient les amis et qui étaient les ennemis. » Mais l'Histoire, comme Apollon, parle par énigmes, que prétendent débrouiller et interpréter les partis chargés de la représenter ou d'aller « dans son sens ».

1. *FdC*, t. II, p. 23.

Dans les années à venir, aussi bien elle-même que Sartre maintiendront peu de distance entre leurs propres jugements et la voix officielle des Partis communistes. On le verra dans quelques années au moment de l'affaire du prix Nobel de Pasternak où ils adoptent tous deux le point de vue soviétique officiel : « Seul le fanatisme puissant » de la bourgeoisie, dit-elle, pouvait lui faire avaler « ce pavé de brumes compactes » qu'est *Le Docteur Jivago*[1].

Du coup on peut se poser la question : ne faut-il pas regretter plutôt le temps où sa pensée était uniquement animée par « une morale issue de la philosophie existentialiste », comme elle le dit au début du *Deuxième Sexe* ? Ce moralisme était sans doute assez cruel lorsqu'il ne voyait ni la souffrance ni la faiblesse de « Louise Perron ». Mais il touchait souvent juste. Ce ne sera pas forcément le cas, lorsqu'elle se déplacera sur le terrain de l'Histoire pour y établir ce grand tribunal, ce Jugement dernier à l'issue duquel les justes seront d'un côté, et les autres rejetés dans les ténèbres du non-être... Elle en voit par moments le danger : « Il demeure bien difficile de travailler avec les communistes sans abdiquer son jugement[2]. »

*

Et du reste ce n'est pas, dans ces heures-là, sa préoccupation principale. Comme le dit Aragon dans *Les Cloches de Bâle* quand Catherine et son amant sont enlacés sous un gros édredon rouge dans une auberge du Jura : « Ils avaient oublié la guerre

1. *Ibid.*, p. 247.
2. *Ibid.*, p. 23.

russo-japonaise. » Avec son jeune amant, le Castor a oublié les conflits de l'Histoire et de la Liberté. Elle est tout entière au bonheur de cette nouvelle « affaire » où sa vie s'est engagée. L'autre grand sujet de son investissement passionné, ç'a toujours été les voyages. Elle s'y jette de nouveau en compagnie de Lanzmann qui à l'époque « ne connaît rien de la France ni du monde », et retrouve avec enchantement les enchantements de son enfance, « le bourdonnement des lilas au-dessus d'un mur, un rosier grimpant contre une façade[1] ». Elle s'y donne avec une joie teintée de mélancolie, boit « du vin frais au pied d'une colline », respire des verdures, se plaît aux chemins secrets qui suivent une eau « plus verte que l'herbe ». Lanzmann n'est-il pas en train de prendre dans sa vie une telle place qu'elle menace son entente avec Sartre ? De toute manière, elle et lui ne mènent plus la même existence : Sartre frôle le surmenage dans la multitude de ses activités politiques, « moi, je profitais de ma jeunesse retrouvée ».

En 1953, Sartre va franchir encore un degré dans son rapprochement avec le PC, avec l'affaire des époux Rosenberg. La mort de Staline l'avait sauvé d'une situation embarrassante quelques mois plus tôt, lorsque Mauriac (toujours lui !) l'avait « sommé » de condamner l'antisémitisme de Staline car, le 6 mars, le jour même où il devait déjeuner avec Aragon, *L'Humanité* titre : « Deuil pour tous les peuples qui expriment dans le recueillement leur immense amour pour le grand Staline[2]. » Les médecins juifs arrêtés pour répondre de l'imaginaire « complot des blouses blanches » sont aussitôt

1. *Ibid.*, p. 25.
2. Édition spéciale du 6 mars 1953.

relâchés. Quelques mois plus tard, en juin, Sartre est à Vicence avec Michelle Vian où les rejoignent Lanzmann et le Castor. Comme l'année précédente, pour l'affaire des pigeons, c'est par la presse qu'ils apprennent la nouvelle : « *I Rosenberg stati assassinati* ». Julius et Ethel Rosenberg étaient passés à la chaise électrique le 19 juin 1953, à la suite d'un procès pour espionnage en faveur de l'Union soviétique où ils avaient été reconnus coupables, et condamnés à mort. Dans la fébrilité d'une nuit d'écriture intense Sartre écrit le fameux texte « Les animaux malades de la rage » qu'il dictera à *Libération* et qui se termine par ces mots : « Ne vous étonnez pas si nous crions, d'un bout à l'autre de l'Europe : Attention, l'Amérique a la rage[1]. » Il n'avait pas été le seul à réagir vivement à cette exécution; pour tout le monde, les Rosenberg étaient purement et simplement victimes du maccarthysme. Dans une lettre à Algren du 9 décembre 1952, le Castor avait écrit « Atroce ! » au moment de leur condamnation. Et une lettre au même du 23 juin 1953 fait état d'« un choc terrible ». Jacques Madaule déclare que l'antisémitisme hitlérien au moins était « plus franc ».

En fait, d'après un livre récent[2], appuyé sur l'ensemble de la nouvelle documentation tant américaine que soviétique, il semble aujourd'hui qu'on puisse affirmer d'une part que Julius Rosenberg était bien un agent soviétique recruté dès 1942, et que, d'autre part, il se trouvait à la tête d'un réseau au moins aussi performant que celui de Philby, réseau qu'il avait constitué lui-même en recrutant entre autres David Greenglass, son beau-frère, qui travaillait au centre ultrasecret de Los Alamos au

1. Appendice des *Écrits de Sartre, op. cit.*, p. 708.
2. Florin Aftalion *La Trahison des Rosenberg*, J.-C. Lattès, 2003.

Nouveau-Mexique, où était fabriquée la bombe atomique. Conséquence de l'atmosphère d'anticommunisme déchaîné des années de la guerre froide, leur exécution sur la chaise électrique n'en est pas pour autant justifiée. Lanzmann et le Castor poursuivent leur route vers la Yougoslavie : Que faire ? Qu'y faire ? commente mélancoliquement le Castor.

Et *Les Mandarins* ? Au milieu des tensions politiques dont le Castor s'évade en échappées amoureuses avec Lanzmann, *Les Mandarins* se terminent ; elle avait failli « tout foutre en l'air » en décembre 1952 quand Sartre ne s'était pas montré enthousiaste de son nouveau manuscrit. Elle serre les dents, et elle s'y remet. Fin 53 elle a enfin terminé, renonce successivement aux « Survivants » (titre de la pièce d'Henri Perron dans le livre), aux « Suspects », et enfin aux « Griots » : Lanzmann propose *Les Mandarins*, elle est d'accord. Début janvier (54), Lanzmann a quinze jours de congé, elle se met à « rêver de soleil » ; ils décident de partir pour le Maroc. Cette tendre atmosphère de réciprocité ne l'empêche pas de lancer un coup de patte assez vif sur l'entreprise toute nouvelle de l'abbé Pierre : « Les bourgeoises consentirent avec élan à se séparer de quelques hardes ; tout le monde se sentit bon et généreux[1]. » Le Castor a raison : la « charité » des classes possédantes n'est souvent qu'une manière de garder bonne conscience tout en maintenant sa domination. Mais ce qui est fort et singulier dans la campagne de l'abbé Pierre (c'est son nom de résistant, il s'appelle Henri Grouès), c'est qu'il a trouvé ses premiers appuis dans les classes moyennes ou

1. *FdC*, t. II, p. 35.

populaires tandis que la « bourgeoisie » au contraire traînait des pieds. Le premier élan de solidarité est venu de Courbevoie ; en quelques jours, près de 750 000 francs étaient réunis et un « comité d'urgence de secours aux sans-logis » créé.

Mais malgré quelques retours tranchants dans l'actualité, on sent le Castor comme désengagée, désinvestie : seuls quelques moments lui rendent une radicalité qu'elle est prête à oublier dans le charme des voyages avec Lanzmann, équipées dont elle ne s'est jamais lassée. Elle en retire le sentiment que la politique est un champ clos, où les mêmes horreurs se répètent, où les mêmes déceptions se renouvellent sans cesse. Elle en arrive à éprouver un dégoût immense pour la « grande masse de ses compatriotes » en constatant l'engagement de plus en plus profond de la France et des Français contre Hô Chi Minh. Au point que la défaite de Diên Biên Phu est pour elle un jour de victoire : sur les 15 000 légionnaires français « au moins un tiers est composé d'anciens SS ». La plus étonnante de ces expériences, c'est de se réjouir d'une défaite : elle ne s'en prive pas. « Si les gens avaient soupçonné ma satisfaction, j'aurais mérité à leurs yeux douze balles dans la peau. »

Cette expérience prélude à celles de la guerre d'Algérie et à la « traîtrise » que celle-ci lui impose à l'égard de la France officielle, et bientôt de la France tout court : l'honneur, la conscience l'exigent. Mais pour l'heure, elle veut se préserver, elle s'y attache de toute sa force. Quand elle accompagne Sartre avec Lanzmann et Michelle Vian à Knokke-le-Zoute sur une invitation que les « intellectuels bourgeois » comme Mauriac (encore lui !) ont déclinée, elle se tient à l'écart, se promène toute la journée et écoute

Sartre raconter le soir les séances. C'est là qu'il recevra sa première invitation pour l'URSS. Il y répond aussitôt, dès mai, et il subit là-bas sa première attaque grave d'hypertension. Le Castor en est bouleversée : « Soudain, je réalisai que, comme tout le monde, il portait sa mort en lui[1]. » « Dans vingt ans ou demain, c'était la même imminence : il mourra. Quel noir éblouissement ! » Ces moments de « noir éblouissement » le Castor les connaît depuis son extrême jeunesse : jamais ils n'avaient pris un tour si concret. Et jamais plus rien ne sera pareil ; la mort n'est plus seulement un « manchon noir » autour de leur vie, mais une « présence intime qui pénétrait ma vie, altérant les goûts, les odeurs, les lumières, les souvenirs, les projets : tout[2] ».

Sartre, enchanté de son voyage, ne revient qu'à demi rétabli. Suffisamment tout de même pour se livrer à une appréciation globale extrêmement positive de son séjour dans une interview qu'il donne à *Libération*. « La liberté de critique est totale en URSS, écrit-il, et le citoyen soviétique améliore sans cesse sa condition au sein d'une société en progression continuelle » (15 juillet). Le 16 : « Ce n'est pas une sinécure d'appartenir à l'élite car elle est soumise à une critique permanente de tous les citoyens. » Le 20 : la Paix par la paix. « L'Union soviétique poursuit sa marche vers l'avenir. » Malade, fatigué, il n'a pas revu son texte, dit le Castor, et il avait d'ailleurs eu beaucoup de peine à rassembler ses idées[3]. Le Castor tente à l'évidence, en

1. *Ibid.*, p. 45. À Knokke-le-Zoute, en février, ils avaient rencontré Brecht et Anna Seghers.

2. *Ibid.*

3. Édités en plaquette par *Libération*. Extraits dans Contat et Rybalka, *Les Écrits de Sartre, op. cit.*

1959-60, de minimiser l'importance de la chose. Cependant, plus tard, Sartre déclare dans une interview au *Nouvel Observateur* : « J'ai menti. Enfin "menti" est un bien grand mot. J'ai dit des choses aimables sur l'URSS que je ne pensais pas. Je l'ai fait d'une part parce que j'estimais que, quand on vient d'être invité par des gens, on ne peut pas verser de la merde sur eux à peine rentré chez soi, et d'autre part parce que je ne savais pas bien où j'en étais par rapport à l'URSS et par rapport à mes propres idées. [...] Je ne savais pas qu'ils [les camps] existaient encore après la mort de Staline, ni surtout ce qu'était le Goulag. » Dans les années à venir, Sartre retourne régulièrement en Union soviétique, et Simone de Beauvoir l'accompagne toujours mais sans prendre la parole. En présentant sous un jour qui les minimise les interviews données par Sartre à son retour, elle accomplit pleinement, et avec fidélité, ce devoir de « ne faire qu'un » avec lui dont elle a pris l'engagement lors de la constitution de leur « entente ». Partage-t-elle ses vues ? C'est probable, parce qu'elle lui fait confiance, aussi parce qu'elle est toute à sa logique de refus d'une « bourgeoisie » française qu'elle hait, dans ses institutions, dans son armée, dans les guerres qu'elle mène dans notre empire colonial.

Sartre, lui, nous semble, aujourd'hui, avoir manqué ce que Gide ou Nizan avant la guerre avaient fait. Le premier en publiant ses *Retouches à mon retour d'URSS* en 1938, l'autre en quittant le Parti à la veille de la guerre. Il ne faut sans doute pas oublier, dans ces années-là, quelle était la violence de certaines formes de l'anticommunisme, mais il est douloureux aussi de voir qu'au nom de la souffrance des exploités du monde entier, on ait désespéré les victimes de l'ordre stalinien ou néostalinien et tous ceux qui tentaient d'y résister. Le Castor comme Sartre ne sont-ils pas les victimes d'un choix truqué entre la justice et les libertés ? Ce choix a marqué toute l'histoire des gauches, il a été très tôt un enjeu, comme le montre bien Hannah Arendt lorsqu'elle compare la révolution américaine de 1787, et la Révolution française de 1789. Faut-il accepter, au nom des libertés, une société inégalitaire ? Faut-il au nom d'une justice égalitaire accepter l'écrasement ou la restriction des libertés ? Les « compagnons de route » du communisme ont pensé que l'exigence de justice était plus forte, au point d'admettre qu'on puisse la réaliser aux dépens des libertés. Le malheur est que l'Union soviétique en sacrifiant les secondes ne répondait nullement à la première, mais l'écrasait à son tour. Et la pensée libérale moderne a dû convenir à son tour qu'on ne pouvait entièrement accepter le primat des libertés sur l'exigence de justice et d'égalité...

8

J'ai presque cinquante ans : bientôt tout va sombrer

1954. Le Castor écrit à Algren (30 avril) : « Sartre persévère dans ses agitations politiques, je dois reconnaître qu'il a accompli du bon travail ; personne ne pense qu'il soit devenu communiste, il reste aussi libre et indépendant qu'il voulait ; d'une façon générale, depuis la mort de Beria, les communistes se montrent moins sectaires. [...] Résultat : Sartre a été invité à Moscou et Leningrad pour le mois de mai. » Mais l'essentiel n'est pas là : elle a terminé *Les Mandarins* : « Mille deux cents pages dactylographiées, c'est-à-dire environ huit cents pages imprimées, une foule de personnages et d'événements. Sartre, Bost, Olga et mon ami, unanimes, estiment que c'est mon meilleur roman, de loin, et que sa meilleure partie est l'épisode américain. Ils trouvent l'homme et la femme tous les deux sympathiques et émouvants. » Visiblement, le Castor prépare le terrain, elle n'imagine pas bien quelle va être la réaction d'Algren en se retrouvant dans le livre. Les modèles qui se reconnaissent dans un personnage sont rarement contents, c'est un fait. Elle la redoute même un peu, elle le sait ombrageux, et toujours irrité des motifs qu'elle lui a donnés de ne pas venir vivre avec lui. On se souvient de la lettre de Saint-Tropez, du 5 mars 1951 : « Ce livre, votre livre. » Il lui est du reste dédié.

À l'automne, Sartre et elle ont revu Prague en compagnie du « gros poète Nezval », et vers le début d'octobre, elle attend la sortie du livre. Elle tend le dos : « Depuis *Le Deuxième Sexe*, j'avais acquis de l'expérience, d'avance, les commérages me salissaient les tympans [1]. » Elle a les joues rouges rien qu'en pensant aux yeux hostiles qui vont « traîner leurs regards » sur ce livre où elle a mis tant d'elle-même. Mais rien ne se passe comme elle l'attendait : la critique « bourgeoise » y trouve son content d'anticommunisme et la critique communiste, notamment *Les Lettres françaises*, y voit un témoignage de sympathie. On parle d'elle pour le Goncourt, et elle est choquée : « J'avais passé l'âge. » Mais après tout, cela lui permettrait d'acheter un appartement. L'aura-t-elle oublié lorsqu'elle reproche à Mauriac d'avoir accepté le Nobel « pour se faire faire une salle de bains » ? Et puis le Goncourt tombe [2]. Elle refuse de se plier au cérémonial d'usage, interviews, télévision, et ne paraît ni « place Gaillon » (au restaurant Drouant où siège le jury), ni « rue Sébastien-Bottin » (aux Éditions Gallimard). Elle fête le prix « en famille » et se réjouit surtout dans les semaines et les mois qui suivent de l'« énorme correspondance » qu'elle reçoit. En recevant ces lettres, il lui semble qu'elle a répondu au vœu fervent de l'adolescente qu'elle était : « Se faire aimer à travers des livres. »

Mais elle a un « ennui » : une fois encore on a voulu

1. *FdC*, t. II, p. 54.

2. Simone de Beauvoir a obtenu le prix Goncourt le 6 décembre 1954 par 7 voix contre 2 à Raymond Las Vergnas. Le jury Goncourt en deuil de Colette ne comportait que neuf membres. Roland Dorgelès le présidait.

y lire une chronique et en faire un roman à clefs. Dubreuilh n'est-il pas Sartre ? Et ne reconnaît-on pas Camus dans le personnage d'Henri Perron ? On pourrait ajouter : et Nelson Algren derrière le Lewis dont Anne tombe amoureuse aux États-Unis ? Aucun reproche ne peut la toucher davantage ; il lui semble que c'est le contresens majeur qu'on peut faire sur son projet romanesque. Elle en parle à Algren au début d'octobre (lettre du 5) : « Gallimard organise un gros battage autour, tant mieux car ça me fera du sou, mais tant pis, car il laisse croire qu'il s'agit d'un roman à clefs (tel héros serait Camus, tel autre Sartre etc.) tout ça absolument faux. » Du reste, elle s'en explique clairement aux dernières pages du premier volume de *La Force des choses*. Condensation, déplacement, logique de la fiction, logique du rêve, créer des « images déchiffrables mais brouillées [1] ». Anne n'est pas elle, n'est pas un écrivain, parce qu'une femme écrivain est une bête curieuse, une exception au sens statistique du terme. Anne est une femme dépendante : « Le pivot de sa vie, c'est la vie des autres, son mari, sa fille », comme la majorité des femmes. Le Castor s'en souviendra, un peu plus tard, dans ses dernières œuvres romanesques — 1966 : *Les Belles Images,* 1968 : *La Femme rompue* — portraits souvent douloureux de femmes plongées dans la solitude par l'abandon d'un homme. Anne échappe cependant « au sort désolant des épouses françaises petites-bourgeoises [2] » ; elle est la femme d'un écrivain connu, elle a un métier, celui de psychanalyste. Qu'elle exerce de façon assez atypique, parlant de ses « malades » comme un chirurgien ou un psychiatre : « Mon but n'était pas de procurer à mes malades un

1. *FdC,* t. I, p. 360.
2. Lettre à Algren du 9 septembre 1948.

confort intérieur fallacieux ; si je cherchais à les délivrer de leurs chimères intimes, c'était pour les rendre capables d'affronter les vrais problèmes qui se posent dans le monde[1]. » Anne parle plus en « moraliste » — au sens beauvoirien du terme — qu'en psychanalyste. Ses « malades » sont comme, à la fin du *Deuxième Sexe*, « "L'amoureuse" "la mystique" "la narcissiste" ». Comme Paule dans *Les Mandarins* ou « Louise Perron » dans *La Force de l'âge*, ils poursuivent des « chimères intimes », leur liberté est « mystifiée » ; elle ne s'accomplit pas « authentiquement » ; il leur faut trouver le chemin d'une « action positive » dans la société humaine[2]. Mais quelle action, quel rôle ? *Le Deuxième Sexe* ne le dit pas ; Anne lâche le mot : « Cela supposait que tout homme sensé avait un rôle à jouer dans une histoire qui acheminait l'humanité vers le bonheur. Je ne crois plus à cette belle harmonie[3]. »

Qui est-elle, cette Anne, sombre, désespérée, éprise d'absolu, qui a du noir dans le cœur lorsqu'elle doit quitter Lewis ? Anne qui en perdant Lewis pourrait dire comme le Castor : « J'ai perdu mon soleil intérieur privé[4] » ? Anne, la femme de Dubreuilh, qui a renoncé dès le temps de la Libération aux rêves que la Révolution voulait incarner, n'est-elle pas une figure intime, cachée du Castor ? Le détour de la fiction permettrait-il donc au Castor d'avouer ce que sa fidélité à Sartre, et sa propre passion de l'Absolu l'empêchent de reconnaître : qu'elle doute des lendemains qui chantent ? Ce que confirmerait en maints endroits des *Mandarins* ce fanatisme, cette « manie », cette

1. *Les Mandarins*, t. I, p. 94.
2. *DS*, t. II, p. 593.
3. *Les Mandarins*, t. I, p. 94.
4. Lettre du 2 novembre 1950.

démesure qu'Anne reproche à Dubreuilh... Condensation, déplacement, encore : dans une belle formule, le Castor pose que la fiction, si elle s'inspire du donné, ne l'édifie qu'en le « pulvérisant » pour le faire renaître à une autre existence[1]. Elle-même, et sa figure vivante éclatent en deux moitiés : l'une est Henri, à qui elle confie, outre « son stylo », son goût de l'existence, sa part solaire, l'autre est Anne, sa part d'ombre. Mais en tant que narratrice, le Castor garde toujours la main ; surtout dans ses portraits de jeunes filles et de femmes. Nadine, la fille d'Anne, a les traits de « Lise » (Nathalie Sorokine, qu'elle a revue lors de ses séjours aux États-Unis et qu'elle a trouvée changée : elle a une petite fille, elle a grossi, elle n'est plus aussi belle, ce sera encore pire dans *Tout compte fait*). Le Castor commence d'abord par vouloir « se venger » de Nadine, de sa brutalité sexuelle qui masque mal sa « frigidité », de son agressivité, de son manque de courage. Mais plus elle avance dans son portrait, plus elle lui « trouve des excuses » : elle finit par voir en elle une victime plutôt qu'une coupable, et vers la fin du roman, dit-elle, « sans décider si elle s'en saisirait, je lui offris des chances de bonheur[2] ». Étrange renversement ! C'est dans la fiction où il s'agit d'êtres de papier, et non dans la vie, où il s'agit d'êtres de chair, que le Castor se montre capable d'indulgence ! Ni Louise Perron, devenue « Paule », la maîtresse d'Henri que celui-ci a décidé de quitter, ni aucune autre n'en ont jamais eu autant. Peut-être parce que la fiction en déplaçant dans l'imaginaire les enjeux d'une relation vécue soulage le Castor de l'agressivité et de la peur que certains êtres réels lui inspirent. Françoise en assassinant Xavière fait d'elle une vic-

1. *FdC*, t. I, p. 365.
2. *Ibid.*, p. 362.

time pour l'éternité de la passion ravageuse qui anime sa meurtrière. Nadine, en devenant la fille d'Anne, et non plus son élève et sa jeune amante, est déchargée de toutes les ambiguïtés inconfortables de la situation ; et le « trio » qu'elle forme avec son père, Dubreuilh, et sa mère, Anne, s'il est exposé aux drames de toutes les familles, ne risque pas de virer à la folie. Dubreuilh ne traîne derrière lui aucun crustacé. Quant à Paule, elle ne bénéficie en revanche pas de son statut d'être fictif. C'est qu'à vrai dire elle en est à peine un : c'est un double achevé de « Louise Perron ». Paule est dans la fiction, au même titre que Louise Perron et quelques autres, l'*exemplum* d'un cas de figure sur lequel le Castor est passionnément revenue : celui de la femme « radicalement aliénée à un homme », une « amoureuse ». « J'avais vu quantité d'exemples de cette déchéance et j'avais envie d'en parler[1]. » La dernière de ces incarnations sera peut-être la plus terrible, Murielle qui, dans le *Monologue* (l'un des trois récits de *Femme rompue*), n'est plus qu'une boule de haine et d'imprécations, rongée par le remords d'avoir laissé mourir sa fille, recluse dans l'enfer qu'elle a bâti de ses mains, toute à ses obsessions obscènes ou scatologiques, hantée par le bruit, l'odeur de sexe, le mépris des autres qu'elle imagine, durant une nuit de Noël, tout occupés à rire de sa détresse[2].

Le Castor le martèle ; il n'y a pas de clefs pour ouvrir son livre, la preuve, c'est que pour produire le vrai le roman joue avec le réel et même parfois l'anticipe : ainsi lorsque Henri et Dubreuilh se brouillent, il s'en faut de deux ans encore avant que Sartre ne rompe avec Camus. L'argument est peu solide : *Les Manda-*

1. *Ibid.*, p. 362.
2. *La Femme rompue*, p. 85.

rins sont écrits après une rupture réellement advenue, le roman la déplace dans le passé, il ne l'invente pas de toutes pièces. Au fond, c'est même une espèce d'aveu. En aucun cas, dit le Castor qui parle de « coïncidences » ayant « accrédité ses fables ». Au point même que les lecteurs, dit-elle, se sont livrés à de regrettables enquêtes sur deux ou trois points à leurs yeux obscurs. Le faux témoignage que donne Henri pour sauver sa maîtresse, Josette, et la mère de celle-ci, Lucie Belhomme, d'une accusation d'entente avec l'occupant. Autre exemple : la ressemblance entre la mort de Sézenac, dans *Les Mandarins,* et celle, dans la vie, de Francis Vintenon [1], mort lui aussi « de façon violente et bizarre ». Sans doute, vouloir traquer ce qui se cache derrière les personnages d'un livre ou leurs actions rabaisse la lecture aux procédés d'une enquête policière de bas étage. Mais c'est une tentation compréhensible lorsque, sans être un « roman à clefs », la mosaïque de la fiction agence des fragments de réalité insuffisamment « pulvérisés » et donc assez volumineux pour être reconnaissables et identifiables. Et ceux qui se reconnaissent ne sont pas forcément aussi délirants que cette amie de Vintenon, s'obstinant à penser que le Castor connaissait le secret de sa mort. Dans une note de ses *Carnets III*, Camus qui n'est évidemment pas très bien disposé envers le Castor et Sartre, écrit : « Mieux : les actes douteux de la vie de Sartre me sont généreusement collés sur le dos. Ordure à part ça. » Il s'agit bien de l'épisode dont parle le Castor sous forme d'une interrogation sans réponse : est-ce Camus ou Sartre qui a fait ce faux témoignage dont je charge Henri ? Enquêtant sur cette affaire, Jacques Lecarme observe que la

1. Il traverse les moments de la libération de Paris un foulard rouge autour du cou.

pièce de Perron, *Les Survivants*, ressemble dans les moindres détails à *Morts sans sépulture* (1946) de Sartre, montés au Théâtre Antoine, que dirigeait Simone Berriau — modèle évident du personnage de Lucie Belhomme dans *Les Mandarins*. Lecarme en conclut que Camus a probablement raison : Sartre a peut-être été amené à protéger « quelqu'un » dans l'entourage de Simone Berriau[1]. Ajoutons que ce quelqu'un pourrait être la fille de Simone Berriau, Hélène Bossis, qui avait créé *La Putain respectueuse*, présentée en même temps que *Morts sans sépulture* et avec qui Sartre, il semblerait...

Il ne sert à rien de redire qu'il n'y a pas « de clefs » dans *Les Mandarins*, puisque, d'évidence, certains s'y sont reconnus. Mais du reste, est-ce que ce ne serait pas une fausse question ? Simone de Beauvoir ne dit-elle pas elle-même à Algren qu'elle a voulu faire entrer « leur histoire » dans son livre ? Mieux encore. Lorsque, dans *La Force des choses*, elle raconte sa première journée avec Algren, elle écrit : « Elle ressembla à celle que passent, dans *Les Mandarins*, Anne et Lewis : gêne, impatience, malentendu, fatigue, et enfin l'éblouissement d'un accord profond[2]. » Rétrospectivement, c'est la vie qui se met à ressembler à une œuvre qui à l'époque n'était pas encore écrite ! La question des « clefs » n'est pas du tout un problème de création romanesque : c'est un problème entre l'écrivain et ses modèles, qui peuvent, c'est leur droit, ne pas aimer se reconnaître ou être reconnus. Ce sera le cas d'Algren quand il lira la version anglaise des *Mandarins*. Le Castor le raconte dans ses Mémoires. Les journalistes le « criblent de questions », il les rem-

1. Article publié dans le numéro 39 du Bulletin de la Société des études camusiennes.

2. *FdC*, t. I, p. 178.

barre « avec une rudesse » qui « semblait la viser [1] ». Il annonce qu'il va l'appeler, puis il y renonce. La rupture viendra quelques années plus tard, quand *La Force des choses* paraît aux États-Unis, il parle alors avec mépris de leur « histoire » dans la revue *Rampart* [2] : quelle affaire elle fait à propos d'une « affection morte depuis vingt ans » ! Il a même alors des mots très durs, grossiers. Et tout rapport est rompu entre eux. Peut-on y voir seulement, comme le suggère le Castor, l'expression d'un caractère aigri par les difficultés de tous ordres dans sa vie, et une sourde rancœur née de la persistance de ses échecs ? Tout romancier travaille avec des « fragments » du réel plus ou moins grossièrement passés sous le marteau ; on ne peut l'en empêcher, encore moins le lui interdire. Mais pour ceux à qui ces « fragments » appartiennent et qui les reconnaissent, c'est évidemment une épreuve douloureuse, et comme le déni de ce qu'ils ont vécu.

Reste tout de même ceci : ce que livre « la vie » pour comprendre un roman est moins riche et moins profond que ce que livre le roman pour comprendre la vie. La « sombre Anne » est une des clefs qui ouvrent quelques-unes des chambres secrètes du Castor. Et quelques-uns des secrets du Castor se dispersent et se dissimulent dans les autres personnages de ce livre. Jusque dans la farouche Nadine, et ses rêves de bonheur paisible, au soleil, avec Henri.

*

Le 1er novembre 1954, la nouvelle parvient d'Algérie que des attentats ont été commis un peu partout et

1. *Ibid.*, p. 288.
2. Vol. 4, n° 6, octobre 1965.

que deux Français ont été tués, l'insituteur Monnerot et son épouse. « Cette flambée sera étouffée ce soir-même », déclare André Pélabon, directeur du cabinet de Mendès France alors président du Conseil (on ne dit pas encore Premier ministre[1]). Tout le monde tombe de haut ; personne n'a rien vu venir : « L'Algérie est une île de paix », dit une note anonyme à André Pélabon. C'est oublier que le statut de 1947 a été délibérément saboté : personne dans les milieux gouvernementaux ne veut d'une Assemblée algérienne qui donnerait aux huit millions de musulmans une représentation égale à celle des neuf cent mille Européens. Le Castor a immédiatement pensé que, « du moins en Afrique du Nord, le colonialisme n'en avait plus pour longtemps[2] ». L'insurrection qui vient de se déclencher lui semble « irréversible » et, par contagion, elle annonce l'« imminente décolonisation de la planète ». Le Castor et Sartre entrent sur une scène où ils vont jouer un rôle déterminant, le grand rôle sûrement de leur vie politique. Le 12 novembre, Mendès France prononce devant l'Assemblée nationale un discours énergique où il affirme que « la nation doit se montrer unie et solidaire devant le malheur, devant les forces de destruction ». Et il assure qu'« il n'y aura aucun ménagement contre la sédition, aucun compromis avec elle ». Engagé dans un processus délicat en Tunisie, où un règlement politique lui paraît possible, Mendès France n'a pas fait de l'Algérie une priorité. En ce mois de novembre 54, il est pris entre les problèmes de la Communauté européenne de défense, le Neo-Destour tunisien, et les

1. Voir sur tout ceci, Éric Roussel, *Mendès France*, *op. cit.* Notamment le Chapitre XX, « Le Maghreb embrasé », pp. 347 *sq.* dont nous nous inspirons ici.
2. *FdC*, t. II, p. 55.

revendications marocaines, il doit naviguer dans une mer hostile, car ses adversaires le guettent. A-t-il commis une « erreur d'aiguillage » comme on le lui reprochera de droite comme de gauche ? Il n'est pas l'ami des grands colons d'Algérie, mais il ne souhaite pas une rupture violente et radicale des « liens historiques » qui se sont créés entre l'Algérie et la France et dont seraient victimes, « même si l'origine de ces liens prête à la critique », ceux qui sont là-bas depuis plusieurs générations[1].

Sans porter encore ce nom, la guerre d'Algérie vient de commencer et toute la France va être infectée par les conséquences de cette guerre pendant les huit années à venir. « Je vis la physionomie de ma rue changer », écrit le Castor. Jeanson, qui vient de publier avec sa femme *L'Algérie hors la loi*, où il stigmatise la « dissidence nuisible du MNA[2] », rejoint Sartre qui a décidé d'engager *Les Temps modernes* du côté du FLN, incarnation à leurs yeux de l'indépendance algérienne. Pour Sartre comme pour ses amis, les temps semblent venus de faire le ménage dans la « gauche », et de distinguer leurs « vrais amis » de leurs « adversaires ». Mendès France fait partie de ces derniers : son « clan » et lui ne sont qu'une « droite rafraîchie[3] », dit le Castor. Ils s'attellent tous à ce

1. Postface de P. Mendès France à *La Politique de Carthage* de Simone Gros, cité par É. Roussel, *op. cit.*, p. 354.

2. Mouvement national algérien de Messali Hadj, et Front de libération nationale. « Les premiers pas du FLN en France sont très difficiles : il lui faut prouver sa légitimité. [...] Ce jeu d'influence entre MNA et FLN est essentiel dans la mesure où, idéologiquement, leur programme politique se rejoint sur un certain nombre de points. Leurs divergences reposent essentiellement sur la manière dont la lutte doit être menée » (Linda Amiri, *La Bataille de France*, éditions Robert Laffont). Leur affrontement sera extrêmement violent en France en 1961.

3. *FdC*, t. II, p. 60.

rude travail, Lanzmann en écrivant un papier sur « L'homme de gauche », elle-même en repérant, parmi tant de « fumées idéologiques » et de sottises, le profil de la droite. Comme elle le dit elle-même, elle a décidé de quitter le terrain de la nuance et de l'« ambiguïté » propre au roman. On lui a reproché le ton « tranchant » de ces interventions : « Un ton mesuré convaincrait davantage. Je ne le crois pas[1]. » Des essais ne peuvent pas se permettre ces contradictions de l'existence que le roman restitue.

Nulle « ambiguïté » en effet dans son « Merleau-Ponty et le pseudo-sartrisme » : son amitié pour et avec Merleau-Ponty est intacte, mais il n'a droit à aucune indulgence[2]. Parce que depuis longtemps il est « agacé » par l'attitude politique de Sartre, il présente les idées de Sartre dans *Les Aventures de la dialectique* de « manière fantasque ». Le Castor va donc entreprendre le rétablissement de la vérité, ce que tout sartrien aurait pu faire, dit-elle : quant à sa virulence, elle n'est qu'une réponse bien méritée à l'« âpreté » dont Merleau-Ponty a fait preuve. Comme le roman, les Mémoires ont pour charge de « restituer l'existence » dans ses contradictions et son ambiguïté, mais en même temps, comme l'essai, et sur le même ton tranchant, ils reflètent les « options pratiques » et les « convictions » de leur auteur. Selon ce principe d'échange et de réciprocité, un enjeu idéologique détermine toujours le récit des événements et, inversement, la remarque anecdotique vient prendre la place de l'analyse. Au bout du compte, l'effet recherché est obtenu : l'« âpreté » de Merleau-Ponty, sa reconstitution « fantasque » des idées de Sartre, le

1. *FdC*, t. II, p. 62.

2. *Cahiers de jeunesse*, 4 août 1927 : « Ô Merleau-Ponti, ma conscience vivante ! » (Ponti avec un « i ».)

caractère « parfaitement insupportable » de Camus sont autant de formes indirectes de soutien aux positions de Sartre.

La querelle des personnes, le heurt des tempéraments, l'appui donné aux thèses de Merleau-Ponty par un homme réputé de droite, Jacques Laurent : tout concourt à masquer en fait le véritable enjeu. Lequel ? Une fois de plus la question du communisme ou du « socialisme autoritaire ». Merleau-Ponty, à tort ou à raison, veut en finir avec le marxisme et surtout avec le « communisme réel » : ce qu'il dénonce, c'est ce qu'il appelle l'« ultra-bolchevisme » de Sartre. Le lecteur doit se reporter à l'article du Castor pour se faire une idée plus précise de leur querelle ; car le bref résumé qui en est fait dans *La Force des choses* ne l'éclaire nullement sur le fond et la portée de leur affrontement. « Sartre laissait la porte ouverte à une théorie générale de la raison dialectique », « sa philosophie n'était pas une philosophie du sujet » : pour justes qu'ils soient, ces brefs rappels de la philosophie de Sartre laissent seulement entendre que Merleau-Ponty — sans être un aussi piètre philosophe que Camus — ne s'est pas montré plus que lui capable de saisir la pensée de Sartre. Que Merleau-Ponty ait voulu, après ses engagements de 1945 et son recul de 1950, donner à ce parcours un fondement philosophique et en expliquer les motifs, qu'il ait donc pour cette raison attaqué les positions de Sartre, cela n'apparaît pas dans les Mémoires. Ce n'est pas leur rôle, dira-t-on. Peut-être, mais on en retire l'impression un peu gênante que le Castor procède par affirmations sans preuves : Sartre « avait raison », et Merleau-Ponty « avait tort ». Voilà tout.

Ce dont le Castor s'était subrepticement soulagée en donnant à son personnage (Anne) de la distance envers les engagements de son compagnon (Dubreuilh), elle ne se l'autorise plus une fois revenue dans la vie réelle. Quiconque attaque Sartre a tort, même s'il se contente de n'être pas d'accord avec lui. Le contexte de polémiques qui depuis 1945 enveloppe Sartre d'un tissu serré d'attaques et de ripostes semble obliger le Castor à s'en tenir à une ligne de défense rigoureuse des positions de Sartre, que « la droite » ou ses anciens amis attaquent vivement, mais aussi les communistes.

Et il est vrai qu'ils ne lui font pas de cadeau. Mais comme ils s'y prennent maladroitement ! Leur maladresse, leur acharnement vaut à Sartre toutes les sympathies, encore qu'on puisse parfois s'étonner qu'il tolère si longtemps de les fréquenter. Ainsi de la polémique constante avec son ancien élève Jean Kanapa — qui ne fait vraiment pas le poids devant la machine dialectique de Sartre. Devenu communiste et journaliste, dès 1947, il se lance contre Sartre avec son livre *L'Existentialisme n'est pas un humanisme*[1]. En 1952, il se réconcilie avec lui, mais en 1954, il donne à *L'Humanité* un article très violent où il stigmatise le « renégat Mascolo[2] », reprochant aux *Temps modernes* d'avoir donné un compte rendu favorable de son livre *Le Communisme* sous la plume de Colette Audry. Sartre lui répond vivement dans un texte qui commence par ces mots devenus fameux : « Il faut plus d'une hirondelle pour ramener le printemps, plus d'un Kanapa pour déshonorer un parti[3]. » Si vous ne voulez pas détourner les intellectuels sympathisants de s'inscrire au Parti, écrit Sartre

1. Éditions sociales.
2. Mascolo avait été exclu du PC en 1949.
3. Cf. *Les Écrits de Sartre, op. cit.*, p. 273, Opération Kanapa, repris dans *Situations VII*.

en substance, « alors commencez par leur cacher [...] le plus authentique fruit sec de tous les partis communistes européens. [...] Mis à part deux méchants romans[1], on ne connaît de lui que « des bottes de calomnies mal ficelées ». La position de Sartre est habile : elle oblige le Parti communiste sinon à désavouer, du moins à ne pas soutenir davantage Kanapa. Prenez garde, vous êtes en train de saccager une alliance qui vous est nécessaire. Kanapa, « ce crétin », fait machine arrière. Dans un article de *L'Humanité*, il se rétracte ; il n'a jamais voulu attaquer Sartre, écrit-il — sur ordre, c'est évident.

Pour quelque temps encore, les rapports de Sartre avec le Parti sont saufs. Sur le dos de Kanapa, c'est plutôt une bonne chose. (En réglant son compte à Kanapa, Sartre ne peut cependant pas ignorer que ce sont des « crétins » du type de Kanapa qui, dans les pays de l'Est, en URSS, en Chine et plus tard à Cuba président l'Union locale des écrivains et reçoivent le prix Lénine, tandis que les Camus et les Merleau-Ponty sont au goulag — ou fusillés. Et les Sartre avec eux.)

Sur le dos de Camus ou de Merleau-Ponty, c'est plus ennuyeux. Lorsque le Castor accompagne et défend Sartre dans cette grande révision des alliances et des amitiés, elle se situe sans distance ni réserves à la place exacte que Sartre occupe, celle d'un intellectuel qui n'est ni inscrit au Parti, ni désireux de le faire : un sympathisant. Marcher sur cette crête étroite oblige à regarder ses pieds plus que le paysage. Les interrogations de fond sont évacuées. Celles précisément dont le Castor se décharge sur Anne dans *Les*

1. Dans l'un d'eux, *Comme si la lutte entière* (Nagel, 1946), Sartre était caricaturé sous le nom de Labzac.

Mandarins, quand elle s'inquiète de voir Dubreuilh persister dans son rapprochement avec les communistes : les hommes de demain ne le regarderont-ils pas comme « un attardé, une dupe, un mystificateur[1] ». (Ce sont probablement les passages qu'à Helsinki l'année d'après Ehrenbourg trouve « légèrement anticommunistes ».) Ce déchirement qu'Anne vit en 1947, le Castor le raconte en 1953, *au moment même où Sartre s'engage plus nettement avec le PC*. Quand Anne dit : « Il y a certains procédés communistes qu'il ne pourra pas encaisser [...] son humanisme n'est pas le même que le leur[2] », le lecteur s'interroge, mais n'est-ce pas le fond du débat avec Camus puis avec Merleau-Ponty ? Est-ce que ce n'est pas *exactement ça* : il y a dans les « procédés des communistes » quelque chose que ces hommes de gauche n'ont pas pu « encaisser » ?

Le drame n'est pas que de violents antagonismes se soient creusés entre des contemporains : c'est le lot de toutes les époques. Nous avons peine à comprendre pourquoi Diderot et Rousseau ne parvenaient plus à se parler, comment Diderot avait pu écrire « il n'y a que le méchant qui vit seul », quand la solitude de Rousseau était à la fois son malheur et sa fierté. Le drame est que de violents antagonismes aient pu séparer ceux qui *étaient, au fond, les plus proches*. Et qui combattaient, au fond, pour la même chose. Camus aussi bien que Merleau-Ponty appartiennent au même monde que Sartre, celui des intellectuels, des philosophes, des écrivains qui se sont posé dans la pensée et dans l'action la seule question qui vaille : comment réaliser la justice, l'égalité, comment créer un monde où chaque homme puisse accéder, plus

1. *Les Mandarins*, t. I, p. 81.
2. *Ibid.*

encore qu'à la plénitude de ses « droits », à la plénitude de son accomplissement ?

Vers le début des années cinquante du siècle dernier, le développement de la guerre froide leur a interdit de faire plus longtemps alliance, et ils se sont épuisés mutuellement dans ce qui apparaît maintenant comme de vaines querelles. Le régime soviétique, né de la violence et déconsidéré dès les années trente par les grands procès de Moscou, s'est vu relégitimé par la résistance héroïque et le sacrifice du peuple russe face à l'envahisseur nazi [1]. Et en février 1953, la mort de Staline entraîne un « dégel » qui le rend de nouveau plus acceptable. Mais il n'a pas changé de nature ; ce que certains refusent, c'est que l'« humanisme » puisse sombrer dans la « Terreur », c'est qu'on puisse imaginer de le réaliser par le moyen de la terreur ; ce qu'ils réclament, c'est que le socialisme soit compatible avec la liberté. Et Camus de le dire aussi à Jeanson : « [Votre article] fait silence sur tout ce qui, dans mon livre, touche aux malheurs et aux implications proprement politiques du socialisme autoritaire. » Sartre refuse d'entendre ce discours, qu'il estime nuisible à la cause des opprimés dans le monde. Il est dans la « joie de l'orage [2] ». Pourtant lorsque, en 1954, il reproche au Parti communiste d'obliger ses alliés « à couvrir de fleurs les livres que vous aimez et à traîner dans la boue ceux que vous n'aimez pas », c'est à peu de chose près

1. Cf. dans *France-URSS Magazine*, avril 1955, le texte d'une allocution prononcée par Sartre le 20 février 1955 salle Pleyel : « En face d'un peuple qui a donné son sang pour sauver son avenir, le nôtre et celui de l'Univers [...], une seule attitude est possible : la gratitude et l'amitié » (cité par Contat-Rybalka, *Les Écrits de Sartre*, *op. cit.* p. 289).

2. « Merleau-Ponty », *Situations IV*, p. 249 : « Les conversions les mieux préparées, quand elles éclatent, c'est la joie de l'orage. »

ce que Camus lui avait reproché dans l'affaire de *L'Homme révolté*. Avec vous, disait Camus, on peut tout critiquer, sauf le Parti communiste.

Le malheur du XXe siècle, son drame, sa tragédie historique, c'est que le triomphe final est allé à ceux qui sous prétexte de combattre l'autorité dans le socialisme ont détruit le socialisme lui-même, comme une chimiothérapie grossière ne fait pas la distinction entre des cellules saines et des cellules malignes.

*

Tout se précipite dans ces années d'avant Budapest où Sartre va tenir une place importante au sein des « compagnons de route » du communisme. Malgré quelques réserves « ce monde était le mien[1] », dit Anne. Le Castor, comme Anne, veut « y faire sa place ». Elle sera modeste, en retrait ; elle n'intervient pas, elle accompagne Sartre et l'écoute. « Parler dans des meetings, écrire des articles ? J'aurais dit moins bien que Sartre les mêmes choses que lui[2]. » Elle a de toute façon son monde, elle, avec Lanzmann en son centre, leurs voyages, leurs causeries, leur travail parallèle, elle est « toute à la gaieté de sa vie privée[3] » mais lorsque Sartre est invité ici ou là, officiellement, au titre de « compagnon de route », elle est aux anges. Surtout quand il s'agit d'aller en Chine. Elle n'arrive pas à y croire. Elle a lu « Belden »[4], elle en a parlé à Algren dans une lettre du 2 juillet 1951 : « Un livre remarquable sur la Chine, fort instructif sur cet extra-

1. *Ibid.*, p. 75.
2. *FdC*, t. II, p. 126.
3. *Ibid.*, t. II, p. 18.
4. Jack Belden, *La Chine ébranle le monde*, Gallimard, 1951.

ordinaire pays et son extraordinaire révolution. » En novembre 1954, Sartre a préfacé cent quarante-quatre photos de Cartier-Bresson, sous le titre *D'une Chine à l'autre*, en juin, elle a vu l'Opéra de Pékin, elle brûle de partir.

Tout la pousse à un ralliement de plus en plus effectif au communisme mondial. En juin 1955, au congrès du Mouvement de la paix à Helsinki, elle se convainc de la force d'un internationalisme en acte, rien qu'en regardant le chatoiement des costumes : Arabes, Hindous, prêtres et popes, étudiants américains « venus clandestinement ». « Buvant du vin de Géorgie à l'orée d'une nuit indécise », elle fait la connaissance de Jorge Amado [1], qui deviendra leur ami et les invitera au Brésil, et de Nicolás Guillén [2] ; elle admire de nouveau les yeux bleus d'Anna Seghers qu'elle avait connue à Berlin en 1948 lors de la création des *Mouches* [3].

Ce n'est pas par hasard que le Mouvement de la paix, de plus en plus dominé par l'Union soviétique, a choisi la ville de Helsinki pour le congrès de 1955. La Finlande, objet de toutes les convoitises de l'URSS, a décidé de lui sacrifier sa politique étrangère pour pouvoir conserver ses institutions : c'est la

1. Jorge Amado, né en 1912 à Itabuna dans l'État de Bahia, mort en 2001, a écrit une œuvre importante, où il décrit les bas-fonds des communautés noires et mulâtres de la province de Bahia. Il avait été en 1951 lauréat du prix Staline international pour la paix.

2. Nicolás Guillén, poète cubain, né en 1902, participe à la guerre d'Espagne et revient d'exil à La Havane après la victoire de Castro. Il est mort en 1986.

3. Anna Seghers (pseudonyme de Netty Radvanyi), née en 1900 à Mayence, morte en 1983. « Anna Seghers se trouvait là, si rayonnante avec ses cheveux blancs, ses yeux très bleus et son sourire, qu'elle me réconcilia avec l'idée de vieillir » (*FdC*, t. I, p. 202). Elle avait alors quarante-huit ans.

« finlandisation ». L'accueil en 1955 (après Prague, Wroclaw ou Vienne) d'un congrès du Mouvement pour la paix montre bien que les Soviétiques comptent l'utiliser en matière de « guerre froide culturelle ». D'où l'ampleur de ce rassemblement où se côtoient des officiels soviétiques, des intellectuels et des écrivains communistes, comme Amado et Seghers, et des « compagnons de route » comme Sartre et le Castor. Il y régnait une atmosphère exaltante d'internationalisme et de progressisme. « Plus d'interdit, plus d'exil : le monde socialiste faisait partie de notre univers. » Elle dîne avec Sourkov et Fédine (c'est leur travail, à ces deux-là, d'organiser des banquets pour les « compagnons de route »). Sourkov est alors président de l'Union des écrivains ; c'est Fédine (Constantin Alexandrovitch) qui lui succédera. Né en 1892, jeune auteur brillant dans les années vingt, celui-ci est à l'époque du congrès d'Helsinki l'auteur d'une trilogie dont le deuxième volume est paru en 1947-1948, *Un été extraordinaire*, roman-fleuve à thèse, entièrement destiné à montrer la grandeur des transformations apportées par la révolution de 1917[1].

« Pour nous, le rideau de fer avait fondu[2] », écrit le Castor... Hélas, pas pour tout le monde. En 1955, le goulag s'est tout de même entrouvert : les condamnés reviennent petit à petit dans un monde qui les avait oubliés. Certains — comme Varlam Chalamov, libéré deux ans avant la mort de Staline — avaient dû rester « en relégation » à Magadan. Chalamov ne reviendra

1. Dans les années soixante, il sera successivement premier secrétaire puis président de l'Union des écrivains. C'est à lui qu'incombera la tâche, dictée par le Parti, d'interdire les premières œuvres de Soljenitsyne.

2. *FdC*, t. II, p. 69.

pas à Moscou avant sa réhabilitation en 1956, et il doit travailler dans une exploitation de tourbe à Kalinine, à cent kilomètres au nord-ouest de la capitale. Là, Chalamov s'attelle à son œuvre majeure, les *Récits de la Kolyma*, où il raconte son expérience des camps. Les épreuves sont envoyées dans les pays occidentaux en contrebande, les récits sont aussi publiés en URSS par samizdat. La première édition en langue russe (mais à l'étranger) en 1978 [1].

Tout cela, naturellement, était tenu soigneusement caché par les officiels soviétiques, à leurs invités occidentaux ; les écrivains soviétiques comme Ehrenbourg, étaient très probablement au courant. Lorsque le Castor termine, en 1972, ses Mémoires sous le titre *Tout compte fait*, elle avoue du reste combien grande était alors son ignorance. « J'ai ignoré en 45 l'ampleur de la répression de Sétif, et jusqu'en 1954 la vraie situation de l'Algérie ; je ne savais pas ce qui se passait réellement en URSS et dans les démocraties populaires [2]. » Il y a toutefois une différence, où se marque nettement l'un des traits de la gauche communiste ou procommuniste : dans le premier cas, ils n'ont eu de cesse que ne soit révélée la vérité sur la torture en Algérie ou les camps de regroupement. Et ils ont ainsi efficacement contribué au rejet de cette « sale guerre ». Dans le second, ils se sont souvent décidés, comme dit le Castor dans *Tout compte fait*, « à prendre parti sans y voir très clair [3] ». Mais « y voir clair », *c'était tenter d'y voir clair* : ç'aurait été possible ? Probablement. En partie du

1. Voir Varlam Chalamov, *Correspondance avec Boris Pasternak et souvenirs*, traduit du russe par Sophie Benech et Lily Denis, Gallimard, « Arcades », 1991.
2. *TCF*, p. 43.
3. *Ibid.*

moins. Du reste, *Les Temps modernes*, on l'a vu, se sont joints au bon moment aux voix qui dénonçaient les camps soviétiques — avec des précautions, sans doute. Mais ont-ils essayé de mettre totalement en pratique ce « travail » qu'elle s'assigne dans une lettre à Algren du 26 septembre 1947 : lutter « contre les mensonges du communisme et ceux de l'anticommunisme » ? Au début, sans doute, mais il semble qu'à partir de 1952, lorsque Sartre est plongé brutalement dans la « joie de l'orage », leur vigilance, ou leur défiance — c'est en l'occurrence la même chose — s'atténue. En 1948, le Castor est sans illusion sur la « puissance » qu'est l'URSS, « une des deux puissances où couvait une nouvelle guerre[1] », même si l'URSS est le « pays où s'incarnait le socialisme ». Un peu plus tard, le déferlement d'un anticommunisme « primaire » (où on n'avait pas tort de lire aussi un réflexe de protection des nantis) leur fait baisser la garde. Et les rend moins sensibles qu'ils ne devraient aux manipulations que l'URSS et les Partis communistes exercent sur les consciences occidentales, en particulier celle des intellectuels.

« En face », aussi, il faut le dire, la propagande va bon train. En 1949, les services de renseignements américains ont financé une radio, Radio Free Europe, qui commence à transmettre en 1950 ; sa mission est « de maintenir l'espérance parmi nos amis derrière le rideau de fer ». En 1956, Radio Free Europe promet aux insurgés de Budapest un soutien occidental qui ne viendra jamais. C'est alors que se produit une « aubaine » pour les anticommunistes : la publication des Mémoires d'un transfuge soviétique, Victor Kravchenko, qui a « choisi la liberté » lors d'un

1. *FdC*, t. I, p. 193. Cf. chapitre précédent.

séjour aux États-Unis. Battage énorme ! Si énorme qu'il suscite des doutes. Mais quand *J'ai choisi la liberté* paraît en France en 1947, et que *Les Lettres françaises* lancent contre lui une campagne si violente que Kravchenko leur fait un procès, la plupart des intellectuels de gauche refusent de suivre *Les Lettres françaises* dans une contre-opération désespérée. Au cours de ce procès, bien des révélations sont faites sur les crimes du stalinisme [1]. Cependant, la vision « positive » de l'URSS n'est pas durablement ébranlée : les États-Unis demeurent les seuls grands manipulateurs, et on voit la main de la CIA un peu partout. (Parfois où elle est réellement, comme dans le financement de la revue *Preuves*, à l'insu de la plupart de ses collaborateurs, dont Raymond Aron.)

Ces « erreurs » que dans *Tout compte fait* le Castor déplore [2] étaient tout de même de nature à désespérer ceux qui « derrière le rideau de fer » se débattaient pour un peu d'air et de liberté d'expression tandis que des intellectuels ou écrivains occidentaux « prenaient parti sans y voir très clair ». En 1956, bien des yeux se sont ouverts ; mais il faudra encore beaucoup de temps pour que tous les yeux soient dessillés. Le pire peut-être alors se produira : l'espérance communiste sera balayée avec sa contrefaçon criminelle. La fin tant attendue de l'Union soviétique n'a été pour personne un jour de fête, pas même pour les Russes, puisque ce jour-là on a jeté des pelletées de la même terre sur les victimes et sur les bourreaux.

1. Cf. Georges Izard, *Kravchenko contre Moscou*, Paris-Vendôme, 1949.

2. « J'ai souvent nourri des espoirs qui ont été démentis », écrit le Castor dans les dernières pages de *Tout compte fait* (p. 632).

*

Enfin le jour du départ pour la Chine arrive, après un voyage en Espagne avec Lanzmann, où les partisans de la corrida « l'ennuient » autant que ses adversaires parce qu'ils cultivent les uns et les autres les mêmes mythes en se contentant de les renverser.

En route pour la Chine, Simone de Beauvoir a-t-elle gardé quelque part en mémoire ce devoir de vigilance contre les mensonges « des deux bords » ? En fait, comme la plupart des visiteurs de la jeune « révolution chinoise », plus ou moins officiellement invités par le régime, ce qu'elle cherche au cours de son voyage, ce sont plutôt les preuves que les « anticommunistes » ont menti et mentent encore lorsqu'ils parlent de la Chine. Jusque dans les années soixante-dix, des vagues de visiteurs se succèdent, qui à leur retour n'ont pas assez de superlatifs pour décrire ce qu'ils ont vu. Tous se verront démentis de façon cinglante, en particulier en 1983 Maria-Antonietta Macciocchi par Simon Leys [1], lors d'un débat resté célèbre sur le plateau d'*Apostrophes*.

Les visiteurs des années cinquante sont d'un genre un peu différent. La rapidité avec laquelle les troupes de Tchang Kaï-chek ont été défaites en 1949, après trois ans de guerre civile, a surpris le monde. Les États-Unis ont soutenu jusqu'à la fin de 1948 la Chine nationaliste, et ils lui ont fait attribuer un siège permanent au Conseil de sécurité de l'ONU.

1. Auteur des *Habits neufs du président Mao* (Champ libre, 1971), sous-titré, *Chronique de la Révolution culturelle*, Simon Leys (de son vrai nom Pierre Ryckmans) est un écrivain belge, essayiste et sinologue, qui s'est consacré à l'analyse et à la critique des dérives du pouvoir personnel du président Mao.

Ce soutien renforce l'élan de sympathie des gauches communistes occidentales pour la Chine : la victoire de Mao est le signe de la montée irrésistible, planétaire du communisme. À la veille de la guerre, le livre d'Edgar Snow, *Red Star Over China* [1], paru en 1937, avait déjà contribué à créer un climat de sympathie autour de la personne de Mao. Celui-ci contrôla toujours très étroitement les visites et les rencontres de Snow ; ses instructions étaient « sécurité, secret, cordialité et tapis rouge ». Programme que respecteront à la lettre, jusque dans les années soixante et soixante-dix, les officiels soviétiques, chinois mais aussi cubains ou albanais [2]. Jamais seuls, toujours discrètement entourés et guidés, ne rencontrant jamais librement personne, nourris de champagne et de caviar, les visiteurs occidentaux tombent presque tous dans un piège invisible — parce que trop évident, comme *La Lettre volée* d'Edgar Poe. Mao intervint dans la rédaction même du livre de Snow, distribuant savamment des informations véridiques et de « grossières falsifications [3] », inventant des actes d'héroïsme ponctuant la « Longue Marche » : il fit croire à Snow notamment qu'il en avait parcouru à pied les 10 000 kilomètres. Mao devait le confier plus tard à quelques-uns de ses collaborateurs : « Pendant la Marche, j'étais allongé sur un palanquin. Alors qu'est-ce que j'ai fait ? J'ai lu, j'ai lu comme un fou. » Au cœur de cette Longue Marche, entièrement modelée selon les tortueux desseins de Mao (installer son pouvoir et non libérer les paysans), l'épisode le plus fameux est

1. *Étoile rouge sur la Chine*, Stock, 1965.
2. Cf. les reportages enthousiastes de Robert Escarpit après un voyage dans l'Albanie d'Enver Hodja dans *Le Monde*.
3. Chang et Halliday, *Mao, op. cit.*, p. 215.

celui du pont enjambant le Dadu : moment « le plus critique », écrit Snow exaltant l'héroïsme des soldats de Mao agrippés aux chaînes du pont sous la mitraille. C'était une invention de propagande : il avait été négocié avec Tchang que celui-ci laisserait passer librement l'armée des « rouges ».

La légende est en route et, bon gré mal gré, dans un mélange d'ignorance véritable et d'ignorance consentie les premiers visiteurs de la Chine rouge vont contribuer à la façonner et, surtout, à la répandre. Le climat occidental est très hostile, ce qui leur fournit une preuve de plus qu'ils ont raison, qu'ils ont fait le bon choix, qu'ils vont dans le sens de l'Histoire. Quand, à Helsinki, le Castor pense au succès de son livre, *Les Mandarins*, elle se sent réconfortée : « La détente [consécutive à la mort de Staline] avait servi ce livre que la guerre froide, pendant que je l'écrivais, vouait à l'échec. Après des années à contre-courant, je me sentais de nouveau soutenue par l'histoire ; et j'avais envie de m'en mêler de nouveau [1]. » Ce sentiment l'exalte quand elle atterrit à Pékin. Après quelques autres, qui sont venus, comme elle, humer le vent de l'Histoire, soit parce qu'ils sont encore communistes, soit plus encore parce qu'ils ont été exclus du Parti, tous veulent voir la Chine conforter ou rassurer leur engagement. Ils ont tous lu Edgar Snow [2] ou, comme le Castor, Jack Belden. Exclu du Parti, Edgar Morin raconte dans son *Autocritique* qu'il « s'agrippait à la Chine nouvelle » où il voyait un régime s'appuyant « sur l'adhésion profonde des masses [3] ». Claude Roy, alors

1. *FdC*, t. II, p. 72.
2. En anglais. La première édition française est de 1965 (*Étoile rouge sur la Chine*, *op. cit.*).
3. Edgar Morin, *Autocritique*, Seuil, 1970, p. 178.

inscrit au Parti communiste qu'il quittera en 1956 et qui fait le voyage en 1952, en revient « ébloui d'espoir », ayant découvert l'« homme nouveau » et des femmes libérées des « trois obéissances au père, au mari, au fils aîné ».

Le livre que le Castor publie en 1957, *La Longue Marche*, est le résultat d'une vision « orientée » qu'elle confirmera dans ses lectures du retour, et durcira même en fonction des résistances envers la Chine communiste et envers son livre qu'elle prévoit ou qu'elle anticipe. Aussi bien de la part de Robert Guillain, journaliste au *Monde*, qu'elle interpelle à plusieurs reprises ainsi que chez David Rousset. Preuve est faite du danger de la logique « l'ennemi de mon ennemi est mon ami[1] ». Rousset, ancien trotskiste, s'était séparé de Sartre avec qui il avait fondé le Rassemblement démocratique révolutionnaire, Sartre se rapprochant du PCF et David Rousset choisissant le parti d'une « troisième force ». La sortie en 1947 du livre de Kravchenko *J'ai choisi la liberté* et le procès aux *Lettres françaises* conduisent Rousset à fonder en octobre 1950 un observatoire des régimes concentrationnaires qui entreprend des enquêtes sur les situations espagnole, grecque, yougoslave et soviétique. C'est lui qui utilise le terme de « goulag » pour la première fois en France. Il rédige ensuite un « Livre blanc » sur la situation pénitentiaire en Chine où il a enquêté de 1952 à 1956. Séparé du Castor et de Sartre dans tous ces moments, il les retrouve en 1957, lorsque son observatoire dénonce l'usage de la torture en Algérie par l'armée française.

Nos engagements sont toujours « surdéterminés » ainsi que le regard lui-même qu'on peut avoir sur une

1. On a déjà cité à ce propos les pertinentes analyses de Norberto Bobbio, *Destra e sinistra*, *op. cit.*

situation : dans sa *Longue Marche*, le Castor se bat en effet sur deux fronts. En observant un fait, une situation, en regardant les gens, un village, une usine, d'un côté, elle tente d'évaluer le degré de socialisme auquel lui semble parvenue la société chinoise, de l'autre, elle veut réfuter le point de vue des adversaires de la Chine rouge. Exemple : l'éducation. Le nombre de livres est insuffisant, parce que « tant d'enfants savent lire maintenant ». Eh bien, cela ne suffit pas aux adversaires du régime qui se déchaînent : « Ses ennemis ont trouvé un biais, l'État prétendrait accaparer les âmes des enfants et détruire la famille. » Dans tout son livre, comme certainement durant tout son voyage, le Castor veut saisir le surgissement du communisme « en acte ». La Chine en elle-même ne l'intéressait pas : sa « culture de fonctionnaires et d'hommes de cour » la toucha peu[1]. « J'étais indifférente à la Chine ancienne[2]. » Elle part donc, dit-elle, « sans a priori ». Du coup la vision de l'avenir noie quelque peu la réalité actuelle : « La pénurie chinoise ne m'apparaissait qu'à travers les efforts faits pour la surmonter[3]. » On ne peut décrire plus exactement combien l'idée communiste, l'espérance révolutionnaire et le « chant des lendemains » interdisent toute observation juste : ce qui est bien, c'est ce que la révolution a déjà accompli ; ce qui est moins bien, c'est ce que la révolution n'a pas encore réussi à surmonter, à transformer, ou à éliminer. « Les familles vivent à l'étroit : mais il faut être d'une considérable mauvaise foi pour imputer cette pénurie au régime[4]. »

1. *FdC*, t. II, p. 78.
2. *LM*, p. 8.
3. *Ibid.*, p. 79.
4. *Ibid.*, p. 209.

C'est le parcours classique de l'écrivain, de l'intellectuel « sympathisant ». Premier point : il débarque dans un pays qui ne l'avait jamais intéressé — sinon il regretterait certains changements, même nécessaires à l'émancipation des masses. Le Castor, non : Pékin souffre encore de problèmes de voirie, d'évacuation des eaux usées, de la boue. On a bien commencé à paver les rues, à assécher les marécages, à poser des tuyaux. Mais dans une ville ancienne, aux rues coupées de venelles (les « hutongs » que le gouvernement chinois aujourd'hui achève de détruire), c'est une tâche longue, et difficile. « Il eût été évidemment plus radical de faire sauter le vieux Pékin et de tout reconstruire [1] », dit le Castor. On s'interroge : envisagerait-elle de faire la révolution en Europe, à Paris, à Rome à ce prix ? Ou alors la Chine de Mao l'a entièrement acquise à ce qui n'était, dix ans plus tôt, dans *Pour une morale de l'ambiguïté*, qu'une attitude « optimiste » de révolutionnaire « entêté » ? Que « sous cette forme singulière » le passé ne concerne pas ; qui pense qu'en le sacrifiant « nous ne sacrifions rien [2] ». Combinée à l'exaltation révolutionnaire, l'indifférence pour la culture ancienne du pays l'empêche de voir les Chinois comme des individualités concrètes. Lorsque, du haut de la terrasse officielle qui surplombe Tian'anmen, Sartre et elle assistent aux fêtes du 1er octobre, devant une foule innombrable : « "Un caviar" dit Sartre en voyant toutes ces têtes pressées les unes contre les autres [3]. » Le visiteur étranger qui s'enchante des cérémonies de la révolution, n'envisage plus un peuple comme une collection d'indivi-

1. *Ibid.*, p. 41.
2. *Pour une morale de l'ambiguïté (MA)* [1944], « Folio essais », 1995, p. 115.
3. *LM*, p. 417.

dus dissemblables, mais comme une « masse », selon le vocabulaire d'usage[1]. Deuxième point : le visiteur (l'invité de marque) ne parle pas la langue, et ne déchiffre même pas les noms des rues ; il se réjouit donc d'être partout guidé, même s'il ose quelques pas prudents dans le périmètre de son hôtel. « Sans mon guide, je suis sourde, muette, perdue. » Mais « je me suis promenée seule autant que je l'ai voulu ». Seule : donc sourde et muette. « Entre nous et l'homme de la rue, l'ignorance de la langue a rendu les contacts impossibles[2]. » Mais en fait, dit-elle, ces limitations ne sont graves que pour des « anticommunistes » qui soupçonnent un policier dans chaque guide, et considèrent que même le regard peut être faussé par l'ignorance ou le parti pris. On n'en sort pas : chacun des deux accuse le « parti pris » de l'autre.

Reste une question, qui n'est pas posée. Que se passe-t-il réellement en Chine en 1955 ? Seuls une étude approfondie, un long séjour, la consultation — si elle est possible — de sources diverses, les rencontres — si elles sont autorisées —, permettraient de juger, ou de tenter de juger ce qui se passe vraiment. Quand le Castor écrit : « Se promener dans une rue, c'est une expérience irrécusable, irremplaçable, qui en apprend sur une ville plus que les plus ingénieuses hypothèses[3] », cela n'est vrai que jusqu'à un certain point : jusqu'au point où, faute de connaissances de la langue, de la culture, de l'histoire, des codes d'un peuple, je ne peux saisir aucune réalité, aucune vérité. Quiconque a voyagé dans des zones du monde très

1. Dans les années soixante, un visiteur étranger s'était fait voler son appareil photo dans la foule. Il va se plaindre à la milice. « Les masses l'ont retrouvé », lui déclare le lendemain un milicien qui le lui rapporte à son hôtel.

2. *LM*, p. 17.

3. *Ibid.*, p. 13.

éloignées de sa propre culture, et pas seulement par la langue qu'on y parle, a éprouvé, parfois jusqu'à l'angoisse, le sentiment de passer à côté d'une réalité dont il ne peut interpréter les signes, et qui lui reste donc impénétrable.

Mais ce que cherche le Castor, ce n'est plus comme au temps de ses premiers voyages à saisir des « essences », comme celle de l'Espagne dans une bouchée de « touron au goût de poussière ». Sauf une fois ou deux, en respirant l'« aigre odeur » de terre qui sera pour toujours pour elle l'« odeur de Pékin ». Ce qu'elle cherche, c'est deux choses : mettre un visage sur ce concept « si universel et si abstrait » de communisme[1] — elle n'est encore jamais allée en URSS —, ensuite voir de ses yeux ce qu'elle attend avant tout de la « révolution » : une terre, un peuple, une société qui sortent du « contingent » pour entrer dans la « nécessité ». Elle va être comblée : d'une part en constatant que Mao a donné au communisme une tournure « chinoise » « admirablement adaptée aux besoins concrets de la nation[2] »; et d'autre part en observant que le chemin suivi depuis toujours par la Chine a radicalement changé de direction. Le cercle d'une répétition millénaire « animale », ce cycle sans espoir a été « fissuré », libérant des parcelles d'« énergie » qui commencent à se multiplier en « chaîne » : cette « fissure » est en réalité une « fission », la Chine est un immense réacteur atomique.

Ces idées viennent de loin, et on y reconnaît tout le Castor de guerre; sa passion de l'Absolu et l'espoir que la révolution se réalise collectivement, pour le bien de tous ceux qu'opprime un « destin séculaire ». Jamais elle n'a détesté le passé d'aussi bon cœur : car

1. *Ibid.*, p. 10.
2. *Ibid.*, p. 484.

en Chine il n'était pas, pour la majorité, synonyme d'humanité. Le changement qu'elle voit se profiler en Chine est plus qu'un changement, c'est un seuil qui est franchi, un « saut qualitatif ». Il lui aura été donné d'assister à ce moment « si émouvant de l'histoire : celui où l'homme s'arrache à son immanence pour conquérir l'humain ». Qui pourrait y rester insensible ? Ce n'est plus un programme politique, c'est un Jugement dernier. Et chaque instant en est illuminé, transfiguré. Vraie transsubstantiation : même la « pauvreté » qui partout dans le monde a une odeur « nauséabonde », « en Chine, ne sent rien ». Mais le peuple chinois, ces masses, ces gens « pressés comme un caviar », est-ce en eux qu'ils vont trouver ce sursaut immense que partout ailleurs le Castor nomme la « liberté » ? Cette manière de s'engager « authentiquement » dans le monde ? Non. La « révolution » qui lui donnera sa qualité d'homme et donc le moyen d'exercer sa liberté, le peuple est incapable de la faire lui-même, à cause de la situation dans laquelle il est plongé. La souhaite-t-il, du reste ? Pendant des siècles, le peuple a été asservi par la religion « à des règles irrationnelles et souvent néfastes » et surtout « à un respect inconditionné des traditions[1] ». Les paysans sont des êtres « timides, craintifs, facilement dupés » ; tellement « arriérés » qu'ils sont incapables d'« oser faire prévaloir leurs propres intérêts ». Ce grand élan d'un peuple vers la lumière, ce processus de dévoilement, d'« apocalypse », la « spontanéité » des masses ne peut pas les produire. Il faut pourtant éviter de les enfermer dans leur dépendance traditionnelle en leur octroyant ce qu'elles doivent conquérir par la lutte. D'où l'« ingénieuse » invention

1. *Ibid.*, p. 84.

des cadres politiques : ne pas donner la terre aux paysans, mais « les aider à la prendre » (ce seront en réalité des séances où les propriétaires, parfois seulement de quelques mu [1], sont expropriés, frappés, souvent tués). Ces manifestations — elle l'a lu mais n'a pu l'observer — ont déclenché le « soutien des masses au régime », « l'appui que trouva dans les campagnes un régime qu'elles ont conscience d'avoir elles-mêmes instauré [2] ».

Cette dialectique a servi depuis si longtemps à légitimer aussi bien la dictature du prolétariat, que celle du « parti unique » ; voire le culte d'un chef, guide, grand inspirateur ou Leader suprême, auquel par suite de leur « arriération » les masses doivent s'en remettre. D'où les observations de la fin du livre qui corroborent l'image d'un peuple « soutien de la révolution ». « La joie qui illumine ces cinq cent mille visages est une évidence aveuglante », dit-elle en regardant la foule défiler sur Tian'anmen. Ce n'est pas par soumission que toutes les têtes se tournent avec ensemble vers le Grand Timonier : au contraire, à son contact et sous son regard, la masse s'« individualise ». « Ce qu'on lit dans les yeux ce n'est pas de la servilité, ni de la fascination, mais très exactement de l'affection [3]. » Les invités, conquis, charmés, se congratulent : « Impossible d'imaginer pareille chose à Rome ou à Paris », s'étonne Pietro Nenni [4], « nous manquons bien trop de fraîcheur d'âme ». Et le Castor commente : « Oui. C'est peut-être ce qu'il y a de plus émouvant en Chine : cette fraîcheur qui donne à

1. Unité chinoise. Un mu = 666,7 m² (Un hectare = 15 mu).
2. *LM*, p. 94.
3. *Ibid.*, p. 413.
4. Socialiste italien, fondateur du journal *Avanti !*

la vie humaine le lustre d'un ciel bien lavé[1]. » Quant à Mao, populaire, reconnu comme le « grand spécialiste » des questions paysannes, « il est aimé ». « Est-ce le lot des seuls tyrans ? » se demande-t-elle. « Le pouvoir qu'il exerce n'est pas plus dictatorial que celui qu'a détenu par exemple un Roosevelt[2]. » Comprenons bien cette phrase : Roosevelt est un des seuls Américains que le Castor et Sartre estiment ; ils ont suivi avec intérêt sa politique de New Deal, énergique et directive. Lors de son voyage de 1945, Sartre a été heureux que leur délégation soit reçue par lui. La comparaison n'est donc pas de hasard : un peu directif quand il le faut, sinon la « bourgeoisie » et ses intérêts reprennent le dessus, Roosevelt est un démocrate et un chef d'État selon leur cœur. Mao, aussi.

Lorsque son livre paraît, en 1957, Simone de Beauvoir s'y attend : les « anticommunistes » la « prennent à partie[3] ». Surtout aux États-Unis. Leur ignorance est si grande, là-bas, et si fort est leur désir de se trouver un nouvel ennemi communiste à détester, puisque l'URSS a notablement évolué (la « détente »)! Exemple : ils plaignent les Chinois d'être « uniformément » vêtus ? Ils « omettent de signaler qu'auparavant les trois quarts allaient nus ». Étrange remarque, qui confirme que « les Chinois » sont une masse à traiter globalement, et qu'ils n'ont pas encore atteint le stade d'une vraie individualité. Car l'urgence de vêtir et de nourrir n'explique pas tout : le choix d'une uniformité a précisément pour but d'*uniformiser*, de couper à la racine toute volonté et toute tentative de singularité. Mais le Castor n'a

1. *LM*, p. 415.
2. *Ibid.*, p. 414.
3. *FdC*, t. II, p. 95.

pas de temps à perdre avec des adversaires d'une aussi grande mauvaise foi. La principale accusation contre le Castor, surtout aux États-Unis, c'est, dit-elle, sa « naïveté ». Cela leur va bien, dit-elle, à eux qui gobent toutes les « salades d'Allen Dulles [1] » (secrétaire d'État aux Affaires étrangères de 1952 à 1959, l'un des artisans, côté américain, de la guerre froide). Naïve ? Le Castor ? Pas exactement. Intrépide, comme toujours, et c'est la plupart du temps une immense qualité. Et parfois aussi « tranchante » : elle l'a dit, c'est le ton qui convient dans un essai où on livre des « certitudes ». Mais dans le cas de la Chine ? Peut-on se forger des « certitudes » en six semaines et même par un travail d'une année à son retour ? Certains passages de son livre sont peut-être « aujourd'hui » « caducs », écrit-elle dans *La Force des choses*, paru en 1963. Mais il lui a fourni des « clefs » pour comprendre d'autres pays sous-développés. En effet, visitant Cuba, elle sera sensible aux deux victoires que Castro a déjà remportées dans la lutte contre la sous-alimentation et la lutte contre l'analphabétisme. Comme, partiellement encore, elle en convient, la Chine de Mao.

Or c'est sur ce point déjà qu'on peut l'accuser d'avoir fait preuve, semble-t-il, de précipitation. Redisons-le : la Chine pendant longtemps poussa les Occidentaux à des égarements spectaculaires. Le jugement qu'elle porte sur la manière dont Mao exerce le pouvoir, en « spécialiste » des questions paysannes, doublé d'un érudit, d'un homme d'action, en somme le Roosevelt de l'empire du Milieu, aurait déjà pu appeler de sa part quelques correctifs.

1. *Ibid.*

Même sans souscrire aveuglément au discours des« anticommunistes », bien des signes étaient déjà clairs d'une marche accélérée vers la personnalisation du pouvoir. Mais c'est sur la question de la « victoire sur la faim » que les conclusions du Castor sont le plus contestables. En 1963, elle écrit que nombre de « spécialistes » ont confirmé la justesse de ses vues : « la Chine est le seul grand pays sous-développé qui ait triomphé de la faim [1] ». Et c'est « miraculeux ». Dans les années soixante, sans doute, peu de choses avaient filtré sur les conséquences terribles pour le peuple chinois du Grand Bond en avant : Mao s'était en effet arrangé pour que toute présence étrangère disparaisse de Chine. Et les rares informations négatives ou critiques furent toujours le fait d'adversaires résolus de la Chine communiste. Le Castor n'a sans doute jamais su toute la vérité, révélée à partir de 1980. Un livre récent, celui de Jasper Becker [2], a fait toute la lumière sur un phénomène qui, par son ampleur, ne pouvait cependant pas avoir été ignoré des Occidentaux sur le moment. « La moitié des Chinois devront probablement mourir », avait déclaré Mao en lançant (1958) le Grand Bond en avant. Chose curieuse, il utilise alors la métaphore que nous avions cru pouvoir lire dans les derniers mots de *La Longue Marche*, lorsque le Castor évoquait la « fissure » libératrice d'énergie que la révolution avait ouverte dans le cycle infini de la vie chinoise. « Notre nation, écrit-il alors, est comme un atome et après la fission de son noyau, l'énergie thermique

1. *Ibid.*, p. 95.

2. *Hungry Ghosts : China's Secret Famine*, John Murray, Londres, 1996, en français : *La Grande Famine de Mao*, Dagorno, 1998. On a évalué le nombre de morts à une vingtaine de millions.

libérée sera si formidable que nous serons capables de faire ce que nous ne pouvions faire auparavant [1]. »

On ne peut imputer au Castor seule une ignorance alors générale : mais faute d'informations sûres, n'aurait-il pas mieux valu se garder d'une conclusion que rien ne justifiait, sauf la propagande de Pékin, clamant la victoire dans le combat contre la faim ? Car d'autres famines avaient été révélées, dont une notamment en 1955, l'année du voyage du Castor. La cause en est claire, et le Castor l'évoque du reste, mais sans en imaginer les effets, au chapitre « Les paysans ». Elle y décrit en effet le tournant qui va engager la « première étape » du mouvement vers la collectivisation, amorce du passage au socialisme. Ces réformes bien avancées fin 1955 (quand ils arrivent à Pékin) ont, dit-elle, suscité des « résistances » qu'on peut expliquer « par la tendance spontanée du paysan au capitalisme dont parle Li Fou Tch'ouen dans son rapport sur le Plan quinquennal, et par l'égoïsme et la méfiance du petit propriétaire [2] ». Selon elle, la conséquence en est l'amélioration de la vie matérielle [3] sur tous les plans : vestimentaire, sanitaire, etc. « Une série d'aménagements minutieux de la vie paysanne a contribué à en élever le niveau de vie. » La révolution russe avait ruiné la paysannerie ; la révolution chinoise est arrivée au résultat opposé : « Les paysans pauvres ont tout de suite compris que les coopératives amélioreraient leur sort... [4] » etc.

La réalité est tout autre. Là encore, le Castor n'a pas fait assez preuve de retenue dans ses conclusions. Nul ne songe à nier l'existence de ces grandes famines

1. Cité par Chang et Halliday, *Mao*, *op. cit.*, p. 464.
2. *LM*, p. 102.
3. *Ibid.*, p. 105.
4. *Ibid.*, p. 121.

périodiques avant la révolution de 1949. Mais les nouvelles famines résultent de la collectivisation forcée, comme ce fut déjà le cas dans les années trente en Ukraine. Mao s'en sert selon un double calcul : pour installer son pouvoir et pour *dès le début* briser la résistance farouche des paysans. Le double mythe de Mao « poète et paysan » et d'une paysannerie enflammée par son combat est une construction. Mao est un médiocre instituteur et un médiocre lettré, pénétré d'un mépris immense pour la paysannerie, à qui il a imposé dès le début les plus extrêmes sacrifices. Pour mettre en place son alliance avec les Soviétiques, et se faire livrer les pièces d'industrie ou d'armement dont il a besoin, il n'a pas hésité à réduire régulièrement, par décrets, les rations quotidiennes de nourriture des paysans. « Au milieu de 55, il serra encore davantage la vis en forçant tous les habitants des campagnes à intégrer des fermes collectives, pour faciliter les réquisitions [1]. » La collectivisation forcée et les rations de nourriture contingentées renforcèrent encore le caractère autoritaire du régime et son impopularité. Les Chinois mangent trop, disait-il, « apprenez aux paysans à manger moins et à se contenter de bouillies très diluées [2] ». Les paysans sont traités en ennemis : « Jamais Marx ni Engels n'ont dit que les paysans étaient tous bons », disait-il. Début 55, les rapports se multiplient : détresse générale, abandon de nourrissons, des villages entiers se nourrissent de l'écorce des arbres et d'herbe. La violence exercée sur les paysans par les cadres pour les forcer à livrer de la nourriture, qu'ils n'ont pas, n'est pas sans rappeler celle des années trente en Union

1. *Mao*, *op. cit.*, p. 430.
2. *Ibid.*, p. 428.

soviétique qui aboutirent aux famines d'Ukraine, responsables de plusieurs millions de morts [1].

*

Ce que nous constatons ici, c'est encore une fois ni plus ni moins une tragédie : celle des intellectuels. Pourquoi une « tragédie » ? Pour plusieurs raisons : parce que l'aura des intellectuels va contribuer à renforcer la légitimité de régimes où l'idée et l'espérance communistes sont déviées, caricaturées, trahies. Parce que, ce faisant, ils condamnent à la solitude et au désespoir ceux qui, infiniment opprimés par ces régimes, voient l'étau se resserrer encore. Enfin, parce que c'est le statut même de l'intellectuel qui s'y voit compromis. Sa crédibilité.

Dans leurs comptes rendus ou récits de voyage en URSS (pour Sartre) ou en Chine (pour les deux), Sartre et Simone de Beauvoir vont en effet bien au-delà d'un soutien, nuancé, critique envers le communisme que pouvait expliquer en ce moment de la guerre froide la volonté de ne pas se laisser prendre au piège de l'anticommunisme. Sartre s'en explique du reste dans son discours d'Helsinki (26 juin 1955) : « Il n'est pas question de maintenir *le statu quo*, — politique des blocs et guerre froide — mais bien de faire éclater les blocs sous l'effort des peuples [2]. » En réalité, loin de faire éclater les blocs, ils contribuent par leur engagement à en durcir l'antagonisme. Sartre avait envisagé lui aussi de rédiger une « longue étude » sur son voyage en Chine ; elle est annoncée dans *France Observateur* des 1er et 8 décembre 1955. Il

1. Cf. *Tout passe* de Vassili Grossmann et *L'Année noire 1933 : la famine en Ukraine*, de Georges Sokoloff.
2. Contat-Rybalka, *op. cit.*, p. 287.

y renonce, mais dans ses articles se montre aussi téméraire que le Castor : « Si le gouvernement de Mao Tsé-toung a pu montrer l'admirable modération dont j'ai vu tant de preuves, c'est que son armée victorieuse, en s'enracinant dans le peuple, lui a donné ce qu'aucun gouvernement révolutionnaire n'a jamais possédé du premier coup : le calme de la toute-puissance[1]. » Sans doute Mao n'avait-il pas encore donné la pleine mesure de son appétit de pouvoir et de sa cruauté envers son propre peuple, mais de son « admirable modération », quelles preuves Sartre avait-il ? Comment pouvait-il s'en faire le garant après la courte expérience, étroitement surveillée[2], qu'il avait faite de la réalité chinoise ? Il n'était pas dans des conditions permettant une juste vue des choses. Autre preuve de cette malencontreuse témérité : dans quelques années, au début du Grand Bond en avant, la rupture sera totale entre Mao et l'Union soviétique. Elle couve depuis longtemps, et les rapports de Staline et de Mao ont été comme un long bras de fer. Cela n'était pas clair en 1955, surtout pour une délégation d'invités officiels du régime ? Sans aucun doute. Mais alors d'où Sartre tire-t-il la certitude qu'il expose à *L'Humanité* le 1er novembre 1955 : « C'est de la pure folie que de s'imaginer qu'il puisse exister entre ces deux peuples des raisons quelconques de divorce » ? Entre les peuples — russe et chinois — peut-être. Pas entre leurs « dirigeants ».

Sartre et dans une moindre mesure le Castor ont fait le pari de rompre avec l'ancienne idée de l'intellectuel et de sa « mission », définies par Julien Benda

1. *Ibid.*, p. 292.
2. Est-ce seulement par « gentillesse » que les Chinois se montrent si « collants » ? (Lettre à Algren du 3 novembre 1955.)

par le terme de « clerc » dans son livre *La Trahison des clercs,* publié en 1927 [1]. Julien Benda reprochait aux intellectuels d'avoir tourné le dos à la pensée désintéressée et aux valeurs abstraites et intemporelles pour se commettre dans le combat politique. Il en exceptait évidemment le combat en faveur de Dreyfus, qu'il avait mené, puisqu'il s'agissait alors de lutter pour la vérité et la justice, valeurs « cléricales ». Ce qui le conduira du reste à choisir le communisme contre le fascisme, et à collaborer aux *Lettres françaises*. À bon droit, fidèle à sa philosophie — se régler sur des fins et non sur des principes —, Sartre rejette résolument la position de Benda « au-dessus de la mêlée », oubliant peut-être un peu ce qu'elle doit à la guerre de 14-18, et à la contribution des intellectuels des deux côtés au « bourrage de crâne ». L'intellectuel doit viser des fins, et ces fins, ce ne sont pas les « archétypes de Justice, d'Ordre, de Bien » des « vieux socialismes utopiques » comme le rappelle Simone de Beauvoir dans *Pour une morale de l'ambiguïté,* rejoignant en cela le marxisme [2]. « Marx ne considère pas que certaines situations humaines soient en soi et absolument préférables à d'autres : ce sont les besoins d'un peuple, les révoltes d'une classe qui définissent des buts et des fins. » Il n'est donc pas impossible alors de comprendre, dit-elle, le mot de Lénine : « J'appelle action morale toute action utile au parti, immorale toute action qui lui est nuisible. » Pour « réaliser la morale », il faut en effet refuser de la poser « abstraitement [3] ». À condition que « tous les hommes de bonne volonté » fassent preuve de vigilance, et ne cessent jamais de mettre au premier plan

1. Sartre l'attaque violemment dans *Qu'est-ce que la littérature ?*
2. *MA*, p. 25.
3. *Ibid.*, p. 30.

de leurs préoccupations cette question : « Le problème du rapport du Parti aux masses dont il se sert afin de les servir[1]. »

En d'autres termes : le « Parti » incarne-t-il la volonté des masses, ou leur impose-t-il la sienne ? Comment le savoir ? Sensibles à cet argument, aussi bien Sartre que le Castor tentent constamment d'évaluer dans leurs voyages le degré d'adhésion des « masses » à leur chef, et de rapporter à leur retour des exemples de leur « spontanéité ». Et lorsque celle-ci est douteuse, le Castor insiste à de nombreuses reprises sur le caractère archaïque de la culture paysanne, la soumission des paysans — donc sur la nécessité de chefs pour guider leur révolte et d'abord leur en faire saisir la nécessité. « Des gens égarés dans l'ignorance, sur qui pèsent encore des superstitions et des préjugés, ont d'abord besoin qu'on leur fournisse des bases, c'est-à-dire qu'on leur donne une image claire du monde ; à ce stade, clarté va de pair avec simplicité ; la complexité viendra plus tard[2]. » Des chefs — un dirigeant suprême, désigné pour sa « compétence » et son « prestige personnel » : la révolution ne sera pas trahie, le peuple non plus. Or, de cela, ils n'ont aucune preuve. Le décor de leurs voyages est un décor Potemkine[3] qui tend au-dessus de la réalité le voile illusoire des discours officiels et d'une propagande feutrée. C'est là que se joue la « tragédie » de ces intellectuels : ne pas avoir imaginé qu'on voulait peut-être les tromper et user d'eux comme des relais de diffusion des « vérités » du Parti.

1. *MA*, *op. cit.*, p. 180.
2. *LM*, p. 305.
3. Du nom de ces faux villages en toiles peintes que le comte Potemkine disposait le long de sa route pour tromper la grande Catherine et lui cacher la misère des serfs.

*

Ce pari — remplacer une morale abstraite par un engagement orienté vers des fins — s'ils le perdent en URSS, en Chine et, finalement, à Cuba, où une politique d'hégémonie personnelle a tout bafoué, morale abstraite et morale concrète réunies, ils vont le gagner avec la guerre d'Algérie. Ce nouveau combat, où ils vont s'engager en connaissance de cause pour manifester une solidarité légitime envers les colonisés révoltés, c'est pourtant sous le signe de son voyage que le Castor en situe les engagements : « Quand je revins de Chine, je faisais confiance à l'histoire : au Maghreb aussi, les exploités finiraient par vaincre, et peut-être bientôt [1]. » L'analogie est posée : le prolétaire, le colonisé, c'est la même chose. Soutenir la lutte des Algériens pour leur indépendance, c'est la même chose que de s'enflammer aux récits de *La Longue Marche* ; la révolution chinoise est une des formes de la grande progression des peuples vers leur indépendance. Toute espèce de doute alors s'évanouit. Et les arguments se retournent : ce qui est légitime en France — rejoindre le camp des opprimés — garantit la légitimité du soutien à Mao devenu après Staline et avant Fidel l'icône de l'émancipation des peuples. Or le raisonnement est captieux : autant il est possible en France de s'informer des réalités de cette guerre, de l'usage notamment de la torture, et de s'y opposer, autant la Chine est enveloppée d'une brume derrière laquelle ses réalités s'estompent.

La question de la violence fait aussi retour et elle vaut pour les deux : la lutte pour l'indépendance

1. *FdC*, t. II, p. 84.

comme la révolution peuvent-elles l'éviter ? Où est en effet la plus grande violence, chez un « fellaga » qui égorge un colon ? ou chez un colon qui l'opprime et un soldat français qui le torture ? Où est la plus grande violence, dans l'oppression séculaire qui accable le paysan chinois, ou dans la manière radicale dont celui-ci réclame ses terres ? (Mais la violence exercée sur le paysan pauvre, contraint de donner sa maigre ration de grains ? Et contre le prétendu koulak mourant de faim dans son village encerclé par la troupe ?) Le Castor retrouve et relégitime ce qu'elle avait écrit dans son essai *Pour une morale de l'ambiguïté*. La Terreur n'est pas une méthode de gouvernement, mais « il serait absurde de contredire une action libératrice, sous prétexte qu'elle implique le crime et la tyrannie : car sans crime et sans tyrannie il ne saurait y avoir de libération de l'homme ; on ne peut échapper à cette dialectique qui va de la liberté à la liberté à travers la dictature et l'oppression [1] ». La violence révolutionnaire ou la violence libératrice, c'est tout un ; on le retrouvera sous la plume de Sartre dans sa préface à Frantz Fanon : « Un colonisé qui tue un Européen, cela fait un homme libre et un homme mort [2]. »

La guerre d'Algérie, où ils vont se montrer absolument et justement inflexibles dans leur combat contre une armée, un État, un pays qui se crispent dans leur volonté d'écraser le peuple algérien, c'est en même temps le moyen d'évacuer tous leurs doutes, s'ils en ont eu, concernant leur soutien à l'URSS ou à la Chine de Mao. L'identification est totale ; partout dans le monde, des pauvres, des opprimés, des prolé-

1. *MA*, p. 192.
2. *Les Damnés de la terre*, Maspero, 1959.

taires luttent pour leur liberté ; il faut partout se ranger à leurs côtés. L'horreur et la haine que leur inspirait la « bourgeoisie » vont se trouver portées à l'incandescence par l'ignominie de cette sale guerre : « On m'avait traitée avec quelques autres d'anti-française, je le devins[1] », écrit le Castor. La haine anti-arabe, les actualités où il faut encaisser les commentaires dithyrambiques sur la « pacification » lui soulèvent le cœur. Et comme au temps de l'Occupation, le même drame se rejoue : vivre au milieu de ces foules hostiles, haineuses, la « dépossède », c'est se trouver « bon gré mal gré leur complice ». Pour accepter ces images de villages brûlés par nos soldats, de femmes violées ou condamnées à mort comme Djamila Bouhired[2], il faudrait avoir été élevée comme un SS, et ne pas avoir, comme le Castor, une « conscience chrétienne, démocratique, humaniste[3] ». C'est la seule fois où le Castor explique un engagement politique en ces termes : cependant les *zeks*[4] ou les paysans affamés des montagnes de Chine n'ont jamais pu en bénéficier, les uns parce qu'ils étaient des « oppositionnels[5] », les autres parce qu'il est impossible de faire la révolution sans faire de sacrifice.

1. *FdC*, t. II, p. 124.

2. Djamila Bouhired avait recruté Djamila Bouazza et lui avait fourni les bombes qui explosèrent à Alger le 9 novembre 1956, rue Michelet, et le 26 janvier 1957, au Coq Hardi. — Elle fut défendue dans son procès par maître Vergès et condamnée à mort.

3. *FdC*, t. II, p. 125.

4. Prisonniers du goulag.

5. « Supprimer cent oppositionnels, c'est sûrement un scandale, mais il se peut qu'il ait un sens, une raison : il s'agit de maintenir un régime qui apporte à une immense masse d'hommes une amélioration de leur sort », *MA*, p. 181.

*

Dans cette année 1956 où elle travaille d'arrache-pied à son livre sur la Chine (elle est très rouge parfois, elle a la tête en feu, Sartre s'inquiète [1]), de grands événements se produisent. Mais le Castor connaît un moment de répit. Encore sous le coup de son voyage à Pékin et de son bref passage à Moscou, elle a reconstitué autour d'elle un monde où, pendant quelque temps, la violence politique (ici la guerre d'Algérie, là-bas la construction du socialisme) s'éloigne et s'apaise. Elle s'est installée dans un atelier d'artiste au rez-de-chaussée d'un bel immeuble années trente de la rue Schœlcher : « Lorsque je m'accoude à la fenêtre au premier étage, j'ignore l'avenir, l'instant me possède. » Chose si rare ! Elle s'enchante à retrouver, dans les petits matins où les oiseaux s'éveillent, l'odeur d'arbres du parc de Meyrignac : « J'ai trente ans, je vais partir à pied à travers la campagne. » Le cimetière qui lui fait face est comme un village, aux maisons basses, aux rues désertes même si sa vue conduit naturellement à la considération de sa propre mort : « Voilà mon lit de mort », s'est-elle dit la première fois qu'elle a dormi dans sa nouvelle chambre [2]. Nature tantôt tragique, tantôt mélancolique, le Castor affronte les images de sa propre disparition sans aucune consolation : le « je mourrai tout entière » de *Tout compte fait* retentit déjà. Ses voyages privés font un heureux contraste avec l'apparat de ses voyages officiels et les intentions cachées de leurs hôtes. Ski avec Lanzmann, tour de Bretagne, exposition des tableaux de Poupette à Milan, puis Venise, Belgrade, Skopje, puis la Grèce. D'une ter-

1. *FdC*, t. II, p. 95.
2. *Ibid.*, p. 94.

rasse du Pirée, où elle s'attarde à prendre un verre, « l'innombrable scintillement de la cité et la palpitation des étoiles » la transportent « loin de tout et loin de moi », comme autrefois. « Pas une ride au ciel, et mon cœur ne s'était pas rouillé [1]. » Comme on préfère ce Castor-là à celui de *La Longue Marche* ! Cet élan vers les choses sensibles, cette façon d'accompagner le grand mouvement du monde et d'y trouver repos et réconciliation...

Pas pour longtemps. Ses lectures la ramènent vers cet univers qui est devenu le sien : la lutte révolutionnaire et son instrument, le marxisme. Lisant Paul Bénichou, *Morales du grand siècle,* ou *Le Dieu caché* de Lucien Goldmann elle découvre les liaisons complexes de l'œuvre et de la société dont elle émane. Elle voudrait « réviser en ce sens » toute sa culture. Beaucoup d'entre nous, dans les générations suivantes, ont connu ce moment où une espèce de révélation se produisait, où les ressorts soigneusement cachés de l'art, de la pensée, des œuvres semblaient soudain mis à nu par une dialectique dont, assez vite pourtant, on mesurait l'étroitesse et les limites : tout restait encore à dire sur les œuvres. Le Castor passe ainsi d'un monde à l'autre : laissant ses lectures pour faire quelques pas dans les rues de Rome, elle quitte un monde d'idéologies fortes où l'art se dissout dans le bain corrosif du soupçon, et retrouve la beauté énigmatique de la ville. Là, le passé — pourtant lié à des formes d'oppression et de domination aisément repérables, comme à Pékin, comme partout — ne lui semble plus un obstacle à abattre sur la voie de l'émancipation des hommes. Au contraire ; il est comme la leçon à livre ouvert, à ciel ouvert, d'une

1. *Ibid.*, p. 103.

histoire avec un petit h cette fois, celle qui vient du « fond des âges », et parle des hommes qui ont été et ont laissé leur marque. « La lumière fait vibrer la pâleur monacale du travertin. Des herbes poussent entre des orteils de marbre. » Et elle répète ce nom : Rome, comme autrefois elle se livrait à l'enchantement des « essences » contenues dans un mot. Rome ne lui évoque pas, comme par exemple à Simone Weil qui détestait la « latinité », le pouvoir de la bureaucratie impériale ou la souveraineté pontificale. Rome est un lieu ambigu, trouble, incertain, où « la vérité et l'artifice » se confondent. Sartre, à Venise, s'inquiète de voir que la ville se dérobe dans le reflet de ses palais tremblant sur l'eau des canaux [1]. Le Castor s'enchante au contraire de voir Rome multiplier sa présence et sa beauté dans l'échange des matières et des substances : la pierre ruisselle, l'eau se tord en volutes comme du marbre taillé. Les places ont l'air de salons illuminés pour un bal, et lorsque la nuit y descend avec sa fraîcheur, « on a envie d'être immortel ».

À Pékin ou à Rome, où est le « vrai » Castor ? Pékin « se cache », on ne peut le saisir, d'abord parce que « malgré son âge Pékin n'a pas d'histoire ». Le passé de Pékin est immobile, parce que les constructions y sont « constamment renouvelées [2] ». Du fond de l'avenir, des images déjà se posent sur la ville, anticipant le triomphe à venir de la « rationalité » : ce qui tremble encore, ce qui est incertain, c'est la figure future de la ville ; mais rien ne tremble dans la détermination qui guide ses dirigeants. La nouvelle Chine sera la victoire d'une pensée vraie, la victoire de la vérité. À Rome, en revanche, c'est le triomphe non de

1. *Situations IV*, « Venise de ma fenêtre ».
2. *LM*, pp. 34 *sq*.

l'avenir mais d'un passé qui « paraît à neuf dans la fraîcheur de chaque instant [1] ». C'est aussi le règne de l'équivoque, de la métamorphose, de la feinte, de l'illusion ; dans l'univers baroque, Jean Rousset l'a bien montré [2], le temps n'est pas perçu de façon linéaire mais comme un cycle, un éternel retour ; le monde ne va nulle part, il est un *perpetuum mobile*. Né en Europe à la fin du XVIe siècle, après le déchaînement de violence des guerres religieuses, le baroque est la réponse au sentiment d'universelle fragilité. Quel contraste donc que la vue de Rome pour des penseurs radicaux de notre temps qui cherchent un théâtre pour les grandes scènes de la vérité et de la révolution ! Le baroque n'a qu'un temps, il n'est en fait qu'un décor : dans les restaurants, les cafés, sur la place Saint-Eustache aux façades courbes, « nous nous attachions précisément à aller au bout de la vérité, nous donnant sans réserve aux plaisirs de la contestation, de l'outrance, du sacrilège : c'était une mise au point, et aussi un défoulement, un jeu et une purification [3] ». Dans la rigueur de la pensée spéculative, dans la pureté de l'analyse, on peut en déjouer sans fin les mirages, devenus inoffensifs. Sacrilège et purification : tout est dit. La tentation du baroque est surmontée. Le vieux monde va être balayé.

*

Et voilà que, contre toute attente, il résiste. Et sa résistance, ou son retour, va faire voler en éclats leurs dernières illusions sur la réalité du monde soviétique.

1. *FdC*, t. II, p. 105.
2. Jean Rousset, *La Littérature de l'âge baroque, Circé et le Paon*, 1953, Corti.
3. *FdC*, t. II, p. 108.

La Chine puis Cuba y trouveront un regain d'attrait pour tous les communistes déçus. En attendant, en cette fin 1956, la déception est là ; et elle est rude. Budapest s'est soulevée, et les Russes y ont fait entrer leurs chars.

Le point de départ en a été la divulgation en février 1956 du rapport Khrouchtchev sur les excès de culte de la personnalité du temps de Staline. La glorification d'un individu, son élévation au rang de surhomme doté de qualités surnaturelles comparables à celles d'un dieu « sont à bannir » car « contraires aux principes du marxisme-léninisme », écrit la *Pravda*. La diffusion de ce rapport provoque, on l'a souvent dit, un « séisme » : le Parti communiste français tente d'en minimiser l'importance, Maurice Thorez parle du « rapport attribué » à Khrouchtchev. Il n'est pas le seul, les dirigeants chinois et albanais le reçoivent très mal. Conséquence inévitable, les Hongrois exigent la destitution du stalinien Rákosi, les Polonais et les Yougoslaves expriment leur colère. « Quel crédit pouvait-on apporter [1] », écrit le Castor à des gens qui dénonçaient aujourd'hui ce qu'ils avaient soutenu hier ? Ils sont à Rome lorsque éclate l'insurrection hongroise et, pendant quelque temps, ils restent en position d'observateurs, allant même jusqu'à redouter que le socialisme ne soit « en danger [2] ». Mais bientôt, ils n'en peuvent plus : trop, c'est trop. Le Castor rentre à Paris en voiture sous une pluie froide bien à l'unisson de leurs inquiétudes : finis l'élan révolutionnaire de Pékin et le quiet interlude romain ; leur dégoût éclate quand la presse communiste française soutient l'intervention des chars soviétiques. Sartre donne le 9 novembre 1956

1. *Ibid.*, p. 92.
2. *Ibid.*, p. 112.

une interview à *L'Express* où sa réprobation s'exprime vigoureusement : « L'intervention était un crime », venu « après douze ans de terreur et d'imbécillité ». Sur le rapport Khrouchtchev, il se montre cependant réservé : sa publication est une « grave maladresse », une « faute énorme », une « folie ». « Une telle franchise » aurait dû être précédée d'« une élévation préalable, et considérable du niveau de vie de la population [1] ». Mais il termine par une déclaration fracassante : « Je brise à regret, mais entièrement, mes rapports avec mes amis les écrivains soviétiques qui ne dénoncent pas [et ne peuvent dénoncer] les massacres en Hongrie. » Et il brise de manière non moins éclatante avec le Parti communiste français. (Il restera cependant membre du Mouvement pour la paix.) « Massacres » n'est pas un mot trop fort : on évalue à quarante mille le nombre des morts de ces dix jours de novembre. Cependant, le Castor tient à le souligner : Budapest, quelle aubaine pour la droite ! Et c'est bien une contre-révolution que les chars soviétiques ont noyée dans le sang. Non, comme le veulent les insurgés, une « révolution ». Sans doute y avait-il parmi eux d'anciens membres des formations fascistes et pronazies ; mais le mécontentement, la colère, la haine du peuple hongrois allaient bien au-delà...

Au final, si la « déstalinisation » a secoué le « bloc » soviétique, elle ne l'a pas durablement ébranlé. Et les preuves avérées de la brutalité des dirigeants soviétiques ont coupé quelque temps Sartre et le Castor de l'URSS et surtout du PC français, elles ne les ont pas fait renoncer définitivement à l'« espérance »

1. Cf. Contat-Rybalka, *op. cit.*, p. 305.

communiste. D'ailleurs, malgré les crimes dont elle s'est rendue coupable, l'URSS demeure toujours la patrie du socialisme qu'il faut aider à se « déstaliniser ». Même chose pour le PC : « Avec nos ressources d'intellectuels, lus par des intellectuels, nous essaierons d'aider à la déstalinisation du Parti français[1]. »

C'est dans ce contexte, fin 1956, que, son livre sur la Chine terminé, le Castor a enfin pris la décision qu'elle remettait depuis quelques années, et quelques livres : parler enfin de soi, raconter sa vie, remonter à ses premières expériences. Cette décision, prise sur le fond tragique d'un « jamais plus », parce que l'« avenir » ressuscité d'une petite fille n'est plus désormais qu'un passé, la libère aussi de la tension que les temps lui imposent : voyages officiels, engagement politique, livres « de combat ». Le retour en arrière l'aide à supporter un présent qu'elle trouve de plus en plus invivable, celui de la guerre d'Algérie. Elle s'est rouvert une *querencia* imaginaire, elle a retrouvé la splendeur des châtaigniers en fleur du parc de Meyrignac, leur odeur de vie, de promesse et de printemps... Brèche dans une réalité qui empoisonne chacun des instants de sa vie, hormis ceux qu'elle peut passer en voyage, en Italie, à Rome, à Capri, avec Lanzmann, avec Sartre. « Je ne supportais plus cette hypocrisie, cette indifférence, ce pays, ma propre peau. Ces gens dans les rues, consentants ou étourdis, c'était des bourreaux d'Arabes : tous coupables. Et moi aussi. "Je suis Française." Ces mots m'écorchaient la gorge comme l'aveu d'une tare[2]. »

En mars 1958, elle a terminé les *Mémoires d'une*

1. *Les Temps modernes*, nov./déc. 1956-janvier 1957. Sous le titre « Le fantôme de Staline », *Situations V*, p. 307.
2. *FdC*, t. II, p. 145.

jeune fille rangée ; Sartre donne le 6 mars 1958 un texte à *L'Express*, où il dénonce violemment les tortures subies par le journaliste Henri Alleg, directeur d'*Alger républicain* jusqu'à l'interdiction du journal en 1955. Le numéro de *L'Express* est saisi « pour participation à une tentative de démoralisation de l'armée ». Croquant jusqu'à un tube par jour de cachets de corydrane, Sartre travaille « furieusement » à la *Critique de la Raison dialectique*, le livre où il va pouvoir poser librement la question qui le taraude des rapports du marxisme et de la liberté. De nouveau, sa santé inquiète le Castor : c'est la deuxième alerte depuis celle, à Moscou, de 1954. « Je savais, dit-elle avec un sombre humour, qu'il avait besoin de se détendre, c'est-à-dire de se détruire un peu [1]. » À partir de cette date, jusqu'à la mort de Sartre en 1980, à travers des épisodes dramatiques, la voix du Castor laisse passer des accents qui ne lui étaient pas familiers : ce qu'elle doit affronter, en effet, ce ne sont pas des situations qu'on peut « reprendre dans la liberté ». C'est tout simplement, inéluctable, la mort de Sartre à l'horizon, et elle admire en même temps ce peu de cas qu'il fait de son corps, cette façon d'aller au-delà de ses forces. « Sartre s'est tellement tracassé et tellement surmené qu'il a failli avoir une attaque, on a tremblé pour son cœur ou son cerveau, pendant plusieurs jours il a frôlé le désastre » (lettre à Algren du 2 janvier 1959).

Face à la montée d'une mélancolie que sa nature tragique n'accepte pas toujours, le Castor se maintient dans un état de colère, en un sens salutaire, à travers des affrontements quotidiens sur le sujet de la guerre d'Algérie. Ce qui l'a mise « en rage », par

1. *Ibid.*, p. 146.

exemple, c'est une fois de plus l'attitude de Camus lors du procès de Ben Saddok, fin 1957. Ben Saddok avait abattu Ali Chekhal, ancien vice-président de l'Assemblée algérienne, « le plus important des collabos musulmans [1] ». Sartre vient témoigner pour Ben Saddok, et dans son trouble il appelle la victime « Ben Chacal » — lapsus de haute portée symbolique. Mais Camus refuse de venir à la barre, alors qu'il aurait pu mettre dans la balance le poids de son récent prix Nobel. En fait, Camus a écrit au président de la cour d'assises mais, à Pierre Stibbe — l'avocat de Ben Saddok, qui lui avait demandé son aide —, il explique qu'il ne souhaite pas rendre cette intervention publique : « Je ne veux en aucun cas donner bonne conscience par des déclarations sans risque pour moi au fanatique stupide qui tirera à Alger sur une foule où se trouveront ma mère et tous les miens. » Dans sa discussion avec l'étudiant algérien à Stockholm, Camus avait dit la même chose, condamnant explicitement le terrorisme qui, s'exerçant aveuglément dans les rues d'Alger, pourrait « un jour » frapper sa mère ou sa famille. « Je crois à la justice mais je défendrai ma mère avant la justice. » Simone de Beauvoir, le rapportant, commente : cela revenait à se ranger du côté des pieds-noirs [2].

Sartre et Camus s'opposent frontalement sur le problème du terrorisme. Camus le refuse ; Sartre, au contraire, se reproche à la sortie du procès Ben Saddok d'avoir cédé, en parlant « contre le terrorisme » pour sauver la tête de l'accusé : c'était un meurtre politique, a-t-il argué. Mais à travers lui, c'est la question du communisme qui se pose : dans *Algérie 58*, Camus exprime son inquiétude de voir l'Algérie pas-

1. *Ibid.*, p. 140.
2. *Ibid.*, p. 145.

ser sous la coupe de « terroristes » eux-mêmes aux mains de Moscou[1]. Menace réelle ou inquiétude fantasmée ? Tout se résume dans l'interprétation qu'on peut donner à la phrase de Camus dans son discours de Suède : « L'écrivain ne peut se mettre aujourd'hui au service de ceux qui font l'histoire : il est au service de ceux qui la subissent[2]. »

Survenue en janvier 1960, la mort de Camus plonge le Castor et Sartre dans une stupeur douloureuse. Elle n'arrive pas à dormir malgré le belladénal et sort marcher dans la nuit. « Ce n'était pas l'homme de cinquante ans que je regrettais, ce juste sans justice [...] qu'avait rayé de mon cœur son consentement aux crimes de la France ; c'était le compagnon des années d'espoir, dont le visage nu riait et souriait si bien[3]. » Tragédie des frères séparés : la mort n'a jamais rapproché personne. Elle a cependant le pouvoir de ressusciter un instant le visage qu'on avait aimé. Et peut-être même un peu plus. Sartre le sait, et c'est un de ses plus beaux textes qu'il donne avec le portrait d'Albert Camus[4] : « Son humanisme têtu, étroit et pur, austère et sensuel [...] réaffirmait au cœur de notre époque [...] l'existence du fait moral. »

1. Voir en ligne la thèse de Dominique Cellé (sous la direction de Jean-François Sirinelli), *Camus et le communisme*, Lille-III, 1997.

2. *Op. cit.*, p. 16.

3. *FdC*, t. II, p. 277.

4. Paru d'abord dans *Le Nouvel Observateur* du 7 janvier 1960, repris ensuite dans *Situations IV*.

9

Aller voir de nos yeux la révolution en marche

Vers 1958-1960, quelque chose va se resserrer autour du Castor, qu'on ne peut cerner facilement. Avril 1958, elle fait un séjour avec Lanzmann en Cornouailles, pour chasser devant la mer sauvage et dans les chemins creux de la vieille Angleterre l'odeur nauséabonde de la France en guerre contre le peuple algérien. À son retour, elle est invitée à donner une conférence sur le roman « devant des étudiants de gauche ». « Je vivais si retirée que je fus étonnée, en entrant dans l'amphithéâtre, de constater, à l'accueil que me fit le public, que je ne lui étais pas inconnu. Son amitié me réchauffa le cœur : il en avait besoin[1]. »

Le passage du temps, qui « émousse la curiosité[2] », le sentiment de l'âge — la cinquantaine pendant longtemps a sonné le glas pour les femmes et surtout pour leur vie amoureuse —, la situation de la France qui s'enfonce dans la répression et la torture en Algérie, le retour annoncé de De Gaulle : tout cela forme un ensemble assez sombre. Dès 1954, déjà,

1. *FdC*, p. 148.
2. *Ibid.*, p. 280.

parlant à cœur ouvert à Algren, elle lui écrit : « Vous demandez si dans ma vie il y a encore de la magie. Je n'en ai pas parlé depuis longtemps, de ma vie, parce que, comme vous dites, il est malaisé de dire la vérité, toute la vérité. Oui, il nous faudrait de longues promenades le long des rives de la Seine et d'autres fleuves pour tout nous raconter correctement. Mais je vais faire un effort puisque vous en avez fait un. Eh bien, la magie à coup sûr a disparu. Elle a existé, elle ne reviendra plus. D'abord ou peut-être en second lieu, peu importe, à cause de mon âge, le monde qui m'entoure s'impose de plus en plus à moi, et il n'en émane guère de magie » (lettre du 15 février 1954). On comprend pourquoi tant de lecteurs ont aimé ces lettres : probablement pour leur ton d'abandon, auquel le Castor ne les avait pas habitués. Certains des mots qu'elle emploie font réseau, ou résonnent en oppositions profondes : le *monde s'est imposé* au Castor et la *magie a disparu*. Combien de fois le Castor ne nous a-t-elle pas prévenus ! Rien ne lui est plus étranger que la troisième maxime de Descartes : « de tâcher toujours plutôt à me vaincre que la fortune, et à changer mes désirs que l'ordre du monde [1] ». Non, elle, c'est « l'ordre du monde qu'elle veut changer ». Elle en joue, elle se tourne elle-même en dérision : mais c'est un de ses traits profonds, profondément inscrits. Il s'agit d'imposer sa volonté aux choses, non de les laisser vous imposer la leur. Et il arrive parfois qu'elles se plient à votre volonté, ne lui résistent plus comme si on exerçait sur elles un pouvoir magique, miraculeux.

Ce n'est pourtant pas cette magie-là que regrette le

1. *Discours de la méthode* (1637), 3e partie, Garnier, 1966, p. 53.

Castor. Ce qu'elle regrette, ce sont les moments où, toutes angoisses suspendues, dans un accord parfait avec soi-même et ce qui vous entoure, on laisse venir et vous envahir quelque chose de fort et d'impalpable qui ne peut que se donner, jamais se prendre. Puis un jour, la « magie » qui vous enveloppe parce que vous aimez, parce que vous vous savez aimé(e) se dissipe : tout pâlit et s'éteint. Ces mots résonnent en vous : « Je ne vous aime plus. » Mais qu'arrive-t-il alors, maintenant que la « magie » a disparu ? C'est une énergie qui disparaît, un voile qui tombe sur toutes choses. La magie est tout le contraire de l'action raisonnable et du projet éthique, qui s'enlèvent sur le fond des déterminations : la magie ne tient compte de rien, elle est comme la grâce ; elle opère ou n'opère pas. Et quand elle a cessé d'opérer, rien ne peut y faire ; on ne peut qu'attendre son retour et en faire son deuil si on ne l'espère plus. L'action est alors la réponse énergique — l'action et l'œuvre — à l'œuvre du néant. Cela suppose une volonté sans faille, la faculté de se reprendre et de se relever quand on a plié devant un obstacle, quand on est contrarié dans ses desseins, quand la magie s'est évanouie. Colères d'enfant, rages d'adulte, « qui lui font entrechoquer les os », crises de désespoir, de larmes, coupées d'alcool ou de belladénal. Un moment interrompue dans sa marche, saisie par le « morne » d'une situation ou d'un moment, le Castor retrouve, à défaut de magie, dans la gaieté d'un matin, la vue d'un golfe miroitant de soleil, cette force, cette vigueur, cette « âpreté » qui lui font dire : « Je n'ai jamais connu personne qui fût autant que moi doué pour le bonheur. » 16 octobre 1928 : « Ô cimes éblouissantes de la vie où bondit mon cœur dans la danse éperdue de mon corps ! »

Sautons quatre ans : allons directement de cette rencontre avec un groupe d'étudiants qui lui « réchauffe le cœur » à la fin de *La Force des choses,* à cette phrase qui a fait couler tellement d'encre : « Tournant mon regard incrédule vers cette crédule adolescente, je mesure avec stupeur à quel point j'ai été flouée[1]. » Ce mot dit l'écart incommensurable entre l'intensité des promesses et la réalité des résultats. Aucune promesse ne peut être intégralement tenue et, le serait-elle, qu'il resterait toujours « ce parfum de tristesse / que même sans regret et sans déboire laisse / la cueillaison d'un rêve au cœur qui l'a cueilli ». Ce sont des vers de Mallarmé que le Castor cite dans *La Vieillesse*, et une fois encore dans le dernier volume de ses Mémoires, *Tout compte fait,* quand elle revient sur ce « j'ai été flouée[2] ». « Je pense avec mélancolie [c'est une des rares fois où le mot est prononcé] à tous les livres lus, aux endroits visités, au savoir amassé et qui ne sera plus. » La mélancolie est le sentiment qui naît d'un deuil impossible, et recouvre chaque chose d'un voile. La mélancolie, c'est moins d'avoir à disparaître que d'avoir à se survivre, à récapituler ce qui ne peut plus être dans une énumération que le croassement du corbeau scande d'un *Never more !*

Tout le paragraphe est d'une intensité brûlante, d'une douleur presque insupportable : « Toute la musique, toute la peinture, toute la culture, soudain plus rien. » Chaque objet se présente au mélanco-

1. *FdC*, t. II, p. 508.
2. Note 1, in *TCF*, p. 166. Déjà, en 1927, évoquant avec mélancolie les années passées de son amour pour Jacques, elle écrivait (22 juillet) : « Les mêmes larmes que l'an dernier après la promenade en auto avec Jacques... la cueillaison d'un rêve au cœur qui l'a cueilli. »

lique dans toute la splendeur de son existence et comme déjà réduit à une poussière impalpable. Et l'œuvre elle-même n'est pas une forme de survie : « Ce n'est pas un miel, personne ne s'en nourrira. » L'œuvre est destinée à des vivants, à des contemporains, à ceux qui vivent en même temps que moi. Jamais on n'a poussé plus loin cette étonnante modestie, cette certitude que la gloire post mortem n'est rien ; jamais le Castor ne s'est autant rapprochée du « Je mourrai tout entière » qui scande l'ultime volume des Mémoires. Éclatant refus des vers célèbres où, dans la grande tradition latine, Horace, évoquant sa mort, sait qu'il survivra par ses écrits. *Non omnis moriar,* « je ne mourrai pas tout entier ». « J'ai dressé un monument plus durable que le bronze / Plus élevé que le site royal des Pyramides / Et ni la pluie rongeuse ni l'aquilon orgueilleux / Ne pourront l'abattre, ni l'innombrable / Succession des années et la fuite des temps[1]. » Si seulement, s'exclame-t-elle, « elle avait engendré... quoi ? Une colline, une fusée ? Mais non. Rien n'aura eu lieu[2] ».

« Rien n'aura eu lieu que le lieu[3] » : telle est la conclusion de Mallarmé, quand le bateau a fait naufrage et que la tempête enfin s'apaise[4]. La mort

1. *Exegi monumentum aere perennius / Regalique situ pyramidum altius / Quod non imber edax, non Aquilo impotens / Possit diruere aut innumerabilis / Annorum series et fuga temporum / Non omnis moriar.* (Ode III, 30, 6). (*Notre traduction.*)

2. *FdC*, t. II, p. 507.

3. Cité par le Castor, quelques pages plus haut, pour décrire l'enchantement de la littérature (p. 498).

4. « RIEN de la mémorable crise où se fût l'événement accompli en vue de tout résultat nul humain N'AURA EU LIEU une élévation ordinaire verse l'absence QUE LE LIEU inférieur clapotis quelconque comme pour disperser l'acte vide abruptement qui sinon par son mensonge eût fondé la perdition dans ces parages du vague en quoi toute réalité se dissout EXCEPTÉ à l'altitude PEUT-ÊTRE aussi loin

engloutit avec ses projets celui qui les a conçus comme elle engloutit l'objet dans lequel il croyait les avoir incarnés. La mort : le bref instant d'un « inférieur clapotis quelconque »... Tout ce savoir amassé — et dont elle use avec une réserve si touchante, une absolue absence de vanité : disparu. Voilà pourquoi il faut lire le Castor lentement, et plus patiemment qu'elle ne s'est elle-même écrite. Prendre le temps de reconnaître Horace au détour d'une phrase, et pressentir à travers le rappel de ses vers le fossé — l'abîme — qui sépare le monde antique, l'homme antique, et le monde moderne, l'homme moderne. L'homme moderne, s'il est résolument athée, ne croit plus dans cette survie-là, celle de l'œuvre, il sait qu'« un coup de dés jamais n'abolira le hasard », il sait que pour chacun de nous, la mort a le dernier mot. Il n'ose plus, comme l'homme antique, mettre sa confiance dans ses œuvres, et dans une humanité qui en fera « son miel ». Passionnément tendue durant sa jeunesse vers l'avenir, le Castor a durant son âge mûr voulu en permanence « se jeter dans le monde » et y imprimer sa marque. Mais quelle marque ? Et de quelle durée ? Toutes les promesses ont été tenues, aucune promesse n'est jamais tenue : quelle différence ? L'« inférieur clapotis quelconque » dispersera à jamais la trace de nos actes. « De la mémorable crise où se fût l'événement accompli », il ne restera rien. Sinon, dit Mallarmé, peut-être « une constellation ». Quelque chose à partir de quoi de nouveaux vaisseaux pourront, à leur tour, faire le point de leur route ? Avant d'être, à leur

qu'un endroit fusionne avec au-delà hors l'intérêt quant à lui signalé en général selon telle obliquité par telle déclivité de feux vers ce doit être le Septentrion aussi Nord UNE CONSTELLATION » (1897).

tour, engloutis ? Le Castor les a cherchés, les a trouvés, ces points, et elle les énumère, et il faut les redire tous pour en restituer la magie : « L'Opéra de Pékin, les arènes d'Huelva, le candomblé de Bahia, les dunes d'El-Oued, Wabansia Avenue, les aubes de Provence, Tirynthe, Castro parlant à cinq cent mille Cubains, un ciel de soufre au-dessus d'une mer de nuages, le hêtre pourpre, les nuits blanches de Leningrad, les cloches de la Libération, une lune orange au-dessus du Pirée, un soleil rouge montant au-dessus du désert, Torcello, Rome[1]. » Le hêtre pourpre de Meyrignac, la petite maison d'Algren, Wabansia Avenue, à Chicago sont comme des repères sur une mer d'expériences renouvelées. Magnifique étirement dans une phrase de toutes les phases d'une vie : et elle n'a pas encore soixante ans lorsqu'elle l'écrit ! Est-ce que ces mots-là ne sont pas la certitude de la survie, d'une survie dans l'âme du lecteur, émue, ébranlée, conquise ? Rien n'est plus communicable au lecteur que les puissants accents de la mélancolie, lorsque dans l'interminable deuil de soi l'auteur donne à voir le monde.

Prenons le temps de méditer encore un instant sur ce mot, « flouée ». Trompée ? Trahie ? Oui et non. Plus que ça. C'est un mot qui a l'air familier, flouer, et c'est en fait un mot très précis, technique, il appartient au vocabulaire du jeu, et le Castor n'emploie jamais un mot par hasard. Être floué, c'est être trompé, dit le Littré « avec finesse ». On a perdu, mais pas parce qu'on a mal joué ; parce que votre adversaire a triché. Avec « finesse », sans doute, mais triché. Les règles n'ont pas été respectées. Quelles règles ? Et qui les avait posées ? Et les

1. *FdC*, t. II, p. 508.

règles de quel jeu ? Le jeu de la vie : à ce jeu, on ne gagne jamais, on a devant soi un adversaire imbattable, parce qu'il ne respecte pas les règles. À la naissance on a « une main », quelques dés : on lance les dés (Mallarmé, encore), on use au mieux de ces cartes. On joue un certain nombre de parties, et on les gagne ; et on gagne encore, et on gagne toujours : et puis, soudain, on perd. On avait battu à plates coutures un grand nombre d'adversaires, et pas des plus faciles. Et soudain, derrière eux, se profile le Grand Adversaire. Qui est-il ? Le Temps. Qui ne joue pas, lui, qui n'a jamais accepté de jouer. Qui triche. Qui vous filoute. Ce qui se dit là résume tout le « scandale » de l'existence (et non son « absurdité ») : tout semble nous être donné, et rien ne nous avait été promis. Et tout doit nous être retiré, jamais, nulle part, aucune parole ne sera tenue. Ce n'est pas de jeu, disent les enfants. Et le Castor le savait, dès 1927, lorsque dans ses *Cahiers*, en date du 14 mai, elle place cette citation de Goethe : « Les enfants ne tiennent pas ce qu'ils promettent, les jeunes gens très rarement et s'ils tiennent parole, c'est le monde qui ne la leur tient pas. »

Comme on aime le Castor pour ces accents, ces moments graves, et pour la résolution qui ensuite les lui fait dominer ! Qui lui rend le bonheur des instants de plénitude, des nourritures, des couchers de soleil, des rencontres. La battante, la combattante, revient, se lance dans l'arène, donne des coups, en reçoit, se montre pénétrante et parfois injuste, et de nouveau, elle veut que le monde se plie à sa volonté, et s'irrite quand il lui résiste, ou quand d'autres consciences, d'autres sujets, d'autres points de vue s'affrontent aux siens... Le cycle alors s'accomplit ;

les heures mélancoliques s'effacent, les heures tragiques reviennent.

Le Castor est dans ces alternances, comme le monde selon les Stoïciens : expansion, dilatation, repli, rétraction... Et un nouveau cycle recommence.

*

Ces moments de méditation mélancolique, de confidence, d'abandon font entendre un son si grave, si creux ! Ils encadrent toute la dernière partie de *La Force de l'âge*, la période de quatre ans qui va de la conférence en Sorbonne où l'amitié du public « lui réchauffe le cœur », aux accords de paix signant la fin de la guerre d'Algérie. Victoire amère, qui arrivait « trop tard pour nous consoler du prix qu'elle avait coûté [1] ».

L'année 1958 — « cette accablante année [2] » dit-elle, le Castor y consacre quatre-vingts pages de *La Force des choses* et elle se contente de reproduire les pages d'un carnet qu'elle a alors décidé de tenir. Elle a remis à l'éditeur ses *Mémoires d'une jeune fille rangée*, elle hésite à leur donner une suite, elle se sent dans le même esprit qu'en septembre 1940 et comme Lanzmann est en Corée, elle commence pour lui un journal. Elle l'arrête le 28 octobre, le met « dans une chemise » sur laquelle elle écrit « Journal d'une défaite ». Et n'y touchera plus. Au point de départ de ce journal, et peut-être en son centre, les événements d'Algérie, la journée du 13 mai et le retour au pouvoir du général de Gaulle sanctionné par son succès au référendum du 28 septembre. Elle a raison de le noter : c'est bien d'une « défaite » qu'il

1. *FdC*, t. II, p. 488.
2. *Ibid.*, p. 237.

s'agit. Et elle n'a pas tort d'y voir une défaite plus ancienne, celle des espoirs nés de la Libération. Le nouveau visage de la France est celui d'un pays « dépolitisé, inerte[1] » incapable de se reprendre devant l'insurrection d'Alger[2]. Dans la préface à son livre *L'Agonie de la IVe république : le 13 mai 1958*[3], Michel Winock écrit : « Si le 13 mai est un événement, si cette journée se profile rapidement comme une menace suspendue au-dessus du régime républicain, c'est que ce même régime, indépendamment du contexte algérien, s'est révélé, au fil des années, entaché de vice et d'impuissance[4]. » Et il ajoute : après l'échec « des espoirs de la Résistance et des lendemains brièvement chantants de la Libération », la IVe République « n'est qu'une version à peine améliorée de la IIIe république », à l'apparence « de plus en plus crépusculaire ».

Quand de Gaulle revient au pouvoir, il semble au Castor que « quelque chose de hideux » va se révéler[5]. Elle ne manque pas de relever la joie des « dames et messieurs triomphants » guettant l'arrivée improbable de De Gaulle à bord de « leurs automobiles lustrées » (31 mai), tandis que le 2 juin « des

1. *Ibid.*, p. 152.
2. Rappelons rapidement la chronologie des événements : Le 13 mai 1958, un comité de salut public est créé à Alger, avec le général Salan à sa tête. Il lance un appel au général de Gaulle le 15. L'insurrection prend de l'ampleur et risque de dégénérer en guerre civile. Le 19, le Général se dit « prêt à assumer les pouvoirs de la République ». Le 19 mai, le président de la République, René Coty, fait appel « au plus illustre des Français ». Le 1er juin, l'Assemblée nationale investit le gouvernement formé par de Gaulle. La nouvelle Constitution, élaborée au cours de l'été 1958, est adoptée par référendum le 18 septembre 1958, avec 79,2 % de « oui ».
3. Gallimard, « Les journées qui ont fait la France », 2006.
4. Introduction, *ibid.*, p. 11.
5. *FdC*, t. II, p. 166.

gars en vestes de cuir » achètent des hortensias pour aller fleurir la statue de la République. Y aurait-il là un espoir, une promesse d'avenir ? Serait-ce le retour d'un affrontement « classe contre classe » qui au-delà d'une défense des institutions déboucherait sur une remise en cause plus radicale du régime ? Le Castor retrouve les lieux des « Équipes sociales », Sartre entonne « à pleine gorge » *La Marseillaise*, moins par amour de la République que par haine des « élites[1] ». Mais dès le lendemain, c'est la « dépression » qui l'emporte : les 4 et 5 juin, elle s'irrite d'entendre « la voix vieillissante et la grandiloquence énigmatique de De Gaulle ». Elle achète une robe, mais ça ne la distrait qu'un instant. Elle est bouleversée en pensant « qu'on en arrivera au fascisme, et alors, prison ou exil, ça tournera mal pour Sartre » (5 juin). L'extrême gauche et le Parti communiste ont adopté le mot d'ordre « à bas le fascisme » pour protester contre l'appel fait à de Gaulle par René Coty. Ces grands événements brouillent les cartes, ou les redistribuent, comme du reste, depuis son début, la guerre d'Algérie. Ils rejoignent ici Mendès France qui pour Castor-Sartre n'était en 1954 que le représentant d'une « droite rafraîchie » — comme ils se sont retrouvés du même côté que Mauriac, vigoureux dénonciateur de la torture dans son *Bloc-notes* de *L'Express*. Pour Mendès France, de Gaulle est toujours l'homme dont il a entendu la voix le 18 juin 1940, mais à Alger, au mois d'avril 1958, de Gaulle est sorti de la légalité républicaine en prenant la parole devant l'insurrection des généraux. Dans un entretien avec Éric Roussel[2], il le redit : « Non, on ne peut purement et simplement

1. *Ibid.*, p. 169.
2. *Mendès France, op. cit.*, p. 430.

passer l'éponge. Il y a eu violation de la légalité, et on ne peut le contester. » Le Castor poursuit son journal en pourfendant la « mythomanie » de Malraux (10 juin) qui ose parler de « fraternisation ». Le 13, elle remonte la pente, se sentant « très encouragée au narcissisme » par le succès des *Mémoires d'une jeune fille rangée*... Le 16 juin, ils partent pour l'Italie. Dans leur hôtel de Milan, tout en savourant des gin-fizz « toujours aussi bons », elle lit dans *Oggi* un article où les événements de France sont comparés à ceux qui ont amené en 1922 Mussolini au pouvoir[1]. À Venise, ultimes échos de la révolution écrasée, ils apprennent l'exécution à Budapest de Nagy et de Maleter[2]. « Pourquoi ? » se demande le Castor (18 juin) qui s'inquiète seulement de voir que les communistes seront encore plus isolés, et le gaullisme « renforcé »... Son journal, plus encore que les Mémoires eux-mêmes où il est inséré, donne à voir le Castor telle quelle : dans ces pages alertes, au style vivace et coloré, les événements de France et d'Algérie surgissent au milieu des images de Venise, la couleur verte des *palli*, les gondoliers aux fesses moulées comme sur un tableau de Carpaccio, les monuments qui se diluent dans la brume...

1. Le 28 octobre 1922, les Chemises noires marchaient sur Rome pour installer leur chef, Benito Mussolini, au pouvoir.

2. Imre Nagy, chef du gouvernement à l'automne 1956, et son ministre de la Défense, le général Pal Maleter, sont pendus en juin 1958 après un procès secret. On se souvient du dernier appel radio de l'Union des écrivains hongrois avant l'écrasement de la révolution dans le sang : « Vous savez ce qui se passe, il est inutile d'en dire plus long. Aidez la Hongrie ! sauvez les écrivains, les savants, les ouvriers, les paysans de Hongrie et notre intelligentsia ! Au secours ! Au secours ! Au secours ! »

C'est autour de leurs tombes retrouvées et identifiées qu'en juin 1989 auront lieu les principales manifestations annonciatrices de la « chute du mur ».

Juillet : de Gaulle revient d'Algérie, eux sont à Rome « sans touristes, pas trop chaude, bleue, idéale ». « On dîne chez Pancrazio, avec des spaghettis à la carbonara. Et on boit un peu trop de whisky sur la place Santi Apostoli ou sur la place del Popolo. Et tout cela est si familier, si heureux, que les mots n'ont pas de raison d'être[1]. » Ce n'est pas une figure facile à cerner, le Castor, entre sa nostalgie de Wabansia et du « hêtre rouge » de Meyrignac ; son indifférence à la Chine ancienne ou, dans quelques mois, à la situation de Pasternak ; ses mots si vifs, si coupants, sur ceux qu'elle n'aime pas, qui ne sont pas « de son bord », et son amour inconditionnel de l'Italie, de ses rues dorées à l'odeur d'olive et de pierre chaude. « Tout à l'heure, j'étais place Navona, il y avait le ciel bleu sombre des nuits romaines, au-dessus des maisons rouge sombre, et c'était la perfection du moment. Ce soir, à nouveau, la vie me mord le cœur » (13 juillet). Elle lit beaucoup, Fourastié, Sauvy, bien trop optimistes à son goût sur la modernité. Car elle sait ce qu'est au fond, cette « technocratie » triomphante : le triomphe de l'« homme de l'organisation » — comme aux États-Unis[2].

Quand elle se retrouve à Paris, elle se sent bien et elle note (17 août) : « Décidément, j'ai le caractère bien fait. » Mais elle ajoute : « Je vieillis. » C'est la première fois depuis six ans qu'elle n'est pas partie en vacances avec Lanzmann « à cause de la Corée »,

1. *FdC*, t. II, p. 200.

2. Lorsqu'en 1962, ils doivent se réfugier dans un appartement du quai Blériot, le Castor, regardant de sa fenêtre les hommes en gris qui se rendent dans leurs bureaux, voit passer l'« l'homme de l'organisation ». Cf. *FdC*, t. II, p. 449 et déjà p. 287 : retour de Cuba. New York, passants tristes, et partout, l'« homme de l'organisation ».

dont il a étalé les souvenirs en vrac sur les divans. En fait, leur séparation est imminente. « Tristesse de tous les souvenirs parce que je les sais condamnés à mort[1]. » Le 8 septembre, elle décide de se joindre à la grande manifestation contre de Gaulle. Elle tombe sur Genet, elle déjeune avec lui, il lui parle de Rembrandt « qui est passé de la superbe à la bonté parce qu'il ne voulait aucun écran entre le monde et lui ». « Belle idée d'ailleurs[2] », commente-t-elle. L'état de Sartre l'inquiète, au moment où il doit prendre la parole à un meeting le 13 septembre : une fois de plus il s'est surmené pour écrire un article qui sera repris dans *Situations V* sous le titre « Les grenouilles qui demandent un roi » (*L'Express* du 25 septembre). Il a travaillé vingt-huit heures de suite, sans dormir, et il avait l'air « aveugle et sourd » quand elle est passée le chercher. Dans l'urgence, elle va y travailler elle-même, à ce papier, habilement, « les raccords ne se voient pas trop[3] ». « J'ai été beaucoup trop respectueux pour De Gaulle, écrira-t-il en 1964[4], il fallait l'attaquer ouvertement comme un personnage nuisible. »

L'entrée du 28 septembre (dimanche) signale seulement « Référendum ». Et celle du lundi commence par : « Eh bien, nous l'avons connu, le goût de la

1. *FdC*, t. II, p. 212.

2. *Ibid.*, p. 215. L'article de Genet est paru le jour même, 4 septembre, dans *L'Express* (repris chez Gallimard sous le titre *Le Secret de Rembrandt*). « Toute son œuvre me fait penser qu'il ne lui suffisait pas de se débarrasser de ce qui l'encombrait pour réussir cette transparence [...] mais de le transformer, de le modifier, de lui faire servir l'œuvre. Défaire le sujet de ce qu'il y a d'anecdotique et le placer sous une lumière d'éternité. Reconnu par aujourd'hui, par demain, mais aussi par les morts. »

3. *FdC*, t. II, p. 223.

4. « L'alibi », interview au *Nouvel Observateur*, n° 1, 19 novembre 1964. (Cf. Contat-Rybalka, *op. cit.*, pp. 322 et 406.)

défaite, et il était plutôt amer. » Le soir du dimanche, quand les résultats tombent « plus de 80 % » (en fait, 72,6 %), elle se met à pleurer, « c'est affreux d'être contre tout un pays, le sien, on est déjà en exil ». Et elle a des cauchemars toute la nuit. Tout cela lui rappelle les sombres jours où on pouvait lire dans la presse : « Les Allemands sont entrés en Belgique. » Pendant ce temps, Sartre ne cesse de souffrir de la tête et continue quand même de se bourrer d'optalidon, de belladénal et de corydrane. Le 14 septembre, il a vu un médecin. Son écriture et son orthographe sont affolantes, il bredouille, le « ventricule gauche » est fatigué, dit le médecin. Elle se sent « dans un long cauchemar ouaté », tout à fait comme dans l'avion qui avait perdu un moteur, quand elle se rendait aux États-Unis pour revoir Algren. Elle décide d'arrêter son journal : tout cela est trop horrible, le référendum, la lâcheté des Français, le danger qui pèse sur Sartre. Il faut être « émoussé par la vieillesse pour le supporter[1] ».

Ni véritable coup d'État, quoique appuyé sur la conjuration des militaires, ni réveil du bonapartisme, bien que « la suprématie du chef de l'État ait été légitimée par le souverain populaire aux dépens du Parlement », le retour de De Gaulle au pouvoir et l'instauration de la Ve République ont durablement modifié le modèle républicain créé à la fin du XIXe siècle, écrit Michel Winock. Avec des conséquences positives : « En mettant en place les conditions d'une stabilité ministérielle jusqu'alors exceptionnelle » ; mais aussi en permettant d'en finir avec le « fardeau » des guerres coloniales. La gauche cependant, de Mendès France aux communistes, va

1. *FdC*, t. II, p. 233.

entrer dans une opposition durable au régime et à ses nouvelles institutions jusqu'à ce que François Mitterrand les reprenne à son compte. De Gaulle n'était cependant pas un « fasciste ». Autant il avait été juste de protester contre les formes de son retour au pouvoir, peu respectueuses de la « légalité républicaine », autant l'emploi de ce mot « fasciste » enferme la gauche dans un discours daté, alors qu'au même moment subsistaient en Europe des régimes véritablement fascistes, comme au Portugal ou en Espagne, et que, d'autre part, une partie de l'Europe était « confisquée » par le communisme « réel ».

Ce qu'il y avait de plus inquiétant dans le nouveau régime présidentiel, peu s'en sont alors aperçus. Dont Mendès France : après le référendum qui consacre l'élection du président de la République au suffrage universel, il en note aussitôt les dangers — avec une grande perspicacité. En un temps où les « médias » n'avaient pas la puissance qu'ils ont aujourd'hui, Mendès pressent que la politique va se réduire de plus en plus aux techniques de la communication[1]. Paradoxalement, en la personne de De Gaulle, c'est un homme « du passé », plutôt traditionaliste, qui a fait entrer la France en 1958 dans le monde moderne. Elle devra encore traverser de grandes secousses, Mai 68, le choc pétrolier des années soixante-dix, l'effondrement du communisme réel, pour que sa nouvelle figure se dessine. Mais déjà quelque chose a commencé. « Sonnés » par ces horribles journées, comme la gauche tout entière, Sartre et le Castor en ont-ils pris la mesure ? Ils sont du reste entièrement requis l'un par la mala-

1. Cf. Éric Roussel, *op. cit.*, pp. 456-457.

die, l'autre par l'inquiétude : Sartre prononce des phrases incompréhensibles, parle des « buissons du cœur[1] » et, dit le Castor, déjeunant avec Simone Berriau, il pose « délibérément » son verre à cinq centimètres de la table[2]. Est-ce bien le mot qui convient ? Car Sartre, au bord de l'attaque, précisément ne fait ni ne dit plus ce qu'il veut. N'est-ce pas un reste de ce volontarisme qui faisait dire au Castor quand Sartre, ayant pris de la mescaline, avait redouté de devenir fou : « Votre seule folie c'est de vous croire fou » ?

Mais cette première « alerte », comme disent les médecins sur un ton qui ne l'est que trop, signe l'entrée sans retour de la maladie et de la mort dans la vie du Castor : « Notre mort est en nous, non comme un noyau dans le fruit, comme le sens de notre vie ; en nous, mais étrangère, ennemie, affreuse[3]. » Tout s'éteint : la mort maintenant la possède, et elle se sépare de Lanzmann. C'était normal, dit-elle, fatal, même souhaitable : gradation significative. Et progrès dans le sens de Descartes ; si je finis par souhaiter ce qui était inévitable, alors c'est que j'accepte enfin de « changer mes désirs » plutôt que l'« ordre du monde ». Cela n'empêche pas de souffrir.

*

Et c'est justement dans ce registre que le Castor choisit ses images ; la France, c'est comme un

1. Souvenir d'un poème de René Char ? « Puisqu'il faut renoncer / À ce qu'on ne peut retenir / Qui devient autre chose / Contre ou avec le cœur / — L'oublier rondement / Puis battre les buissons / Pour chercher sans trouver / Ce qui doit nous guérir / De nos maux inconnus / Que nous portons partout / ». *La parole en archipel.*

2. *FdC*, t. II, p. 234.

3. *Ibid.*, p. 237.

« amour trahi ». Elle a perdu le sommeil ou alors elle fait des cauchemars, et elle a toujours froid au réveil. Nous sommes des vieillards, pense-t-elle (elle aura cinquante et un ans dans quelques mois). Heureusement, l'indignation est une passion stimulante : dès le début de 1959, les rapports se multiplient sur l'existence de camps dit « de regroupement » et le Castor publie en note de larges extraits du rapport commandé par Paul Delouvrier, délégué général du gouvernement français en Algérie tout récemment nommé par le général de Gaulle.

L'auteur en est Michel Rocard; son témoignage est éclairant : sa vie, dit-il, en a été réorientée. Envoyé en Algérie en 1958 comme inspecteur des finances, il s'est vu confier officieusement une enquête sur ces camps de regroupement jusque-là passés sous silence. Elle va durer trois mois, de septembre à novembre; il découvre qu'on était encore en dessous de la vérité. Et des images resurgissent en lui de 1945, quand, boy-scout, il était allé à l'hôtel Lutétia accueillir les déportés retour des camps. « Un million de personnes, dont énormément de femmes et d'enfants, sont parquées dans des conditions innommables », dit-il. Il estime à deux cent mille le nombre de ceux qui sont morts de faim. Le 17 février 1959, il rend son rapport à Paul Delouvrier. Et décide de s'engager en politique de façon définitive. Ce rapport eut un peu plus d'effet que ne le dit le Castor (« le nombre des regroupés ne fit que grandir »). Transmis aux journaux par une indiscrétion, il manque coûter sa carrière à Rocard, mais il a pour résultat que tout nouveau regroupement de population est interdit, sauf autorisation du délégué général. Et dans ces nouveaux camps, au moins, on ne meurt plus de faim. Modeste progrès, mais qui épargne tout de même la vie de plus d'un million d'hommes... En tout cas, ces révélations, s'ajoutant au déni constant de la torture ou à sa justification, poussent le Castor et Sartre à se rapprocher de Jeanson qu'ils ne voyaient plus depuis qu'en 1956 il avait refusé de condamner l'intervention des chars russes à Budapest. L'action clandestine qu'il s'apprête à mener, prêchant la désertion et l'aide au FLN, leur paraît justifiée « puisque la gauche avait échoué à mener dans la légalité une action efficace [1] ». Le Castor ne s'y joindra pas par ses actes : « Je ne suis pas une femme d'action ; ma raison de vivre, c'est d'écrire ; pour la sacrifier, il aurait fallu me croire ailleurs indispensable. Ce n'était pas du tout le cas. » La situation n'est pas la même que sous l'Occupation, mais ce sont les mêmes arguments : ils s'étaient abstenus de participer à la résistance active, dangereuse, parce que ni elle ni Sartre n'avaient aucune idée, aucune expérience de l'action clandestine, « ni même de l'action tout court [2] ». Sartre, cependant, en donnant à Jeanson une interview pour son mensuel clandestin, *Vérités pour*... le 2 juin 1959, se met délibérément dans l'illégalité. Témoignant par lettre au procès qui sera intenté en 1960 au « réseau Jeanson », Sartre y fera allusion : « Lorsque Jeanson vint me trouver en tant qu'animateur du "réseau de soutien" et de ce bulletin clandestin qui en était l'organe, je l'ai reçu en pleine connaissance de cause [3]. » Comme le Tintoret, le « Séquestré de Venise », « mandaté par toute la population travailleuse » (*Les Temps modernes*, 1957), Sartre se sent la

1. *Ibid.*, p. 245.
2. *FdÂ*, p. 571. C'est le moment, milieu 1941, où Socialisme et liberté va échouer.
3. Cf. Contat-Rybalka, *op. cit.*, p. 335.

proie d'une obligation envers les opprimés, les colonisés, les Arabes, afin d'échapper à « l'affreuse gabegie » dont il est le témoin en France[1]. Et quand il « basculera dans le soutien actif à l'indépendance de l'Algérie, la France ne tardera pas à sentir le poids effectif de ce soutien[2] ».

La guerre d'Algérie donne de Sartre et du Castor l'image la plus indiscutable d'un engagement en faveur d'une cause politique, ponctuée par le procès du réseau Jeanson en 1960, la signature du « Manifeste des 121 » (le 6 septembre 1960) appelant à l'insoumission, et la préface au livre de Frantz Fanon, en 1961... La guerre d'Algérie conforte chez Sartre et le Castor l'analyse qu'ils ont faite lors de leur rapprochement avec le communisme en 1952, et plus encore de leur voyage en Chine en 1955 : il y a une similitude de situation, presque une identité, entre le prolétariat des pays industrialisés, la paysannerie pauvre des pays « sous-développés », comme on dit encore à l'époque, et les colonisés. Un an plus tard, le voyage à Cuba leur en fournira la preuve, du moins pour les deux derniers. Dans chacun des trois cas, les questions seront les mêmes : celle de la « prise de conscience » et de la « spontanéité » des masses opprimées, exploitées, colonisées. Celle du rôle des « cadres » dans la révolution, du parti unique, du FLN. Celle du chef, Grand Timonier ou Lider Máximo[3]. Enfin celle de la vio-

1. Cf. interview de Madeleine Chapsal au sujet des *Séquestrés d'Altona*. Cité par Annie Cohen-Solal, *Sartre, op. cit.*, p. 639.
2. *Ibid.*, p. 653.
3. C'est en décembre 1961 que Fidel Castro se donne ce titre; par la suite, il ne sera utilisé que par ses détracteurs : à Cuba, on ne l'appelle que « el Comandante ».

lence révolutionnaire. De l'URSS (dont on s'éloigne en partie depuis le rapport Khrouchtchev et la répression de Budapest), à Cuba en passant par Pékin, c'est le même mouvement, planétaire, de l'Histoire — toujours avec un grand H. Mais la (con) fusion sera lourde de conséquences, au lendemain des guerres d'indépendance coloniale, quand la lutte pour leur indépendance fera automatiquement des anciens colonisés et de leurs chefs des « progressistes », dont le combat va « dans le sens de l'histoire[1] ». Elle permettra à des régimes locaux autoritaires et obscurantistes de succéder à la domination européenne. D'où cette remarque de Leszek Kolakowski[2] : la gauche européenne procommuniste — dont Sartre et le Castor sont des représentants majeurs — ne pourra pas prendre en compte, dans les pays où la révolution est en marche, « la situation des hommes privés de leur liberté de parole et d'action ». Pourquoi ? Parce que cette gauche « poststalinienne » a fait sienne une condamnation globale des « valeurs » de la culture « bourgeoise » du fait de leur complicité dans la

1. Confidence d'une Indonésienne, leader de l'opposition démocratique : Nous ne pouvons plus distinguer maintenant à coup sûr ceux qui nous oppriment, ils ont la même couleur que nous...

2. Né à Radom en 1927, Kolakowski s'inscrit en philosophie à l'université « rouge » de Lodz où il poursuit ses études jusqu'en 1949. Engagé très tôt dans le militantisme communiste, il poursuit ses études de philosophie à l'université de Varsovie à partir de 1949, où il sera professeur. À partir de 1956, il tente de mener une critique « de gauche », en retournant contre les régimes en place les armes et les slogans du marxisme ; en confrontant les promesses d'égalité, de liberté et d'abondance avec la vie quotidienne misérable et assujettie des masses.

Le Castor, dans *Tout compte fait,* cite avec faveur son livre, *Chrétiens sans église*, et dénonce son exclusion, en 1966, de l'Université et du Parti (*TCF*, p. 557).

justification et la légitimation de l'ordre dominant — et de l'ordre colonial[1].

Ainsi s'explique comment, placée entre l'affaire algérienne qui mobilise toutes leurs forces, et leur premier voyage à Cuba, l'« affaire Pasternak » va se réduire, pour le Castor, à « une aubaine pour la bourgeoisie et son "antisoviétisme[2]" ». Attribuer le prix Nobel à un auteur russe « qui prenait ses distances par rapport au communisme » était de toute façon, dit-elle, une « provocation » des académiciens suédois ; qu'on lui ait interdit d'aller le recevoir se comprend, puisque, à part cela, « on le laissa vivre en paix dans sa datcha ». Est-ce vraiment une preuve d'indulgence que de lui avoir « laissé sa datcha » si on lui retire tout le reste ? Si, en particulier, comme ce fut le cas, on l'exclut de l'Union des écrivains ? C'était le priver de tout moyen d'existence légal[3] : Sartre et le Castor ne connaissent pas très bien, on le voit, les conditions de vie réelles des écrivains soviétiques. Et il en va pour elle de Pasternak comme du Tibet : seule une haine fanatique du communisme explique qu'on ait cru devoir soutenir la cause du dalaï-lama contre la puissance chinoise[4]. Seuls l'anticommunisme et le « fanatisme puissant » de la bourgeoisie peuvent trouver de l'intérêt à ce « pavé de brumes compactes » qu'est *Le Docteur Jivago*.

1. Cf. Kolakowski, *L'Esprit révolutionnaire* (1972, 1974), Médiations Denoël, 1978.

2. *FdC*, t. II, p. 246.

3. Dans ces années-là et jusque dans les années quatre-vingt, beaucoup d'écrivains en URSS ou dans les pays de l'Est vivaient de traductions.

4. *Ibid.*, p. 247.

*

Aubaine pour l'anticommunisme du « monde libre » ? Aubaine pour la hantise obsidionale de l'Union soviétique ? En tout cas, pas une aubaine pour Pasternak. Il faut relire les derniers vers qu'il a écrits, qui datent de janvier-mars 1959 : « Hommes, liberté, lumière / Sont tout près, mais sur mes pas / J'entends approcher la meute : /Je suis pris, bête aux abois[1]. » L'affaire Pasternak est en effet une tragédie, dont la première victime a été Pasternak lui-même, pris dans un jeu qu'à l'évidence il ne maîtrise pas, ne soupçonne peut-être même pas. Après un refus forcé du prix, il mourra deux ans plus tard dans la pauvreté. Récapitulons l'affaire. Khrouchtchev apprend qu'un roman, qu'il n'a pas lu, mais dont l'auteur vit dans une silencieuse et radicale opposition, va être publié à l'étranger ; il s'étrangle de rage (c'est un homme très coléreux). Apprenant cela, la CIA manigance une opération publicitaire haute en couleurs : elle va faire attribuer le prix Nobel à un auteur qu'elle n'a pas lu davantage. La publication à l'étranger en 1957 de son roman *Le Docteur Jivago*, l'attribution en 1958 du prix Nobel à Pasternak deviennent ainsi en peu de temps un enjeu majeur dans la guerre « culturelle » que mènent les deux grandes puissances durant la guerre froide : face à face, les Soviétiques et la puissante Union des écrivains, et le « monde libre » — la CIA. Le « monde libre » croit tenir le héraut de la lutte antisoviétique, l'Union des écrivains pense détenir la preuve que les opposants qu'elle tolère

1. Boris Pasternak, *Œuvres*, Gallimard, « Bibliothèque de la Pléiade », p. 232. Cité par Hélène Henry, Préface, *Écrits autobiographiques* et *Le Docteur Jivago*, Gallimard, « Quarto », 2005.

sont en réalité soutenus par les Occidentaux et travaillent pour eux.

Il faut rappeler qui est Pasternak. Et à travers lui et son histoire, la violence des affrontements qui ont entouré l'ascension de Staline, son règne et sa chute. Les écrivains soviétiques, même les plus serviles, s'y sont trouvés durablement exposés ; quant aux autres, toutes les stratégies étaient bonnes pour sauver leur capacité d'écrire, et d'abord leur vie. Comme l'écrit Sophie Benech dans sa préface à la correspondance Chalamov-Pasternak[1], il y eut alors plusieurs types d'écrivains : « Ceux qui s'exilèrent, comme Bounine ou Zamiatine, ceux qui se suicidèrent, comme Maïakovski ou Tsvétaïeva ; ceux qui périrent dans les camps, comme Mandelstam et Pilniak, ceux qui vendirent leur plume, et ceux qui furent écartelés vivants, dans les camps, comme Chalamov, ou sur la scène culturelle, comme Pasternak. » Un autre de ces destins héroïques « en de sombres temps » est celui de Chostakovitch, toujours au bord de l'arrestation qu'il arrive à éviter et, dans le même temps, vilipendé en Occident comme artiste « servile », et compositeur médiocre, alors qu'il est un des génies de la composition musicale du XXe siècle.

Pasternak était né en 1890, du peintre Leonid Pasternak, ami de Tolstoï dont il illustre plusieurs livres, et d'une musicienne, Rosa Kaufmann[2]. Après des études de philosophie à Marbourg, il publie très tôt son premier recueil de poésie, et rejoint le groupe des futuristes, ayant renoncé faute d'avoir l'« oreille

1. *Correspondance avec Boris Pasternak*, *op. cit.*, p. 23.

2. Aux alentours de sa dix-huitième année, Boris Pasternak est engagé quelque temps comme précepteur de leur jeune fils, Jurgis, futur grand historien de l'art, par la famille du poète lituanien Jurgis Baltrušaitis, alors ambassadeur de l'éphémère république de Lituanie à Moscou.

absolue » à la carrière de musicien où l'avait pourtant encouragé Scriabine. Mais son admiration pour Maïakovski ne l'empêche pas de reprocher aux futuristes leur hostilité envers la culture classique et leur apologie de la violence révolutionnaire. Cependant, lorsqu'il publie en 1922 son recueil *Ma sœur la vie* qui lui vaut une reconnaissance immédiate, il lui donne pour sous-titre « Été 17 », mettant en avant le double bouleversement subi par lui dans ces années-là : celui de la passion amoureuse, celui de la révolution. Dans ses publications des années 1925, des poèmes épiques, il continue de célébrer les journées de 1905 ou la figure de Lénine. Et, en 1932, il dédie à Boukharine le premier poème de son recueil *La Nouvelle Naissance* ; en 1934, dans son rapport au premier congrès des écrivains russes, Boukharine saluera en lui « un des meilleurs poètes de son temps ». L'amitié de Boukharine pèsera très lourd sur le destin de Pasternak. Car Boukharine[1], d'abord l'allié puis l'adversaire résolu de Staline, est mis en cause en août 1936, lors du procès Zinoviev-Kamenev. En février 1937, il est arrêté à son tour, et il est fusillé le 15 mars 1938. À l'heure de mourir, Boukharine dicte un testament à sa femme, Anna Larina Boukharina, que celle-ci apprendra par cœur avant de le réécrire en 1956. Il se termine par ces mots : « Sachez camarades que sur le drapeau que vous portez, en marche triomphale vers le communisme, il y a aussi une goutte de mon sang[2] ! »

1. Né en 1888, fils d'instituteurs, bolchevique de la première heure, partisan de la révolution à outrance, il s'engage dans une lutte stratégique et tactique avec Staline. Boukharine s'oppose à la collectivisation de l'agriculture et il est évincé du Politburo en 1928. Il est quelque temps responsable de l'édition des *Izvestia* en 1934.

2. « Je suis membre du Parti depuis l'âge de dix-huit ans, et le combat pour les intérêts de la classe ouvrière, pour la victoire du

Les grands procès de 1936 ont sur Pasternak un effet décisif. Il écrit en 1956 : « Il y a vingt ans, quand ces terribles procès ont commencé, tout s'est brisé en moi, et de l'union avec mon temps, je suis passé à l'opposition[1]. » Pendant vingt ans, il vit pour l'essentiel dans sa datcha de Peredelkino, traduisant Goethe, Shakespeare, jusqu'au jour où il achève un roman, *Le Docteur Jivago*, auquel il travaille depuis 1945. Vers le début de 1956, pensant probablement pouvoir profiter de la période qu'ouvre la mort de Staline, Pasternak adresse le manuscrit du *Docteur Jivago* à trois revues soviétiques (*Literaturnaïa Moskva, Znamia* et *Novy Mir* qui publiera en 1962 *Une journée d'Ivan Denissovitch*[2]) en même temps qu'il le fait passer en Italie, où l'éditeur communiste Feltrinelli — voyant là l'œuvre d'un communiste rénovateur — le publie en 1957. Le monopole du Parti sur la production littéraire soviétique, inviolé depuis 1929, est brisé. Pasternak avait discrètement prévenu Feltrinelli de ne tenir compte d'aucune correspondance qu'il recevrait de lui en russe, seulement en français ou en allemand, prévoyant que le pouvoir soviétique allait faire pression sur lui pour qu'il retire son manuscrit — ce qu'il fit effectivement.

Telle est la « faute » qu'il a commise : envoyer une

socialisme, est l'unique but de ma vie. [...] Dans ces jours, qui sont peut-être les derniers de mon existence, je garde la conviction que la vérité historique lavera mon nom de toute la boue dont il a été souillé. [...] » Se reporter à *Boukharine, ma passion,* d'Anna Larina Boukharina, Gallimard, « Au vif du sujet », 1990.

1. Sur un exemplaire de *Quelques poésies*, cité par Olga Ivinskaïa, *Otage de l'éternité*, Le Grand Livre du mois, 1978.

2. D'Alexandre Soljenitsyne. Le rédacteur en chef est alors Tvardovski.

copie à l'étranger. Il s'en explique du reste aussitôt dans une lettre à l'Union des écrivains (à laquelle il appartient toujours) : « J'ai transmis un exemplaire à une maison d'édition communiste italienne. » Khrouchtchev met aussitôt en route dans la presse une campagne enragée de persécution contre Pasternak, ce « laquais de l'impérialisme américain qui dénigre sa mère patrie comme un pourceau ingrat ». Dans ses Mémoires, Lydia Tchoukovskaïa, la fille du grand traducteur Korneï Tchoukovski, rapporte les témoignages de la sincère indignation que les journaux déclenchent chez des gens « simples » à qui le nom de Pasternak était jusque-là inconnu[1]. Les autorités soviétiques demandent à Pasternak d'écrire à Feltrinelli pour reprendre son manuscrit. Sourkov et le PC italien font pression sur l'éditeur, qui persiste et publie le livre. Une édition anglaise et une édition française suivent aussitôt. C'est alors probablement que les Américains s'avisent de tous les avantages qui découleraient de la remise du prix Nobel de littérature à ce « génie antisoviétique ». Dans quelles conditions le texte russe a-t-il été fourni aux académiciens suédois, cela reste encore aujourd'hui mystérieux ; peut-être s'agit-il d'un des exemplaires russes distribués en Italie par l'organisation « Pro Russia ». Ou peut-être même d'une retraduction en russe de l'édition italienne. En tout cas, le prix Nobel lui est décerné le 23 octobre 1958. Violemment injurié par la *Literaturnaïa Gazeta*, Pasternak est sommé de refuser le prix, exclu de l'Union des écrivains, et menacé d'exil. Il refuse le prix le 30 octobre et envoie à Khrouchtchev et à la *Pravda*

1. Lydia Tchoukovskaïa, *La Plongée*.

deux lettres où il dénonce les interprétations tendancieuses qu'on a faites de son livre [1].

Il faut imposer un moment d'arrêt et de réflexion à la marche rapide du Castor dans les Mémoires, trop rapide parfois. Et réfléchir sur son refus d'entrer un instant dans le monde de Pasternak, dans le livre lui-même, *Le Docteur Jivago*. Le Castor dit : « Son auteur ne m'apprenait rien sur un monde auquel il semblait s'être fait délibérément aveugle et sourd. » Mais si, Castor, ce livre nous apprenait beaucoup. Car ce n'est pas le livre d'un homme qui refuse de voir, *c'est le livre d'un homme qui a vu*, et trop bien vu, ce que tout le monde voyait sans doute — mais que personne à ce moment-là ne voulait ou n'a su dire comme lui, cet univers ténébreux où la survie est chaque jour une sorte de grâce imméritée, un sursis en attendant la hache. Est-ce qu'on imagine un peu ce que cela veut dire, réparti sur trente, quarante ans, davantage ? Ce que Jivago — son nom se rattache à la racine du verbe *jizn* « vivre », Jivago est le « vivant », celui qui s'obstine à vivre — a connu, c'est l'horreur de tomber dans un trou noir de l'histoire, c'est le refus de se séparer du monde ancien, le refus de voir sombrer la culture, condition exigée par la révolution. Dans un train qui le ramène à Moscou « au début des grands troubles », Jivago écoute les propos d'un inconnu, un très jeune homme à la voix désagréable, un sourd-muet rééduqué : « La société n'est pas encore assez détruite, martèle celui-ci, il faut qu'elle s'effondre complètement. Ensuite, un véritable pouvoir révolutionnaire la reconstruira pièce par pièce, sur des fondements

1. Voir sur toute cette affaire le « dossier » publié aux Éditions Gallimard, « Quarto », *op. cit.*

nouveaux. » Jivago se sent mal à l'aise, et sort dans le couloir. « La révolution était là, commente le narrateur, avec son temps d'épreuves fatales, et sa probable grandeur finale[1]. »

Lorsque Sartre, en 1964, est pressenti pour le prix Nobel, il « incline » aussitôt au refus, dit le Castor, et elle l'y encourage. Des gens d'« âge mûr » aussi l'y engagent, mais ce sont surtout les étudiants qui sont horrifiés : quelle déception pour eux, s'il acceptait ! Parmi toutes les raisons qu'il déploie pour justifier son refus (d'autres, dont il ne parle pas, pourraient aussi l'expliquer[2]), il y en a une, dit le Castor, qui l'emporte sur toutes les autres : « Jamais le prix n'avait été attribué à un communiste. » Ce n'est pas tout à fait exact : ou alors il aurait fallu préciser à un « communiste russe ». Car le prix avait été attribué en 1955 à l'écrivain islandais Halldor Laxness qui devait rompre avec le communisme au moment de Budapest l'année suivante. Et en 1959 à Salvatore Quasimodo, inscrit au Parti communiste italien dès 1945. Le Castor reprend : Sartre regrette en fait qu'il soit « réservé aux écrivains de l'Ouest ou aux rebelles de l'Est[3] ». Sous-entendu : aux écrivains de l'Ouest « anticommunistes », comme Mauriac et Camus. Quant aux « rebelles » de l'Est, là encore, ce n'est pas tout à fait exact; quand il reçoit le Nobel en 1961, trois ans avant Sartre, Ivo Andrić[4] n'est pas un dissident, ou un « rebelle » de l'Est; il a été quelque

1. *Ibid.*, p. 399.
2. Que le prix ait été donné, dans la décennie précédente, à François Mauriac (1952) et en 1957 à Camus. (Gide l'avait reçu en 1947.)
3. *TCF*, p. 64.
4. Auteur de *Chronique de Travnik* et du *Pont sur la Drina* (en français aux éditions L'Âge d'Homme, Lausanne).

temps président de l'Union des écrivains yougoslaves et était encore à cette époque membre de l'Académie serbe des sciences et des arts. « Sartre précisait : on l'a donné à Pasternak, non à Cholokhov. La phrase a été très mal comprise en URSS : ils ont cru que Sartre abandonnait le camp "libéral" pour le camp "stalinien". » Qu'auraient-ils pu croire d'autre ? Cholokhov qui recevra du reste le prix Nobel l'année suivante — le Castor n'en souffle mot — n'est pas un dissident ou un « rebelle ». À cette époque il est même l'écrivain officiel du régime, malgré la controverse sur son livre *Le Don paisible* auquel on reproche sa façon trop nuancée de présenter la grande guerre et la guerre civile[1]. Il est membre du Comité central du Parti communiste (comme Aragon en France) ; membre de l'Académie des sciences de l'URSS, président de l'Union des écrivains soviétiques, etc.

Fin de l'affaire Pasternak ? Non, pas tout à fait. Le Castor n'a jamais entièrement oublié sa méfiance pour Pasternak[2]. Sa mort survenue peu de temps après la désastreuse affaire de son prix Nobel ne lui inspire aucun commentaire. En 1963, cinq ans après cette affaire, un an avant le Nobel de Sartre, c'est le « dégel » — juste avant le « regel » brejnévien ; le Castor et Sartre se rendent à Moscou. « L'Union des écrivains soviétiques [dont Sourkov, leur vieille connaissance d'Helsinki, l'ennemi acharné de Pas-

1. Surtout il y a eu beaucoup d'interrogations sur son auteur véritable. Soljenitsyne l'accuse carrément de l'avoir « volé » à l'auteur cosaque Krioukov.

2. Quand elle veut dire du mal du roman d'Aragon, *Aurélien*, le Castor dit qu'elle le trouve presque aussi ennuyeux que *Le Docteur Jivago* (*FdC*, t. II, p. 251). C'est, lui aussi, une « studieuse allégorie ».

ternak, est toujours le président] nous avait invités à Moscou. » Dès leur arrivée, ils constatent « qu'il y a du nouveau sous le soleil soviétique[1] » : Evtouchenko voyage dans le monde entier et « une Géorgienne fait en toute liberté une thèse sur Sartre ». La vie semble plus agréable, il y a dans les rues de la jeunesse, des rires, des femmes mieux vêtues, des étalages plus avenants. Ils retrouvent leurs vieux amis : Simonov, Fédine, Sourkov, et l'interprète de Sartre, devenue sa maîtresse, Lena Zonina. Chez les écrivains, la lutte est serrée entre les « novateurs » et les « conformistes », c'est surtout, dit le Castor, une affaire de génération. En tout cas, elle se rassure : tout antistaliniens qu'ils sont, les jeunes « ne reviennent pas du tout aux valeurs bourgeoises ». Les temps ont pourtant bien changé puisqu'on parle ouvertement de Dostoïevski et de Pasternak (mort en 1960). On montre même avec révérence la datcha où celui-ci a habité. Quant à son « ancienne amie », dit le Castor, « si elle a été envoyée dans un camp, c'est qu'elle s'était livrée à des trafics de devises ». Quelle amie ? Quels trafics ? En octobre 1946, Pasternak déjà mis sur la touche par le pouvoir a rencontré Olga Ivinskaïa dans les bureaux de la revue *Novy Mir*. Il n'est plus publié, mais occupe encore une grande datcha à Peredelkino, le village des artistes, avec sa seconde épouse et leurs fils. En 1949, Ivinskaïa est arrêtée et expédiée dans un camp. Pasternak lui envoie colis sur colis. Après la publication du *Docteur Jivago*, elle est à nouveau expédiée en 1960 pour quatre ans au goulag. Elle s'était occupée de faire parvenir à la famille de Pasternak les droits d'auteur de son livre à l'étranger :

1. *FdC*, t. II, pp. 463-464.

telle est la réalité du « trafic de devises » dont elle est accusée. C'est un chef d'accusation typiquement soviétique que relaie le Castor, et qui sent le KGB à plein nez.

*

Les passages des Mémoires les plus difficiles à traverser sont pour le lecteur ceux où le Castor et Sartre semblent peu accessibles à des interrogations sur la nature véritable du communisme poststalinien et sur les conditions de vie des écrivains, des artistes — sans parler des difficultés quotidiennement vécues par des millions de gens. Même si c'est le fond du problème, ce qui nous préoccupe ici, ce n'est pas tant leur adhésion de principe à un système qui se prétend voué à l'émancipation concrète des opprimés et des exploités — c'est que des voyages réguliers en URSS notamment ne les ont pas dessillés avant de longues années. Sans doute depuis Budapest ont-ils de sérieuses réserves sur le type de « solidarité » qui règne entre pays frères, mais ils ne renoncent pas à l'idée — le mot est significatif — que les opposants à ces régimes sont des « rebelles ». Un rebelle est quelqu'un qui se soustrait à une autorité *légitime*. Parfois le Castor leur donne aussi l'appellation officielle d'« oppositionnels » — mot qui figure sur les chefs d'accusation staliniens. Sans doute les choses changeront-elles à partir des premières publications en Occident de Soljenitsyne, le Castor les saluera, et elle reconnaîtra aussi dans *Tout compte fait* qu'ils avaient alors une vision assez idyllique des choses. Mais n'y avait-il pas des signes qui auraient pu les alerter plus tôt ? La médiocrité des auteurs officiels, la médiocrité de leurs œuvres ?

La pauvreté de la vie culturelle officielle, même si le Bolchoï était plein tous les soirs d'apparatchiks en costume gris, avec au bras leur dame un peu forte en robe longue moirée ? Et le spectacle d'une pénurie toujours renouvelée, les queues aux boutiques, le modèle unique de manteau dans les rayons du Goum, une année d'une couleur, l'année d'après d'une autre, toujours aussi improbable, kaki ou bleu pétrole ? Que la classe ouvrière, en Occident, ait continué d'être séduite par un « modèle » dont elle n'avait pas l'expérience concrète, qu'elle ne voyait qu'à travers les discours des dirigeants communistes, politiques ou syndicaux, soit. Mais que s'est-il passé pour que la gauche « extrême » ait pu, même en se rendant sur place, continuer pendant quelques dizaines d'années *de ne rien voir* ? Et devant les faits les plus avérés de censure ou d'oppression, s'interdire de dénoncer deux ou trois des régimes les plus oppressifs de l'histoire ? Continuer de penser qu'on nuirait aux intérêts des « opprimés » si on dénonçait, en même temps que leur oppression, l'imposture des régimes qui prétendaient les représenter ?

Fallait-il nécessairement, pour que se réalise la « promesse » de l'émancipation, qu'une contrainte sans pitié s'exerce sur les intellectuels, les écrivains, les artistes ? Est-ce vraiment la « révolution » qui était menacée par la liberté de penser et d'écrire ? La révolution, ou le pouvoir unique de son chef ? Arrêter les saboteurs, ou ceux qui tenteraient par la force de renverser les nouveaux pouvoirs, il n'y a aucun régime qui peut s'en dispenser. Mais la publication du *Docteur Jivago* aurait-elle freiné l'émancipation du peuple russe ? Au contraire. Lire et comprendre ce livre, et son auteur, n'eût pas été rejoindre tous ceux qui rejetaient, dans le communisme, le message d'espoir et de libération que les opprimés avaient cru y lire. C'eût été dire aux opprimés : là où vous voyez votre émancipation, il n'y a que meurtre et corruption ; c'eût été dire aux opprimés : votre libération commencera quand vous vous serez émancipés de ce modèle-là, de ces régimes-là qui ont trahi, comme le dit Ossip Mandelstam (avant de disparaître lui aussi définitivement dans la nuit et le brouillard des goulags), « la splendide promesse faite au Tiers-État ». C'eût été dire aux opprimés : ce poète qui demande à penser, à réfléchir, à écrire librement, il ne défend pas une autre cause que la vôtre, il ne défend pas le monde qui vous opprime, il défend, à sa manière un monde commun, à lui et à vous [1].

L'interdiction de le publier favorisait l'idée que la culture, la pensée viennent après, bien après, la satisfaction des besoins élémentaires. Et peuvent donc être remises à un avenir qui n'adviendra jamais. Revenant de Chine, où elle avait constaté le caractère rudimentaire et même simpliste de l'éducation donnée aux anciens illettrés, le Castor commentait : « Proposer au public des thèses contradictoires, tant qu'il n'a pas les bases pour juger par lui-même, c'est le jeter dans la confusion [2]. » Mais qui lui donnerait ces bases ? Qui, où, quand, comment, si de campagne en campagne de redressement idéologique, les intellectuels, les savants, les écrivains sont sommés ou de s'aligner ou de disparaître ? Quand le « public », les « masses », le « peuple » serait-il enfin jugé capable d'entendre des thèses contradictoires ? Et jugé par qui ? Par le

1. On pense à la remarque de Péguy, répondant à Jaurès : « Nous ne voulons pas un art social, nous voulons un art libre. »
2. *LM*, p. 240.

« chef » ? Autant dire, jamais. Il aurait lui-même trop à y perdre. Comme le dit bien Arendt dans *L'Essai sur les révolutions* [1], il faut répondre absolument à la demande de « pain », mais pas avant la demande de liberté, mais pas *à son détriment*. Sinon elle ne sera jamais satisfaite.

On a parfois le sentiment que le Castor entre dans l'action, l'engagement, la vie politique, avec d'autant plus d'ardeur qu'elle y trouve là une façon de n'être pas seule, de surmonter les tourments que causent le passage du temps, l'approche de la vieillesse, la peur de voir mourir Sartre. Dans la compagnie de Sartre, ou de leurs amis des *Temps modernes*, et plus généralement, en sentant sous ses pieds le grand remuement de l'Histoire, elle prend pour quelque temps son parti de la fin qui guette toutes nos entreprises. On est là dans l'ordre des « vérités pratiques » (les vérités qui guident la « praxis »), ce qui soulage un temps de la charge d'exister et de penser l'existence. Vie politique, vie dangereuse : mais sans les méandres et les froids désespoirs de la vie affective. Car les Mémoires sont ainsi ponctués par ce rappel et cette insidieuse admonition : il faut supporter parce qu'on n'a plus assez d'énergie pour désespérer [2].

Du coup, les ennemis de toujours, anticommunistes et/ou gaullistes, comme Malraux ; chrétiens, bourgeois, comme Mauriac, jouent un rôle salutaire dans cette vaste tragédie : leur expédier un bon coup de patte vous prouve que vous êtes toujours vivante

1. Gallimard, « Tel ».

2. Quand Lanzmann la quitte, elle dit : « Quand je l'avais connu, je n'étais pas mûre encore pour la vieillesse : il m'en cacha les approches. Maintenant, je la trouvai déjà installée en moi », *FdC*, t. II, p. 256.

et pugnace. Et ce sont parfois les plus proches — plutôt : ceux qui ont été les plus proches — qui font le mieux l'affaire, car en désignant avec vigueur le « salaud » qu'ils sont devenus, on fait la preuve, et on s'assure soi-même, de sa propre vigilance. Malraux, au Brésil, accuse carrément Sartre d'avoir collaboré ? Peut-on attendre autre chose d'un ministre de De Gaulle ? Le même Malraux dont Sartre disait dans une lettre au Castor, « en défendant l'idée que la liberté humaine est une totalité définie par son être-dans-le-monde, il est vraiment bien proche de nous [1] ». Mais Malraux, gaulliste de choc, est devenu le 27 juillet 1958 ministre délégué chargé « de l'expansion et du rayonnement de la culture française » et il a entrepris pendant l'été suivant une vaste tournée « publicitaire », dit le Castor pour justifier et soutenir la politique du général de Gaulle dans le monde, et notamment le maintien de la présence française en Algérie.

Sartre devient explicitement l'ambassadeur antigaulliste, anti-Malraux, lorsqu'il est invité au Brésil avec Simone de Beauvoir à la fin de 1960, reçu par la gauche et l'extrême gauche à Recife « par une nuée de photographes, d'admirateurs, de journalistes », à São Paulo par des manifestants brandissant des pancartes *Viva Sartre, Viva Castro* (ils sont allés à Cuba en février de la même année). À cinquante pages de distance, les Mémoires préparent ce grand événement. Mais le Castor n'oublie pas pour autant son engagement propre : et, là encore, le rugueux contact avec les lecteurs ou avec un public mal disposé la conforte dans la certitude de peser dans le monde — et de peser dans le bon sens. Écrire

1. *Lettres au Castor*, *op. cit.*, t. II, lettre du 15 avril 1940, p. 163.

protège : c'est ensuite qu'on s'expose. À de bonnes rencontres parfois : celle, en 1955, dans une librairie, d'une jeune femme qui ne l'a pas reconnue mais parle tout haut d'un livre qu'elle aime, *Les Mandarins*. Naturellement il y a aussi ceux qui vous « détestent » et c'est peut-être eux au fond qui vous rassurent le plus. Quoi de plus tonique que d'entendre, dans un hôtel des Pyrénées, une « bourgeoise » qui dégoise sur ses domestiques et ensuite « sur *Le Deuxième Sexe* et son auteur » ? « Une folle, une anormale, un livre ignoble... » C'est comme une preuve distribuée avec libéralité par le hasard : j'attaquais les bourgeoises, elles ne m'aiment pas, j'ai donc eu raison de le faire. Plus elles m'attaqueront, plus je serai sûre d'avoir raison. Parmi les lettres qu'elle reçoit, c'est la même chose : « Quelques-unes m'insultent; je n'en suis pas fâchée[1]. » On est un Castor de guerre ou on n'en est pas un...

Le Castor entre dans une période très dangereuse de la vie d'un écrivain célèbre et engagé qui avance en âge. Celle où il va subir les effets de sa notoriété et commencer de ne plus entièrement s'appartenir. Ce ne sont pas seulement les conséquences pratiques sur sa vie quotidienne, les demandes d'interviews, les visites, le courrier, les sollicitations en tout genre. La gloire a aussi des effets réconfortants : ces lettres innombrables de femmes que *Le Deuxième Sexe* est allé toucher, partout dans le monde; ces visites de jeunes filles « dont les existences ne sont pas encore nouées », comme cette « blonde beauté canadienne », la journaliste Madeleine Gobeil[2], mais d'autres aussi « coincées par une situation —

1. *FdC*, t. II, p. 266.
2. Qui réalisera pour Radio Canada en 1967 avec la collabora-

mari, enfant, travail — qui s'est créée avec leur complicité et pourtant malgré elles ». Et des hommes aussi lui écrivent, comme ce « jeune Marseillais » qui trouve que de livre en livre, surtout après *La Longue Marche*, elle « baisse » ! Mais devenir un personnage public présente des risques : jamais plus on ne sera contredit ou, quand on le sera, il ne sera plus temps d'en tenir compte.

Significativement, les Mémoires ne s'attardent que sur un épisode d'apparence anecdotique, pour lequel le Castor retrouve sa plume et son alacrité de toujours. C'est l'intrusion dans sa vie d'une folle, pire : d'« une cinglée ». Une Violette Leduc sans l'œuvre et le talent, une inconnue qui s'éprend du Castor, lui envoie des télégrammes qu'elle signe « Love. Lucy », réclame de discuter avec elle de l'existentialisme, au rythme de trois ou quatre lettres par semaine, et pour finir lui annonce qu'elle va vendre son magasin d'antiquités pour venir vivre avec elle. Elle avise même le Castor qu'une « bague de fiançailles » l'attend à la douane. Malgré les fins de non-recevoir que multiplie celle-ci, elle insiste jusqu'au jour où le Castor trouve dans un paquet venant de Philadelphie « soigneusement emballé : un barreau de chaise[1] » — reste des meubles du magasin vendu, olisbos grossier, simple symbole phallique, ou encore annonce de la vie dévergondée qu'elles auraient pu mener ensemble ? « Lucy » disparaît à jamais. Que signifie son passage, dans le récit, dans la vie du Castor ? Une allusion rapide à l'envers de la vie d'écrivain connu, aux dangers pour rire (pas toujours) auxquels leur œuvre les expose ?

tion de Claude Lanzmann une série d'interviews filmées de Sartre et du Castor.

1. *FdC*, t. II, pp. 270.

Ou quelque chose de plus ? C'est d'abord le portrait-type de la femme qui se construit un scénario paranoïaque sans aucun rapport avec la réalité ; ne tient pas compte des refus qu'on lui oppose ; finit tout de même par comprendre la « leçon » qu'on lui donne. Ainsi Zuorro tout à sa passion pour Bost imaginait la vie fastueuse qu'il lui ferait mener ; ainsi Louise Perron accablant Colette Audry de ses lettres, et interprétant — « Vous voulez dire que je suis un singe » — les lettres postées rue Singer. Pour finir, Zuorro ou Perron se lassent de leurs inventions, et disparaissent. La folle aussi, avec son obscène cadeau d'adieu.

Il y a peut-être autre chose. Avec la célébrité, le Castor se découvre à nouveau telle que la voyaient à Rouen ses élèves ; ou plus tard, Violette Leduc : un « mythe ». Mais ce n'est pas son prestige intellectuel seulement qui agissait sur ses élèves, ou sur Violette Leduc, et qui agit aujourd'hui sur cette lectrice fascinée jusqu'à la folie, c'est aussi la beauté de son visage, son regard, son air à la fois sensuel et farouche. De cela, elle ne parle jamais. Quand elle était toute jeune, elle se réjouissait de noter que Maheu puis Sartre la trouvaient « charmante » ; et elle rapporte dans les Mémoires les occasions où elle « se plaît », parce qu'elle a une nouvelle coiffure, un beau turban turquoise assorti à un pull-over ou une robe. Mais qu'elle ait pu séduire des hommes et susciter chez des femmes des « passions » impossibles, irréalistes, à la limite de la folie, voilà un sujet qui la préoccupe, l'attire, la trouble suffisamment pour qu'elle ne puisse s'empêcher d'en parler. Sur un ton sévère, factuel et légèrement badin qui masque mal un malaise puissant.

Oui, décidément, le monde est trouble. Troublant et troublé. La guerre d'Algérie s'éternise, Camus est mort, le Castor ne va presque plus au théâtre ou au cinéma, et les livres la fatiguent : on y retrouve le monde, simplement en plus fade. Où est l'univers de nécessité, et même d'innocence, où on pourrait s'engloutir, le temps d'oublier la tâche quotidienne de l'œuvre et la crainte de retomber dans la « contingence », sans subir la loi d'airain de la *praxis*, de ses risques, de ses échecs ? Cet univers existe, c'est celui de la musique et elle y consacre maintenant de longues heures le soir, un verre de whisky à la main, grâce à son fameux phono. « Quand j'écoute Lassus ou Pergolèse, la notion même de mal n'existe plus. » Même si à son pouvoir indéniable et à sa vérité, se mêle une vague « supercherie ». Le mot vient de l'italien *soperchiare* ou mieux *soverchiare* qui veut dire prendre possession de, s'emparer, vaincre : tel est peut-être le registre dominant de l'art, une forme insidieuse de maîtrise. L'art, et la musique en particulier, ne sont pas si innocents que ça. Il y a de la tromperie : fine, délicate, mais déterminée. D'abord parce que « la douleur du monde y est dominée et sublimée si magnifiquement qu'elle semble justifiée [1] ». Le Castor sent qu'il y a là quelque chose qui pourrait vous entraîner. Où ? Là où on ne veut pas aller. C'est-à-dire ? Mais c'est *que ça ne peut pas se dire*, justement. Là où la volonté cède, où la raison bascule : c'est un repos, sans doute, mais non sans danger. Voilà pourquoi tous les grands moralistes, depuis les Pères de l'Église, ont décrété contre l'art, ses images lascives et trompeuses, contre la musique, aussi, dont il faut user sciemment.

1. *FdC*, t. II, p. 502 *sq*.

*

Avec le temps, les curiosités s'émoussent, et c'est bien dommage, dit le Castor, car « on nous proposait de grands voyages ». Franqui, le directeur du plus grand journal cubain, *Revolución*, leur a rendu visite et les a convaincus : « Il était de notre devoir d'aller voir de nos yeux une révolution en marche. » (Une de ces phrases en « style indirect libre » qu'affectionne le Castor parce que la parole passe d'un sujet dans l'autre. C'est ce qu'il dit et, au bout du compte, c'est ce qu'ils pensent : il a trouvé les mots justes, ceux qui pouvaient les toucher.) En se rendant à Cuba, Sartre et le Castor comme toute la gauche attirée par le communisme suivent le mouvement qui, d'enthousiasme en rupture, va faire glisser les « compagnons de route » d'URSS en Chine, et de Chine à Cuba, avec quelques haltes auprès des peuples en voie de décolonisation. Des trois, Cuba est la plus récente des révolutions, tous les espoirs y sont donc permis : la « loi fondamentale de la République » qui établit les fondements du nouvel État cubain a été promulguée juste un an plus tôt, le 7 janvier 1959.

Il faut bien comprendre ce que pouvaient avoir d'exaltant les débuts de la révolution cubaine. Dès avant la chute de Batista en 1959, les images de la « longue marche » dans la sierra Maestra de ces *barbudos* jeunes et ardents avaient saisi l'opinion mondiale, puis il y avait eu la prise de la Moncada, et l'installation du pouvoir révolutionnaire, dans un mélange de romantisme et d'efficacité, sur le fond d'un soutien populaire manifeste. Venus d'Europe, des étudiants communistes (avant leur exclusion du

Parti en 1965) qui ont connu les années du début de la révolution cubaine se les rappellent encore avec nostalgie. Lorsque Sartre et le Castor débarquent à La Havane, trois groupes se partagent le pouvoir : le Mouvement du 26 juillet de Castro, le Directoire révolutionnaire, et le Parti socialiste populaire (PSP) appelé à devenir le Parti communiste. Dès le 17 mai 1959, Fidel Castro a promulgué une première loi de réforme agraire pour en finir avec les grands domaines latifundiaires. La propriété privée n'est pas abolie, mais la plupart des terres ne sont pas redistribuées aux petits paysans. Les États-Unis apportent tout leur soutien aux contre-révolutionnaires cubains, ce qui renforce la sympathie des « anti-impérialistes » pour le régime et la personne de Fidel Castro, surtout quand celui-ci met en place une politique d'aide au développement et aux luttes des pays du tiers-monde. De nombreux opposants sont cependant éliminés dès la première année, ou condamnés à de lourdes peines de prison, comme Hubert Matos Mar.

Malgré la beauté des Vélasquez du Prado, l'escale à Madrid les « assombrit », mais l'arrivée à La Havane les plonge aussitôt dans une « gaieté » qu'ils n'espéraient plus. Leur curiosité se réveille. S'efface, comme un mauvais brouillard chassé par le soleil, la morne mélancolie de Paris (engagé dans la guerre d'Algérie) et de Madrid (étouffé sous la dictature franquiste). Car un « miracle » les attend sous le ciel bleu, « dans la douceur sombre de la nuit [1] ». Rien ou presque rien d'« officiel » dans l'accueil et surtout dans les visites, les rencontres, partout, la « chaleur des foules » leur rend une « joie depuis longtemps

1. *Ibid.*, p. 282.

perdue ». Particulièrement vive est la question de la « foule » dans la pensée, l'œuvre, la vie du Castor. Dans les années de son adolescence, au moment de l'émergence de ses choix, de la saisie du « projet » qui déterminera toute la suite de sa vie, le Castor avait défini son moi dans la lutte contre les « Barbares », la foule indifférenciée des « autres », et s'étendant à La Grillère dans une prairie elle s'était sentie comme un « grand chêne » dominant des milliers de brins d'herbe[1]. La lecture de Barrès n'était pas précisément une introduction à l'« âge des foules » ou à l'« ère des masses ». Il va falloir la grande rupture historique de la guerre pour que ce mot même de « foule » perde progressivement son acception péjorative. Et encore : dans les *Entretiens de 1974* avec Sartre, le Castor évoque l'« aristocratisme » qui a longtemps été le leur. Avec la guerre et la défaite, cependant, la foule se met à exister, sur le quai de la gare de l'Est, au pied des wagons qui emportent les mobilisés, ou un peu plus tard dans les cafés de Montparnasse peuplés de femmes qui attendent « leurs hommes ». Et une vérité se fait jour : il y a peut-être un repos à attendre de cette appartenance imposée. La Libération la fait glisser vers une appartenance choisie : la « responsabilité » de l'écrivain.

Le mot ne connaît cependant sa définition positive — au prix peut-être d'une inflexion dangereuse — que dans les premiers voyages aux pays de la révolution, en route ou accomplie. Le mot de « masses » alors vient naturellement sous la plume du Castor retour de Chine; ce qu'elle y a vu n'est plus une série de petites unités accolées au hasard —

1. *MJFR*, p. 196.

la foule « sérialisée », dira Sartre dans la *Critique de la Raison dialectique*. C'est une foule animée d'un projet commun, et tout entière tendue vers celui qui l'incarne : sur la place Tian'anmen, lors des cérémonies du 1er octobre 1955, elle ne voit pas de la servilité ou de l'indifférence, mais de l'« affection ». À Cuba, les « masses » sont redevenues des « foules », mais chaudes, colorées, animées par le climat et son exotisme « tropicaliste », mais surtout par un projet qui transcende les individus, et les met « en fusion » — voir l'analyse de la prise de la Bastille toujours dans la *Critique de la Raison dialectique*. Tout y contribue : l'exubérance de la végétation, les restes de l'architecture coloniale, les « longues autos américaines » qui ne sont plus une menace ou un signe haïssable puisque les Américains ont été chassés. (Cinquante ans plus tard, dans les rues de La Havane, on peut en voir encore sans moteur ni roues.) Même les ananas « tendres et juteux » vous imprègnent d'une douceur de vivre inégalée : on a su depuis que les paysans n'en consommaient jamais, et qu'ils étaient tous réservés à l'exportation. Pendant des années, dans les restaurants de Berlin-Est, on trouvait sur toutes les cartes des plats étranges, les « escalopes Hawaï », fibreuses tranches de veau recouvertes d'une épaisse sauce madère où flottait une rondelle d'ananas cubain...

Le Castor est saisie par le parfum des « fleurs pâmées », par la « puissante odeur de légumes et de poisson » qui monte des marchés ou des restaurants ouverts sur la rue; le photographe Korda[1] les

1. Alberto Díaz Gutiérrez, plus connu sous le nom d'Alberto Korda, était né le 14 septembre 1928 et il est mort le 15 mai 2001. Il est l'auteur de la plus célèbre des photographies de Che Guevara. Juan Vives, ex-agent secret cubain, prétend qu'il est le véritable

accompagne avec sa femme qui conjugue en elle les deux vocations opposées de « mannequin et milicienne » que seule une révolution peut assurer. C'était tout de même, note François Furet, « plus exaltant que les plans quinquennaux soviétiques [1] ». Doublé par la figure romantique du « Che », Fidel Castro (« Fidel » à l'époque) incarne alors pleinement la volonté d'émancipation des paysans pauvres du continent sud-américain, livrés aux exactions de l'United Fruit et de ses séides armés. Dans ces années-là, la « théologie de la libération », très vite condamnée par le Vatican, trouve en eux ses modèles et puise son inspiration dans leur action. La photo de Sartre en compagnie du Comandante ou du Che est si souvent reproduite dans les journaux que la foule le désigne joyeusement du doigt dans les rues. C'est l'époque du Carnaval, qu'assombrit un attentat au cours duquel des dockers, tous noirs, sont tués. Aux funérailles des victimes, Fidel parle devant cinq cent mille personnes : image récurrente d'une foule unanime derrière son chef. Tout se passe comme il convient ; pas une fausse note dans cette alliance visible du peuple et de ses dirigeants, dans ce « grouillement un peu désordonné » des espérances. « C'est la lune de miel de la révolution », dit Sartre [2]. Et le Castor ajoute : « Ça ne durerait pas toujours, mais c'était réconfortant. » « Pour la première fois de notre vie, nous étions témoins d'un bonheur qui avait été conquis par la violence. »

Phrase exemplaire. D'un côté, leur vision des

auteur de cette photo, que Korda aurait dupliquée sur une pellicule couleur en 1974. (*El Magnifico*, vingt ans aux services secrets de Castro. Avec Joseph Labordeta).

1. *Le Passé d'une illusion*, Robert Laffont/Calmann-Lévy, 1995, p. 558.

2. *FdC*, t. II, p. 286.

choses s'est faite moins optimiste ; de l'autre, ils n'ont pas renoncé à l'idée que la violence est le moteur de l'histoire et la Mère des Révolutions. L'« idéalisme bourgeois » qu'ils pourfendent ne peut allier ces deux termes : c'est ou le « bonheur » ou la « violence ». Car pour la « bourgeoisie », toute violence est mauvaise, sauf celle qu'elle exerce sous le nom de droit, et donc tout « bonheur » suspect s'il lui est redevable. La révolution cubaine leur donne donc un spectacle inouï, à la Rousseau, celui d'une fête « où les cœurs se comprennent » dans une transparence au-delà de tout « obstacle ». Qui oserait s'y soustraire au nom d'un refus abstrait de la violence ? D'une violence de toute manière rendue légitime par la violence des rapports d'oppression, de domination ? Tous, à Cuba, même ceux qui risquent de mourir au combat, « rayonnent de gaieté [1] ». Les « masses » saluant Mao d'une seule voix sur la place Tian'anmen (ou plus tard brandissant des milliers de « petits livres rouges ») ne leur ont jamais donné à ce point l'impression de joyeuse harmonie : c'est qu'il y avait en effet bien de la différence entre la contrainte subie par le peuple chinois dès les débuts de la Longue Marche, et la joie véritable qui, pendant quelque temps, a envahi le cœur et la vie des Cubains.

Un peu d'eau glacée tombe sur cet enthousiasme : dès octobre, lorsque, à la fin de leur séjour au Brésil, ils décident de revoir La Havane. Hélas : « La Havane avait changé : plus de boîtes de nuit, plus de touristes américains, partout, dans les rues, des miliciens faisaient l'exercice [2]. » « La lune de miel de la révolution » est terminée, la menace de contre-

1. *Ibid.*, p. 286.
2. *Ibid.*, p. 391.

révolution pèse sur le pays, et « Castro se raidissait ». Depuis leur premier passage en février, l'URSS a pris le relais des États-Unis qui ont dénoncé les accords concernant l'achat de canne à sucre : l'URSS est désormais le principal partenaire commercial de Cuba — pétrole soviétique contre sucre cubain. Les États-Unis se voient donc naturellement mis en posture d'accusé dans le rapprochement qui s'est ainsi fait entre l'URSS et Cuba, jusque dans les méthodes. Diverses mesures d'expropriation et de nationalisation sont prises, le 19 octobre, le Département d'État décide l'embargo général sur les exportations vers l'île. Résultat : « Moins de gaieté, moins de liberté. » Les écrivains eux-mêmes ont changé, se sentent obligés de suivre les directives en faveur du « réalisme socialiste » ou les acceptent volontairement. L'atmosphère générale est lugubre ; tout le monde craint un débarquement. Dans les mois qui suivent, l'attitude américaine se raidit encore : le 3 janvier 1961, Eisenhower rompt les relations diplomatiques avec Cuba. John Kennedy poursuit dans cette voie, jusqu'à la tentative avortée de débarquement des 15-19 avril 1961 dans la baie des Cochons, menée par deux mille exilés cubains et les Américains qui ont décidé de soutenir les partisans de Batista réfugiés sur leur territoire. Aux yeux des « anti-impérialistes », le durcissement du régime et le rapprochement avec l'URSS ne sont qu'une réponse à l'agressivité nord-américaine qui ne faiblit pas. Le Castor et Sartre s'alertent vraiment en 1961 lorsque les signes s'aggravent à Cuba d'un glissement accentué vers un régime de plus en plus stalinien. Avec notamment une politique de répression de l'homosexualité. La vraie et définitive déception pour le Castor et Sartre ne vient que sept ans plus tard : Castro a soutenu « avec enthousiasme » l'entrée des chars à Prague et « l'invasion d'un petit pays par une grande puissance[1] ».

Mais nous n'en sommes pas encore là : Sartre au retour de ce premier voyage laisse voir dans ses reportages (« Ouragan sur le sucre », pour *France-Soir*, 10 et 11 juillet 1960) une émotion vibrante, et un enthousiasme qu'il répartit équitablement entre la personne de Castro et celle du Che. Avec peut-être une petite préférence pour ce dernier. Le Che, qui lui a dit que « la réalité était marxiste », est pour Sartre « l'homme le plus cultivé, une des intelligences les plus lucides de la révolution ». Naturellement le FBI « grince des dents[2] ». En mars 1960, sur le chemin du retour vers Paris, les yeux encore éblouis par la lumière de La Havane et le cœur réchauffé par les promesses de cette toute jeune révolution, le Castor et Sartre sont passés par New York, qui leur a semblé « pauvre et froid », les passants ont l'air de s'ennuyer; quant aux gens qu'ils rencontrent, on ne peut pas dire qu'ils appartiennent à l'avant-garde de l'humanité : c'est une société « sclérosée par l'organisation ». C'est ce qui fait de New York une « Babylone déchue ». Tel est le meilleur des Mémoires : ce que Sartre pose conceptuellement dans la *Critique de la Raison dialectique*, elle le traduit en visions vivantes et concrètes. Dans l'opposition entre les foules joueuses et gaies de La Havane et ces tristes hommes en gris des bureaux new-yorkais.

Mais à Chicago, « Wabansia » n'est plus, remplacé par d'énormes buildings; les souvenirs se sont réfugiés entièrement dans le cœur, la mémoire et les

1. *TCF*, p. 452.
2. Cohen-Solal, *Sartre*, *op. cit.*, p. 667.

livres. Algren est arrivé à Paris tandis que Castor-Sartre étaient à Cuba, puis à New York, où ils n'avaient jamais été ensemble. Comme le monde tourne et comme il présente des facettes inattendues ! New York a été pour Sartre et le Castor le lieu d'une découverte : qu'il y avait des « amours contingentes » tellement fortes qu'elles risquaient de ne pas pouvoir rester inférieures et soumises à l'« amour nécessaire ». Tout cela est bien fini, et pourtant c'est la porte de son atelier, rue Schœlcher, qu'Algren va ouvrir au Castor à son retour. Il y a treize ans qu'ils se sont rencontrés pour la première fois ; elle voit nettement aujourd'hui qu'elle n'aurait jamais pu vivre avec lui. Ni à Paris, ni à Chicago. Sans doute n'aime-t-il pas lui non plus la « bourgeoisie » arrogante, et il y a longtemps qu'il l'a fuie avec des souteneurs et des joueurs de poker, mais il ne veut pas changer le monde, il veut seulement le supporter. Il ne se soucie pas d'aller rencontrer à La Havane les foules qui dansent sur des airs où *revolución* rime avec *producción*, il préfère s'enfoncer dans une morne vitupération contre cette Amérique qui ne lui a pas donné sa chance. Le Castor doit donc s'« ingénier » à le distraire, elle l'emmène partout, mais il ne comprend pas le français, se fâche dans les cabarets où les filles sont en réalité des garçons, c'est vraiment un « jeunot du cru » pas très dégrossi, et macho avec ça. Cependant, est-ce que cette peinture d'un caractère légèrement aigri n'est pas là aussi pour nous préparer à la réaction violente d'Algren quand il lira ses Mémoires, selon le mode de protection narrative auquel le Castor nous a habitués ? Rigoureuse — mais masquée, la construction est partout, la narratrice n'abandonne pas la main, rien n'est dit au hasard,

À Madrid, Algren fait une conférence grâce à Goytisolo, elle le rejoint là-bas, et de jeunes intellectuels lui signalent que « les livres de Sartre sont interdits tandis que ceux de Camus s'étalent aux devantures [1] ». (Le mot peu flatteur sent un peu la rancune envers quelqu'un qu'on n'a pas très bien traité.) À leur retour, le Castor donne une préface à deux livres de Lagroua Weill-Hallé, et rejoint la jeune avocate Gisèle Halimi dans son combat pour Djamila Boupacha [2]. (Le livre de Gisèle Halimi paraît en 1962 avec une préface de Simone de Beauvoir.) C'est aussi sa manière d'affirmer son autonomie, tant vis-à-vis d'Algren que des engagements politiques propres à Sartre. D'autre part, comme *La Force de l'âge* va paraître, dédiée « à Jean-Paul Sartre », elle veut écrire une suite, sur la période 1944-1948. Il est vrai qu'elle en a déjà parlé dans *Les Mandarins* : peut-on encore écrire sur cette période dont l'imagination et la fiction ont déjà dégagé toute la signification ? Oui, car le roman a transformé toute la « contingence » en « nécessité » : les Mémoires vont faire le mouvement exactement inverse, rendre toute leur gratuité et tous leurs hasards aux événements. Est-ce vraiment le cas ? Une fois de plus, en faisant cette distinction, le Castor incite à lire les Mémoires comme le déploiement même des choses, et à oublier qu'ils en sont souvent la réinterprétation.

1. *FdC*, t. II, p. 293.
2. Gisèle Halimi a été une des premières à dénoncer, pendant la guerre d'Algérie, les multiples viols : elle estime que neuf femmes sur dix étaient violées quand elles étaient interrogées par l'armée française. Dans les campagnes, dit-elle, les viols avaient pour objectif principal le « défoulement de la soldatesque ». Mais, lors des interrogatoires, c'est surtout l'anéantissement de la personne qui était visé. C'est ce qu'on retrouve dans les années quatre-vingt-dix en ex-Yougoslavie.

Elle ne se pose que quelques semaines à Paris, et repart. Pour l'Espagne avec Algren (début mai) ; de nouveau avec lui en juillet pour la Turquie et la Grèce, ce sera leur dernier voyage. Algren quitte Paris sur un geste assez mesquin : il laisse sur une table l'argent du loyer. (Bost avouera plus tard qu'il est passé et qu'il l'a pris.) Et la vie du Castor retrouve son cours normal : fin août, répondant à une invitation, Sartre et elle s'envolent pour le Brésil. C'est un programme à remplir, et une série d'enseignements à recevoir. Après la Révolution installée en URSS ou plus récemment en Chine, après le voyage à Cuba qui leur a montré la révolution en marche, il leur est nécessaire de comprendre le « tiers-monde » où « les forces révolutionnaires sont encore, pour longtemps peut-être enchaînées[1] ». Sartre qui hésite se laisse convaincre : il sera là-bas l'anti-Malraux, et servira ainsi « efficacement l'Algérie et la gauche française ».

Le voyage dure deux mois : c'est le plus long récit de cette partie des Mémoires (80 pages). Après tout, dit le Castor, « ceux que ce reportage ennuiera pourront toujours le sauter[2] ». C'est bien un reportage, en effet, où le Castor donne toute la mesure de son talent : au centre le couple Amado, Jorge et sa femme Zelia. Amado est déjà l'auteur d'une œuvre considérable, *Bahia de tous les saints* est paru en 1938 en France et, en 1952, *Capitaines des Sables.* L'année d'avant, il a reçu l'un des derniers prix Staline. Leur appartement, débordant de livres et d'objets ramenés de tous les coins du monde, devient celui du Castor et de Sartre : un « foyer »,

1. *FdC*, t. II, p. 319.
2. *Ibid.*, p. 311.

dit-elle. Ils y boivent des *batidas*, ils y dînent souvent avant de suivre Amado dans les rencontres, débats, conférences qu'il a organisés pour eux. Sartre et le Castor sont fêtés, ovationnés, reçus partout comme les intellectuels et les représentants les plus prestigieux de la gauche anti-impérialiste et « tiers-mondiste ». L'excès de rencontres, de conférences fatigue Sartre, et il se plaint parfois du rôle qu'on lui fait jouer. Mais un an plus tard, quand le leader du FLN Youssef Ben Khedda se voyant refoulé à l'aéroport est arraché aux autorités par les étudiants qui le font sortir en triomphe, c'est du voyage de Sartre l'année d'avant qu'on lui parle aussitôt [1]. La nature les enchante, les rencontres sont étonnantes d'enthousiasme et de ferveur, le nom de Sartre est acclamé par les étudiants avec celui de Castro. « On dirait qu'ils sont tous révolutionnaires ! » dit le Castor à Amado qui en a vu d'autres et refroidit un peu son enthousiasme : quand ils seront médecins ou avocats, ça leur passera, dit-il [2].

Pendant ce temps, en France, le procès du réseau Jeanson s'est ouvert le 7 septembre ; Sartre étant absent, on donne lecture au tribunal d'une lettre de lui que le Castor cite en entier. En fait, elle a été rédigée par Lanzmann et Péju d'après les instructions qu'il leur avait laissées et quelques entretiens téléphoniques, elle est tapée à la machine par Paule Thévenin [3] ; et la signature de Sartre est imitée par Siné [4]. Il faut rappeler tous ces incidents en détail, pour faire comprendre quelle était la place,

1. Cohen-Solal, *Sartre*, *op. cit.*, p. 675.
2. *FdC*, t. II, p. 356.
3. Amie d'Antonin Artaud dont elle assurera la publication jusqu'à sa mort, en 1993.
4. Cohen-Solal, *Sartre*, *op. cit.*, p. 704.

immense, de Sartre dans ces années-là, et comment le Castor y était à chaque moment aux côtés de lui. À Paris, il fait trembler le pouvoir. Dans le monde « anti-impérialiste » où ils sont reçus comme des chefs d'État, on retarde pour eux les avions. Repassant par La Havane, ils regrettent de devoir partir sans avoir revu Castro. Soudain, comme ils allaient quitter l'hôtel, il « jaillit » de l'ascenseur. Mais notre avion ! disent-ils. « Il attendra », répond superbement Castro.

C'est une réplique digne du Grand Théâtre de la Révolution avec pour grand premier rôle le Lider Máximo (ou le Grand Timonier...). Tout est dit dans cet « il attendra » ; ils ont le sentiment d'être tout proches du cœur brûlant d'un grand réacteur thermonucléaire. Qui pourrait résister quand c'est l'Histoire elle-même qui vous met la main sur l'épaule ? C'est sa puissance absolue qui fascine, et dont il est très difficile de se défier, de se protéger. Une puissance contagieuse, Sartre va s'en faire l'interprète et parfois même le médiateur. Dès 1961, avec la préface du livre de Frantz Fanon *Les Damnés de la terre*, il en donne la formule la plus extrême : « Abattre un Européen, c'est faire d'une pierre deux coups, supprimer en même temps un oppresseur et un opprimé ; restent un homme mort et un homme libre[1]. » Désormais, il n'y a plus de retour en arrière possible ; Sartre prend plutôt le chemin d'une surenchère qui le mène, dans les années soixante-dix, à soutenir la violence affichée des « Maos » ou en Allemagne de la bande à Baader...

1. *Situations V*, p. 183.

*

L'ombre de la guerre d'Algérie donne au dernier chapitre de *La Force des choses* sa couleur sombre, plus sombre encore dans sa conclusion. Début 1961 : « Les masses algériennes unanimes exigeaient leur indépendance », « le FLN triomphe », mais la situation politique en France est telle qu'on ne peut que « vivre à l'écart ». Ou avec ceux « de son bord[1] ». (Le mot est ancien, il sent un peu son affaire Dreyfus ou les luttes anticléricales.) Tel est le contrecoup de l'ivresse des révolutions en marche : revenu chez soi, on est encore plus sensible aux divisions, aux antagonismes, aux luttes à mort. Elles resserrent les amitiés, mais elles restreignent aussi le champ de l'action à l'action politique, qui n'est pas exactement sa vocation. Le Castor est ainsi invitée à une réunion politique où il s'agit d'aller expliquer aux étudiants pourquoi « il fallait répondre "non" au référendum[2] » : « à travers elle » ce qu'on applaudit, ce sont les thèses des « 121 ». De même quand elle se rend à Bruxelles, le même mois; thème : « L'intellectuel et le pouvoir ». Elle va en fait y parler de l'Algérie. Ce qui la stimule, c'est qu'elle a été invitée par des étudiants « d'extrême gauche ». Car elle a horreur de parler en public : « Je suis toujours tendue quand j'arrive devant un auditoire; je crains de n'être pas à la hauteur de son attente, ni de mes desseins. Je parle trop vite, effrayée par le long silence qu'il me faut combler, et la quantité de choses à dire

1. *La Force de l'âge* a paru, c'est un très grand succès qui trouble le Castor, jusqu'au jour où elle « suppose » que ceux qui l'aiment doivent être « de son bord ».

2. *FdC*, t. II, p. 403. Il s'agit du référendum du 8 janvier 1961, concernant la politique d'autodétermination en Algérie. Résultat : oui, avec 74,99 % des suffrages.

dans un laps de temps si court[1]. » C'est encore pire évidemment quand le public est composé de snobs et de bourgeois, voire de « ministres ».

Est-ce la véritable raison ? Ce retrait du Castor devant la prise de parole publique, est-ce exactement de la timidité, un manque de hardiesse, d'assurance ? Les Mémoires sont écrits dans une langue alerte et vive, un rythme soutenu, avec des apostrophes au lecteur, des retours en arrière, des confidences : tout cela relève d'une manière de s'engager dans la parole, dans la parole vivante. De plus, elle aime la « langue parlée », et n'hésite jamais à en user ; par exemple lorsque, au moment de l'attentat qui détruit l'appartement de Sartre, elle dit : « C'était encore un morceau de mon passé qui se débinait. » Ou encore, tout à fait à la fin, évoquant les images négatives qu'on a souvent d'elle : « Je me suis entraînée dans ma jeunesse à me foutre de l'opinion. » Le Castor gardera toujours le sens de cette langue-là, qui lui appartient. C'est une « parole vive », un écrit qui conserve tous les traits de la parole, la vivacité, l'immédiateté. La « voix vive » du style beauvoirien a sa propre rhétorique et ne recourt que très rarement aux conventions du discours écrit. Sartre, lui, est à côté du Castor un grand prosateur classique, il écrit du sein d'une langue littéraire, apprise, transmise ; il lui donne sa propre marque et d'autres objets, naturellement, mais la période latine ne lui fait pas peur. Voir par exemple, dans « Les grenouilles qui demandent un roi », violent pamphlet antigaulliste : « S'il existe un homme, dans l'espèce humaine, qui a des lumières que lui seul peut avoir, si ces lumières lui donnent le droit d'agir, fût-ce en bon père, sur

1. *Ibid.*

nos destins, si ses actes sont toujours valables et bons du seul fait qu'ils expriment son essence, alors l'espèce humaine se désintègre en chaîne : plus un homme ; un surhomme et des animaux [1]. » Etc.

Tout autre est la langue du Castor. Elle est dans ses *Cahiers de jeunesse* d'une grande force d'évocation, ample, picturale, passionnée qui garde cependant encore les traces de ses lectures et de leur « style artiste [2] ». Elle va s'affermir, se muscler, se durcir, elle demeure d'une grande beauté, et d'une remarquable intensité dramatique, poétique, surtout dans les moments d'émotion ou d'évocation (et ils sont nombreux). Mais le style de sa maturité répond à d'autres exigences. La première est celle de « communiquer » : c'est un langage transitif, qui se méfie de la poésie et refuse la « gratuité » du Nouveau Roman. Le Castor fuit la « virtuosité » de la technique littéraire parce qu'elle n'en voit pas la nécessité. Et qu'elle la juge même contraire à la nature de son propos. Elle aurait parfaitement pu, dit-elle, comme Proust ou Virginia Woolf, ressusciter « le chatoiement des sensations » : mais ce n'était pas « son dessein [3] ». Son dessein est d'entrer dans l'immédiateté d'un contact passionné avec le lecteur, ce public invisible mais toujours présent. De lui donner le monde à comprendre, de le dévoiler pour lui. Mais aussi de l'orienter, de le guider, de lui indiquer les voies de la vérité et du sens. Le Castor ne laisse pas le lecteur en repos, elle exerce sur lui une straté-

1. *L'Express*, 20 septembre 1958, repris dans *Situations V*, p. 137.

2. 27 septembre 1928 : « La Seine noire a des reflets moirés d'une incomparable beauté ; la ligne noire des arbres laisse transparaître comme une claire mousseline la lumière bleutée des réverbères et des phares d'autos. »

3. *TCF*, dernières pages.

gie constante de conviction et parfois même d'emprise.

Et c'est pour cela que le Castor n'aime pas la prise de parole publique, la présence réelle du public. Le « public » ou l'« auditeur » ne peuvent pas faire l'objet de la même captation autoritaire que le lecteur. Le public est un lecteur présent, en chair et en os. Qui est *là*. Devant vous. Qui réagit, se soumet ou se tait, accepte ou proteste. Avec son corps, ses silences, sa respiration, ses toux, ses bruits de chaises, ses questions, ses remarques, tout cela qui donne au Castor un « malaise profond ». Le public, au fond, c'est comme le peuple dans la démocratie, un « grand animal » difficile à manœuvrer ; il faut s'y prendre tantôt par la ruse, tantôt par la force ; exercer sur lui ce que la vieille rhétorique appelait *captatio benevolentiae*, « l'effort pour se concilier la bienveillance ». Le Castor y répugne, par droiture, par honnêteté, et aussi parce que sa conviction profonde est que la vérité n'a pas à être acceptée ou refusée : la vérité s'impose d'elle-même, et impose par sa nature propre l'adhésion — sauf évidemment à ceux qui sont de « mauvaise volonté » ou de « mauvaise foi ».

Pas trop de conférences publiques, donc, elle ne s'y sent pas bien. Et ne se sent pas mieux à la vente annuelle du Comité national des écrivains, sa gêne ne s'atténue pas : « Je ne suis pas une femme d'action, ma raison de vivre, c'est écrire[1]. » Et puis elle est assombrie par le temps qui passe, la présence croissante d'une vieillesse annoncée qui, s'alliant aux horreurs du temps présent, lui semble un

1. *FdC*, t. II, p. 246.

affront personnel. Lisant les rapports sur les tortures infligées par des harkis dans les caves de la Goutte-d'Or[1], elle s'écrie : « On m'inflige une vieillesse affreuse ! » et raconte les cauchemars horribles qu'elle fait chaque nuit[2]. Elle retrouve cependant par moments le courage de vaquer à ses « occupations » et à ses « plaisirs » mais sans joie ; ils descendent à Antibes parce que Sartre se sent fatigué. Mais le temps passe pour tout le monde, et la belle villa de Mme Morel est désormais une clinique entourée de hauts immeubles. Et le retour à Paris s'accompagne de mauvaises nouvelles, tant publiques que privées : l'OAS[3] vient de naître, Merleau-Ponty est mort (le 4 mai). « Cette histoire qui m'arrive n'est plus la mienne, pense-t-elle. Hostile à cette société à laquelle j'appartenais, bannie, par l'âge, de l'avenir, dépouillée fibre à fibre du passé, je me réduisais à ma présence nue. Quelle glace[4] ! »

Le 19 juillet 1961, ils se préparent à partir pour Rome quand la mère de Sartre les appelle au téléphone : du plastic a explosé dans le hall d'entrée. Sartre, installé rue Schœlcher depuis qu'il a reçu en juin des menaces (il a logé sa mère dans un hôtel) est extrêmement fatigué, il se « gave » de nouveau de corydrane pour écrire son « Merleau-Ponty vivant[5] ». Quand ils se retrouvent en Italie, le charme des soirs sur les petites places opère de nouveau, même si Sartre ne peut guère travailler. Ce

1. Quartier du nord de Paris qui avait d'abord été le théâtre de sanglants règlements de comptes entre le FLN et le MNA.
2. *FdC*, t. II, p. 411.
3. Regroupant les partisans du maintien de l'« Algérie française » l'Organisation est créée le 11 février 1961 après une rencontre à Madrid entre Jean-Jacques Susini et Pierre Lagaillarde.
4. *FdC*, t. II, p. 415.
5. *Ibid.*, p. 418.

court répit romain cède la place à des jours affreux. Ils reviennent dans un Paris « lugubre et désert », un « Paris d'automne et de sang » : on a trouvé des pendus dans le bois de Boulogne et des noyés dans la Seine. Dans ces jours de « dictature policière », ils vont participer à plusieurs grandes manifestations. Le 17 octobre 1961, à Paris, la police tuait plusieurs centaines d'Algériens désarmés, qui avaient manifesté à l'appel du FLN. Le 1er novembre, Sartre et Laurent Schwarz appellent à une manifestation silencieuse place Maubert, qui se tient malgré l'interdiction de la police ; le Castor y participe. Elle participe aussi à celle du 18 novembre : « Comme je me sentais bien ! La solitude est une mort et, retrouvant la chaleur des contacts humains, je ressuscitais. » Il y a en effet « une grande gaieté dans cette foule en marche[1] ». C'est à l'intensité de son projet qu'on peut mesurer la réalité d'une foule vivante ; sinon, ce sont des hommes qui marchent au hasard, sans but.

Toujours ce thème de l'intensité : à quoi on juge aussi la réussite de vies singulières. Quand Fanon meurt, en décembre, elle commente : « Sa mort pesait lourd parce qu'il l'avait chargée de toute l'intensité de sa vie[2]. » En revanche, quand sa secrétaire avait succombé à un cancer au sein, quelques années plus tôt, « sa mort m'apparaît d'autant plus absurde qu'elle met fin à une vie absurde[3] », avait écrit le Castor, supposition tout de même assez gratuite, désobligeante même pour la pauvre femme. Vie difficile, peut-être, surtout à l'époque, car « ses goûts la portaient plutôt vers les femmes ». Sans

1. *Ibid.*, p. 438.
2. *Ibid.*, p. 441.
3. *FdC*, T. I, p. 334.

grands accomplissements, sans aucun doute : mais non sans bonheurs, puisqu'elle élève sa fille tout en vivant avec une « quinquagénaire ». On a déjà commenté cette façon de voir, et de dire : le Castor pose à ce qu'elle appelle une vie « réussie » des conditions si singulières et si élevées que la plupart des vies ordinaires sont pour elle des vies « ratées » — pire : « absurdes », dénuées de sens. N'est-ce pas encore une fois une manière de se convaincre que la sienne est vraiment une réussite, au-delà des preuves publiques qu'elle en a données et en donne tous les jours ?

Depuis novembre, à cause de la menace des attentats, ils habitent boulevard Saint-Germain un appartement loué sous un faux nom : « J'avais connu des logis miteux mais aucun d'aussi déprimant. » Est-ce le voisinage de la rue Saint-Guillaume et de Sciences-Po, cette pépinière d'hommes politiques et de hauts fonctionnaires où la bourgeoisie envoie ses enfants ? Leur seul recours, c'est de s'enfermer dans le travail et la lecture : Sartre est à son *Flaubert*[1]. Le Castor découvre les *Lettres à Mme Z.* de Kazimierz Brandys[2]. Mais le 4 janvier 1962, ils sont réveillés par un « bruit violent et mou » : une fumée montait de la rue Saint-Guillaume. En fait, c'est la chemiserie Romoli qui est visée, dont le propriétaire a refusé de collecter des fonds pour l'OAS. Et trois jours plus tard, de nouveau, du plastic explose rue Bonaparte :

1. *L'Idiot de la famille*, qui paraît en 1971 et demeurera inachevé.
2. Kazimierz Brandys, écrivain polonais né en 1916 et mort en 2004 à Paris où il était venu s'installer au moment de l'« état de siège » qui l'avait surpris alors qu'il y séjournait. Décrété par le général Jaruzelski, l'état de siège avait sans doute protégé la Pologne d'une intervention militaire des Soviétiques.

l'appartement est dévasté, « c'était encore un morceau de mon passé qui se débinait[1] ». Ils vont s'installer quai Blériot, « dans une immense caserne » donnant sur la Seine. Jamais le Castor n'a habité dans un endroit aussi éloigné, au propre comme au figuré, de ses lieux de prédilection, de ce Montparnasse si cher à son cœur, de ce Montparnasse auquel elle se sent « tendrement attachée ». Ce qu'on voit de la fenêtre est pourtant d'une surprenante beauté : « La neige vint, immaculée sur les péniches immobiles, sur les berges abandonnées ; à midi le soleil la faisait resplendir et les gris du fleuve brillaient sous la caresse des mouettes[2]. » Ces moments de descriptions, où le Castor apaisée s'ouvre aux courtes épiphanies du monde sensible, sont précisément les plus « littéraires » : un peu comme des allusions à un monde où on pourrait devenir une « virtuose » de l'écriture et se voir dispensée de la tâche épuisante d'être entièrement et redoutablement tendue vers un objectif.

Mais pour le reste, elle déteste ce quartier. Dans ce court séjour quai Blériot, elle a aussi le temps de vérifier l'une de ses thèses : que la France est en train de devenir une sorte d'« Amérique ». Ce qu'elle voit par la fenêtre, c'est « l'homme et la femme de l'organisation ». Il va au travail, elle va aux provisions ; elle promène le chien le matin, le soir, c'est le mari. Et le dimanche ils vont soit à la messe, soit en pique-nique[3]. Selon Whyte dans son Introduction, le terme « homme de l'organisation » est volontairement vague, parce qu'il n'y en a pas d'autre. Il ne s'agit pas du travailleur, ou du « col blanc » mais de

1. *FdC*, t. II, p. 447.
2. *FdC*, t. II, p. 449.
3. Comme dans un film de Jacques Tati. *FdC*, p. 449.

ces gens « qui ne travaillent que pour l'Organisation[1] ». C'est la forme protestante, « éthique », d'un collectivisme que l'Amérique « abhorre » ; et c'est cela dont le Castor observe la montée chez nous.

La plus importante des manifestations contre la guerre d'Algérie a lieu le 8 février 1962 : à la suite d'une charge de la police, on relève neuf morts au métro Charonne. Et le 18 mars, c'est la paix. Il était temps : « Jamais la guerre d'Algérie ne m'a été plus odieuse que pendant ces semaines où, dans son agonie, elle proclama sa vérité. » C'est une victoire sans joie. Une fois de plus, force a été de constater, qu'« on n'aurait rien pu faire sans les communistes, et qu'on n'avait rien pu faire avec eux[2] ». La grande espérance de la révolution mondiale n'est-elle pourtant pas en train de faiblir ? Non — en tout cas, pas encore. Ils vont se rendre à Moscou au début de l'été, ils y séjourneront « quelques semaines tous les étés jusqu'en 1966[3] ». Cette année-là, au retour, ils s'arrêtent en Pologne où Kazimierz Brandys se souvenait de les avoir reçus chez lui.

À Moscou, les signes du dégel leur semblent plus visibles encore qu'en 1954 : Khrouchtchev veut la « coexistence pacifique » et les intellectuels « libéraux » souhaitent rencontrer Sartre. Tvardovski a repris la direction de *Novy Mir* et on continue de ressentir les effets du discours assez détendu que Khrouchtchev a prononcé au IIIe Congrès de l'Union des écrivains (18-23 mai 1959). À cette époque paraissent de jeunes auteurs au ton nouveau : Ten-

1. Déjà cité à plusieurs reprises, William H. Whyte, *The Organization Man*. Extraits reproduits en ligne sous ce titre (en anglais).
2. *TCF*, p. 461.
3. *Ibid.*, p. 387.

driakov, Axionov, Kazakhov, Evtouchenko, Voznessenski, Akhmadoulina, tous encouragés par Tvardovski. Deux ans plus tard, avec la chute de Khrouchtchev et l'arrivée de Brejnev, la « glaciation » reprendra de plus belle et ils se retrouveront en liberté surveillée. Mais pour l'heure, c'est une vision extrêmement positive que *La Force des choses* peut donner de l'URSS : la question même des camps paraît un peu escamotée. Sans doute le Castor ne parle-t-elle pas en son nom : c'est ce qu'on lui a dit qu'elle rapporte. « Jusqu'en 36, paraît-il, les camps étaient vraiment des camps de rééducation : un travail modéré, un régime libéral, des théâtres, des bibliothèques, des causeries familières, presque amicales, entre les responsables et les détenus [1]. » Le principe déjà d'un camp de « rééducation » fait froid dans le dos ; mais on voudrait surtout savoir de qui le Castor tient ce témoignage. Car, dès 1924, avec l'arrivée de Staline au pouvoir, on est passé à une répression systématique et organisée [2]. Les informations qu'elle rapporte sont donc incomplètes et tendancieuses. Ainsi à Leningrad, lorsque après avoir vu « en pleine clarté, la nuit », ils dînent avec celui qu'elle appelle « Kheilfits », metteur en scène de *La Dame au petit chien*, qui leur parle « de théâtre, de cinéma » et raconte ses « souvenirs de

1. *FdC*, t. II, p. 474.

2. Cf. Anne Appelbaum, *Goulag : une histoire*, Grasset, 2005. Le goulag est fondé par un décret officiel du 7 avril 1930 ; des camps sont ouverts en Russie d'Europe et en Sibérie, en Biélorussie, Ukraine, Kazakhstan, Mongolie, et plus tard en Tchécoslovaquie, Hongrie et Pologne. En Sibérie, dans la Kolyma et sur le chantier du Bielomorkanal, le « canal de la mer Blanche », les prisonniers sont soumis à des conditions effroyables : c'est là qu'apparaît pour la première fois le mot de *zek*, du russe *zaklioutchennie* (« sous les verrous ») qui désignera ensuite tous les détenus du goulag.

Meyerhold[1] ». Il s'appelle en réalité Iosif Kheifits, et leur dit-il que Meyerhold a été arrêté en 1939, accusé de trotskisme et d'espionnage, torturé et exécuté en secret le 2 février 1940 ? Sa femme a été entre-temps assassinée par des policiers. Meyerhold ne sera réhabilité qu'en 1955.

Paradoxalement, c'est donc l'Union soviétique du début des années soixante qui peut quelque temps rassurer encore sur l'avenir des révolutions ! Car de l'autre côté de l'Atlantique, les choses se gâtent. Le durcissement de Cuba est visible, jusqu'au moment où Fidel reprend la main en 1961, rejette la ligne stalinenne précédemment adoptée et chasse, dit le Castor, « Escalante et tous les petits Escalante » qui s'étaient mis à « pulluler[2] ». En réalité, le rapprochement de Castro avec l'URSS est encore plus net à partir de 1967 du fait de l'isolement de Cuba. Et Escalante, représentant pur et dur du communisme soviétique à Cuba, n'est jugé et expulsé qu'en 1968. En 1962, les Russes ont obligé Castro à modérer sa critique envers Escalante, qu'il accusait d'avoir « converti l'appareil du parti en un nid de privilèges, de tolérances, de faveurs en tout genre[3] ». Le rôle du Parti communiste, des syndicats officiels et des structures de l'État est alors calqué sur le système soviétique. Et, en matière de mœurs et de libertés, la « stalinisation » du régime cubain se traduit par des mesures contre les homo-

1. *FdC*, t. II, p. 479.
2. *FdC*, t. II, p. 463.
3. Il faudrait reconstituer ici l'histoire du Parti communiste cubain, et sa création en 1925 par quatre personnalités juives ashkénazes fortement laïcisées dont un certain « Fabio Grobart » qui joua un rôle dans l'assassinat de Trotski. Grobart aurait plus tard recruté Castro comme agent (en 1948).

sexuels et contre l'avortement. C'est sur l'intervention personnelle de Staline qu'en 1934 l'homosexualité « entre adultes mâles consentants » est devenue un délit puni de cinq ans de prison ; le même Staline, en 1935, interdit l'avortement, qui avait été légalisé dès les premiers mois de la Révolution [1]. À Cuba, cette répression prend un tour singulièrement brutal. Comme le raconte le Castor, on « incarcère » des homosexuels après les avoir promenés en ville avec un P sur le dos (souvenir des procès de sorcières). Plus tard, Raul, le demi-frère de Fidel, rapporte de Bulgarie l'idée d'instituer des camps pour leur « rééducation », les « Unités militaires d'aide à la production » (UMAP) où les homosexuels devront, entre autres, réapprendre « à marcher correctement [2] ».

*

Fin 1962 : au moment de conclure *La Force des choses*, le Castor se livre à un de ces « bilans » auxquels elle nous a habitués depuis ses *Cahiers de jeunesse*. Dans ses Mémoires, le Castor les fait en général précéder d'une attaque vive contre adversaires et ennemis, qui met aussitôt le lecteur en position de la soutenir et de la défendre. La confession douloureuse de ses échecs (relatifs) et de ses

1. Répression de l'homosexualité (masculine) et de l'avortement vont souvent ensemble dans des régimes autoritaires : l'un comme l'autre étant perçus comme un refus de donner la vie.

2. À l'entrée des UMAP une phrase de Lénine : « Le travail fera de vous des hommes. » Ces camps furent fermés sous la pression internationale. Fidel Castro déclarait en 1965 : « Nous ne pensons pas qu'un homosexuel pourrait réunir les conditions et tenir la conduite indispensable pour être considéré comme un véritable révolutionnaire, un véritable communiste. »

hantises vient alors lui assurer une sympathie d'une nature un peu différente, personnelle, presque intime.

Avant d'en venir aux moments de pur désespoir — l'horreur d'une vieillesse qui lui est renvoyée chaque jour par son miroir, visage flétri, paupières « en casquette » —, le Castor se présente d'abord comme une figure à la combativité intacte. Le Castor a toujours estimé que la vigueur et la régularité des attaques lui administraient une double preuve : que ses ennemis sont puissants et qu'il ne faut donc jamais baisser sa garde ; mais aussi que sa résistance et ses forces étaient intactes puisqu'ils n'ont pas eu le dessus. Et elle peut alors citer une lettre d'Algren du printemps 1960 : « Vous avez gagné, vous vous êtes fait les ennemis qu'il faut[1]. » Les anciens sont toujours là : notamment Mauriac qui « ricanait » en la regardant. (En compagnie de « deux jeunes gens », rappel des hésitations sexuelles dont son journal nous a faits les témoins.) Et les nouveaux appartiennent tous au côté « qu'il faut » : la « bourgeoisie ». La vision polémique du monde engendre sa propre représentation, d'une circularité presque trop parfaite.

Saisie et, pense-t-elle, approuvée, dans une attitude extrêmement combative, le Castor peut alors aborder des aspects plus douloureux de son bilan. Précédés d'une réserve, de taillle : « Il y a eu dans ma vie une réussite certaine, mes rapports avec Sartre[2]. » Celle de leur « union », de leur « entente », mot qu'ils ont adopté très vite[3]. Cette

1. *FdC*, t. II, p. 492.
2. *Ibid.*, p. 489.
3. *FdÂ*, p. 35 : « Connaître avec quelqu'un une radicale entente, c'est en tout cas un très grand privilège. »

« entente » s'est faite sur une base qu'elle rappelle constamment : « Philosophiquement, politiquement les initiatives sont venues de lui [1]. » Il semblerait que le Castor ne veuille pas aller plus loin ; on devine cependant ce qu'elle sent avoir risqué de perdre dans l'engagement politique : l'émotion, l'humour, l'ambiguïté, que restituent les romans et où règne ce « pluralisme » que la politique lui interdit. Encore une hypothèse pour expliquer ce fameux « j'ai été flouée » ? Elle n'en fera pas davantage état, elle ne laissera pas se creuser entre elle et Sartre un écart. Elle est auprès de lui, toujours, en bon petit Castor de guerre courageux qu'elle est, sur qui Sartre pourra toujours s'appuyer. Car rien ne compte plus à ses yeux que de connaître avec lui cette « radicale entente ».

C'est pour toutes ces raisons que le bilan de 1962 est poignant, car il témoigne même d'une espèce d'acharnement cruel sur soi-même, et la dégradation que la vieillesse lui impose. L'âge lui fait horreur, et de retrouver au hasard d'une rencontre « un visage de jeune fille attardé sur une vieille peau [2] ». Elle déteste son image et en fait une description cruelle : « Mon ancienne tête où une vérole s'est mise dont je ne guérirai pas [3]. » La vieillesse « m'infecte aussi le cœur ». Ses bonheurs ont « pâli » : plus que tout, elle redoute cette indifférence à soi, « à cette présence à laquelle je ne voulais pas renoncer, la mienne, [qui] ne sera plus rien et se laissera balayer avec indifférence ». C'est comme la fin de *La Métamorphose* : ainsi finit la « chose » qu'est devenue Grégoire Samsa, cette

1. *FdC*, t. II, p. 491.
2. *Ibid.*, p. 504.
3. *Ibid.*, p. 506.

carapace d'insecte mort, sous un coup de balai négligent. Et la femme dressée contre une armée d'adversaires toujours renaissants fait alors place à un Marc Aurèle, un philosophe de l'Antiquité. Le succès ne lui est rien, son détachement est radical, il plonge ses racines « dans une enfance vouée à l'absolu[1] ». Elle a oublié son idée têtue du salut ou du mandat, écrire ne la « justifie » plus (et pourtant, si elle ne le faisait pas, elle se sentirait « mortellement injustifiée »). Ses livres ne sont plus qu'une occasion de remords parce qu'ils lui « rapportent beaucoup d'argent » : « Je sais que je suis une profiteuse. » « Je suis complice des privilégiés et compromise par eux. » « Ce qu'il faudrait, c'est changer le monde, et je n'en ai pas le pouvoir[2]. » Et, comme dans une de ces œuvres chorales où les voix graves prennent soudain le dessus, elle regagne un registre qui depuis son adolescence fait résonner ses accords dans son œuvre : celui du « jamais plus », celui de l'« irréparable ». Elle a vieilli, et à cela il n'y a pas de remède. « Le monde s'est rapetissé et amenuisé. » Le mystère est mort, « les foules ne m'enivrent plus » — ç'avait été la grande découverte de la révolution en marche ; et les belles œuvres la mettent en colère, parce que « la douleur du monde y est dominée et sublimée si magnifiquement qu'elle semble justifiée ». Ni Beethoven ni les autres ne lui donnent plus l'« absolu[3] ».

Le plus étonnant peut-être est cette vision de l'humanité succédant aux avenirs radieux que la révolution promettait : autre confirmation que cet idéal ne s'est pas imposé à elle sans qu'elle y ait

1. *Ibid.*, p. 498.
2. *Ibid.*, p. 501.
3. *Ibid.*, p. 503.

beaucoup résisté. Les deux tiers des hommes ont faim, dit-elle, rappel de la notion de rareté que Sartre développe dans *Critique de la Raison dialectique*. Mais les conséquences qu'elle en tire sont absolument désespérantes : « Mon espèce est constituée, aux deux tiers, par des larves trop faibles pour la révolte, qui traînent de la naissance à la mort un désespoir crépusculaire. » Le mot de « larve » est très péjoratif, seuls le méritent des êtres sans énergie, méprisables. Mais, à l'origine, il est autre chose. Et c'est celui auquel semble renvoyer la phrase du Castor. Dans l'Antiquité romaine, les « larves » sont des fantômes, les esprits des morts qui viennent hanter et tourmenter les vivants : l'image du tiers-monde est celle d'un enfer terrestre, où des damnés tendent vers les pays riches des bras décharnés. Peut-être a-t-il manqué aux voyages du Castor que s'ajoute l'une des expériences les plus profondes et les plus formatrices que puisse faire le voyageur moderne : l'immersion dans le « sous-continent » indien[1]. Là, ce n'est pas à la révolution qu'on pense; mais pas non plus à une armée de « larves » traînant leur « désespoir crépusculaire ». Ce qui vous fascine et vous transporte, vous exténue, vous submerge de compassion et d'effroi, c'est la vision de la vitalité, de l'énergie démesurée de ces foules dont les mouvements sont le sursaut de la vie, non les soubresauts d'une agonie.

Alors, que reste-t-il au Castor pour affronter les années qui viennent, où elle ne voit nul accomplissement mais seulement un déclin? La présence des

1. Dans *Tout compte fait*, elle écrit : « Il y a un pays, pourtant des plus importants, que je n'ai aucune envie d'aller voir de mes yeux : l'Inde. À travers les analyses et les reportages que j'ai lus, la misère qui s'y étale me paraît intolérable » (p. 556). On notera le « qui s'y étale » presque péjoratif, comme si les Indiens y proposaient leur pauvreté en spectacle.

jeunes ? Oui, car elle les aime, quoique, « dans ces yeux de vingt ans », elle se voie « déjà morte et empaillée ». Elle est célèbre, sans doute, et forte d'une œuvre, mais cette œuvre est entièrement achevée. De nouveau la comparaison s'impose avec un grand motet métaphysique ; oubliés, les mots et le ton un peu vachard du Castor polémique, c'est un miserere : « Oui, le moment est arrivé de dire jamais plus ! Jamais plus un homme. » « Les heures trop courtes me mènent bride abattue à ma tombe[1]. »

Mais est-ce que vraiment « la seule chose à la fois neuve et importante qui puisse m'arriver, c'est le malheur » ? Peut-être que le pire n'est pas toujours sûr : car c'est le moment où une nouvelle « entente » va durablement s'installer dans sa vie. Avec une jeune femme qui deviendra quelques années plus tard sa fille adoptive.

1. *TCF*, p. 556.

10

Quelqu'un d'autre que moi pleurait en moi

La période immédiatement postérieure à la fin de *La Force des choses* voit se concentrer les derniers voyages politiques du Castor et de Sartre dans un monde dont ils ne vont jamais totalement percer à jour la réalité : l'URSS. Tous ces voyages sont relatés dans le dernier volume des Mémoires, *Tout compte fait*. C'est un livre étrange où se mêlent une interrogation sur elle-même, les récits de ses derniers voyages politiques, la rencontre de la jeune femme qui deviendra sa fille adoptive, la mort de sa mère qui lui inspire peut-être son plus grand livre... Des couches de vie et d'engagement se croisent et se rencontrent comme des rivières chargées de sédiments où on reconnaît la couleur des terres qu'elles ont traversées.

Le récit de ces voyages en URSS donne bien l'idée de ce clair-obscur où les sympathisants s'enfermaient, voyant et ne voyant pas la réalité des choses, en partie déçus par le socialisme réel, se nourrissant encore de l'illusion qu'il pouvait être un avenir pour les plus défavorisés. Il permet aussi de suivre l'évolution du monde soviétique, de ses dégels répétés suivis de regels sévères, typiques des années soixante où rien encore n'annonce la fin. En tout cas, peu de « compagnons de route » se sont rendus plus souvent qu'eux dans la « patrie du socialisme ». Ont-ils donc toujours l'espoir de voir sinon la « révolution en marche », du moins un « socialisme à visage humain » ? Auraient-ils pris le goût d'être des invités officiels, reçus avec tous les honneurs et toutes les facilités qui vont avec ? Dans un pays qui sans être vraiment socialiste n'est tout de même pas un pays « bourgeois » où la seule idée d'honneurs officiels aurait soulevé le cœur de Sartre comme celui du Castor... Juillet 1962 : congrès à Moscou des écrivains soviétiques ; décembre 1962, Moscou, où ils fêteront la nouvelle année ; août 1963, Leningrad. Mai 1964, l'Ukraine, pour les fêtes en l'honneur de Chevtchenko. Juillet 1965, URSS et Lituanie. Mai 1966, Moscou puis la Tauride. Puis c'est la rupture : « En 67, écrit le Castor, nous avons refusé d'assister au Congrès de l'Union des écrivains soviétiques : nous aurions eu l'air d'approuver la condamnation de Siniavski et de Daniel, ainsi que le silence auquel était condamné Soljenitsyne. » Et l'intervention des chars à Prague en août 1968 rend la rupture définitive. Comment expliquer la fréquence et la régularité de ces voyages ? Par la « déstalinisation » et le désir d'apporter leur soutien aux écrivains du « dégel » ? Aux dissidents ? Non ; s'ils étaient provisoirement hors de danger, et jouissaient d'une relative liberté, ceux-ci ne fréquentaient pas les cercles autorisés, l'Union des écrivains et donc leurs hôtes. Quant aux « libéraux » que Sartre et le Castor appréciaient, ils n'avaient pas vraiment franchi le pas. Alors ? Était-ce le désir de revoir Lena, son interprète devenue sa maîtresse, qui poussait Sartre à accepter ces invitations ? En partie, oui. Elle avait moins de facilités que lui pour voyager. La publication de leur correspondance aurait beaucoup à nous apprendre. Lena Zonina avait été l'interprète de Sartre lors de son voyage de 1962 : Sartre s'éprenait régulièrement d'une femme durant ses grands voyages politiques, ainsi de « Christina » au Brésil[1] et plus tard, de Tomiko Asabuki au Japon. « J'ai remarqué, dit le Castor dans les *Entretiens de 1974*, que presque dans chaque voyage qu'on a fait, ou que vous avez fait, il y a eu une femme qui s'est trouvée être pour vous l'incarnation du pays[2]. » C'est à Lena, qui les traduira en russe, que Sartre en janvier 1964 dédie *Les Mots* sous la forme discrète d'un « À Madame Z ». (Plus discrète sans doute que le « À Dolorès » de la Présentation des *Temps modernes* du 1er octobre 1945, qui ne figure du reste pas dans *Situations II*.)

Le Castor parle de Lena avec beaucoup d'amitié dans *Tout compte fait* au moment où elle ouvre le chapitre VI essentiellement consacré à ces voyages. Avec un tel naturel, un tel usage du « nous », qu'il en paraît presque suspect. Lena arrive après une longue liste d'amis, d'écrivains et de connaissances soviétiques. « Notre plus intime amie, c'était Lena, une belle femme brune, d'une quarantaine d'années[3]. » Plus loin[4], elle dira que Lena était juive et elle ajoute : « Elle niait que le fait eût jamais joué contre elle » : pourtant, rien n'est moins sûr. Annie Cohen-Solal, dans sa biographie déjà citée, pense que faisant partie des « oppositionnels », Lena informait Sartre des « malformations[5] » du régime. C'est

1. Cf. *Entretiens de 1974* qui donnent à cette relation une dimension purement platonique.
2. In *CdA*, p. 430.
3. *TCF*, p. 389.
4. *Ibid.*, p. 413.
5. Cohen-Solal, *Sartre*, *op. cit.*, p. 678.

possible ; d'autres hypothèses se sont fait jour récemment, qu'il est pour l'heure impossible de vérifier. Lena Zonina aurait fait partie de ces femmes que les Soviétiques « plaçaient » auprès des « compagnons de route » afin d'en soutirer des informations : Lena n'aurait pas eu d'autre choix, étant fille de déporté, et juive. Et mère d'une petite fille fragile, et malade elle-même... Les renseignements qu'elle a pu glaner auprès de Sartre auraient alors eu plutôt pour fonction, selon la pratique classique des « organes », de tenir Lena sous une surveillance policière.

En tout état de cause, à part quelques portraits tardifs de jeunes femmes, et notamment celui de sa future fille adoptive, celui que le Castor fait de Lena est une des rares images positives de femmes dans son œuvre. Le Castor éprouve pour elle « une estime qui n'a fait que grandir » : ce mot cornélien est un signe. Le Castor n'en use que dans des cas assez rares, ainsi que de l'adjectif qui va avec, « estimable » ; chaque fois, il s'agit de personnalités dont elle approuve le caractère et les engagements, l'« authenticité », la droiture. Est-ce parce que Lena est soviétique ? De parents bolcheviques ? Son père a été envoyé dans un camp, elle a perdu définitivement sa foi en Staline et a dû renoncer à ses études. Plus tard, elle se marie, divorce d'avec un homme qu'elle « n'estime pas » intellectuellement ; se remarie et se sépare de son second mari à la naissance de leur fille : c'est une femme qui a le souci de son indépendance, qualité première aux yeux du Castor. Un voyage en France l'éblouit, mais elle s'y sent mal à l'aise, tant elle a « en horreur » le système capitaliste. Elle déteste Staline, n'entre jamais dans son mausolée sur la place Rouge quand elle fait visiter

Moscou à des écrivains étrangers. (En 1962, la dépouille de Staline en sera retirée.) Lena est gaie, ironique et drôle : bref, il y a entre « nous » et Lena une « entente ». De liaison avec Sartre, de la passion qu'il éprouve pour elle, aucune trace. Lena ne seraitelle pourtant pas une des véritables raisons de ces multiples voyages ?

Ils arrivent fin décembre 1962 à Moscou, c'est leur deuxième séjour de l'année. Au début de janvier, ils réveillonnent « dans un théâtre proche de la place Maïakovski » où se trouve l'hôtel de Pékin, leur point de chute habituel. L'hôtel de Pékin est l'œuvre de l'architecte Dmitri Tchetchouline (1901-1981) à qui on doit aussi quatre stations de métro, la place Maïakovski, la salle de concert Tchaïkovski, ouvrages gigantesques typiques du style architectural stalinien. C'est le type même de l'hôtel soviétique pour étrangers, avec à l'intersection de ses longs couloirs un bureau derrière lequel est assise une femme en uniforme, surveillant les entrées et les sorties des résidents, vérifiant leur *propusk*, ce document qu'on reçoit en échange de son passeport, veillant à ce que nul Moscovite n'y pénètre... Dans les réceptions et les banquets, notamment pour le réveillon, le Castor et Sartre retrouvent Simonov, vieille connaissance de Sartre. C'est en effet au cours d'un dernier banquet, lors de son premier voyage en URSS de 1954, qu'épuisé par les précédents fastes et beuveries, il avait reçu de la main de Simonov une coupe « de dimensions imposantes » entièrement remplie de vin, à boire d'un trait. Il s'exécute mais le lendemain doit renoncer à une rencontre prévue [1]. Comme on aimerait en savoir davantage sur leurs

1. *FdC*, t. II, p. 47.

conversations ! Un article de Daria Jdanova (publié en ligne sur le site de la revue *Regard sur l'Est* [1]) apporte quelques précisions sur une figure connue surtout pour son soutien indéfectible à Staline. Né en 1915, Constantin Simonov [2] est à la fin de la guerre un des écrivains les plus célèbres d'Union soviétique. Six fois prix Staline et deux fois prix Lénine, il occupe des postes importants au sein de l'Union des écrivains soviétiques, comme celui de rédacteur en chef de *Novy Mir* de 1946 à 1950 puis de 1954 à 1958. Daria Jdanova ne signale toutefois pas qu'il y a remplacé Alexandre Tvardovski chassé pour ses positions libérales au lendemain de la mort de Staline. (Le même Tvardovski, revenu à la tête de la même revue « Nouveau Monde » y publiera Soljenitsyne [3].) Simonov avait dirigé de 1950 à 1953 la *Literaturnaïa Gazeta*, la « Gazette littéraire », journal officiel de l'Union des écrivains. C'est dire à quel point il avait été proche de Staline. Or un livre publié après sa mort va en 1990 bouleverser totalement l'image de l'écrivain officiel, très apprécié par Staline [4]. « Simonov, écrit Daria Jdanova, se livrait là à un impitoyable examen de conscience. Il révélait les difficultés énormes qu'éprouvèrent les gens de sa génération à se libérer de l'emprise du culte de la personnalité et l'impact très relatif des révélations faites par Khrouchtchev sur un grand nombre d'entre eux. »

Quel pouvait être le ton de ce réveillon, quand tout le monde sait, sans pouvoir le dire tout haut, ce que

1. 1er avril 2003.

2. Il est surtout connu en France pour sa trilogie *Les Vivants et les Morts*, dont le dernier volume a paru en 1973 (Julliard).

3. Alexandre Tvardovski joue un grand rôle également pour la publication de la nouvelle génération de la littérature soviétique.

4. *Vu par un homme de ma génération.*

Khrouchtchev prépare ? Quelques mois plus tard, le 13 mars, le premier secrétaire attaque avec véhémence dans un discours fleuve les courants modernistes, l'« abstractionnisme » et, vieux serpent de mer qui a déjà beaucoup servi, le « formalisme » : désignation commode qui frappe des œuvres et des auteurs non conformes à la ligne officielle. De tous les écrivains, Ehrenbourg est le plus visé (peut-être parce qu'il est juif), et le Castor commente : « S'il n'était plus imprimé, c'était la misère[1] » — notons que c'est exactement la situation où s'était retrouvé Pasternak lorsque, au moment de l'attribution du prix Nobel, il avait été radié de l'Union des écrivains, même si, comme l'écrit le Castor, « on lui avait laissé sa datcha ».

Ils retournent en URSS au mois d'août de la même année pour le congrès de la Communauté européenne des écrivains, et tombent de haut : tous les écrivains soviétiques (sauf entre autres Tvardovski) réclament une littérature qui serve « à embellir la vie ». En face, les Français — Robbe-Grillet ou Sarraute —, eux, défendent le Nouveau Roman[2]. Impasse et malentendu complets. Sartre est convié par Sourkov à tirer des conclusions « cohérentes » de la rencontre. Il est très applaudi, mais l'attitude des écrivains soviétiques, sur « consigne venue d'en haut », ne change pas. D'ailleurs lorsque Sartre et le Castor poursuivent leur voyage vers la Géorgie, pour rencontrer Khrouchtchev qui les a invités dans sa « propriété », celui-ci dans son discours « les invective comme s'ils étaient des suppôts du capitalisme[3] ». (Cependant lorsque Tvardovski lit un long

1. *TCF*, p. 396.
2. *TCF*, p. 396.
3. *Ibid.*, p. 398.

poème, Khrouchtchev se met « à rire à gorge déployée » et tous les Soviétiques de l'imiter servilement.) Quand ils partent, Cholokhov se jette sur Sartre pour l'embrasser « fougueusement[1] ». Les temps, décidément, ont changé : « Nous ne l'aimions pas du tout », dit le Castor, il consacre toute son énergie à dénoncer la « littérature subversive ». Cinq ans plus tôt, lors du Nobel de Pasternak, c'est pourtant à lui, disait Sartre, que le Nobel aurait dû revenir.

En lisant le Castor, on a le sentiment que leur fréquentation assidue de l'URSS leur a fait approcher de très près de grands mystères qui leur sont demeurés impénétrables, et pour cause : il s'agissait en effet d'un jeu politique, diplomatique de niveau mondial où leurs œuvres, et leurs personnes, étaient peut-être seulement des pions, des jokers. Ainsi de l'affaire Lena, l'interprète et la maîtresse de Sartre. Mais un autre élément du reste nous entrouvre une perspective : le mauvais accueil de Khrouchtchev aurait été l'effet d'un avertissement de Thorez, qui ne les aimait guère[2], dit le Castor, à moins que « d'autres influences aient agi ? » (Que veut-elle dire ? Dans la délégation ? Où ?) « Nous ne nous sommes jamais expliqué ce revirement. »

De toute manière, l'amitié d'un Khrouchtchev n'avait pas tant à être regrettée.

Ils repassent par Moscou, sont invités chez de nombreux amis, on discute : de la psychiatrie, de l'interdiction de la psychanalyse. Là encore, quel

1. *Ibid.*, p. 400.

2. De même que sa femme, Jeannette Vermeersch, tellement hostile à toutes les formes d'un combat des femmes pour leur émancipation en dehors de la lutte des classes, qu'elle était allée jusqu'à protester contre l'invention d'une méthode d'accouchement sans douleur, et contre la contraception.

dommage que le Castor n'entre pas davantage dans le récit de ces conversations ; il arrivait parfois là-bas que, la nuit et la vodka aidant, des choses filtrent, passant outre les prudences. Par exemple sur certains usages de la psychiatrie soviétique, déjà plus ou moins connus dans les années du prétendu « dégel » khrouchtchévien. Sartre et le Castor ont justement demandé à visiter l'Institut de psychiatrie ; on le leur accorde. Les médecins qu'ils rencontrent travaillent sur la « schizophrénie » et n'arrivent pas à trouver l'« élément chimique » commun à tous les cas. Parbleu. Pour eux, dit le Castor, il n'y a qu'une étiquette pour « toutes les maladies mentales ». Voilà un des terribles mystères près desquels le Castor et Sartre sont passés. La « schizophrénie » était en URSS l'objet de toutes les recherches parce que, dans toute la période khrouchtchévienne, on essayait de trouver les psychotropes les plus efficaces pour « rééduquer » les mal pensants. Substitut terrible au goulag, officiellement fermé. C'est en 1966, avec l'expulsion de Valeri Tarsis [1], que l'Occident découvre avec stupeur le sort des dissidents enfermés dans les asiles psychiatriques. Plus tard, dans les années soixante-dix, sous l'ère Brejnev, d'effroyables révélations seront faites sur le prétendu « traitement » des opposants : enveloppement dans un drap mouillé qui se rétrécit et broie le corps en séchant, usage forcé de médicaments provoquant de véritables tortures comme la sulfazine, qui paralyse et porte la température à 40°, l'aminazine, qui hébète le malade, l'halopéridol, qui

1. Valeri Tarsis (1906-1983) fut envoyé dans un hôpital psychiatrique en 1962 et relâché sous la pression internationale. En 1966, il est autorisé à quitter l'Union soviétique, déchu de sa citoyenneté, et s'installe en Suisse.

donne envie de se lever si on est assis, de s'asseoir si on est debout, et provoque de terribles douleurs[1]. Parmi les « patients », les plus célèbres seront les frères Medvedev dont Jaurès, le biologiste.

Nul ne pouvait en avertir Sartre et le Castor lors de ces nombreux voyages ? Hélas, probablement non : car leurs hôtes, s'ils étaient plus ou moins libéraux, ne s'y seraient pas risqués, et s'ils étaient restés staliniens, encore moins. Quant aux « dissidents », ils se défiaient forcément d'invités étrangers reçus aussi régulièrement, et avec les honneurs. Dans cet « Institut de psychiatrie », on les promène, dans tous les sens de ce mot ; on leur montre des chats à qui on a implanté des électrodes dans la tête (ça n'aurait pas plu à Colette), des malades « abrutis de drogues », des zombies dans des dortoirs ; une femme qui hurle. Puis, ô suprise ! Louise Perron fait son entrée. Une « Louise Perron » soviétique après des années d'hôpital psychiatrique. C'est une ancienne professeur d'une quarantaine d'années, soignée pour un surmenage et des crises de paranoïa dirigées contre son mari. Qui pleurait, dépérissait, s'imaginait que son père la regardait par un trou de serrure quand elle faisait sa toilette. S'est-elle finalement, comme son modèle français, « lassée » de ses inventions ? A-t-elle été vraiment guérie ? Elle semble répéter une leçon pour être « relâchée[2] ». Une espèce de doute glaçant nous vient : et si elle avait été placée là pour tout autre chose ? Ah, que les délires inoffensifs de « Perron » malgré son rasoir

1. Cf. Élisabeth Antébi, *Droit d'asiles en Union soviétique*, Julliard, 1977. Mendès France avait accepté d'en rédiger la préface, François Mitterrand le lui déconseilla pour cause d'union de la gauche.

2. *TCF*, p. 402.

dans la poche sont réconfortants ! Nulle ombre terrifiante ne plane sur eux, comme celle des « organes[1] ». On pense à cette remarque de Nadejda Mandelstam, la femme du poète disparu au goulag : quel bonheur, dit-elle, de vivre dans un pays où *on apprend qu'un ami est mort de maladie*[2]...

De Moscou ils gagnent la Crimée, et de nouveau la Géorgie : le président de l'Union des écrivains les éloigne le plus possible de Tbilissi où règne cette année-là « une disette » ; ils n'ont d'ailleurs souvent qu'une « maigre portion » de poisson au déjeuner. Ils font cependant d'« intéressantes excursions », notamment à Mtskhéta, l'ancienne capitale, et retrouvent lors d'un dîner la jeune femme qui « faisait à Paris une thèse sur Sartre ». Puis c'est l'Arménie, où le catholicos[3] les reçoit. Beaucoup de blagues antisoviétiques étaient à l'époque attribuées à « radio Erevan ». Son « rattachement à l'URSS a été très favorable à l'Arménie », dit le Castor : « d'énormes travaux d'irrigation ont transformé en jardin ces terres arides[4] ».

Le récit des voyages en Union soviétique se poursuit par celui de 1964 à l'occasion des fêtes données

1. Nom par lequel on désignait sous le stalinisme tous les rouages politiques, policiers, judiciaires au service de la terreur d'État.

2. Nadejda Mandelstam, *Contre tout espoir*, Gallimard, 1972.

3. Chef suprême du clergé arménien-grégorien. Il réside à Etchmiadzine. En avril 1938, le catholicos Khoren Ier avait été assassiné (étranglé) par la police de Staline. Trois cent mille Arméniens perdirent la vie durant la terreur stalinienne.

4. Cependant, entre 1956 et 1972, vingt-huit mille Arméniens ont quitté l'URSS soit vers l'extérieur des frontières de l'URSS, soit vers d'autres républiques soviétiques (manque de liberté, répression religieuse, refus de prendre en compte les revendications nationales, difficultés économiques sont les principales causes de ces migrations).

en l'honneur de Chevtchenko[1]. Ils ont failli refuser, parce que l'Ukrainien Kitchko[2] vient de faire paraître une brochure d'un antisémitisme virulent. La brochure est désavouée (une note dit qu'elle sera republiée en 1969). Sartre est de mauvaise humeur en apprenant qu'il vient de serrer la main à Tikhonov, qui l'avait violemment attaqué en 1962. Et il pose la question publiquement : pourquoi l'a-t-on invité si ce n'est pas pour défendre l'idée d'une « coexistence culturelle[3] » ? Il y a maldonne : il s'agit pour Khrouchtchev de la « coexistence pacifique » qui vise à poser les bases d'une entente avec le monde capitaliste honni par l'« équilibre de la terreur » pour des raisons économiques et commerciales. Et pour faire front contre la menace de la Chine. Khrouchtchev n'a que faire d'intellectuels occidentaux du genre de Sartre (pas davantage des inventions du Nouveau Roman !) sinon pour compléter sa doctrine par une prétendue « coexistence culturelle » avec l'Ouest, alors qu'il en déteste les formes artistiques ou littéraires et s'en méfie comme de la peste.

Après ce pénible intermède, ils se retrouvent avec plaisir à Moscou, « libérés de toute contrainte[4] » : c'est dire qu'ils y sont surtout pour Lena, enfin surtout Sartre, et non comme invités officiels. C'est alors qu'ils ont leur premier vrai contact avec un « oppositionnel », un dissident : par Ehrenbourg, ils sont mis au courant de l'affaire Brodsky. Joseph

1. Poète ukrainien (1814-1861) victime de la répression tsariste.
2. Il s'agit du *Judaïsme sans fard*, de Trofim Kitchko, publié en 1963 sous couvert de l'Académie des sciences.
3. *TCF*, p. 415.
4. *Ibid.*, p. 415.

Brodsky[1] est poursuivi et condamné pour « parasitisme », en tant que poète, en tant qu'intellectuel, et en tant que juif. Cette affaire les « consterne » mais en parallèle, une autre inquiétude leur vient : « Sartre avait l'impression qu'idéologiquement la jeunesse perdait pied[2]. » Le « pas de côté », les « dissidents » ne le font pas pour s'engager dans des voies plus révolutionnaires, mais dans des voies « rétrogrades ». On interroge Sartre sur Chestov, Berdiaev, philosophes chrétiens, sur Dieu : la politique d'athéisme officiel n'y est pas pour rien. Ce qu'il faudrait, dit le Castor, c'est qu'on en revienne, « par-delà le dogmatisme scientiste imposé par Staline et par ses héritiers », au « véritable » Marx. C'est exactement la position d'Althusser et des althussériens dans la fin des années soixante : celle d'un « retour à Marx ». Qui séduira pendant un temps à l'Ouest mais n'obtiendra pas la plus petite ouverture « à l'Est » : c'est le *Discours de la méthode*, alors interdit, qu'on vous demandait à Prague dans la fin des années soixante-dix et « surtout pas Althusser » ! Le seul « à l'Est » qui ait interrogé la pensée de Marx dans ces années-là, c'est Karel Kosik dans sa *Dialectique du concret*[3] parue précisément en 1963 : il y conjoint Marx et la phénoménologie pour développer sa propre conception de la réalité sociale et historique[4].

1. Brodsky finira par émigrer aux États-Unis. Il reçoit le prix Nobel de littérature en 1987. Il est mort en 1996.

2. *TCF*, p. 419.

3. *Dialectique du concret. Étude sur la problématique de l'homme et du monde*, Maspero, 1963.

4. La vie de Karel Kosik (1926-2003) est celle d'un homme « en de sombres temps ». À l'âge de dix-huit ans, il est arrêté par la Gestapo et passe six mois au camp de Terezin. Membre de l'Institut de philosophie de l'Académie des sciences de Prague, dès les années

Mais pour revenir à ces années où le système soviétique n'a plus la caution de ses intellectuels et de ses artistes, ni de sa jeunesse, le Castor pointe là un trait propre à la « sortie » du communisme réel : cette sortie se fera selon des voies qui décevront l'extrême gauche. D'où le choix que font certains dans ces mêmes années de la fin 1960 d'une surenchère de type maoïste. Parmi lesquels Charles Bettelheim[1] qui affirme, contre le dogme économiste du marxisme traditionnel, la nécessité de changer *politiquement* les rapports sociaux : pour lui le socialisme soviétique n'est qu'un « capitalisme d'État » qui a « confisqué » la révolution populaire. L'influence de Bettelheim a décliné et pour finir totalement disparu avec l'effondrement du « communisme réel » : sa pensée demeure sans doute la seule recherche d'une issue « révolutionnaire » à l'échec des révolutions. Vouée malheureusement elle-même à l'échec.

Entre les dissidents qui retrouvent Dieu, et l'extrême gauche occidentale qui soutient la Révolution culturelle chinoise, le fossé se creuse : un désastre est en train de se préparer. Un trou noir de la pensée. Une tragédie pour l'Europe, et qui pèsera sur la réunification du continent après 1989. On peut ainsi regretter qu'à Prague (en octobre 1963, puis en 1968), la rencontre ne se soit pas faite entre

cinquante, il critique le schématisme idéologique régnant. En 1975, privé de sa chaire de philosophie depuis 1968, il adresse à Sartre une lettre ouverte pour dénoncer le régime.

1. Économiste, né en 1913, Bettelheim était venu au maoïsme par le tiers-mondisme et un passage en 1963 à Cuba, dont il critiquera très vite le dogmatisme planificateur. En 1966, Bettelheim commence à s'intéresser à la Chine où il se rend plusieurs fois en tant que président de l'Association des amitiés franco-chinoises.

Sartre-Castor et le philosophe tchèque Jan Patočka dont l'œuvre tente précisément de dépasser cet enfermement[1]. Pas de « retour » à Marx chez lui, ou d'appel au « jeune Marx » ; chez lui, pas non plus de régression spiritualiste ou kantienne. Ce que Patočka dénonce, c'est l'équivalence intrinsèque des deux régimes — capitaliste et communiste —, grevés par une même hypothèque, l'un dans l'ordre de la pénurie, l'autre dans l'ordre de l'assouvissement : tous deux sont fondés sur une croyance aveugle en la technique. (La première étant sans doute incontestablement plus difficile à vivre.) Un « retour aux Grecs » s'impose, au « souci de l'âme » platonicien, et à Socrate, si l'on veut répondre à la question : en quelles circonstances et à quelles conditions serait-on à même de faire du monde humain un monde de vérité et de justice ?

1964 : Kiev, puis l'Estonie. Près de Tartu, ils escaladent en auto les hauteurs qui dominent un grand lac silencieux qui « baignait dans une clarté laiteuse ». Dans ces contrées que l'histoire a sauvagement ravagée, la nature fait entendre comme une protestation muette, comme un appel à ressusciter un monde d'avant. 1965 : de nouveau l'URSS, puis la Lituanie. En février, les Américains ont commencé à bombarder le Vietnam ; Khrouchtchev est tombé, la Chine menace. À Moscou, les effets de la chute du premier secrétaire semblent positifs : *Novy Mir* a publié la *Maison de Matriona*[2], Tarkovski essaie d'obtenir de tourner son film, *Andreï Roublev*. Le Castor et Sartre sont « empoignés » par le film de

1. En 1961, Patočka avait donné une introduction à la publication en volume d'extraits du *Deuxième Sexe*.

2. Que *Les Temps modernes* ont publié en 1963.

Kontchalovski, *Le Premier Maître*, inspiré d'un roman de Aïtmatov, qui dénonce à la fois l'obscurantisme révolutionnaire de l'instituteur pour qui Lénine ne peut pas mourir, et la violence des traditions permettant au « bey » local de faire enlever la jeune fille qu'il convoite. Pendant quelque temps encore, les Soviétiques seront considérés comme un rempart non plus tellement contre le capitalisme moderne et ses lois d'airain, mais contre la barbarie « féodale » des régions islamiques. La guerre d'Afghanistan en fera éclater les dernières illusions. Les cercueils de zinc[1] ramèneront par milliers à Moscou les jeunes hommes sacrifiés à la lutte contre le « droit de cuissage » (Georges Marchais *dixit*) tandis que, surarmées par l'Occident, les milices d'Allah commenceront de faire régner la nouvelle terreur religieuse au Proche-Orient...

Octobre 1965 : ils sont à Rome, et retrouvent Tvardovski et Sourkov pour un nouveau congrès de la Communauté européenne des écrivains (COMES); une affaire grave est cependant sur le point d'éclater à Moscou, l'affaire Siniavski-Daniel. « Quelqu'un avait fait franchir le rideau de fer » à des nouvelles de Daniel jusque-là publiées en samizdat. C'est par Ehrenbourg qu'ils ont appris l'existence de ce mode de publication clandestine, en réalité très ancien : le rôle d'Ehrenbourg et sa figure mériteraient du reste toute une étude, ne serait-ce que par la manière dont il se situe toujours et à la fois « des deux côtés » comme la chauve-souris de La Fontaine[2]. Le mot de

1. Titre du récit de Svetlana Alexievitch, Christian Bourgois, 1990.

2. Rappelons les vers fameux de la fable : « Je suis oiseau, voyez mes ailes / Vive la gent qui fend les airs / [...] Je suis souris, vivent les rats / Jupiter confonde les chats » (Livre II, fable 5).

« sam-izdat » (*self-edition*) parodie celui des « gos-izdat », les éditions d'État, c'est une réalité soviétique un peu antérieure à la « révélation » que leur en fait Ehrenbourg. Les premiers paraissent dès la fin des années cinquante ; c'est par le samizdat qu'ont été diffusés le *Requiem* d'Akhmatova[1] et les *Récits de la Kolyma* de Varlam Chalamov. Là encore, on voit le décalage entre la réalité soviétique et ce que le Castor et Sartre en perçoivent, même si, avec le temps, et la pression interne au système, des vérités se fraient un chemin dans l'univers confiné que les autorités leur réservent. Une « société civile », interdite par le régime, a commencé à se constituer, et elle n'est pas composée seulement d'« éléments réactionnaires » (la plupart ont disparu dans des camps ou ont été fusillés) ou de « popes crasseux » : toute une société semi-souterraine s'est développée, composée d'artistes, de philosophes, de poètes, d'anciens condamnés revenus difficilement à la vie, et en son sein fermentent des forces nouvelles, pleines de contradictions sans doute, mais riches d'un avenir que nul n'a véritablement su comprendre ni faire fructifier. Ni les communistes « purs et durs », à l'Est comme à l'Ouest, ni les partisans d'un « marxisme rénové », ni a fortiori les ennemis de toujours du communisme quand le mur de Berlin est tombé. Aujourd'hui, la grande leçon de la dissidence, dans toute son ampleur, sa polyphonie, ses phobies parfois irritantes, est morte ; morte avec ses querelles intestines, ses mesquineries et ses

1. Composé entre 1930 et 1957, ce terrible poème de la terreur stalinienne commence lors de l'arrestation et de l'exécution du mari d'Akhmatova, Lev Goumiliev ; et se poursuit avec l'arrestation de leur fils. Pendant des années, elle se confie à sa mémoire pour en garder la trace.

grandeurs, et elle manque douloureusement à l'Europe réunifiée.

Quand enfin, en mai 1966, dernier voyage, ils arrivent à Moscou, la situation est carrément mauvaise. Et il leur est de plus en plus difficile de trouver un équilibre, un compromis acceptable entre soutien et rejet. Peut-être le Castor le sent-elle encore davantage quand elle le raconte, à quelques années de distance, car les choses vont vite... Le procès des deux dissidents s'est terminé par des condamnations lourdes. Siniavski est condamné à sept ans de « camp de redressement par le travail, au régime strict », Daniel à cinq ans ; Cholokhov déplore qu'ils n'aient pas été « fusillés » comme ils l'auraient été au temps de Staline[1]. Lena a signé la pétition en leur faveur, qui a regroupé soixante-deux membres sur les six mille que comptait alors l'Union des écrivains. Avant de partir, le Castor et Sartre souhaitent rencontrer Soljenitsyne. Voilà un genre d'écrivains qu'ils n'auraient pas désiré voir, du temps de Cholokhov et de Sourkov... Lena leur transmet sa réponse : « Il ne veut pas vous voir. » Ses raisons leur paraissent obscures ; mais ils s'en accommodent : « Ce qui nous a paru clair, c'est qu'être condamné au silence, à la nuit, représente pour un écrivain la pire des malédictions[2]. » Leur voyage prévu en Asie centrale ne peut avoir lieu à cause d'un tremblement de terre ; ils retournent à Yalta. « Partout des roses, des pétunias épandaient leurs lourds et tendres parfums[3]. » Ils décident de longer la côte en bateau : la cabine qu'on leur donne

1. *TCF*, p. 439.
2. *Ibid.*, p. 441.
3. *Ibid.*

est celle où Maurice Thorez est mort. Mais d'Odessa à Lvov (aujourd'hui Lviv en Ukraine indépendante) et de Lvov à Kichinev (en Moldavie alors soviétique), ce qu'ils constatent, c'est l'absurdité des « interdits » auxquels ils sont partout confrontés. Peut-être découvrent-ils alors combien les invitations officielles créent un monde artificiel de facilités en tout genre ; peut-être aussi sont-ils en train de découvrir que le communisme à la soviétique n'est qu'un immense voile d'illusions apposé et imposé par la force, par la terreur, sur une réalité qui n'a cessé de s'y opposer.

Le bilan de ces années de compagnonnage, de ces voyages en URSS, de leur découverte progressive, et surtout tardive du « communisme réel » reste entièrement à faire, même si on a pu le jalonner d'hypothèses, çà et là. La question est toujours aussi brûlante, malgré le temps qui a passé : car, au bout du compte, ce sont les vrais ennemis du communisme qui ont triomphé. On n'ose pas dire : les ennemis du vrai communisme, et c'est pourtant la même chose. Ils ont triomphé aux dépens de ceux qui attendaient tout d'une espérance odieusement trahie, et ce, dès son début. Et cette question se double fatalement d'une autre : en aurait-il été autrement si, de ce côté de l'Europe, en Occident, des intellectuels, des écrivains, des artistes, des étudiants, jusque dans les années soixante-dix du siècle dernier, n'avaient pas fermé les yeux sur la Terreur d'aujourd'hui au nom de la liberté et de l'égalité de demain ? Que chacun d'entre nous tâche d'examiner cette question avec la plus grande probité possible, parfois en faisant un retour critique sur soi, mais en se gardant toujours de vouloir se donner raison *sur le dos des morts*.

*

Mais dans la vie du Castor, quelque chose s'est produit qui va en infléchir profondément le cours. C'est le développement d'une « amitié nouée quelques années plus tôt » avec une jeune femme et qui a pris « beaucoup de place » dans sa vie[1]. Cet événement riche des conséquences les plus importantes, le Castor a une façon discrète de l'amener, de le faire entrer sans heurts dans le tissu de sa vie, comme s'il fallait en désamorcer on ne sait quelle charge. Depuis quelque temps déjà, dit-elle, elle prend plaisir à rencontrer des « jeunes » qui la réconfortent « par leur intransigeance, leur radicalisme, leurs exigences » (ce sont exactement ses propres traits), et « la fraîcheur de leur regard[2] ». Ce sont souvent des « révoltées », marxistes ou maoïstes. « Changer la vie leur semble urgent » et elle suit « avec intérêt leur évolution ». Mais cette fois, c'est différent : l'entrée de cette jeune femme dans sa vie, c'est une « grande chance » qui lui a de nouveau été donnée. « J'avais tort, écrit le Castor, de penser en 1962 qu'il ne pouvait rien m'arriver d'important, sinon des malheurs. »

Sylvie Le Bon, une élève d'hypokhâgne[3], un jour lui a écrit, et elles se rencontrent. Très vite le Castor éprouve de la sympathie pour elle, malgré ses airs farouches et sa voix étranglée de timidité. Petit à petit, la jeune fille en vient aux confidences, raconte ses difficultés avec une mère d'abord tendrement

1. *TCF*, p. 84.
2. *Ibid.*
3. Première année des classes préparatoires aux concours des Écoles normales supérieures.

aimée. Le Castor se retrouve dans l'adolescence de la jeune fille ; ce sont des « signes jumeaux » qu'elle lit sur leurs fronts. Plus encore quand elle apprend qu'elle a été brutalement séparée d'une camarade à cause de leur « amitié passionnée », que les familles l'ont déclarée « anormale » et obligée à redoubler sa troisième[1]. Le Castor s'enchante de voir comment elle a retourné à son profit une situation subie, et pris une revanche éclatante en décidant de remporter tous les prix, d'être la meilleure en tout. Sa façon d'aborder le monde, sa vivacité, son charme, son extrême intelligence, ses capacités d'enthousiasme, son humour, et son sérieux achèvent de la séduire. Leurs affinités sont telles qu'elle a l'impression de s'être « réincarnée » en elle. Dix pages plus loin, après un long récit des débuts difficiles de cette amitié, elle peut dire : « Elle est mêlée à toute ma vie comme moi à la sienne. » Elle lui dédie en 1974 le dernier volume de ses Mémoires, *Tout compte fait*, et en fait sa fille adoptive en 1981.

C'est une « entente » comme, depuis sa rencontre avec Sartre, elle n'en avait pas connu ; et le Castor en suggère la nature par un rapprochement un peu solennel, grave, inattendu... Elle en a trouvé l'expression dans les lettres que Clemenceau, octogénaire, adresse à une « amie », avec qui il a une liaison — « sans doute platonique mais passionnée » —, une femme d'une quarantaine d'années — qui « illumine » sa vie. Elle le cite : « Je vous aiderai à vivre ; vous m'aiderez à mourir », et commente : « Ils s'écrivaient tous les jours, il partageait avec elle les

1. Et, revanche terrible de la fiction sur la réalité, la jeune fille dont le suicide cause l'intense ressassement d'une mère hantée par sa culpabilité s'appelle précisément Sylvie, comme elle (*Monologue*, in *La Femme rompue*).

moindres détails de son existence. Je sais combien une jeune amitié peut apporter de bonheur dans la vie d'une personne vieillissante[1]. »

Il est sûr en tout cas que le Castor va y puiser le regain d'une force qu'elle semblait chercher vainement à rassembler contre les assauts d'une puissante inquiétude due au passage du temps, à la maladie de Sartre, aux premiers stigmates de ce qu'elle nomme la « vieillesse », bien avant que l'heure en ait sonné.

Le Castor et Sartre à leur retour d'URSS, en août 1963, sont partis pour leur séjour habituel à Rome. C'est là que, le 24 octobre, se trouvant dans sa chambre de l'hôtel Minerva à ranger des papiers, elle reçoit un coup de téléphone de Bost : « Votre mère a eu un accident. » Elle s'est cassé le col du fémur, elle a été hospitalisée; le Castor décide d'avancer son retour. Un mois plus tard, sa mère est morte. Et le Castor entreprend en décembre d'écrire *Une mort très douce*. Dès le mois de mai suivant, des extraits en sont publiés dans *Les Temps modernes,* juste avant le voyage en Ukraine; à l'automne le livre est en librairie...

Une mort très douce est le livre de Simone de Beauvoir que Sartre, dit-on, préférait. C'est un chef-d'œuvre de concision, de clarté, écrit dans une langue forte, sûre, maîtrisée. Dans un regain de vie et de confiance en l'avenir et découvrant en même temps une douleur à laquelle elle ne s'attendait pas, le Castor saisit, reparcourt et reformule tous les grands thèmes qui la hantent depuis toujours, la vieillesse, la maladie, la mort et la question de la filiation, dont l'aspect biologique lui a toujours fait

1. *TCF*, p. 210.

horreur. Et sans renoncer en rien à ce qu'elle a été, sans oublier le ressentiment qu'elle a éprouvé autrefois envers sa mère, elle nous fait témoins de la révolution qui s'est accomplie en elle. Le livre commence par un constat froid, factuel : sa mère a soixante-dix-huit ans, « c'est un âge pour mourir, pensai-je ». Le Castor a toujours fui les pièges d'un sentimentalisme hypocrite qui gomme devant la mort — par crainte, par superstition — les vrais enjeux de la vie, les choix qui séparent parents et enfants, anciens amis, anciens amants. Il n'y a pas en elle de place pour ces fausses réconciliations, ces pardons offerts et acceptés *in articulo mortis*. Elle est rentrée à Paris, elle va faire ce qu'il faut, elle prévient sa sœur : Ce sera comme pour papa, je ne verserai pas une larme. Comme on sent aussi qu'elle se protège, qu'elle s'arme, qu'elle se guinde contre la douleur ! Et puis quelque chose se produit. Devant le corps de la mère agonisante, qu'anime, dans une semi-lucidité, une bonne volonté d'enfant, quelque chose en elle cède. Elle a accès à un sentiment douteux, étrange, inconnu, pour lequel elle trouve un nom, sans hésiter devant sa charge symbolique : la compassion. « Je parlai à Sartre de la bouche de ma mère, telle que je l'avais vue le matin et de tout ce que j'y déchiffrais : une gloutonnerie refusée, une humilité presque servile, de l'espoir, de la détresse, une solitude — celle de sa mort, celle de sa vie —, qui ne voulait pas s'avouer. Et ma propre bouche, m'a-t-il dit, ne m'obéissait plus : j'avais posé celle de maman sur mon visage et j'en imitais malgré moi les mimiques. Toute sa personne, toute son existence s'y matérialisaient et la compassion me déchirait[1]. »

1. *MTD*, p. 44.

Qu'est-ce que la compassion ? Si la lecture des lettres à Nelson Algren a injustement fait croire que le Castor y déployait pour la première fois des capacités d'amour et de sensualité dont pourtant son œuvre et sa vie donnent tant d'exemples, peu de lecteurs, en revanche, se sont interrogés sur ce que signifiait dans son œuvre et sous sa plume l'apparition de ce mot. Ne pas user du mot de compassion [1] ne signifie pas qu'on a le cœur dur ; inversement, éprouver de la compassion n'est pas non plus se convertir, découvrir la dimension rédemptrice de la douleur ou décider de suivre, en robe jaune et sandales, les disciples de Sakyamuni [2]. Encore une fois donc, qu'est-ce que la compassion ? La participation aux douleurs d'autrui ? La « pitié » ? Rousseau en donne dans le *Deuxième Discours* une définition parfaite « la pitié est un sentiment naturel, qui modère dans chaque individu l'activité de l'amour de soi-même [3] ». Un autre mot qui s'en rapproche est celui d'empathie : compassion, de racine latine, c'est la capacité de souffrir « avec » ; empathie, d'origine grecque, c'est celle d'éprouver « dedans », de l'intérieur ce que quelqu'un éprouve, et de le comprendre.

Sartre a fait de ce mot un usage philosophique. Mais l'« empathie » dont il parle n'est pas un senti-

1. Sauf dans ses *Cahiers de jeunesse*, mais dans un contexte tout à fait différent : elle compare la manière d'aimer des hommes et celle des femmes. « Pour moi, aimer est cette douloureuse chose que Benda décrit et blâme, cette identification à l'autre, cette "compassion" totale — eux, cela ne les entame guère, ne pénètre pas dans leur univers intérieur : un refuge, un plaisir, non une avidité d'âme » (29 juillet 1927).

2. Le « Bouddha de souffrance », par opposition à Maitreya, le « Bouddha de bienveillance ».

3. *Discours sur l'origine et les fondements de l'inégalité parmi les hommes,* Garnier Flammarion, p. 214.

ment qui s'adresse à une personne, c'est une méthode de travail, « la seule attitude requise », dit Sartre dans la Préface de son *Flaubert*, au moment de répondre à la question : que peut-on savoir d'un homme aujourd'hui ? La « psychanalyse existentielle » dont Sartre revendique l'invention, et qu'il a pratiquée avec un succès inégal à propos de Baudelaire et de Jean Genet, vise à la compréhension de cet « universel singulier » qu'est un homme[1]. L'empathie est donc nécessaire pour mener à bien les deux temps que sont d'abord l'« analyse régressive » qui « nous a menés aussi loin qu'elle le pouvait », jusqu'à la « description phénoménologique d'une sensibilité enfantine », et ensuite, celui de la « synthèse progressive » qui, « renversant le mouvement », tente d'« amorcer la remontée[2] ». L'empathie, ainsi conçue, ne suppose nullement la sympathie du philosophe pour l'objet de son étude; c'est un instrument de travail, plus encore, c'est une intrusion qui conduit l'analyste (le philosophe) à entrer *à l'intérieur de* l'autre, à y prendre en quelque sorte sa place — au point que les lecteurs de Baudelaire ne reconnaissent pas toujours, dans l'homme que Sartre reconstitue, le poète qu'ils ont lu[3]. Aupoint que Genet lui-même a déclaré s'être senti « dépossédé » par le livre qui lui est consacré.

1. « Un homme n'est jamais un individu; il vaudrait mieux l'appeler un *universel singulier* : totalisé et par là même universalisé par son époque, il la retotalise en se reproduisant en elle comme singularité », Sartre, *Flaubert, I* (1971), Préface, p. 7.

2. *Ibid.*, p. 51. Sur la méthode régressive/progressive, lire *Questions de Méthode*, 1957, repris comme préface en 1960 à la *Critique de la Raison dialectique, op. cit.*

3. Impossible de faire, dans le Baudelaire de Sartre, personnage très antipathique, une place au jeune poète qui écrit ces vers mystérieux, *Les Petites Vieilles* : « Mais moi, moi qui de loin tendrement vous surveille / L'œil inquiet, fixé sur vos pas incertains /

Mais la compassion qui, en cet instant du récit, « déchire » le Castor n'est pas un instrument de travail, ce n'est pas un outil intellectuel; c'est un mode de l'être. La compassion s'exerce en sens inverse de l'« empathie » sartrienne. Elle ne l'a pas décidée, elle ne l'a pas déduite : elle l'a subie. C'est par les mouvements mêmes de son visage imitant les pauvres mouvements du visage de sa mère qu'une vérité se fait jour dans le Castor. Elle n'est pas allée vers, ou dans l'objet pour le comprendre; c'est lui qui est venu en elle. Elle s'est dépouillée de son moi pour un moment y abriter l'autre : « Quelqu'un d'autre que moi pleurait en moi[1]. » Tout lui est donné, d'un coup, en voyant cette bouche desséchée qui tente avidement de capter quelques gouttes d'eau au bout d'une pipette. On comprend alors que la compassion la « déchire », c'est une effraction, une intrusion inattendue, qui plonge le Castor dans la « stupeur ». Une crise de larmes a précédé cette révélation, elle ne comprend rien à la nature de ce « chagrin » nouveau où elle ne se reconnaît pas, et qui vient démentir ses prévisions. « Quand mon père est mort, je n'ai pas versé un pleur. J'avais dit à ma sœur : Pour maman, ce sera pareil[2]. » Eh bien, non, ce n'est pas pareil.

Vient alors, au chapitre suivant, un portrait de la mère, portrait où les thèmes habituels du Castor — le consentement des femmes aux mutilations qu'on leur impose, leurs conduites de ressentiment ou de mauvaise foi — prennent une couleur, une tonalité

Tout comme si j'étais votre père, ô merveille! » Et plus loin les apostrophe ainsi : « Ruines, ma famille! ô cerveaux congénères » (*Fleurs du mal*, XCI. Pièce dédiée à Victor Hugo).

1. *MTD*, p. 43.
2. *Ibid.*, p. 43.

entièrement neuves, se marquent d'une tendresse, d'une sympathie jusque-là peu présentes ; se dépouillent de ce ton parfois condescendant qui marque comme d'autant de jugements la description des femmes « mystifiées ». Le jugement, pour un temps, est suspendu : reste la confrontation, nue, entre une fille à qui sa mère a dit, quelques heures plus tôt, « toi, tu me fais peur[1] » et, sous ses yeux, « une pauvre chose douloureuse », sa mère mourante. Cet instant éternel de compassion — « la compassion me déchirait » et non « me déchira » — est suivi d'expériences qui brisent, comme la hache brise une mer gelée, les couches de prévention et de rejet qui se sont édifiées entre la mère et la fille depuis l'adolescence. L'identification devient totale entre le corps de la mère et le sien. On a opéré la mère, passant outre aux réserves d'une infirmière qui connaît l'effet terrible de ces acharnements inutiles : n'était-ce pas inutile ? Le doute vient au Castor, « moi aussi un cancer me dévorait : le remords[2] ». L'univers se colore tout entier de cette mort imminente. Dans le « funèbre mystère » de la chambre où elle dort dans un petit lit contre celui de la mère, le téléphone lui-même est « couleur de corbillard ». Suspendus, oubliés, en un moment — ce moment paradoxal où le corps est exposé dans sa pire déchéance —, les dégoûts insurmontables que suscitait le corps des parents, et même la vue du lit nuptial.

1. On pense ici à cette nouvelle de Tchekhov, *L'Évêque*. Une paysanne russe illettrée s'est vue rembarrée par son fils, alors au séminaire, qui a honte d'elle. Plus tard, quand il devient évêque, elle n'ose même plus le regarder. Mais il tombe malade, et c'est elle qui le soigne, et rouvre avec des gestes et des mots simples le chemin qui entre eux s'était fermé.

2. *MTD*, p. 80.

D'invisibles mais solides résistances s'effondrent. Remontent alors, avec cet ancien amour oublié, des images qu'elle n'a pas voulu retrouver en écrivant les *Mémoires d'une jeune fille rangée* : le père en goguette qui rentre aux aurores, sentant l'alcool et, par contraste, le rayonnement charnel de la mère en jeune épousée. Du coup, ses attitudes répressives dont elle avait tant souffert dans son adolescence, si elle ne peut les oublier, le Castor en efface un instant la dette : devant sa mère mourante, elle se sent reprendre le « vieux dialogue brisé » que leurs divergences ne leur avaient jamais permis de renouer. Le temps s'« anéantit », passé et présent se confondent : « La "petite maman chérie" de mes dix ans ne se distingua plus de la femme hostile qui opprima mon adolescence ; je les ai pleurées toutes deux en pleurant ma vieille mère. » À son père, elle avait toujours rendu l'hommage de l'avoir éveillée à la vie intellectuelle ; de sa mère, elle peut dire maintenant ce qu'elle lui doit : « sa vitalité ». Et « l'ancienne tendresse que j'avais crue tout à fait éteinte ressuscitait, depuis qu'il lui était possible de se glisser dans des mots et des gestes simples ».

C'est un moment radical de (trans)formation que connaît ici le Castor, en une période de sa vie où, âgée de seulement cinquante-cinq ans, elle regarde l'avenir avec terreur, car il ne peut plus lui annoncer que des « malheurs ». Depuis quand « des mots et des gestes simples » ont-ils aux yeux du Castor cette valeur devant quoi tout s'efface ? Tout se brouille, se retourne, se métamorphose ; ce n'est plus sa mère qu'elle a devant elle, mais son enfant ; ce n'est même pas un enfant mais le comble de la faiblesse : une pauvre bête torturée avec des yeux « sans défense ». À travers la mort de la mère, l'expérience que fait le

Castor n'est pas seulement celle, classique, de l'oubli des offenses réciproques, reçues et données; c'est la découverte d'un immense continent : la faiblesse. C'est cela qui fait naître la compassion; la vue de la faiblesse, et l'appel inconditionnel que celle-ci nous adresse. La compassion, c'est la découverte que la faiblesse infinie est douée d'une force infinie. Ce continent s'ouvre, se dévoile; il est là, auprès de nous, dans les « bêtes » — que le Castor renvoyait auprès de Colette —, chez les « petites vieilles » en qui Baudelaire sent des « âmes congénères », chez ceux que le Castor appelle des « poupons » réservant son intérêt aux enfants qui parlent; dans cette humanité en proie au besoin où elle ne voyait encore récemment que des « larves » sans énergie ni avenir.

S'il y a bien quelque chose de vraiment magnifique chez le Castor, c'est son courage, le courage de faire ici l'aveu d'un ébranlement radical dû à la mort de sa mère. Ce n'est pas devant une convention, une autorité reçue qu'elle s'incline; moins que jamais. Mais elle qui ne recule devant rien, elle ne peut nier la présence d'une réalité, charnelle, concrète : devant cette « bouche de goule qui hume avidement la vie », devant ces yeux de bête qui sait qu'elle va mourir, elles se retrouvent égales. Le Castor a changé : elle le dit, elle ne pense plus du tout, comme au début de son récit, que sa mère avait bien l'âge de mourir. La mort, à tout âge, même le plus avancé, est un scandale. Elle a vu la révolte dans le regard de sa mère, elle l'a reconnue comme sienne. Elles sont des « âmes congénères » pour parler comme Baudelaire. Ce n'est pas pour rien que Simone de Beauvoir a placé en exergue de son livre les vers de Dylan Thomas : *Rage, rage, against the dying of the light*, « Rage, rage, contre la mort de la lumière ». Dans ce sursaut, elle se reconnaît et reconnaît en sa mère une égale. Une mort « très douce » ? À d'autres ! Il n'y a pas de « morts douces », et il n'y a aucune grandeur dans la mort : rien qu'abjection, ventre plein de pus et linges souillés. Et pourtant, sa mère meurt comme est mort Socrate. Le froid commence de gagner les pieds, la mort monte, comme une mer. La mère meurt tel un sage antique, ayant refusé, elle si pieuse, les « consolations de la religion » — pour des raisons de mère : « Je ne veux pas aller au ciel sans mes filles. »

Le lendemain, quand les deux sœurs reviennent, elle n'est plus là : « Sur la blancheur du drap, rien. » La mère a disparu dans tout ce blanc dont, il y a plus d'un demi-siècle, le Castor avait surgi entre les murs laqués d'une chambre donnant sur le boulevard du Montparnasse.

Preuve de ce grand ébranlement qu'elle a subi, le Castor n'a pas pris de distances avec ce mot si chargé pourtant de connotations spiritualistes, la compassion. Et elle a eu raison. La compassion n'est pas seulement ce trucage politico-médiatique qu'on voudrait substituer à l'action politique ; ni un retour subreptice et hypocrite du religieux. La compassion n'est nullement contradictoire avec la volonté d'action, et d'une action qui viserait à « changer le monde » : elle double simplement ce thème politique d'une noire lumière. L'optimiste le plus résolu, le politique le plus déterminé doivent puiser dans la compassion des ressorts nouveaux. Il est bon qu'ils gardent en mémoire l'admirable formule de Marcel Proust, ardent dreyfusard, qui lui est venue au sortir du procès du colonel Henry, l'auteur du faux : « Il y a dans tout homme, même coupable, un pauvre cheval innocent et qui souffre. »

Ce sont les yeux de ce « pauvre cheval innocent » qu'il faut avoir, un jour, regardés.

*

Après *Une mort très douce*, il avait peut-être semblé au Castor qu'elle était passée « du côté de la mort et de son silence » et que toute littérature était « devenue vaine [1] ». Mais en tout cas, elle a retrouvé son ardeur combative. Et il le faut : car certains signes montrent que les temps sont en train de changer, que le dispositif de pensée, d'écriture et d'action posé par Sartre au lendemain de la Libération n'est peut-être plus en prise directe sur l'époque.

À l'automne 1964, au moment de la publication du livre, malgré sa répugnance pour les « manifestations littéraires », elle accepte de participer avec Sartre à une rencontre organisée par de jeunes communistes, dont Yves Buin. Le débat aura lieu le 9 décembre, avec la participation de Jean Ricardou, de Jean-Pierre Faye, de Jorge Semprun, et de Sartre [2]. Celui-ci s'était rapproché au printemps de *Clarté*, le journal des étudiants communistes, en acceptant de répondre pour le numéro 55 à des questions sur les rapports de l'art et de la politique. C'est là que Sartre définit l'art comme une « représentation du monde tel qu'il serait s'il était repris par la liberté humaine [3] ». Tout en prenant ses distances avec un « réalisme » à la manière « soviétique », Sartre refuse absolument que la littérature soit le champ clos d'une pure expérience de langage. La rencontre à la Mutualité tourne au dialogue de

1. *TCF*, p. 187.
2. Des extraits en paraissent dans *Clarté*, janvier 1965. Publié la même année en 10/18 « L'inédit ».
3. Cf. Contat-Rybalka, *op. cit.*, p. 397.

sourds : face à Sartre et au Castor qui défendent la notion d'engagement, Ricardou et Faye défendent le « Nouveau Roman », c'est-à-dire l'option radicalement et expressément opposée. Ricardou a publié *L'Observatoire de Cannes*, en 1961, et *La Prise/la Prose de Constantinople*[1], en 1965. Il est l'auteur de la formule très commentée dans les cours de littérature française aux États-Unis : « Le roman n'est pas le récit d'une aventure mais l'aventure du récit. » Simone de Beauvoir relate cette rencontre sur un ton polémique; Buin l'a prévenue, « ils veulent régler son compte à Sartre ». Qui ? Claude Simon et Yves Berger. Mais Claude Simon, furieux, se retire quand Sartre fait pression sur Buin pour qu'il désinvite Kostas Axelos — lequel l'avait attaqué très vivement au moment de son refus du prix Nobel ! Aux yeux du Castor, imperturbablement fidèle, le texte de Sartre est « le plus intéressant », mais il était trop fatigué pour donner du relief à sa pensée. Chacun est resté sur ses positions : mais ce sont les positions d'ennemis en ordre de bataille, et prêts à en découdre.

Dans les années qui suivent, aussi bien Robbe-Grillet que Claude Simon enfonceront le clou. Le temps de l'engagement est passé, la littérature, dira Claude Simon dans son *Discours de Stockholm*, en 1986, est comme la peinture, « elle n'a d'autre sujet qu'elle-même ». Ce que contredit du reste à la fois l'histoire de la peinture et sa propre œuvre... Claude Simon avait été un des signataires du Manifeste des 121, mais dans ce même discours, se référant à sa propre expérience, il refuse toutes les philosophies politiques qui chercheraient à « donner un sens à

1. Éditions de Minuit.

l'histoire » : « J'ai été témoin d'une révolution, j'ai fait la guerre dans des conditions particulièrement meurtrières [...] j'ai été fait prisonnier, j'ai connu la faim, le travail physique jusqu'à l'épuisement, je me suis évadé, j'ai été gravement malade, plusieurs fois au bord de la mort, violente ou naturelle, j'ai côtoyé les gens les plus divers, aussi bien des prêtres que des incendiaires d'églises, de paisibles bourgeois que des anarchistes, des philosophes que des illettrés, [...] et cependant, je n'ai jamais encore, à soixante-douze ans, découvert aucun sens à tout cela, si ce n'est comme l'a dit, je crois, Barthes après Shakespeare, que "si le monde signifie quelque chose, c'est qu'il ne signifie rien" — sauf qu'il est. »

Mal engagé, ou même volontairement biaisé, le débat sur l'« engagement » en littérature en réalité en masque un autre, le procès du « communisme » réel et de ses « compagnons de route ». Il y a une évidente rencontre entre le grand reflux des utopies révolutionnaires et la montée d'une philosophie qui, appuyée sur les avancées de la linguistique, va postuler la « mort du sujet » et le triomphe des « structures ». Dans le livre de Michel Foucault *Les Mots et les choses,* paru en 1966, qui prend justement acte de ce basculement, Sartre dira qu'il voit le « dernier rempart de la bourgeoisie ». Ces années juste avant Mai 68 sont celles d'un profond remaniement dans tous les ordres de la pensée dont, pour ne parler que d'elle, l'entreprise littéraire sortira profondément ébranlée. Loin d'élargir le champ de son expérience et de ses possibilités réflexives et pratiques, le refus de l'engagement enfonce le roman plus profondément encore dans les impasses où l'avait poussé l'application dogmatique des thèses du Nouveau Roman. Il faudra attendre l'arrivée en force de littératures venues d'ailleurs, d'Amérique latine, d'Europe de l'Est, pour que la littérature retrouve le droit de penser et de dire qu'elle pense, et s'arrache aux mirages stérilisants de l'« écriture intransitive » sans pour autant répéter les formes d'un engagement très lié aux années de la Libération et de la guerre froide. La littérature française, pour sa part, ne s'en est jamais complètement relevée et le succès aujourd'hui un peu essoufflé de l'« autofiction » prouve qu'elle a toujours beaucoup de mal à retrouver son rôle et sa capacité de dire le monde par le détour de la fiction.

En terminant *Une mort très douce*, le Castor avait pris une résolution : ne plus parler d'elle d'ici longtemps. Et elle s'était mise aussitôt à un roman, sur des personnages et des thèmes « fort éloignés » de sa propre existence, où elle traiterait cependant « aussi » d'un sujet qui l'intéresse directement : la vieillesse[1]. Elle y travaille assidûment, mais sans conviction et quand, en octobre 1965, elle le relit, elle le trouve « détestable », rempli de passages morts : elle l'enfouit dans un placard sans même le montrer à Sartre. C'est dire. Et elle entame un autre projet, qui donnera en 1966 *Les Belles Images*. Avec *Les Mandarins*, le Castor avait inventé un mode de récit complexe. L'imbrication des points de vue, le refus d'une parole « en surplomb[2] » se mettaient avec brio au service d'une des données fondamentales de l'existentialisme : la vérité d'un moment

1. *TCF*, p. 169.

2. Elle accepte de se plier rigoureusement, dit-elle, dans *Les Mandarins*, à la règle que « nous tenions, Sartre et moi, pour fondamentale et qu'il exposa un peu plus tard, dans un article sur Mauriac et le roman français : à chaque chapitre, je coïncidais avec un de mes héros, je m'interdisais d'en savoir ou d'en penser plus long que lui » (*FdÂ*, p. 385).

historique ne se donne que par le croisement des libertés qui tentent de dépasser par leur action les situations où elles ont été arbitrairement jetées. Sans en être les clefs, les figures qui traversaient la fiction rassemblaient en elles suffisamment de traits repérables pour qu'on y reconnaisse quelques-uns des acteurs principaux de ces années-là, les conflits où ils se débattaient et leurs enjeux. D'où l'énorme succès des *Mandarins*.

Il en va tout autrement avec le roman qu'elle publie en 1966, *Les Belles Images* : la critique semble déroutée de ne pas y retrouver directement le « monde » du Castor, et réserve au livre un accueil distant, fait plutôt d'estime polie. Peut-être aussi n'y sent-on pas cette force de nouveauté et de (re) création de l'événement vécu dont *Une mort très douce* avait donné un exemple surprenant, entre Mémoires, témoignage et fiction. Avec *Les Belles Images*, le Castor décide (ou accepte) en effet de quitter le monde qui est le sien, celui des intellectuels, de leurs conflits privés (*L'Invitée*) ou publics (*Les Mandarins*) et de donner, par les moyens de l'imaginaire et du récit, le tableau d'une France « qui s'ennuie [1] ». Ce faisant, elle rejoint ce grand mouvement par où le roman va dénoncer cette nouvelle société consumériste et technocratique. En 1965, Georges Perec [2] a publié *Les Choses* et, la même année qu'elle, Christine Rochefort, *Une rose pour Morrison* — qu'après Mai 68, elle dira avoir écrit « dans une crise de prémonition ». Les uns comme les autres plongent dans cet univers nouveau, qui frappe les observateurs d'une espèce d'incrédulité.

1. Pierre Viansson-Ponté, *Le Monde*, 15 mars 1968.
2. Qui se trouve avoir une arrière-grand-mère commune avec Bianca Bienenfeld.

La France a en effet plus changé dans ces années qu'on nommera les Trente Glorieuses que depuis la fin du XIXe siècle. Reconstruction du pays, désertification des campagnes, automatisation des tâches, américanisation de la vie quotidienne. Aux yeux des observateurs les plus aigus, comme dès 1956 quelques-uns des collaborateurs de la revue *Arguments*, ces mutations ont entraîné une forme d'aliénation qui ne peut plus être entièrement pensée dans les cadres de la pensée marxiste. Simone de Beauvoir de son côté a eu très tôt la perception du vide et de l'ennui lié à la « technocratisation » de l'existence, et elle a lu avec passion le livre de William H. Whyte *The Organization Man*[1]. À plusieurs reprises, notamment lors du séjour forcé quai Blériot en 1962, c'est avec une stupeur mêlée d'incrédulité qu'elle observe l'émergence d'un monde américanisé, où l'automatisme des gestes du quotidien, la répartition des rôles entre les sexes, l'uniformité des loisirs séparent les individus en atomes tous semblables et tous persuadés de leur singularité et de leur liberté.

Ce qui est le plus radicalement nouveau, dans le milieu des années soixante, c'est l'invasion des objets de consommation (voir *Les Choses*, de Perec), et son corollaire, la publicité, qui a succédé à la « réclame » des années d'avant guerre. Au début de son grand film *Pierrot le Fou* (1965) dans une séquence célèbre composée de plans monochromes, Godard décrit une *party* où des jeunes femmes récitent l'une après l'autre des slogans publicitaires. Comme pour en multiplier le vertige et les mirages, c'est justement dans le monde de la publicité que

1. *Op. cit.*

Beauvoir fait travailler la jeune femme des *Belles Images* : redoublement de mystification pour une vie déjà prisonnière des apparences. Complices de leur propre aliénation, qu'ils ne voient que dans un brouillard, le couple que Laurence forme avec son mari, les couples de leurs amis, sa mère, son propre père, incarnent jusqu'à l'extrême ce que le Castor dénonce depuis ses premiers textes : une forme de la mauvaise foi, mais dans un sens nouveau. Ce n'est plus ce mensonge à soi par où on tente de rejeter sur le milieu familial et les circonstances la cause des échecs ou des lâchetés dont on est responsable. C'en est une forme insidieuse et généralisée, qui va jusqu'à affecter le discours lui-même.

Ce que le Castor voit poindre dans la société de consommation et de divertissement, c'est un état collectif de quasi-hallucination, un on-dit généralisé, une parlerie que chacun reprend à son compte sans voir qu'il est parlé beaucoup plus qu'il ne parle. N'est-ce pas la même année que paraissent (1966) les *Essais* de Lacan ? Si « ça » parle là où je crois parler, tout ce que « je » dis, c'est la « structure » qui le dit, la structure du langage et celle de la société dont il est le reflet. « Je » dis la même chose que les autres quand « je » pense avoir un avis, un goût, une opinion : sur les plantes vertes, la nouvelle architecture (« dans la nouvelle architecture, le toit se confond avec le mur et coule au milieu du patio[1] »), les femmes (« moi je crois que l'avenir est aux femmes[2] ») ou pire : « Il y a autre chose que des modes ; il y a des valeurs, des vérités[3]. » Insatisfaite et sans doute malheureuse, Laurence, par moments,

1. *Les Belles Images* (*BI*), p. 11.
2. *Ibid.*, p. 99.
3. *Ibid.*, p. 150.

en a conscience : « Juste en ce moment, dans un autre jardin, tout à fait différent, exactement pareil, quelqu'un dit ces mots et le même sourire se pose sur un autre visage [...] Pourquoi est-ce que je pense ça ? » Elle n'est pas une révoltée, ni une rebelle, elle subit plus qu'elle n'agit et n'échappe pas au mal du temps, la « dépression », autre nom de la liberté entravée. Mais elle est à l'écoute de la « petite voix » qui se fait entendre en elle : « Ils ont de la chance de pouvoir se passionner ainsi. » Laurence avait onze ans en 1945 quand les images des camps nazis et d'Hiroshima l'avaient plongée dans un désespoir sans fond. C'est au tour de sa fille, maintenant, de faire des cauchemars et de poser à sa mère des questions radicales : pourquoi est-ce que j'existe ? La petite fille ne voit pas de « belles images », elle passe à travers elles pour aller directement à ce qu'elles désignent ; là où Laurence voit la photo d'un enfant amaigri, la petite fille voit la faim. Quand elle regarde la télévision, ce n'est pas pour s'enchanter du spectacle du monde : c'est pour voir, dans une conserverie de poissons, des « jeunes filles qui mettent des ronds de carotte sur des filets de hareng [1] ».

Laurence tente de rassurer sa fille : « Ce sont des métiers stupides, qui disparaîtront avec l'automation. » Mais elle se tait car dans cet avenir « heureux », ces jeunes filles-là ne seront plus, et leur vie unique aura été perdue. Le coup de force du Castor dans *Les Belles Images*, c'est d'utiliser certains des procédés du Nouveau Roman, justement pour dénoncer l'univers dont il est le pur produit... Comme ces glissements de temporalité ou de per-

1. *Ibid.*, p. 79.

sonnes qui font dans la même page alterner une vision externe de Laurence et une courte plongée dans le long monologue impuissant. Dans une interview accordée à la *Literaturnaïa Gazeta*[1] le Castor dit : « Je ne suis absolument pas contre les expériences formalistes des écrivains du "Nouveau Roman". Leurs essais m'intéressent[2]. » Et dans une mise en abîme extrêmement drôle, le Castor fait justement de Jean-Charles l'architecte « moderne », mari de Laurence, un grand lecteur de « livres qui ne parlent de rien », avec des descriptions « en trois cents pages d'un pont suspendu[3] ». Le langage, technocratisé lui-même, sert à dire la machinerie du monde, non son sens.

Sans jamais recourir à ce qui est pour elle l'artifice suprême : la position de narrateur « omniscient », le Castor se fait ici la complice pas à pas — mot à mot — d'une conscience qui s'éveille. Laurence aussi est une de ces femmes « mystifiées » qui peuplent l'univers du Castor à qui on l'a souvent reproché[4], mais des déchirures trouent ce voile brillant qui la sépare du monde. Elle n'est certes pas une « militante

1. N° 6, 14 février, 1967, p. 8.

2. Traduit du russe (cf. Francis et Gontier, *Les Écrits de Simone de Beauvoir*, *op. cit.*, p. 226). Dans *La Force des choses*, Simone de Beauvoir écrit cependant : « Les partis pris de ce qu'on appelle le *Nouveau Roman* m'affligent.. » Littérature de l'*exis*, et chez Nathalie Sarraute, un bon vieux psychologisme (*FdC*, t. II, p. 458).

3. *BI*, p. 43.

4. « On m'a même reproché pour mes derniers livres — *La Femme rompue* justement et puis *Les Belles Images* — certaines femmes m'ont reproché de n'avoir pas mis en scène des héroïnes positives, d'avoir montré plutôt des femmes brisées, malheureuses ; j'ai fait cela parce que la condition féminine telle qu'elle est aujourd'hui, c'est ainsi que je la vois, que je la sens, et je n'ai pas envie de mettre en scène des militantes héroïques et à mes yeux inexistantes, utopiques » (P. Viansson-Ponté, « Entretien avec Simone de Beauvoir », *Le Monde*, 10-11 janvier 1978).

héroïque » ; elle livre cependant un combat singulièrement courageux en découvrant, dans les engouements culturels de son père, la pire des impostures. Dans un musée de Grèce, regardant son père que plonge dans l'extase le morne défilé des poteries noires sur fond rouge (ou rouges sur fond noir), elle sombre dans l'ennui. Elle, elle a vu des enfants pauvres, des vêtements usés, des regards qui quémandaient ; il n'a vu que de la beauté. La « douleur du monde » l'épouvante, et c'est déjà quelque chose de ne pas se la masquer derrière l'image intemporelle de la beauté. Elle n'est pas de ces femmes qui se complaisent dans leurs trucages comme une « Louise Perron », avant de se lasser de leurs propres constructions. Elle est comme un lac gelé, quand le début du printemps y fait naître des fentes, des fissures par où se voit un peu d'eau libre, et que le ciel en profite pour s'y refléter avec ses nuages mouvants. « Les enfants auront leur chance, pense-t-elle. Quelle chance ? Elle ne le sait même pas[1]. »

Ce qui rend tragique l'existence de ces personnages aliénés, c'est que l'ennui les ronge. Et c'est pour cela que *Les Belles Images* est un livre important dans l'œuvre du Castor et dans la littérature contemporaine. L'ennui est la « condition de l'homme moderne », titre d'un livre d'Hannah Arendt, vivant dans un monde privé de son sens. Ni la fuite dans le travail, ni la fuite dans le divertissement, ni la fuite dans ce que Patočka appelle l'« orgiaque » ne peuvent arracher l'homme à la « vie » comme corvée quotidienne, à cette « résignation » et à cette « acceptation d'une condition humaine, précaire ». L'erreur où le « progressisme »

1. *BI*, p. 182.

s'est enfermé, c'est de croire que le communisme apporterait à l'homme des formes d'existence que le « monde capitaliste » lui refuse : l'accomplissement, la réalisation de soi, le sens de la vie.

*

Mais les invitations se succèdent et les grands voyages reprennent : Japon (septembre 1966), Égypte et Israël (février-mars 1967), la même année, ils refusent de se rendre en URSS (mai 1967), et rejoignent à l'automne le Tribunal Russell au Danemark. *Les Belles Images* sont à peine remises à l'éditeur que Sartre et le Castor s'envolent pour le Japon. C'est un des rares voyages « non politiques » du temps de leur grande célébrité. Par les traits anciens de sa culture, par son engagement dans les pays de l'Axe, c'est une société aux antipodes de celles où le Castor et Sartre scrutent avec anxiété la naissance et le développement de l'espoir révolutionnaire. Mais c'est aussi le pays que les Américains ont frappé plus qu'il n'était nécessaire pour briser sa résistance.

Leur arrivée à Tokyo ressemble à celle, triomphale, de leur voyage au Brésil : plus de cent photographes les attendent à leur descente d'avion. Et des foules de jeunes gens. Le Japon « aime la culture française » et on a traduit tous leurs livres — en 1965, l'édition de poche du *Deuxième Sexe* a été un « best-seller[1] », parce que l'influence de l'Amérique « dont le gouvernement épouse la politique » est là-bas très impopulaire[2]. Résurrection spectaculaire du Japon : en quelques années, il est devenu la

1. Ne pas oublier qu'en japonais l'épouse se dit « la chose du lit ».
2. *TCF*, p. 346.

« troisième grande puissance du monde ». Ce « miracle », qu'est-ce donc qui l'a rendu possible ? La persistance des institutions féodales transposées telles quelles dans le monde de l'entreprise : autre variante, non moins terrifiante, de l'« homme de l'organisation ». « Ils n'ont aucun moyen d'y échapper, ils lui appartiennent corps et âme[1]. » L'éthique japonaise de la soumission : soumission à l'empereur, soumission au samouraï, soumission de la femme à son mari, rejoint ici paradoxalement l'individualisme de l'éthique protestante. Pour son deuxième voyage en Asie, l'espérance révolutionnaire étant d'évidence fermée, le Castor retrouve une liberté qu'elle n'avait pas eu l'occasion d'exprimer ou même de ressentir en Chine : celle d'apprécier le mélange de « progrès » et d'archaïsme, la coexistence de la puissance industrielle et de la culture traditionnelle, du passé et de la « vie moderne ».

Autant le passé lui avait semblé en Chine un obstacle, autant elle avait espéré que les Chinois sauraient en secouer le joug, autant ici elle se livre avec plaisir aux « flâneries » dans les vieux quartiers de Tokyo sans songer un instant comme à Pékin qu'il serait peut-être plus rationnel de « tout reconstruire ». Ni le kabuki, ni le théâtre nô, ni les marionnettes du bunraku ne lui semblent respirer l'oppression féodale dont, comme l'Opéra de Pékin, ils sont pourtant l'expression. Même les typhons malgré leur puissance terrifiante lui sont presque sympathiques — les Japonais les considèrent comme de simples accidents qui font partie de la vie quotidienne —, le lendemain, on peut à nouveau goûter des « steaks délicieux » qui lui font oublier

1. *Ibid.*, p. 352.

l'horreur du « poisson cru ». Et Kyoto les enchante avec « ses anciens quartiers et ses dix-sept cents temples » que Gabriel Marcel, dit-elle, n'a guère appréciés : il a détesté le Japon « parce qu'on y encourage officiellement la contraception[1] ». Le point culminant de cette visite est l'accueil que leur réserve la veuve de Yunichiro Tanizaki dont *Les Temps modernes* avaient publié le *Journal d'un vieux fou*.

Mais la suite de leur séjour les fait descendre dans quelques « bolges » de l'enfer de Dante, que l'enfer japonais vaut bien : Hiroshima les plonge dans l'irréalité, c'est comme un spectacle, où on exhibe des leucémiques — encore redoublé par la résignation des rescapés ; leur vie est plus que misérable, on les cache dans des quartiers qu'on ne visite pas[2]. Petit à petit la réalité du Japon leur apparaît : « Le Japon est riche, les Japonais sont pauvres. » Certains vivent dans de véritables camps de travail, d'autres comme des parias, des intouchables, dans des « ghettos », sans eau, sans lieux d'aisances.

*

On est confondu de voir quelle activité incessante le Castor et Sartre, malgré une santé chancelante,

1. *TCF*, p. 367. Il y avait bien des raisons à l'antagonisme Sartre-Gabriel Marcel, existentialiste « chrétien », cette contradiction dans les termes. Cependant, en 1958, au moment de *La Question* d'Henri Alleg, Gabriel Marcel avait écrit dans *L'Express* : « Je ne puis que donner raison à Sartre. Hitler a été un précurseur... J'estime qu'on se déshonore en gardant le silence en présence de ces horreurs. Les différences d'opinion politique s'abolissent, elles n'ont plus sur ce plan la moindre importance. »

2. *TCF*, p. 383. Des archives récentes ont montré l'arrivée, dès les lendemains de l'explosion, d'équipes médicales américaines venues non pour donner des soins aux survivants, mais pour mesurer sur eux les effets de la bombe.

sont capables de déployer. Rien ne les rebute, ni la succession fatigante des voyages, ni les ajustements intellectuels, politiques, que ceux-ci demandent. Car ces derniers voyages politiques sont imprégnés d'une ambiguïté nouvelle ; ils vont y être mis en face de « vérités » contradictoires — ce qui auparavant ne faisait pas toujours l'affaire du Castor. D'abord en Égypte et en Israël, en 1967, ensuite, à Prague fin 1968, la preuve ayant été faite au mois d'août que le « socialisme à visage humain » était une fiction, une imposture, voire la couverture d'un crime à répétition.

« Après la guerre du Vietnam, écrit le Castor dans *Tout compte fait*, l'événement politique qui m'a le plus touchée dans ces dernières années, ç'a été la guerre des Six-Jours [1]. » Juste avant leur voyage, *Les Temps modernes* avaient préparé un numéro spécial sur ce qu'on appelait encore le « conflit israélo-arabe ». Mais elle l'avoue : elle n'éprouve pas de curiosité particulière pour l'État d'Israël, dont la création lui a paru cependant justifiée par l'horreur des camps de la mort et de l'extermination. En revanche, depuis son enfance, elle rêve de l'Égypte, de ses pyramides, des colosses de Memnon, du Nil. Depuis l'expédition de Bonaparte en 1798, les récits des savants qui l'ont accompagné, le déchiffrage de la pierre de Rosette par Champollion, l'envoi sans scrupule d'œuvres vers le Louvre, l'Égypte est extraordinairement présente dans l'imaginaire français, ce que renforce encore sa place dans les programmes scolaires des premières années du secondaire, à cet âge, dit le Castor, « où les impressions se gravent d'une manière ineffaçable [2] ». Sa

1. *TCF*, p. 497.
2. *Ibid.*, p. 498.

curiosité va enfin pouvoir être satisfaite : Nasser ayant mis un terme à ses persécutions contre les communistes [1], leur ami Loufti El Kholi s'étant rallié au régime, ils décident de se rendre en Égypte puis en Israël, chacun des deux pays en ayant accepté le principe.

Ils vont ainsi — une fois de plus — se retrouver sur le théâtre d'une histoire dramatique, toujours irrésolue quarante ans plus tard. Tout se conjugue pour faire de cette région du monde le foyer où convergent les pires moments de l'histoire de l'Europe, et ses pires conséquences : les suites interminables de l'impérialisme européen, notamment anglais, les effets désastreux du démembrement après 1918 de l'Empire ottoman, le nazisme et l'extermination des juifs d'Europe, les antagonismes de la guerre froide, le réveil du nationalisme arabe. Si la crise de 1956 avait été pour Nasser l'occasion de devenir une figure de leader prestigieux pour tous les pays arabes, l'année 1967 en revanche sera celle du déclin, pour lui, pour le « socialisme arabe » et pour la cause qu'il souhaite incarner, la liberté du « peuple palestinien ». Après la guerre des Six-Jours, l'armée égyptienne est écrasée, le Sinaï occupé : du côté de l'Égypte, le désastre est total.

Invités par le directeur du journal *Al Ahram*, le Castor et Sartre arrivent au Caire le 25 février 1967, accompagnés de Claude Lanzmann et d'un journaliste égyptien qui a travaillé au numéro spécial des *Temps modernes*. Le Castor est frappée d'incrédulité en voyant sous ses yeux couler ce fleuve de légende,

1. Durant la période de la République arabe unie, union de l'Égypte et de la Syrie réalisée en 1958, à l'initiative de la Syrie, la police égyptienne avait durement réprimé les Frères musulmans et les communistes syriens.

le Nil. Déçue d'abord par les pyramides, elle est un soir saisie par l'aspect « surréaliste » de ces « admirables sculptures abstraites » dans leur nudité froide[1]. Pendant les jours qui suivent, « étourdie de voir sous [ses] yeux défiler toute une civilisation », le Castor plonge dans l'histoire multi-millénaire de l'Égypte, bain nécessaire, selon leurs hôtes, à une compréhension plus exacte de l'Égypte moderne. Le barrage d'Assouan vient d'être achevé, avec lui les espoirs se réalisent de voir naître une « prospérité neuve[2] ». On sait aujourd'hui que la construction du barrage a créé une immense catastrophe écologique. Au moment de leur voyage, il est encore trop tôt pour s'en apercevoir, et le pays est tout à l'ivresse des grandes réalisations industrielles. Le cours du Nil dompté par ces travaux gigantesques offre maintenant un réseau d'irrigation le long duquel prospèrent des coopératives et des fermes d'État.

Pas plus qu'en Chine cependant, ils ne pourront avoir de contacts directs avec des fellahs : impossible de savoir comment les paysans ont vécu ces réformes. Il y a quelque chose de monotone et de lassant dans ces voyages officiels où la propagande sévit. Très vite cependant le Castor découvre la principale entrave à l'émancipation de la condition paysanne : la religion. La Charte de 1962 a inscrit dans les textes l'égalité des sexes ; mais « la tradition islamique s'y oppose, et pour l'instant c'est elle qui prévaut[3] ». Et au Caire comme à Alexandrie, quand elle essaie d'aborder ce thème, quand elle affirme que « les Égyptiens se comportent à l'égard des femmes comme des féodaux, des colonialistes et

1. *TCF*, p. 501.
2. *Ibid.*, p. 509.
3. *Ibid.*, p. 516.

des racistes », des murmures s'élèvent, les femmes applaudissent et les hommes donnent de la voix : « L'inégalité de la femme, mais c'est écrit dans le Coran ! » Le Castor ne l'évoque pas, mais où est-il le temps des pionnières féministes des années vingt ? Que reste-t-il du geste spectaculaire de Hoda Charaoui en 1923, jetant, de retour d'Italie, son voile à la mer ? Que reste-t-il de l'Union des femmes d'Égypte fondée en 1923 ? De *Bint el Nil*, « La fille du Nil », fondée en 1947 par l'écrivain francophone Doria Chafik ? Le Castor se heurte à un mur : dans les sociétés postcoloniales, la référence à la religion, le retour aux pratiques et observances religieuses va devenir un recours contre une « modernisation » trop radicale, venue d'en haut, qui s'emploie à écraser toutes les formes de résistance.

Vers la fin de leur séjour, Nasser offre au Castor un « masque égyptien ». Et Sartre aborde avec lui la question des réfugiés palestiniens. Est-ce que vous reconnaîtriez Israël s'il les acceptait ? Nasser pense qu'Israël « éclaterait » si tous les réfugiés revenaient ; alors, c'est la guerre ? dit Sartre. « Nasser n'avait pas l'air du tout disposé à courir une telle aventure[1]. » Après avoir visité à Gaza un camp qui leur paraît « très pauvre », Sartre n'hésite pas à poser aux dirigeants palestiniens, dont Choukeiri, la question inverse : que feraient-ils des juifs s'ils gagnaient la guerre ? « Ils les renverraient dans leur pays : on ne répare pas une injustice [l'Holocauste] par une injustice plus grande. » Sartre n'en démord pas ; il reste sur une position qu'il estime la seule juste : il faut concilier « le droit des Palestiniens à revenir dans

1. *Ibid.*, p. 519.

leur pays et le droit d'Israël à l'existence [1] ». Quarante ans après, il n'y a pas un mot à y changer. Au dîner, cependant, ils sont choqués par les propos de la femme de Loufti el Kholi : après la guerre, dit-elle, les juifs « auraient dû rester dans leurs pays [2] ».

Après quelques dîners d'adieu où se montrent des prestidigitateurs, des derviches tourneurs et une danseuse du ventre, ils quittent l'Égypte pour Israël, via Athènes. Ils craignent un peu, en atterrissant à Tel-Aviv, d'être assaillis par « des emmerdeurs » : en fait c'est un comité d'accueil, chaleureux, sympathique qui se compose entre autres d'Ely Ben Gal, qui deviendra vite leur ami, et de Simha Flapan, membre du Mapam, qu'ils ont connu à Paris. Flapan était alors secrétaire national du Mouvement, et directeur du département des Affaires arabes. Le Mapam est au gouvernement lorsque Sartre et le Castor retrouvent Flapan à Tel-Aviv [3]. Jusque dans le milieu des années cinquante, il est ouvertement prostalinien — jusqu'au complot des « blouses blanches » opportunément interrompu par la mort de Staline.

Il est frappant de voir avec quelle avidité la curiosité du Castor se porte sur toutes les variétés de « socialisme » que le XXe siècle propose : le kibboutz en est une variante qui a passionné l'Europe, à cause de la révolution radicale que les pionniers des kib-

1. *Ibid.*, p. 521. Le 1er février 1969, interviewé par Claudine Chonez, Sartre déclare : « Un juif d'Israël a le droit de rester dans sa patrie. En vertu du même principe, un Palestinien a le droit d'y rentrer. » Cf. Contat-Rybalka, *Les Écrits de Sartre*, *op. cit.*, p. 476.
2. *TCF*, p. 523.
3. L'année de sa mort, 1987, on publie à New York son livre *The Birth of Israel : Myths and Realities*, qui en fait un des premiers « nouveaux historiens » s'attachant à réexaminer l'histoire de la fondation d'Israël.

boutz avaient introduite dans les rapports des sexes, l'éducation des enfants et la question religieuse. Un intérêt très vif les pousse donc tous deux à s'y rendre, même si « dans la majorité des kibboutz on ne trouve plus de pionniers », même si leur existence « ne se maintient qu'artificiellement au sein d'un pays capitaliste [1] ». Le Castor et Sartre se rendent d'abord au kibboutz « Degania B », dit le Castor, le « Kibboutz mère », fondé en 1909 sur les rives du lac de Tibériade par un petit groupe de jeunes immigrants juifs d'Europe de l'Est, adeptes du collectivisme rural. Cependant, en 1967, on n'a plus affaire aux temps héroïques, où on avait une seule montre pour tous, où on se nourrissait exclusivement de lentilles, comme le rapporte un témoin de ces années-là. Les femmes commencent déjà à se plaindre d'avoir dû sacrifier leur « féminité », et se sentent frustrées de ne pas élever elles-mêmes leurs enfants. Le Castor, comme beaucoup d'entre nous, a lu avec passion le livre de Bruno Bettelheim, *Les Enfants du rêve*, et demeure convaincue avec lui que « l'absence de la mère est largement compensée par la présence constante d'autres enfants [2] » : Bettelheim redoutait cependant que ce type d'éducation ne nuise à l'émulation et ne produise des individus plus aptes à l'obéissance qu'à la création.

« Nous nous entendions très mal avec les membres du Mapaï et en général avec tous les Israéliens de droite », d'emblée, « très hostiles à Sartre ». Et ils ne rencontrent finalement que des Israéliens de gauche, dont Uri Avnery, qui continue de mener encore aujourd'hui un combat courageux pour le respect des droits des Arabes en Israël et dans les « territoires ».

1. *TCF*, p. 526.
2. *Ibid.*, p. 528.

La question arabe est évidemment « au premier plan de leurs préoccupations », ils s'en informent sans rencontrer de difficultés. Le Mapam les aide, ainsi que le rédacteur du journal arabe du parti, *Al Misrad*. Avec lui, ils se rendent dans quelques villages arabes : quelle différence ! Les maisons y semblent avoir une « histoire ». (En fait, la plupart ont été détruits dans les guerres qui suivirent la fondation de l'État d'Israël en 1948.) Mais la vie y est difficile, plus encore qu'on ne le leur dit peut-être, surtout dans les villages « non reconnus ». Le Castor, sans entrer dans le détail d'une histoire qui restera longtemps mal connue, constate que « le gouvernement ne fait pas beaucoup d'efforts pour l'améliorer[1] ».

Certains Arabes se plaignent même avec davantage de violence, affirmant qu'ils ont été dépossédés de leurs terres, relogés dans de misérables bidonvilles, soumis à une étroite surveillance militaire, même après la suppression (en 1961) du régime d'exception. Tous leurs amis israéliens leur confirment que ces plaintes sont parfaitement justifiées ; et la conclusion de Sartre, dans l'interview qu'il donne à *New Outlook*, la revue de Flapan, est sans appel : « Je n'ai jamais rencontré un seul Arabe qui se juge satisfait au milieu d'Israël. Je n'ai jamais vu un seul Arabe déclarer actuellement qu'il est en égalité de droit avec un citoyen israélien[2]. » Le Castor en est convaincue : beaucoup d'Israéliens souhaitent la fin de cet état de choses, mais le gouvernement ne semble pas prêt à « mettre fin à ces discriminations ». Et ils refusent

1. La loi de Planification et de Construction promulguée en 1965 divisait la terre d'Israël en zones à destinations variées et un plan principal reconnaissait cent vingt-trois villages arabes, ignorant intentionnellement tous les autres : ainsi fut créé le statut de villages « non reconnus ».

2. *TCF*, p. 536.

d'aller voir l'armée israélienne[1]. D'un bout à l'autre de son voyage, Sartre reste fidèle à sa ligne de conduite : défenseur résolu de l'État d'Israël, il interpelle « inlassablement » les Israéliens sur « le problème palestinien et la condition des Arabes en Israël ».

Peu de temps après leur retour à Paris, la guerre éclate : Menahem Begin l'admettait en 1982, Israël a choisi d'attaquer Nasser pour prévenir la menace de son armée, la plus puissante des pays arabes, et mettre un terme à la radicalité du parti Bass syrien, déterminé, selon les Israéliens, à les « pousser » à la mer. Comme beaucoup à cette époque, le Castor vit cette guerre « dans l'angoisse », déchirée comme Sartre « entre deux solidarités contradictoires[2] ». Elle a de l'amitié pour les deux pays, mais « c'est surtout pour Israël qu'elle a peur[3] ». En France, les passions se déchaînent comme pour une « nouvelle affaire Dreyfus ». Le Castor a raison; de profondes mutations vont alors se produire dans la communauté juive. Raymond Aron devait écrire après la guerre des Six-Jours : « Je n'ai jamais été sioniste, d'abord et avant tout parce que je ne m'éprouve pas juif... Mais je sens plus clairement qu'hier que l'éventualité même de la destruction d'Israël me blesse jusqu'au fond de l'âme. En ce sens, j'ai confessé qu'un juif n'atteindrait jamais à la parfaite objectivité quand il s'agit d'Israël[4]. »

1. *Ibid.*, p. 544.
2. Avant-propos au numéro spécial des *Temps modernes*.
3. *TCF*, p. 548.
4. « Le tournant de la guerre des Six-Jours a contribué à transformer le climat intellectuel en France », écrit Michel Winock dans *La France et les Juifs, de 1789 à nos jours*, Seuil, « L'Univers historique », 2004.

C'est un moment dramatique. Le Castor pour sa part se sent en porte-à-faux avec tout le monde ; pourtant, l'opinion qu'elle professe est alors majoritairement représentée, même à gauche. Israël n'est pas un « pays colonialiste[1] » ; l'idée qu'« Israël puisse disparaître lui est odieuse » et « Israël demeure pour tous les juifs le seul refuge sûr ». Cela dit, jusqu'à un certain point, elle peut comprendre les revendications des Palestiniens : la charte de l'OLP, visant à la « destruction de l'entité sioniste », lui paraît cependant inacceptable. Ce qui l'inquiète, au fond, c'est de voir que l'anti-sionisme cache un bon vieil antisémitisme ; c'est parfois vrai, mais l'argument n'est pas toujours dépourvu d'arrière-pensées. La question israélo-palestinienne occupera longtemps le Castor. En novembre 1974, l'Unesco ayant refusé l'adhésion d'Israël pour son attitude envers les Palestiniens, le Castor signe le manifeste l'accusant de « partialité envers Israël ». Mais, ayant reçu en janvier 1975 le « prix Jérusalem » attribué « aux écrivains qui ont promu l'idée de la liberté de l'individu », elle tient à son retour d'Israël à corriger le compte rendu de son discours paru dans *Le Monde* du 2 mai : « Il semblerait que j'aie souhaité que Jérusalem appartînt définitivement à l'État israélien. J'ai dit tout autre chose. J'ai émis le vœu que, lorsque la paix s'établirait au Moyen-Orient, les deux communautés, arabe et juive, trouvent ensemble une solution politique permettant de préserver l'unité physique de Jérusalem[2]. » Et l'article qu'elle donne pour l'occasion aux *Cahiers Bernard*

1. C'est pourtant l'hypothèse qu'examine sérieusement Maxime Rodinson dans le numéro spécial des *TM* consacré au « conflit israélo-arabe » : « Israël, fait colonial ? »
2. Cf. *Les Écrits de Simone de Beauvoir*, *op. cit.*, p. 95.

Lazare s'intitule : « Solidaire d'Israël, un soutien critique[1] ».

En tout cas, ce ne sont pas les grands monothéismes qui lui inspirent confiance ou sympathie : ni le Coran, qui sert à justifier l'oppression des femmes, ni la Bible. Quand elle la relit, elle est accablée : « Je savais Jéhovah sévère et colérique; je ne le savais pas si mesquin[2]. »

Point de repos, juste des haltes. Telle est, vers le milieu des années soixante, la vie des intellectuels, « grandes consciences » du siècle. Après ce voyage au Moyen-Orient, ils participent à deux sessions du tribunal Russell : en mai et en novembre 1967. La guerre du Vietnam est dans ces années-là la grande cause des intellectuels « progressistes » en Occident, elle ravive en France les images récentes de la guerre d'Algérie et redonne en même temps toute sa force à un anti-américanisme rejustifié et réactualisé. Le Castor prend cette tâche très au sérieux, elle y consacre de longs développements mais semble aussi s'ennuyer terriblement pendant les séances, elle a souvent du mal à résister au sommeil. Heureusement, « Sylvie étant venue passer le week-end » avec elle, elle peut s'accorder un « bref congé[3] ». Quand tout sera fini, elle en gardera une grande nostalgie, peut-être aussi d'avoir connu un des derniers moments où les intellectuels avaient le sentiment de peser sur l'histoire. Bien que non reconnu par les États signataires, le Tribunal Russell est le premier de ces tribunaux internationaux que seront plus tard celui de La Haye, ou le TPI, créé pour juger des

1. *Ibid.*, p. 522.
2. *TCF*, p. 241.
3. *Ibid.*, p. 491.

crimes commis en ex-Yougoslavie. La nouveauté, dans le Tribunal Russell, c'est que les intellectuels de la gauche progressiste, de tradition marxiste, ont fait appel aux pactes et conventions du droit international. C'en est fini de la dénonciation marxiste des droits « formels » : la forme des droits doit faire loi jusque dans les pays de l'Est, où les disssidents arrêtés récitent pendant les heures de leurs interrogatoires des pans entiers de la Constitution de leur pays, hypocritement fournie en droits et garanties de toutes sortes. Et les autorités du « bloc communiste » devront s'y soumettre : quand elles auront signé les accords d'Helsinki, la libre circulation des personnes ne pourra plus être entravée [1].

*

Janvier 1968, le Castor a soixante ans : « L'âge de discrétion » ? C'est la première des trois nouvelles qu'elle publie sous le titre *La femme rompue* le même mois. (Une édition de la dernière était parue fin 67 avec des burins de sa sœur Hélène.) Le livre connaît immédiatement un très grand succès de vente, mais il n'est pas très bien reçu. Les féministes l'attaquent pour ses portraits « trop négatifs » de femmes. La plupart des critiques l'éreintent [2]. C'est le Castor elle-même qui le dit. Pas plus *Les Belles Images* que ces trois récits ne correspondent, au fond, à ce qu'on attend dans ces années-là de la littérature. La transparence du récit, sa « transitivité » (en gros : il parle de quelque chose, ce n'est pas un discours « auto-référentiel ») ne donnent pas au lecteur (au critique

1. 1975.
2. *TCF*, p. 177.

surtout) ce qu'il voudrait : du « texte », de l'« écriture ».

L'unité, la continuité de l'œuvre du Castor est impeccable : les trois nouvelles de *La Femme rompue* sont une série de variations sur l'une des préoccupations constantes du Castor, les systèmes de représentations que les femmes élaborent pour rendre acceptables les situations qu'elles vivent au lieu de chercher à les changer. Ce qui étonne la critique, c'est la plongée dans le monde des femmes (presque) ordinaires ; des femmes qui vivent une situation classique auprès d'un homme auquel, selon l'expression, elles ont « lié leur destin ». Mais femmes ordinaires ou non, c'est la même chose. Pitoyables marionnettes aux joues trop rouges, aux gestes désaccordés dont soudain les fils cassent et qui s'affaissent dans un amas d'oripeaux colorés, ou femmes sombrement enfermées, comme Anne, dans la méditation morose du suicide, la plupart des femmes que peint le Castor tentent de se dissimuler qu'elles reculent devant la liberté. Un peu d'espoir déchirant leur revient : « Qui sait ? Peut-être un jour serai-je de nouveau heureuse ? Qui sait [1] », pense Anne. Entre déprime et inertie, toutes ces femmes, tant bien que mal, se dépêtrent de ce qu'elles ont voulu sans le vouloir, et paré ainsi d'images fausses.

Au centre, pris entre le récit d'une femme qui se résigne à la vieillesse et le journal d'une femme qui ne se résigne pas à être « trompée », le Castor a fait un pivot du « monologue » de Murielle. Extrêmement violent, ordurier, méchant, désespéré, insupportable de mauvaise foi et de malheur, il culmine dans une apostrophe démente à un Dieu auquel elle

1. *Les Mandarins*, t. II, p. 501.

ne croit même pas : « Vous me devez cette revanche, mon Dieu. J'exige que vous me la donniez[1]. » Lui succède, grouillant de hantises secrètes et de violence larvée, le journal de la femme « rompue » que son mari a quittée. Sur cette nouvelle, les malentendus ont prospéré. Tout un public de « femmes trompées », et elles sont légion, s'est reconnu dans la douleur de Monique, les confidences d'une femme malheureuse, les revendications légitimes d'une confiance bafouée. Bien que désavouant cette interprétation, le Castor en est responsable dans la mesure même où elle s'oblige à coller avec la conscience de son personnage : c'est en effet à des signes subtils que la « mauvaise foi » de Monique se révèle. Monique a vécu dans la dépendance d'un homme à qui elle a « tout sacrifié » ; et le sacrifice appelle toujours le ressentiment. Ainsi la mère du Castor « incapable de se contenir » et « mégère à ses heures » « étouffait dans le bruit les murmures de son cœur[2] ».

Le Castor se tient auprès de ses héroïnes, ou des femmes dont elle conte l'histoire, non pour leur tenir la main et pleurer avec elles, mais pour saisir le moment où, d'elles-mêmes, elles verront qu'elles vont trop loin et renonceront à leurs fictions, à leurs colères truquées, à la parole mensongère et consolante qui les berce. Monique, la « femme rompue », use de moyens déloyaux, pleure et fait des scènes, exige et s'effondre : elle souffre. Mais souffrir ne vous donne pas raison. Rien ne lui donne raison, même pas le « se faire une raison » qu'on lui conseille. Comment Monique ne voit-elle pas qu'elle se dégrade elle-même en poussant des amies à la

1. *Monologue*, in *La Femme rompue*, p. 118.
2. *MTD*, p. 52.

confidence sur sa rivale, en lisant l'horoscope, en essayant de faire parler ses filles ? Ses derniers mots sont : « J'ai peur. » Monique n'est pas de ces folles antipathiques et autocentrées comme Paule ou « Louise Perron ». Au fond, l'« erreur » des lectrices, qui n'en est peut-être pas une, c'est d'avoir reconnu comme leur la honte qu'éprouve Monique, cette honte paradoxale des femmes trahies, la honte de ne plus être aimée, d'avoir un corps qu'on ne désire plus, de dire des choses qu'on ne devrait pas dire, de s'abaisser dans l'injure ou le cri pour sauver ce qui ne peut plus l'être. Peu s'en faut qu'elle ne sombre dans le délire de Murielle, et son monologue ordurier.

Paradoxalement, l'apaisement ne nous est pas donné à la fin, mais au début, dans *L'Âge de discrétion*. Tout le récit est placé sous le signe d'une résignation, qui va se dégrader progressivement dans les deux formes complémentaires de la folie assumée et de la folie retenue. Et le Castor nous laisse en plein désarroi, en pleine ambiguïté. Car c'est une démarche subtile et désespérée de donner à la « discrétion » le soin d'ouvrir le livre. Tout y est feutré ; la menace, comme la douleur. Et peu de femmes, quand elles soufffrent, en sont capables. L'héroïne de ce récit ne connaît pas le destin extrême des deux autres femmes. André, son mari, ne la trompe pas avec une jeune femme brillante; Philippe ne s'est pas suicidé comme la fille de Murielle. Elle n'est pas tentée de devenir, comme la « femme rompue », une harpie jalouse et mesquine. Ni comme Murielle une recluse qui hurle à mort derrière ses volets fermés, la nuit de Noël, quand tout le monde est à la joie des familles. Mais ce qu'elle affronte est peut-être encore pire, car on ne peut pas le vivre « dans la liberté », par une reprise courageuse d'une situation imposée. C'est la vieillesse. La vieillesse n'est pas une « contingence » comme une autre ; elle n'est même pas comme la maladie, quelque chose qu'on aurait pu éviter et dont on peut guérir : elle est, si on vit, inéluctable et irréversible. *L'Âge de discrétion* commence par une image qui fait froid dans le dos par son apparente insignifiance : « Ma montre est-elle arrêtée ? Non. Mais les aiguilles n'ont pas l'air de tourner. Ne pas les regarder[1]. » La sidération que cette femme éprouve devant une nouvelle venue, la vieillesse, est celle de survivre, de se regarder vivre et accomplir des mouvements qui ne vous appartiennent plus.

C'est une universitaire reconnue, dont les travaux ont fait autorité, mais son dernier livre a déçu : « Même enrichie de deux ou trois volumes, mon œuvre restera ce qu'elle est. » Elle parle comme le Castor. Quelque chose de douloureux et de profond lie ce récit à la vie du Castor. L'une comme l'autre haïssent ce corps nouveau que le temps leur a donné, l'une comme l'autre aiment les jeunes qui les « entraînent dans leur avenir » ; l'une comme l'autre trouvent à chaque chose un « goût de poussière », l'une comme l'autre se souviennent des moments « de pur diamant » où le monde, comme le cœur, était jeune. Les deux femmes se confondent, jusque dans le décor de leur vie, les objets rapportés des voyages, les « coqs portugais », et les tissus aux couleurs contrastées, et quand son personnage ressent douloureusement la fin de la sexualité qui la rend « aveugle et sourde » au monde, on entend les mots du Castor : « Plus jamais un homme... » En se trans-

1. *FR*, p. 9.

portant dans une femme qui n'est pas elle, le Castor se voit mieux encore, saisit mieux encore l'universalité d'un destin, celui du corps qui pressent le déclin, celui des sentiments qui risquent de se défaire. Son personnage a plus de chance qu'elle : son « entente » avec André tiendra le coup, c'est à deux — même si elle s'inquiète de son hypertension — qu'ils vivront cette « dernière aventure » dont ils ne reviendront pas. Cette chance, en revanche, le Castor n'est pas sûre de la connaître : elle connaît la gravité des menaces qui pèsent sur la vie de Sartre.

*

Comme l'héroïne de *L'Âge de discrétion*, le Castor a découvert les formes d'une *acceptation sans résignation*. Mais à la différence de cette dernière, par un de ces rebonds dont on la sait capable, et dont elle a donné cent fois des exemples, elle va renouer avec la vie, et retrouver un nouvel élan. Peut-être grâce à la présence à ses côtés d'une jeune femme « qu'elle va aider à vivre » et qui, vingt ans plus tard, « l'aidera à mourir », elle va réussir cette nouvelle négociation avec sa propre vieillesse, et l'anticipation de sa mort. Cette négociation prendra dans quelques années la forme d'un essai : *La Vieillesse*.

Ce travail lui rendra toute cette énergie que le temps menaçait d'éteindre. Pour le mener à bien, le Castor va retrouver l'élan politique que la trop longue guerre d'Algérie et la déception des révolutions avaient quelque peu affaibli. Car là, sous ses yeux, il y a une situation parfaitement intolérable qu'elle va dénoncer : la condition faite aux vieux. Un nouvel affrontement est en vue, avec l'adversaire qu'elle voit tous les jours à l'œuvre : le « système ».

Une société qu'elle n'a jamais cessé de haïr, qui a montré pendant huit ans de quelles horreurs elle était capable de part et d'autre de la Méditerranée, une société dont elle a espéré le renversement définitif en URSS, à Cuba, en Chine, cette société-là, sous ses yeux, se livre à l'exploitation, à la dénégation, au mépris et au rejet de l'« humanité de l'homme » dans sa partie la plus fragile et la plus exposée : les « personnes âgées ». Toute sa combativité lui revient, intacte ; aussi neuve et aussi fraîche que pour dénoncer, vingt ans plus tôt, le caractère injuste et intolérable de la condition faite aux femmes. Une fois encore, après avoir montré en tant d'occasions que l'écriture était la justification de son existence, mais qu'il fallait aussi transformer le monde radicalement, elle va en administrer la preuve. « C'est tout le système qui est en jeu, et la revendication ne peut être que radicale : changer la vie. »

Le Castor de guerre entre de nouveau en lice.

Après ses deux romans, elle se sentait un peu vide : « Je me demandais ce que j'allais faire. » Son hésitation dure peu. « Presque tout de suite j'ai eu une illumination. Cette question que j'avais échoué à traiter sous sa forme romanesque, la vieillesse, je l'étudierais dans un essai qui serait, touchant les personnes âgées, le symétrique du *Deuxième Sexe*[1]. » Sartre, mis au courant, l'encourage « vivement » : tout va bien. Cette hésitation entre essai, roman et autobiographie est au cœur même de l'œuvre du Castor, elle dit clairement que dans la différence des genres il s'agit toujours du même projet : parler de soi. L'exemple en est probablement unique. Mais le choix du genre n'est jamais l'effet du hasard ; il est

1. *TCF*, p. 183.

toujours dicté au Castor si impérieusement qu'il en prend l'allure d'une révélation, d'une illumination. Pourquoi la forme de l'essai, maintenant, pour ce sujet qu'elle dit connaître de près, la vieillesse ? L'essai va refroidir l'aspect trop brûlant de certaines questions, permettre au Castor de rejoindre, par-delà sa propre inquiétude, l'universalité du destin de tous les hommes. Et prendre en même temps une dimension politique trop ample pour que la fiction puisse s'en emparer. Mais l'expérience est là, qui fait entendre, par-derrière, sa musique grave. Depuis l'adolescence, le Castor est hantée par les images du vieillissement et du déclin. Aujourd'hui, c'est une perspective immédiate, une menace proche. Et la fin de *La Force des choses* nous a montré à quel degré d'intensité rageuse la portait toute méditation sur la mort.

« La société traite les vieillards en parias », écrit-elle dans son Introduction ; pas ses artistes, ses écrivains, pas toujours en tout cas. La vieillesse aggrave encore en les dessinant plus cruellement tous les travers de la société capitaliste moderne. Ce qu'on rejette en eux, c'est qu'ils sont des « bouches inutiles » dans une société hantée par le profit, et dominée par la quête de la jouissance et de la jeunesse éternelle. Trente-cinq ans plus tard, dans nos sociétés postindustrielles, cette dénégation tourne à la névrose : le désir fou d'être immortel, et immortellement jeune, a pris la forme concrète d'une recherche éperdue de solutions miracles. L'espérance de vie dans les pays occidentaux a fait un bond en avant ; jamais cependant le vieillissement n'a suscité plus d'anxiété, et le vieil âge tant de mépris. La hantise du rendement, la rareté des places en multiplient encore les effets : pour chaque « jeune », un « vieux » est une menace, un emploi confisqué, de l'argent et du temps inutilement gaspillés.

À la question politique se joint une question philosophique et morale. « Cessons de tricher », dit le Castor ; car « le sens de notre vie est en question dans l'avenir qui nous attend ». Ce type d'interrogation est nouveau dans l'œuvre et dans la pensée du Castor. Non qu'elle ait ignoré que le temps du déclin viendrait. Mais à cette « connaissance », à cette certitude, elle répondait par une négation violente, qu'illustre bien le quatrain de Dylan Thomas en exergue d'*Une mort très douce*. La vieillesse, dit Dylan Thomas, ne doit pas devenir « sage », se résigner à entrer dans « cette bonne nuit » qui n'est pas bonne du tout. Elle doit « brûler de furie » en voyant le jour tomber et la lumière s'éteindre. Avec *La Vieillesse,* c'est un autre ton que prend le Castor : il nous faut reconnaître dans la vieillesse notre figure à venir, « si nous voulons assumer dans sa totalité notre condition humaine ». La vieillesse est l'occasion, pour le Castor, d'aborder directement le point le plus noir de notre finitude. Non pas dans la révolte qui la secouait, adolescente, de sanglots, non pas dans la « résignation », cette fausse philosophie des tièdes. Mais dans la solidarité : la volonté d'assumer la vieillesse en nous, c'est la volonté de l'assumer avec d'autres, et pour d'autres. Nouvelle figure de la responsabilité, la plus authentique de toutes, moins abstraite que dans le manifeste volontariste qui concluait *La Force de l'âge*, et mise en pratique plus efficacement que dans les grandes aventures de la « Révolution », en Chine ou à Cuba.

Nous ne pouvons pas accepter que le « système d'exploitation » dans lequel nous vivons prive de leur dignité et mette au rebut ceux qui arrivent au terme de leur vie. Il faut rompre ce silence terrible qui pèse sur le vieillard abandonné parce qu'il est un vieillard ; qui pèse sur des vieillesses « déshumanisées » ; ce silence doit être brisé avec vous « mes lecteurs », avec votre aide : c'est par cet appel que vont se libérer, pour le Castor, la parole et la pensée. Dans tout ce livre, si fortement documenté et charpenté, court la parole vive du Castor qui fait entendre ce ton, cette frappe, cette émotion auxquels les Mémoires nous ont habitués, et emporte la conviction. *Le Deuxième Sexe* et *La Vieillesse* sont composés presque de la même manière, adossés à la même philosophie, la « philosophie existentialiste ». Comme la féminité, la vieillesse n'est pas une production de la nature : le processus de dégradation de l'organisme, s'il est commun à toutes les espèces vivantes, passe par des stades dégénératifs qui sont aussi des stades culturels, qui ont une histoire, comme tout ce qui est humain. La mort est un phénomène *naturel*, la vieillesse un phénomène entièrement *humain*, la déchéance ne commence pas au même âge pour tous. C'est du reste là que ce second essai se sépare le plus du premier ; il est infiniment plus politique. Ce que la vieillesse a de scandaleux, ce n'est pas (seulement) qu'elle annonce la mort, ce scandale absolu, c'est qu'elle est inégalitaire. Le Castor n'a pas renoncé à l'idée d'une société « idéale » : si l'homme tout entier « était refait », si les relations entre les hommes étaient tout entières « recréées », alors, « la vieillesse n'existerait plus ». Pour ainsi dire. L'homme pourrait mourir « sans avoir subi de dégradation ». Malade, sans doute, d'une maladie « à laquelle il ne résisterait pas », mais non diminué, non dégradé : jamais le double sens du mot n'a été plus sensible ; la déchéance du corps est la perte d'un rang, d'une place digne au sein de l'humanité.

Peu d'essais accomplissent autant l'un des vœux les plus chers du Castor de guerre dans sa vie comme dans son œuvre : se soumettre au contrôle et à la discipline d'un projet intellectuel, mêler morale, philosophie et politique au témoignage autobiographique, donner toute sa chair à la pensée.

11

Sa mort nous sépare.
Ma mort ne nous réunira pas

« J'ai souvent nourri des espoirs qui ont été démentis [1] » écrit le Castor dans les dernières pages de *Tout compte fait*. « Ce que j'ai attendu du socialisme — de l'URSS, de Cuba, de l'Algérie — ne m'a pas été donné. » Le temps de la désillusion est venu : le Castor en décline longuement la litanie. Partout dans le monde les pays du « communisme réel », l'URSS, Cuba, la Pologne, Prague, en dressent le tableau décourageant. Sartre et elle se sont « éloignés » de l'Union soviétique à cause de la « tragédie » de Prague ; en Roumanie et en Bulgarie, un régime dictatorial maintient très bas le niveau de vie, en Pologne Gomulka a déclenché une campagne violemment antisémite et réprimé brutalement la révolte des étudiants. En 1972, le régime de Tito a envoyé ses chars contre les Croates partisans d'une relative autonomie. Quant à Castro, non seulement il a, en août 68, approuvé l'entrée à Prague des troupes du pacte de Varsovie, mais il fait régner à Cuba un ordre moral de type soviétique, emprisonnant les « oisifs » et les « parasites » à cheveux longs

1. *TCF*, p. 632.

et autres homosexuels. « La "lune de miel de la Révolution" qui nous avait tant séduits est bien finie[1]. » Même l'Algérie, où on ne pouvait pas espérer un miracle, tant elle avait été ravagée par la guerre et le départ de ses cadres pieds-noirs, est une source de déception : on y a instauré un capitalisme d'État et, au lieu de politiser les « masses », on les a incitées à revenir aux valeurs arabo-islamiques. L'Algérie est peut-être, à l'extérieur, l'alliée des « anti-impérialistes » : à l'intérieur, elle est nationaliste, réactionnaire, et la condition des femmes y est « déplorable[2] ».

Heureusement, il y a encore la Chine. Le Castor refuse d'en faire un « mythe », mais elle garde toute sa confiance à Mao. Il commençait pourtant à se répandre, en ce début des années soixante-dix, des révélations terrifiantes sur la « grande Révolution culturelle ». Mais le Castor ne fait pas plus qu'avant confiance « à une presse malveillante » et préfère s'en tenir à un doute qu'elle estime raisonnable, même si elle demeure très sceptique sur la propagande que Pékin diffuse en anglais ou en français, même si elle ne voit dans le « Petit Livre rouge » qu'un ramassis de vérités premières d'une « décourageante platitude[3] ». Comme beaucoup de « maoïstes » de l'époque, elle persiste à trouver que la Révolution culturelle est une « passionnante aventure » ; peut-être est-ce là que naîtra « l'homme nouveau » dont Marx souhaitait l'avènement[4] ? Sans doute le livre de Simon Leys, *Les Habits neufs du*

1. *Ibid.*, p. 561.
2. *Ibid.*, p. 562.
3. *Ibid.*, p. 565.
4. *Ibid.*, p. 568.

président Mao[1], lui a-t-il échappé, ou lui a-t-il paru relever d'une propagande hostile.

Dans une cohérence parfaite, ce bilan pessimiste tire aussi un trait sur les espérances que le tiers-monde avait suscitées. Si la révolution ne pouvait se faire ici, ou si elle y échouait, peut-être aurait-elle lieu, ailleurs, plus loin, dans ce tiers-monde où tant de conditions semblaient réunies : pauvreté, grandes masses de population, leaders charismatiques, contagion des idées révolutionnaires, victoire de la décolonisation. Là aussi, il faut déchanter : la décolonisation n'a pas mis fin à l'exploitation économique[2], les régimes « réellement progressistes » ont été renversés (et, pourrait-on ajouter, ceux qui sont restés en place se sont révélés de véritables tyrannies). Là où elle n'a pas encore eu lieu, la décolonisation tarde : par exemple en Angola ou au Mozambique. Combien René Dumont avait eu raison lorsqu'il proclamait que « l'Afrique noire était mal partie » ! Tous les points que le Castor désigne seront le théâtre d'affrontements sanglants, avec ou sans interventions extérieures, le lieu d'une exploitation renouvelée avec l'appui des anciennes puissances coloniales (dans la corne est de l'Afrique), la mise en place de tyrannies locales, et tout leur lot de massacres tribaux. En 1967, au Nigeria, l'indépendance du Biafra déclenche un génocide qui fait deux millions de morts. Le seul grand changement survenu depuis est la fin de l'apartheid en Afrique du Sud : mais non la fin de la violence[3].

Fin du tour d'horizon mondial : au Brésil, en

1. *Champ libre* 1971. Repris en 1989 dans le Livre de Poche.
2. *TCF*, p. 569.
3. Voir les derniers romans de Nadine Gordimer ou de J. M. Coetzee.

Argentine, des coups d'État militaires ont mis au pouvoir des régimes répressifs, aux méthodes atroces. Les seuls sujets de satisfaction que peut avoir un intellectuel progressiste et anti-impérialiste, c'est de voir la résistance acharnée des pays d'Amérique latine à l'impérialisme yankee. Mais au Chili, l'élection d'Allende est une victoire qui « sera sans doute sans lendemain », conclut le Castor. En effet. Son optimisme historique ne cède cependant pas : aux États-Unis la violence contre les Noirs est de plus en plus intolérable (Martin Luther King est assassiné le 4 avril 1968), le chômage est énorme, d'insurmontables « contradictions » menacent l'économie. « Peut-être cet écroulement amorcera-t-il une révolution à l'échelle planétaire ? songe le Castor. Je ne sais si je vivrai assez longtemps pour en être témoin, mais c'est une perspective consolante [1]. » Les échecs répétés de l'action, politique ou révolutionnaire, ne remettent pas en cause l'idée fondamentale que l'Histoire est celle de l'émancipation des hommes : retardée, combattue, réprimée, mais un jour triomphante. Là où je tombe, dit Rimbaud, d'autres « horribles travailleurs » prendront la relève. L'histoire a un sens, elle est une marche irrégulière mais continue vers le Bien.

Presque quarante ans plus tard, le croit-on encore ? Non. Pas plus « à gauche » qu'« à droite ». L'idée de « progrès » modestes, obtenus par la réforme, s'est imposée. Mais aux alentours de Mai 68, quand l'idée d'un effondrement du bloc soviétique était encore absolument impensable (et le restera presque jusqu'au dernier moment), la gauche « révolutionnaire » condamnait jusqu'à l'idée même

1. *TCF*, p. 574.

de réforme politique. En 1965, le Castor a suivi de très loin l'affrontement entre Mitterrand et de Gaulle à la présidentielle, qui a mis celui-ci en ballottage. « Je n'avais guère de sympathie pour [Mitterrand]; ses idées et les groupes qu'il représentait m'étaient étrangers[1]. » (En 1981, en revanche, elle appellera à voter pour lui.) Seuls l'intéressent, parce qu'ils sont l'espoir même ténu d'une révolution, « les mouvements qui secouaient les masses » : l'agitation paysanne, les grèves de mineurs. C'est dans cet esprit qu'en 1968 elle accueillera le début des mouvements étudiants. Un débat s'instaure aux *Temps modernes* : Sartre et le Castor sont d'avis que « la transmission du savoir devrait être assurée par des moyens nouveaux qu'il fallait essayer de définir ». Quelques décennies plus tard, dans les sphères officielles, on ira beaucoup plus loin que les étudiants les plus déterminés de l'époque : le savoir n'aura plus à être « transmis », il devra être « construit » par l'élève. Ce n'est pas le moindre des effets ambigus de Mai 68.

Bien que ne se sentant concernée « par rien », le Castor a tout de même suivi les événements de près, et tente d'en reconstruire l'histoire : c'est un feu qui a pris dans des pays « capitalistes », d'abord aux États-Unis, s'est propagé en Europe de l'Ouest, avant d'embraser la France. En protestant contre leurs conditions d'existence (interdiction d'accéder aux chambres des filles) et d'études (cours magistraux), les étudiants français, Cohn-Bendit en tête, incarnent des forces nouvelles capables de secouer le régime et peut-être de l'« ébranler ». Il ne s'agit

1. *Ibid.*, p. 576.

pas encore de forces révolutionnaires mais d'une mise en cause radicale d'un régime honni : celui du général de Gaulle. La révolution cependant n'est pas loin ; c'est aux accents de *L'internationale* que les étudiants défilent le 7 mai de Denfert à l'Étoile, agitant le drapeau noir de l'anarchie et le drapeau rouge de tous les communismes. Du reste, des contacts ont été noués avec les grandes centrales syndicales et, le 10 mai, celles-ci lancent un mot d'ordre de grève illimitée ; la CGT s'est fait tirer l'oreille et « tente de limiter les contacts avec les étudiants ». Des professeurs, en grand nombre, parmi les plus prestigieux, Schwartz, Kastler, Jacob, Monod, se montrent aux côtés des manifestants et sur les barricades dans la nuit du 10 mai. (On raconte que le sociologue Georges Gurvitch, né en Russie, alors âgé de plus de soixante-dix ans, participant à une assemblée générale à la Sorbonne, suggéra avec feu à ses étudiants — se croyant peut-être à Saint-Pétersbourg au moment de la prise du palais d'Hiver — de prendre d'abord « le » central téléphonique...)

Du coup, le Castor et Sartre se sentent « concernés » ; ils espèrent que les étudiants sauront au moins préserver le degré zéro de la révolution, la « puissance de refus ». Sartre va même très loin : « Le seul rapport valable des étudiants avec l'Université, c'était de la casser. » (On peut se demander s'il n'a pas été trop entendu, et pas seulement par les étudiants.) Cette surenchère révolutionnariste va-t-elle les faire renouer avec une époque qui par certains de ses aspects idéologiques et intellectuels a commencé à s'éloigner d'eux, avec l'engouement pour le Nouveau Roman, la pensée structurale et la proclamation de la « mort du sujet » ? En apparence, oui, la question de la révolution les rapproche des étudiants « en lutte » et, du reste, le soir du 20 mai, ils retrouvent près de la Sorbonne un jeune responsable qui doit accompagner Sartre dans un amphi. Le Castor est très inquiète. Trop de monde, trop de divergences, peut-être des provocateurs, et comment espérer faire parler ensemble ennemis ou adversaires de longue date comme Sartre et le sociologue Lapassade, ami d'Axelos, membre comme lui de la revue *Arguments* ? Le Castor est soulagée quand elle voit revenir Sartre qui avait été happé par la foule : il a été « chaleureusement applaudi ». Il avait dû répondre à des questions qui partaient dans tous les sens, sur l'évolution de la Tunisie, sur les formes de la culture qu'on peut « mettre à la poubelle ». Il a cependant eu le temps d'affirmer à quel point le PC lui paraissait « sclérosé », et il a félicité le mouvement de proposer une « liaison du socialisme avec la liberté ». Il n'a pas lancé de mots d'ordre, sauf celui-ci : « Vous avez à réinventer votre tradition, une tradition que la révolution culturelle doit se donner à elle-même. » Bon nombre de ses auditeurs sont des admirateurs du Grand Timonier. (Par bonheur, en France, la révolution culturelle en restera là.) Au bout du compte, cette intervention en Sorbonne est une réussite. Sartre continue d'être une « icône » de la pensée de gauche, comme on dirait aujourd'hui, parée d'un immense prestige mais son *Flaubert* l'absorbe sûrement bien davantage. Ce qui peut l'amuser, le toucher, lui plaire, c'est qu'on ne lui montre pas un respect excessif, qu'on l'interpelle, qu'on crie : Camarade Sartre ! du haut des tribunes. Quand il se rend en février 1969 à la Mutualité pour un meeting de protestation contre l'expulsion de trente-quatre étudiants, « Sartre, sois clair, sois bref », s'entend-il dire. Là, il se sent pour la première fois de trop : « Je n'avais rien à y faire », dira-t-il. On ne peut partager des consignes qu'avec des camarades de son âge.

Auparavant, Alain Geismar, l'un des « dirigeants de mai », avait d'ailleurs été invité chez le Castor pour leur exposer les grands traits de cette « révolution ». Et le 10 mai, avec Blanchot, Klossowski, Lacan, Sartre avait signé dans *Le Monde* un manifeste appelant à « ébranler la société française dite de bien-être ». Dans *Le Nouvel Observateur*, il s'amuse : « Il faut maintenant que la France entière a vu de Gaulle tout nu que les étudiants puissent regarder Raymond Aron tout nu[1]. » Les « petits camarades » ne vivent décidément plus dans le même monde. Les « événements de mai » tirent à leur fin, et l'illusion lyrique se dissipe, l'union des étudiants et des ouvriers a été manquée. Les négociations entre le gouvernement, le patronat et les syndicats, entamées le 25 mai, aboutissent aux accords dits « de Grenelle » — augmentation du SMIG[2] de 25 %, des salaires de 10 % et réduction du temps de travail. Lorsque le 30 mai, de Gaulle, parti discrètement consulter à Baden le général Massu, revient à Paris, il annonce la dissolution de l'Assemblée et reprend le pays en main : ses partisans défilent en masse sur les Champs-Élysées. Sur une photo célèbre, on peut voir Malraux et Debré se tenant par la main et chantant *La Marseillaise* à pleine voix.

« La révolution avait avorté », dit le Castor. Mais

1. Voir Cohen-Solal, *Sartre, op. cit.* Chapitre « Entre Flaubert et les maos », pp. 762 à 770.

2. Le SMIG, salaire minimum interprofessionnel garanti, créé en 1950, devient en 1970 le SMIC, salaire minimum de croissance.

quelle révolution ? Avait-il même été question de révolution, sauf dans des appels incantatoires aux grandes traditions, aux moments héroïques de l'histoire ? Sans doute « mai » a-t-il causé moins d'un an plus tard la chute de De Gaulle. Mais la révolte des étudiants pouvait-elle entraîner derrière elle les « masses ouvrières » ? Quelques années plus tard, dans les dernières pages de *Tout compte fait,* le Castor veut encore y croire : la révolte des étudiants a fait « éclater » les conditions du « néocapitalisme » ; et cet éclatement concernait « immédiatement le prolétariat[1] ». Pour la première fois, écrit-elle, depuis trente-cinq ans, « avait été posée la question de la révolution et du passage au socialisme dans un pays avancé[2] »... Alors, en 1969, devoir choisir entre Pompidou et Poher (président du Sénat), qui avait remplacé de Gaulle démissionnaire après l'échec du référendum d'avril ! « Nous nous sommes abstenus de voter. » Jusqu'à ce qu'un dernier accident cérébral le prive de la vue et d'une partie de sa mobilité, y compris intellectuelle, Sartre se fera le compagnon des mouvements emportés par la nostalgie de « mai » dans une dérive de plus en plus accentuée vers la violence. Le Castor le suivra mais avec de plus en plus d'inquiétude.

« Mai 68 » n'a pas fini de nous poser des questions. Quarante ans après, on réévalue à la baisse l'importance des événements qui ont eu lieu en France cette année-là : on a fini par n'en garder qu'une version plutôt négative. Les journées de mai ont été des journées d'émancipation, mais elles ont aussi fait triompher un esprit libertaire de désordre social : refus de l'autorité publique et privée,

1. *TCF*, p. 588.
2. *Ibid.*, p. 589.

désorganisation de la famille, désir de « jouir sans entraves », déconsidération du travail... C'est pourquoi le « néolibéralisme » ne devrait pas se montrer trop ingrat et oublier ce qu'il doit aux journées de « mai » : ce sont elles qui, dans les sociétés développées, postindustrielles, ont mis à bas les dernières structures qui étaient une entrave au développement d'un capitalisme mondialisé. En réalité, c'est peut-être durant ces « événements » et totalement en marge d'eux que notre monde se dessinait. Le 8 avril, la fondation du « Club de Rome » montre que le « néocapitalisme » est en train de se voir interpellé, non par les partisans de la révolution, mais par ceux que déjà inquiètent les conséquences du développement pour les ressources de la planète. Quarante ans plus tard, la notion de « développement durable » oblige le « monde occidental » à considérer qu'il est peut-être condamné, non par les « lois de l'histoire », ni pour ses pratiques d'exploitation de la classe ouvrière, mais par les excès de la croissance. Et personne non plus ne se soucie beaucoup au mois d'août 1968 tandis que les chars soviétiques entrent à Prague, du projet « Arpanet », système de communication de données résistant à une attaque nucléaire conçu par la Rand Corporation : pourtant le « réseau », le « web » est né, précurseur d'Internet. C'est là peut-être que la face de notre monde a été le plus profondément et le plus durablement changée.

Cependant, il ne faut pas oublier que Mai 68 est aussi le moment d'une crise majeure dont le communisme réel ne se relèvera pas. C'est là que se sont dessinés, entre l'est et l'ouest de l'Europe, les premiers traits d'un malentendu qui va peser très lourd sur la réunification du continent après 1989.

L'année 1968 n'a pas été en effet seulement la révolte des campus, américains ou français, ou les barricades de la rue Gay-Lussac à Paris : au moment où à Paris on discutait des chances de la révolution, où s'affrontaient partisans de l'« autogestion » à la yougoslave et de la « grande révolution prolétarienne », au moment où à Paris un Parti communiste sclérosé regrettait peut-être de ne pas disposer des mêmes moyens pour contenir les « gauchistes » que les partis frères de Varsovie ou de Prague[1], les « pays de l'Est » bougeaient. Avant que le « 22 mars » signe le début des événements qui vont secouer la France jusqu'au début de l'été, l'Europe de l'Est a été le théâtre de secousses violentes, aux conséquences autrement plus graves pour les participants. À Prague, le 3 janvier, le stalinien Novotný est mis en difficulté par un groupe de réformistes dirigé par Alexander Dubček qui le 5 devient président du PC tchécoslovaque[2]. Le 30 janvier, en Pologne, les étudiants manifestent contre l'interdiction de la pièce de Mickiewicz, *Les Aïeux*[3]. Le Castor y voit un « signe de durcissement dans les pays de l'Est[4] », mais ne le met pas en rapport — ou en contradiction — avec la révolte des étudiants français : la question de la « révolution » s'y trouve en effet posée, mais en un sens diamétralement opposé. À Varsovie, parmi

1. En 1989, Honecker songea un moment à faire intervenir les forces du pacte de Varsovie pour mater le mouvement des « Forums civiques » de Berlin-Est et de la RDA.

2. Antonin Novotny était devenu secrétaire général du PCT après les grands procès de 1953 et il sera président de la République de 1957 à 1968. Fidel Castro disait de lui que c'était « un cas clinique de médiocrité ».

3. *Dziady, Les Aïeux* (1823) d'Adam Mickiewicz (1798-1855) est considéré par les Polonais comme le symbole de la résistance antirusse.

4. *TCF*, p. 557.

les étudiants arrêtés en mars se trouve Adam Michnik (l'un des futurs leaders de Solidarność). Le quotidien réactionnaire catholique *Slowo Powszechne* lance une vive campagne antisémite, accusant les organisateurs du meeting étudiant d'être des « sionistes » et qualifiant le meeting de « soulèvement ». Ses préliminaires avaient eu lieu au lendemain de la guerre des Six-Jours. Le ministre de l'Intérieur, Moczar[1], propose une « classification » en trois catégories des juifs de Pologne, considérés comme des « ennemis du socialisme » : les juifs fidèles à la Pologne populaire et pouvant y rester, les juifs fidèles à Israël et pouvant s'en aller, et les juifs fidèles aux deux qui devaient alors se prononcer clairement. Vingt mille Juifs polonais quittèrent le pays entre 1968 et 1971. À Prague, le 21 mars, veille des incidents de Nanterre qui donnèrent naissance au « mouvement du 22 mars », après des protestations populaires et étudiantes massives, Novotný est obligé de démissionner de sa charge de président de la République et il est remplacé par le général Ludvík Svoboda qui acceptera l'intervention soviétique (notons l'humour de la chose : *svoboda* signifie « liberté »).

Même si Cohn-Bendit et d'autres dénoncent les pratiques « staliniennes » encore en usage dans le PCF, comment auraient-ils pu se rencontrer avec les étudiants de Prague, réclamant en avril un vaste plan de réhabilitation des victimes des purges staliniennes ? Car au même moment, à Nanterre, on menait en plein amphi une dénonciation des « mandarins » sur le mode maoïste et de sa terrible « Révolution culturelle ». Sans toutefois en venir à ses

1. *Ibid.*, p. 558.

conséquences extrêmes. L'été venu, les Français partent en vacances, la révolution a « avorté » : en juillet, à Prague au contraire, les événements se précipitent. Les manœuvres du pacte de Varsovie devaient officiellement s'achever le 30 juin, mais les Soviétiques décident de rester en Tchécoslovaquie ; et le 20 août à 23 heures, des troupes d'Union soviétique, de Pologne, d'Allemagne de l'Est, de Hongrie et de Bulgarie envahissaient la Tchécoslovaquie avec deux cent mille soldats et cinq mille chars. On se souvient de l'humour des étudiants tchèques sillonnant les rues de Prague sous les yeux médusés des Russes, l'oreille collée à un transistor dérisoire, une brique où ils ont fixé une baguette en guise d'antenne... Ou de ce face-à-face pathétique entre un étudiant et un très jeune conducteur de char qui le regarde du haut de son engin[1]... La différence des situations éclate, quand on compare cette image avec une autre, prise en France et qui fera le tour du monde, où on voit le visage rieur de Cohn-Bendit narguant un de ces CRS casqués dont la modération sera dans l'ensemble remarquable[2]...

À Prague les combats feront trente morts et plus de trois cents blessés. Les réformes libérales du premier secrétaire Alexander Dubček sont abrogées et son successeur Gustav Husák assure la « normalisation » du pays. Dont les formes, pourtant extrêmement contraignantes, auraient semblé bien anodines, s'ils en avaient eu connaissance, aux Chinois plongés dans une période paroxystique de la « Révolution culturelle », intellectuels obligés de se

1. *Libération* publiera un cahier des photographies de Josef Koudelka, accompagnées d'un texte de Milan Kundera.

2. Pasolini, d'Italie, prit violemment à partie les étudiants qui avaient osé l'assonance « CRS : SS ».

dénoncer eux-mêmes ou de détruire eux-mêmes leurs œuvres, écrivains envoyés dans des camps ; étudiants jetés dans des villages où on les accueille avec des fourches. Il y a deux ans déjà que Lao She s'est noyé de désespoir dans le lac Tai Ping s'étant attaché au cou, dit-on, en guise de pierre, les œuvres complètes de Mao... Ô maoïstes de la rue des Écoles ! « Dans toutes les provinces, les massacres encouragés par l'État culminent en 1968 avec la gigantesque campagne baptisée "assainir nos rangs de classe". L'objectif était de dresser un inventaire de tous les "ennemis de classe" dissimulés dans la population puis de leur infliger divers châtiments qui pouvaient aller jusqu'à la mort. [...] On finit par établir vingt-trois catégories de parias officiels, tandis que les persécutés se comptaient par dizaines de millions [1]. » Et cependant, durant des années encore, ponctuées par des voyages enthousiastes et des récits que certains voudraient bien voir effacer de leurs biographies — et de leurs bibliographies, la Chine continuera de susciter un enthousiasme sans faille...

C'est pour toutes ces raisons que le dernier voyage politique commun de Sartre et du Castor à Prague, fin 1968, prend un relief tout particulier : ce qui s'est passé à Prague durant l'été les a fait rompre définitivement avec l'Union soviétique. Mais l'invasion soviétique les a-t-elle conduits à réviser profondément leur idée du socialisme, du communisme ? La coïncidence de deux séries — les événements de Prague, les événements de Paris — n'a jamais fait vraiment l'objet d'une analyse comparée. Pas plus

1. Chang et Halliday, *Mao*, *op. cit.*, p. 588.

aux *Temps modernes* qu'ailleurs, et ce, pour une bonne raison : aux yeux des communistes « critiques », des marxistes résolus, c'est la même chose ; c'est la question du « socialisme » qui a été soulevée. Ce qui est vrai : encore faut-il savoir dans quel sens. Pour le camp « progressiste » occidental, les événements de Prague sont une lueur d'espoir à l'intérieur du socialisme réel ; pour les Tchèques, c'est le moment où on va peut-être pouvoir enfin en sortir. Pour la gauche occidentale procommuniste, Prague serait la preuve qu'il faut en revenir aux sources authentiques du socialisme par-delà les « erreurs » de Staline, tant « là-bas » qu'« 'ici ». Il y a longtemps qu'à part quelques fidèles encore attachés à l'idée socialiste, et qui seront définitivement dessillés en août, à Prague on y croit de moins en moins. Le malentendu est complet.

Le premier livre de Kundera en France, *La Plaisanterie,* avait beaucoup plu au Castor et à Sartre, et c'est avec un « intérêt passionné » qu'ils ont suivi dès le début ce qui se déroulait à Prague : la démission de Novotný, le manifeste des deux mille mots publié par Ludvík Vaculik en mai, où il réclamait « que la démocratisation soit l'œuvre des travailleurs eux-mêmes[1] ». Pendant quelque temps encore, le Castor pense que là-bas comme chez nous l'alliance va se faire entre « les intellectuels et la classe ouvrière ». En avril, *Les Temps modernes* publient donc des articles de « progressistes tchèques » (notion qui n'a peut-être plus tellement de sens à Prague). Le

1. À l'époque, Vaculik considère encore que « la littérature n'a un sens que si elle conduit les hommes vers la révolution ». (Entretien avec Antonin Liehm, *TM*, avril 1968, p. 1825.) La « normalisation » et ses suites le conduiront vers des positions moins dogmatiques : le 1er janvier 1977, il sera l'un des signataires de la « Charte 77 », manifeste des dissidents contre le régime.

dossier est précédé d'un article d'André Gorz, « Un socialisme à refaire ». Il s'agit de faire comprendre, explique-t-il, « le combat d'abord extrêmement difficile, qu'un groupe d'intellectuels communistes tchécoslovaques [mène] contre une bureaucratie obscurantiste et souvent corrompue ». Ce combat n'a été que « virtuellement gagné », souligne Gorz, car les intellectuels communistes tchécoslovaques ne sont pas des « libéraux » au sens occidental du terme : ce qu'ils veulent, c'est parler devant, et avec des ouvriers. Gagneront-ils ? Leur échec, conclut Gorz, serait celui du modèle à inventer : « Un modèle de civilisation et de culture socialiste[1]. » Un peu plus loin, dans le même numéro, un article d'Antonin Liehm se termine par des mots comparables : « La Tchécoslovaquie peut dès aujourd'hui proposer au monde un modèle convaincant, à condition qu'elle ait le courage d'aborder ces questions avec sérieux et dans un esprit socialiste... » Le seul « esprit socialiste » qui abordera les rives tchèques en 1968, ce seront les troupes du pacte de Varsovie. (Dans son récit autobiographique, *Ogoniok* (*Une brûlure*), Vassili Axionov raconte que, par suite d'une erreur du commandement, des chars amphibies étaient mélangés aux chars soviétiques et que l'un d'eux est resté coincé dans une petite rue de la Vieille Ville...)

Lorsque tout est fini, en octobre, Liehm invite le Castor et Sartre à Prague : on doit y jouer *Les Mouches*, et *Les Mots* viennent d'y être traduits. Dans une interview donnée à la radio de Prague[2] pour le centenaire de Sartre, Liehm lui rend un

1. *TM*, avril 1968, p. 1781.
2. Interview de Vaclav Richter, 21-06-05 (« Radio-Praha », en ligne).

vibrant hommage : « Il a été magnifique. Il a été le dernier intellectuel occidental qui, à une réunion suivant la première des *Mouches*, a pu condamner publiquement l'invasion soviétique et la qualifier de crime de guerre. » De rencontres en interviews, de déjeuners en conversations avec le philosophe Karel Kosik et l'historien Karel Bartosek[1], ils rentrent à Paris « plus optimistes » qu'ils n'étaient arrivés : « Le printemps tchèque n'était pas dirigé contre le socialisme[2]. » Peut-être : mais la « normalisation » qui se mit aussitôt en place devait en éloigner Prague à jamais. Et quoi qu'il en soit, quel contraste entre le « socialisme » dont rêvaient encore certains Tchécoslovaques et les doctrines du « marxisme-léninisme » que les gauchistes allaient développer et tenter d'appliquer dans les mois et les années à venir ! Car si, au départ, les intellectuels tchèques qui ont ébranlé le régime venaient pour beaucoup des rangs d'un Parti communiste en perte de vitesse (et qui ne tarda pas à les exclure), il n'est pas certain que leur volonté de libéralisation se soit accompagnée d'une nostalgie de la « révolution » : il est même sûr que non. Aucun d'entre eux, qu'on sache, n'a été tenté par la fuite en avant d'une révolution culturelle qui en aurait relancé le principe endormi.

Mais de notre côté du « rideau de fer », l'appel à la révolution reste encore possible, et chargé de connotations positives. Publiant en 1970 *La Vieillesse*, ce livre profond, juste, engagé, nécessaire, le Castor est plus d'une fois interrogée sur les solutions qu'elle propose, notamment par *The Guardian* (16 février),

1. Historien, écrivain, dissident.
2. *TCF*, p. 458. En revanche c'est ce qu'elle avait pensé au moment de la « révolution hongroise » : que « le socialisme était en danger » (*FdC*, t. II, pp. 110-111).

Il Giorno (18 février), *Le Nouvel Observateur* (mars). Jamais elle n'oublie de citer le profond engagement qui est le sien en faveur d'un changement radical. La condition faite aux vieux, chez nous, est une honte et il ne suffira pas d'en améliorer ou d'en réformer certains traits. Une « révolution s'impose », parce que l'image dégradée des vieux dans notre société est une conséquence de la « morale humaniste » que professe la classe dominante. (Prière d'insérer du livre.) Responsable d'une « politique de la vieillesse » qui confine « à la barbarie », la « classe dominante » ne peut que donner aux vieillards une fin de vie « désolante », conséquence de l'exploitation inhumaine des travailleurs et de l'atomisation de la société. Il faut donc tout reprendre « dès le départ ». À *Newsweek* (9 février), elle le redit clairement : « Il nous faut une révolution, mais elle n'est pas pour demain. » Cependant, on peut y « rêver » : le mot a-t-il le sens fort qu'il avait chez Diderot, celui d'une réflexion prolongée, argumentée ? Ou bien n'est-il là que dans son sens moderne, avec le sens d'une illusion qui se voudrait rassurante ?

Il y a une plasticité, une résistance extraordinaire dans l'idée de révolution : les démentis ne l'atteignent pas. Ce type d'espérance a la vie dure, il est comme le géant de la mythologie, Antée, qui reprenait des forces dès que ses épaules touchaient la terre. Devant un échec on peut s'assombrir ; on rebondit toujours. La révolution tarde à s'incarner ou, si elle le fait, elle se dégrade ? Il y a toujours des circonstances pour l'expliquer, mais qui n'en atteignent pas l'essence. L'idée demeure intacte, comme si elle n'était pas astreinte aux obligations d'examen et de résultats. C'est une espérance radicale : celle de voir disparaître absolument des maux absolus, l'injustice, l'inégalité, vus dans une généralité, une abstraction que la considération des faits n'atteint pas. Et puis, pour des intellectuels « bourgeois », la révolution n'est-elle pas une réponse à la honte et au remords d'être un « privilégié », jusque dans le domaine de l'œuvre et de la pensée ? C'est sur un rude chemin que Sartre ayant décidé de penser contre sa classe et contre lui-même s'est engagé, en faisant du marxisme la « philosophie indépassable » de notre temps. Pour le Castor, la révolution va aussi représenter, dans le temps collectif des hommes, la forme la plus haute d'un absolu dont elle est, depuis toujours, en quête. Mais lorsqu'elle pose, dans *Pour une morale de l'ambiguïté*, que le premier devoir de l'« homme authentique c'est de ne jamais consentir à reconnaître aucun absolu étranger[1] », ne pourrait-on lui objecter : l'Histoire, avec un grand H, n'en est-elle pas le retour subreptice, dernier avatar d'une transcendance « réifiée » qu'elle avait pourtant rejetée à la fin de son adolescence ?

Sa vraie réponse à elle, comme toujours en voyant reculer le mirage d'une révolution toujours remise, c'est le travail. Et, signe des temps, découvrir de nouvelles formes d'action, concrète, quotidienne. Il le faut. « Je suis au bord de la vieillesse », écrit-elle (elle a tout juste soixante-deux ans), « j'espère rester bien vivante jusqu'à la fin de mes jours[2] ». Elle va donc entreprendre de donner une fin à la grande entreprise de ses Mémoires en écrivant le dernier volume, *Tout compte fait*. Et en même temps, et peut-être pour la première fois de sa vie sous cette forme, elle entre dans une période de militantisme

1. *MA*, p. 19.
2. Reproduit *in* Francis et Gontier, *op. cit.*, p. 244.

politique, à la fois pour « garder le contact avec les gauchistes » et pour aider dans leur action les femmes du MLF.

« Nous souhaitions garder le contact avec les gauchistes [1]. » De même que les « fauves » avaient pris comme un titre de gloire une désignation au départ péjorative, les « gauchistes » ont repris à leur compte le terme négatif utilisé contre eux par les partis communistes, s'inspirant de la brochure de Lénine : « Le gauchisme, maladie infantile du communisme » (1920) où celui-ci attaquait ces révolutionnaires trop pressés, ces socialistes utopiques que le marxisme, se jugeant seul inspiré par une doctrine scientifique, avait toujours cherché à discréditer. Depuis, le terme a fait partie du langage sensationnaliste des journaux, avant de disparaître — avec l'idée de révolution et le marxisme lui-même au moment de la chute du Mur et de la débâcle des pays de l'Est. Tout en revendiquant d'être des « gauchistes », les militants de mai et de l'après-mai composent une nébuleuse de tendances parfois violemment hostiles, mais qui ont en commun leur refus de la voie « léniniste » vers la révolution, le désir de réhabiliter le « spontanéisme » (on se souvient du groupuscule des « MaoSpontex », cette contradiction dans les termes, car rien ne fut moins spontané que la Longue Marche), et l'attachement à la tradition libertaire des conseils ouvriers. Mouvement anti-autoritaire, le « gauchisme » concentre ses attaques sur la famille, l'école, les institutions et la productivité, source principale d'« aliénation », concept central qui dépasse largement la question de l'exploitation économique et englobe d'autres

1. *TCF*, p. 489.

formes d'asservissement ou de répression, notamment la répression sexuelle.

Lorsqu'on se retourne, quarante ans après, sur cette période de la vie du Castor et de Sartre, on a du mal à démêler si elle est dans la logique profonde de leurs engagements de toute une vie, ou si elle est un de ces moments, comme le dit Sartre, dans les *Entretiens de 1974*, où il faut « briser des os dans sa tête ». Ne parlons même pas du militantisme, auquel leurs jeunes amis les rallient, de la distribution dans les rues de *La Cause du peuple*. Mais intellectuellement, philosophiquement, éthiquement, pouvaient-ils être d'accord avec cet ultime avatar de la révolution surgi de la jeunesse occidentale ? L'idée peut séduire, convaincre et même entraîner des jeunes gens de la bourgeoisie, qui n'ont de la société qu'une vision très abstraite et qui, comme le dit Kolakowski, ont toujours trouvé des repas tout prêts et des vêtements propres dans leur famille. Mais Sartre, là-dedans ? Pouvait-il vraiment être d'accord avec lui-même quand il déclarait publiquement que le seul rapport « valable » avec l'Université, c'est de la « casser » ? Affirmer que la « culture dominante » est la « culture des dominants », cela peut signifier deux choses : qu'elle est l'incarnation d'un rapport de force et la forme « symbolique » de la domination et que, dans ce cas, rien ne mérite d'en être conservé. Ou bien au contraire, c'est du reste la thèse de Marx lui-même, que la « bourgeoisie » et ses enfants captent et confisquent injustement et illégitimement la culture et les œuvres que le peuple doit donc reprendre par une « appropriation critique ». Ce qui en termes simples signifie qu'on doit lutter pour la fin d'un privilège, non pour abolir l'*objet* de ce privilège. Dans les années soixante-dix et même bien après, cette seconde thèse aura du mal à se faire entendre.

Autour de 1968, l'élan qui pousse Sartre et le Castor vers la jeunesse leur ôte en partie la distance qui est nécessaire aux plus âgés pour transmettre ce dont précisément la jeunesse a besoin. Hannah Arendt l'a dit, dans un essai majeur [1] : pour que le monde puisse se transformer et se renouveler, il faut aussi que s'exercent des forces qui conservent l'ancien. Le nouveau ne peut pas naître de rien. Surtout si on fait « du passé table rase »... Mais le Castor ni Sartre auraient-ils pu vraiment faire « table rase » d'un monde dont ils se sont nourris, et qu'ils ont nourri à leur tour ? D'un monde où ils baignent malgré leur rejet de la « bourgeoisie » et de l'ordre établi : musique, peinture, œuvres de l'architecture et de la pensée ? Il y a chez Sartre un goût de la jeunesse, même dans ce qu'elle n'a pas forcément de meilleur : son refus provocant des « aînés ». Et c'est peut-être la raison de son rapprochement avec les « gauchistes » lorsque ceux-ci, dispersés, vaincus, désespérés, repoussent *Les Temps modernes*, devenus à leurs yeux une « institution ». Sartre en est charmé : il y voit l'expression d'une « revendication neuve », celle de la « souveraineté ». Irait-il tout de même, sous leur influence, jusqu'à réviser la thèse centrale de la *Critique de la Raison dialectique* qui faisait de la souveraineté l'écueil des révolutions, obligées de se soumettre à la tyrannie de l'Un ? Auraient-ils, ces gauchistes, accompli une telle avancée spectaculaire par rapport à ses propres travaux, en substituant au « besoin », né de la « rareté », une notion nouvelle : le droit de tenir son sort entre

1. *La Crise de la culture*, Gallimard « Folio essais ».

ses mains, de ne plus subir, le droit de décider de son rôle, de sa vie ?

De ce compagnonnage politique, le Castor témoignera longuement, dans les dernières pages de *Tout compte fait*, d'abord, et ensuite, un an après la mort de Sartre, dans *La Cérémonie des adieux*. 68, dit-elle, est pour Sartre un moment décisif en ce qu'il va dépasser sa définition de l'intellectuel comme « technicien du savoir pratique » pour élaborer le statut d'un « nouvel intellectuel » qui « cherche à se fondre dans la masse pour faire triompher la véritable universalité[1]. » Ses conversations avec Geismar l'ont convaincu de la nécessité de créer un journal où « le peuple [...] partiellement reconstitué par ses luttes, parlerait aux masses ». *La Cause du peuple* est ainsi née, organe de la gauche prolétarienne, que Sartre accompagnera très loin. Lorsque Le Dantec puis Le Bris sont arrêtés, Geismar déjeune le 15 avril avec le Castor, Sartre, Arlette Elkaïm, sa fille adoptive depuis 1965, et « Pierre Victor » (Benny Lévy). Le 28 avril, Sartre prend la direction du journal. Le Castor, dans l'un et l'autre des deux récits, passe rapidement sur certains détails : le 1er mai, un encadré, prétendument de la main de Sartre, avait affirmé le « caractère révolutionnaire de la violence qui existe aujourd'hui dans les masses ». Et Sartre y proclamait sa « solidarité avec tous les actes ». Le lendemain, il publiera un rectificatif : « avec tous les *articles* ». Est-ce sous l'influence du Castor ?

Cette période et ces engagements, elle les accompagne et les justifie avec sa fidélité de toujours à tout ce qu'entreprend Sartre ; elle qui déteste l'intervention publique, elle ira même le 21 juin

1. *CdA*, p. 14.

vendre le journal dans la rue. Et de nouveau le 26. Elle fait là une expérience inédite, de même en donnant des articles au journal (pour ses numéros des 24, 26, 27 et 29 juin). Comme dans plusieurs autres circonstances, Sartre et elle se retrouvent aux limites de la légalité, avec le même sentiment de justice nécessaire qu'à Stockholm quelques années plus tôt. Elle accepte ensuite la direction de *L'Idiot international*, « avec les mêmes réserves que Sartre touchant *La Cause du peuple* ». Puis ils s'engagent, fin 1970, dans l'affaire des mineurs de Lens. En février, seize mineurs avaient été tués par un coup de grisou à Hénin-Liétard. Des explosifs sont jetés sur les bâtiments de la direction ; on arrête sans preuves « quatre maoïstes[1]. » Quelques jours avant leur procès, le 12 décembre, le « Secours rouge » — organe « marxiste-léniniste » dont Sartre a soutenu la création en France en juin précédent — organise, à Lens, un « tribunal populaire » dans la grande salle de la mairie. Sartre était venu à l'avance pour « enquêter » et avait « dormi dans un coron[2] ». Les débats sont « houleux », mais la conséquence, dit le Castor, est claire : les accusés sont acquittés quelques jours plus tard. « C'est un avertissement agressif adressé au patronat », conclut le Castor, dont la seule objection à ce genre de tribunal est qu'il ne peut prononcer de sanction.

En fait, comme le montrera quelque temps plus tard, l'affaire de Bruay-en-Artois[3], le « gauchisme »

1. *TCF*, p. 598.
2. *Ibid.*
3. Le 6 avril 1972, une adolescente de seize ans, fille de mineur, est retrouvée morte sur un terrain vague de Bruay-en-Artois, cité minière du Pas-de-Calais. Le notaire Pierre Leroy et sa compagne sont mis en accusation par le juge Pascal, finalement dessaisi de l'affaire. La gauche prolétarienne tentera de mettre en place un

s'engage sur des voies dangereuses en tentant de se substituer à la justice et au droit, même quand la preuve est faite (ce qui ne fut pas le cas à Bruay-en-Artois) que la justice est une « justice de classe ». Fort heureusement, sauf dans quelques cas très rares, ces procès populaires ne donneront pas naissance en France aux exactions des Brigades rouges, de la Rote Armee Fraktion, la bande à Baader[1]. Mais plus tard, en 1974, malade gravement déjà, Sartre n'en démordra pas : acharné à traquer, jusque dans ce « phénomène », la résurrection de l'idée révolutionnnaire, il fait l'éloge d'une action qui a seulement eu le tort de venir « peut-être un peu trop tôt », écrit-il dans une interview à *Der Spiegel*[2]. Lorsque le Castor aborde cette période dans *La Cérémonie des adieux*, les activités politiques et les assauts de la maladie s'entremêlent dans un réseau très serré de causes et d'effets réciproques. En tout cas, elle ne souffle mot de cette phrase en évoquant l'interview donnée au *Spiegel* : il y reprend, dit-elle, son « analyse de la politique française » qui faisait écho au slogan postsoixante-huitard « élections piège à cons ». Le Castor, visiblement, tient à faire la part des choses : à partir de ces années-là, si elle continue de soutenir, voire de partager les activités politiques de Sartre, elle les met sans cesse en rapport avec les graves troubles dont l'ont affecté des

« tribunal populaire » sur le modèle de celui qu'avait organisé le Secours rouge à Lens, et dont Sartre avait accepté d'être président.

1. Bernd Andreas Baader était né le 6 mai 1943 à Munich, et il est mort en 1977 à Stuttgart. Chef de l'organisation révolutionnaire allemande RAF (Rote Armee Fraktion — Fraction armée rouge) connue comme la bande à Baader, il est condamné à perpétuité en 1970 et retrouvé mort le 18 octobre 1977 ainsi que sa compagne Gudrun Ensslin.

2. Février 1973. Cf. Cohen-Solal, *Sartre, op.cit.*, p. 837.

accidents cérébraux successifs. Les deux jouent en miroir et en justifications réciproques : l'engagement témoigne que la maladie n'a pas vaincu ; mais la maladie à son tour sert d'excuse, elle en explique les excès, voire les erreurs. Dans les années qui suivront, on sentira qu'elle déplore de plus en plus que, sous le coup de diverses influences, Sartre aille au-delà de ses forces physiques et peut-être de ses capacités intellectuelles sérieusement diminuées. Sartre, à ses yeux, n'est plus tout à fait Sartre, mais quelqu'un qu'on utilise, et qui en a de moins en moins conscience.

Pour sa part, en revanche, elle semble entrer avec plaisir dans une vraie participation militante volontaire et active lorsqu'elle donne un texte à *J'accuse*, au numéro 2, intitulé : « En France, aujourd'hui, on peut tuer impunément ». Elle accomplit ainsi pour la première fois un « reportage politique » : elle est allée à Méru, dans l'Oise, enquêter sur un « "accident du travail" particulièrement atroce[1] ». Le récit de *Tout compte fait* et l'article du journal sont un modèle d'indignation contrôlée débouchant sur une écriture énergique et efficace ; c'est aussi que les victimes sont en majorité de très jeunes femmes, dont la blouse en polyéthylène a brûlé, laissant aux survivantes des marques ineffaçables qui leur donneront « à jamais » honte d'elles-mêmes et de leur corps. Comme aux Houillères de Lens, le patron est un « assassin ». Et elle termine son article sur une note rare sous sa plume, une apostrophe aux « camarades travailleurs » : « Ne laissez pas vos exploiteurs jouer avec votre santé et votre vie[2] ! »

1. *TCF*, p. 602.
2. *In* Francis et Gontier, *Les Écrits de S. de B.*, *op. cit.*, p. 481.

Mais son véritable militantisme n'est pas là : il est dans l'appui qu'elle va donner à la lutte des femmes issue de « mai ». « *Le Deuxième Sexe* peut être utile à des militantes, mais ce n'est pas un livre militant », avait-elle écrit[1]. En 1970, cependant, elle va rejoindre l'élan des mouvements féministes dans leur volonté d'autonomiser leur combat et de le rendre « parallèle » à la lutte des classes. C'est que son attitude a évolué. Dans un premier temps, elle avait dit qu'elle refusait de « s'enfermer dans le féminisme[2] ». Dans les années trente, ajoute-t-elle, c'était encore pire, elle aurait été passablement irritée, si on lui avait même seulement dit qu'elle s'y intéresserait un jour[3] ! Aujourd'hui (1970), si elle devait réécrire *Le Deuxième Sexe* — *La Force des choses* là-dessus était déjà parfaitement claire —, elle sortirait définitivement d'une position idéaliste, pour reprendre un concept forgé par Sartre dans la *Critique de la Raison dialectique* : « Je fonderais aujourd'hui le rejet et l'oppression de l'autre non sur l'antagonisme des consciences mais sur la base économique de la rareté[4]. » Seul un « bouleversement dans la production[5] » — en termes marxistes, dans les « rapports de production » — pourrait changer « sérieusement » la condition des femmes.

Mais dans les formes que prend son engagement aux côtés de la lutte des femmes, elle ne revient pas sur sa réponse à Jeanson[6] : « On ne falsifie jamais

1. *TCF*, p. 623.
2. *Ibid.* et *FdC*, t. I, p. 267 : à l'époque, elle dit même dans « ce qu'on appelle "le féminisme" », et met le mot entre guillemets.
3. *FdC*, t. I, p. 268.
4. *TCF*, p. 614, et faisant allusion à *FdC*, t. I.
5. *FdC*, t. I, p. 267.
6. Pour son livre *Simone de Beauvoir ou l'Entreprise de vivre*. Seuil, 1966.

mes opinions en m'attirant vers le féminisme absolu. » Au contraire : elle la renforce. Le « féminisme absolu » ne signifie pas que seul compte pour elle son engagement dans les luttes féministes. Son calendrier laisse voir du reste qu'elle prend du temps pour d'autres « luttes » qui s'imposent à elle : un meeting avec Leiris en « janvier suivant » auquel Sartre n'assiste pas, car il voudrait terminer son *Flaubert* — le manuscrit sera remis chez Gallimard en octobre 1970. Elle signe des pétitions, des appels : contre la condamnation à mort de nationalistes basques, pour que les Soviétiques acceptent l'immigration des juifs en Israël, contre l'emprisonnement de Heberto Padilla, contre la violation par la Syrie des accords de Genève dans la question des prisonniers de la guerre du Kippour (*Le Monde*, 18 décembre 1973). Le féminisme absolu, c'est le féminisme *radical* : un attachement inébranlable à l'universalisme : « Je niais radicalement l'idée d'une nature féminine. » Mais dans cette nouvelle « militance » du féminisme de l'« après-mai », le Castor se voit bon gré mal gré rapprochée de positions qu'elle ne peut ni prévoir ni dominer. La présence et la personne du Castor parmi ces militantes servent aussi de drapeau ou de caution à des mouvements qui, par la suite, ne lui seront pas forcément fidèles.

En un sens, elle en tire elle-même profit, car elle découvre à cette occasion la nécessité et l'efficacité des réformes — en attendant le grand soir. Lutter pour le droit à l'avortement, que *Le Deuxième Sexe* réclamait déjà de façon révolutionnaire, participer à des manifestations, signer le « manifeste des 343 salopes » déclarant avoir avorté, témoigner au procès de Bobigny, parrainer Choisir la Cause des Femmes, la Ligue du droit des femmes, ou fonder

Questions féministes[1], c'est accepter qu'on puisse « changer le monde » par d'autres moyens que ceux de la violence révolutionnaire. Et elle découvre alors que, pour obtenir ces victoires, il faut autant d'opiniâtreté et d'énergie que pour préparer des lendemains qui chantent. Mais le danger déjà se voit : celui de rompre avec l'universalisme pour engager des luttes d'abord « parallèles[2] » au mouvement social, ensuite tournées, de plus en plus, vers la revendication d'une « spécificité féminine ». La libération des femmes ne dépend pas du succès de la révolution ; les femmes dans toutes les situations politiques et sous tous les régimes connaissent un degré d'oppression supplémentaire. Mais l'« universalisme » de son féminisme oblige le Castor à refuser qu'on puisse en tirer argument pour revendiquer un jour non seulement que cessent les formes spécifiques de l'oppression des femmes, mais que soient reconnues leur nature et leurs qualités de femmes. Le Castor le refuse avec vigueur : comme elle refusera toujours la féminisation imposée des noms de profession ou, plus encore, la définition d'une écriture « féminine ». Elle le déclare avec force au *Nouvel Observateur* du 14 février 1972, au moment même où *Tout compte fait* sort en librairie. « Je pense que la femme libérée serait aussi créatrice que l'homme. Mais qu'elle n'apporterait pas de valeurs neuves » (interview d'Alice Schwarzer)[3].

1. Cf. Sylvie Chaperon, *Les Années Beauvoir*, Fayard, 2000.
2. « Maintenant, j'entends par féminisme le fait de se battre pour des revendications proprement féminines, parallèlement à la lutte des classes » (*TCF*, p. 623).
3. *In* Francis et Gontier, *op. cit.*, p. 495.

Cette évolution qui se fera malgré elle est déjà en germe dans les contradictions internes des mouvements ou des revues féministes, dans le « séparatisme » des groupes de réflexion, dans une forme de « guerre des sexes » que le Castor a toujours refusée. Ainsi, aux *Questions féministes*, qu'elle a contribué à fonder, y a-t-il rapidement deux clans, celui où elle se retrouve avec Christine Delphy pour une action politique résolument de gauche ; et l'autre, avec notamment Monique Wittig qui se prononce en faveur d'une écriture « féminine ». À Margaret Simons (interview menée avec Jessica Benjamin), le Castor répond que « le corps n'est pas le centre de l'univers » et qu'on ne peut pousser la différence jusqu'à « vous y enfermer, ce qui est un piège masculin ». Qu'il existe une « différence biologique », mais que « cette différence n'est pas le fondement de la différence sociologique [1] ». La distinction entre le sexe (biologique) et le genre (construit) préserve pleinement sa formule, « on ne naît pas femme, on le devient » ; et donc sa revendication d'universalité. Mais cette revendication sera mise à mal dès lors que, dans les années soixante-dix, des femmes à la recherche d'une « identité » féminine prétendront que celle-ci a été abolie ou effacée par une émancipation fondée sur un « modèle masculin ». Plus encore lorsque, dans les années quatre-vingt et avec l'effondrement du communisme, la notion de droits collectifs s'imposera ou tentera de s'imposer. Droits des minorités, revendications d'appartenance, communautarisme : le point culminant en sera, en France, le débat sur la « parité » au début des années 2000. Pour combattre une sous-représentation

1. Cf. Deirdre Bair, *Simone de Beauvoir*, Fayard, 1991, p. 638.

injuste des femmes dans les assemblées élues, le mode choisi sera d'inscrire la division des sexes dans la Constitution. Afin, selon les plus ardentes des pro-paritaires, que la vie politique ne soit pas privée de l'apport des qualités spécifiques aux femmes : convivialité, haine « naturelle » des guerres...

S'il faut, contre cette tentation, rappeler encore une fois la leçon du *Deuxième Sexe,* ce n'est pas pour garder intouché le trésor d'un héritage : c'est pour en faire, une fois de plus, une arme. Le monde aujourd'hui est divisé en deux, en ce qui concerne la condition des femmes. Dans la majorité des pays pauvres, ou « en voie de développement », les femmes demeurent soumises aux formes les plus classiques de l'oppression, ce que renforce encore le poids des religions, généralement défavorables à l'idée d'égalité des sexes (le christianisme y est venu, mais difficilement). Et dans les pays « postindustriels », les femmes connaissent encore des formes d'inégalité choquantes : dans les salaires, dans l'accès aux professions prestigieuses, pendant que la division des rôles sexuels continue de leur attribuer encore l'essentiel du soin aux personnes « dépendantes », enfants, personnes âgées. C'est là que le néoféminisme « différentialiste » montre toutes ses ambiguïtés ; à chaque moment il peut justifier ou rejustifier un traitement inégal. Il ne peut y avoir d'égalité véritable que si la différence des sexes non seulement n'entraîne pas de différences des droits, mais pas non plus de différences significatives sur tous les plans de l'action, de la pensée, de la morale ou de la création. À l'intérieur de la « condition humaine », il n'y a que des « situations », où selon le mode d'éducation qu'on aura reçu, la place qu'on occupe au sein d'une société, les différences seront celles qui séparent des individus d'un sexe à l'autre et à l'intérieur de chacun des deux.

Ce discours-là commence de nouveau à être entendu ; il se heurte seulement à un nouvel obstacle, opportunément placé de nouveau sur la voie de l'émancipation féminine, celui du nouvel éloge de la maternité. Dans *Le Deuxième Sexe*, luttant contre la maternité imposée — par les mœurs, par la mentalité, mais aussi par l'absence de contraception —, le Castor avait tenté de briser ce carcan en mettant en pièces l'idée que la maternité serait la « vocation » naturelle des femmes, et leur « destin » parce qu'elles sont, dans leur corps, capables de porter des enfants. Mais depuis les années soixante-dix jusqu'à aujourd'hui, on tente d'imposer de nouveau l'idée que la maternité serait une « chance » que les hommes n'ont pas, celle de porter leur enfant dans leur corps —, ce qui en fait des arriérés émotionnels. La maternité est désormais présentée non seulement comme un devoir, ou une norme, ou un destin, mais comme un « accomplissement », comme l'expérience la plus haute de la vie d'une femme. Au fond, dans un monde où la contraception d'un côté, la procréation médicalement assistée de l'autre ont, de manière opposée, séparé la sexualité de la fécondité, la maternité n'est pas encore pleinement « libre » : une fois de plus elle est prise dans les rets des idéologies. Et dans la guerre des sexes qui n'a pas dit son dernier mot, elle est de nouveau un enjeu de pouvoir.

Ces évolutions, ces dérives, le Castor les pressent, lorsque après quelques années de militantisme, elle répond aux questions de John Gerassi, le fils de Stepha et de Fernand, pour la revue *Society* (numéro de janvier-février 1976 [1]). Cette longue interview, riche, réécrite, argumentée est un des derniers textes où le Castor parle de soi. Elle le redit, il lui a fallu beaucoup de temps pour comprendre qu'elle avait été une privilégiée, non seulement par sa naissance dans un milieu bourgeois, mais parce que étant très tôt une « intellectuelle » elle avait pu faire ses preuves dans un domaine où les hommes régnaient à peu près sans partage. Récusant l'accusation qu'elle devine, ou qu'elle a déjà entendue, elle n'avait du reste pas adopté un « modèle masculin » : elle s'était intégrée dans un monde masculin, ce qui est tout différent, « gardant ce qui était féminin » pour elle. De là, sa tardive prise de conscience des obstacles faits aux femmes — et surtout son regret aujourd'hui (1976) d'avoir souvent méprisé les femmes qu'elle voyait « incapables de faire preuve d'indépendance ». Maintenant, elle en est convaincue, la lutte des femmes ne peut prendre vraiment forme que dans une logique « anti-impérialiste ». Le développement technologique est devenu si puissant qu'on ne peut plus maintenir les femmes dans l'état de soumission d'un « sexe faible ». Il se révèle clairement que c'est une entreprise de domination, comme le sont la colonisation ou la guerre contre les mouvements d'indépendance. La lutte des femmes est une lutte révolutionnaire : une féministe est forcément « de gauche ». En attendant, la loi Veil, obtenue « à force de luttes », « est tout de même un pas en avant [2] ». Mais sauf comme étape vers l'égalité, le Castor refuse que la « soi-disant intuition féminine » soit considérée comme aussi importante que le

1. *In* Francis et Gontier, *op. cit.*, pp. 546 à 576.
2. Loi du 17 juin 1975 relative à l'interruption volontaire de grossesse.

« savoir masculin », « pour employer l'absurde langage contemporain ». Il faut continuer de détruire les « mythes » anciens et nouveaux créés autour de la « femme » : « C'est une entreprise révolutionnaire[1]. »

Oui, cet entretien sur la condition des femmes est bien le dernier texte théorique du Castor. Sur quoi travaillez-vous maintenant ? demande Gerassi. « Je n'ai pas de plans pour un projet particulier. Cela aussi est nouveau pour moi », répond-elle Mais, jamais abattue, elle conclut : « En tout cas, je suis sûre qu'à la fin les femmes gagneront[2]. »

*

Ces luttes ont redonné au Castor un sens de l'avenir dont elle s'était vue privée, dit-elle, par l'approche de la vieillesse. Il y a peut-être autre chose : les dates le prouvent, plus Sartre s'enferme — en même temps que dans la maladie — dans les utopies révolutionnaires que lui dicte sa nouvelle « famille », plus le Castor va se rapprocher du mouvement des femmes. Dans le même temps, sa relation avec une jeune femme « dont la présence la délivre des affres de [son] âge », les longs voyages qu'elles font ensemble, ces longues périodes où elles sont absentes de Paris, tout cela contribue à créer une façon de vivre qui est la sienne propre, et qui pourrait lui faire dire comme en 1952, quand Sartre s'était pour la première fois jeté en politique : « Sartre et moi nous ne menions plus tout à fait la même existence. » Sans doute continue-t-elle de le voir aussi régulièrement que par le passé ; sans

1. *In* Francis et Gontier, *op. cit.*, p. 552.
2. *Ibid.*, p. 565.

doute le déclin de sa santé lui inspire-t-il de mortelles angoisses : mais il y a comme une secrète fêlure perceptible à chacune des pages qu'elle publie après la mort de Sartre. Sa vie est entièrement orientée maintenant par ce compagnonnage qu'elle a noué avec « Sylvie », à qui elle dédie *Tout compte fait*, le volume de ses Mémoires qu'on a le plus mal lu, peut-être à cause de sa construction thématique et non plus chronologique, parfois un peu scolairement distribuée : mes lectures, mes voyages...

Lorsque le Castor commence ce dernier livre des Mémoires, les jeux sont faits. Tout ce qu'elle voulait, elle l'a obtenu, à ceci près que la « cueillaison » d'un rêve laisse toujours un goût de tristesse « au cœur qui l'a cueilli ». Elle jouit d'une notoriété immense. Elle le sait : à partir des années soixante, son nom ne lui appartient plus entièrement, elle est, avec Sartre, un personnage public, soumis à l'attaque, à la controverse, à l'insulte, tandis qu'on se réclame d'elle un peu partout dans le monde. Son nom est assuré de rester. Mais « la postérité, je m'en foutais. Ou presque ». D'où la tonalité crépusculaire et méditative, qui a sûrement frappé ses lecteurs, de *Tout compte fait*, un livre qui s'ouvre par un grand obituaire où le Castor convoque, l'une après l'autre, les figures de femmes qu'elle a connues ou aimées, et qui, en disparaissant, creusent encore ce vide dont elles étaient faites. En racontant leur fin, dit le Castor, elle « complète leur portrait [1] ». Ces ultimes tracés confirment et noircissent encore la ligne : Camille, qui dans la jeunesse du Castor lui avait inspiré une « admiration envieuse », Camille dont elle avait toutefois assez vite percé à jour les ruses et les

1. *TCF*, p. 93.

trucages, se montre avec la guerre sous un jour de plus en plus détestable. Non seulement elle est antisémite (voir *La Force de l'âge*) mais elle se « complaît à des inventions infantiles et se montre [vis-à-vis d'elle-même] dépourvue de sens critique[1] ». C'est un cas très classique dans la symptomatologie et la clinique du Castor de « narcissisme » redoublant un « aveuglement » natif. Il y a en elle une « faille », c'est pour cela qu'« elle boit » ; elle est, dans une lettre à Algren, une « extravagante soûlarde ». Son amie Zina (probablement ont-elles été amantes, le Castor n'en dit rien), mariée, se partage entre ses deux foyers : mais Camille la bat, et un jour lui colle un œil au beurre noir. Elle finit par ne plus revenir. Camille s'enfonce dans la solitude ; petit à petit, elle vire à la Folle de Chaillot, l'œil charbonné, la bouche barbouillée de rouge. Pour finir, elle vit dans un état de saleté répugnante, ne sort plus, fait ses besoins dans des plats. Dans la nuit du 11 au 12 décembre, on appelle le Castor de Lariboisière : Camille est morte. Quand on nettoie l'appartement, on découvre quatre cent cinquante bouteilles vides et des costumes de théâtre entièrement pourris. Dans ses papiers, un journal : quelque chose d'incroyablement puéril. Ce « vide » qu'elle avait décelé dans Camille avait achevé de l'envahir. Quelle en était la raison ? Le Castor termine par une pirouette, en passe de devenir à cette époque, chez elle, un stéréotype : « Seule son enfance pouvait en rendre compte. » Privée de cette clef, toute existence est un « mystère ».

De même celle de « Lise » (Nathalie Sorokine) qu'elle revoit en 1967 ; devenue elle aussi un gros

1. *Ibid.*, p. 95.

« déchet » boursouflé de médicaments, dans un état psychique plus que précaire, « rugissant » des mots d'amitié au Castor. Elle gesticule de façon désordonnée et répand de désagréables odeurs de pharmacopée ; un jour, sa fille écrit au Castor qu'elle est morte. De Lise, elle recevra un étrange cadeau post mortem (comme le « bâton de chaise » de la folle) : un cake aux fruits, datant de Noël. De toutes ces morts, dont celle de Giacometti, la plus touchante est celle de la mère de Sartre, Mme Mancy, début 1969 : une femme « que sa constitution disposait à la passion, à la ténacité et même à la violence » et que la vie n'avait pas entièrement réussi à briser[1]. Toutes ces femmes subissent le destin de qui n'a pas pu ou pas voulu s'accomplir dans l'indépendance. Aucune ne réussit à s'y soustraire.

Le Castor a accueilli ces morts avec « tranquillité », parce que la plupart lui semblaient être déjà « des survivants », mais surtout en réalité parce que sa propre mort avait déjà « commencé ». C'est de l'indifférence de vieillard, ni plus ni moins. Qui ne pourrait être brisée que par la mort de quelques êtres très chers, laissant derrière eux un « vide intolérable[2] ».

Quoique jeune encore, ou du moins loin de la « vieillesse désarmée » dont parle le poète (elle n'a après tout que soixante-trois ans lorsqu'elle entreprend ce volume), elle écrit ce livre « du point de vue de la fin » : non de la mort, exactement, mais avec le sentiment que sa vie, même si elle est éclairée de présences et d'amitiés, coupée de joies intenses, ne sera plus que la répétition du même. Quand elle sort de certains rêves, elle a une de ses formules qui

1. *Ibid.*, p. 136.
2. *Ibid.*, p. 139.

mordent le cœur : « J'ai le goût du néant dans mes os[1]. » Mais ce livre est plein d'un sentiment modeste et courageux qui lui correspond bien, celui du devoir accompli. Ce qui a été fait est là, indéniablement, et pour l'essentiel elle a répondu correctement aux vœux de sa jeunesse. La seule lecture de *Tout compte fait* devrait nous débarrasser définitivement des interprétations qui se sont développées sur le « J'ai été flouée » qui clôt le volume précédent. Toutes les promesses ont été tenues, mais quand elle tourne son esprit vers la crédule adolescente qui se disait « toute une vie à vivre ! », elle pense « rien n'a été tenu ». Elle s'est battue dans une constance et une espèce de continuité héroïques profondément « dans sa nature » et qu'elle subit parfois comme un destin. Elle se tient maintenant sur la rive d'où on voit tout en surplomb, la route, sinueuse, la boue, les soleils éclatants, les orages — en attendant le grand embarquement.

Mais la vérité profonde de cette mélancolie, c'est que, pendant ce temps, Sartre ne va pas bien. Et va même de plus en plus mal : *La Cérémonie des adieux* publiée un an après sa mort tiendra la chronique de cette lente progression de la mort dans le corps et dans l'esprit de Sartre. C'est l'ultime adresse au compagnon d'un demi-siècle, « le premier de mes livres, écrit-elle — le seul sans doute —, que vous n'aurez pas lu avant qu'il ne soit imprimé ». *La Cérémonie des adieux* est un livre *de plus*, le livre que le Castor *aurait voulu n'avoir jamais à écrire*. Ce dernier livre va jusqu'au bout de la « geste héroïque » qu'elle mène et rapporte depuis le début, depuis les

1. *Ibid.*, p. 61.

années de ses premiers *Cahiers*. Le Castor le doit à Sartre et à leur « entente », tout en sachant qu'il ne peut pas, par définition, lui être destiné. Au fur et à mesure que le temps passe, et que Sartre s'éloigne davantage de lui-même et du monde, *La Cérémonie des adieux* l'y fait rentrer. Par le relais de la pensée, de la plume, de l'amour du Castor, Sartre est présent jusqu'au dernier instant. Sans doute, dans le même temps, d'autres sont-ils autour de lui, et des femmes qui, à leur façon, l'aiment et veulent le protéger. Mais seul ce livre est à la hauteur de ce qui a été promis un jour lointain de 1929 : que jamais ils ne deviendraient étrangers l'un à l'autre. C'est donc en ce sens le dernier combat du Castor, qui non seulement survivra à Sartre, mais lui survivra *du vivant de Sartre*. C'est sur elle seule que repose désormais que soit tenue la promesse qui fonde leur entente : ne pas se mentir, ne pas mentir à l'autre.

Dès 1954, le Castor le relate dans *La Force des choses*, il avait connu de sérieux avertissements mais n'en avait jamais vraiment tenu compte. Dans les années qui suivent, à chacune de ses grosses entreprises d'écriture, la *Critique de la Raison dialectique* de 1957 à 1960, plus tard le *Flaubert* (1970), mais déjà en 1952, pour *Les Communistes et la Paix*, il prend les plus grands risques, ne dort pas, croque des amphétamines par pleins tubes, ne mange que des plats dangereux et défendus, boit beaucoup. Dans leur vie — à tous les deux — l'alcool aura une place importante, et sur leur santé une influence extrême ; après la mort de Sartre, le Castor aussi verra sa santé décliner, et cherchera dans l'alcool ce dérivatif puissant des années de sa jeunesse où, « ayant bu un verre de trop », elle se livrait à de terribles crises existentielles d'angoisse et de larmes[1]. En 1971, au début de l'année, il se résout à soigner ses problèmes dentaires mais, le 18 mai, quand il arrive rue Schœlcher chez le Castor (il avait passé la nuit du lundi chez Arlette), le Castor constate qu'il a la bouche tordue et la parole embrouillée : il a évidemment eu une petite attaque. Fin mai, il semble complètement remis mais, en juin, il se met à souffrir terriblement de kystes et d'abcès à la langue. Le Castor s'inquiète : « Oh, ça ne fait rien, dit-il, quand on est vieux, ça n'a pas d'importance, on sait que ça ne durera plus longtemps ! » Le ton de sa voix, ses propos l'épouvantent : « Il semblait déjà de l'autre côté de la vie[2]. » (Il a eu soixante-six ans le 21 juin.) Quand elle le quitte après un déjeuner à La Coupole pour partir en voyage avec Sylvie, dans un sourire « indéfinissable », il lui dit : « Alors, c'est la cérémonie des adieux. » Elle a compris qu'il fallait donner au mot le sens « suprême » qu'il aurait quelques années plus tard.

La « cérémonie des adieux » continue ainsi d'année en année jusqu'à la mort de Sartre en avril 1980. Chaque degré dans l'aggravation de son état est rapporté par le Castor avec une précision clinique, et sa dégradation contraste avec le courage et la combativité dont il fait preuve. Le 1er décembre cependant, sans préavis, abruptement, il déclare au Castor : « J'ai épuisé mon capital de santé. Je ne dépasserai pas soixante-dix ans. » Et il donne au Castor des indications pour son enterrement. Les séquelles de ses différentes attaques sont suffisam-

1. En 1929, dans ses *Cahiers*, elle note déjà : « On vient pourtant toujours à bout de tout : avec de l'alcool, de la patience ou quelques crises de larmes. »

2. *CdA*, p. 35.

ment graves pour que le Castor découvre, à Rome, qu'il a des accès d'incontinence. Depuis que, en 1973, il a perdu presque totalement la vision de son bon œil, l'œil gauche, il ne peut pratiquement plus écrire, ni se relire. Sa vie est donc rythmée par sa dépendance envers les femmes qui sont auprès de lui, parfois à l'insu l'une de l'autre ; il noue cependant une amitié amoureuse avec une jeune Grecque dont le Castor a rapidement parlé dans *Tout compte fait*[1]. « Pierre Victor », Benny Lévy, devient son secrétaire[2]. À Annie Cohen-Solal, qui l'interroge pendant qu'elle prépare sa biographie de Sartre, Pierre Victor assure que c'était, à l'époque, une « lutte contre la mort[3] ». Pierre Victor le malmène, Sartre ne s'en plaint pas : à Robert Gallimard, toujours selon Annie Cohen-Solal, Sartre confie qu'il « aime bien travailler » avec lui, qu'ils s'engueulent « vraiment ». Benny Lévy — qui avec Arlette Elkaïm apprend l'hébreu — poussera Sartre vers une réflexion tout à fait nouvelle pour lui (et certains diront tout à fait étrangère à sa pensée) : la philosophie juive.

Sans cesse, dans ce brouillard qui s'épaissit, il veut se rassurer : « Je suis bien aussi intelligent qu'avant[4] ? » Cette année-là, 1974, le Castor fait un voyage en Espagne avec Sylvie, qui l'accompagne ensuite en Italie d'où elle est rappelée par la mort

1. « Melina », dans *La Cérémonie des adieux*. Elle s'appelait Hélène Lassithiotakis.

2. Apatride, d'une famille juive orientale, il avait quitté Le Caire avec sa famille après l'expédition de Suez. Normalien, maoïste, il était alors en situation irrégulière et protégé par le directeur de l'ENS, Robert Flacelière, qui essayait auprès de son ancien condisciple Georges Pompidou de le faire naturaliser.

3. Cohen-Solal, *Sartre*, *op. cit.*, p. 818.

4. *CdA*, p. 95.

subite de son père. Le Castor retrouve Sartre à Rome, où elle veut faire avec lui une série d'entretiens. C'est un long échange, de presque cinq cents pages, où elle dit n'avoir eu qu'un but, « faire entendre sa voix vivante ». Et c'est en effet une voix vivante qu'on entend : « Expliquez-vous », « expliquez-vous mieux », dit le Castor qui insiste, qui fouille, qui creuse. Il y a quarante-cinq ans qu'ils parlent ainsi. La différence, c'est que « plus rien ne l'intéresse aujourd'hui », dit-il tout à fait au début. Mais la vie lui revient, au fur et à mesure ; à travers un échange dont on a peu d'exemples, leur jeunesse, leur passé commun ressurgit, le moment de leur rencontre. « Est-ce qu'à cette époque, dit-elle, vous n'aviez pas un sentiment de supériorité ? Du reste, maintenant encore, vous pensez qu'il y a des salauds et des cons. JPS. — Oui, mais je ne pense pas qu'ils l'étaient à l'origine : on les a abrutis. » Et il a cette phrase splendide : « La bêtise, c'est une forme d'oppression[1]. » Sartre, au camp de prisonniers, dit le Castor, a découvert qu'il était de « plain-pied » avec « tous ces gens », qu'il n'en était pas séparé par sa culture, ses livres, son intelligence. Ils y reviendront cent pages plus loin. « SdB. — Vous ne viviez pas dans le mépris, dans le dégoût, dans la solitude, dans le retrait ? JPS. — Non. Je parlais, ils se marraient. Je leur racontais n'importe quoi en faisant le con[2]. » Lorsqu'elle veut savoir qui Sartre trouvait antipathique, il cherche. Elle suggère : les mythomanes ? Non, dit-il, ils ne m'ennuyaient pas. Le Castor est beaucoup moins coulante : rien ne l'irrite plus chez les femmes, qui se mirent dans l'autocomplaisance.

1. *Ibid.*, p. 234.
2. *Entretiens de 1974*, in *CdA*, p. 376.

Peut-être que dans toute cette longue aventure, l'essentiel c'est d'abord d'avoir été l'un pour l'autre des « lecteurs privilégiés ». Quand Sartre dit : « Vous m'avez donné une confiance en moi que je n'aurais jamais eue seul[1] », on sent bien que les traverses et les épreuves de la vie privée ne sont rien à côté de cela. À quel point leur compagnonnage a été dès le début celui de deux intellectuels, de deux écrivains, en parfaite égalité, sans revendication ou rivalité, on le sent au détour de chaque page. « Je me souviens comme vous étiez déconcerté quand on vous l'a refusé [*La Nausée*] [...] Même que [à Chamonix] vous avez versé deux larmes, ce qui ne vous est pas arrivé très souvent [...] Moi, je trouvais le livre très bon. » C'est pourquoi le Castor place tardivement, au début du dernier tiers, le thème des femmes. « Quand avez-vous couché avec une femme pour la première fois ? » À dix-huit ans, il a cédé aux avances d'une femme de trente ans, qu'il avait rencontrée quelque temps auparavant. « Elle a semblé contente. » Mais le Castor ne le lâche pas comme ça : « Est-ce qu'elle est revenue ? JPS. — Non. » Le Castor : « Alors elle n'était peut-être pas si contente que ça[2]. » Tous les débuts de leur histoire se retrouvent tels que nous les avons lus dans les *Mémoires d'une jeune fille rangée*, complétés voire corrigés par les *Cahiers* : « Vous n'avez pas pu vous empêcher de me dire tout de suite, quand nous nous sommes connus, que vous étiez polygame. » Alors, qu'est-ce qui l'attirait tellement dans les femmes ? « N'importe quoi », répond-il. « Dès qu'une femme passait ? Toutes ? — Toutes. — Pourquoi ? — Mon Dieu... », répond-il. Et c'est le Castor qui proteste — elle est là tout

1. *Ibid.*, p. 242.
2. *Ibid.*, p. 419.

entière, elle le défend contre lui-même, elle vole à son secours : « Ce n'est pas vrai ! [...] Il y a eu pas mal de femmes que vous avez rencontrées et avec qui vous n'avez pas eu d'histoire[1]. » On en vient cependant, forcément, aux femmes avec qui il les a eues, ces histoires. « C'était toujours une blonde, plutôt », dit-il. Au fait, « la femme lunaire », à Berlin, celle pour qui il a égratigné le pacte, « qu'est-ce qui vous plaisait chez elle ? » JPS. — « Je me demande. » Il l'avait dit un peu autrement, dans ses *Carnets de la drôle de guerre* : Je voulais amener les femmes à me sacrifier leur liberté, et je leur offrais la mienne. La vérité sur ce rapport « incomparable », c'est un demi-siècle plus tard qu'il la donne. C'est par le coup de force de la lecture, que nous l'avons utilisée dès notre deuxième chapitre. Quand en effet le Castor le vit, en 1929, elle n'a pas cette audace qui, en 1974, oblige Sartre à se dévoiler. En 1974, il s'explique, ce qu'il attend des femmes, ce n'est pas la sensualité qui le lui impose, c'est la cérébralité. Et le sentiment de pouvoir ou de domination qu'il en retire. Ce n'est plus un extrait des *Entretiens de 1974*, c'est un passage du *Deuxième Sexe* : les femmes sont du côté de l'affectif, les hommes, de la pensée. Évidemment, Sartre prend soin de préciser qu'il ne voit rien de naturel dans cette différence et, osons le mot, dans cette infériorité : ce sont les « circonstances sociales » qui la créent.

Ce que, en tout cas, il appelle « séduire une femme » en 1929, le Castor l'avait percé à jour : non pas cette caresse de la main sur les cheveux (« Les Castors aiment beaucoup ça ») que Maheu renouvelle. Mais une façon de décortiquer son âme et son

1. *Ibid.*, p. 421.

caractère devant des femmes qui l'écoutent, et de les livrer elles-mêmes ensuite à une analyse corrosive. Cet homme « couvert de femmes » n'est pas un « homme à femmes » ; ce « séducteur » n'est pas un don Juan, qui risque tout dans un moment audacieux et « sans lendemain ». C'est un intellectuel froid, qui cherche dans les femmes la sensualité qui lui manque, mais ne sait probablement pas l'éveiller en elles. Le Castor mesure-t-elle enfin l'ampleur de ce qui sépare Sartre comme « homme » d'elle comme auteur du *Deuxième Sexe*, et comme « femme » telle qu'elle a voulu l'être ? A-t-il jamais comme elle connu l'éblouissement amoureux qu'elle raconte dans ses lettres à Algren, qui crée entre deux êtres, quelle qu'en soit la durée, un type de rapport qui ne peut se comparer avec aucun autre, dans la singularité absolue, la lumière et l'évidence des corps ?

Finissons-en avec cette lassante énumération des femmes qu'il a « eues ». Il y a aussi « Christina, par exemple, avec qui vous n'avez pas eu d'histoire, mais qu'on a bien aimée ». Elle se reprend : « Que vous avez bien aimée »... Lena aussi, « nous l'aimions beaucoup ». Fascination quasi amoureuse des épouses pour les maîtresses de leur mari... De toute façon, dit Sartre, je ne pouvais pas vivre avec elle, ou d'autres, dans *le* monde, juste dans *un* monde. Parce que « le "monde", je le vivais avec vous ». Tout est dit. Rien n'a vraiment compté. Ni la « femme lunaire » qui l'avait attiré à Berlin, on se demande bien pourquoi, ni même Dolorès, qui avait quelque temps « fait peur au Castor ». Nous deux, c'est « bien », a-t-il écrit en 1948 au Castor. Les *Entretiens de 1974*, en sont la confirmation éclatante.

*

Fin août à Rome, le Castor a été blessée en se faisant arracher son sac dans une petite rue. Quand ils sont de retour à Paris en septembre, Sartre se sent très mal : « Je suis un mort vivant », dit-il à Sylvie. Le 4 décembre, il se rend tout de même à Stuttgart avec Klaus Croissant, l'avocat de Baader, pour rendre visite à celui-ci dans sa prison de Stammheim où il subit des conditions de détention révoltantes. C'est un échec, déclare Sartre : l'opinion allemande n'a pas accepté cette intervention, malgré ses précautions ; on a estimé qu'il « soutenait l'action politique de Baader » bien qu'il s'en soit défendu. En fait, il ne la désapprouvait pas vraiment : ses précédentes déclarations sur la « violence révolutionnaire » le lui auraient interdit. Le Castor continue de faire pour Sartre de longues lectures, et elle voit que « son intelligence est intacte » mais qu'il est désorienté, et souvent indifférent au train-train de la vie quotidienne[1]. Leur voyage au Portugal, qui fête le premier anniversaire de sa « révolution des œillets », l'inquiète : « Est-ce que je *verrai* Lisbonne ? » dit-il. C'est un voyage d'« information » sur cette révolution qui n'a pas l'air de susciter un grand intérêt, constatent-ils, chez les étudiants — ni chez les intellectuels qu'elle « embarrasse[2] ». En mai 1975, Karel Kosik écrit à Sartre : on lui a confisqué tous ses manuscrits. Sartre le soutient vigoureusement dans une lettre ouverte où il stigmatise cette « pseudo-pensée » dont usent les dirigeants tchèques pour voiler la nature exacte de leur action, ramassis directement puisé en Union soviétique.

1. Liliane Siegel achète pour lui une belle table de bois ancien.
2. *CdA*, p. 118.

Mais le Castor le voit en même temps s'enfoncer dans une douloureuse méditation de la mort. L'entretien qu'il donne au *Nouvel Observateur* pour ses soixante-dix ans[1] fait entendre des accents funèbres : « Mon métier d'écrivain est complètement détruit, en un sens ça m'ôte toute ma raison d'être. » Durant l'été, le Castor est en Grèce avec Sylvie, il les rejoint à Athènes où l'attend son « amie grecque », grossie de dix kilos par l'abus des tranquillisants. En Crète, le Castor retrouve un « paradis » — provisoire, dont elle est émerveillée : Sartre est d'une gaieté sans nuages, Sylvie confectionne des whiskies sours (que le médecin a autorisés), leurs bungalows donnent à pic sur la mer « parmi des plantes odorantes et des fleurs aux couleurs vives[2] ». Ce « bel été » a tout le charme d'antan, mais il se teinte d'une mélancolie que l'« optimisme » du Castor ne peut entièrement chasser. Aucun projet nouveau d'écriture, comme elle le dira à « Tito » Gerassi l'année suivante ; et à la fin d'octobre, dans la fatigue d'une négociation compliquée avec l'ORTF, Sartre a de nouveau une petite attaque. Sautes de tension, incontinence due aux diurétiques, il veut se remettre quand même à fumer ! Si vous devenez gâteux, lui dit énergiquement le Castor, c'est moi qui en souffrirai, pas vous. Il se rend à ses raisons.

C'est une lutte acharnée qu'ils mènent à deux contre la dégradation, et le Castor en a la plus lourde part : mais elle ne peut tout contrôler, surtout pas les pressions qu'exercent sur lui ses jeunes amis toujours prêts à lui « extorquer » témoignages ou interviews[3]. À chaque étape d'une dégradation que le

1. Repris dans *Situations X*.
2. *CdA*, p. 122.
3. *Ibid.*, p. 129.

médecin présente comme irréversible (accident intestinal, déglutition difficile, marche quasiment impossible), le Castor tient bon : c'est le « corps qui lâche », non la tête. Il signe appel sur appel, pétition sur pétition : mais ce qu'il aime surtout, c'est se tenir devant le poste de télévision qu'Arlette lui a installé. De près « il distingue à peu près les images ». Il veut cependant se remettre à écrire, même si Pierre Victor est le seul à déchiffrer « plus ou moins bien » son gribouillage. Ce « plus ou moins bien » quand on connaît les positions et l'autoritarisme de Victor laisse rêveur. Et prépare la catastrophe finale, trois ans plus tard. 1976 : boire et manger prennent de plus en plus d'importance pour Sartre, qui ne supporte pas la contradiction dans les discussions, et qui pourtant à Venise en mars retrouve un peu de son entrain d'antan. Tout ce « beau printemps » a laissé de la nostalgie au cœur du Castor, déchirée de l'entendre dire : « Ça ne vous ennuie pas d'avoir un petit compagnon qui marche si lentement[1] ? » C'est pour cela qu'elle donne la liste exhaustive, rapide, serrée, comme au bon vieux temps, des interviews ou des lettres ouvertes que Sartre publie : *La Cérémonie des adieux* n'est pas seulement, comme on le lui a reproché, le témoignage impudique d'une dégradation, c'est l'histoire d'un combat. Le dernier combat du Castor pour son compagnon de toujours, afin qu'on garde de lui non pas l'image d'un vieillard hagard, pratiquement aveugle, mais d'une conscience, courageuse et lucide, petit à petit vaincue, et qui s'efforce de résister. En fait, c'est elle qui tient *Les Temps modernes*, car dans les réunions, la plupart du temps, il se tait.

1. *Ibid.*, p. 132.

1977 : cette année-là, l'image de Sartre, quoi que fasse le Castor ou quoi qu'elle tente de faire, est en danger. Le 6 janvier il publie un dialogue avec Victor. Cette fois, le sens de la démarche du Castor commence à s'inverser ; l'insistance sur ses infirmités le protège de tout jugement négatif sur le contenu de l'article, et surtout sur l'ambiguïté d'une situation qu'il ne domine pas, et où sa pensée peut être à tout moment interprétée ou déviée. Après une attaque d'artérite, qui pourrait conduire à une amputation, le bilan des analyses est sévère : « Avec des précautions, il peut vivre encore quelques années. » Le Castor sent qu'elle est entraînée dans un compte à rebours tragique : « Mon angoisse diffuse, écrit-elle, a laissé la place à un radical désespoir. » Le sens du monde s'est inversé : l'avenir est barré, ou sinistre ; le présent redoutable ; le passé luit d'une lumière qui serre le cœur. Sartre souffre, il demande qu'on lui coupe les pieds ; il n'est « ouvert » et « vivant » qu'avec elle, dit le Castor. D'autres parmi les femmes qui l'entouraient ont peut-être éprouvé la même chose : dans cet ultime combat, le Castor réclame timidement un privilège. « Comment peut-on admettre que ça lui arrive à lui ? » dit Bost quand il le voit silencieux, affaissé. C'est justement à lui que ça devait arriver, pense le Castor[1]. Ultime effort encore pour sauver quelque chose ! Il meurt de ce qu'il a toujours voulu être, de son extrémisme, de cette politique du « plein emploi » de soi-même, de son refus des temps morts. Le travail était sa vie ; je sais prendre des vacances, moi, dit le Castor, lui, jamais. La maladie était sa seule isssue pour prendre du repos : commentaire volontariste qui nous

1. *CdA*, p. 145.

ramène au temps où tout devait, dans la morale du Castor, renvoyer à un choix délibéré. Mais c'était encore trop optimiste, dit-elle, je voulais absolument que Sartre fût « maître de son destin ». Quoi qu'il en soit, Sartre a eu « le déclin et la mort qu'appelait sa vie ». Il en est peu dont on puisse en dire autant.

1978. C'est le début d'une période difficile, le Castor va avoir le sentiment qu'elle a été trahie, et dépossédée. Sartre est sans défense, entouré de jeunes femmes : « Je n'ai jamais plu davantage aux femmes », dit-il. Son seul souci : l'argent. Il en donne à tout le monde et ne sait pas s'il peut même s'acheter une paire de chaussures. Et c'est le moment des premiers affrontements du Castor avec la nouvelle « famille » de Sartre, Pierre Victor et Arlette Elkaïm. Sartre avait en effet décidé en février d'aller en Israël, dit le Castor, curieux de voir de près les effets du voyage de Sadate[1]. Pierre Victor programme donc un voyage en Israël avec Arlette et lui; Sartre reçoit diverses personnalités — à son hôtel, dit Cohen-Solal; dans la maison de Ben Gal, dit le Castor —, dont Raymonda Tawil[2]. C'est au retour de ce voyage que Victor prépare un texte d'entretiens avec Sartre sur le « conflit israélo-arabe ». Pour le Castor, qui défend indéfectiblement Sartre, Sartre s'est laissé forcer la main : Bost téléphone au Castor du *Nouvel Obs*, où il est journaliste, il faut absolument que Sartre retire ce texte qui est « horriblement mauvais ». D'accord, dit Sartre. Mais Victor le prend

1. En novembre 1977 Sadate déclare devant l'Assemblée égyptienne : « Je le répète, je suis prêt à aller au bout du monde. Je suis disposé à aller dans leur pays, même à la Knesset, pour m'entretenir avec eux. » Quelques jours plus tard, le 19 novembre, Sadate se rend à Jérusalem et parle devant l'Assemblée israélienne.

2. Née à Saint-Jean-d'Acre, Raymonda Tawil est la mère de Souha, qui épousera Yasser Arafat.

très mal, avec sa mentalité de « petit chef », dit le Castor — Sartre ne lui avait rien dit « par indifférence ». Après une violente altercation avec elle, Victor décide de quitter *Les Temps modernes*. Le Castor évite désormais de le rencontrer, mais c'est une « situation déplaisante » : Sartre passe de temps en temps des soirées dans la « communauté » où vit Pierre Victor. « Je n'aurais pas voulu y participer, mais je regrettais qu'une partie de la vie de Sartre me fût désormais fermée[1]. »

Elle passe l'été au Danemark et en Suède avec Sylvie. À leur retour, Sartre semble extrêmement préoccupé par la poursuite du livre qu'il écrit avec Victor, « Pouvoir et liberté ». En septembre, le Castor se consacre au film que tournent sur elle Josée Dayan et Malka Ribowska, et Sagan prend le relais de quelques femmes disparues de la vie de Sartre. Selon Cohen-Solal, les entretiens avec Victor en vue du fameux livre auquel Sartre tient tant finissent par faire huit cents pages, qui ne lui conviennent pas. Ils recommencent, et comme les entretiens ne devraient paraître qu'à l'automne de 1980, Victor va décider d'en prélever une partie et de la publier. En mars 1979, Michel Foucault prête son appartement pour que puisse s'y tenir un colloque des *Temps modernes* sur le conflit israélo-palestinien auquel Victor attache beaucoup d'importance. Les membres des *Temps modernes* considèrent l'opération avec méfiance, et personne ne s'y rend. Israéliens et Palestiniens, dont Edward Saïd, s'étonnent de la place prise par Victor et, dit le Castor, de la médiocrité des débats[2]. En juin, Sartre revoit Aron

1. *CdA*, p. 155.

2. *Ibid.*, p. 160. Dans un texte publié par *Le Monde diplomatique* en septembre 2000, Edward Saïd raconte son bref passage rue

pour la première fois depuis tant d'années à l'Élysée où ils se sont rendus avec Glucksmann et d'autres pour demander au président Giscard d'Estaing d'aider les boat people ; on rapporte qu'Aron a glissé à Sartre ces mots : « Bonjour, mon petit camarade. » Le Castor s'empresse, elle, de commenter : « Sartre n'accorda aucune importance à cette rencontre avec Aron [1]. » En note, elle s'indigne même, on a voulu y voir un rapprochement de Sartre avec les positions de droite, or rien n'est plus faux. Vigilance, jusqu'au bout. La présence de Sartre — et la fameuse photo de la délégation sur le perron de l'Élysée — ne signifie en effet pas que Sartre se rallie à la droite : c'est cependant un symbole. Elle signe l'entrée dans des temps nouveaux, où la doctrine des « droits de l'homme » va proposer le règlement de certains conflits sur des bases entièrement nouvelles. La guerre froide est terminée.

Sartre s'est remis à son travail avec Victor. « Avez-vous bien travaillé ? demande le Castor. — Non, répond Sartre [2]. » Elle s'inquiète et redoute qu'il ne fasse trop de concessions : disant cela, le Castor nous prépare au pire. Qui ne va pas manquer de se produire. 1980. Nouveau check-up. État stationnaire. Oh le soleil ! dit-il avec extase quand la lumière de l'hiver pénètre à flots dans son bureau. Il ne fume pas, boit moins. En apparence. Car en fait, « des amies » lui apportent des bouteilles en cachette et, un matin, Arlette le trouve sur le tapis, ivre mort. « Vous aussi vous aimez boire ! » dit-il au

Schœlcher juste avant ces rencontres : Sartre ne disait pas un mot, et le Castor lui a paru s'embarquer dans un discours sans nuances sur la révolution iranienne qui venait de se produire. Edward Saïd, mort en 2005, est une grande figure de la diaspora palestinienne.

1. *CdA*, p. 161.
2. *Ibid.*, p. 163.

Castor qui se demande si ce n'est pas une manière de fuir le malaise que lui cause la prochaine publication dans *Le Nouvel Observateur* de ses entretiens avec Victor. Sur le déroulement de cette publication, la version du Castor est qu'elle a pris « très tard » connaissance de l'entretien, environ huit jours avant. Elle a été « consternée », Victor faisait « endosser » à Sartre ses propres opinions, tout en prenant avec lui un ton de « procureur ». Il y a des témoins, le Castor tient à le dire : Sylvie. Au cours d'une soirée chez le Castor, il a déclaré avec véhémence devant elles : « Victor veut que toute l'origine de la morale soit dans la Torah, mais je ne pense pas du tout ça[1] ! » L'équipe des *Temps modernes* appuie le Castor, mais Sartre « n'en met que plus d'entêtement à faire paraître immédiatement l'entretien ». Pourquoi ? Parce que, n'y voyant plus, il cherchait quelqu'un « en qui se prolonger » ? Parce qu'il était soumis à une double pression, Arlette partageant entièrement les nouvelles options religieuses de Victor ? Quand l'entretien paraît, dit le Castor, Sartre est surpris et peiné de la réaction négative de tous leurs amis. Le lendemain, 19 mars, il a une crise d'étouffement, il est hospitalisé d'urgence à l'hôpital Broussais. Un œdème du poumon se déclare ; puis ses reins se bloquent, l'urémie le guette. Le Castor comprend qu'il est perdu et, en sanglots, demande au médecin de ne pas s'acharner, de lui permettre de partir « sans angoisse ». Il promet. Sartre somnole, ne souffre pas, et pourtant la gangrène s'est mise dans ses escarres. Un soir, comme elle le quitte, il lui dit : « Je vous aime beaucoup, mon petit Castor. » Le 15 avril au matin, il est dans le coma et, à neuf

1. *Ibid.*, p. 166.

heures, l'infirmière au téléphone prononce ces mots : « Ça s'est arrêté. »

De pénibles débats se sont engagés à propos de ce dernier épisode de la vie de Sartre. Pour Cohen-Solal, rapportant la version de la fille adoptive de Sartre, celui-ci aurait éprouvé une « immense contrariété » devant la réaction négative du Castor à ses entretiens avec Victor. Elle aurait jeté le texte en travers de la pièce, pleuré, mais Sartre aurait passé outre, en appelant Jean Daniel, le directeur du *Nouvel Observateur*, « d'une voix calme et autoritaire » : « C'est moi, Sartre, qui vous demande de publier ce texte, et de le publier intégralement. » Nul ne peut trancher : ce qui est sûr, c'est qu'en admettant qu'elle ait été réelle, cette brève désunion entre le Castor et Sartre ne remet pas en cause les cinquante années précédentes. Le Castor a-t-elle gommé cet accrochage violent, mais unique, entre eux, pour préserver l'image de leur « entente » ? Même si c'est vrai, aucun lecteur ne pourra nier que, de bout en bout, ce livre, *La Cérémonie des adieux* — ultime combat du Castor de guerre —, porte toutes les marques de l'amour, et de la fidélité... Le jour de l'incinération de Sartre à laquelle elle n'assiste pas, elle est conduite à Cochin pour une pneumonie. En août, elle part pour la Norvège. En 1981, elle fait de Sylvie sa fille adoptive. Sa santé n'est pas bonne, elle a des moments d'abattement, elle mélange le valium au whisky et à la vodka. Mais elle veut terminer *La Cérémonie des adieux* et publier en même temps les *Entretiens de 1974*. En 1979, le Castor accueille avec faveur le livre de deux universitaires, à la fois biographie et bibliographie, suivies d'inédits ou de textes difficiles à trouver. Avec une grande justesse, cette publication est placée sous le signe d'une phrase du Castor : « Une femme écrivain, c'est quelqu'un dont toute l'existence est commandée par l'écriture. » C'est la première fois qu'est publié *Quand prime le spirituel* : cinquante ans exactement après sa mort, Zaza revient à la vie.

Le Castor s'est acquittée de sa dette. En 1981, elle publie *La Cérémonie des adieux*, qui se conclut par ces mots d'une grandeur antique, d'un athéisme résolu : « Sa mort nous sépare. Ma mort ne nous réunira pas. C'est ainsi ; il est déjà beau que nos vies aient pu si longtemps s'accorder. » Elle publie ensuite les *Lettres au Castor et à quelques autres*. Dans les années qui lui restent, elle tente simplement de survivre à Sartre. Elle n'est pas seule, elle voyage, elle est enveloppée d'une profonde et fidèle affection. Mais c'est une autre histoire.

*

Dans la fin des années soixante, lorsqu'elle parvient à oublier la maladie de Sartre et quand la douleur de la guerre d'Algérie et la haine que celle-ci lui avait donnée pour la France se voient surmontées, un apaisement a gagné le Castor. Alors, dit-elle, « ce pays où j'ai mes racines, je l'ai de nouveau reconnu pour mien, et j'ai eu envie de le récupérer[1] ». Commence alors une série de voyages nouveaux, le plus souvent en « auto » et avec sa jeune compagne. Oubliés les voyages politiques, les invitations officielles, où avec Sartre elle tentait de capter les premières lueurs de la révolution en marche... Ce qu'elle cherche et retrouve, maintenant, c'est,

1. *TCF*, p. 309.

comme au temps de Meyrignac et du « soleil sur les châtaigneraies » (3 août 1927), la splendeur du monde visible, les ombres des nuages « disputant les verts et les ors des prairies », les monastères abandonnés auprès d'un « étang mélancolique », les traces et les beautés d'un passé dont son cœur s'enchante, « les tours, les cloîtres, les pierres, se mêlant à l'herbe, aux arbres, à l'eau d'un ruisseau ». « Je ne pensais pas si vite épuiser le trésor de la vie ! » écrivait-elle le 4 janvier 1927, dans un long dialogue avec elle-même. Elle avait alors dix-neuf ans. Mais non, près d'un demi-siècle plus tard, elle ne l'a toujours pas épuisé. Elle retrouve la « jeune gaieté des matins très bleus[1] », les rivières, les étangs, les petites routes encaissées entre des haies, d'où s'ouvrent soudain de vastes panoramas. Les châteaux, les bourgades, les petits villages endormis autour de leur église, une solitude peuplée, et ce qui a résisté au temps, et ce qui, en y cédant, a gagné une surprenante beauté.

Un jour, dans le Bocage vendéen, elle se retrouve « seule avec le batelier à voguer sur les longs chemins d'eau bordés de peupliers, parmi des nuées de libellules bleues », *petits livres* aux ailes d'azur. Quel silence, troublé seulement par « le léger clapotis des eaux fendues par la rame ! La terre ferme semblait très loin[2] ». Elle glisse avec ravissement sur ces eaux calmes. « Pourquoi me raidir ? » écrivait-elle le 3 août 1927. « Pourquoi ne pas accueillir *la vie simple et facile* ? ». C'est fait.

1. *Ibid.*, p. 313.
2. *Ibid.*, p. 316.

Si on devait résumer d'un mot...

Si on devait résumer d'un mot, d'un trait, la figure de Simone de Beauvoir en Castor de guerre, il suffirait sans doute d'en revenir à cette phrase de sa jeunesse : « Je construirai une force où je me réfugierai à jamais. » Tout est là, l'ambition, le besoin de protection et le rêve de puissance, un « je » dominateur, le projet d'une existence de combat et la certitude d'une réussite éclatante.

On peut s'étonner de la dimension démiurgique du projet et en contester tel ou tel aspect. Mais il faut bien comprendre la volonté qui l'anime et qui a pris sa source dans les premières expériences d'un moi ardent à vivre et hanté par l'horreur de la mort. Toute son énergie s'est alors concentrée sur une décision inouïe, plus encore si on est une femme : ne rien devoir qu'à soi seul, fixer soi-même les normes et les fins de son existence, refuser totalement la convention, le compromis et toutes les façons « naturelles » où la société nous demande de nous couler. Et elle y est parvenue. Ce que, pour être fidèle à ce projet, il lui fallait refuser, elle l'a refusé — mariage, enfants, vie « conventionnelle ». Ce qu'il fallait choisir, elle l'a choisi — une relation privilégiée avec son égal absolu, cet esprit « jumeau » du sien, Sartre. Ce qu'il fallait construire, elle l'a construit : son œuvre. Là où il fallait se montrer solidaire et responsable, elle l'a été avec éclat — envers les femmes, envers les colonisés. Sa vie est la réussite absolue de ce qu'elle avait absolument posé ; cela ne laisse pas beaucoup de place au doute, à l'hésitation, à l'ambiguïté, à l'ambivalence. À l'indulgence.

Plus encore que Sartre, elle est l'incarnation et la représentante absolue de ce XX*e siècle, cet « âge des extrêmes » selon Eric Hobsbawm, qui n'est pas l'âge du doute mais celui des certitudes tranchées, parce qu'il est un temps de guerre, et que la guerre n'admet pas le doute. C'est pour cela que l'œuvre de Simone de Beauvoir est extraordinairement précieuse : elle donne à voir ce que voyaient les intellectuels de cette race-là, elle montre le monde tel qu'il était à leurs yeux. Après deux guerres mondiales dévastatrices, l'Europe est devenue le champ politique, philosophique, idéologique, d'un affrontement où se joue le sort du monde. Pour ou contre le communisme. Pour ou contre les formes radicales de l'émancipation. Pour ou contre la liberté des peuples, et celle des femmes, et celle de déterminer librement les choix de sa propre vie. Tel est l'horizon de pensée à l'intérieur duquel les intellectuels français pensent, écrivent, interviennent et, parmi eux, Simone de Beauvoir encore une fois bien plus radicalement que Sartre. Car cette façon d'être en alerte permanente et de ne jamais douter correspond à une disposition profonde de son être, à une passion de l'Absolu qui ne pourra jamais s'accommoder du relatif. C'est ce qui la conduit à ne pas faire de différence d'exigence entre les choix de la vie privée et ceux de la vie publique, et à porter leur unité jusqu'à l'incandescence. Mettre en pratique la « philosophie existen-*

tielle », c'est en faire découler une morale et une politique, une éthique de la vie quotidienne, et une règle pour l'engagement politique, même si elle reconnaît n'avoir pas de goût ou de capacité particulière pour l'action. Généreux, intrépides, ses choix ne sont et ne font qu'un : le mot d'émancipation en est la clef, et si elle tarde parfois à reconnaître et accepter les démentis de l'histoire, c'est par un souci d'unité, parfois volontariste, auquel elle ne veut pas déroger. Et elle s'y tient avec une fidélité qui force l'admiration. Même si parfois elle contribue à donner du monde et de l'histoire une vision redoutablement simple.

Notamment au chapitre de ses engagements politiques... Ils ne sont, au reste, à ses yeux qu'un des aspects du grand mouvement d'émancipation auquel elle a voué sa vie. Que ce soit pour exposer les années de son enfance où elle voit s'éveiller une petite conscience acharnée à se faire reconnaître, ou pour raconter la grandiose tentative de révolution totale à Pékin ou à Cuba, le Castor use du même ton, et adopte la même posture d'intense affirmation de soi et de la vérité. Car il s'agit au fond de la même chose : un être humain ou un groupe d'humains qui décident de vivre dans la liberté, c'est tout un. Dans les deux cas, la volonté de s'émanciper s'offre à la démonstration et doit forcer l'admiration. Et c'est avec la même rigueur que le Castor se prend en main et oriente sa destinée dans ses années de jeunesse, avec la même rigueur qu'elle poursuit la construction d'une existence libre, la sienne ; qu'elle débusque l'imposture ou la mystification dans les discours qui légitiment l'oppression des femmes ou l'exploitation coloniale ; ou qu'enfin elle adhère au mouvement de la révolution « en acte ». Le malheur — l'histoire du XXe *siècle l'a montré — c'est que les régimes nés de cette grande espérance ou l'ayant captée à leur profit ont sombré dans la contrainte, la terreur, anéantissant toutes les visées personnelles et collectives pour s'arracher à un destin d'oppression.*

À bien y réfléchir, aujourd'hui où les temps ont radicalement changé, ce qui frappe d'étonnement, ce n'est pas seulement l'intrépidité, voire l'imprudence de leurs engagements, ni même leur contenu, sur lesquels on pourrait disputer indéfiniment : À quel moment Fidel a-t-il laissé la place à Castro ? Quand la révolution dégénère-t-elle en terreur ? Quel soutien convenait-il de lui donner et jusqu'où ? Etc. C'est plus encore la posture même des intellectuels, leur assurance, leur façon de dire au monde la vérité, et de s'y sentir autorisés, qui se traduit jusque dans le ton, le style, la coupe de leur phrase. Simone de Beauvoir en est l'exemple le plus parfait. Peu d'écrivains, peu d'intellectuels ont en effet autant qu'elle imprimé à leur œuvre et à leur vie une aussi grande unité, rien que par la constante vigueur et force d'expression de son style. Le rythme d'un discours ferme, assuré, d'une parole parfois péremptoire, la présence constante d'une voix qui expose, décrit, démontre, conclut, guident d'une main ferme le lecteur sur les chemins qu'elle lui a préparés. J'écris, dit Simone de Beauvoir, parce que j'ai quelque chose à « communiquer », parce que je veux faire connaître ce que « je crois vrai ». Écrire, c'est dévoiler le monde, opération qui détermine d'emblée, et conjointement, les positions de l'auteur et du lecteur. D'un côté, la « responsabilité » de l'écrivain ; en face, ce que Sartre nomme dans Qu'est-ce que la littérature ? *la « générosité » du lecteur. L'un, l'auteur, prenant en charge l'opération par laquelle chaque homme est convié à l'exercice de sa liberté ; l'autre, le lecteur, acceptant d'en recueillir la leçon et de la faire fructifier. Il n'y a pas de place dans l'œuvre de Simone de Beauvoir pour le grand doute moderne qui a frappé la relation de l'auteur à son œuvre, et celle du lecteur avec l'auteur. Tout se passe dans la clarté d'un contrat tacitement accepté auquel ni l'un ni l'autre n'a intérêt à se soustraire.*

Rien de cela n'aurait cependant été possible sans une reconnaissance publique de l'autorité des intellectuels, de la légitimité de leur parole, dont on a peine aujourd'hui à concevoir l'étendue. Et qui tient essentiellement à la centralité et à la domination encore incontestées du monde et du modèle occidental. Zygmunt Bauman[1]*, dans un livre récemment traduit, a bien montré comment la place et la fonction de l'intellectuel — même critique — dépendaient étroitement des conditions privilégiées que la modernité accordait à la hiérachie des « valeurs » imposées au reste du monde par « l'extrémité nord-occidentale de la péninsule européenne ». « Rarement portée jusqu'au niveau de la conscience, écrit-il, elle demeura le "donné" tout-puissant de l'époque. Il allait de soi pour tout le monde, sauf les aveugles et les ignorants, que l'Ouest était supérieur à l'Est, le Blanc au Noir, le civilisé au brut, le cultivé à l'inculte, le sensé à l'insensé, le bien-portant au malade, l'homme à la femme, le normal au criminel [...], la haute culture à la basse culture. » Sartre et Simone de Beauvoir parlent du sein même de cette « légitimité », même si, et ce n'est pas le moindre des paradoxes, ils en usent pour saper ses fondements. Là où ils parlent, on l'a observé, c'est au centre même des choses : au centre de l'Europe, au centre de la*

1. *La décadence des intellectuels, Des législateurs aux interprètes*, Jacqueline Chambon, 2007, dans une traduction de Manuel Tricoteaux.

France, au centre intellectuel de Paris, entre Montparnasse et Saint-Germain-des-Prés. Cette parole, nourrie, amplifiée de leur génie propre, ils vont l'exercer contre l'institution elle-même, ses formes, ses conventions, son discours, ses objets : mais c'est l'institution qui les aide de toute sa puissance. Ils sont à la fois les vrais héritiers et les héritiers indignes des philosophes des Lumières : « vrais » héritiers en ce qu'ils croient au progrès historique, à l'émancipation, et surtout au rôle des intellectuels dans l'avènement de cet avenir-là ; héritiers « indignes » en ce qu'ils contestent que la Raison y ait le rôle majeur, « indignes » en ce qu'ils font davantage confiance à la violence accoucheuse de l'histoire. Ce n'est pas un hasard si, dans Qu'est-ce que la littérature ?, *Sartre se penche avec un intérêt teinté de nostalgie sur l'accord, à ses yeux irrémédiablement perdu, entre les philosophes du* XVIIIe *et l'époque dont ils incarnent les aspirations. Car, au même titre qu'eux, Sartre et Simone de Beauvoir sont persuadés que les hommes ont besoin des penseurs pour comprendre la réalité de leur situation et vouloir la changer. Comme les philosophes des Lumières, ils font alliance avec le « despote éclairé », dans sa variante révolutionnaire, le « conducteur » des masses insuffisamment instruites, ou incapables de prendre leur destin en main. Sans doute, vers 1968, salueront-ils avec confiance les initiatives « spontanées » des masses travaillant à leur libération ; mais jamais ils ne renonceront entièrement à l'idée d'une séparation entre les élites intellectuelles et le reste des hommes. Même s'il leur faut que ces « élites » pour mériter leur nom le justifient par leur action, une action au service des exploités, des colonisés, des masses croupissant encore dans la dépendance et l'ignorance. Car il est du devoir des intellectuels de fournir à ces temps de bou-*

leversement, et à ceux qui les subissent, une philosophie qui permette de les affronter. Les intellectuels sont de « grandes consciences », la conscience du monde. Dans ce jeu intense, dans ces années brûlantes du dernier siècle, Simone de Beauvoir se tient à la plus haute place, parce que, en tant que femme, elle a dû la conquérir au plus haut prix.

La fin de la bipolarisation, la globalisation, nous ont fait entrer dans un monde tout à fait autre, un monde dangereux où la quête éperdue de repères risque de déboucher une fois encore sur des formes violentes de salut religieux ou politique. On peut donc mesurer ce qu'il y a de tragique dans la disparition de ces derniers « grands intellectuels ». La philosophie de l'histoire qu'ils avaient soutenue a montré son revers — ou sa face ? — sanglant, et s'est définitivement discréditée. Mais l'échec avéré des « utopies meurtrières », s'il fait planer une ombre sur la réussite éclatante de leur œuvre et de leur vie, ne doit pas oblitérer ce que leur engagement avait de généreux, et souvent de nécessaire. En relisant l'œuvre de Simone de Beauvoir, on ne sait alors s'il faut se réjouir que son intransigeance et sa passion de l'Absolu aient cédé la place à un relativisme désespéré, qui laisse sans réponses les grandes questions qu'elle avait osé affronter, et nous livre sans défense aux seules valeurs de la compétition, de la consommation et du profit.

REMERCIEMENTS

Mes remerciements chaleureux vont à Sylvie Le Bon de Beauvoir qui a eu l'obligeance de me communiquer une copie manuscrite des *Cahiers de jeunesse* de Simone de Beauvoir avant publication; à Éric Vigne qui m'a fait l'extrême amitié de prendre sur une charge de travail très élevée le temps nécessaire à la lecture de ce manuscrit, le faisant profiter de ses connaissances et de sa vigilance d'historien; à Ludovic Escande qui a montré une disponibilité constante et efficace pour m'aider dans la réalisation de ce livre.

Et je voudrais qu'Antoine Gallimard trouve ici l'expression toute particulière de ma gratitude pour les preuves constantes qu'il m'a données de son soutien, de sa confiance et de son amitié.

Œuvres de Simone de Beauvoir

1943 : *L'Invitée*, Folio nº 768.
1944 : *Pyrrhus et Cinéas*.
1945 : *Le Sang des autres*, Folio nº 363.
Les Bouches inutiles.
1946 : *Tous les hommes sont mortels*, Folio nº 533.
1947 : *Pour une morale de l'ambiguïté* suivi de *Pyrrhus et Cinéas*, Folio essais nº 415.
1948 : *L'Amérique au jour le jour*, Folio nº 2943.
1949 : *Le Deuxième Sexe* (t. I : Les faits et les mythes ; t. II : L'expérience vécue), Folio essais nºs 37 et 38.
1954 : *Les Mandarins* (2 tomes), Folio nºs 769 et 770.
1955 : *Privilèges*.
1957 : *La Longue Marche*.
1958 : *Mémoires d'une jeune fille rangée*, Folio nº 786.
1960 : *La Force de l'âge*, Folio nº 1782.
1963 : *La Force des choses* (2 tomes), Folio nºs 764 et 765.
1964 : *Une mort très douce*, Folio nº 137.
1966 : *Les Belles Images*, Folio nº 243.
1968 : *La Femme rompue* précédé de *L'Âge de discrétion* et de *Monologue*, Folio nº 960.
1972 : *La Vieillesse*.
1974 : *Tout compte fait*, Folio nº 1022.
1979 : *Quand prime le spirituel*, réédité en 2006 sous le titre *Anne, ou quand prime le spirituel*, Folio nº 4360.

Les Écrits de Simone de Beauvoir, textes inédits ou retrouvés, édition préparée et présentée par Claude Francis et Fernande Gontier.

1981 : *La Cérémonie des adieux* suivi d'*Entretiens avec Jean-Paul Sartre, août-septembre 1974*, Folio n° 1805.

Publications posthumes

1990 : *Lettres à Sartre*, t. I : 1930-1939 ; t. II : 1940-1963, édition présentée, établie et annotée par Sylvie Le Bon de Beauvoir.

Journal de guerre, septembre 1939-janvier 1941, édition présentée, établie et annotée par Sylvie Le Bon de Beauvoir.

1997 : *Lettres à Nelson Algren. Un amour transatlantique*, 1947-1964, texte établi, traduit de l'anglais et annoté par Sylvie Le Bon de Beauvoir.

2004 : *Correspondance croisée avec Jacques-Laurent Bost*, 1937-1940, édition établie, présentée et annotée par Sylvie Le Bon de Beauvoir.

2005 : *Anne, ou quand prime le spirituel*, avec une préface de Danièle Sallenave.

2008 : *Cahiers de jeunesse*, 1926-1930, édition établie, présentée et annotée par Sylvie Le Bon de Beauvoir.